THE CHINESE PROSE SOCIETY
中国散文学会
SINCE 1984

U0962221

第八届冰心散文奖获奖作品集

上册

主　　编　周明　红孩
执行主编　凌翔

中国经济出版社
CHINA ECONOMIC PUBLISHING HOUSE

图书在版编目（CIP）数据

第八届冰心散文奖获奖作品集：上下册 / 周明，红孩，凌翔主编 . -- 北京：中国经济出版社，2021.10

ISBN 978-7-5136-5667-2

Ⅰ. ①第… Ⅱ. ①周… ②红… ③凌… Ⅲ. ①散文集—中国—当代 Ⅳ. ① I267

中国版本图书馆 CIP 数据核字（2019）第 074229 号

策划编辑　崔姜薇
责任编辑　焦晓云
责任印制　马小宾
封面设计　陈　姝

出版发行　中国经济出版社
印 刷 者　唐山楠萍印务有限公司
经 销 者　各地新华书店
开　　本　710mm × 1000mm　1/16
印　　张　38.75
字　　数　668 千字
版　　次　2021 年 10 月第 1 版
印　　次　2021 年 10 月第 1 次
定　　价　88.00 元
广告经营许可证　京西工商广字第 8179 号

中国经济出版社　**网址** www.economyph.com　**社址** 北京市东城区安定门外大街 58 号　**邮编** 100011
本版图书如存在印装质量问题，请与本社发行中心联系调换（联系电话：010-57512564）

目　录

上册

散文单篇奖（60 篇）

幸福花开那柯里　杜京　/001

翼下盛开的故乡　张子影　/007

赶牲灵的哥哥哟，我来了　朱佩君　/014

名窑精神　沈荣均　/018

永远挺拔的白杨树　王洁　/031

你是悲悯的珠穆朗玛　禾素　/034

致敬雪山　商泽军　/048

一个真实的阎肃　乔林生　/052

赁窑记　李光泽　/060

赣南血型　简心　/064

一封时光的情书　艾诺依　/069

不舍昼夜　梁盼　/072

江河之上　罗张琴　/076

父亲的“一大”情结　初日春　/083

远思长忆　路小路　/086

陶山之地说刘嫖　空灵　/094

记忆如此年轻　于德北　/098

岱山三章　卢文丽　/107

加格达奇的夜　朱明东　/110
十亩二分地　张蔓莉　/114
牧草样的生命
——长篇小说《红雪莲》后记　杜文娟　/119
永远的高跟鞋　伍佰下　/123
信义平遥　苏雪依　/126
我不认识铁岗村的人　王国华　/134
塞上，我的远方　曹蓉　/141
她比傅雷更不应该被忘记　李银昭　/150
敬畏七里香　魏田田　/156
晚霞中的洞里萨湖　何鸿　/158
逝者如斯　万华伟　/162
从一个故乡到另一个故乡　魏丽饶　/167
幽幽兰香　郭万梅　/171
神山博格达　谭曙方　/176
书的话题　林伟光　/180
童年的小河　郑有义　/185
夜泊秦淮河　徐祯霞　/190
沂蒙精神的高地　时磊英　/195
锁阳城里的风铃草　张子艺　/206
拾稻穗的岁月　罗大佺　/209
桑干河畔的情思　桑农　/211
探寻大汶河　夏海涛　/213
馈赠（组章）　清水　/224
母仪巍巍　范志民　/228
心中老磨房　钟法权　/233

父亲的哲学　笑石　/235
乘一叶慈悲越界来　姚风霄　/238
感受凤山妈祖心　夏晓露　/249
随着季风穿过北回归线　许星威　/255
第四个千年的夕照　刘存根　/259
远去的野渡　蒋兴强　/262
郁水寻古　筱卉　/269
此生，我只愿如花似你
——致黄蓉　王小丫　/272
回望故乡　赵克红　/275
繁星　黛安　/277
这一别，就是地老天荒（组章）　郝随穗　/279
巴塘骑兵　王昆　/283
那时的清明　高鸿　/286
塞罕坝情思　刘芳　/289
牵挂的季节　吴新财　/292
沧桑在浪尖上的老龙头　张雄文　/298
冰川下的涌动　穆蕾蕾　/304

下册

散文理论奖（4 篇）

中国当代散文批评艺术的历史观照　滕永文　/309
我们为什么喜欢散文　彭程　/314
万里长城　章学锋　/320
绿韵山魂　王散木　/324

散文集奖（40篇）

丝路飘来两朵云　肖云儒　/327

王守业　胡烟　/333

要问我从哪里来　袁学骏　/336

春天的野菜　高亚平　/340

书院，山水意境中的文化密码　凌翼　/343

总有一条小河在心中流淌　李培禹　/347

唐蕃古道　高文瑞　/351

葫芦蔓的浪漫之旅　李汉荣　/355

奥地利诗意之旅　华静　/357

在那遥远的地方　肖江　/361

枪挑紫金冠　李修文　/365

悠悠登溪水　阎受鹏　/370

地坛的红与绿　庞华坚　/375

我掐死了一只蚂蚁　陈雪　/379

过来的都是好年景　王小洲　/382

中山舰勺碗重相聚　刘益善　/385

我心中的那片绿　粟绿墙　/391

雁翔长空

——《断鸿声里》的单元语　邓高如　/396

请你吃故乡的炊烟　李丹崖　/400

郭靖：有一种笨叫大智若愚　衣璇玑　/402

躺着的丰碑　安谅　/406

春天里的意识，流　周淑娟　/410

孤独，既定的选择　西子谦　/414

敬畏大地　李炳锋　/416

一条狗老死在村庄里　　安宁　/419
眉豆爬墙，闺女仿娘　　王宁　/424
生命之灯　　逄金一　/430
名字　　陈仓　/434
月光下的守望　　高振　/440
心有琴弦　　韦斯琴　/448
张黎群与庞统祠　　蒋大海　/451
一声秋到　　若荷　/454
哥哥　　依然月牙　/458
鸡足山猜想　　赵培光　/461
故园雨归　　王福利　/468
苔藓，上帝遗失的一抹浓艳　　张亚宁　/471
爱此荷花鲜　　徐鲁　/475
蜀道雄魂　　邹安音　/479
缓缓穿过　　刘照进　/484
飞雪千年心依旧（外一篇）　　梅雨墨　/487

散文优秀奖（25篇）

与一块土地的对视　　陈丹玲　/491
香醋的记忆　　王桂宏　/494
长安不见使人愁
——历代文人与成都之李白　　张中信　/498
沉醉喀纳斯　　袁瑞珍　/505
泰州三章　　陈社　/510
上寺头·祈雨·庙会　　孙喜玲　/516
一人，一城，一生　　徐玲芬　/522

眼前飘来一道鞭影（节选）　丁利　/527
寻找二弟　无为　/531
白蒸馍　尹武平　/544
半升葫芦　徐庶　/548
外婆对我的文学影响　黄长江　/551
山谷里的花　于振坤　/555
淮北大地上的一棵麦子　王法艇　/557
女曰鸡鸣　韩修龙　/561
大哥　李喜林　/564
爱上冬小麦　陈木红　/568
山路马帮　简云斌　/572
老柳树　赵日超　/575
秋伤　胡毅萍　/579
俄罗斯阅兵中的中国“不朽军团”　张伊　/582
永远的童话——无花果　楚林　/591
贵儿与贵婿　王馨　/595
您养我长大，我陪您赏花　文雪梅　/600
青果巷的前世今生　周良林　/605

散文单篇奖
（60篇）

幸福花开那柯里

杜京

秋色正浓，群山如画。阳光穿过树林洒下美丽的光影，汽车沿着二一三国道飞驰。路边的凤凰树在向我们招手，芭蕉花绽放笑靥，凤尾竹随风起舞，青山树笑意盈盈。抬头望去，青青茶园，瓜果遍地，鲜花盛开，好山好水好地方，这里就是那柯里。

到过宁洱的人，都说那柯里是古老驿道上至今还能追寻到昔日马帮足迹的地方，即使光阴似箭，岁月流逝，这里依然充满民俗风情，景色秀美。传统村落还原茶马古道的历史，书写茶马史诗的篇章，见证马蹄踏出的辉煌。

蓝天下，白云悠悠。我伫立在那柯里村口巨石前，久久凝望着醒目的红色茶马古道线路，不禁感慨万千。历史上，北有丝绸之路，南有茶马古道。举世闻名的“南方丝绸之路——茶马古道”就是以普洱府（今普洱市宁洱县）为中心，经昆明通往北京的官马大道，大理、丽江、西藏到尼泊尔等国，越南转至欧洲，孟连到缅甸、印度，勐腊至老挝及中南半岛的五条茶马古道向国内外辐射。茶马古道是唐宋以来中国西南大地上对外贸易交往、文化交流的国际传播通道，是中国藏区连接祖国内地及南亚、东南亚的重要纽带，是中国各民族兄弟姐妹紧密团结的友谊金桥。

我走过不少地方，去过很多国家，也先后三次来过普洱，但都与近在咫尺的那柯里擦肩而过。遗憾之余，我对那柯里这个茶马古道上的传统村落又多了几分期盼。

那柯里的名气很大，我早就听说过，它离宁洱县城十六公里，是“茶之源，道之始”的茶道缘起地，是普洱府茶马古道上的一个重要驿站，依山傍水，满目苍翠，生态环境良好，是至今保存较为完好的茶马古道遗址。

我沿着路边长着花草的石板路走进那柯里村。眼前古村落的屋舍瓦楞上长满绿茸茸的青苔，红色土坯泥墙上爬满了牵牛花，缠绕着豆角藤，砖雕的墀头，发黄的梁柱与狭窄的街巷一起站立在历史的深处，仿佛一位耄耋老人在神情专注地向我讲述着那柯里长长短短的故事，语气平和，娓娓道来，如数家珍……

我想，真正古老的村落是自然选择的结果，由大地、河流、山川塑造。在苍茫的天空下，那柯里蜷缩在山坳里、沟坡上，与村旁淙淙流淌的小河相映成趣。

关于那柯里的由来，可谓众说纷纭。在“高老庄农家”用午餐时，我听到一位村民这样解释：那柯里，原名“马哭里”。相传，无论从磨黑孔雀屏下来，还是从思茅上来，经官府大道进京的马帮都要在那柯里的“荣发马店”歇脚过夜。凡是进出荣发马店的马帮，均需涉水蹚过马店前的一条小河，因劳累过度，睡眼惺忪的马儿面对冰冷清澈的水流下了伤心的眼泪，因此得名“马哭里”。视马儿为生命的马锅头们多次上书官府，官府最终遂了他们的心愿，修建了一座长二十多米的五格“风雨桥”，从此，“马哭里”更名为“那柯里”。

唐代有了古道之后，“马哭里”又有一种说法。茶马古道两边是荒凉的山道，骡马初到此地，不免要仰天长啸，看到马锅头习惯性的扬鞭前行，潸然泪下，于是便有了“马哭里”的说法。随着茶马古道的繁荣延伸，马帮领队又向当地官府申请，将“荣发马店”升级为贡品进贡的御站，于是荣发马店伴随着茶马古道的兴盛经历了沧桑风雨，名扬四海，流芳百世，供人们参观敬仰。

在傣语发音中，“那”为田，“柯”为桥，“里”为好，因此，“那柯里”之意为村子里小桥流水，沃土肥田，岁稔年丰，是理想的人居之地。那柯里驿站蕴藏着人文情怀、生态理念、普洱茶文化，以及茶马古道和马帮文化的深厚内涵。

听到人们对那柯里的各种解释，我对这个“南方丝绸之路——茶马古道”上的驿站村落越发好奇。此时我才明白，过去见过的一些庙宇巍然、屋宇俨然的“老村落”，真的还没有老到皱纹纵横、银髯飘飘。洪荒时代的人类，在一些尚缺少厚重历史，又无山水相依，生存环境恶劣的地方聚族以居，形成村落，想来也是一种无奈的选择。

相比之下，那柯里显得有些与众不同。这个古村落的厚重历史与现代社会隔着遥远的时空，如同传说中那样神秘又朦胧，但距离喧嚣的生活又是这么近。四十五岁的村民杨萍一家，在那柯里茶马古道老街上开办“农家乐”已经四年了。坐在我面前的她满面春风，快人快语：“过去靠种玉米等粮食作物为生，辛苦一年到头，全家五口人总收入还不到五万元，日子过得很艰辛。现在党的政策好，我们那柯里人沾了老祖宗的光，喝普洱茶，吃文化饭。我家开办起‘高老庄农家’，经营正宗马帮菜，生意红火，收入倍增。”杨萍脸上洋溢着幸福，接着说，“大儿子从医学院医师班毕业已经工作。二儿子考上大专后，遇上一个好老师李兴昌，他家世代制作普洱贡茶，他是古法技艺第八代传承人，普洱贡茶制作技艺的国家级传承人。二儿子就是跟着李老师学习手工制茶，毕业后回到村里自已制茶，传承了古法技艺手工制茶的文化传统，吸引了不少对普洱茶和马帮菜感兴趣的回头客。现在我们家年收入已经超过十万元，还盖起了新瓦房，日子过得越来越好。”

说话间，杨萍为我们端上了热腾腾、香喷喷的油炸肉、土鸡汤、铜锅饭，还特意为我们介绍了一道菜“马帮三姐妹”，即豆腐、豆花、豆浆，这是当年马帮队伍路过时必吃的一道菜。

土地、种植乃生命之本。中国的文明原本是由农耕文化抚育滋养的，然而近几十年来，打工大潮汹涌，人去屋空，土地撂荒，耕种成了落伍的代名词，回头一望，只顾追逐现代化之梦的人们，一度亏待了珍贵的土地。心静如水的那柯里人怀揣感恩之心，始终坚持守望，执着地在这片祖祖辈辈留给祖孙后代的热土上耕耘，而土地也以母亲般的慈爱，回报着对这片土地不离不弃的那柯里人。

上天赐予那柯里青山绿水，这里天时地利人和。至今保存完好的茶马古道遗址——那柯里茶马古道、百年荣发马店、那柯里风雨桥，以及马帮队伍当年用过的马灯、马饮水的石槽等历史遗物，更加彰显出那柯里悠久的历史及深厚的茶马古道文化。站在风雨桥上，一副“廊桥走千骑风雨几度，古道留印蹄岁月如斯”的对联道出那柯里百年的风雨沧桑。

来到那柯里，可以看风景、尝美食、品文化。从唐宋起，人文雅士就把茶写入诗词，在留下佳作的同时，亦将茶趣赋予其中：“只缘清杳成清趣，全因浓酽有浓情”“客来莫嫌茶当酒，山居偏隅竹为林”“一杯香茶皆留客，两腋生风几欲仙”“来去匆匆请喝一盅，分文不取本地遗风”。茶马古道上的那柯里，对联丰富，淳朴自然，有的还能铺陈出生动的故事，口口相传。一幅幅立意新颖、构思精妙的联语，俨然一杯杯香茗，伴着普洱茶香，飘向遥远的地方；一幅幅盎然成趣、通俗易懂的对联，宛如时光的刻刀，在那柯里历史文化的园地上镌刻出朵朵奇葩。

我们到达那柯里时，离午餐还有一些时间，我急忙踏上“风雨桥”，迫不及待地去村里看看，那柯里好似一位世外高人，让我慕名拜访。邂逅与专程造访的感觉完全不同，如果再遇到一位满脸慈祥和善的老人，我一定会停下脚步与他聊天。我和“荣发马店”的主人李天林相识实属偶遇。

当我走下风雨桥的石阶，面对一座灰色砖墙的院子，大门两边红木上雕刻的金色大字的对联吸引了我的目光：“关山难越谁为主，萍水相逢我做东”，横批“荣发驿站”。一位身穿黑色镶着红边彝族马褂、一头银发的老人站在这座没有院门的老宅前，热情地和我打招呼：“请问你从哪里来？欢迎到我们荣发马店来做客。”见此景，宁洱县委宣传部部长傅礌向我介绍，这里就是习近平总书记当年来那柯里调研时到过的“荣发马店”。李天林老人热情地招呼我们到家里坐。

我们走进小院，李天林的老伴儿正坐在丰收的玉米堆里，小心翼翼地将金灿灿的玉米掰下，再用簸箕盛满放进粮仓。望着丰收的玉米，她一脸的幸福。李天林老人回忆：二〇〇八年十一月十八日是他一生中最高兴、最难忘的日子，时任国家副主席习近平来到他们家，坐在院子里的小木桌前和他们拉家常，问他们：“粮食够不够吃？”“孩子们都能上学吗？”李天林的老伴儿刀会珠在一旁高兴地说：“习总书记平易近人，说话和气，他笑起来就像太阳，让我们心里暖洋洋的。”

那年习近平总书记到那柯里看望受灾群众时，走进李天林家的厨房，揭开锅盖，看他家吃得怎么样，又去他的房间，关心他家住得怎么样。在茶马古道旁，习近平总书记与村民们围坐在一起拉家常，听到村民们说开办的农家乐生意不太好时，热心地为大家出谋划策，并鼓励村民们“要相信有了党的好政策和大家的共同努力，你们一定能走上致富之路”。

那柯里村民的温饱冷暖，总书记一直装在心里。二〇一五年一月十二日，习近平总书记同中央党校第一期县委书记研修班学员座谈，听到时任宁洱县委书记、现任普洱市副市长李鸿发言时，习近平总书记亲切地询问：“现在茶马古道那条路还通吗？”“村民们生活有变化吗？”殷殷之情溢于言表。

那柯里村是宁洱“六·三”地震的重灾区，恢复重建时，政府将这里规划成旅游小镇。李天林家祖祖辈辈都是赶马人，在重建中，他家盖起了两层小楼，开办了“荣发马店”农家乐。小院里花繁木茂，清幽宁静，院中的走廊上悬挂着习近平总书记当年到李天林家看望他们时的合影。在与李天林老人聊天时，他高兴地告诉我：这几年，他家养了土鸡、土猪，办起了“荣发马店”，由大儿子李韶勐经营，生意兴隆；去年又开办了“荣发驿站”，由小儿子李韶浮经营，全家的收入增加了两到三倍。李天林家的“农家乐”，除了注重菜品质量，经营地道的“马帮菜”，还在墙上挂满了老照片，在茶马古店摆放了马帮油灯、马驮子、皮包等当年开马店时用过的物品，再现了当时茶马古道驿站马帮生活的真实场景，让客人来到这里就能感受到厚重沧桑的茶马古道文化。

在与那柯里村民的交谈中我了解到，按照习近平总书记的要求，近年来普洱市委、市政府，宁洱县各级党委、政府高度重视茶马古道的保护管理工作，利用“茶马古道”驿站位置优势，充分挖掘古道文化内涵，先后投资修复、重建那柯里古道、河道自然景观、马鞍人行栈道、风雨桥等基础设施，打造特色饮食文化，发展古道旅游，带动村民致富。李天林老人感慨地说：“那柯里村的脱贫致富和变化，离不开村里党员干部的带头。现在的干部和过去不一样了，他们吃苦在前，享受在后，早起晚睡，吃顿饭还非要给钱，你不收钱他们就不吃饭……”短短几句朴实的话，道出了那柯里村民的心声。

如今，那柯里这个仅有六十六户村民、二百三十一人，少数民族占百分之五十七，以哈尼族、彝族为主的古村寨，先后被评为“中国最美休闲乡村”“全国文明村”“民族团结示范村”。总书记的嘱托已经变为现实。今天的那柯里村名扬四海，吸引了全国乃至马来西亚、新加坡、美国等国家的宾客前来观光游览。

在那柯里村，我听到一位年过花甲的哈尼族大妈这样表白：“辛苦的是共产党，幸福的是老百姓。”这句话听起来很简单，但仔细想想却一点不简单！如果不是身临其境，如果不是深入那柯里村民家里采访、聊天谈心，我无法感受到这样的表白是多么的真诚朴实。那柯里之行，带给我的是心灵的震撼、灵魂的洗礼。在这里，我深深地感受到那柯里历史的厚重、泥土的芳香，以及芳香中散发出来的思想光芒。

阳光下，李天林老人指着院子里的一棵石榴树，高兴地对我说：“你看，树上挂满了石榴，果实累累，今年又是丰收年。”他又指着另一棵树告诉我，“原先我家是没有这棵滇橄榄树的，自从习总书记来过之后，院子里就自己长出来这棵橄榄树，现在已是枝繁叶茂，生机盎然。你知道吗？滇橄榄含在嘴里苦涩回甘，我们那柯里村民的生活，就好像滇橄榄一样，先苦后甜，回味无穷。”

跨过尘封的岁月，积淀历史的厚重，在我心里，那柯里之行就是一次净化心灵与饱含人文情怀的对话，至情至深，朴素清新。站在古老的院落，眼前花卉满庭，菊花朵朵在绽放，鸡冠花开红似火……这美丽的花朵开放在那柯里芬芳的土地上，这幸福的花朵绽放在那柯里百姓的心田里。

作者简介：杜京，祖籍山西，出身军人家庭。先后任编辑、记者，文艺副刊部主任编辑,《北京日报》时政新闻部主任、高级记者，中国报纸副刊研究会副秘书长，中国作家协会会员，中国摄影家协会会员，中国散文学会会员。

自幼喜欢写作，兴趣广泛。选择从事新闻文学这一职业，就是想用手中的笔写出一个充满爱的世界。从爬格子生涯开始的那一天起，她就做着一个梦，这个梦使她没有片刻的安逸。在她的眼中，写作即生命。

先后出版《我与老师》《跨越国界的芬芳》《地球上的银飘带》《东方多瑙河》《我，文化波兰》《琥珀色的格但斯克》《四季波兰》等著作。有数百篇文章、百余幅摄影作品在国内《人民日报》《光明日报》《经济日报》《香港文汇报》《澳门日报》《中国国家地理》《中国传媒》《人民文学》等报刊，以及美国《洛杉矶时报》、英国《泰晤士报》、法国《欧洲时报》等报刊上发表。多次荣获中国新闻奖、中国报纸副刊作品一等奖及国内外新闻大奖，并获第八届冰心散文奖。荣获波兰共和国授予的“杰出贡献勋章”。她所拍摄的图片曾荣获中国摄影新闻奖，被中国国家博物馆、中央档案馆永久收藏，并颁发收藏证书。

读万卷书，行万里路，是杜京的精神追求；一半时间在路上，一半时间在书房，是杜京的生活状态。她多次被选派出访欧洲、东非、北非、南亚、东南亚、南美、北美等地。她用一双善于发现的眼睛，拍摄了数百万张精美、鲜活的图片，撰写了大量细腻生动的美文，为促进中国媒体与各国媒体同行之间的沟通与交流、传播中国文化、促进和平友谊做出了积极贡献。

翼下盛开的故乡

张子影

暖阳和煦，微风拂馥。

透过飞机的舷窗，大地上墨绿、翠绿、土黄、金黄、深黑、墨灰、浅灰、银白……大片大朵的色块，像无数巨型花朵，由远及近，渐次扑面而来。那是由田野、山林、河流，以及村庄的房舍、屋脊勾勒出的色块与线条，这些在机翼下盛开的“花朵”，就是我亲爱的故乡——安徽肥东。

故乡在翼下盛开。长达半个世纪的时光，这种景象无数次重现。每一次，父亲都会像当年第一次飞临家乡俯瞰时那样，目热心醉，意迷神往。

玉笛吹五月，山南落梅花。人情重怀土，飞鸟思故乡。父亲说，对肥东故乡的情结无关时光与距离，越遥远，越深醇。

一

一个颀长少年在乡间的小路上赤足行走。

肥东三月，春冷雪残，微风日寒。乡间小路时曲时直，无限延伸，两侧稻田，水面如镜，秧苗初碧。少年父亲在南山的黄麓上中学，每次回家，三四十里的路一直赤足。

那时节，肥东桥头集镇有一座小巧的火车站。信号灯高长的水泥柱身被经年的煤粉熏成了黑色，明亮的灯眼沉默地见证了一个赤足少年的守望。堆栈着满满黑色的庞然大物拉着响笛轰隆隆地走近，又远去，远方的白烟如秘符经久缭绕，那是少年父亲的神往。那时他不知道，有一天他会穿上齐膝的飞行皮靴，走得比列车能够抵达的地方更高远。

一条清水河跟着少年进村，村东有架石板桥，清澈的河水从板桥下流过。少年在桥下盘桓片刻，再出现时，村人看到的是面容净白、衣冠端正的中学生。

父亲进门时常听见小叔号啕大哭，彼时他一定是光着屁股困顿在奶奶手上，地上扔着面目全非污泥浊水的衣裤。小叔顽劣，东西墙根和泥泞菜园是他的游乐天堂，跪行在地努力寻找四下出没的小动物是他永远乐此不疲的游戏。父亲挽起衣袖，接过奶奶手里的大木盆去洗，奶奶在身后，尖着手指倒提着张着大嘴的鞋指着小叔说："过完年才和你三哥一起上脚的鞋，你这不上学不下地的，怎么就成了张嘴蛤蟆头？"

父亲行三，上面的哥姐在灾荒年间早夭，下面有一弟三妹。老家有水田数亩、菜园五分，并鸡鸭鹅数只，爷爷开个小豆腐坊收入微薄，盖因乡下客少，村中偶尔的红白事，宽厚的爷奶也只肯收点豆子钱，故而光阴有限光景困难。

父亲以撮镇第一名的成绩考进肥东县高中，校长步行十几里亲自将通知书送上门。送走了兴奋不已的校长，爷爷咬着烟袋不说话，院里两个姑姑头挨头趴在磨盘架上写作业。父亲说："大（爸），让妹妹继续念书，学费我自己拿。"从这一天起，父亲没有了休息日，采荠菜拾地衣，拣松子收稻谷，送豆腐卖冰棍，还到车站帮人背煤粉下炭块——到了年底，父亲不仅挣出了学费，还挣了两丈三尺布钱。布给姑姑们过年裁新衣，余下的布头，奶奶给两个儿子每人做了一双鞋。

孩子的鞋是大人的脸。家乡田汉纵横，一色儿的垄土路，晴天尘灰雨天泥，布鞋最不经磨折，两水一洗就脱了相。爷奶很久都不明白，小叔的鞋两个月就开了口，那么远上学的父亲如何做到一双鞋穿大半年还是半新。

那一年我回乡祭祖，村东上的老张叔告诉我，他不止一次目睹父亲回家前先在村外的塘田里仔细濯足晾脚，穿袜穿鞋，然后才在小河边净面洗手。塘田种稻，而穿村而过的小河是一庄人的吃水，平素洗衣涮桶只能到村尾的下游，曾有外来的新媳妇将洗菜淘米的剩水倒进河里，被公婆厉色数落站在院里高声痛哭半日。

白云淡净，蓝穹碧阔，正午时分，村中寂静无人，父亲兀自定气安然地做着这一切，老张叔说那时他就认定，这个自律稳当的孩子将来定会有出息。

二

当年位于合肥三孝口的师范中学，两片木制的篮球架下，白粉划出的三米线操场，是父亲事业与爱情的幸福起点。簟纹似水，夏山如碧，那是沸腾的一天。全市的中学生男篮联赛，作为校主力中锋，父亲腾挪跳跃身手敏捷，这一场占据了天时地利人和的比赛，师范中学代表队大胜。天意赐福，当父亲和众队友欢呼簇拥着下场时，父亲看到了女副校长身边站着的一个娇小女生，她正仰头看他，一双美丽的丹凤眼，两条油黑的麻花辫。

当日在场外观战的，还有空军某部的招飞工作人员。之前，很有些国防知识的市教育局局长说：“篮球联赛，全市中学里最优秀的男生都会到场。成绩单在我这里，是不是当飞行员的料，就在球场上看身手了。”数日后，父亲没有悬念地招飞入选，一路过五关斩六将，被戴着大红花敲锣打鼓地送去了航校。

航校第四年，父亲获准探家，某日手提云片糕和麻饼回母校探望恩师，在女校长身边倏然看见一个女生布衣素服静立，熟悉的丹凤美目、油黑大辫。母亲九岁成孤，借居表舅家，舅家人多地少，舅母严厉，母亲性格倔强，高分保送师范中学后做校工自给自足。女校长疼惜女学生志高思慧，遂邀来同住，还时常帮她洗发梳头，在女校长慈母般的爱护下，母亲真正成了长发及腰的碧玉。此时，母亲已是合肥师范大学大二学生。那时候，上大学的女孩寥若晨星。晨星照亮了父亲的眼睛，周围一切都暗淡了。

父亲与母亲开始通信。1958年冬，父亲在信中说，锦州太冷，晨跑时鼻子要冻掉了。母亲就拆了自己唯一的围巾，用一周时间，织成带脖套和面罩的帽子给父亲寄去。其实，纱线帽在北疆零下三四十度的天气里只是聊胜于无，母亲不知道，十八年来生长于温带南方的父亲怎样坚韧地度过了那些酷寒漫长的冬季。那时，国防航空刚刚起步，服役飞机无论性能还是人机界面均无法与今天的飞机相比，战斗机飞行员尤其要靠毅力和体格耐受特别恶劣的空战环境。父亲每日着单衣晨练，跑步游泳，从每日三千米到一万米，最后冷水浴身，三十年从不间断，直到七十岁，老人家依然耳聪目明举止矫健身姿挺拔声若洪钟。

女校长那天对母亲说：我寻了很久，才看中这一个。他家道虽平，但身世清白，锐身不群，况且能成为飞行员的人，都是人中龙凤，德逸品岫。女校长果然眼光不俗，肥东人杰地灵雄山秀水风情淳厚，这块皖南著名的锦绣上地滋养出来的父亲，当年在航校同期生中第一个放单飞，成为新中国成立后肥东首位飞上蓝天的飞行员。山程水驿，夜雨晨霜，父亲自此振翅蓝天一展长才。又三十年，“吴楚要冲、包公故里”的肥东走出的飞行员成为共和国将军。

三

女校长家中一别，父亲与母亲再见面，已是五年之后。

他们的通信持续一年多后，突然中断。母亲大学毕业，分到《安徽日报》记者组。报社是年轻才俊聚集的地方，知书识礼经济独立美貌娴静的单身女记者成了报社全体男性未婚者共同追求的目标。有一天，社长对静如止水的女下属说，把他的照片放在办公桌上吧，要穿飞行服的。

三年多的杳无音讯，女副校长也肠忧愁结：谁都知道飞行是有风险的。母亲收拾行装，说："我去找他。"

父亲原址上人去室空，部队换防去了外地，留守的兵士一脸警惕油盐不进。省报的女记者自然是不同凡响的，母亲带了介绍信，一个电话打回社里。社长亲自打电话到所在地区的省报，省报转市报，市报转省军区和驻军。之后母亲辗转坐车，数日后来到南方一个小镇的飞行团基地。团政委在见到母亲第一眼后就明白了——他在父亲床头的相框里天天能见到这两条油黑大辫。多年后我问母亲，当年父亲英俊风华，首长们的文艺女儿如花似玉，就不担心父亲移情别恋？母亲睁大了仍旧美丽的眼睛，吃惊地看着我说：你怎么会这么想？你父亲不是那样的人。母亲当时认为，失联的唯一原因是父亲在执行任务时失事失踪或者伤残。因此，山高水低想了一路的母亲在政委面前说的第一句话就是：我来接他。

还是在操场。看到从天而降的母亲，父亲在第一秒之内就跳起来，冲过来拉着母亲的手就跑。一群生龙活虎的战友只来得及看到一双璧人飞跑远去的背影，两条油黑大辫甩在一握纤细的腰间。

五十年代后期，苏联撤走专家，我国国防航空雪上加霜。没有条件创造条件也要上，父亲毕业即参与新机改装，驻地位移，事关机密限制通信。情况缓解后，母亲亦离校，两头信件均"查无此人"。此后边境多秋，父亲转战频繁，耽于另一桩高等级机密任务，只能与母亲断了联系。

母亲虽在基地住下，但他们只能在晚饭后的一个小时自由活动时间见面。父亲带着母亲沿着机场跑道边的草地缓缓踱步，一架架巨大的银鹰静默蹲踞在黄绿伪装的机窝中。父亲说，地面虽远，天空很近。曾经有大半年，他在南京附近驻防，若干次驾机越过长江，机头再一偏，十数秒后就看到家乡肥东的土地，大片大朵如花般在翼下盛开的村庄令他心热神迷。

他们在营区小径旁的石凳上对坐，落日如金，夕光照眼，身边两株高大梧桐繁花尽开，朵朵淡紫的花瓣，片片，静淑飘落。

第五天的早晨，母亲醒来后发现飞行员公寓空寂无人，父亲和那些生龙活虎的飞行员小伙子们一夜之间传说般突然消失了。母亲狂奔到机场，只看见数架战机阵列跑道，一阵呼啸之后穿云而去。政委赧颜将一封信和一个纸包交给母亲，短信上父亲只简单写了爷奶的姓名和家庭地址，小包里是一条雪白绸巾——当年飞行员们特供的必备随身物品，是父亲第一次升空作战时所佩戴的。政委吞吐说，大队将要执行特殊任务，时间待定，通信绝对禁止。政委没有说的是，父亲是全空军精选出的特种5人小队队员之一，任务目的地远到飞机只能单程供油。事关大局非比寻常，5人小队曾受到共和国总理周恩来的秘密接见。

母亲平静地说，我在报社能看到内参，我明白。

一个月后，师里收到母亲寄来的结婚申请，上面盖着“安徽日报社”的鲜红大章。三个月后，局势转变，任务取消。新年之前，父母结婚了。

父亲与母亲通信的习惯在他们婚后保持了十数年。直到上中学，我仍然能经常看到远征在外的父亲写给母亲的信，通常是用只印番号的部队专用牛皮纸信封。有趣的是，高大威严的父亲字体娟小纤秀，玲珑静娴的母亲却字大而刚劲，颇具柳风颜骨。

四

飞行是勇敢者的事业。万千风云，只在弹指之间。纵横三十年，父亲当年一个中队的战友，只有他硕果仅存。曾有一次，编队远征转场，突然雷风电雨，父亲眼看着他的僚机被闪电击中，机翼一斜落下了云端。他带出的中队长，结婚刚刚三个月，在一次训练中刚一起飞，发动机就因吸入了大鸟而骤停，飞机高度有限没有时间处置，飞机坠落跑道尽头，冲天的黑烟多少年后还在狠狠灼痛他的眼。做了指挥员的父亲每天花费大量的时间在他的飞机和战友身上，他只要看一眼屏显数据，听一声话筒，默算时间，就能准确地说出每架飞机的编号和飞行员的位置状态，行业人士引以为奇。《解放军报》曾在头版头条做了父亲的长篇报道，醒目的大标题是：“有他在塔台，飞起来更放心”。这是飞行员们对指挥员的最高评价。

当年父亲招飞走时，在撮镇车站，爷爷站在车下踮脚递上一个布包，里面是两双崭新的黑布鞋。二十多年里，尽管父亲早已穿上了定做的制服皮鞋，奶奶还是每年给他做一单一棉两双布鞋。父亲爱如至宝，到家就换上，遇到家里做卫生，父亲会把穿着布鞋的脚抬得高高的，等地板干了才落下来。

奶奶是1995年春节前去世的，那年的布鞋没有如期而至，父亲把旧布鞋用湿布仔细擦净晾干，收进了樟木箱子，同立功奖章和授衔证书放在一起。箱子是母亲的陪嫁，姥姥留下的唯一物件——黄铜的搭扣，四角包着同质的镂花铜皮。箱里还有另一件珍贵的传家宝，对，就是那条白绸围巾。

故溪黄稻熟，一夜梦中香。还是老家好啊！离休后的父亲常常这样神往地说，老家前院有鸡鸭同饲，后院有四时之蔬，花草虽无多，果树三五棵。沿院墙插一圈修木细棍，篱笆稀落，夏挂葫芦秋爬豆，猫进狗出，遮阳蔽荫，十分有趣。

在父亲不断的回忆里，爷爷时常在我眼前出现：长年下地的爷爷终日赤足，露水打湿裤脚，脚丫缝里全是泥浆草屑，腰上紧着粗布做的腰带。父亲说："大，我送你的牛皮腰带呢？"爷爷说："拴松了出出（向下掉的意思），拴紧了箍得慌。"

我不喜欢爷爷的脚，但我喜欢爷爷的味道，爷爷身上有青草和干草的味道。那年春节，我们举家回乡却连逢阴雨，院子里人来人往泥泞不堪。清晨，爷爷起来，先用青草喂猪，再抱干草把湿泥地垫起来，上面搁块长长的条板，牵着我的手走上去说："伢啊，试试，稳当不？"

那几天晚上，我听到爷爷和父亲的谈话。父亲最后说："大，我不光是你的儿子，我还是国家的人。"父亲一生敬重爷爷，不愿停飞回乡为官是他唯一的忤逆。特级飞行员的父亲一直飞到空军规定的最高飞行年限。

爷爷熟悉人间所有时令节气，但他似乎不太懂他能在天上飞翔的儿子。

送别爷爷那夜，父亲一夜对窗独坐，闭门不响。窗外漆黑，夜寥树森，天凉院寂，忽听一声"啾啾"，一只夜鹰嘶鸣两句孤清而去，父亲仰头长息，潸然泪下。

写到这里，正值中秋，听父亲在电话里说，母亲在做饺子和麻团。以前奶奶在的时候，每年中秋都做。今夜思千里，霜鬓又一年。故乡在父亲心中如斧削刀刻，终身难泯。

我知道父亲今夜又会神归故土，在他神飞的梦境里，故乡肥东如色彩纷异的大片巨型花朵，于这月明星亮之夜，在银翼下渐次盛开，扑面而来。

2015年9月23日　夜灯

作者简介：张子影，出生于浙江衢州，祖籍安徽肥东。空军政治工作部专业作家，文职二级，中国作家协会会员，中国报告文学学会会员，巴金文学院终身签约作家。

出版小说集《女兵一号》、诗歌集《一朵云响亮地飘动》、长篇纪实文学《大上海沦陷》《守望光明》、长篇报告文学《飞越驼峰》《走向文明》《三日长过百年》《试飞英雄》等。影视剧本《新女驸马》《我爱芳邻》《沧海丝路》等作品多部。动画剧《蓝猫特工队》《蓝猫平安出行》《蓝猫西行记》《蓝猫龙骑团》等四百余集，系蓝猫系列长篇儿童动画剧总编剧。在《人民文学》《中国作家》《北京文学》《上海文学》《中篇小说选刊》《解放军文艺》《时代文学》等报刊发表中短篇小说及诗歌散文作品数百万字。担任编剧的国内第一部反映西汉时期海上丝绸之路的长篇历史大剧《沧海丝路》在央视 8 套播出。

作品荣获中宣部“五个一工程奖”、曹禺戏剧文学奖、徐迟报告文学奖、冰心散文奖、巴金文学奖、解放军文艺奖等，并获《北京文学》《中国作家》《解放军文艺》《安徽文学》等多家刊物年度优秀作品奖。2017 年，长篇报告文学《试飞英雄》获得国家出版基金奖，并入选中宣部重点主题出版读物文学类 20 本及中国出版协会 2017 年度“中国 30 本好书”，登陆中央电视台一套黄金时间及中央电视台十套《读书》栏目，中央人民广播电台连续 50 期全文连播。

赶牲灵的哥哥哟，我来了

朱佩君

人生出来不一定是为唱歌的，但没有了歌声，人类的生活将是无味的。我自幼喜欢唱歌，尤其喜欢我们家乡陕北的民歌。

正值盛夏时节，七月二十日晚，北京一场罕见的大暴雨出其不意地淹没了农庄的每个角落，在灌满我苦心经营了大半年的开满鲜花的小院之后，竟然在夜半更深之时悄无声息地冲进了我的家。

二十一日上午，与洪水斗争了一夜的老佩拖着疲惫的身体，抛下正在清理的现场，蹚过农庄的一片汪洋，带着满身的雨水，义无反顾地赶赴吴堡邀约！是啊！是那一首首动人心魄的陕北民歌，是那一首首脍炙人口的信天游，将我从雨中帝都带到这古朴的黄土高坡古窑洞旁。

“走头头的那个骡子哟，三盏盏的那个灯，哎哟戴上了那个铃子哟，哇哇的那个声……”

“一个在山上一个在沟，咱们拉不上话招一招手……”

这一首首承载着陕北人民的喜怒哀乐、悲欢离合，飘荡在黄土高原的山山峁峁、沟沟坎坎，千百年来经久不衰的陕北民歌深深地吸引着我。是那最朴实、最真挚的情感抒发打动了我，每一句话儿都是从心窝窝里掏出，不虚拟，不造作，用发自肺腑的呐喊讲述着一个个在贫苦生活中挣扎的男女爱情故事。

二十世纪八十年代，一部由路遥同名小说改编的电影《人生》播出后，引起了强烈的反响，其中主题曲《叫一声哥哥快回来》堪称经典，太动听了！从那时候起，我深深地迷恋上了陕北民歌。从《五哥放羊》《挂红灯》，到《赶牲灵》《三十里铺》《兰花花》，再到《羊肚子手巾三道道蓝》《对花》等，几十年来，不管我身在何处，陕北民歌都伴随我经历着时代的变迁、岁月的流淌。

熟悉我的人都知道我有两个最爱，一是秦腔，二是陕北民歌。有我参与的活动，必有秦腔和陕北民歌的声音，尤其是朋友聚会，大家总会点唱我最喜爱的那首《赶牲灵》。我对陕北民歌不但痴迷，而且很专一。

前几年，我随采风团去壶口，瞬间被那气势磅礴、波澜壮阔的黄河瀑布震撼了！那辉煌的自然景观深深地吸引了大家的眼球，大家都惊叹不已，竞相拍照。

这时，突然从背后传来：“我说东方就一个红，太阳就一个升，中国出了个毛泽东，他是人民大救星。”

这个声音魔法般地令我驻足。转身望去，只见滚滚黄河崖畔上有一位头戴白羊肚子手巾、身着土布褂子、腰系红绸腰鼓的陕北老汉在纵情高歌。

我不由自主地接唱“一个在山上一个在沟，咱们拉不上话招一招手”，没承想他又回唱一首《三十里铺》“提起个家来家有名……”。我们俩就这样一边唱着一边和着对起歌来。激情对唱引得游客纷纷围观拍手叫好。这时，我索性放声高歌：“青线那个兰线线……”游客的掌声热烈，我唱得越发忘情。老汉也越唱越来劲，竟唱起了酸曲儿，“大红果子剥皮皮”，“拉手手，亲口口”。我也随即对唱，幸好未掉链子。我们边唱边舞，越走越近，我兴奋地舞起红绸子，陕北老汉打起腰鼓，摆出了经典的舞蹈造型，这场欢快的陕北民歌大 PK 就算结束了。真是唱不完的信天游抒不尽的情啊！那次对歌的情景我至今记忆犹新。

二〇〇三年王昆老师指导我唱陕北民歌《赶牲灵》时曾说：“就用你秦腔的唱法，演唱时眼前要有画面，不要刻意地去找发声位置，就用陕西话最朴实地唱才会打动人。”老师的教诲我至今铭记在心。

这次为了参加纪念前辈作家柳青一百周年诞辰的活动，我有幸随中国散文学会组织的作家采风团，踏上了陕北这片热土，来到了吴堡。

这里不仅是《创业史》的作者著名文学家柳青的故乡，更是毛泽东在一九四八年三月二十三日，率领在陕北转战了一年的中央纵队东渡黄河，前往河北省的西柏坡的出发地。当然，最吸引我的，还是它是陕北民歌《赶牲灵》的诞生地。

张家墕村是著名的民歌之乡，也称腰鼓村，我们所住的同源堂窑洞宾馆就在此村依山而建。四周枣树环抱，空气清新宜人。《赶牲灵》的作者张天恩就出生在这个村子里。好有缘啊！这对我来说是多么大的惊喜啊！

傍晚，夜幕低垂，黄土高原万籁俱寂，同源堂窑洞宾馆在霓虹灯的衬托下显得格外明亮。此时，大厅里唱响了我最期待的、亲切熟悉、动人心弦的陕北民歌。《一对对鸳鸯水上漂》《拉手手、亲口口》《羊肚肚手巾三道道蓝》，一首首耳熟能详的民歌被民间歌手演绎得凄美委婉，格外动听，简直把我都听醉了。原生态陕北民歌实在太有魅力了，真是高手在民间啊！如此学习良机，我又怎能错过？

会后，在县委宣传部的精心安排下，我们一行来到张天恩的故居进行采访。这位民间音乐大师的传奇人生深深吸引着我。

那天，张天恩故居创办人张永强突然从旁边有人居住的窑洞里抱出一个镶满照片的大镜框，指着每一张照片对我们热情讲解。原来，张天恩不但是著名的陕北民歌艺人，还是陕北秧歌和陕北快板的能人。他青年时期赶着牲灵走三边，下柳林，为边区驮盐、送炭。沿路的沟沟坎坎、山山水水给了他创作灵感，他编唱出了《赶牲灵》《跑旱船》《白面馍馍虱点点》《十劝劝的人儿》等人们耳熟能详的作品。

听说坐在窑门口的陕北老汉是张天恩的徒弟，我迫不及待地迎上前去，请老人讲述张天恩的鲜为人知的故事。他说，张天恩很重情义，天生一副好嗓子，深得十里八乡百姓的喜爱，更是迷倒了许许多多的陕北女子！他的歌声也为赶牲灵途中的弟兄们挣到了许多糊口的粮食。当时，赶牲灵的脚夫每人赶两头骡子，日行四十公里。黄土高原山陡路遥，地广人稀，脚夫们出行一次少则十天半月，多则一季半年，男女爱恋，无奈聚少离多。

“你穿上个红鞋街畔上站，把赶牲灵的人儿心搅乱。”

“我赶我的牲灵你开你的店，咱们来来回回好见面。”

唯有顺山飘飞的信天游，能给脚夫们寂寞苦闷的路途增添欢笑，使他们有了生机，也有了对美好明天的憧憬。

一个个缠绵凄美的爱情故事，演绎为一首首久唱不衰的信天游。做了一辈子脚夫的张天恩，正是因为有了这样一段刻骨铭心的人生经历，才在艰难困苦的条件下创作了这首脍炙人口的《赶牲灵》。

陕北民歌背后的故事深深地打动了我。

我仿佛站在圪梁梁上，看见寂静苍凉的黄土高坡远处的点点星光下，一队队赶牲灵的脚夫牵着骡子在蜿蜒崎岖的坡道上艰难地行进，清脆的铃铛声伴着骡子“嘚嘚”的蹄声从远处渐渐传来。“走头头的那个骡子哟，三盏盏的那个灯，哎哟戴上了那个铃子哟，哇哇的那个声……”歌声在坡上坡下回荡着。

我遥望着行进在山沟沟里的脚夫哥哥们，向他们深情地呐喊：“你若是我的哥哥哟，招一招手，赶牲灵的哥哥哟，我来了。”

作者简介：朱佩君，生于1968年，陕西三原人，中国艺术研究院《艺术评论》杂志社外联部主任，中国散文学会副秘书长，小桔灯艺术团团长。

曾在全国多家报刊发表《秦腔缘》《小草忆大树》《王昆老师教我唱民歌》《天

上去了个兵马俑》《神秘湘西》《触摸在河之舟》《我爱说秦腔》《下乡下乡》《夜宿橘子洲》《梦回舞台唱秦腔》《京城唱响大秦腔》《我在焦作卖山药》《晚秋黄梨》等文章。其中，《秦腔缘》获2006中国世纪大采风金奖，《我的戏痴老爸老妈》获全国总工会“中国梦·劳动美”职工散文大赛一等奖，《塬上的姨妈》分获“漂母杯”华人华文散文诗歌大赛二等奖和“金锣杯”全国散文大赛二等奖；散文《赶牲灵的哥哥哟，我来了》被收入《2016年中国精短美文精选》，散文《小草忆大树》入选“2017中国散文排行榜”，散文《幽默的邓大人》入选“2018中国散文排行榜”。著有散文集《秦腔缘》，2018年获第八届冰心散文奖。

名窑精神

沈荣均

汝窑

古瓷讲究出身。官窑和民窑，在普通人的概念里，相当于贵族和平民，身价一个天上、一个地下，甚至不只是价格的问题。比如，北宋汝窑（汝官窑），已知的文献和考古发现证实，宋官窑从汝窑开始。对于今人，汝窑的名字绝对如雷贯耳。很多人只是听说而已，看一眼的机会都不曾有，更别说拥有了。可能土豪们会说，我有钱，我买。有一点是明确的，汝窑这玩意，虽不像柴窑仅存于传说，市场上偶尔也得见，但即便你有很多很多钱，也买不着。为啥？太稀少了！

汝窑的烧造，我们已无法找到明确记载。有人推测，它始于11世纪末，一直延续到12世纪初，约有20年的历史。其间，经历了哲宗、徽宗两朝。从文化上讲，正是王朝鼎盛时期。从政治上讲，那时又暗藏外敌入侵的危机。文物专家把这20年定为汝官窑的烧造时间，是没有争议的。一座烧造条件和标准极其苛刻的官窑，仅烧造就需二十年左右，又历经千年的战火和变迁，你说保存到现在的能有几件？有人统计过，记录在案的不过67件，几乎都藏在顶级的博物馆里，都是真正的稀世之珍！可能有些土豪不服气：我可以去拍卖场举牌拍下一件。这也许是个办法，可问题是，迄今为止，汝窑在拍卖会上露面的机会寥寥，价钱更是高得让人心跳。二十多年前，美国拍卖过一个盘子，成交价为154万美金。当时，这个价格是包括元青花、永宣青花和釉里红、成化斗彩、清三代珐琅彩在内的所有顶级官窑都远不能及的。如今，这些官窑都卖到上亿了，你说买汝窑，得花多少银子？

不过，买不了也不影响我们对汝窑的情感。我们可以去博物馆看看，去窑址走走。看那天青色一泻而下，烟云一样袅绕。去摸摸曾经焙烧过汝窑器皿的窑泥，余温不在，凉意袭来，那是岁月的冰凉，穿透千年。有心的，走走看看，再拍拍照，买本图册放在书房也好。宋代顶极知识分子的书房，许是要放置汝窑的。我们只是小书生，没有汝窑可玩，但有天青色可观、可聊、可遐想、可述说。一屋子的氤氲，静如天籁。

汝窑的珍稀，还有一个原因，就是它一问世就步入青瓷的巅峰。这在陶瓷烧造学术上是很难解释的。后来的元青花也是，这里暂且不提。

汝窑的水平有多高呢？南宋人叶寘（音译）在《坦斋笔衡》中讲："本朝以定州白瓷器有芒，不堪用，遂命汝州造青窑器，故河北、唐、邓、耀州悉有之，汝窑为魁。"这话可理解为，在汝窑成功烧造后不久的南宋，汝窑与各大青瓷窑口器皿比可算第一，因此受到了贵族和读书人的追捧。南宋人周密还在《武林旧事》中专门记录了一件有趣的事情："高宗幸张府节次略。奉汝窑，酒瓶一对、洗一、香炉一、香合一、香球一、盏四只、盂子二、出香一对、大奁一、小奁一。"这则笔记大致是说，高宗赵构一日到清河郡王张俊家巡幸，张俊一激动，送了16件汝窑器皿给赵构。周密为啥要在自己的笔记里一五一十地记载得这么详尽？只有一个原因，东西太贵重了！今天我们在各大博物馆里看到的汝窑，有几件或许就是记载中的那些。汝窑第一的位置，一直保持到明清时期。明人王世懋在《窥天外乘》中对"第一"有明确的诠释："宋时窑器以汝州为第一，而京师自置官窑次之。"大画家徐渭在其《墨芍药》中题诗："花是扬州种，瓶是汝州窑。注以江东水，春风锁二乔。"把汝窑与美女偶像二乔并提，可见它在读书人心目中的地位。清代孙灏有诗云："青瓷上选无雕饰，不是元家始博殖。名王作贡绍兴年，瓶盏炉球动颜色。官哥配汝非汝俦，声价当时压定州。皿虫为蛊物之蠹，人巧久绝天难留。金盘玉碗世称宝，翻烂泥土求精好。窑空烟冷其奈何，野煤春生古原草。"注意，清代孙灏对汝窑的赞美是以慨叹的形式"窑空烟冷其奈何"表达的。为啥慨叹？因为在明清两朝，官家以举国之力都不能仿造，只能空对寂寥的古窑兀自嗟叹——没有办法，没有办法啊！

汝窑烧造的二十年后，金人打到了汴京，徽宗赵佶被虏。

汝窑从巅峰跌落。中世纪东方读书人的眼，迷离，湿润。

天青色，四下弥漫。

汝窑逐渐远离读书人的生活，成为他们割舍不掉的感伤。记忆飘去，或隐到黑夜背后，星子一样暗光闪烁，或逐于风中，碎片一样流浪。

今天我们讨论汝窑，都没人能准确讲出它的整体形象。明代曹昭在《格古要论》里说："汝窑器，出北地，宋时烧者。淡青色，有蟹爪纹者真，无纹者尤好，土脉滋媚，薄甚亦难得。"这话透露出的一些基本信息，也只是作者本人的片段体会，很难读懂。读不懂没关系，记住天青色就行了。记住天青色，你就记住了中国古陶瓷顶级的审美标准——朴素、内心化、闹中取静、最终归于沉寂，记住了那个让读书人无比向往又无限纠结的时代。

官窑

历朝皇帝中，艺术造诣高的，乾隆算一个。乾隆对艺术品的鉴赏能力非同一般，当朝读书人中无人能比，放在历史长河里，也是十分了得。他的诗文水平就一般了，不过他特能写，总共有几万首，算以量取胜。几万首诗词作品，我唯一能深刻记得的只有："李唐越器久称无，赵宋官窑珍以孤。色自粉青泯火气，纹犹鳝血裂冰肤。"是什么样的稀世珍奇让阅宝无数的乾隆皇帝发出"珍以孤"的感叹？

宋官窑粉青贯耳方壶啊！

在五大名窑中，官窑次及汝窑，排第二。这也与宋朝皇帝特别是宋徽宗的艺术喜好有关。宋徽宗是否烧造了官窑，官方文件并无明确记载。南宋人顾文荐在《负暄杂录》中提到，"宣政间京师自置窑烧造，名曰官窑"。这是学术界比较公认的关于宋官窑存在的说法。顾氏说的官窑，可以认为烧造于宋徽宗后期，应稍晚于汝窑，窑口在京都汴梁（今河南开封）。这个时期的官窑（"北宋官窑"）又称"汴京官窑"或"旧官"。汝窑除有文献记载外，近年也成功发现了窑址，发掘了大量可以对比的文物资料，已成铁论。北宋官窑真实存在与否，迄今还是学术公案。黄河古道变迁，窑址早淹没得不见踪迹，连传世的宋代青瓷作品，也难明确辨认其出身。靖康之变，北宋灭亡，汴京官窑随徽宗被虏，成为历史烟云。宋室南迁临安（今浙江杭州），高宗先后新建了官窑"修内司"和"新窑"。南宋叶寘的笔记《坦斋笔衡》中明确记载："政和间，京师自置窑烧造，名曰官窑。中兴渡江，有邵成章提举后苑，号邵局，袭故京遗制，置窑于修内司，造青器，名内窑。澄泥为范，极其精致，釉色莹澈，为世所珍。后郊坛下别立新窑，亦曰官窑，比旧窑大不侔矣。余如乌泥窑、余杭窑、续窑，皆非官窑比，若谓旧越窑，不复见矣。""修内司"和"新窑"就是南宋官窑，学术界又称为"新官"，文物专家已于二十世纪在杭州发现了窑址——老虎洞修内司官窑和郊坛下官窑。

引发乾隆皇帝作诗盛赞的那个粉青贯耳瓶，究竟是徽宗还是高宗时烧造的？连故宫专家都说不清。说不清楚就对了，神秘感还在，历史的魅力还在。据说，民国时期资深的古董商崔仲良和洪玉琳就买卖过一件北宋官窑彝炉。注意，还是让人欲罢不能的"据说"。民国早年，崔仲良在北京城开了个"保粹斋"，买卖古董瓷器。

九一八事变前，北京人都在传小宣统跑到了东北。一天，宫里一位老太监到保粹斋，说要卖个物件。包袱开，锦匣露，匣里还有个软囊，搞得挺复杂。看来送货人很看重手里的宝贝——仿青铜器造型青瓷彝炉。锦匣的黄绫签上书有楷文“北宋官窑翠绿双耳彝炉”。好家伙，北宋官窑！我们能想象，那一刻崔仲良定是眼睛一亮，既而心中又几下扑腾。之后，行里就传出崔仲良买了件北宋官窑，花了一千大洋，也有说花了两千的。东西的来路，说法不一，有说在窜货场上窜来的，有说没落晋商送来典当的，还有说从某王府后人手里倒腾来的。任大家传闻，崔仲良从不表态。有一回听人说，那玩意是龙泉窑，不是啥宋官窑。这不是在质疑他在业界的眼力吗？忍不住了，他就很坚决、很高调地放话——肯定是“宋官窑”。宋官窑谁见过啊，它可是跟传说一样神秘。古董商们对它的知晓，仅限于“紫口铁足”。崔仲良对他的宝贝彝炉深信不疑。没人认识，就不给人瞧了。他就等，等有钱又懂行的大买家。终于有这么一个人来了。洪玉琳，上海古董界四大天王（戴福葆、张仲英、仇焱之、洪玉琳）之一。洪玉琳也没见过北宋官窑，但他看懂了炉子的包装——团龙锦匣和黄绫题签，皇家独有的气质。就冲这副无法造假的包装，洪玉琳狂砸一万银圆，下了个大赌注。后来的事情证明了冲包装就敢下大注买宋官窑的洪玉琳的眼力和胆识。一年后，古玩界传出他发了大财的消息，转手宋官炉子得利数万美金。有人说他卖给了大英博物馆，有人说他卖给了美国博物馆。不管怎样，这件翠绿双耳彝炉再无确切的去向，甚至有人认为，崔仲良和洪玉琳买卖宋官窑就是古玩界一提振人气的闲话。

也许，北宋官窑彻头彻尾就是个猜想。猜想总有着神秘的诱惑。因为诱惑，我们好奇，并试图设法证实这诱惑。就像科学命题，一些命题或许会有个终极的结果，更多的只是不断地接近，再接近。

“官窑器，宋修内司烧者，土脉细润，色青带粉红，浓淡不一，有蟹爪纹，紫口，铁足，色好者与汝窑相类。有黑土者谓之乌泥窑。伪者皆龙泉所烧者，无纹路。”（明·曹昭《格古要论》）读曹昭这话，我们可以想象南宋修内司官窑“土脉细润，色青带粉红，浓淡不一，有蟹爪纹，紫口，铁足”，或许就是北宋宣和官窑的模样。“所谓官者，烧于宋修内司中，为官家造也。窑在杭之凤凰山下。其土紫，故胎如铁，时云紫口铁足。紫口乃器口上仰，釉水流下，比周身较浅，故口微露紫痕，此何足贵？维尚铁足，以他处之土咸不及此。哥窑烧于私家，取土俱在此地。”（明·高濂《遵生八笺》）高濂此话，告诉我们南宋官窑烧造的大致环境。于是，我们又猜想，汴京的官窑烧造大致如此吧。“官、哥、汝窑，以粉青色为上，淡白次之，油灰最下。纹取冰裂、鳝血、铁足为上，梅花片、黑纹次之，细碎纹最下。”（明·文震亨《长物志》）文震亨是个文人，文人重视觉感受，对宋代青瓷的深刻印象，一是青色，二是冰裂开片。文震亨对官窑的理解，大致与我们今人谈论宋代青瓷的审美标准接近。冰裂纹——宋代读书人内心的纠结就在于此。青色，半片江山，一片烟云。不管它是宣和官窑，还是临安修内司，都是宋人内心，其他已不重要了，尤其是那天青色。当我们再一次目睹宋代官窑，真的会有一种“天青色在等你”的情怀，在弥漫，在荡漾，弥漫十一世纪，荡漾一千年。

一千年后，我们看到某件南宋官窑纸槌瓶，它正摆在香港苏富比的春季拍场里。这一天是 2008 年 4 月 11 日。整个专场仅有两件拍品：一只瓶，一幅画。一瓶一画，日本茶道里叫“床之间”——颇有意境的组合：极为简朴的茶室，任何扰乱内心的饰物都被拒绝。“床之间”，一个唯一可置器物，向后凹、再凹的空间，有点类似壁龛或神坛，只是不放佛造像，现在它被主人允许，置放两样物事——瓶花与墙画。也有用书法替代画作的。瓶花协调了书画的情绪——那近乎严厉与苛刻的素朴，游丝一样充盈和弥漫。官窑的美，简略得只剩下线条。金丝铁线，稀疏开满釉面，像春天的冰河，在朝着温暖解冻。咔嚓之声，仿佛谁的呐喊，那么轻，轻得了无声息，却又那么有力。冰河倒映出天空的青色。游丝一样的青色，游丝一样的呐喊。青色无边，呐喊无声。是天青氤氲了呐喊，还是呐喊感动了天青？阳光随意地抹在瓶花上——这个季节，最淡然也最丰盈的春色。有人说，那春色叫“禅意”。我的叙述也许过于饶舌，叙述终究是苍白的。此刻，拍场从未有过的宁静，没人试图表达和解释，自言自语也是多余的。就让那画，那瓶花，那一片天青色，兀自弥漫，再弥漫。

接下来的事情我们都知道了。南宋青瓷瓶是一个叫坂本五郎的日本瓷痴送拍的。“二战”的时候，他在日本的南部遭遇了它，从此得藏。瓶底刻有“玉津园”三字。玉津园是南宋高宗皇帝的御花园。南宋人周密在他的笔记《武林旧事》中记载：有“北使到阙……四日，赴玉津园燕射”。也许一千年前，这件天青色花瓶曾摆放于宋高宗花园的书房一角。现在，它摆在“床之间”，以艺术商品的形式被拍出了 6752 万港元的高价。人们追捧他，不惜抛掷千金，去制造喝彩——喧闹或许也是动听的。要多动听的喝彩，才能动摇它？既不能动摇，那就绚烂吧，然后是平淡和宁静。平淡宁静之极——天青色兀自讲述千年前的北宋传说、南宋故事。

哥窑

美丽从来带有理想的色彩，然十全之美，一直在路上——那么切近，又那么遥不可及。遥不可及也阻挡不了我们对于美丽的渴求——既然不能十全，那就退而求其次吧。很多时候，我们遭遇的不是理想化的“十全”，而是缺陷。缺陷随处可见。我们不能因为缺陷太多而放弃对美的追求。于是，又一个命题产生了：美的常态或许就是缺陷。苏东坡说，人有悲欢离合，月有阴晴圆缺。阴晴圆缺是月亮的常态，悲欢离合是人生的常态。杨玉环的肥胖，赵飞燕的瘦削，西施的孱弱，这是美人的常态。林黛玉算是大观园里的头号美人，缺陷不是一两处，身体欠佳，小心眼，说话刻薄，多愁善感……哪儿都不顺眼。不顺眼就对了，要是“太顺眼”，我们就不会关注她和宝哥哥绝世的爱情了——那种脱离生活的“高大上”，其实我们并不感兴趣。

我们对缺陷感兴趣，源于内心的纠结——渴望绝世的美丽，又希望它真实存在。如此纠结，宋人也是有的。他们在烧造青瓷的时候，因为工艺的原因，不小心把釉给烧炸了，开窑一看，釉面噼里啪啦开了一大片。开片是瓷器釉面的断纹，本来是宋代青瓷的一种病态，宋人却把它当另类的个性来推崇。哥窑就是个典型。哥窑的开片，叫“金丝铁线”，也有叫“百极碎”的。百极碎，描述开片的形状，细小，多边形，走势没有任何规律可循，缠绕，流畅，类似冰河之裂或田土皴裂。有人猜想哥窑百极碎可以人为控制，金丝铁线是染色，就想了很多法子仿做，所仿的开片死板、无生机，与真正的哥窑开片相去甚远。现在比较公认的说法，哥窑的开片是原本胎、釉和温度恰到好处的偶然碰撞结果。明代《处州府志》中有个传说：“章生二，不知何时人，尝主琉田窑，凡器之出于生二窑者，极青莹，纯粹不暇，如美玉。然一瓶一钵，动辄十数金。”大意是说，宋时在龙泉那个地方，有兄弟俩章生一、章生二，一人管一青瓷窑口——哥窑和弟窑。老大水平高，“紫口铁足”就是他的成就，自然名满天下。老二小心眼，嫉妒了，就使坏，趁老大不注意，抓了把黏土扔到哥哥的釉缸。老大施用掺了黏土的釉，烧成后一开窑，眼前一片裂纹，有的像鱼子，有的像柳叶，有的像蟹爪。他傻眼了，一气之下，把一杯浓茶水泼在刚出窑的瓷器上，没想到那些裂纹顿时染上黑和金两种颜色，很美。来购货的商家一看，喜欢得不得了。后来的研究证明，传说归传说，从开片工艺角度看，釉里加黏土，出窑后泼茶水，都是不得要领的猜想。但传说也证明了一点，那就是本来偶然而为的青瓷烧造病态，逐渐成为人们追求的一个工艺标准。这就像作文，灵感本是偶然而来的智慧奇葩，可遇而不可求，却总害得我们不断寻觅，“为伊消得人憔悴”。

瑕疵上升为灵感，这是哥窑被人们追捧的身份标识。主导宋人审美标准的是读书人。读书人讲境界，抱朴守素，越寂寥，境界越高远。今天我们叫寂寥美——仿佛现代社会高端的审美话题。从素色，到寂寥美，中间的时间跨度是一千年。青瓷以寂寥的素色为主流：汝窑、官窑——寂寥的长天一色；钧窑——寂寥的半山烟霞；定窑——寂寥的月色满地；龙泉窑——寂寥的五月陌上；耀州窑——寂寥的九月秋水；建窑——寂寥的长夜弥漫……一种色调的审美，到了老百姓那里，还是觉得调子低了，委婉，含蓄，欲罢不能。宋朝又是个市民文化特别火的时代，素色终究藏不住内心的跃跃欲试——美的端倪从寂寥开始，有了多种可能性：那红，钧窑烟霞关于夕阳的可能性；那花，定窑月色关于霜草、耀州秋水关于莲池的可能性；那梅，龙泉五月关于爱情的可能性；那天目，建窑长夜关于黎明的可能性……

到宋末元初，到哥窑，“百极碎”有了更为丰富的可能性：二月，南方的溪水开始解冻。寂寥了一个冬天的封水，没有谁去扰动它。似有呐喊从冬天传来，开窑了……呐喊掷地。第一处冰裂。哗！那是谁都按捺不住的悸动。又一处冰裂，噼啪！悸动传递。接下来是更多的冰裂，稀里哗啦……既已发生，那就让它继续吧。江南的生动接连不断地演绎，我们不知它止于何处。永无止境的可能性，超越想象。最不可揣摩的线条走势，暗合了我们对青瓷更多的审美诉求。纠结也好，悸动也好，都让我们起了荡漾，仿佛初春的江水。荡漾之后，是荡气回肠（在宋代青瓷中，汝、官、哥、钧都有开片，唯哥窑以开片为第一审美元素，也最为典型）。冰河初开，满目的纠结和激动！嗓子眼终于忍不住有了隐隐的冲动——哥！我的亲兄啊……

钧窑

人们追求哥窑，是寻求完美中的那一丝遗憾美，但十全十美毕竟还是中国人的主流观念。凡事讲究圆满，最好该有的都有，能有多好有多好。“心有多大，舞台就有多大。”这不仅是一句广告词，还道出了我们每个人的心声——有谁能拒绝那极致美的诱惑呢。

钧窑本来属于青瓷。青瓷追求素，汝官哥求天青，定窑求月白，龙泉求粉青和梅子青。一色之青。青一色好，安静，低调，有定力。钧窑的窑工呢，对青瓷的素色审美标准并不那么执着。他们一直在试图制造点儿气氛——长时间的安静，忽生血液的温暖和浪漫。于是，铜红釉被发现了。宋时，以铜为呈色剂，烧出的红釉，不算鲜艳，只能叫暗红。就是这个暗红，已属相当了不起的成就了。钧窑之前，中国的陶瓷艺人一直想烧出类似太阳、火焰和花朵的红色——因为红太夺目了，它在很远的角落，也能抓住你突发的情绪——心跳加速，血液升温，创造的激情在燃烧……还有，北方瓷土粗糙，釉色对瓷土瑕疵的覆盖能力，也是陶工们不懈努力追求红色的一个客观原因。烧出红，是所有钧窑人的梦想。梦想从来与现实有距离。用铜呈现红色，并不是一件容易的事。高温之下，能提供给铜呈现颜色的温度区间很小，低一点，颜色出不来，高一点，颜色又飞了。要准确地控制窑温，抓住那稍纵即逝的一抹红，在当时属于高科技了。好在窑工们有理想，有理想就有创造力。长沙窑的窑工最终抓住了那一点红——只是一点，或是偶尔为之，也令人耳目一新。宋代的窑工们追求完美，随后又成功地在青瓷地上烧出了得心应手的钧红——可控的带图形或满身的红。“元瓷之紫聚成物形，宋均（钧）之紫弥漫全体。”宋代的钧窑花盆，浑身上下着红衣，很好看。故宫博物院有件玫瑰色的钧窑花盆，红得有些隐约，却也艳丽不俗。台北故宫有件海棠红渣斗式花盆，虽然还不能算真正的大红，但已经很厉害了。“钧窑挂红，价值连城。”“钧瓷不带红，一辈子都受穷。”宋代的钧窑也有其他颜色的，但带红的钧瓷遗传基因最纯粹。金元的钧窑，窑工们可以随意烧出各种带笔触的红色图案。有件叫“三潭印月”的盘子，盘边三笔，共同朝向中间滴落的一小点儿，虚实之间，营造了美好的意境，似乎有意，又似乎不是。

按理说，钧窑的陶工们成功地控制窑温，烧出了太阳、火焰和花朵的颜色，可以很满足、很骄傲了——说前无古人，后无继者，一点也不为过。然而钧窑陶工们的红色理想，不，应该叫梦想，一直在路上。玫瑰红也好，海棠红也好，三潭印月也好，都没有超过窑工们对生活中红色的认知。我相信他们还怀揣着一个梦——更为绚丽，更为遥远，只能心领神会——冥冥之中某种不可捉摸的瓷色。

做梦的窑工叫钧生。禹州（今禹州市，古阳翟城）有很多叫钧生的后生。他们不是一个人，是一群人。他们年轻，十五六岁，十七八岁，无一不是眉清目秀，相貌堂堂。他们与父母一道，白天去窑厂打工，或做些陶瓷小生意为生，到了晚上，就做梦。钧地月色好，清凉，有诗意。有诗意的月夜，钧生们的梦也恍惚。恍恍惚惚梦见一长者飘来，白发苍苍，布衣翩翩，安详和蔼。老人说，他是几千年前的虞舜，上古的帝王呢，原来在颍河之滨制陶烧陶。这么多年过去了，他掐指一算，如今阳翟城该烧出一种天下第一的宝瓷了。这些日子，他来故地，考察了很多的钧窑人家，最终选定钧生来完成这个任务。老人还约钧生第二天到城东北隅见面，手把手教他怎么烧造传世的宝贝。钧生好奇，就问：是件有啥稀奇的宝贝啊，要你老人家惦记几千年？老人说：你的梦有多美，宝贝就有多美。钧生更好奇了。他的梦从来都是天马行空的，就连钧瓷的颜色，也被他折腾成了一大堆的颜色，有的像太阳，有的像月亮，有的像星星，有的像云霞，有的像火焰，有的像各种花朵，数都数不过来。这些个颜色能烧吗？长者就笑，数不过来就对了。说完，一闪不见了。钧生的梦也醒了。

第二天早上，钧生来到城东北隅。是块野蒿地，夏朝的遗迹古钧台，就在正西不远处。钧生问，你是舜王吗？来人说，是的。钧生赶紧跪地拜师，请老人家赐我烧造宝瓷的手艺吧！舜王说，古钧台是地之中心，在此造瓷，一定会瑰丽无比，名扬四海。两人就开始忙碌。他们先清理出一块空地，挖坑造窑。正南方掏个大洞，洞后墙上又通个烟道。向北开出窑门和窑膛。所有的程序简单又神秘。窑造好后，舜王带钧生到阳翟城的西北，翻九道岭，到了一座叫“鸠”的小山上，采回了陶土——“五彩石”，舜王说这是女娲氏补天遗弃的宝土。接下来，两人又造“碾盘”“石磙”，用来捣料、造“陶钧”、拉坯。拉坯可是陶工的细活儿。钧生随大人们在窑厂见过好多回了，有些心得，上手自然快，盘、碗、瓶、炉，拉什么像什么，舜王很满意。坯阴干后，该上釉了。上釉也见过，钧生就毛里毛糙地把坯往釉浆里蘸，捞起来放地上，可是没过多久，坯就塌成了一堆烂泥。这下他傻眼了，又讨教。舜王说，烧这宝贝，不能跟烧普通瓷器一样，要先烧一次，再上釉。钧生就照舜王传授的经验做，上釉前素烧，一下就成功了。但这只是完成了一半，大功还没告成，梦想中的美丽宝贝还没有来。烧窑最关键的环节——入窑技术，钧生还不会。他在村里窑厂打工的那些日子，大师傅们根本不可能让他见识入窑的，那可是人家看家的本事。今天，他却要亲自领教舜王传授的独门手艺了。两人从山里砍回松枝和杉条，劈成一尺长短的小块，堆得像小山似的。这天，舜王说，点火吧！钧生一把火就把窑点着了。带香的浓烟很快弥漫了古钧台。夜里，城东北人家看见了美丽的烟云在天空中缭绕。那些天，舜王一个人安静地端坐，极少说话。钧生丝毫不敢怠慢，按舜王吩咐，不断地添减柴火，一会儿多几块，一会儿少几块。烧了三天三夜，从小火烧到旺火，直到最后一块松柴也烧光了。炉火散发出纯净的青色。舜王说，火候已到，停火！第二天，钧生有些急不可耐地开了窑门。开窑的瞬间，钧生看见了冥冥之中的那一幕：满窑的五彩和宝光，红的像玛瑙，红里透紫；紫的如水晶，紫里藏青；青的似翡翠，青中寓白；白的像丹桂，白里透红……钧生从来没有见过如此绚烂的瓷色，这分明是人间罕见、梦中才有的缤纷啊！

钧生的故事是传说，但钧窑不是传说。窑变成就了钧窑人关于瓷色的美好梦想——青瓷之上诞生红（“绿如春水初生日”），红地儿之上诞生绚烂（“红似朝霞欲上时”）。从青瓷到绚烂，钧窑可谓脱胎换骨。窑变让钧窑的瓷色审美具有了多种可能性。“入窑一色，出窑万彩。”同一种釉，千万种变化，已非人力可为。钧窑的窑工们宁愿相信这是神的授意，把自己的手艺创造，附丽于上古帝王传说。手艺人就是本分啊！

有部电视剧《大河儿女》，也是讲钧窑传说的。故事发生在抗战前后，河南禹州一个叫风铃寨的地方。大致说的是，烧钧窑的贺家掌门人贺焰生和叶家掌门人叶鼎三，两人虽然是手艺人，骨子里却私心很重，后来两人发生了蜕变——从明里暗里斗艺，到团结斗寇。斗艺，窝里斗。斗寇，同仇敌忾。这变化了不起！手艺人，内心往往都比较封闭。饭碗嘛，你盯到我的碗，我盯到你的碟，几十个手艺人，几十门心思，也理解。要是有人来抢大伙的饭碗，又该是怎样的心思？我相信编导讲这个故事时，内心很强大。电视剧双主角由陈宝国和赵君担当，二人的表演升华了钧窑艺人内心的强大。还真要佩服两个老戏骨，奔放，浓烈，但不夸张，表面上的粗枝大叶暗藏过经过脉的细节处理，有点像钧窑的窑变，恍惚之灿烂，细微之精妙。故事之一讲的是窑变龙凤盘。贺焰生有个原型——当代钧瓷传人任星航。国宝龙凤盘就出于任大师之手。凤盘现珍藏在他的博物馆里。美妙绝伦的凤凰纹，给到此采风的编导高满堂留下了深刻的印象。任大师低调，本来龙盘也烧出来了，但不是很成功，就没放馆里展示。电视剧里讲述的龙凤盘，是完整的一对稀世珍宝。现实与故事相比，多少有些令人遗憾。作家高满堂发现了龙凤盘的故事，并把它作为基本元素，讲述钧窑的现代传奇，从某种意义上说，正好契合了钧窑的审美精神——让梦想照进现实。窑变就是钧窑人的梦想。一寸青釉一窑色。钧窑人的梦想就是国人的梦想。今天，钧窑作为奢侈品牌，同茅台一起走出国门，让人们的眼睛为之一亮。我们喜欢青瓷的低调，但该出手时还得出手。套用一句流行话作为钧窑之旅的结尾——给我一米阳光吧，我还你灿烂。

定窑

中国陶瓷史上，有两种白瓷最深入人心：一是永宣时代的甜白；二是宋时的定白。甜白，从字面上看，偏重内心的美好感受，甜甜的纯洁美。定窑的白，有点像牙的白，更讲究釉色的品质。作为白瓷系的代表作，定窑也因其一流的品质，被列入“五大名窑”。

虽然青瓷占据了宋瓷的大半江山，但是陶工们一直没有放弃对白的追求。从工艺的角度说，要把青瓷中的杂色一点点去掉，烧出纯净的白色并非易事。从黑陶开始，到青瓷，陶工们一直在挖空心思地琢磨如何提纯——把釉上的杂色斑点去掉。由黑到白的过程，大约经历了一千年。到了唐时邢窑，窑工们就已掌握了这一核心技术。可以说，在定窑以前已经做到了最白——如银似雪。

定窑的工匠们很郁闷。唐时邢窑的窑工们，给后来的定窑陶工们设置了一道很高的槛。技术上的白，已经不可逾越。定窑的工匠们，需要重新寻找突破口。好在有了宋词和文人书画——可以向内抒写，也可以向外放纵——审美仪式的日常化。工匠们受到启发，另辟蹊径。既然通向白色的路已经走到尽头，那何不往两旁横向拓展？新的风景区被发现。他们看见了石雕。定州的曲阳，盛产汉白玉。被压抑亿万年的生命，按曲阳玉工的理解，被重新修饰，焕发出花鸟虫鱼的生机，以及神灵的光彩。定窑陶工们找到了灵感——在白地儿上做文章。以泥胎为石为玉，以竹木为刀，或塑，或刻，或印……大朵的牡丹和莲菊，各种飞鸟、鸣禽和游鱼……他们不仅把生活中的日常细节一刀刀复制到瓷胎上，还把关于生活的幸福理想——那种纯精神性的表达，以陶艺的形式，予以再现。

他们对真龙美凤的崇拜与生俱来。那是家族的梦想，虽然遥不可及，但一直在坚持，历经千年也未曾动摇。

他们一直在努力做精神的贵族。端庄的莲瓣，“直指人心，见性成佛”，一重莲花就是一重佛啊！

他们渴望世俗的欢娱。两条青年的鱼，相伴戏水，你看我，我看你，彼此欣赏和追慕。一条河都流淌着爱情。

他们或许还没有养育孩子。“栓（拴）娃娃，抱娃娃，今天造个瓷娃娃，明天生个胖娃娃。”唱歌谣的是北宋定州的陶工，男的叫“赵刚”，是焙烧的高手，女的叫“美霞”，专事描画。定州的赵刚和美霞们，烧了一窑又一窑的孩儿枕，生下一屋子会吃会跑的娃。没有什么能够阻止他们生育的梦想。他们让娃娃们穿“百家衣”、吃“百家饭”，盼着他们长大、成家、立业，继续把家族的梦想繁衍下去。

定窑娃娃枕，寄托了定州窑工们世俗的梦想，也造就了定窑。《饮流斋说瓷》对定窑的工艺有很高的评价：“北定，其质极薄，其体极轻，有光素、凸花、划花、印花、暗花诸种，大抵有花者多，无花者少，花多作牡丹、萱草、飞凤、盘螭等形，源出泰镜，其妍细处，几疑非人间所有，乃古瓷中最精丽之品也。”用“非人间所有”来评价民间色彩浓厚的定窑日常器皿，可见定窑的魅力。

“定瓷娃娃”（定赐娃娃），本是老百姓世俗的美梦。世俗就像草根，地位越卑微，生命越绵延。就连历朝历代的帝王也羡慕至极。坐江山，要一代一代坐下去，直至万世。帝王们差不多天天做江山梦，他们大多数是不缺子嗣的，有一大帮老婆在帮他们生养，东宫不亮西宫亮。延续子嗣，需要靠很多的老婆来帮忙，看来帝王们还是不自信。乾隆皇帝似乎就不自信。在他钟爱的器物中，就有好多件定窑孩儿枕（估计自己枕一个，皇后和妃子们一人还要枕一个）。有一次，他又搞到了一件，高兴得不得了。乾隆有个癖好，就是一激动就来诗兴。他抚摩孩儿枕，题下几行诗：“瓷枕通灵气，全胜玳与珊。眠云浑不觉，梦蝶更应安。”老实说，诗一般，基本上就是一枕头功效说明书，没怎么拐弯子。不过比打油诗还是要稍好，毕竟或多或少寄托了乾隆的人生理想——渴望在夜里睡个好觉做个好梦。啥才算好觉好梦呢？我估计乾隆大多数时候，还是希望像宋时定州的窑工夫妇那样，也梦个娃娃啥的，第二天早上一觉醒来，哪个妃子又来报喜了，多好！世上有谁能够不怕死呢？死意味着梦想终止。现在流行一种说法——世界上最可怕的事是：人死了，钱还没花完。没花完，就得找个子嗣继续花。普通人家，家业小是小，但还是家业，得有人继承，何况帝王家那么大的基业，要多少子嗣来接啊！娃娃越多，王子王孙越旺盛，江山或才越稳当。还有啥理想比江山稳当重要？这恐怕是封建帝王们共有的忧虑。帝王们不能免俗，我们普通人亦是。

作者简介：沈荣均，笔名雨余天，中国作家协会会员，在场主义成员，思想及文艺史随笔作家。在《人民日报》《文艺报》《人民文学》《诗刊》等数十家报刊发表诗歌、散文、文学评论百万字，入选中国作家协会、人民文学出版社等多家编选机构的十多种权威文学年选。出版文艺史随笔集《天青色等烟雨》，散文集《倾城的土著》《斑色如陶》《内心的花朵》，与人合著《原生态散文十三家》等四部作品。获第八届冰心散文奖、第十八届和第二十四届孙犁文学奖散文奖、2006年滇池文学奖提名奖、首届四川散文奖、在场主义散文奖新锐奖。

永远挺拔的白杨树

王洁

出生在林区的我，自小便喜欢树，各种各样的树。

长大离开家乡的我，见过了许多风景，走过了许多城市，也认识了更多的树。我想，每一个人也一定是对应了某一种树，有的如红松般高大伟岸，有的如樱花般旖旎繁华，有的如贵气十足的楠木，有的如风情万种的河柳……而我们社区的那个保安队长小刘，应该就是那株朴素且挺拔的白杨树。

小刘是个退伍兵，皮肤黝黑，个头儿算不上高大，人显得很结实，一双不怎么大却黑黑亮亮的眼睛里总绽放出神采，逢人总会很腼腆地笑一下，露出两排干净整洁的牙齿来。

有一次，我忘带家门钥匙了，那天赶巧下着大雨，下班回来我只能躲在门口的保安室里等人来送钥匙。刚好那天是小刘值班，那是我们第一次见面。得知我的情况后，小刘很热情地帮我倒了一杯热茶，让我安心坐在那里等。也因此，我和小刘多聊了几句。他告诉我，他以前是当兵的，退伍后没有选择回家乡，而是随同几个老乡来到这座城市，不久后就在我们小区找到了这份保安的工作，因为表现出色，他很快被提拔为保安队的队长。他自豪地告诉我，每个月微薄的薪水都会邮递给生活在老家的父母，而自己不需要花钱，因为单位管食宿，自己平时也不喜欢抽烟、喝酒。听到这些，我被眼前这个男孩莫名地感动了。

之后的日子里，每天下班，我都会在小区门口留意他，对他总有一种莫名的亲切感。每次看到他时，我眼前就会浮现出家乡河边那一排排秀颀白杨，不浮夸，不张扬。

他是一个很普通的男孩，没有高学历，也没有富裕的家境，普通到如果你不是特意去关注的话，可能会忽略他的存在，普通到如果有一天他在人海中消失，你都不会记得他曾默默守护你那么多年！但他的善良又会时刻提醒你，他是一个无法被他人忽略的存在。小区里如果哪位业主提了重物，他会一个箭步迎上去为业主打开大门，你也时常会看到他主动帮助小区里年纪大的老人接送东西。小区里每天都要进出很多个蹬三轮车的快递小哥，他从不吝啬他的真诚与热情。

他憨厚朴实，正直善良。每当别人对他说“谢谢”时，他总会挠挠头，脸上随即露出憨厚又羞涩的笑容，并会连声说：“没事儿没事儿，这都是我应该做的……”最后他总会讷讷地小声补充上一句，“我是当过兵的呢……”

有一阵子，我接母亲过来住，母亲总会下楼去菜市场买好多东西带回来，只要是小刘在岗，他都会很热心地帮母亲把东西送到家。一来二去，我们全家都跟他熟络起来，没事就邀请他到家里来坐坐。

他每次都显得很拘谨，当眼睛扫到我书柜上摆放的那些藏书时，就不由得站起身来像是被磁石吸住一般，然后小声问我能否借阅。这样一个善良又勤奋好学的男孩，我怎么忍心拒绝呢？我不曾想到的是，他竟然很喜欢中国古典文学。他告诉我，在部队当兵时，每天除了训练和执行任务外，他都会去部队阅览室里找这类书看。他说若不是因为家里条件差，现在的他应该也大学毕业了，他曾经也有过很多的梦想……

莲出淤泥不染，鹰生断崖不伤，简单朴素的白杨树虽植根荒漠，但依旧梦向蓝天，那片片生机勃发的树叶，个个儿都是心的形状，向着太阳的方向生长。

我开车送母亲回老家后返程时，车子突然坏在了高速公路上，当时距离市区还有四五十公里远，我真是急坏了。家人出差在外不能来帮我，看着身旁一辆辆疾驰而过的车子，我好多次招手试图拦下一辆车求助，却没有一辆车为我而停下。天色渐渐暗了下来，一种绝望和无助在我脑海滋生、蔓延……我猛然想起了万能的微信朋友圈。会有人来救我吗？朋友圈发出去不到两分钟，手机突然响起，来电显示：保安小刘……

四十分钟后，大汗淋漓的小刘焦急地冲下车出现在我的面前，我感觉心中有一股热浪在澎湃。这是怎样的一种感动！在我心里，从来都没有把他看成自己多么珍贵的朋友，可在那一刻，他却把我当成了他至近的好友、至亲的大姐！那一瞬间，我感觉出现在我面前的不再是平日里那个少言寡语的小保安，而是我的弟弟。他从来不曾向我表示过什么，却一直在默默地关注着我，像老朋友一样，更像亲人一般！

他不仅善良，而且勇敢、坚强。春节过后，有好一段时间不见他的身影，刚开始我以为他是回老家过节还未返回，但元宵节过后依然不见他的身影，这让我心中莫名地有些担心。如果是离职了，他应该会发信息告诉我一声。我一边想着，一边拨通了他的电话，听到的却是关机的语音提示，我越发紧张和担心了，于是跑去物业打听，才知道他是受伤休假了。

原来，他在春节前一天回老家的途中，发现一位老人家在追一个小偷，他想都没想，毫不犹豫地一阵猛追拦住了小偷，却被小偷手里的刀具给刺中了。老人看病用的救命钱是追回来了，可小刘却倒在了血泊之中，整个春节都是在医院里度过的……

当他悄无声息地返回到岗位时，我悬着的心总算放下来了……我去看望他时，问他当时有没有害怕，他羞涩地点了一下头，又马上摇了摇头，说不怕，他是当过兵的，在部队训练过，就算有危险，他也会毫不犹豫地冲上去，否则的话，怎么对得起他穿过的那身军装呢！

虽然他已脱下军装，但是他始终认为自己身上流着军人的血。好一个热血男儿，你就是那棵不惧风雨的白杨树！

只要有草的地方，就一定会有白杨，给它一片土地，无论风吹雨淋、贫瘠干涸，它都会努力生长。每一根枝条，都合拢向上；每一片树叶，都闪烁金光；每一根树干，都坚毅挺拔。树树无声，树树有声。就算秋来冬至，树叶凋零，那光秃的枝条，也都是枝枝透着精气，条条向着阳光……

作者简介：王洁，1981 年生于陕西扶风，现居西安。中国作家协会会员、中国散文学会副秘书长。作品发表于《中国文化报》《文艺报》《中国艺术报》《光明日报》《散文选刊》《中国散文家》《延河》《读者》等报刊。出版散文集《六月初五》《风过留痕》，长篇小说《花落长安》。散文《永远挺拔的白杨树》获第八届冰心散文奖、全国职工散文大赛二等奖，散文集《六月初五》获第二届“丝路散文奖”最佳作品奖，《爱情如海不是美丽的童话》获第七届全国海洋文学大赛二等奖，《一顶草帽》获第九届华人华文散文诗歌大赛一等奖，《丝路问想》获第三届全国青年散文大赛银奖，另有多篇文章获得国家、省、市级奖项。余秋雨、贾平凹等多位国内知名学者、作家对其作品给予高度评价。因创作成绩突出，荣获第二届“三秦优秀文化女性”荣誉称号。

你是悲悯的珠穆朗玛

禾素

晨光中的大昭寺

清晨第一道霞光照耀在大昭寺上空，虔诚的信徒早已布满每一个角落。一位藏族大姐从窄巷子里刚钻出来，见我一脸茫然找不到北的模样，漾开山楂红的笑脸招呼着带我穿街过巷，走了几步之后，更是亲热地一把拖住我的手说“快走快走”，于是我们很快便汇入前往大昭寺的人流中。让人惊讶的是，大昭寺门前，等候进寺参拜的队伍早已排至几条街外，一块块石头堆砌成高大的墙身，身着藏族服装的男人和女人立于数米高的墙下，每个人脸上的表情几乎一致——安静、虔诚、充满期待。此情此景，看起来倒更像一幅古旧的西方文艺复兴时期的油画，有一种让人无法抵御的美，一下就将你的神魄摄走了。沿着墙边一直往前走，转过几条街，长长的队伍依然看不到头，不同的人，不同的脸孔，对每个人微笑看一眼，收获的便是应接不暇的微笑，有的人甚至咧开嘴来，毫不遮掩因为这短暂相遇而心生的那份喜悦。你会被这样一种温暖的氛围深深感动。再多走几条街，很可能就会迷失在这样纯净而温暖的笑容里。

大昭寺位于古城拉萨市中心，始建于公元647年，藏王松赞干布时期，经历代不停修拓才具有今日规模。寺院坐东朝西，殿高四层，寺内供奉文成公主由长安带进西藏的赤金释迦牟尼十二岁等身像。大昭寺与布达拉宫同为世界文化遗产，亦是西藏神圣的瑰宝。布达拉宫作为历代达赖喇嘛驻息地及政教合一的中心，几百年来屹立在拉萨河谷的玛波日山上，其雄伟壮观为世人所景仰。大昭寺虽无布达拉宫之雄伟，也没有自古以来政治上不可动摇的地位，但在信徒心中，却更为神圣。

大昭寺正门前的一块空地上，跪满了虔诚的信徒，他们双手合十高举过头，自顶到额、喉、胸拱手作揖三次，口念经文，双膝跪下，“唰”一下手向前方直伸出去，整个人拉直身体紧紧匍匐于地面，持续数秒后又继续以上动作，每次少则108个，多则不计其数，甚至千里迢迢跪拜而来。磕长头是藏族地区最虔诚的一种宗教活动，它表达了信徒对佛、菩萨的尊敬，也是祈求今生平安来世幸福的一种方式。我尝试着匍匐于地做了几次这样的磕长头，起来、跪下，跪下、起来，再起来、跪下，确切地说，应该是紧贴地面趴下。当我的脸与大地紧紧贴在一起，呼吸到的仿佛是大昭寺千百年来历史的尘埃；当我的心与大地紧紧贴在一起，感受到的仿佛是藏族人民世世代代对这片土地的热爱。那一刻，我忽然觉得自己从来就是这群人中的一员，朝迎佛光，暮诵梵经，如今千里迢迢而来，只为听这一朝的佛音。那一刻，我泪如泉涌，匍匐于佛的脚前，没有任何祈求，只有无尽的感恩。

有不少老人拄着拐杖，手摇转经筒，沉重迟缓而行。信仰的巨大力量引领他们围绕着大昭寺，在佛光中慢行。他们有的一直沉默行走，有的口中念念有词，起身行走于流水般涌动的人群里，“嘤嘤嗡嗡”的诵经声先是模模糊糊不经意传至耳边，走得久了，声音越发清晰响亮，仿佛有一万种声音排山倒海地向自己涌来，紧接着又浩浩荡荡结伴往云深之处去了。宗教的力量如此之大，我的心第一次感到无比震撼。伫立在大昭寺外密密麻麻的人流中，任何言语皆为多余，仿佛连自身都是多余的，我的脑海一片空白，时间在这一刻戛然而止。

身后忽然传来“哗”的一声刺耳的响声，转身探寻声源，一位风尘仆仆的青年趴在距我两米处的地下，双手合十，满是泥土的脸紧贴地面，全身的衣服破烂成条，早已被千里风尘染得不见本来色彩。青年站起来的瞬间，我发现他只有一条腿，一条孤立在晨风中瘦若柴棍单薄的腿。他艰辛地行着朝佛之礼，眼神里没有丝毫痛苦，反而闪着一种说不出的奇特光彩，我的眼在那一刻湿润了。有路人走近他，递给他一元纸币，青年笑笑接住，小心翼翼地揣进怀里。当他走到我身边时，我忍不住蹲下身，将手里准备的一百元钱放在额头轻轻碰一下，像礼佛一般用双手将钱递上。在我心里，这绝不是施舍，因为在给予的同时我们往往会得到更多。青年应该没遇到过给钱的人用这般礼仪，似乎有些惶恐，他把双手在漆黑的衣服上擦了几下，郑重地接过来，为这份尊重，他回敬了一个合十礼。看着面额一百的人民币，青年又愣了一下，抬头看了我一眼，笑着点点头，把钱庄重地揣进怀里。我轻声问了一句：你从哪里来？他用藏语说了一个我听不懂的名字，在大昭寺温暖的晨光中继续前行。我不知道青年是刚刚启程还是已经到达，或许前面的路还很长，或许他的一生都会行走在朝佛的路上。

高山上的一面湖水

见到传说中的圣湖羊卓雍措湖（简称“羊湖”）时，我们所有人都说不出话来。这当然不是因为缺氧之故，我们之所以不说话，是因为眼球遭遇了有史以来最重磅的袭击。

那是怎样的一面湖水哟！说她是天上仙子遗留人间的碧色彩带不为过，说她是国画大师绝妙的丹青不为过，说她是闪耀在青山谷地间的一块宝石不为过，说她是镶嵌在蓝天白云下的一面神镜不为过……

羊卓雍措，藏语意为“天鹅池”，我找不出任何言语来恰如其分地描述她的美，只觉得山下安静沉睡的绝不是一汪寻常人间湖水，那一定是神赐予青藏高原最圣洁珍贵的恩物。此刻，天不再高远，而是前所未有的蓝，白云直压头顶，仿佛一伸手就能拽下几朵来。围绕羊湖的一座座山峦在太阳的光影下色泽深浅不一，有明有暗，有黄有绿，无论从哪个角度看过去，都让你的眼睛不忍舍弃。“贪婪”二字在此刻充分体现了它的含义：贪山谷之美，贪蓝天之美，贪白云之美，贪湖水之美！整个羊湖的画面美得叫人噤声，美得让人心尖儿颤。羊卓雍措，你会是永恒的吗？这一秒钟，我渴望她永远保留这个样子，成为流淌于人们心底的一幅绝美画卷。

我与同行者苗哥爬到了羊湖的最高点，一个海拔 5000 米的山坡上。山上有几个少年高喊着“一、二、三”，在一些玛尼堆前面高高跃起，同伴为他们拍下这欢乐的时刻。在制高点俯瞰圣洁的羊湖，我们没有说话，甚至连思想都不想去思想，永恒在此刻也不愿再去深究，于天地万物面前，永恒这话题实在太过空泛，如渺小的人类一般。高原的风狂野掠过，说不定让你眨眼间便湮灭于博大的山水之间。羊湖一直与世隔绝，安逸静谧，超凡脱俗，一行人不远千里来到这里叨扰，我们究竟为什么而来？是为了得到还是为了放下？得到起于欲念，放下源于释然，一切有因有果，凡事有始有终。在一刹那间，我忽然明白这世间没有永恒，纵然天地万物为永恒，当有一天你闭上眼睛尘归尘土归土，所有的永恒便不复存在，因为一切于你已经不具意义。是的，此时你满心欢喜面对圣洁的羊湖，享受眼前一刻便已足够，不要再强求把这一刻的美好归于永恒。回想过往，观景如是，做人如是，交友如是，爱人如是，任你是千秋大业，任你爱得荡气回肠，也要有弹指一笑看风云的气度。在羊湖面前，外表平静而内心波澜起伏的我，大脑和心灵只有一片单纯的白。第一次，我放下所有沉重，与自己的心灵来了一次真切的对话。

立于高山之巅，我双目紧闭却心门敞开，风呼呼地从耳边掠过，少年的欢呼在原本万籁俱寂的山巅之上回荡。

我忍不住模仿不识愁滋味的少年纵身一跃，当然我没有跳下羊湖，双脚稳稳落在了开满小花的草地上，苗哥的镜头“咔嚓”一下，及时抢拍了一位中年女子山顶上突发奇想的“千年一跃”。

沉默的卡若拉冰川

车门才一打开，一群藏族女子便围过来，大抵是让你在冰川下与身着藏服的她们照张合影。本来花十元钱照张相纪念一下无可厚非，也可以让这些苦苦等候的人获得一点收入，只是你一旦应承了女人中的谁，那么旁边所有的女人都会跑过来大合照，那样分分钟就会从十元一张照片演变成向她们每个人支付十元。导游小帅千叮万嘱，不要随便与人搭讪。

卡若拉冰川是西藏三大冰川之一，为年楚河东部源头，也是西藏四大神山之一，海拔 5020 米，乃钦康桑峰顶峰 7191 米。电影《红河谷》中的冰川、雪崩均取景于此，此处被誉为天然影视基地。

至此似乎已经感受到了青藏高原的威力，我们往冰川脚下走时，对面走来的游客几乎都面色苍白，有的手捂胸口，有的互相搀扶，走两步就停下来歇息，然后再艰难地走。我的步伐开始有些轻飘，一种难以言表的沉重从四面八方袭来，缺氧原来不单让你步履迟缓、心跳加速、脑袋膨胀，还会迅速加剧你从身到心的沉重感，羊卓雍措湖畔所有的轻松都被遗忘，仿佛今生今世的沉重全都积聚在此刻的卡若拉冰川之下，谁还会再提起什么永恒的话题？

几个人各自找了个土坎儿坐下，说真的，缺氧的感觉不好受，面对高高耸立的卡若拉冰川，我们只有无限的敬畏，本来想着到了“红河谷”，怎么也要哼哼两句“人们说你就要离开村庄，我们将怀念你的微笑”之类的温情小曲，可是不行，实在是有心无力。苗哥旁边忽然坐了个小姑娘，双颊像烤箱里被烤煳的面包一样，眼睛闪烁不定，竟有几分沧桑，就算扎了两根小辫，也没让她显出多少童真来。她不断重复一句话：叔叔，照个相嘛！叔叔，照个相嘛！苗哥挪了个地方坐下，没说话。小姑娘又挨过去坐下，还是重复那句话。苗哥又挪了个地方坐下，还是没说话。小姑娘穷追不舍，又挨着苗哥坐下。这回苗哥无奈地转身看着她，问：照张相多少钱？十块。苗哥掏出十块钱：拿去。小姑娘接过钱，有点疑惑：叔叔不照相？不照。那这钱？给你了。小姑娘拿了钱，还是没走，呆呆坐着。苗哥忍不住问：今年多大了？十一。还在上学吗？没上，准备嫁人了。苗哥受了惊吓，这才正眼看了看小姑娘：十一岁就结婚，怎么可能？是的，我们这里的女孩子，差不多十二岁就嫁人。苗哥抬头望着高高的乃钦康桑雪峰，再也无话。

安爷在不远处也被母女三个团团围住，最小那个女孩拉着安爷的手不放，她被安爷漂亮手上那精致的指甲油给迷住了。此行有四位“爷”，三位女中豪杰，一位真爷们儿，苗哥最大，所以被几位“爷”尊称为“苗哥”。小女孩一脸崇拜地问：阿姨，你手上这是什么呀？好看。是指甲油呀。阿姨，你真像仙女！哈哈！有人得意地笑了。阿姨，和我们照个相吧。阿姨，和我们照个相吧，20元三个人好吗？多么温暖和谐的一幕呀！安爷的心早就被小女孩融化了，大脑缺氧的程度也不断加剧：好呀，照吧。一声“照吧”话音刚落，旁边一下围过来四五个彪悍的女人说一起照，安爷有点不知所措，还是勉强站起身来。见状我赶忙站起来，提醒安爷要讲清楚价钱。结果一交涉，真的变成每人十块钱，小女孩和母亲还有点羞怯，后来的几个女人却气势汹汹，有点吓人。安爷一生气，坚决地说：不照不照，都走吧。僵局持续了一阵，几个女人走了，小女孩和妈妈又围过来，安爷不忍心，还是照了。给她们照相的时候，我心里泛起从未有过的悲凉，女孩无邪可爱，顶多四五岁，这要在城市里，肯定还傻乎乎地追着要妈妈抱抱。这里的孩子，自幼在恶劣的环境下生存，过早介入生活的残酷，属于他们的童年到底有几年？又或者一出生，为了改善生活，她们就被迫跟着父母“东征西讨”，肩负起生活强加给自己的重担。

作为一个匆匆来去的过客，只蜻蜓点水般地停留，你就是把身上所有值钱的家当全掏给他们，也无法改变他们的过去和未来。当你只能无奈地眼看这一切，感慨命运的厚此薄彼时，心中便会泛起前所未有的苍凉。

远处的马爷和磊爷似乎找到了乐子，招手呼唤。几个人围过去，无他，高高的雪山下，看见几朵嫩黄的雏菊倔强地开在牦牛粪堆上。或许，越是恶劣的环境，越能造就与众不同的事物吧。于是，一群大脑缺氧的人，相机、手机举起，鲜花插在牛粪上的真实现状便从这里流传出去。

人在脑瓜严重缺氧时真的可以是零智商，以至后来到了日喀则我还一脸迷茫地问安爷：那个冰川叫什么来着？缺氧后遗症的回答更是令人绝望：科罗拉冰川。

帕拉庄园随想

去日喀则的半道上，我们临时拐了个弯儿，到帕拉庄园去了。

帕拉庄园是西藏大贵族帕拉家族的主庄园，全称帕觉拉康，位于江孜县城西南约 4 公里的班觉伦布村，是目前西藏唯一保存完整的旧西藏三大领主贵族庄园，也是西藏目前唯一保留比较完整的封建农奴主庄园。

庄园主体楼高三层，现存房屋 57 间，设有经堂、会客厅、卧室，还有玩麻将的专用大厅。房内雕梁画栋，富丽堂皇，金银玉器琳琅满目，极尽奢华之能事，生动再现帕拉家族当年的豪华生活场景。随着帕拉庄园里的专业讲解员走了一阵，我独自走到屋外，刚站在帕拉老爷家的阳台上，就看到后院有一大片粉得让人心颤的格桑花，下楼便一头钻进花丛里去了。后院有几棵高高的杨树，两个藏族女子坐在树下的长木凳上说话，见我贪婪地对着花儿左拍右拍加自拍，看看又说，说说又笑。我咧嘴冲着她俩笑了笑，女人便连忙用手捂住嘴笑个不停。我知道她们在笑我，反正听不懂，反正我高兴她们也高兴，权当互相增添点生活乐趣吧。

我出了帕拉庄园的门，寻找公厕的位置。空旷的停车场尽头，一个藏族男子拿着一大沓一元纸币立在风口上，头发被风吹得蓬乱，阳光刺眼，大老远就眯缝两眼对着我笑。我挺直腰板，慢慢走过去，想那个男人这般耐心等候着自己，像等一个老朋友，忍不住也笑了笑，明知人家等的是你的两张一元纸币，竟然觉得原本正常的生理循环比以往任何一次都显得重要。当然，我写这段文字重点不在这里，重点是后来男人说了一句很有水平的话。厕所建在很高的位置，比途中所有见过的都有气势，男人竖起三根手指头，说："三块"。我愣了一下："这么贵！""不贵"。"那厕所是不是很干净？"男人想都没想就笑着说："你的问题很好笑，厕所怎么可能是干净的呢。"也是，枉我活了几十年，这么简单的道理都不懂。真是一语惊醒梦中人啊！掀开公厕挡风的塑料帘子，一团黑乎乎的物体立马"嘤嘤嗡嗡"盘旋在头顶……

导游小帅在远处喊我，我们一起走到街对面的"朗生院"，即旧时农奴居住之地。看着拥挤、低矮、阴暗、形同牢笼的"朗生院"，与贵族的豪华住宅形成鲜明的对比，心戚戚正想发些感慨之言，忽被一高亢男声吓了一跳："一家十几口人挤在这弹丸之地，怎么活啊！照我说，西藏人民应该永远感谢共产党，没有中国共产党，他们哪有今天的幸福生活！"我和小帅互看一眼，小帅斩钉截铁地说："我也这么看！那家伙绝对不是煽情，他的确说了句大实话。你想想看，要是当年……"我一面不断点头回应，一面听小帅慷慨激昂地继续讲下去。在这个煽情的年代，趋炎附势的人见得多了，几个真性情的汉子在这片低矮潮湿的屋子前面无条件地发表一下爱国言论，我是唯一的听众，必须无条件专注聆听并投以无比坚定的目光给予肯定。

往停车场走的时候，我看到街对面一户人家的庭院里长着高高的树木，屋檐下有张长长的桌子，桌子上铺着好看的花布，一个女人静静地坐在那里喝茶，园子四周开满玫瑰和不知名的花儿。帕拉庄园的奢华没能让我驻足，对面那个小小院落却让我心生向往。我就想，要是自己是那里的女主人，有事没事坐在开满玫瑰的园子里发发呆该多好。我走近前，扶着墙想往里面偷看几眼，赫然见门边歪歪斜斜地写着两行字：里面茶园 / 酥油茶青稞酒 / 欢迎光临。女人回过头来，在开满鲜花的园子里冲我一笑。

杨柳、旷野及奔跑中的孩子

车子从班觉伦布村出来，沿着公路往日喀则赶去。我一直惊诧于道路两旁的柳树与南方截然不同：几乎看不见遒劲有力的树干，小树的枝叶在瘦弱树干的支撑下一撮撮倒立着，像极了女人烫过的头发在风中飞扬；成年的树木日渐高大，树枝都长得较低，树叶几乎与树根连为一体，紧接地气，长势茂盛。它们没有南方杨柳的婀娜多姿，倒长成一蓬蓬灌木的样子，像肥胖男人腆着大肚子站在午后田野上心满意足地晒太阳。不知为何，我喜欢这些树的模样，它们更像稚童笔下的田园画，笨拙可爱，亲切生动。树的后面是广袤的原野，大片大片的青稞地已渐呈黄色，收获的季节即将来临。蓝天、白云、远山、将黄未黄的青稞，间或晃过几块金黄的油菜花地，整个原野俨然是一幅流动的天然画卷，让你一秒钟都舍不得移开视线。雅鲁藏布江更像一条撒欢的巨龙，穿过原野，越过山岗，由西向东，朝着未知的远方奔去。

远处忽然传来急促的马蹄声及吆喝声，转过一道弯，仿佛从天而降的一列列骑兵、一顶顶帐篷、一个个穿着亮丽服装的人，在右前方不远处的空地上出现。这样突如其来的画面，恍惚间让人以为是不小心穿越到了蒲松龄笔下的聊斋故事里，逢着一帮世外的神仙。一行人连忙下车，跨过几条土坎溪流，跌跌撞撞地奔向荒野中的那群人。骑在马上的男子，全部身着鲜黄色的长袍，头戴类似钢盔挂满红缨的帽子，英姿飒爽，整装待发，竟有几分清朝皇帝远征边关的模样。每匹骏马旁都有一个牵马人，用力拉着缰绳，防止马匹使性子冲出去。围观的人们笑着闹着，看样子是一场赛事的前夕。有个男人一声吼，牵马人手一松，所有的马如离弦之箭一般，“嗖”地冲了出去，所有人的目光紧紧追随马匹向前，所有人都在疯狂叫喊着为它们助威。我被眼前这一幕震住了，人们的目光一致、表情一致、笑容一致、疯狂一致，一股隐形的力量在这片旷野中以飓风的速度迅速传递开来，将我们心底暗藏的热情火焰点燃，我们一下子便融入那欢乐的海洋。一匹有个性的马不跟大队，兀自跑到远远的山脚下，也不顾主人的吆喝鞭策，一味盲目地往山脚下跑，把所有人都乐翻了。我大声问身旁一个腼腆的藏族小伙子，这是过什么节日？说是“旺果节”，兴旺的旺，果实的果，是藏族农民欢庆丰收的节日，时间在每年藏历七八月，一般在青稞黄熟以后、开镰收割的前两三天举行。小伙子热情相告，刚进行的是赛马练习赛，下午三点才正式举行，到时附近几个村子的居民都会来，人比现在要多几倍，要我们一定再来。我们与小伙子照了张相留念，他把手机拿到眼前，在阳光底下手搭凉棚看了半天，满意地笑了。告别后，我们走了老远，他还站在旷野中笑着向我们挥手。

进入藏区，才知道有公路驾驶限速这回事，一个区到下一个区之间，限速一个半小时至两三小时不等，提前到达就得罚款，迟了却无事。或许是因为越来越多的自驾者被吸引前往西藏，由于不熟路况，导致很多严重的交通意外，所以才想出了这个整治的方法。司机土登说，要是按着那个时间慢慢开，就是四十码的速度，如果按七十码来开，就得在到达前的某个岔口等候一段时间。于是，我们往往要在某个岔口或一些临时的休憩点耐心等候，而这时又往往会遇到一群又一群孩子。

那些围在车旁索要钱物的孩子，手伸得老长老长，眼睛无邪地看着你：叔叔、阿姨，钱有嘛！是“嘛”这个音，不容置疑，底气十足。你说：有，要多少？孩子毫不犹豫地答：五十、一百有嘛！说没有，一块有，要吗？要！也有腼腆的女孩，眼神清澈，充满希望地看着你：阿姨，有笔吗？慌手慌脚地把手袋翻个底朝天，小心翼翼递过去，女孩笑靥如花，脚不停跺着地面，拿着笔手舞足蹈地乐。面对那样的孩子、那样的眼神，真的，你无法也不忍心拒绝他们的请求。

磊爷想得周到，提早买了一大袋零食准备沿途发放。每到一处，只要有孩子围上来，大家便逐一派发，也不是所有孩子都充满善意，有拿到后贪心还想再要的，有推开小伙伴想统统独占的，也有一开车门就想抢了东西跑的，倘若被人斥责，便跑到车后大力踢车尾箱。我甚至看到一个五六岁的男孩，捡了游客的烟头像模像样地抽起来，被姐姐见到，一巴掌打落，转眼又捡起来，吞云吐雾，仰头吐出一个个烟圈。

车子再开动时，每个人心内都五味杂陈。这般复杂的心情，至今我都无法描述。有时候，我们想随意带给别人一些小小的快乐，却惘然不知随手便种下了祸根。一群又一群的人，到来，离开，离开，到来。原本简单纯净的孩子在一次又一次的索要与给予中，获得钱财、糖果、衣物、文具，渴求的心得到一刹的满足。之后呢？有谁想过他们的未来？不断索要的经验让他们变得理所当然，变得贪婪自私，变得没有尊严，变得好逸恶劳。这样一群整天追着汽车奔跑的孩子，他们原本头顶世间最蓝的天，脚踩世间最纯净的土地，可他们的未来会是什么样子？我真的不敢想象。

日喀则上空的半个月亮

汽车一直往前走，我们不知道，下一站等待着我们的会是什么。

又一次停车等候限时通关，土登把车子驶进路边休憩站。不知道当时气温多少，只记得太阳很大，已经下午五点多，还是燥热难当。一下车，各人作鸟兽散，都往阴凉地方跑。

屋子前面有个黑壮结实的老头在卖西瓜，我跑过去坐在他前面的木凳上：大叔，西瓜怎么卖？七块钱一斤。哇，好贵呀！内地七块钱可以买一个啦！姑娘，这个你就不懂了，我们家的西瓜是全世界唯一不打药水的西瓜。看着啊！老头一手从装满凉水的桶里拎起个西瓜，放在砧板上挥刀一切，西瓜汁喷了我一脸，只见瓜瓤透红，还带沙。老头指着西瓜说：看，咱家的西瓜子儿全是黑色，只有在地里熟透的瓜才会这样，懂了吧？我赶忙召唤各位爷过来消消暑，一帮人稀里哗啦地消灭了两个，这“全世界唯一不打药水的西瓜”确实是前所未有的好吃。

闲问大叔今年多大岁数，答曰七十，声若洪钟，震了我一下。七十？一点都不像啊！老头爽朗的笑声响起：哈哈，我的身体还像壮小伙呢，姑娘要不要留下来嫁给我？所有人都笑了。老头来劲儿了：我有三个厕所两个加工厂一间餐馆几十亩西瓜地上百亩青稞地三栋楼房。三个厕所一个收费三元一个收费两元一个收费一元，我每天收好多好多的钱。嗯，嫁给我？老头一口气说完，所有人都开始起哄。有些尴尬的我死撑着继续玩笑：大叔，您有那么多产业，是这里的百万富翁啊！老头估计听不太明白，侧身问了司机土登两句，扭过头摆摆身子很潮地说：NO，NO，

NO！我睁大双眼夸张地说：千万富翁？老头又侧身问土登两句，这次更为夸张地竖起两个“V”字，扭头摆身唱起藏族小调来：哒哒哒，哒哒哒，留下来吧，美丽的卓玛拉。

起身告别，幽默可爱的大叔站起身做抹眼泪追车状。在一片笑声中，我们离开了旅途中最快乐的一站。前往日喀则的途中，这帮爷们儿落井下石，说倘若方爷留下，下次来上厕所就可以免费了，还说方爷坐在厕所门口收钱的形象肯定深得民心。这一帮子都什么人，懂了吧？

到达日喀则，已是藏区的黄昏。马爷是不折不扣的回族，加上晕车，留在酒店吃她的榨菜方便面。我们几个匆忙在隔壁一间藏族餐馆吃了饭，便随小帅瞎逛。小帅是个能人，满肚子的天文地理、历史典故。他学的小语种，从俄罗斯留学归来，本来好好地在青岛带他的俄罗斯团队，上天却把他作为援藏导游派到藏区旅游集团。缘分大概就是这样子来的吧，一群原本毫不相干的人，不远千里跑到这片土地上相遇、结伴而行。几天的行程下来，我们已建立深厚的友谊，仿佛此行谁都不能少，也再容不下别的人。

扎什伦布寺前面公园的空地上，许多信徒在暮色中磕长头，这让我想起晨光中的大昭寺。小帅给我们讲起扎什伦布寺，讲了好多鲜为人知的历代班禅的故事。扎什伦布寺也称“吉祥须弥寺”，位于日喀则市城西的尼色日山坡上，是西藏日喀则市最大的寺庙，为四世之后历代班禅喇嘛驻锡之地，也是藏传佛教六大寺院之一。

寺内最宏伟的建筑是大弥勒殿和历代班禅灵塔殿。塔内藏有历世班禅的舍利肉身，包括十世班禅确吉坚赞。据说十世班禅圆寂之后，真身还不断长出头发及指甲，这让扎什伦布寺又添几分神秘及庄严，日喀则这座小小的城更因此而声名远噪。

回到房间，我与安爷正翻看行程中精彩的照片，房门忽然被敲响。门外说是公安局查房，门内没猫眼无法证实。我俩面面相觑，有些惶恐，大声说在没有证明他们是真警察之前，我们不能随便开门，结果门外哄笑声一片。呼叫磊爷过来确认一下，磊爷爽朗的话音一落，紧贴门边的我们已经“哗”的一下把门打开。确实是警察，尽管刚才敲门声大了点儿，日喀则的警察素质还是不错的，温和有礼，查对完便说“不好意思，打扰了”，还赞扬我们先不开门是对的，随后迅速离开。

虚惊一场，我们两人已没了看照片的兴致。走到窗前，伸手推开窗户，一股清冽的风袭来，扎什伦布寺赫然现于眼前。黑夜无边际地延伸出去，日喀则安静地在夜色里沉睡，黑暗中的扎什伦布寺仿佛具有一种神秘的力量，让浮躁的心瞬间归于安然。在这样一座小城，远离纷繁世界的我，内心竟是从未有过的平静。而这久违的平静，让我体验到一种前所未有的幸福感。

窗外，一群流浪狗保持沉默，从街头结伴跑过。整座小城在黑暗中安睡。没有路灯，没有霓虹，没有歌舞升平，甚至没有一个夜归的人。整座城池安静得让人心颤，这一切的美好让人禁不住眼底湿润，满怀感恩。

在高高的尼色日山下，半个茭白色的月亮慢慢地从日喀则上空升起。

你是悲悯的珠穆朗玛

借着月色，车子安静地驶入这片广袤而神秘的土地。珠峰大本营，海拔 5200 米，一行人似乎没有“高反”迹象。沿途阅尽无法言喻的荒凉，这片土地除了高山还是高山，除了荒原还是荒原，但是这种荒凉没有让人感觉悲伤，反而有一种力量在心里滋长。坐在车里一路向前，雅鲁藏布江的源头激烈流淌。看到宽阔河道波涛翻涌的那一瞬间，我的内心也随着激情翻涌，感觉自己是向着远古进发，人已化身为远古时代的斗士，为了土地、粮食、女人，在做一次意气风发的远征。

第一次留宿藏包，每个人都很兴奋，我一边发微信一边哼小曲，安爷忙着煲电话粥，马爷拿着单反“咔嚓、咔嚓”到处猎奇，磊爷终于实现了到珠峰下打打小牌的心愿，几个爷们儿坐在大通铺上开始世纪大战。女主人玉珍殷勤询问要不要吃夜宵，说为我们准备了一些东西。刚在途中一个叫扎西宗的小镇吃过晚饭，大家都很饱，就婉拒了。预定好第二天的早餐，每位三十五元，赶上酒店价钱了，说是有榨菜、稀饭、鸡蛋、煎饼和酥油茶。

夜里听到藏包外风高雨疾，真怕雨下个不停第二天早上无法看到珠峰神采。一夜辗转难眠，睡前拍胸口发微信说没高反，结果半夜心跳加剧，随便动一下，心脏就像要晃出胸膛。头部感觉涨得厉害，仿佛有人拿个打气筒不停地往里充气，脑袋被强行注入气体，膨胀、膨胀，伸手往额头上一摸，青筋凸现，整个头像要爆炸一般，疼痛如裂。黑夜里，我甚至绝望地以为，自己将要牺牲在珠穆朗玛神峰脚下，没命回到那座叫我又爱又恨的城市里去了。整整持续一夜，忽睡忽醒，醒来还是极其难受，一看原来一行人或重或轻全都有状况。没水洗漱，头发也懒得梳，随便用手抓了几把，算是整理得当。

起身出去，头晕得厉害。雨停了，风刺骨的凉，高高的珠穆朗玛峰近在眼前，恍若梦境一般。大本营的厕所是一座铁房子，放置在流淌的雅鲁藏布江岸边，进去无处下脚，出来后奔向河边吐得一塌糊涂。抬起头，仰望着晨光中的珠穆朗玛峰，圣洁，高远，我很惭愧，为自己忍不住污染了这洁净的雅鲁藏布江源头而深深愧疚。安爷在远处跟着，说：坚强点儿，本是为了梦想而来，不要忘了此行的目的，千万不要放弃。缓过气来，我俩顺着宽广的河床走了一段，河床上布满大小不一的石头，本想寻几颗小点儿的留作纪念，走了一段，发现冰凉的河床上满是垃圾、废纸、屎尿，我的心陡然升起一阵悲凉：圣洁的珠穆朗玛，是谁把你弄得如此不堪？前赴后继的人们啊，你们口口声声说怀揣梦想，为了朝圣而来，可是看看，你们在这片神圣的净土上究竟都干了些什么？！顺手捡了几个矿泉水瓶扔到垃圾池，眼看着百里河滩众多的垃圾，我有些沮丧，就算捡上十天半月，恐怕也是徒劳而返，珠穆朗玛脚下这块净土，迟早被各种垃圾淹没！远远望去，几只从未见过的褐红色鹳鸟摇摇摆摆地在河滩悠闲地逛着，左右两边都是高高的雪山，天安静地蓝着，雪山上端聚满白得耀眼的云，乳白色的河水从天边流淌到天边，眼前的景致竟然美得如此辽阔深远，我忽然有些心酸涕泫。

早晨八时，我们搭乘第一班大本营循环车上了珠峰观景台。当时气温四度，风大，晴朗，阳光普照。不管你出于什么目的，不管你如何粗暴无礼，珠穆朗玛女神依然温情地俯瞰着不远万里前来的每一位仰慕者。金色霞光笼罩下的珠穆朗玛，安静、慈爱、悲悯，无论从哪个角度看去，都是如此动人。我久久凝望着她，她也久久凝望着我，一种奇特的温暖迅速流过我膨胀的血管，占满我并不算坚强的心。听人说，能看见珠峰真面目的人是有福之人，看着雨过天晴、白云点缀下美丽的珠穆朗玛，所有人都无比感恩。珠峰下人头攒动，大家都想争取最佳位置留下永久的影像，有女孩还争执起来。我忍不住说：到了如此圣洁的神山下，怎么还要丑陋尽显，怎么还要去争？

据说宇宙万物分为三级境界，一为现实，二为过往，三为特殊之级——接天通地，即为脱离现实过往，上通天灵下接地气，乃三级中最高境界。这与弗洛伊德所说人性是由本我、自我、超我三个层面组成有异曲同工之处。当你站在世界屋脊喜马拉雅山脉珠峰之下，立于上通天灵下接地气的万山之巅，浩荡无边的静谧覆盖身边一切，你的内心怎么会毫无所动，怎么能不极具震撼？！地壳运动把珠峰推向世人瞩目的制高点，一定有它必然的道理。面对慈爱悲悯的珠穆朗玛，那些凡尘俗事、现实过往，包括人类本身，统统都显得渺小多余。无论你多么强大，有多坚硬的内心，都会在瞬间变得柔软。此刻，我的体内充溢着一股神秘的力量，一股从未有过的无比强大的力量，仿佛无惧于世间任何艰难，仿佛任何险阻都能一步跨过。

雅鲁藏布江是万水之源，被称为藏民族的母亲河。从珠峰下奔腾而去的河水湍急，并不清澈透底，呈乳白色，蕴含多种矿物元素。我伸手掬起一捧河水，尝了一口，略咸，有泥土的味道。顺手洗了一把脸，在当时四度的气温下，一阵沁人心脾的凉将前夜高反的不适完全驱散。在这里，我找到了几颗形状各异的小石子，满心欢喜地装进口袋里。

藏包女主人阿旺玉珍为我们主持珠峰下的“围桑”仪式。“桑”是藏语的译音，本义为“净”。桑烟的发源地在今西藏阿里地区，沿袭至今已有三千余年的历史，是宗教活动中的重要仪式之一，用在盟誓上，是让天神作证的意思。“围桑”意为很多人围在一起完成祭祀祈福活动。一旦火光闪烁，桑烟飘起，四方的人都能看见。藏民认为，桑烟飘过的地方，都会得到神佛的庇佑。

在日喀则，已准备好“围桑”的物品，青稞酒、松枝、青稞籽、糌粑面等。土登很麻利地用石头垒起一个漂亮的玛尼堆，整个仪式因了这个小小的玛尼堆而显得更为正式和庄重。磊爷点燃松枝，玉珍把手中的青稞籽、酒和糌粑面撒在燃烧的松枝上，嘴里轻轻念着什么，随后让每人喝一口青稞酒，再手抓一把青稞籽，我们围聚一起，扬手把掌心的青稞籽撒向空中，心里默默祷念，唯愿世界和平、风调雨顺、人人安好。

双手合十，闭上双眼，静静立于雪山下。此时此刻，暂且让凡尘俗世的纷争喧扰飞到天外去。今生今世，能到温暖的圣山之下停留这短短一刻时光，已是沾染了几分珠峰出世的安然淡定，再入世俗，人将底气十足、风雨无惧、心怀坦然。珠穆朗玛，我心中神圣不可侵扰的神，你是悲悯的珠穆朗玛！你满怀慈爱拥抱世人，随着所谓现代文明的推行，这天边一角的静谧，会被粗暴的人们日益摧毁吗？未来某一天，你是否依旧悲悯慈爱，或是忧伤满怀？

来的时候，取道金城兰州乘火车进藏，离开改乘飞机。当飞机从拉萨的上空飞过，庞大的雪山群从我们眼皮底下无限延伸出去，部分雪山的顶竟然宽阔而平坦，像电视里航天员登陆月球的画面。平日里，我们总是在地面仰视雪山上的白云，这次却是从飞机上俯瞰白云下的雪山，那种震撼无法言喻。人在自然面前，显得那么渺小、多余，它绝对能在转瞬间将你抹掉，不留痕迹。所以说，人类崇拜自然的根本原因在于恐惧与自卑。忽然惊觉，人与自然，无论从上到下还是从高到低，自然的宏伟辽阔与人类的狭隘浅薄永远没有可比性。

回到城市，偶尔经过一座地标建筑，一百多层的大厦直插云霄，灯火闪耀。有很多人在此工作、生活或居住，我知道，他们中甚至有我熟悉的朋友。你只要在那站上一会儿，就会发现，大厦进进出出的人脸上永远只有一个表情，那就是面无表情。

忽然怀念起那些矗立在藏北的高高的雪山，怀念起慈爱悲悯的珠穆朗玛，远在千里之外，那样的温暖仍能让此刻的我内心柔软。雪山本是冰冷寒凉高不可攀的，但当你面对它时，却能热血翻涌充满暖意；大厦充满人气、灯火通明、近在咫尺，甚至与自己息息相关，却反而让人感觉冷漠、遥远、触手难及。

人类的文明，似乎越来越趋向于彼此客套冷漠，戴着面具，互相猜度。或许如此，便能兵来将挡水来土掩，便能刀枪不入所向披靡。

作者简介：禾素，散文作家，现居香港。作品散见于《人民日报》《民族文学》《青年文学》《读者》等报刊。著有散文集《风中的蔓勒梗》，为中国作家协会少数民族重点扶持作品；诗歌合辑《香港十诗侣》。曾获中国当代散文奖、《民族文学》年度奖、第八届冰心散文奖等。作品多次入选各散文年度选本。

致敬雪山

商泽军

一支队伍，湘江之役，几欲灭顶。

一支队伍，大渡河畔，几欲灭顶。

一支队伍，草地沼泽，几欲灭顶。

雪山。草地。激流。伏击。饥饿。死亡。伤残。掉队。颓唐。逃亡。主义之争。路线之争。山头之争。无尽的希望好像在遥远的地带。走向哪里？迷茫威压着每一个将士。

这次伟大的征途，这支队伍付出的代价太沉重了，瞿秋白死去了，何叔衡死去了，毛泽覃死去了。为了主义，这些民族的精英，死在了自己民族的土地上。也许是这支队伍的宿命，它必得走向雪山，在血水里蹚三次，在咸水里泡三次，才能涅槃。

我知道这支队伍过雪山的惨痛，多少个年轻生命与雪山冰封一体，成了雪的灵魂的雕塑，主峰海拔 4950 多米的夹金山，曾被当地藏民视为“连鸟儿也难以飞过”的神山。

1935 年 6 月 12 日，中央红军的先遣队来到夹金山下开始了长征路上最为悲壮的行军，这场景只有靠一些历史记忆来还原。

那天正是农历的五月初四，红军们穿的衣服五颜六色，什么样式都有。人都很瘦，差不多皮包骨头了，当地人都记得这些来自南方的红军战士身着破烂的单衣，打满血泡的脚上缠着干树皮……

我还记得一个叫郝毅的小红军，一天，他实在走不动了，朦胧间看见前面有一块大石头，就把小包袱放在上面，想坐下来歇一会儿。谁知，刚一坐下，大石头就歪倒了——原来是前面部队牺牲的战友，身子已经僵硬了。

在雪山，很多红军战士一坐下去就再也起不来了。许多人冻僵了，滑倒后像炮弹一样飞出去，在冰崖下没了踪影。

在草地上，很多死去的战友成了悲壮的“路标”。如今的若尔盖草原，是诗人喜欢歌咏的地方。《尘埃落定》的作者阿来曾说，若尔盖草原，所有鲜花未有名字，这是说鲜花的充沛和蓬勃。

阿来说：

若尔盖草原哪，你由
墨曲与嘎曲，白天与黑夜所环绕
摇曳的鲜花听命于快乐的鸣禽
奔驰的马群听命于风
午寐的羊群听命于安详的云团
人们劳作，梦想
畜群饮水，吃草
若尔盖草原
歌声的溪流在你的土地
牛奶的溪流在你的天堂

今天的若尔盖湿地看上去十分美丽，绚丽的鲜花争相盛开，但在 1935 年 8 月，红军进入这草地，就进入了生死莫测的魔窟。

历史曾记载，那草丛间呈深褐色、透着腐臭味的沼泽，一下子就陷进去一位战友，另一位战友去救，也被拉了进去。早上还在一起吃饭的战友，眨眼之间就不见了……无边无际的大草地，进入才两三天，红军的干粮就基本吃完了。红军靠吃野菜、草根、树皮充饥。有的野菜、野草有毒，吃了轻则呕吐泻肚、重则中毒死亡。前边的部队还有野菜、树皮充饥，后续部队就连野菜、树皮都吃不上了。

雪山和草地成了红军的梦魇，多少个还是孩子的青春遗体成为大家不忍面对的标记，多少位战士的骨骼、多少面旗帜、多少个灵魂在雪山成为雕塑，在草地成了幽魂，那悲壮的行军，书写了这支队伍浴火重生的奇迹。

其实我知道，雪山和草地既是真实的，也是有寓意的，我想到了秋白，他何尝不是死在了另一种雪山和草地。只是那雪山没有自然的冰雪。我想起了秋白临终的那帧照片，没有恐惧，没有胆怯，而是一种坦然，一种求仁得仁的满足。我感到秋白的额头那天特别亮，闪着理想和主义的光辉。他上身着黑色中式对襟衫，下身穿白布抵膝短裤，黑线袜，黑布鞋，负手而立，神情自若，嘴角含笑，面容白皙。就义那天的瞿秋白行至八角亭前，见亭中放着酒菜四碟、白酒一瓶，十分高兴地独坐其上，自斟自饮。酒饮一半，秋白说：“人之公余，为小快乐；夜间安眠，为大快乐；辞世长逝，为真快乐。”

当时，一位临场记者在报道中写道：瞿来到公园，全园为之寂静，鸟雀停息呻吟。信步至亭前，已见菲菜四碟，美酒一瓮，彼独坐其上，自斟自饮，谈笑自若，神色无异。餐毕，出中山公园。瞿秋白在刀兵环护下，缓步趋向刑场。刑场在长汀西门外罗汉岭下蛇王宫养济院右侧的一片草坪，距中山公园一公里多。就如最后一次散步，这是他留在世间最后的足迹。一公里，最后的一公里，他走着，走着……

瞿秋白手挟香烟，顾盼自如，施施而行，沿途用俄语唱着他自己翻译的《国际歌》。到了罗汉岭下，他找了块空地，面北盘足坐下，回头看了看行刑者说：“此地甚好。”接着，秋白饮弹洒血，年仅三十六岁。

下午，瞿秋白遗骸葬于罗汉岭盘龙岗。

三十六岁的秋白成了另一座雪山的灵魂，这灵魂如鹰隼搏击着苦难的土地。秋白死了，鲁迅像怀揣着一团火，为早死的秋白编辑着带火种的文字。

我想到湘江之战的陈树湘，湘江是水，也是麦城，也是雪山。中央红军开始长征。陈树湘率领红三十四师担负全军后卫，掩护全军主力和中共中央、中央军委机关，同敌人追兵频繁作战。在惨烈的湘江之战中，他率领全师与十几倍于自己的敌人殊死激战四天五夜，后陷入敌人的重重包围。他负伤后，警卫员为他包扎，他要求警卫员给他一枪，解决痛苦，警卫员流着眼泪不忍下手。凌晨，敌人发动了最后一次进攻，他们被俘。敌人用担架抬着陈师长，想回城献功。躺在担架上的陈树湘眼看天快亮了，就悄悄解开衣服，撕开警卫员给他扎上的绷带，用手伸进伤口，把自己的肠子扯了出来，用尽平生气力把肠子扯断、咬断……

我还记得，当时报纸上这样的滴血的文字——《陈树香之首级解省悬挂示众》：

追剿司令部……将伪三十四师师长陈树香首级篾笼藏贮……悬挂小吴门外中山路口石柱之上示众。……并于其旁张贴布告云：为布告事，据湖南保安司令部呈……俘获伪第三十四师师长陈树香一名……自江西兴国出发，迭被国军击溃……经派员解至石马桥，伤重毙命……呈由衡阳本部行管饬收该匪陈树香尸体拍照，并割取该匪首级转解注明核办……合将该首级示众，仰军民人等一体知照……

陈树湘扯肠子而死，报道中把陈树湘的名字写成了“陈树香”，当时是某些集团的炫耀，如今却如丰碑，把陈树湘记录、雕刻出来。

我读过贺捷生大姐的《父亲的雪山，母亲的草地》。人们常说，父亲像山一样巍峨，母亲如水一样温柔，父亲的雪山顶天立地，母亲的草地则温柔广博。历史上曾有赵云怀揣孩子阿斗，贺龙的怀里揣着的却是襁褓中的婴儿，当将军跃马挥鞭杀向敌阵，怀里的婴儿被抛入草丛也浑然不觉。当敌人潮水般退后才折身寻找女儿，失而复得那种狂喜令人动容。

我还记得，贺捷生写她的叔叔贺文掌。“大革命”年代，因参加武装斗争遭敌人逮捕，敌人要父亲贺龙送五万大洋便可放人，但送信的人遭到贺龙一顿怒斥，敌人随即将她这个年仅 15 岁的叔叔放在笼屉里活活蒸死。贺捷生的四姑贺满姑，是一个闻名湘西的双枪女英雄，1928 年桑植起义后，她在当年 5 月的一次作战中被敌人包围，弹尽粮绝之时，她同她的二子一女同时被捕。敌人最后对这样一个 30 岁的女红军用了极刑，贺满姑在敌人五马分尸的卑劣手段下英勇就义。

对共产党人来说，每一次屠戮，就是一次雪山，就是一次草地，但这支队伍走过了雪山，也走出了草地。我们不禁要追问：这支队伍靠的是什么？我首先想到的是意志，这意志如奔腾的海洋，如呼啸的河流，汹涌澎湃，生生不息。

雪山，是红军的骨骼；草地，是队伍的衣服。这支队伍走来了，它知道前面的雪山、前面的草地是宿命，就勇敢面对，走，一直走。雪山、草地是这支队伍的宿命，走，也是这支队伍的宿命。

作者简介：商泽军，中国保护消费者基金会常务副会长、中国作家协会会员、中国文艺评论家协会会员、全国作代会代表，曾参加全国青创会、诗刊社青春诗会。著有《奥运中国》《飞翔的中国》《我说的和平》《寻找火种》《致敬红军》等 20 余部诗集。在《当代》《十月》《诗刊》《人民日报》《光明日报》《人民文学》《中国作家》《北京文学》《文汇报》等报刊发表多部作品。曾获首届郭沫若诗歌奖、2008 年人民文学奖、首届华人华侨文学奖、“五个一工程奖”、中华全国优秀图书奖等奖项。

一个真实的阎肃

乔林生

一

我较晚才知道阎肃老先生病重的消息，因为离京去了外地。

10 月 15 日晚，肃老的爱子阎宇在朋友圈里发了一段文字，回忆儿时的点点滴滴，最后有句话："现在我只敢相信上帝的安排，总应该是最好的吧。保佑老爷子。"

我读出了异常，连忙跟帖问候：肃老安好？阎宇回复：脑梗住院。

这消息让我大吃一惊，不久前的一次朋友聚会上看到肃老，他还劝我"得之淡然，失之泰然"，谈笑风生的，吃嘛嘛香，咋突然得重病了？

10 月 16 日上午，我在空军总医院 ICU 病房，隔着玻璃窗见到了仍处于深昏迷状态的肃老。与平时那个面色红润、性情爽朗的老人相比，当时的他像一头被麻醉的大象一样躺在病床上，显得那样孱弱、无助。他两眼紧闭，鼻子里插着一根长长的管子，只有微微起伏的胸部、微微张开的嘴巴表明生命的迹象依然存在，表明这个一生乐观、昂扬向上的文艺战士正在同死神进行顽强的抗争和较量。

阎宇对我讲了起因。9 月 14 日早上起床，肃老感觉腿有点儿麻，家人便带他去了空军总医院做检查，一去就住了院。接着，一连输了两个星期液。29 日吃午饭，肃老用筷子夹饺子时滑来滑去夹不住，手不听使唤。到下午五点，院长来病房查房，看见他耷拉着脑袋，问怎么老低着头呀，肃老说直不起来。院长让肃老在沙发上坐好，叫来科主任给他测反射区等，这时，肃老头一歪，昏迷了。

头颅检查的结果是，肃老的脑干主动脉严重堵塞。脑干梗塞有两种治疗方法：一种是通过开颅手术治疗；另一种是从大腿股动脉插管至脑部疏通。肃老年事已高，只能采取药物保守治疗。

望着病床上生死难料的肃老，我在心里暗暗祈祷：肃老，你经历过日军大轰炸，上过朝鲜战场，参加过土改，也算是九死一生的人，相信你这一次也能化险为夷、转危为安，大家喜欢听你朗朗的笑声，也喜欢看你在荧屏上侃侃而谈，你这文艺战线的"常青树""不老松"，不能就这么突然地倒下呀！

二

三十年前，我调入空军大院工作。我熟知肃老，肃老却叫不上来我的名字。那时我二十来岁，还没对象，喜欢到处转着玩。时不时在空政歌舞团或者在机关上下班碰到了，他总是主动打招呼，有时还能寒暄上两句，没有一点儿架子。肃老因歌曲《我爱祖国的蓝天》、歌剧《江姐》早已闻名遐迩，可对我们这些初出茅庐、怀揣梦想的年轻人，并不看轻，这让身处陌生环境的我总是心怀感动。那时，我刚从青藏高原下来不久，脸上一边一片红晕，他开玩笑说我："你是红二团的啊！"

提起肃老的平易近人，阎宇说："老爷子就这个'毛病'，不管认识不认识的，哪怕是楼下收废品的、卖报纸的、炸油条的，他都是自来熟，都能主动上前聊上半天。最后问他：你认识人家吗？他摇摇头说：不认识。"

真正与肃老多有往来是在 2005 年我转岗从事报纸文化宣传工作之后。几乎在每一次座谈会上、每一个集训班里、每一次部队大的文化活动中，都能见到他的身影。当然，还有多次饭桌上的不期而遇。

文艺界的人个性鲜明，往往出名之后，在平常的生活中容易口无遮拦、不拘小节。在我的印象中，肃老从来都是一个有涵养、有章法，或者说尺度把握得比较好的人，就是你挑不出来他啥毛病。他不会为了一件小事和别人争个你高我低、面红耳赤，也不会因为一点儿名和利与合作者产生矛盾摩擦、互不相让，更不会像有些人那样，把道听途说得到的一点儿消息拿出来随便议论、妄加评论。即便是他清清楚楚的事情，他也常常守口如瓶，他大概最是深知"祸从口出"。

还有一点让我敬重和佩服的是，他好像除了睡觉，几乎没有娱乐、没有爱好，看点杂书就是犒劳自己了。他一辈子认真、服从，永远是组织上让干啥就干啥。他最不爱听的一句话就是"文人无形"，他说："谁都得有形，有形就是教养，就是品质，就是格调。"

三

俗话说，八十的老儿想爹妈。50 年代初，父亲去世时，阎肃在朝鲜前线慰问演出，无法回来；1985 年母亲去世时，阎肃又在忙中央电视台的春节联欢晚会，也没能回去。对此，他有着深深的内疚和歉意。

2010年秋天，歌剧《江姐》赴重庆展演，肃老随剧组同行。借此机会，他带着儿子阎宇，最后一次为父母大人扫墓。重庆多山，肃老父母的墓地在又高又陡的山上，几十级台阶有十多层楼高。肃老走一步喘一口气，走到一半，腿疼，走不动了，只好坐在地上歇一阵子，再继续往上走。到了父母坟前，他扶着墓碑喘了老半天。

肃老平时是个不好掉眼泪的人，跪在父母的坟前，他很动感情，讲了这样一段话：

"爸爸妈妈，这么多年我因为工作忙回来得很少，也没怎么在你们跟前尽孝，但我很想念你们，也惦记着咱们的家。尤其是妈妈，吃了那么多苦，好不容易才把几个娃儿拉扯大，劳苦功高啊！我今年已经80岁了，走不动了，这是最后一次为你们扫墓了，以后就是这小子（指阎宇）代替我来祭奠你们。没准过几年，我们就又见面了，有啥话到那时候再好好唠唠……"

说来，肃老的一生也真不容易。年轻的时候，父亲早逝，母亲没工作，全家人的生活开销都指着他的津贴，家庭负担很重。每月发薪，他只留几块钱买一管牙膏或买一两张戏票，其余全寄回重庆家中。很多年里，养家糊口是他的头号任务，三十多岁了还没处对象，连组织上都替他着急。

空军文化部部长黄河找到自己的一位战友求助："我这里有个才子，一直找不到对象，你那里有没有合适的，给他找一个？"

也是在文艺单位当领导的老战友没有介绍别人，而是介绍了她自己的亲外甥女李文辉。

看照片小伙子还算精神，李文辉同意见面。一见，李文辉有点不愿意了：阎肃个头那么矮，背还有点儿驼，人和照片不大吻合。

李文辉娘家是河北的大户人家，她父母也看不上出身贫寒的阎肃。黄部长联合阎宇的姨姥姥一起出来做工作，女方总算吐口了：处处看吧。一段时间相处下来，阎肃的睿智、豁达、博学、质朴深深打动了同是革命军人的李文辉的心。

肃老在事业上风风光光，在家里却是个"妻管严"。平时遇到一些家庭矛盾，肃老有时争辩几句，有时装没听见，让步的时候居多。无论遇到什么情况，他总是念着老伴的好："这女人要不嫁给我，我就打光棍了；这女人要走了，我的两个孩子就没妈了。"

李文辉做得一手好饭，他们一家人的胃没受罪。

阎宇说："我爸永远是以工作为中心，我妈永远是以自己为中心。"肃老乐呵呵地说："你们的妈妈是用她自己的方式爱着丈夫、爱着儿女，尽管我们有时候对这种方式接受起来有些困难。"

阎宇曾问过父亲："您不到三十岁就写出《我爱祖国的蓝天》，文工团那么多女孩难道没长眼，咋就没有一个人能看上您呢？"

阎肃一本正经地回答："我底板（长相）不好。"

四

每个人的生活中都会有波澜，不同的是，有的人往往把好的事办坏，而肃老却常常能把不好的事变好。有一件事很能证明他的这种能力。

肃老的女儿阎茹因为打小离家住校，性格特别独立，长大后和家长在思想沟通上常会产生一些不同看法。因为担心父母过多干预自己的婚姻问题，阎茹和同是桥牌手的男朋友办完登记结婚手续才告诉家里："我已经和我们队的小杨领证了，今天晚上两家人一起吃个饭，就算正式结婚了，你们去不去？"

母亲李文辉哪能接受这个，十分生气。肃老特别冷静，说："木已成舟，我们做父母的就应当接受这个事实，并送上最真诚的祝福。这顿饭一定要吃，而且全家人都必须去。"

阎宇按父亲的要求通知姑姑叔叔，一家人浩浩荡荡地去吃阎茹的喜酒。

到现场一看，阎家人傻眼了：且不说饭馆档次很一般，乱糟糟的，可气的是男方家里只来了女婿一个人，还有一位陪他来的朋友撑场面。杨家人住在北京，儿子结婚这么大的事，父母、亲戚连一个人都没来，说不过去呀！母亲李文辉脸沉着，阎宇更是气不打一处来："你们太轻视我姐了！真想把桌子一把给掀了！"

肃老当时心里肯定也很纠结，但他明面上没有丝毫表露，反而热情地招呼大家入席就座。菜品上齐后，他最先动筷子，该吃吃，该喝喝，一副无所谓的样子。饭吃得差不多的时候，肃老擦了擦嘴，站起来说话了："今天是我女儿女婿大喜的日子，我要代表全家送你们俩一首诗，表达由衷的祝福。"

又不是在包间里，大庭广众之下，老头唱的是哪一出啊？阎家人面面相觑。血气方刚的阎宇更是特别不理解，压低嗓子制止老爸："这是大堂，您还朗诵诗呢，都不嫌丢人！"肃老说："有啥丢人的？我女儿结婚，我怎么也得有所表示啊！"

肃老不受任何情绪影响，不管不顾地朗诵起自己写的一首诗，题目是《金红的玫瑰》——

金红的玫瑰，摘下一朵，
我祝福你们，也祝福我。
芬芳的心香，袅袅升起，
我祝福你们，也祝福我。
相逢是缘分，有缘莫错过，
茫茫人海里，知音最难得。
我祝福你们，青春永欢乐，
好运时时有，成就日日多。
…………

肃老声音浑厚，抑扬顿挫，把一个父亲的心意和情意表达得准确到位，相邻饭桌上的客人都站起来为他鼓掌。本以为要遭到一家人责难的新郎和新娘，当场感动得热泪盈眶。

肃老硬是把一场尴尬的婚宴办成了一场比较圆满的婚宴，最后大家是高高兴兴散场的。

五

阎宇成年后，玩性大，早恋不早婚。肃老看不惯，怕人家女孩受委屈，有时候还给儿子“使坏”。有一次，阎宇认识了一个重庆女孩，俩人谈起了恋爱。找了个机会，阎宇叫父亲来见见，没想到，肃老当场对那个重庆女孩说：“和阎宇交往，你可别当真啊！他全国各地哪里都有女朋友。”阎宇恨不能钻地缝里躲一躲，重庆女孩从此再也不理他了。

阎宇不乐意了：“老爸啊，你太落伍了，多谈几次恋爱就叫‘瞎搞女人’，你这是什么逻辑，什么年代的思想啊？”

阎宇说：“我处女朋友，每次我妈都当真，每次我爸都不当真。”

最终，阎宇和艺术院校毕业的独唱演员刘莉娜修成正果，走进婚姻殿堂。结婚那天，肃老特别高兴，又是当场掏出早已备好的一首诗《伴君行》，激情朗诵：

一叶扁舟浪花中，
去年海北，今岁江南，明朝河东，
任黄花碧水，青山红叶，白发秋风。
随你奔波这久，也算是五彩人生。
咽下了，千杯喜，百盅泪，万盏情，
仍留得，一颗心，七分月，三更梦，
淡定从容伴君行。
缘分早注定，心海已相通，携手坎坷路，
遥对夕阳红。
将惆怅、怨恼、寂寞、悲凉都抛却，
把忠诚、理解、宽容、和善拥怀中。
人生难得是相逢，记得年年定情夜，
香缥缈，月朦胧。

下得台来，肃老得意地对儿子说：“我的这首诗，你老婆不懂，我老婆也不懂。”你看他这玩笑开的。

阎宇媳妇刘莉娜怀孕后，有一次做完 B 超，阎宇回家对老爸说：“是个女孩。”

“女孩好啊！”肃老一条一条地给儿子掰扯生女孩的好处，说了一大堆好话。半天没动静了，肃老突然冒出一句：“这 B 超会不会弄错啊？”

“也有这个可能啊！”阎宇心想，老爷子骨子里还是想得个孙子吧！

孩子没出生的时候，肃老就给孩子起名，写了满满一页纸，阎宇一看，完了，全是男孩的名字。阎宇感觉老爷子重男轻女的思想还是有的。

孩子出生后，抱回家来，肃老也挺高兴的，一天来看几回。偲偲越长越可爱，肃老每次见面都要脸贴脸地和她玩一会儿。阎宇委屈地说，我和我姐从小就没这待遇。

六

人年纪大了，时常有个头疼脑热的，很正常。肃老自理能力强，平时多半是他自己照顾自己。与前几次住院不同的是，肃老此次入院后，变得有些黏人，儿女来看他时，他总是依依不舍的，而且特别念旧，话也比平时在家里多了。

液一滴一滴掉着，肃老就给儿子阎宇讲从前的故事：“我呀，这些天躺在病床上，老回想小时候的事，一幕一幕的。以前在老家保定，生活不下去，七岁去了武汉，日子也过得挺艰难的。九岁到了重庆，赶上日军大轰炸，把家炸没了。再以后到南开中学上学，又到重庆大学上学，再以后当兵去了，弄来弄去进了西南军区文工队，先当演员后搞创作，最后稀里糊涂来到北京空军文工团，再没几年，李文辉来了。再没几年，你小子也来了。”

阎宇忙插话：“不对，还有阎茹呢！”

肃老忙纠正：“对，你姐比你先来的。和你妈结婚后，我写出了《江姐》，也算对得起他们老李家的人吧。以后啊，你小子要多心疼你妈，你小时候整天捣乱惹事，都是你妈给你铲的。你得好好尽孝啊！可你姐姐阎茹怎么办啊？她一个人带着两个孩子（龙凤胎），怎么过啊？”

阎宇劝解老爸：“我姐恁大本事，和两个孩子的感情特别好，您就别替她操心了。”

肃老又给阎宇下达任务：“你得每天让龙龙和凤凤各背一首唐诗，写一篇大字。”

阎宇说：“都快十八岁了，来不及了。”

肃老说：“啥时候开始都来得及，还得背、还得写，要不好好学的话就废了。”

肃老停了一会儿，又说：“你甭说，你姐的孩子没准能成为咱们这条街上最出色的修车工。”

阎宇哭笑不得：“瞧您说的，我外甥再不济也不能在大街上给人家修车啊！”

阎肃严肃了：“修车工有啥不好的？靠自己的劳动吃饭嘛！”

阎宇有点不平衡了：“您担心这个，担心那个，您咋不担心您的小孙女偲偲啊？”

肃老乐呵呵地笑了：“你女儿那是得天独厚啊！身体好，又聪明，再等几个月就会背诗了。你们两口子年轻力壮，又能挣钱，哪用得着我操心。”

说不操心是假，他时不时地问：“儿子你离开银行后，现在到底在干啥啊？”

“投资做高空发电，新兴产业。”

听完儿子解释，肃老连连摇头：“这个太危险了，万一电死人那可要了命了，千万别弄这事。”

“你还弄啥事呢？”肃老一会儿又问。

“刚刚投资上千万，办一个育婴学校，也就是教幼儿的父母怎样当好父母，怎样培养孩子的品质……”

没等阎宇讲完，肃老一拍大腿：“哎哟，这个好，造福子孙后代的事，这是做好事、做善事。挣不着钱吧？挣不着也得做，还得做好。”

肃老还掐着指头，数谁谁谁走了，谁谁谁也走了，谁谁谁走得很痛苦，谁谁谁走得很安详……

部队面临军改，肃老也有些忧心：“1955 年空政文工团一成立，我就来了！我的一生就是文工团的一生，部队不能没有文工团啊！”

这就是生活中的阎肃，一个真实的阎肃。

作者简介：乔林生，笔名万绿、三三等，陕西延安人，曾任《解放军报》时事部和文化部主任等职，大校军衔。采写的特写、报告文学六次获中国新闻奖，并获中国报人散文奖、冰心散文奖、首届广东省“梦里水乡杯·花地文学奖”征文大赛一等奖、“唱响中国”歌曲征集评选优秀作品奖、中国人民解放军摄影艺术奖等三十多个奖项。两次荣立三等功。1976 年起发表文学作品，1999 年加入中国作家协会。出版纪实文学作品集《军旅人生》《肩上有山》，新闻作品集《真实地记录历史》等。长篇报告文学《’98 中国大抗洪》（合著）获全军抗洪抢险题材优秀作品奖。《记温桂琴》《生者与死者》收入人民教育出版社出版的高中语文教材。

赁窑记

李光泽

县城的东山上，有一个叫杏树仡佬的地方。杏树仡佬有一个四合院，是党家人的老宅子，大家称之为党家大院。党家大院由一条走廊相连，分为东西两个小院。东院一进大门，有一眼厢窑，很小，主人在门前盖了一个简易房子，遮住了窑洞的大半个窗户，大白天窑里黑黢黢的，得开灯。这眼厢窑是我在城里赁的第一眼窑，也是我在城里最初的居所。1995年冬天，我把两床铺盖、一些坛坛罐罐和锅碗瓢盆从乡下拉到这眼窑里，就算在城里有了一个家。家里最值钱的东西是一台电视机，那是岳父给妻子的嫁妆。我从电视箱子里取出泡沫垫子往炕角一摆，把电视机往泡沫垫子上一搁，就妥了。那个空纸箱子也就有了新的功能，成了我的临时衣柜。那个时候，妻子在离城三十公里的一个镇政府上班，我得自己做饭。做好饭，我就独自坐在门前的石床上，一边吃饭，一边听院子里的俏婆姨俊女子嘻嘻哈哈、叽叽呱呱拉家常、说笑话，不时响起爽朗的笑声。我和她们不熟悉，插不上话，但总觉得这群女人活得很自在、很幸福。一天中午下班，我急急忙忙切菜，走了神，削了半片指甲。后来，我想了个办法，早上上班前切好菜、和好面，中午做饭就可以少花点时间。下午上班走时，再把桶担捎上，下了班顺便到井滩的辘轳井上担一担水。作为一个无依无靠的农家子弟，吃了公饭，有幸从乡下调到城里，有幸到一座机关大楼里面工作，我觉得生活无限美好。但是，当时工资很低，又没有其他来项，我手头非常紧张。一百块钱揣在兜里好长时间舍不得花，需要花钱的时候，就忍一忍、推一推，磨磨蹭蹭就过去了。礼拜天，妻子经常坐班车回城。她一回城，就能发现邻居吃好的。妻子不止一次对我说，人家隔壁邻居哪来那么多钱，每星期都买羊下水吃。我每次都说，咱好好攒钱买窑，像是安慰妻子，又像是自欺欺人。妻子怀孕那阵儿，走到街上的水果摊前，说想吃橘子，我居然说老家拿上来那么多苹果你不吃，偏要吃橘子。妻就不说话了，悄悄回家吃苹果。水果摊上的橘子，妻子眼中的橘子，我记忆深处的橘子，艰苦岁月里的橘子，成了我永远无法弥补的遗憾！

房东的一个农村亲戚要在我赁的窑里坐月子，我得搬家。我在心里骂了一句，接着在党家西院又赁了一眼窑。这眼窑又宽又深又亮堂，但我住得并不舒心。在这个院子里，有三件事情使我非常清楚地意识到我是新来的，是从农村来的，是寄人篱下的，是卑微的，是需要隐忍的。这个院子里的五六个住户跟院外的一些住户共用一块电表，月底大家轮流到各家各户去抄表、收电费。轮到我时，院外一个老住户皮笑肉不笑地教导我，要勤快点，抄表仔细点，操心有人偷电，损耗摊不均了你自己多出点儿。听着老住户的教诲，我诚惶诚恐，不知道他是关心我还是怀疑我，但我知道他的神态是倚老卖老的，他的口气是居高临下的。院子里有一个老太太，是城里人，老住户，她跟邻居拉话，说我妻子在大街上借了她十块钱，好几天了还不还，肯定是不想还了，不相信年轻人记性就这么差。妻子无意间听见了，忽然记起借钱的事，赶快还了钱，并不好意思地做了解释。事后，妻子嘟囔着说，老太太怎么会这么想呢，咱再穷也不至于赖十块钱的债啊。我安慰妻子，老太太看着很和善，也许就那么一说，并无恶意，况且的确是咱自己忘记这事了。我嘴上是这么说的，但心里也多少感到有些憋屈。作为老大，我把小弟拉扯到城里来念书。小弟是个淘气鬼，不知怎么惹了一个老酒鬼，那酒鬼还是一个瘾君子，跟我住在一条街上。他醉醺醺地撵到我家门前，骂骂咧咧，又是要抽筋，又是要扒皮的。那时候，妻还在月子里，从老家上来守月子的母亲赶快给人家赔不是。酒鬼骂够了，晃晃悠悠地走了，母亲就开始数落弟弟。我下班回家，听说了此事，心里很不是滋味，母亲和妻子受了委屈，我又无可奈何，只能不了了之。多年以后，和家人聊起此事，他们并不觉得有什么憋屈，反倒觉得好笑，一个小淘气鬼惹恼了一个老酒鬼，不演一出好戏才怪呢。这么说来，是我的心当时太过脆弱、太过敏感了。

党家西院这眼窑被主人卖了，我又就近在一个叫白家大院的大杂院里赁了一眼窑。这眼窑西晒坐向，窑很小很小，堪称袖珍窑洞。我搬过去的时候正值夏天，火辣辣的太阳从早上照到傍晚，阳光从窗格上直射到窑掌，加之要动火做饭，那眼窑就成了一个大蒸笼。女儿刚学会爬行，热得满头大汗。我就把洗衣盆搁在院里的凉荫下，再把女儿放到洗衣盆里让她享受一丝凉风。大杂院里的婆姨女子们、碎脑娃娃们没事了就端着饭碗过来逗女儿玩。我也会端着饭碗到邻居家去串门，星期天还偶尔伸长脖子看看人家打麻将。我在这个大杂院里住了不到一年时间，除了一个四十来岁的爱洒香水的女人从来没有正眼看过我们一眼，从来没有跟我们说过一句话外，其他人给我留下了很好的印象。房东夫妇很随和、很朴实、很善良。记得我给他们送过两碗小米，他们很是感动，推托了很久才收下。邻居们也没架子，没有拿城里人的眼光看我们。多年以后，老邻居在我上班途中偶然碰见我，还热情地邀请我到大杂院里回访了一回，感觉十分亲切。

妻子是学医的，不知哪根神经一灵醒，就想着把家搬到偏远的葡萄梁去，一边请假照顾孩子，一边偷偷地卖点儿药，给周围的群众打针输液挣点钱。葡萄梁住户多，妻子手艺不错，人也勤快、随和，穿一件白大褂风风火火地在居民区里到处跑。钱是挣了一点儿，但她偶然在电视上看到外地一个诊所出事了，就不敢干了。妻说，没手续，出了事就麻烦大了，赶快收摊，说收就收了。记得当时我买了一块又厚又大的花塑料布，在院子一角搭了一个摩托车棚。半夜下雨，塑料布上积了一洼水，最后车棚终于承受不住，轰隆一声塌了。第二天早上，夫妻两地分居的女房东跟妻子开玩笑说，再也不敢搭车棚子了，她胆小，再压塌一次，就叫我晚上跟她做伴去。话音未落，两个年龄相仿的婆姨哈哈大笑。女房东性格爽朗，大大咧咧，对我们非常友好，那些情景至今还历历在目。

我最后赁的是县委后院的一眼破窑洞，更准确地说，应该是借住，因为没有出赁钱。妻收摊后，我本想在县委周围赁一眼窑，但没找到合适的。有一眼窑倒是不错，那天下午我打问情况时，趾高气扬的女主人一边津津有味地吃着涮羊肉，一边像领导讲话一样宣布纪律，又是晚上几点以前要回来，又是早上起来要早早把院子扫干净，又是不准大声说话，又是不准拖欠房租，我实在受不了这个女人的做派，就是个金銮宝殿我也不住了！我发现县委后院有一眼窑好像空着，一打听，是单位清洁工的办公室，但她基本不用。可我与人家不熟，不好意思开口。司机张师傅知道我的心思后，主动帮我借到了窑洞，我心里当然十分高兴。在工作中，我认识了县环卫所的一名司机，常对我说有事了说一声，这下还真派上了用场。我也没想什么面子不面子的事情，在一个星期天的早晨，叫他用清运垃圾的农用车把我的家当从葡萄梁拉了过来。县委有规定，不准干部在院里居住，可实际上一直有人厚着脸皮居住着，我成了其中的一个新成员。那眼窑特别小，特别潮湿，是下湿，冬天把炉火烧得再旺也无济于事。在市里读中专的一个学生来家里看我时，用非常惊讶的语气问我：李老师，你在城里就这么一个住处，再没别的地方了？把我问得窘迫极了。那年夏天，我们一家三口正在午休，一条草绿色的长蛇不声不响地从破壁柜里爬出来，光顾了我的家。妻子眼尖，发现了这个不速之客，吓得够呛，抱起女儿撒腿就跑。窑洞隔壁是两间破车库，那条蛇大概就是从车库里爬过来的吧。我和蛇斗智斗勇，用一把长钳活捉了那条长蛇。我心想：你也来嘲笑我、戏谑我，看我怎么收拾你！可转念一想，这条蛇也居无定所，也许它的心里也有苦，还是放生了吧。

最叫人感到忐忑不安的是，县委书记在我对面的小院里住着，需要安静，可我女儿才三四岁，正是闹腾的时候。我最怕女儿半夜哭闹，她一哭闹，我就赶紧拿被子蒙住她的头，再用手捂住她的嘴，生怕影响书记休息，更怕单位领导因此把我赶出那眼破窑。可女儿总有出其不意亮一嗓子的时候，我就想着不知书记听见没有，心里就会有一丝不安。一次陪书记下乡，我试探着跟书记说起此事，书记说，那么点儿的小孩，哭就哭嘛，你捂小孩嘴干什么。当时是冬天，可我心里却感到格外温暖。那一刻，我明白了一个道理，只要心里装着一份温情，即便遭遇冬天，也会是一个暖冬。

2000 年冬天，我迎着一场瑞雪，把家搬到了自己省吃俭用购买的窑洞里，结束了在城里赁窑的日子。1995 年进城以来，六年的时间，我们搬了六次家，其中的甘苦只有自己知道。现在回过头来看，在城里赁窑的那些日子反倒成了我生命中抹不掉的温情记忆，那些酸楚、那些苦涩也成了一种独特的人生滋味。

作者简介：李光泽，陕西绥德人，中国散文学会会员，陕西省作家协会会员。1989 年起，在《人民日报》《光明日报》《中国作家》《诗刊》《解放军文艺》《延河》《美文》《散文百家》等报刊发表文学作品。曾获第八届冰心散文奖、《人民文学》全国征文奖。著有诗文集《善待生命》、诗集《对一片草地的颂词》。

赣南血型

简心

这里不见英雄，却处处有英雄；这里不见伟人，却站着巨人。

清明，写下这句话，我屏住了呼吸。面对中国一隅，江西南端版图。

向南，向南……来自西伯利亚劲烈的风，刮过辽阔苍莽的中原大地，到了赣州，怕也要歇一歇吧。往前跨一步，便是岭南，这一步，是横亘大庾岭的梅关。百越人从这里走过，始皇的十万大军从这里走过，客家人从这里走过，张九龄归故乡从这里走过，钟绍京的书法从这里走过，苏东坡的诗歌从这里走过，王阳明的思想从这里走过，江浙的丝绸从这里走过，景德镇的瓷器从这里走过，汤显祖的牡丹亭从这里走过……

再坚硬的心，到这里也会变得柔软；再柔软的心，到这里也会变得坚强。中原来的客子，征途太过遥远，迁客，骚人，贬官，商旅，文臣，武将……战乱，灾荒，饥馑……登上赣江源头，早已有些失魂落魄。拧一拧被浪花打湿了的衣襟吧，烫一壶水酒，洗洗尘，暖暖身，压压惊，再上路！或者，来一碗松枝烹煮的新茶？赣南的水酒格外香醇，从石城，从于都，从信丰，从瑞金……声音一路吆喝过来，悠亮而绵烈，抵也抵不住。这一喝，头一昂，颈子一硬，从此在赣南安家落户。

这是江西的南大门，更是整个中国的一个大闸口。翻开中国的历史版图，你会发现，中原文明是以院落式一进一进向南挺进的。过了黄河，是长江，顺着荆楚轴线，再往南走，已是重峦叠嶂，路途变得格外逼仄。再仔细琢磨，又会豁然一惊：江西，是逼仄处的一片开阔；鄱阳湖，是烟波浩渺的入水口。盘古开天时，到了江西，似乎铆足了劲，西引一座罗霄山脉，东按一座武夷山，底部横一座南岭，把江西围个滴水不漏。没错，中原的政治、经济、军事、文化，甚至繁密的人口，跨长江汤汤而来，要抵达南疆，除了潇湘，似乎只有赣水才是一泻千里的通道：溯赣江，登陆赣州，然后沿着章贡二水，攀过南岭、罗霄、武夷山关隘，分别向四周辐射，直抵闽、粤、湘，直指南洋……历史，必然要在赣州凿开关口，梅关的风，筠门岭的雨，见证了中原文明南行的一个个脚步。

明亡后，张家玉劝唐王迁都赣州："天下形势，关中为上，襄阳次之，建康又次之，下此则虔州一块土，尚属兴王地也……驾出虔州，右连三楚，左达八闽，后屏梅嶂，出两粤之粟，前跨章江南九，有建瓴而下之势，骑天下之脊号召之。”

有几分道理，但穷途末路，话未免绝对。

江西，实际上是整个中国消化道上的一个巨大胃囊，来自中原的声音在这里沉淀、中和、消化；而赣州，恰是沟通丹田肺腑的豁口，一个开满梅花的幽门。

明白这一点，才能明白两千多年前雄才大略的秦始皇统一中国后，目光何以要越过辽阔的荆楚大地，在这当时人烟荒渺的瘴疠之地按下赣南的第一颗政权棋子——南壄；明白这一点，才能明白绿豆般大小的赣州何以成为今天全球近以亿计客家人念念不忘的摇篮；明白这一点，才能明白赣江何以成为中国历史上显赫一时的黄金水道、南方丝绸之路；明白这一点，才能明白宋时的虔州造船厂（场）何以在全国十一个造船军州中名列第一；明白这一点，才能明白赣州何以成为赣文化的源头；明白这一点，才能明白隋之末的林士弘何以横刀立马，据虔州建大楚国，北起九江，南至番禺，在隋末唐初二十几支大起义队伍中，拉出最大的版图；明白这一点，才能明白四海瓜分豆剖的五代，赣南的卢光稠何以能乱世挺起，在四面割据政权之中，以虔州、韶州雄峙于淮南岭表间，保持稳定和发展三十多年……

明白这一点，才能明白，九百多年前，辛弃疾何以在赣江造口壁书下“郁孤台下清江水，中间多少行人泪”的忧愤词句，知军孔宗瀚何以将三江合抱的虔州城打造成铜墙铁壁；杀身成仁、舍生取义，赴火蹈刃、死不旋踵，儒墨这些除暴安良、保家卫国平天下的钢铁人格，何以在赣南积聚得如此血脉偾张。

看看历史的几个大拐弯处吧。

南宋绍兴年间，陈颙等揭竿而起，朝廷汹汹镇压，赣州衣锦乡一带四百多营寨彻夜苦战，朝廷招降，没有一人屈膝，山河为之动容。

南宋末年，太后下勤王诏，南宋没一军州应召，唯有赣州三万五千多义士在赣州知州文天祥的率领下，铁血飞扬，与国家民族共存亡，历史为之惊叹。

清军进占江西，南明政权以赣州为中心组织大规模的抗清保卫战，南安、赣州二府激血飞扬，抗清起义遍及瑞金、石城、兴国、龙南、赣州、宁都等地。1646 年 5 月至 10 月，赣州被围，郭维经、杨廷麟、万元吉等以大义鼓励市民，全城妇女孺子持戟挺槊人自为战，贡江两岸军民誓师祭天，江水为之咆哮沸腾。城破那天，郭维经入嵯峨寺自焚而死，杨廷麟殉身清水塘，万元吉抱恨投章江，战死者全城比比皆是，忠勇之士大多举家以殉国难，清军将领为之感慨鞠躬。

…………

收起笔，让我们轻轻步入上一个世纪。

二三十年代，在军阀如麻、天下纷争中，赣南这片春秋属吴、后被越风楚雨和中原文化精魂瓢泼了数千年的精神烈土，才真正开始龙盘虎踞，以O型血在中国乃至世界咆哮起来。1929年，在一片硝烟中，一支并不庞大的军队扛着红旗从井冈山突围，悄悄进了赣南，随后白手起家，吞吐壮大。这里成了国共两党第一次国内大对伐的主战场。金戈铁马，山呼海啸，继井冈山革命根据地之后，共产党以赣南为中心，逐步建立“中央革命根据地”。1931年，中国历史上第一个全国工农政权在这里出现——中华苏维埃共和国临时中央政府，历史性地矗立在了赣州瑞金……

世界的目光聚焦过来，中国的政治、军事、经济、文化精英们纷纷涌来……赣南，这个中国文化通道的幽门，不仅成了当时中国各阶级政治军事较量的战场，成了世界各种文化力量直接或间接较量演练的历史场所，更成了中华儿女探索民族出路的巨大实践疆场。共产主义，三民主义，儒墨传统文化，封建军阀主义……几大世界文化激流拍打着滔滔赣江，在赣南3.94万平方千米的地域里猛烈交汇撞击，溅射的火花如一叠炫目的瀑布，大珠小珠直落华夏九千里天空。

这里，一度成了中国乃至世界的思想理论造血中心。自鸦片战争开始，到太平天国运动，到戊戌变法，到辛亥革命，到五四运动，到国民革命，到共产革命……中国一直在民族出路隧道上向内向外左冲右突，赣南猛然为中国打开了一个政体出口。许多国外引进的革命思想和建国理论在这里筑巢，完成了中国化进程，然后饱满成形。从此，这里有了一个震惊世界的称谓——红都。赣南为中国开发了一个浩浩荡荡的时代精神水系——中央苏区精神。

在生生死死的暴力革命中，赣南老表以成千上万的人力、财力、物力为共军、为国军、为中国“革命”一词源源不断地输血，同时被大批革命精英以共产主义为基因大规模精神造血。事实上，这场精英领导下的平民革命，以及革命的延续，改变了这块土地的命运，改变了这块土地的文化，也最终改变了中国的命运和世界政治版图。

“乱石穿空，惊涛拍岸，卷起千堆雪。”这是个风雨如磐、血气填膺的地方，以至它的村坊瓦巷中，每一口井、每一棵树、每一块石头都写满侠肝义胆。在民族历史抉择的关键时刻，那些深居赣南山区的作田佬、木客、铁匠、打锤佬及其他人，昂着头，硬着颈，忍着痛，一群一群，丢下锄头与勾刀，一批一批地冲到了最凶险的风口浪尖上。他们金刚怒目的血性，在这块鲜艳的土地上得到了前所未有的挥洒。从男人到女人，从老人到少年，从房舍到盐谷，从衣被到钱币，甚至每一双草鞋、每一块门板……赣南人咬着牙根，抛家舍业，前赴后继，家园做战场，热泪成热血，亲人变亡人，绝望变守望……一切，为了自己，也为了国家。

历史上每一场大较量，最终都是以战争的浩劫无情收场。战争，是解决战争的血泪手段。历史选择了赣南，赣南最终选择了战场——没有选择的历史抉择。

让我们把镜头拉向最近的那场战争。

瑞金沙洲坝杨荣显一家“八子参军，壮烈牺牲”；兴国高兴乡邱会培一家12口“全家革命，满门忠烈”；兴国籍烈士李美群“马前托孤，义无反顾”……仅赣南，13个苏区县总人口约240万人，青壮年有50万人，先后参加红军的有33万余人，支前的有60多万人。中央红军长征出发时8.6万余人中，赣南籍红军占总数的65%。在牺牲的20余万人中，有名有姓的烈士有10.8万余人……

最疯狂、最残酷的杀戮，被报复性施加于战争留下的亲人们。“石头过刀，茅草过火，人要换种。”仅兴国、瑞金等八个县统计，被杀害的干部群众就达3.6万余人。“无不焚之居，无不伐之树，无不杀之鸡犬，无遗留之壮丁，闾阎不见炊烟。”当国民党亲手记录下赣南“无人村”“血洗村”“寡妇村”的情形时，这些村庄只剩下一个表情——零。

赣水汤汤，多少英魂湮没在历史风波里！

这仅仅是数字，被战争击倒并躺在大众视野里的数字。掀开历史的遮蔽，至今仍无法估量那场战争削去了多少生灵、多少山头、多少地产、多少情感、多少尊严、多少幸福、多少安宁……

一批一批的赣南青壮年受感召于国家民族沦亡危机呼吁，子弹式地把自己推向了中国革命的枪膛，甚至来不及辨别革命的面貌，仅仅为了一口口粮。革命大旗展示的理想和未来如此波澜壮阔，没有人不为此豁命去搏一把，那些搏去了丈夫、父亲、儿子、兄弟的女人被战火硝烟埋没，最终选择了坚强。

撇开政治纷争和政治朝圣式的歌颂，今天，我们仍会为赣南人当年改变家国命运而赴火蹈刃的勇义和决绝而慨叹，尽管这背后有各种暴力、愚昧、图谋、纷争、挤迫、青涩、背叛和沉渣。

革命，这个“命”，到底是革的谁的命？天命，时命，生命……以无数浩浩热血生命，乘天地巍巍之时命，革旧势力之天命。

在二十世纪席卷全球的世界革命中，一场空降的平民革命，引爆了一次赣南思想革命的大空降。历史引爆了南昌，南昌引爆了井冈山，井冈山引爆了赣南，赣南引爆了中华大地，从遵义，到延安，到西柏坡，到北京。

《十送红军》的曲调悠然响起，赣南人的歌声跋山涉水，回环往复，长征般掠过华夏大地，如秋风般深切婉转……

当一个地域找不出一个名字来涵盖它辽阔的英雄群体时，这个地方只能被赋予一个名字——英雄。

“郁结古今事，孤悬天地心。”历史，走到赣州，总要舍舟登岸，借此住上几宿。姑且煮一壶水酒，冲一杯香彻的茶，祭一祭英雄地，再走吧！大庾岭上的梅花，香飘万里，只是千枝一瞬，而岭下的赣江，亘古千堆雪，一片马蹄声。

作者简介：简心，本名郭玉芳，江西上犹人。中国作家协会会员，一级作家，江西省作家协会常务理事，鲁迅文学院第27届全国中青年作家高研班学员。作品散见于《诗刊》《山花》《北京文学》《黄河文学》《文艺报》等报刊。作品入选人教版中学《语文》辅导教材、《〈读者〉2014年作品精选》、《2018民生散文选》等十余种选本。获第八届冰心散文奖、2017年《北京文学》优秀散文奖、中国新闻社世界奥运征文奖、江西省委宣传部征文奖、“井冈山”文学奖等奖项。著有长篇传记《五弦挥红》、散文集《被绑架的河流》。

一封时光的情书

艾诺依

诗人顾城说，我的心，是一座城，一座最小的城。每个人都有这样的一座城，这座城里有欢笑与寂寞，也有喧闹与悲伤。

六月的某天，我在一座城市等待延误的飞机。已经很久没有静下来泡在书店里，周国平的一句话让人无法抗拒：不要以为平庸的书无害，世界上平庸的东西实在太多了，它们会使你在精神上变得和它们一样平庸。不久前——一个有风吹过的下雨天，我和友人结伴向南，进入广西北部三江侗族聚集地，古老的旧街道，木制的矮房屋，水边还有穿着侗族服饰的女孩弹着少数民族乐器，清凉的嗓音穿透孤寂的大山。沿着不易察觉的小路走到深处，眼前豁然开朗，是一家酿制米酒的小店。店门前坐着一位驼背的老奶奶，店老板是一个皮肤黝黑、精瘦的男人，他的老婆在推米，他的小儿子用瓢把发酵的米舀到木桶里。三只大木桶架在火上烘烤，泥土里散发着雨后的清香，我看着他们安静的配合，喝着店老板馈赠的米酒，因为调配了纯正的蜂王浆，初尝甜蜜浓厚，慢慢品出添了岁月的味道。他们独守一隅，好像人生从未跟财富关联，一辈子就靠一项技能养家糊口，坚持做着自己的事情，安然处世，蔼然自足。他们跟随着自己的内心，老老实实地做着手艺人，辛勤地营生，显得与时代脱轨，这种没有目的性的坚持让人心生敬仰。

似乎我们做一件事常常被赋予太多意义。书架上畅销的是心灵鸡汤文，屏幕上滚动的是人生成功学，点击率最高的是名人志士最豪放的演讲。如果没有结果，没有捷径，那么就是打上了灰暗的标签，所以我们读书时会选择社会认可的专业，所以我们相亲时会不停地把相亲对象与自己的结婚标准对比，本末倒置的速食节奏，我们同样收获了果实，却没有深刻体会耕耘的过程，我们无法热爱生活，我们很难珍惜拥有。

在涠洲岛的天主教堂旁，有一家糖水小馆，那里的糖水似甘露清甜，炎热的太阳下来上一碗，解暑又凉爽。听店老板说，这座教堂落成于1880年，是一座完全没有钢铁结构的哥特式建筑，花了十年时间，用了岛上特有的珊瑚石，占地面积近千平方米。看着落成多年却依然如故的大教堂，我仿佛看到了岛上渔民面对困境时坚毅勇敢的眼神。糖水老板家做的饭菜很香，他每天守着这座教堂，给自己在“外面的世界”读大学的女儿供学费。他叨叨说，这座岛上没有高中，从那时候开始，供孩子读书已经花了几十万。虽然满嘴的不情愿，却是一脸的骄傲神情，就这样日复一日地守在这里，守着这座保持着原始状态的小岛。

岛上很多年轻人无所事事，游客少的时候，就在树荫下乘凉打牌。这里大部分水果是从“外面”运来的，“外面”是指21海里之外的北海——“朝苍梧而夕北海”。小叶就是从“外面”嫁过来的，她开着观光车载客，像蚂蚁一样忙，却像蜗牛一样慢，在这里生活了八年多，有两个儿子，最想要的是一个女儿，因为带着父母出来游玩的大部分还是女儿，想买一颗黑珍珠，两千多块人民币，太贵了，所以经常去店里吹空调顺便看看那颗黑珍珠。那颗不是最名贵，也不是最稀有的黑珍珠是否也知道，自己无法被深爱的人带走，而她一辈子就喜欢那么一件礼物。

岛民也总是纯朴直率，聚坐在沙滩上，吹着海风，喝着啤酒，吃着烧烤，看着投影机投放的巨幕球赛，欢呼声一浪高过一浪。曲终人散的时候，霓虹灯瞬间熄灭了，黑暗中只有海浪拍打岸边的声响，来来回回，不舍得退去。在一家租电驴的小旅馆，有个风趣的东北大哥，笑着说没有等到我们一起喝酒高歌，他却独自喝醉了。我说以后还会来看你，东北大哥摇摇头说，他在每个地方都只是待几年，然后就会换一个地方走走。

也许，我们不会再见了。

这让我不禁想起大洋彼岸，另一个遥远的国度。那里有因天天下水而认识的黑人安全员，也有因为受伤定时来换药认识的护理大娘。每个清晨，那里都有最热情的打招呼、最清脆的口哨声、最爽朗的欢笑。那里的人虽然也忙于生计，但是他们不是出于什么事业心，而是发自内心的喜欢，工作的过程就是享受，生命质朴而有力。离开的前一夜，老公目光如炬地遥望海平面，用低沉的嗓音对我说，以后一定要带着女儿来看看这里的风景，来看望这些老朋友。

风景依旧在，故人何时来？叔本华说，每天都是一段小生命，每日醒来起身是一次小出生，每个新鲜的早晨是一次小青春，每晚休息睡去是一次小死亡。充满故事的城，生机盎然的心，埋下种子，精神在成长。会为一些生命细微瞬间而触动，并不丢人，越长大，原是该越温柔的吧。总会有不期而遇的温暖，总会有生生不灭的希望。

愿我们长大，却永不变老……

作者简介：艾诺依，“90后”作家、诗人，《读者》新媒体签约作者，中国散文学会会员，中国诗歌学会会员，中国铁路作家协会会员，全国公安文联作家协会会员，第36届鲁院中青年作家高研班学员。曾在《诗刊》《人民日报·海外版》《光明日报》《解放军报》《中国文化报》《中国青年报》《法制日报》《人民公安报》《西部散文选刊》《中国铁路文艺》等报刊发表作品，多篇作品被收入中小学生课外阅读辅导书。曾获第八届冰心散文奖、全国公安诗歌散文大赛三等奖、全国铁路征文三等奖等奖项。

不舍昼夜

梁盼

孔子曾站在河边喟叹：逝者如斯夫，不舍昼夜。时间总是跟人类玩着游戏，当你意识到它的存在时，它已然逝去——这既是它的本来面目，也是它与人共处的唯一模式。我来石板房村居然有五个多月了。坐在村委会，抬头仰望扑面而来的山时，我才明白，时间亦非毫无迹象，就这般“逝者如斯夫”的，至少万物都绿了——我刚来时，山体突兀晦暗，裸石暴露，一片隆冬杀气。

如此强烈的色彩对比，一两个月前或许就切切如是——我忘了群山究竟是何时换了新装。似乎它们不需要被关注，到了自认为舒服的某个晚上，便脱皮蜕变，管时间怎么安排，管山下的人怎么打量。我本对季节更替的节奏不“感冒”，就连农耕文明的精髓——二十四节气——于我而言，更多也只是古典诗化的名词而已。但我至少记得，上个月，春日正浓，只是在偶然沾染上夏日的狂躁之时，我去了一趟山东。

山东离北京很近，自古齐鲁与燕赵便勾连并立。十二年前，学生时代，我还在武汉，便往济南、德州跑过一回。此番“到站”的是潍坊，这也是我第一次踏上这座传说中的风筝城。十二年前，我优哉游哉，连曲阜的孔庙都未曾去瞻仰，此刻来潍坊，却如孔夫子在陈蔡之间一般，心怀忐忑——我有任务，来学习的。

潍坊郊区有一个名为“牟家院”的村庄，无山无水，也无太多人文历史，只有单调乏味的平原——土壤干燥暴戾，一如老农夫的双手。可是，这样的村，出了一个姓牟的年轻人，他在潍坊市区工作，却寄情于农村，给牟家院打造了一个戏剧节。

身临牟家院村，我发现，这里的戏剧节追求一种植根于黄土地又迥异于黄土地的美学——既有情怀，又别具情调，更准确一点儿说，应该是介于情怀与情调之间。文似看山不喜平，反之亦然，地形地貌比起文章，更不喜平，牟家院周遭单调乏味，如大自然的一块鸡肋。

可就在此地，一大片妩媚绽放的梨花是背景，房前屋后的空地是舞台，各路来源于“江湖”的戏剧人，用自己单薄赤裸的身体，还有唾手可得的农具，甚至是村民遗弃的垃圾，来做道具，展现艺术与大自然的同源同生——只要有表演，便是大自然的艺术；只要是敲击，便是乡村的音乐；只要人的身体在，不管是演员的，还是观众的，便有无限可能、上天入地的戏剧。

反观我的石板房村，它藏在太行余脉的深沟里，既安逸，又神秘，放眼望去皆为唐宋山水画，驻足静听，便是天籁。仅仅是那在空谷肆意撞击的回音，就足以给人以天堂的召唤。山东的牟家院都能做出一个戏剧节，我们石板房，原本就是大自然无意间创作的艺术精品，为何偏要安于现状孤芳自赏呢？

我到石板房做第一书记，是市委组织部统一安排的，如当年知识青年上山下乡，毛主席派我们去哪，我们就去哪。可现在看来，一切皆有缘法，来石板房，居然随了我意。这里真好，可修身，可浪漫，可幻想，一切是我，我是一切。我并非鼓励别人也来山沟里工作生活，人各有志，山外的都市委实精彩，只不过我更喜欢山里的生活。

一个人乐，是小乐，只有村里人都乐，才是大乐，亦是最现实、最紧要的乐。石板房空心化严重，甚至直接就“空心”，没有“化”：留守在沟里的百姓，区区不到百人，以老弱病残为生力军，四十岁以下的红尘男女皆飘散于外面的世界。所谓人气，就是有人喘气，石板房缺少的正是这种令城里人惊骇的喘气声——人间自古不平事太多，人的喘息，石板房极度匮乏，北京城变本加厉地泛滥。

村里连人的气息都没有，更何况快乐。给我的印象，村民即便有笑声，也令人感到些许落寞与惶恐。也许是我不懂他们，很难在他们的笑声中发现某种不可捉摸的自得与自满，但至少，他们很难一笑，眼角纹的最深处，挂着漫长的蹉跎，仿佛历史的纵深写在他们“本纪列传”似的脸上。

我行色匆匆地赶赴山东半岛西边的牟家院，不为别的，就想亲眼看看别人是如何给自己的乡村带来人气与快乐的。当代大城市的聚合力越来越强，使得乡村渐成一个空壳。但不管怎样，壳还在，在壳子里举办一些节日式的活动，其目的既在活动本身，又借其发声，叫人意识到它的存在——在互联网时代，刷存在感几乎就等同于存在了。

我们石板房村如一个失去劳动能力的老人，躺在杜甫所谓的“茅屋为秋风所破”的山沟里，悄然无声，一晃几十年。我们渴望别人闻知“石板房”，能完整地把这三个字念出来——如果你愿意，它可以让你顷刻诗兴大发。为此，我们必须要搞出一些声势来。毕竟，北京的文化资源与媒体力量，是山东不可同日而语的。既然山东一个平原小村举办的戏剧节就能叫我这么一个北京的村第一书记兼剧评人欣然前往，那么我们村如果能做一个类似的活动，想必也能吸引很多眼球。

对，石板房村要走的，就是现代文艺与古老山村相结合的路子，最终目的是打造一个文化坐标，成为艺术家们的天堂。这是我的奢望，但已箭在弦上，有了一些构想。

第一步，要让外面的人走进来，听听石板房那在白云与蓝天之间眉目传情的风，看看群山环绕、易守难攻的天然地利，摸摸那些来自亿万年前的青石板——房子的墙体是用石块与石板累积而成的；屋顶居然也以薄薄的大石板为瓦片；台阶自然少不了大石条；院墙内外、上下左右，只要是有人居住之地，皆铺满或长或方的厚石板——真乃不折不扣的“石板房”村。

石板，是石板房村最大的财富，我是彻底被它镇住了。这些因地制宜、形状各异的石板，能让你联想到很多遥远的故事：先民们男耕女织，老少相嬉，谁家要盖房子，大伙一群人便开凿大山，取走石板，再将它们轻轻松松地安置到建筑的每一个角落。那时候，他们的笑声定然回荡在群山之巅。多美啊，不仅仅是天赋的石板，还有天赋的人——每个人皆滴着惬意的汗水，笑容、汗水、大山、石板，还有石板铸就的房，全都融为一体。

昨是今非。山沟外面的世界像一个黑洞，执着如村里的石板，吸走了人和快乐。

偏僻，如隐士一样，自给自足，这是我们村自己的黑洞，但同样也“昨是今非”，以前是劣势，现在却有着意外的惊喜——石板房一个村，独占一条十多里长的沟峪，南端是国道入村的小口子，朝北，沿着山谷跋涉，终于到村到户，不久便无路可走，高耸的群山挡住一切，北方似乎就此终结。封闭，自存自爱，天然去雕饰，白天都安静得可怕，这些反倒成了现代社会极其稀缺的资源——与工业无关，全是绿色生态的，可以给人一个向先贤致敬的“三省吾身”之空间。

从潍坊回到北京，我便告诉自己，一定要办一个文化艺术类的活动，并以此为突破口，让城市人走进深沟，让那些在外地谋生的村民回归故里，让此刻还坚守在村里的人们眼睛亮起来，这样石板房的欢笑与希望便不请自来了。试想，如果在我们石板房那些挺立于山崖上的老四合院里，正上演着一幕舞台剧，或者一曲民谣，那么祖祖辈辈在四合院里过活的山民，该有怎样的一种心灵震撼？

有震撼，便有冲动；有冲动，便有想法；有想法，便是一个丰满的人了。一个丰满的人，即便脸上没有笑容，心中也会有花朵掠过——丝毫不亚于潍坊牟家院的梨花盛景。

当年，孔夫子站在河边，见“逝者如斯夫”的时候，恐怕是心有戚戚焉。我来村已近半年，午夜眺望村委会门前那汪湖水时，亦心有戚戚焉。我希望，当村民抚摸那些由石板凝固的百年老房时，他们既如圣人那般，感受到光阴在石板之间的缝隙中“不舍昼夜”，流淌而去，又豁然开朗，露出坚强又可爱的笑脸。

作者简介：梁盼，学者、作家、媒体人。曾在《文艺报》《北京日报》《中国艺术报》《欧洲时报》等国内外报刊上发表文化随笔、文艺评论、散文、诗歌300余篇（首），有些文章一经发表，就被数十家平面媒体转载。著有文化类畅销书《孝与古代养老》。电台节目嘉宾与策划人，长期担任北京人民广播电台的文化类节目嘉宾，并为北京人民广播电台城市频道策划了一档名为“光影记忆”的怀旧栏目。随笔《不舍昼夜》获第八届冰心散文奖，散文《悲欣交集》获第二届深圳红棉文学奖。

江河之上

罗张琴

江西以江为名，依水而兴，“襟三江而带五湖，控蛮荆而引瓯越”。赣江、抚河、信江、饶河、修河五条河流，养育了4600多万江西儿女；鄱阳湖，碧波千里，滋养着16.69万平方公里的赣鄱大地。许多城鲜活在水里，与江河湖泊一起，生生不息，源远流长。比如，景德镇的昌江水、浮梁茶、高岭土。再比如，调研河长制的过程中，我所遇见的玉山、于都和靖安。

一

“冰为溪水玉为山”。玉山，置信江之源，是东部入赣第一县，素有“两江锁钥，八省通衢”美誉。那一天，三清广场，七河河长庄重持旗，打响“净水”保卫战。时光向前，我们能否看到心中怀想的玉山净水？

寻访从初抵的夜晚开始。

七里仿古街沿冰溪河而建。冰溪是信江源流之一金沙溪河流经玉山县城的一段，水势开阔又平缓，四野茫茫。那里的河堤、房顶、凉亭，甚至门窗、墙壁、台阶，正呈现一种青色的、湿润的光。久看一会儿，就会明白，那铺陈天地的青色、湿润之光，全都来自河上，是漾漾水波折射出的光芒。水波是黛青色的，透彻，有石青的质感，是一种宁静致远的颜色，让人想起星空与月亮之下的大海。

沿街十里，檐角高悬的红灯笼，是蜿蜒柔媚的另一条长河，有暗暖的火苗在此间跳动。我不禁想起桨声灯影里的秦淮河来，但这里没有脂粉的暧昧，没有歌女的惆怅，也少有交织往来的舟楫，澄静以弥漫的方式存在着，分明又比秦淮河多了几分清雅。

玉山将七条河流、一百多座水库及大小山塘全部纳入“净水”之列，分段确权划界立碑，实施河长制，不允许工业废水和生活污水直接向河流排放。“制”落实在“治”上，人人都是“生态玉山”品牌的维护者、宣传者和监督者。

漫步沿河路，河边散步的不少居民两手都不闲着。他们一手提着塑料袋，一手高举着手机，看到沿河有垃圾，立即弯腰捡进塑料袋，发现河里有漂浮物或水中有异样，赶紧停下脚步，拍照。耐不住好奇，我上前问询：拍照是要做什么呢？被问的居民有些腼腆，让我自己看。原来，他是一个村级河长，正将拍下的照片上传到河长工作群，一来通知保洁员及时打捞，二来提醒村民不要向河中倾倒垃圾。

河长向前巡河，他的背影像版画、像剪影，从河边走过，汇入汹涌的人群。心一动，眼神一闪，那些影印在水里的乌云，悠悠晃晃地就走散了。月色溶溶，银光流泻一地。为了“净水”，治污、除渣、清淤、保洁、水库退养、河道治理、生态美化等各种专项整治，玉山一场接一场地做着。拆除占用河滩的违建房，种植三叶青等净水植物，关停毛家坞水库库尾非法煤矿，投资整修全县截污干管道……一桩桩，一件件，啃下来的全是硬骨头。

人类努力付出的，大自然一定会忠诚记录并回报以秀美山川。我愿化身一尾欢喜的鱼、一颗禅意的小石，甚至一株丰茂的水草，沾一沾玉山的雅！

清晨，微雨，我站在三清湖坝上。

那样一片水，盛大又温婉，是青山天然圣洁的床。那样一片水，生动而羞涩，是大地透漾着秋波的眸。雨，与每一个毛孔亲近，丝一般，温润如玉。细细的雨丝渗入泥土，很多草从石缝里钻出来，人似乎能听见田野的呼吸、种子的萌芽和生命拔节的动静。

快艇轻盈前行，如鱼入海。浪，腾起碎碎的温柔。人立其间，看白鸟蹁跹，看水花归隐，宛若驰时光之马驶向风平浪静日子里的海。水珠亲吻人的脸，再密密匝匝润湿着喉腔。湖区管理局的老邓自豪地说：“且喝着，常年一类水质。”当水润喉的那一刻，我们已然真切领略到它的纯净与甘甜。

一座大型水库，在景区三清山脚下，水质却常年达一类水标准，这真是个奇迹！老邓说，奇迹的发生在于三清湖的保护者——各级河长。去年此时，这里连片扎着好多个钓鱼筏，全是趁夜强行违规搭建起来的。不只钓鱼，吃喝拉撒全在水上，各种垃圾，脏乱不堪。管理局和这些钓鱼筏的主人交涉，要求拆除钓鱼筏，可他们根本不当回事，三清湖水质一度降为二类。

水质下降，心里着急呀！奈何一次次交锋，总是收效甚微。多亏实施了河长制，从县委书记到基层村干部，三级河长上下拧成一股绳，统筹多部门联合执法，利利索索，很快将违规搭建的钓鱼筏全部拆除。之后，又将库面划区块，清理湖内垃圾；颁布行政命令，湖区不得有破坏森林、水质、土地的行为发生，不得沿湖建房；在紫湖镇修建污水处理厂……三清湖一类水又回来了。

快艇还在水上蜿蜒。骤雨初歇，天地如洗，水底攒动着青春的鱼群，流畅的鱼脊温柔了山河岁月。“陌上花开，可缓缓归矣”，一个梦一般的场景。

挟一身清新之气到食堂用餐。粗瓷碗里盛装着管理局自己养的鳙鱼，吃一口，鲜味瞬间在舌尖绽放。随后端上来的水芹菜、嫩豆腐，滋味不是别处能比拟的。这里的人，无论年长年幼，脸上都洋溢着一层水汽，一笑，耐看得很。山青如玉，溪碧无尘。在玉山，吐纳和感知的，是一类空气一类水，我很想在这里生活、浸润，感受心向自然的气质。从来，心向自然，才是生命的最高本质。

二

于都，早称雩都。虽然知道取名为“雩”，其本义是因为北有雩山之故，但每看这“雩”字，总忍不住做“雨亏”之解。“雨亏”两个字，令爱水的我倍觉沮丧：雨亏不就是少雨吗？少雨之地，水能成大势？一个地方，无水之大势，小到人的格局、胸襟，大到社会经济、文化等发展，能腾达到哪里去呢？

城关，贡江镇，于都河绕城而过。河面宽八百余米，恢宏辽远，水流却平缓。那极目望天舒的样子，很好地诠释出“红军不怕远征难，万水千山只等闲”的豪迈气概。当年中央红军近十万人选择在这里迈出举世闻名的长征第一步，此地必须是收得拢、撒得开、突得快的开阔地域呀！不然，队伍迅速换防、集结、休整等如何有保障？

此刻，太阳不再是峥嵘岁月里的金色大鼓，它只是一面蔚蓝色的镜子。河流是妆台，小仙女们娇笑着，对镜贴花黄。挨挨挤挤，不知是当中哪个，一失手，镜子坠落凡间。镜面碎在妆台上，粼粼铺闪着一层夺人心魄的好看的光，仿佛蔚蓝色的大海。

一条船，停在海中央。是于都水上环卫所的打捞船。十四名深谙水性的渔民经公开招聘后组成打捞队，保河水清洁。

队长和舵手在船上。其他十二人，六对夫妻档，每对合撑一条竹筏，分散在河面。我靠近其中一对年轻的夫妻。男人撑筏，女人打捞，默契完成，相视一笑，说不出的柔软温情。他们说，六对夫妻分河段包干，巡捞完可收工。收工也不回家，又双双划着渔船去打河鱼，换好生活。一条船上的时光，就是一条心的日子。天高水阔，干净的水映着纯净的情。

“哎呀嘞，红军哥哥你慢慢走嘞……”歌声飘过，江水流长，一份质朴浪漫在大河深处绵延弥漫。战争年代离散远征，换如今儿孙幸福相守，这是革命最好的馈赠。岸上，“长征第一渡”碑静默着。

沿健康步道慢慢走。身边，一些花旁若无人地开着。参差不齐的树木给了花任性的空间，仿佛人世间男人对女人最深的宠爱。更广阔的滩地上，是若有若无的草色。比画太极的老人，遛狗闲谈的女子，甩着头发向前奔跑的青年，有着红苹果般脸蛋追闹着的孩子……他们以各种姿态打开巨大的未来。

沿河有不少楼盘，若干小区一排排向远处绵延。当地的同志告诉我，河两岸的房子卖得特别火，许多没买到临河小区房子的人正千方百计地要购二手房。想来人对水的青睐是与生俱来的，靠近美好的水，大概就意味着人生从此有了源源不竭的希望、财富与福寿安康吧！

美好的水，是关键的推盘手。河长制实施以前，这一带的开发商都快愁死了。几条江到县城合成一条河，河面宽，垃圾量大，两岸环境真不咋样，尤其是马子口那一段，居民多，乱排乱倒，加之入河口那一截特别窄，河流没办法自我净化，气温稍高，便会恶臭熏天。一入夏，苍蝇满天飞。河长制推行后，县委书记任总河长，一人统领，各方出力。清河行动，岸坡整治，景观工程，打击非法采砂，成立水上打捞队，建设垃圾处理厂……河畅，水清，岸绿，景美，一盘棋活了，房价节节高走，房子转眼销售一空。于都一江两岸的宏伟蓝图，无阻力地全速推进。

好的生活总是同微风、草木、流水息息相通。起风了，山花、野草和蜂蝶们混合出来的芳香，吸入肺腑，使人心生感动。

靖石乡。屏山牧场。高山草甸。

云雾像着白色软甲的战士一样，蜂拥而上，山峰被围得水泄不通。呼吸山顶洁净的清气，人仿佛换了一个心脏。两旁有许多树，都似青杨伟岸。树木不像草地，年年割年年长，如于都这般限制砍伐，才有如今之景象。

人离牛群远些的时候，牛好像在嗅大地的气息。它们不慌不忙，仰起脸来嗅一嗅，又垂下脖子闻一闻。当我走近，人便成了牛群眼中一个莽撞的休止符，似乎蛮横地割裂了牛与大地的摩挲与亲密。

木制水车吱吱咕咕地转动着，声响或许就是阳光流泻的声音。慢慢转，一圈又一圈，时间过了很久，久到似乎身边的草木衰败了又葱茏起来。并不清晰的意识中，我将自己和那些牛等同起来，享受并争夺大自然的庇护。这感觉，多么奇妙！

靖石乡依托好水屏山全境打造景区，黄沙村十里桃花景观带建成，将与靖石村农耕体验园、靖樟村康养归隐谷遥相呼应，立体展现靖石特色旅游小镇的迷人风采。

罗坳镇。三门餐厅，上过央视美食栏目“舌尖上的中国”，开张二十余年，生意一直红火，几乎每天都有近三百人次慕名来此吃鱼。我笑问老板李金权餐厅红火的秘籍，他拍拍肩上小孙子的背，说，也没其他，只是水好、鱼好。

三门餐厅采购的鱼，全都是河鱼。十里河排，群山微笑，河流，如炊烟一般缭绕。水好，鱼就鲜。更难得的是，这李老板，店再大，也不欺客。他长期从固定的合作渔民手里买鱼，收购到了，用山上引来的泉水养着，若收不到，客人点单时，他据实相告，从不以次充好。正因为他的心地如水纯良，才赢得越来越多的回头客。

河长治河水更清，流金淌银，越来越多的村民加入鱼餐饮行列。一个有着近三十家鱼馆的三门渔村声名鹊起，喜迎八方来客。

三

“虽为千家县，正在清华间”，唐宋八大家之一的曾巩曾这样盛赞靖安。靖安县，位于江西省西北部，森林覆盖率达 84.1%，被誉为长江中游城市群的最美“绿心”。

双溪镇，北潦河，河北村段。一只竹筏匀速撑来，河面生起稻浪般的碧波。最醒目的，是那个着橙色救生衣、站在竹筏上打捞河面垃圾的人——风吹浪打，闲庭信步，不只是伟人的气度，专注做一件事的凡人也常有。

吴春生是这个河段的保洁员，无论天晴下雨，每天巡河保洁至少两趟。雨势渐大，河面看着也干净，叫他上来，他却不肯，说：“还没结束呢。雨大，冲刷力大，垃圾更得抢着清，不然流到别的河段，让人家受累，还落个‘没素质’的坏名声，不好。”他拧着身子将竹筏轻巧一撑，手轻轻向后一摆，转眼，人和筏子去了别处。

每个周末，巡查员王启明的老婆和孩子都会跟他一起巡河，捡拾垃圾。低头抬头间，能碰到不少拎着垃圾袋、握着火钳的父老乡亲和孩子同学。相顾的会心一笑，将一种情怀拓在万古不息的江河之中。

在我们居住的地球上，河流和生命是相伴相生的奇迹。再大的家园，最终都会具体到一座城、一条河、一个人、一星微光上。说河长制是一场保卫河湖的人民战争一点儿也不为过。河长也是普通人，没有三头六臂。“靖安是我家，人人是风景”，一封信、一份倡议、一场河长制主题诗会、一次“小手拉大手”活动……宣教如水，润物无声。

马尾山村，河边石砌的亲水平台上，正当年华的女子在浣洗衣裳。她们的笑，让天地变得温柔起来。河边的树下，一位父亲正在跟儿子打电话，商讨儿子是否回家乡创业。儿子说：“考虑啥，这两年，马尾山的水更清了，环境更美了，做梦都想回来，守着父母尽孝，守着山水发财，守着诗意栖居，这才是真正的幸福。”山岭梯田、古树庄稼、老屋炊烟、溪水鱼虾……马尾山村的缕缕乡愁，正在被全面铺开的河长制唤醒。

河湖是流动的，水的问题表象在河湖，根源在岸上，河湖管护创新要抓住“牛鼻子”。河长制首先要解决谁来当家长的问题。靖安全县编织起一张覆盖所有河湖的责任网：县委书记任总河长，设县、乡、村三级河长，配巡查员、保洁员，合力治水。

此外，河长们把河道当街道管理，把库区当景区保护，实行“一河一策”，县乡村组联动，形成了“横向到边、纵向到底”的巡河保洁制度，还创建了“靖安县河湖办易信群”，推行“互联网 + 河长”监管模式，易信晒河，高效处理问题。关停采砂场、关停木竹加工企业、陆续拆除违章建筑……一场“清河行动”席卷全县。

水，滋润万物，企业也和人一样，需要好的水生态环境。在靖安，河长制倒逼产业转型，成了经济强大的助推器。分管领导介绍，以前养猪业排污多，现在新发展的生态养殖场有净化池、沼气池，通过循环经济，基本实现零排放。水库现在人放天养。大多散养户退养后，到园区就业或转型做旅游业。全县已建成 80 多个民宿文化点，吸纳 800 多农户入股，由此产生的旅游综合年收入超过 13 亿元。

高湖镇，葱郁的山峰掩映着已建成的农旅、医养、康复一体的综合性园区；双溪镇曹山村，投资 13 亿元的东百源生态养生谷正在施工；宝峰镇，很多外资企业争夺“生态蛋糕”……靖安的很多乡镇都尝到了河长治河的甜头，河长制带来的生态红利也体现在村民悄然饱满的钱袋子上。思路一新天地宽，当生态系统质量提升，绿色产业体系建立，人居环境明显改善，“生态钓到了经济大鱼”，谁还愿意去破坏自己心中的桃花源？

从“望得见山，看得见水，记得住乡愁”的诗一般的语言，到“绿水青山就是金山银山”的朴实观点，再到“每条河流要有‘河长’了”的欣然感叹，道尽习近平总书记心系百姓福祉、实现中国梦的赤子情怀，彰显总书记一以贯之的“生态优先，绿色发展”的执政理念。

家园，是每个人的安身立命之地。风景，是江河之上的世道人心。建设富裕美丽幸福江西，说到底是在经济发展、生态美丽的基础上，构建幸福与诗意，让乡愁有一条抵达的路。

作者简介： 罗张琴，笔名七八子，中国作家协会会员，鲁迅文学院第29届高研班学员。在《人民日报》《光明日报》《福建文学》《星火》《芒种》《美文》等报刊发表多部作品。曾获井冈山文学奖、白鹭洲文学奖等奖项。作品入选《21世纪散文年选》《中国随笔精选》《中国年度散文》《民生散文选》等选本。

父亲的“一大”情结

初曰春

一

父亲冲我大发雷霆，原因是我出差上海，没去中国共产党第一次全国代表大会会址看看。

“你还是党员吗？你还像个军人吗？”父亲问我。最近几年，父亲乐于被街坊邻居称为“老党员”，也时常把“党员”这两个字挂在嘴边，倘若别人对“党员”二字稍有不敬，他便会生气。不仅如此，他还一直认为，我的祖上与开天辟地的中共一大有着千丝万缕的联系。

父亲的主观意识严重影响了我，在某一时期，我总是做着同一个梦：夏末秋初，在上海一个幽静的院落里，初凤林顺着花丛装扮的小路，拐了个弯儿，走到院中央，那里有一口大缸，缸里养着荷花。他在缸前驻足，我站在他身后，试图与他对话，但他始终不肯言语。

这个梦并非我凭空杜撰，它源于父亲的讲述，初凤林是他的祖父，也就是我的曾祖父。

父亲说，曾祖父与上海滩的一位邵先生是莫逆之交，邵先生参与过中共一大的筹备工作。父亲据此认定，曾祖父可能也为党的事业做过贡献。这一说法无从考证，唯一能知晓的是，他后来沾染了吸食鸦片的恶习，灰溜溜地返回老家。他在弥留之际对四个儿子说，这辈子最对不住的就是邵先生，希望孩子们莫学自己，能够去上海，像邵先生那样做些大事。

当兵之后，我发现父亲讲述的内容难以自圆其说，偶尔会通过电话跟他争论某些细节。每遇这种情况，父亲就言及其他，说什么“邵”与“初”是有渊源的，邵先生因此特别赏识曾祖父。的确，在山东菏泽地区，为逃避灾难，曾有邵姓人士举家改姓初，但这并不能说明什么。我甚至一度怀疑，在中共历史上是否真有一位姓邵的先生。

二

军校生活为我提供了便利条件，我在图书馆查到了很多资料。比如，邵先生虽然不是中共一大代表，但他作为上海党组织的早期成员，一直在为筹备会议操劳。他不但与李达、李汉俊和张国焘等人共同起草了供一大会议讨论的文件，还把自己的家当作大会的“筹备处”，并险些遭遇“白色恐怖”。

邵先生的家就是我梦中去过的院落吗？真正找到了历史依据，那些梦境反倒离我远去，倒是战火纷飞的场景冷不丁地会涌进我的脑海。我难以用文字还原那些场景，只能感慨在那般艰苦的环境下，我们党在劳苦大众的拥护下一天天成长壮大，又一步步走到今日的辉煌。

我忽然明白父亲为什么要反复唠叨曾祖父的故事，他是想用家族史教育我堂堂正正地做人。庆幸的是，我成为家族中的第四位军人。

曾祖父的四个儿子未曾去上海，却没辜负他的遗愿：老大参加了地下党，隶属于胶东抗日特委，又跟随部队转战南北；老二是东海独立团的营长，牺牲时年仅二十一岁；老三跟杨子荣是同一批兵，去了东北；老四，也就是我的祖父，留在老家负责传宗接代，他去世前再三嘱咐父亲，让我将来也去当兵。

我是家里的独子，父亲不顾家人反对，在高考和入伍之间选择了后者，硬是把我送到了部队。消防兵是和平年代最危险的兵种，我很多次踏入灭火救援的现场，也曾怨过父亲心狠。

很多年来，我与父亲的关系一直不冷不热。直至前年，我受命连夜赶到某爆炸事故现场，见了太多的生离死别，方比以往更加挂念父母。一周之后返回北京，我才得知父亲因为我执行这次任务而生了一场病，还专门让亲戚朋友瞒着我，怕我工作分心。

待我赶回家时，他仍未出院。我忽然感到有些难过，一瞬间，双目湿润。他看出了我的情绪变化，问我是不是个党员，像不像个军人。我第一次保持了沉默。他的火气来得急走得快，又换了一副语气，让我替他交上一笔特殊的党费，说是要救助事故中的受灾群众。

我朝他笑了笑，因为我知道，他是想用这种方式向我传递一种声音。

三

我无意去拔高父亲的形象，在类似事情上更不能发表反对意见，好像多说一个字就会引发一场“战争”。

战争早已成为历史，能载入史册的是那些为革命献身的先驱们。曾祖父无缘此列，抱憾终生，他只能盼望子孙帮他遂愿。

那年夏天的一个午后，我终于来到了位于上海兴业路的中国共产党第一次全国代表大会会址。我站在了十八平方米的客堂里，这里曾是一大代表李汉俊的家，我仿佛看到邵先生正在布置会场……凝目望去，只剩下熙熙攘攘的游客。我小心翼翼地走过去，想要寻找先人的足迹，却猛地看到曾祖父在那里笑吟吟地站着，冲我摆摆手，压低声音跟我说，邵先生是忙大事业的人，太累，别扰了他的清静。

那天晚上，曾祖父破天荒地再次入梦。他还在那个小院里，院子中央有一口大缸，缸里蓄满了水，荷叶争先恐后地钻出水面，露出的尖尖角像一群孩童在招手。这一次，我就站在他的对面，我们像一对久别重逢的故人，说了很多悄悄话。他还是一副书生气，说话慢条斯理，只是在提到邵先生时，双眸才闪现着晶莹的泪光，比荷叶上的露珠还璀璨。

梦醒时分，我还不愿回到现实，猛然发现好多话还没来得及说出口。或许我应该给梦中的曾祖父买部手机，不管打电话还是发微信，我都得托他给邵先生捎个话。说点什么呢？干脆就说说身边的变化吧，可这好像一辈子也说不完。我隐约觉得，这一切似梦又不是梦。

邵先生名叫邵力子，是著名的政治家、教育家，他好像真跟我的曾祖父有些关系。当然，有些事情并不重要。

作者简介：初曰春，山东牟平人，中国作家协会会员。现任全国公安文联创作室副主任、全国公安影视专业委员会副秘书长。代表作品有散文《醋香绵长》《大河湾》《沙棘红了》、短篇小说《刺槐花开》《月季花开》《碧桃花开》、中篇小说《老赵家里的》《阳光的声音》《合租客》、长篇小说《一级战备》《一号战车》《火浴》、报告文学《断齿》《破冰之战》等。在多家报刊开辟专栏，参与多部影视剧创作。出版小说集《我说红烧，你说肉》。曾获冰心散文奖、金盾文学奖等奖项。

远思长忆

路小路

“远思长忆”，这是我最亲密的朋友老兄、著名作家贾平凹为我的母亲仙逝写的追悼挽词。听平凹身边西安的朋友说，这是迄今为止平凹写的最大的四尺整张挽联，这是对我最大的安慰。

母亲离开我们已经整整十二年了。我原以为十二年前的那个深冬，我的泪水已经流干了，可没有想到，十二年了，我还是不敢又忍不住回想那年的冬天。泪水，又模糊了我的双眼。母亲去世的这些年，我不敢为她老人家写一点纪念的文字，因为我怕去触碰很疼的念母之心，我承受不了那样巨大的悲痛。我原以为时间会冲淡一切，等我能平静面对一切时，再去回忆和母亲在一起时的幸福和快乐、回味母亲的人格之美也不迟。可我做不到，十二年来，我无时无刻不在想念着母亲。人在他乡，我不敢看甘肃台的节目，怕我又回到西部那个伤心的地方。我不敢走进任何祠庙，怕见菩萨神灵，因为我再不能许愿让苍天保佑我的母亲健康长寿。我不敢回想十二年前的冬天，怀着悲伤向老家奔走，怀着悲伤又离开老家的情景。

那年的冬天十分寒冷，陇东黄土高原下了四十年来最大的一场雪，足足有二尺厚。就在那一年的农历十一月十七，母亲去了天国。已经退休的大哥首先知道这个噩耗时，就不知道该怎么和我说，怕我承受不了这么大的悲痛。那时，我的右眼皮连续跳了一个月的时间，就在那天下午三时突然不跳了，母亲就是在那个时刻去了天国，她走时给三哥说她想吃红薯，因为她的许多牙都掉了，只能吃红薯，可红薯没有买回来她就走了。得到母亲离世的消息，我当天晚上就匆匆赶到车站，买了站台票就上车了。车长看到我痛苦的样子，给我补了一张卧铺，我一个晚上都在流泪。火车一路向西，到西安后，漫天大雪飞舞，世界一片洁白，大雪把所有的高速公路都封了。平凹兄在书房里等了我一夜，写好了挽联并塞给我一沓钱，好朋友们给我找来大马力的越野车，系上防滑铁链上路了。走了六个小时好不容易到永寿梁了，但大雪把道路封死了，拉货的大车连绵几十公里，我们只能返回西安又从西桐公路翻越子午岭回正宁。大雪堵塞道路，车像蜗牛一样爬行，特别是过了铜川，上了金锁关山路后，随时都有翻车或者掉到深沟的危险，更不凑巧的是，防滑链也被碾断了，我们又回到铜川市，重新装了两副防滑链继续赶路。经过二十多个小时的跋涉，我带着疲惫的身体和一颗沉重的心回到了生我养我的老家。那时，母亲躺在冰冷的棺板上，去世已经快四十个小时了。叫了一声“妈”，我一头栽倒在棺材旁不省人事。我大哥后来对我说，当时，我悲伤过度，浓密的头发大片的掉下来，把他吓坏了。

苏醒过来，我跪在母亲的灵柩前，悲痛断肠：“星夜兼程赶回家，老母已把眼闭上；冷月空悬鹤一声，千言万语对谁讲？”母亲啊母亲，您为什么不让我见上您最后一面？电话里说您要等着我回来，到处在找我，碰见人都给人说您把我丢了。您说那时家里穷，我从十六岁就穿着单裤子去油田当钻井工人了，在油田野外打井，要上四十米高的井架，穿单裤子怎么行？您晚年就把家里的棉被拆了，给我缝成厚实的棉裤，挂在柜子里，就像夏天麦地里吓麻雀的稻草人一样站立着，现在，我看见这棉裤，更觉得悲伤。母亲啊母亲，是我把您丢了！我小时候给您说的话，一句都没有兑现。我跪在您灵柩前，千言万语涌心头：“时在甲申年，仲冬中浣天，残月洒青泪，碧空白云翻，松柏结银露，山岭穿孝衫，老母归天去，揪碎我心肝，回忆童年事，酸辣苦又甜，母亲为儿女，血泪已流干，母亲到我家，勤劳又节俭，冬天无棉衣，盛夏缺单衫，纺织到夜冷，缝衣五更天，不说自己苦，尽解别人难。”我在勤劳无私的您的培育下，十六岁到油田当钻井工人，忙于写作、自学考试、结婚建立家庭、工作调动，一直奔跑着生活，就是一心想着要给您脸上增光。可是，出门在外，回老家次数少，我没有好好陪母亲说过话，没有陪母亲到大集上走走，我后悔啊！

我永远不能忘记，十二年前把母亲送走后，我是以怎样的心情离开黄土高原的，正宁笼罩在大雾之中，它不让我看清故乡的容貌，是怕我伤心，还是不想让故乡看见我长长的泪水？我离开了永远长眠于九泉之下的慈母。一路上，我的泪水就像黄河一样长流，我带着泪水回来，又带着泪水和伤痛走。泪水伴着我走过泾河、走过渭河、走过黄河，一路上我都在悔恨、都在忏悔，我要用什么去弥补对母亲的不孝？我只有将母亲的相片紧紧地揣在怀里，我要把母亲带回北京。到机场后，我专门要了靠窗的座位，我要让母亲看看蓝天白云，看看北京的天安门。我曾多次想接母亲到北京，可是她从来不答应，家里的兄长姐姐们也不同意，说母亲八十多岁高龄了，坐不了长途车和飞机，就这样，母亲从没来过北京。飞机在蓝天飞翔，我的心在流血，泪水冲洗不了我愧疚的心灵，泪水也洗不净我长长的思念！母亲啊母亲，您能原谅我这个不孝的游子吗？我心痛如绞，我问苍天，我问大地，西部大地在浓雾中沉默不语。

母亲就在这样一个极为寒冷的冬天走了，她把春天留给了子孙，她选择了最为寒冷的冬天，难道这就是她一生的写照吗？她没有等到过年，没有等到我回来。母亲走后，天气奇冷，大地为她悲伤，普天为她戴孝，天白地素，山河恸哭！我痛苦，我悔恨，我自责，我捧着母亲的遗像回到了北京的家里。妻子和女儿知道我对母亲的感情，她们在我回家前就商量好，不看电视，不谈论老家的事情，不营造悲伤的气愤，怕引起我伤心。越是春节临近，我就越悲伤，每年春节前，我都会给母亲寄钱，可今年母亲不在了，她再也花不上我的钱了，我只有面对母亲的像，默默地祈祷她在天国保重，宽恕我这个游子。我不知道自己什么时候能从这种悲痛中走出来。世界上最疼我的那个人去了天国，留下的是我长长的思念和忏悔。

整个春节期间，我沉浸在思念母亲的悲痛之中，一个短信都没有发出。我听说母亲是为等待我回家，为寻找我而渐渐失去记忆的。她去世前的那段时光，突然要求从县城三哥的家回到故乡染峪村。她每天都站在村口的风里等待我回家，她说我是十六岁从村头离开家的，走时穿着单裤子，冬天到了，油田上野外工作更冷，她要我回来穿上她八十多岁高龄时亲手缝的棉裤再走，一等就等到天黑下来，家里人才把她拉回家。后来，家里人发现她说的全是我小时候的事，是四十年前的事，就请来大夫给她瞧病，医生说她得了老年遗忘症，给开了些药，但也不见效果。我听说后，赶快请假回老家去看她，见面后母亲说，你不是我儿子，他走时才十六岁，穿着单裤子，人也瘦得很，长着一头浓密的黑头发，你怎么是他呢？我听了心里难过极了，泪水就涌出了眼眶。母亲说，你不要哭了，就算是我儿子吧，那你是大儿子。我给母亲讲小时候和她一起经历过的事情，听到关键时她突然明白了，这些你都知道，看来你就是我娃了，我这次一定要把你守住，不让你跑到油田去了。

可是，我离开老家时间不长，她又开始找我。此后，不再站立在村头，而是到离村子很远的地方去找，有一次家里人没看住，她竟走出村子有十多里路，被一农民家人收留。家里人非常急，全家人和亲戚出动，找遍方圆十多里的村庄才找到母亲，从此家里就有人专门看着她，再也不让她出门了。就在母亲去世的前一天，她突然要去老庄院子看看。老庄院子好久不住人了，因为我三哥一家早搬家到县城了。老院子的大门锁着，院墙上长满了蒿草。母亲用手一遍遍地抚摩了院墙后，很平静地回了二哥家，说再也不用找我了，找回来我还会走的。她叮咛三哥要告诉我吃好穿暖和些。

母亲说她把我丢了，其实是我把母亲丢了。我除了给母亲钱外，还给过她什么？我没有给母亲做过一顿饭、洗过一次脚。可是母亲给了我全部，给了我生命和思想，给了我无尽的爱。我是个骗子，小时候说的话，一句都没有兑现。我之所以能有今天，是因为善良贤惠高德的母亲的教诲和榜样作用。我之所以悲痛，是这一辈子没有做够母亲的儿子，留下了许多遗憾，不知下辈子还能不能给母亲做儿子。母亲啊母亲，你能听到儿子的呼喊吗？

母亲的一生，是中国千万个善良母亲的写照。我外公的爷爷，原来是河南邓州人，那年黄河发大水，外公的爷爷兄弟几人，手拉手从河南逃荒到了陕西的富平县安家，此后老大和老二为了开辟新的土地，又继续西去到了甘肃的正宁榆林子黄土原开荒种地，渐渐发展到几十户人家，成为习家村。母亲嫁给父亲时，用母亲的话说，父亲是一个"老头"，因为家里穷，爷爷去世早，父亲就卖地先给自己的弟弟即我的叔父娶了媳妇，可叔父的媳妇我的婶婶在生了三男一女后，得了一场大病早逝了。父亲没有办法，只好自己娶亲成家，所以母亲嫁到我家后就开始养育我的堂兄堂姐。母亲说，那时一家十多口人，她仅缝布鞋，每次就要缝十多双，经常是通宵纳鞋缝衣，第二天还要做饭去地里劳动，而且都让堂兄穿新衣服，我们亲兄妹全部穿他们穿过的缝补的衣服。在母亲八十大寿时，我的堂兄们流着热泪给她磕头。所以，我出生时，母亲已经年龄大了，而且那时正值人民公社大食堂，她天天要做够全村人吃的饭。母亲高强度的劳动加上营养不足，使得我一生下来就像个小猴子，母亲奶水不足，我吃不饱就整天哭。长长的夜里，困光三月，土地还没有解冻，什么吃的都没有，我的哭声就穿透夜空，也穿透母亲的心，她只有把我抱在怀里。夜长得让人心慌，让人透不过气来，我的哭声一夜又一夜，每一夜都是一把钢钎，刺透了母亲的心。

我两岁时，正赶上三年困难时期。母亲把她碗里少有的几片高粱面给我吃了，她就喝些菜汤。我吃了这些又涩又粗的红色高粱面拉不出大便，每次都憋得满脸通红，母亲就用手给我把大便抠出来。由于营养严重不良，我得了贫血。母亲说，我每天晚上都饿得满头大汗，心跳得像打鼓，浑身上下烫人手，肚皮薄得能看见里面的肠子。我成长的童年时光，就是母亲心疼的岁月。我的每一声哭，都让母亲揪心，母亲是在心疼我中煎熬着度日，这样的煎熬伴随母亲的后半生。到了晚年，她还为寻找我失去了记忆。

我的成长过程，倾注了母亲全部的爱和揪心。可我对母亲许诺下的话，一句也没有实现。我还记得我第一次知道世界上还有一种甜的食品叫“糖”时的情景。那时，村里来了小货郎，可以用粮食换针线，也可以用头发换些像豌豆粒大小的“洋糖”。母亲把她平时脱落的头发，一卷一卷的塞在墙缝中，拿出来给货郎，换来了十多粒洋糖。我头一次吃糖，太好吃了，甜极了。我吃了两粒就舍不得吃了，可又没有地方存放，就干脆放到嘴里，怕姐姐们和我抢。那时，我不知道糖是可以化的，第二天醒来，放到嘴里的糖没有了，我就大哭大闹，硬说别人把我的糖拿走了。母亲没有办法，就一个劲儿地揪自己的头发，希望脱的头发多多的，好为我换糖吃。我就说，母亲，等我长大了，一定想办法让你揪下的头发再长回去。可长大了，一直到母亲的头发花白了，我不但没有给她买过任何生发灵，也没有给她买过染发膏。

小时候，母亲领着我去大姨家。那时，乡村都是黄土路，我们去时路面冻硬实了，可我们回来时，路面已经解冻，全部成了稀泥糊汤，我脚踩下去，就拔不出来了，走一步都很难。母亲心疼我，把鞋用绳子绑上，踩在稀泥里，背着我走。我六岁几十斤重了，母亲已经四十六岁了，小时候还缠过脚，就那么小的脚踩在冰冷的泥汤里，每走一步都十分困难，五里路走了半天时间，累了就站着喘口气，坚持不把我从背上放下来。我也心疼着母亲，说等我长大了，天天背着母亲走。可是我长大了，没有背过母亲一次。母亲，我现在多想背着您啊，可这一辈子都没有可能了。母亲啊母亲，您听到儿的忏悔了吗？

母亲还给过我第二次生命。她说我生不逢时，自小多灾多难。在我五岁那年，我和伙伴们玩耍不慎掉到一个几十丈高的悬崖下，当场就七窍出血，特别是下颌脱臼，奄奄一息。大人们把我抱起时，认为没办法抢救了，准备用干草卷上就埋葬，就不让母亲见我了。因为当时的我下巴拉得很长，耳朵鼻孔都流着血，样子惨不忍睹。我的堂兄说，还是让老人看一眼吧，不然怎么向她老人家交代呀！听说母亲看了我一眼后，特别镇定，没有哭，而是用手在我流满血的鼻孔上试了试，这时我可能看见她了，用全身最后一点力气，鼻孔吹起一点血泡。母亲说，这孩子没有死，还有气，赶紧把我抱到还在重病之中的父亲跟前，听说父亲用了生命中最后一点力气，用手把我脱臼的下巴给按上了，只听“咔嚓”一声，我呼出一口气活过来了。家里人赶快把我送到了公社医院，简单地进行了治疗。不几天，病重的父亲就去世了。至今，父亲在我的印象中只留下一个高大的背影，我对他的长相一点记忆都没有。等我的伤渐渐好了的时候，发现我脱臼的上下颌粘在了一起，嘴张不大了，无法吃饭，只能每天用一个吸管喝些面糊糊。已经参加工作的大哥回家见到我，给家里人说，嘴已经粘连了，必须要进行开口手术，不然怎么吃饭啊，家里人这才把我送到了县医院。大夫说来得太晚了，肌肉已经长在一起，开口要受极大的痛。他用开口器一点一点开，把长在一起的肌肉撕开，疼得我撕心裂肺地哭喊，满嘴鲜血流淌，母亲就掐着自己的手在旁边流泪。后来，我有了自己的孩子，才体会到我给母亲带来多么大的痛苦，疼在我的身上，可真正的疼却在母亲的心里。就这样，母亲给了我第二次生命。我小时候，还特别希望得病，因为只有病了，母亲才会到邻居家借上一碗白面，用红布包住给我叫魂，叫着我小名从大门外走进来。一个人在前面叫：存平，你回来。一个人在后面答应：回来了，回来了！用这驱邪，然后把白面给我擀成又薄又筋道的面条。面条薄得像一张纸，用蒜泥和韭菜加油泼辣椒拌得香香的。我吃了这碗世界上最好吃的面，病立马就好了。我当时想，皇帝也吃不上这么香的饭，现在回想起来还馋得流口水。

母亲的善良无私，成就了我的人生。我离开村口时，母亲给我说的话，至今还是那么清晰。她说：你走出这个村口，就离开了家，以后的路要靠自己走，一是要敬重他人，见有困难的人就要帮哩，帮人就要不图回报，不要有目的，这样你的朋友就会越来越多。后来，在我入了党以后，我对母亲的话有了更深的体会，我们党员就要为人民谋利益，为人民做好事不图回报。在工作中遇到困境和挫折，我感到委屈时，就想回到母亲的身边向她诉说，这时母亲会给我讲家乡的每一个人和每一件事，东家有困境西家有难处，她把全家的人和全村的人都装在心里，就是从来没有说过自己的艰辛。睡在母亲烧的热炕上，静静地听着母亲讲家乡的故事，我的委屈和遇到的难题就一下子化解了，更多的是有了承受挑战的勇气和战胜困难的信心。母亲让我把挣下的钱省着花，给家里有困难的姐姐、堂兄们多些帮顾。我怀着沉重的心情回家，一身轻松地回到油田，经受油田野外繁重的钻井工作的锤炼。我从一名钻井队场地工，干到了内外钳工。虽然我只有 50 多公斤体重，但抬钻杆、挖元井、拉锚头、提卡瓦，一样不比别人差，高强度的劳动没有压垮我，反倒锻炼了我，使我饭量增加，小时候的贫血病也有了好转，个子也长了。我像铁人王进喜一样地工作和学习，在钻井队下班后就利用一切时间学习和写作，在油田内外的报刊上发表了大量新闻和文学作品。我参加了全国自学考试，获得了大学文凭，被评为全国自学成才先进个人。现在，我获得了研究生文凭，职称是正教授。2013 年，我被国家人社部、中国文联授予新中国成立 63 年以来全国文联系统享受劳动模范待遇的十五名先进个人之一。这既体现了我的努力，也说明母亲教育有方。

母亲啊母亲，你去那边已经 12 年了，4000 多个日日夜夜，儿子每时每刻都在想念着你。岁月已经沧桑，你的善良又慈祥的形象却在儿子的脑海里越发地清晰起来，一刻也没有离去。我多么希望能永远在您身边啊！记得那年我在长庆油田研究院工作，分了房子就急忙接您到油田，可住了几天您就坚持要回老家，您说：你们上班了，我一个人呆呆地坐在楼房里，连个说话的人都没有，想到田间地头树荫下走走也去不了，城里到处是水泥马路和楼房，哪有乡下好？但我知道，您是放心不下那么多的孙子、孙女、外孙子。您一生养育了我们兄弟姐妹还有堂兄堂姐，带大了那么多的孙子，可以说是一个托儿所长了，但您从来没有打骂过任何一个孩子，就算是孙子们半夜尿床了被他们的父母打骂，您都要半夜起来把他们接到您的怀抱里。我没有见过世界上有母亲这样善良的老人，我小时候干过很多坏事，您都没有打过我，而是给我讲道理。

我到北京后，您已经七十多岁高龄了，我一直想接您来北京，可哥哥姐姐们不让您来，说古来七十不出门，八十不留宿。我只好每年回家匆匆地看望您一次，每次离开老家的时候，都让哥哥姐姐们陪着我流泪。您把我送出村口很远的地方还要送，我实在拦不住您，就只有上车走了，可当汽车启动时，我从后视镜里看到您追着汽车跑，我只有停下来又陪着您往回走。每次离开老家我都特别难过，老家人不希望我回家，也怕我回家，怕分别时难以忍受的痛苦。您一辈子只和我生过一次气，好久不愿和我说话。那是大哥带着您游览了一次古城西安，那是您一生中去过的唯一的大城市。就在游览的时候，小偷把您的钱偷走了，您难过得不想继续游览了，让我大哥带着您赶紧回家。我知道后回家给您奖励，说您一辈子丢了一次钱，丢得好极了，我给您加倍奖励。您说都怪我给您那么多钱，我要是不给您那么多钱，您就不会被人偷了。您不愿意和我说话，我知道您虽然在怪我，但还是在自责。您一辈子凡事都在自己身上找原因，善良得连贼都不去谴责，而是怪儿子给了您钱，怪自己没有保存好。

母亲啊母亲，十二年了，我实在放不下您，您在那边过得好吗？冬至那天，我又回了一次老家，在陇东黄土高原的寒风里，我一头扑进您的坟头，那里已长满荒草，旁边的松树长成两人高了，坟头的荒草在凄凉而哀怨地摇曳着，墓碑的石亭庄严而肃穆，我跪在您的坟头诉说着我十二年来长长的思念。我在坟上，您在坟下，离得那么近，可却永世相隔。我记得在内蒙古石油前线会战的严冬，我的感冒发展成了肺炎，没有条件治疗，后来落下顽疾性咳嗽和过敏性鼻炎，只要天气一变，我就喷嚏不断，您说那是妈念叨你哩，所以我就常常打喷嚏，感到母亲永远和我在一起。可是自从十二年前，母亲您走了以后，我再也没有打过喷嚏，天气一变就只有流清鼻涕和眼泪了，难道母亲您已经一刀子把心割断，再不念叨我了？我把母亲的心疼死了！可我却无法把心割断，我的忏悔、我对母亲无尽的思念将伴随我一生。愿母亲在那边不再操心儿子，愿母亲在天堂幸福！

作者简介：路遥峰，曾用名路遥，笔名路小路。中共党员，研究生学历。现为中国作家协会全国委员会委员，中国报告文学学会理事、副秘书长，国务院国资委中央企业精神文明建设“五个一工程”评审委员会委员，中国文艺评论家协会理事，中国文艺志愿者协会理事，中国红色文化研究会常务理事，中国石油集团公司政治部教授级高级政工师，中国石油文联专职副主席，铁人文学基金会副会长，中国石油作家协会常务副主席，《石油文学》主编。石油文艺的开拓者，参与石油文联、石油作家协会和《地火》杂志的组建筹备工作。曾四次出席全国文代会、全国作代会。

从20世纪70年代末期开始发表作品，先后在《人民文学》《中国作家》《诗刊》《中华文学选刊》《求是》《人民日报》《光明日报》《文艺报》《文学报》《工人日报》《新民晚报》等报刊发表大量石油文学作品。出版中短篇小说集《深的湖、浅的湖》等八部著作。先后获得第七届中国文艺评论奖、《求是》杂志二等奖、中央企业“五个一工程”奖、中华铁人文学奖、中国报告文学学会一等奖等几十项文学奖。作品被多家权威报刊选载。

陶山之地说刘嫖

空灵

历史上有四位馆陶公主，三位馆陶王，除刘嫖较有名气外，其他几人加在一起，在资料中不过区区几行字，所以当地人甚是引以为荣，他们用骄傲的口气说，没有馆陶公主（刘嫖），就没有雄才大略的汉武帝刘彻。此话一出，引起同行的年轻作家一阵唏嘘，唯我一人不以为然。身为古赵之子民，我不愿意提“金屋藏娇”和“纸上谈兵”，虽然没有曲周之地不唱《苏三起解》，山东不喊“大哥”那样的禁忌，可毕竟刘嫖助推刘彻坐上龙椅的手段令人不敢恭维。我更愿意提起家乡的成语典故，如“毛遂自荐”“负荆请罪”“完璧归赵”“邯郸学步”“脱颖而出”等。

馆陶位于华北平原南部，河北南端偏东，与山东冠县隔河（卫运河）相望。它春秋时属晋，战国时属赵，汉初置县，馆陶之名是因城西北七里有陶丘，赵置馆于其侧而得，距今已有2200多年的历史。馆陶不是鱼米之乡，不是山川秀美之地，连2016年申遗的大运河（卫运河）馆陶段，也是距离汉朝若干年后的隋炀帝修建的，与刘嫖无任何瓜葛。可这里千真万确是刘嫖的封地。封地也叫封邑，是皇帝给家人的福利，就是这块地归你管，被封的王或公主可以在封地收税、加税、减税，还可以制定法律、任免官员，完全就是这里的国王。当时，朝廷距离馆陶千里迢迢，窦太后溺爱刘嫖，不让刘嫖背井离乡，也因此可以说馆陶于刘嫖，只是一个名分而已，并无太多关联。

我在想，如果刘嫖是蔡文姬那样靠胡笳十八拍出名的，也值得馆陶人为之自豪。遗憾的是，她留给世人的更多的是茶余饭后的笑柄。第一个笑柄是金屋藏娇。人们说起某某金屋藏娇，总带着些讽刺的意味。刘嫖导演金屋藏娇的原因是得罪了栗姬。说出这种得罪，更令后人鄙视刘嫖。《丑陋的中国人》作者——已故台湾作家柏杨老先生在书写西汉几个皇帝时，用了很大篇章这样介绍她：刘嫖女士不仅是位公主，而且是一位皮条专家，专为她弟弟刘启先生拉皮条。的确如先生言，刘嫖时常把皇宫的美女妖姬介绍给皇上老弟，使皇上夜夜做新郎。俗话说，种了蒺藜，不要怕扎脚，种下恶因，必然接受恶果，当刘嫖得知栗姬的儿子刘荣被立皇太子，立刻差人前去牵线搭桥，把女儿刘阿娇介绍给皇太子，遭到栗姬的拒绝。史书上虽没记载栗姬拒绝刘嫖的原话，但事实证明，栗姬的拒绝比当面抽刘嫖一耳光还令她蒙羞。

后人评价刘嫖工于政治心计，十分到位。刘嫖走这步棋，远不只是化解与栗姬之间的恩怨那么简单，更深层次的原因是想在以后的日子里，继续过那种人上人的生活。“高瞻远瞩”的刘嫖想到栗姬若真有一天当上皇后，弟弟刘启死后，成为皇太后的栗姬大权在握，自己恐怕性命难保，不禁打了一个寒战。但转而一想，我既有窦太后老母亲撑腰，又有皇上老弟言听计从，岂能让你一个姬妾得逞！于是决定先下手为强，恰与主动向她示好的王娡（汉武帝刘彻的母亲）一拍即合。“彘儿长大了要讨媳妇吗？”刘嫖抱着侄子小刘彘（刘彻）问。天真无邪的小刘彘奶声奶气地回答姑姑：“要啊。”早已心中有谱的刘嫖于是指着左右侍女百余人问刘彻想要哪个。小刘彘都说不要。最后，刘嫖指着自己的女儿陈阿娇问：“那阿娇好不好呢？”小刘彘就看着母亲王娡轻轻点了点头，便会意地笑着回答：“好啊！如果能娶阿娇做妻子，我就造一个金屋子给她住。”（原话是：若得阿娇作妇，当作金屋贮之也）果然，后来刘阿娇住进了汉武帝的金屋子，可惜，她继承了刘嫖的霸气，却没有继承她的心机，金屋移主为卫子夫。刘嫖从美梦中醒来，刘阿娇已被打入冷宫。

童言无忌就这样被无耻的政客所绑架。

刘嫖给后人制造的另一个笑柄更令人脸热。身为长公主的刘嫖，有自己的封邑（馆陶），还嫁了西汉堂邑侯陈午，陈午有封户 1800 户，在汉初 100 多个侯位中，排在第 86 位，即使坐在家中，也能过着不同常人的贵族生活。谁知刘嫖偏偏不愿意走常人之路。丈夫陈午死时，50 岁的她迷恋上比自己小 32 岁的貌美少年董偃。董偃原本是个跟在母亲身后的卖珠人，窦太主（刘彻继位后，为了报答刘嫖的扶持之恩所加封号，跟从窦太后的姓尊称）喜欢 13 岁长相俊美的董偃，供他读书，让他学习各种才艺。董偃越长越俊，且温文尔雅，颇受太主喜爱，渐渐地，董偃白天是窦太主的跟班，晚上就与窦太主同寝。许多官员想巴结皇上，于是先从接见董偃开始，官员们称董偃为“董君”。后来，足智多谋的安陵爰叔对董偃说：“私侍太主是有罪的。”很担心皇上追究的董偃于是听了安陵爰叔的建议，将长门园献给了汉武帝，此后，刘嫖与董偃二人由私通变为由皇上见证的“明媒正娶”。刘彻的行为，被 2200 多年后的“一代史家，千秋神笔”蔡东藩先生指责为：窦太主以五十岁老妪，私通十八岁弄儿，渎伦伤化，至此极矣。武帝不加惩戒，反称董偃为主人翁，是导人淫乱，何以为治？微东方朔之直言进谏，几何不封偃为堂邑侯也。

多年后，长门园（汉武帝赐名长门宫）竟然成了囚禁阿娇的冷宫，这对刘嫖来说，该是怎样的嘲讽？活脱脱一搬起石头砸自己脚的现实版。

人之将死，其言也善；鸟之将死，其鸣也哀。然而，刘嫖走到生命的尽头（元鼎元年，也就是公元前 116 年），依然不知其错，遗愿不与丈夫陈午合葬，跟 30 岁郁郁寡欢而死的情夫董偃（有史料说董偃 33 岁）合葬于霸陵。这是她给后人制造的又一个滑天下之大稽的笑话。

所幸，刘嫖扶持的是一代明君，他颁布推恩令，大大削弱诸侯王的权力，加强了中央集权，罢黜百家，独尊儒术。他还进行了一系列改革，大大提高了国家的实力。在军事上，他打击匈奴，取得大规模胜利，为中原地区的稳定和繁荣奠定了坚实的基础。在经济上，他开创了中华民族历史上最早的一个盛世，空前繁荣了经济、文化。在外交上，他开辟了丝绸之路，与很多国家建立了联系，让世界第一次知道东方有如此强大的一个国家叫中国，其国号为汉，后来演变为一个民族的名称。

假如刘嫖扶持的是像纣王那样杀害无辜、残害忠良的暴君，她是不是会遗臭万年？

少说有三次，我站在总占地面积 53 万平方米的馆陶公主湖畔，不论春夏秋冬，举目望去，骄阳下的公主湖都散发着钻石一般璀璨的光芒，一组由四个云袖飞舞的窈窕女子或蹲、或站组成的不锈钢雕像令人眼花缭乱，又恍惚有琴瑟之音从地而起，在耳畔久久萦绕不去，驸马古渡、黄花故台等园林小品清晰可见。有人说，当地人想借刘嫖之名扬自己的名气，要不然他们为什么不惜花 3.6 亿元的重金打造公主湖？在我看来，馆陶根本不用靠他人之名，它自己就是一枚火热的太阳。有黄河改道孕育的四千年前新石器时代的龙山文化的杰出代表黑陶，有滋润这方沃土的卫运河，还有方圆百十公里的宋辽之战古遗址，那些带“堡”“屯”“营”字的村庄，都见证了当时的刀光剑影和战旗猎猎。馆陶还有 300 多名著名抗日英烈，如张寿山，他为人正直，深明大义，邓小平、宋任穷、王任重还是他家的座上宾客，他为抗日军队筹措粮饷，触怒了日本人，先被吊在树上毒打，后被捆在床上用火烧，即使生命受到如此威胁，至死也不肯说出藏匿粮食的地方。那一刻，日月苍天也为之垂泪低泣，卫河之水也为之驻足咆哮。

如今的馆陶更不用多说，那些美丽乡村，如粮画小镇、教育小镇、黄瓜小镇、花木小镇等，像星空中璀璨的明星，散发着迷人的光芒。

作者简介：空灵，原名韩冬红，警察。中国散文学会会员，全国公安作家协会会员，河北省作家协会会员，河北省散文学会会员，河北省公安作家协会理事，邯郸市作家协会副主席，邯郸学院客座教授。获第八届冰心散文奖。作品散见于《人民文学》《美文》《太湖》《在场》《海燕》《岁月》《中国文化报》《中国财经报》《山东文学》《散文百家》《当代人》等报刊。出版散文集《会传染的快乐》。

记忆如此年轻

于德北

大湖

南方的朋友来信问我北方的冬天。

问雪，以及有关的一些事情。

我坐在一片清冷而肃寂的天空下，只想给他讲讲北方的初冬的大湖。我踏着斑驳的雪迹去那湖边的时候，茂盛了一个夏天的苇子已经泛白，它们垂手而立，听风讲述那些远方的事情。

风和着更北部的消息，先强后弱，坚定而疲惫地应付着这里的一切。

初冬的湖的清晨是会结冰的，薄薄的像一张玻璃纸，近岸的叶子落到湖上，就被轻轻地粘贴在这纸上，既不想挣脱，也不想逃掉，一经一脉感受着身下水的动荡。

不肯追寻春光和青草的小鸟有点呆笨而执着，成群地落到湖边的地上，啄食它们认为有温饱价值的食物，那些食物是草籽，是沙子，是傍近的农人秋收时散落的几粒粮食也不一定，听它们叽叽喳喳的声音，可以确切地知道它们获得了幸福和快乐。

初冬的北方是冷的，这种冷不如深冬时节的干脆、过瘾，让人每天都有一种被保鲜的怪觉。

初冬的北方的大湖是平静的，幽深、墨绿，态如凝脂，疾风刮倒了劲草，却翻动不起这一湖的黏稠。偶尔渔人荡桨，船行也极慢，难见一行划痕。

可以想象湖底大鱼们的状态。

它们在隆冬飞至之前，重新坚固自己的家，为孩子们准备大量的柴草，以备大雪封湖之后取暖用。那架从年代已久的沉船中拾取的老式录音机要修好，壁炉里有火，室内怎可无音乐？大鱼们的大躺椅和小鱼们的小摇椅一律安适地吱吱呀呀地快乐地呻吟，以告知鱼们，它们和它们一样，很享受这种被音乐折磨得牙疼的感觉。

在初冬的大湖边，水与陆地的连接渐渐紧密。

一年四季中，也只有冬季，湖水和陆地几乎是没有分别的，成了陆地的一部分，像大地的一个伤口。冬天来了，雪飘下来了，对症的药物也就来了，伤口慢慢愈合，整个大地像一张完好无损的牛皮。

无论如何，初冬的北方的大湖给人的感觉是怪异而神秘的，比如传说中，这湖的下边是成片成片的森林，地质的原因使它们一夜之间置身水下，一个喧闹的世界变得无声无息。

那么，我这样认为，这湖的水下，水下的林中，一定有仙女居住的小屋，桂花以修门楣，青藤最是窗饰，红木板床，桦皮贴壁，说不定她写了一手娟娟的好字，信手提壁，白的地方黑了，黑了的地方更黑，阳光透水而入，像给涤过那么柔和，那一壁的小字，反而使小屋亮堂了许多。

仙女骑鱼，比驾鹤更多了几分灵动。

心静的时候，便可以和万物对话。

——如果你有机会在这个季节到北方的大湖边去，一定会有这番感悟。

当然，你若真的遇雪，暖暖的那种，那将是另外一种景象了。

发觉

日本小说家芥川龙之介写过一篇小说，很短，名字叫《女性》。在这篇小说中，他着力描写了一只雌蜘蛛如何残忍地杀死了一只正在劳作的蜜蜂，然后饮尽它的血。接下来是另一只；再接下来，还有……

这是阳光下的罪恶啊！

然而，不久后，雌蜘蛛开始做巢，完工后开始产卵，等到小蜘蛛孵化了，它“慢慢移动着脆弱无力的脚，咬开把母子隔离开的囊巢顶端——无数的小蜘蛛不断从这儿跑到大厅里来……”

新生命在享受着自然和未来，而雌蜘蛛“尽到了做母亲的天职，怀着无限喜悦，在不知不觉之间死去了”。

芥川龙之介说：“这就是那个生于酷暑的大自然之中，咬死蜜蜂，几乎是‘恶’的化身的女性。”

芥川龙之介的文字永远让人感动。

在文章开始的时候，我也是那么厌恶这狠毒的雌蜘蛛；而在文章结尾，我又不能不为母性的光辉感到震撼与苍凉。

生命的延续往往是以牺牲生命为代价的，这生命可能是自我的，也可能是他人的。

写到这里，我不由想起法国诗人兰波的话：“每个人，在我看来，都像牵连着别的生命。”

他在《生命》一诗中说：“我是一位发明家，我与我之前的所有人有明显不同的功劳；我是一位音乐家，找到了某种东西如同爱的琴键。而今，在朴实无华的天空下，寒冷刺骨的乡间，一位绅士，我，让自己沉浸于回忆，试图让自己激动起来，行乞的童年，最初的学艺，或穿着木鞋而来，一场场论战，五六次寡居，还有几次婚礼，在那儿我强健的头颅阻挠我与同伴们合拍。我分享过神奇的快乐，我不后悔；这寒冷朴实的天空深深滋养着我残暴的怀疑主义。但是，这怀疑主义从今往后不会被付诸行动。另外，我已献身于一种新的纷乱，等着变成一个凶恶的疯子。”

从这些诗句中，不难读出兰波的“经历”——童年的流浪与奔亡，初到巴黎时的愚钝、胆小、拘束，以及和魏尔伦及其他朋友在巴黎交往后的生活……

他的生命由此变得丰厚，又异常地单薄！

我想：兰波也许就是芥川龙之介笔下的一只小蜘蛛，离开病弱而死的母亲，拖着长长的银丝，随风飘向远方……他又如何能够预知他的未来呢？那只雌蜘蛛用自己的天性预见了未来，可这样的未来对它而言又是完全真实的吗？

秋天来了，天空中飘动着黄色的叶片，我的内心很乱，很不安宁，但我乐意随手记下这些阅读与思考的碎片，至少它们可以证明，我还在窥视生命中的那些深邃的孔洞。

心泉

人到中年，需要应付的事渐多，我和妻子有一个共同的感受，那就是生活离我们越来越远，而日子离我们越来越近。人们提到生活，马上就会被那些美丽的梦想所牵引，向往着明天，憧憬着未来；而提到日子，马上就会被琐碎、繁杂、日复一日、周而复始的事务所牵绊，每天在劳顿和疲惫之中无奈地等待下一个白天。

独处的黄昏，我特别喜欢回想那个多雪的冬天，那个拥有三个女儿的五口之家，深巷中的木门，长长的过道，类似于天井的院子，还有院子中的鸡冠花，在雪中已经凋萎，身姿却依然“挺拔”。我暗恋的一个女孩静坐闺中，使一个莽撞少年的脚步踉跄而仓皇。

我想，我那种期待是忐忑的，而等待似乎更加漫长。

我的岳父有三个女儿，那时都被他“束之高阁”，但在很长一段时间里，我固执地认为这三个女儿中的一个应该属于我，而他的二女儿，也就是我现在的妻子，彼时也一定认为我应该属于她吧？我们是同学，而且是同桌，好像从一开始我们就小心而谨慎地向某一个接头点靠近。

我们有共同的爱好——读书。

我们像拾荒者一样收拾我们的梦幻。

我们喜欢走进某个故事，并为其流连，我们所编织着的生活又繁复又简单，像我们现在编织的日子一样，谁能保证它们每一片都丰腴、圆润、有滋有味呢？

第一次向妻子吐露心迹是在信中，文字最有优势冲破羞涩的障碍。

第一次轻拥妻子是在酒后，酒可以使人瞬间飞翔，并直接着陆。

第一次去面见岳父是在清晨，胆怯的人只有在清晨才最有机会作出决断。

第一次吻妻子是在黑天，黑夜可以遮掩万物。

第一次把妻子公开介绍给朋友是在春天，春天来了，即使盲人也会心潮如涌。

从来都想，自己的妻子是芸芸众生中最普通的一员，她坚韧、娇小，恪守原则，向真向善向美，胆子不大，爱打扮，喜欢逛街，嘴碎，喜欢管家、管丈夫、管孩子，爱面子，希望有个大房子，向往旅行，向往有自己的汽车，希望丈夫事业有成、孩子乖巧听话……

我爱她，爱我们共同的孩子和家。

诗人顾城在许多年前曾写过一首《远与近》的诗，诗中说：我看云时，你离我很近，我看你时，你却离我很远。说实话，我很喜欢这首平易又平凡但无疑美丽的小诗。

和妻子在一起生活十年了，我承认我是她身边最了解她又最看不懂她的人。

由于工作的需要，我即将去单位在北京设立的工作站工作，又一次分离就在眼前，我喜欢让妻子分享我的欢乐和忧伤。我在心里暗暗为她祈祷：让她美丽、年轻、健康、工作顺利，让儿子不惹他生气，让她永不失败，永远与希望同在。

梦想

我们每一个人都保存着这样或是那样的梦想。

冬天。

在街上。

有时，我会突然站在某一幢建筑物下，看匆匆过往的行人，思谋他们当中是否有人和我一样，在莫名的举措下做一些莫名的事情，甚至找出一些莫名的理由，充填自己空荡的心。

进入春天。

这不可名状的状态使人一下子剥离了自己。我常常看见自己满是补丁的心要孤独地去远行。点一支烟，手指搭在属于烟蒂的位置上，如同火车，无可奈何地把自己的脚搭在别人的轨道上，去自己并不知道的远方。

我们怀有梦想，怀有希望。

像我在初冬的北京的繁华的街上、在“燕莎”熙攘的人群里看到的从南方飞翔而来的行乞者们不放过每一个行乞的机会，他们把手伸向天空，绝不是那种空洞、泛泛的形式。他们怀有一份希望。他们的孩子流散在各个角落，用一颗掺着天真和好奇的心去看世界。

我们也怀有希望。

进入春天，我好像一下子失去了什么。我翻阅自己曾有过的种种忧伤，我还有哪一种忧伤没有尝过？我失去了什么？

我养着的一盆小花，它总把它的叶子冲向阳光，它是我寻找阳光的最直接的引导者。它的叶子冲着阳光，我把它转动一个方向，可它的叶子还要去冲着阳光。

嗬，阳光是它的梦想！

是。

二十。三十。四十。五十。六十。死。

这些带有临界意味的数字标志着我们的年龄。

幼稚。成熟。干练。老谋深算。

这些带有酸楚内质的词汇又不断击伤我们的自尊。

我仿佛看到我原本的悲剧。我们的生是误会，活是误会，死，也是误会。可我们最大的悲剧是我们又追逐着再生！

梦想。

这是我们向别人行乞时渴望得到的最丰厚的回报。

在这春天即来的日子，我为自己设好下一步的目标：用行动点缀美好的日子吧，尽管有些人只需要谎言。

收拾

曾经一个人走路。

不知一个人走路有什么不好。

有人告诉我，春天去那湖上泛舟最有趣味，独不晓深秋时节，孤坐堤边，以石投水，水现涟漪，无思无想、无欲无求、无所乐、无所苦、无所悲伤欢喜的状态有多好。

日子日迫一日地紧了。

偶尔乘出租车办事，随口零落的话语便少了遮拦，其实，想说什么、说了干什么、为什么要说全然不晓，像一个孩子，得了一张白纸，用笔涂抹，并没有人追究他或她要画一只鸟还是一只并不好看的蛤蟆。

三十岁的人看童话未免过于天真，而三十岁，突然提笔写童话，更加让人笑话。去问一个四十岁的童话作家，他却浑然不觉，执着地为一顿三十七元的饭菜由谁来结账而吵得面红耳赤。

有人劝另外一个人，说他的人生过于消沉。

也有人和另外一个人通电话，谈酒后的感觉有点像死。如果死了也就罢了，结果又活过来了。活过来就天翻地覆地感慨，一下纠集了一大堆自己无法阻挡的词，如，灰色，沉寂，孤独，忧伤，等等。一个人有了坏心情，自然无处于人销账，于是，自买自单，用原汤化原食，苦就苦吧，甜就甜吧，掸掸身上的灰尘，还得到有阳光的地方去。

家庭对女人来说，是一种甜蜜。而对男人来说，无疑是一种牵绊。

明智的男人舍了家，舍了之后又不知要干什么。不明智的男人守着家，守着一份生活的确切和真实，于是，生出了矛盾。

舍了家的男人去问守着家的男人："家的乐趣有否体会？"守着家的男人反问舍了家的男人："自由和诗有什么区别？"两个人在一个小店饮酒，兴致所至，不醉无归。

人活着似乎都应该干点什么。

一个小女孩告诉一个大男人："一个人活着也可以什么也不干，只要他觉得这样舒服！"

一个人特别热爱写作，写得很多、很好，却突然不写了，这又有什么呢？也许他要写的就这么多，写完也就罢了，何苦还让他写下去。

有一个朋友对他的朋友说："你学游泳吧。"

朋友说："为什么？"

他就讲，一个人过江，船翻了，因为他不会水，就淹死了。言外之意，如果他会水，就可以自救，游到对岸，或一个岛上，生命自然可以保全。如果浪漫，还可以救一个姑娘，二人守夜岛上，风似笛响，月泻芦白，自此一场倾城之恋无始无终，或者有始有终、有始无终、无始有终也未可知。

不会水的朋友自然视为屁话！

我是这样一个人：永远热爱春天，但并不害怕冬天。一个人取暖的办法很多，绝没必要让自己冻着。

一个孩子，到海边去拾星星，他是带着自己的梦去的。结果，他真的拾到一颗大大的海星。他把海星当成天上的星星，并说，天上的星星落到海里，就不会像在天上一样金闪闪、亮晶晶了。

他的父亲是一位自然科学家，郑重而严谨地告诉他：他的说法是错误的，海星不是星星，至少不是天上的星星。

孩子当然无法反驳他。

你一个人在旷野里走，走了很多年，突然遇到一个人，也许他也走了很多年，你们相对伫立，默默不言，片刻擦肩而过，各自继续各自的路程。

如是，你没有改变初衷，你永远是原来的你。

当然，如果你有所改变，也不会有人说你浪掷了你的前程！

记忆如此年轻

作为一个有生命的个体，如果可以留下痕迹，总是可以让后人感到温暖与安慰吧。

日本俳人松尾芭蕉在他的《野曝记行》中有两段话，一段是写弃儿的——“行至富士川畔，闻三岁弃儿哭声哀。想必是无力养育，遂托付于急流，弃置于河滩，只待小小生命像露水一般消亡。寒冷的秋风扑打着这棵小花，是魂销于今夜，还是命断于明朝？从袖中取出食物，投之而去。”

这应该是当时松尾芭蕉唯一能做的事。

在俳人的笔下，小小弃儿的生命是多么的无奈。死亡是早晚会笼罩他的，这大约要看死神彼时彼刻的心情。但我更乐于做另外一种想象，因为有了松尾芭蕉的投食，弃儿的生命得以残喘，恰又遇到有能力的好心人由此路过，收养了弃儿——那是多么令人欢喜的结局。

另一段是写茶店女子的——“当日归途中，过某家茶店时，一位名叫‘碟’的女子说：‘请照我的名字写首俳句吧。’说着伸出自己衣袖来，故为之写上一句：兰香熏蝶翅。”

比之弃儿，这女子一定是幸福的吧。想想那件衣服，也一定被她叠好，细细地藏在衣箱的底下，不肯轻易示人。偶尔拿出来，于月光下观看，俳人的笔迹会给她留下多么美好的回忆。

女子化成了蝴蝶，衣袖化成了翅膀，月下翩翩起舞，轻盈而欢快。

这又是怎样的生命际遇？

文字总是令人感到奇妙的！它可以让生命穿越时间和空间在任何疆域碰撞，而碰撞后的火花亦如夜空中的星星，努力着，奋斗着，挣扎着，再现生命的光芒。

日本“荒原派”诗人鲇川信夫有一首诗，是抒发日本战败后诗人及世人的情绪的。这首诗的名字叫《死去的男人》。诗中说：“从浓雾中，或者台阶上的脚步当中 / 执行遗嘱的人模模糊糊出现 / 这是一切的开始。”“浓雾”罩掩了人们悲伤的面孔，也为他们沮丧的内心找到了幕布。也许，我们更想知道，那“死去的男人”是谁，他又于何时何地因何事死亡。鲇川信夫袒露了自己的悲伤，那死去的男人是森川义信，鲇川信夫办刊的同人，也是战友，死于太平洋战争。朋友死去了，自己却回到了故乡，虽然生命的存留让人侥幸，但战争的凶残却不能不让人发出绝望的呼喊：“一切都沉没吧，太阳和大海！”

生命啊！你的欢欣令我欢欣！你的悲凉令我悲凉！

生命啊！我不知道逝去的人是否还有疼痛，但一想到他们，我的胸口总会隐隐作痛！

作者简介：于德北，中国作家协会会员，吉林省作家协会全委会委员，长春市作家协会副主席，鲁迅文学院第21届高研班学员。在《小说选刊》《作家》《福建文学》《北京文学》《儿童文学》《散文》等报刊发表作品400余万字，出版个人文学作品集60余部。获小小说金麻雀奖、长白山文艺奖、冰心图书奖、冰心散文奖等奖项。有作品被介绍到日本、泰国、马来西亚、俄罗斯、美国、越南等国家。

岱山三章

卢文丽

对一个地方的牵挂，有时像是对一个人，因为有着距离，所以存着念想。那种念想，既温暖又笃定，因为你知道，相见终有时。

对你来说，岱山便是这样一个存在。

秋天，适逢笔会，第一次去岱山。清晨，在吴山广场旅游集散中心乘大巴，三小时后就到了舟山，坐车前往三江码头，摆渡到秀山岛，恰是午餐时分。与大海相关的一切，便这样不由分说地扑入眼帘。

一

夜色像化开的墨汁在海面漂浮，朦胧月光下，远处的波浪像一道道烁动的五线谱。仿佛有什么在召唤，迎着风，情不自禁地走向海边，脚下的沙细腻、坚实，踩下的每一步都不至于虚浮轻飘。黑暗中，亮起来的是篝火，干燥的木头在冷暖交加的秋夜，和着海浪的声息噼啪作响，听上去像是硕大的冰块猝然相遇，又像是刮过黑森林的风卷起的呼喊，使暗夜里的一切愈加深邃、神秘。

夜里，海浪声穿过露台，毫无遮拦地涌入枕畔，好像在唱一首纯粹而永无止境的歌。多年来，你已习惯寂静、安于寂静，有时大声说话，仿佛也只为尽早获取寂静，而秀山岛的海浪却有意不让你这样，从远处宽阔地涌来，不知疲倦地吟唱着，富有节奏地絮叨着，编织成一张绵密的网，网住了你的世界。于是，枕着波涛，干脆让心意与海浪交融，懒懒的，暖暖的，让海水包围和簇拥，直至与之同频。

此刻，你是世间的一位倾听者，倾听着大海的脉搏、地球的呼吸。你想，伟大的奇迹或许就发生在一个人能够全然倾听之时。此刻，你感觉海浪的声息拥有精细到血脉流淌的音频，超脱时间的羁绊。你曾在自家的阳台上，听到小鸟啄食栾树结的红灯笼似的小果子的沙沙声，那些小鸟的羽毛是翡翠色的。你也听到过雪花落在桂花树叶上时带有金属质地的音色。此刻，你确信枕边的海水的声息是有清洁作用的，能清除内心的杂草和樊篱，提示生命是绵绵不绝的接引、是滔滔不竭的善意，你就像天上的一片白云，白云底下，一棵随风摇曳的青草，了无挂碍，自由自在。

“兰山摇动秀山舞，小白桃花半吞吐。”你想，大学士苏东坡当年题写的这句诗，一定是枕着秀山岛春天的海浪写出来的。

二

一轮橙黄色的光亮划破迷蒙晨雾，奋力地从海中脱颖而出，光影瞬间被海水放大了无穷倍。刹那间，到处都是单一的、生机盎然的弥漫，在光线的急遽变幻中，天空、海水、岸边的景物交错渗透，静谧、朦胧而深邃，有着印象派画家莫奈笔下的浑然意境。

早餐后，直奔大海，海面晨曦照耀，天边挂着浅月，头顶有海鸟掠过。在无人的海边，寂静的沙滩连绵。甩了鞋，与海浪嬉戏，一个浪头打来，脚下的沙子如自动扶梯一般徐徐向后滑动。海风吹过，海水的纹路如鱼鳞一般舒展、抖动。你的耳畔响起希腊诗人埃利蒂斯的诗句：我所喜爱的一切永远都在不停再生 / 我所喜爱的一切永远在起点。

你想起多年前，在喜马拉雅山脉入口一个叫瑞诗凯诗的小镇遇见的一幕。晨曦微明时分，你在恒河边遇见一位阅读中的老人，他的嘴角含着笑意，手中的奶茶杯冒着袅袅热气，一缕灿烂朝霞洒在他的身上和白色的胡须上，与橙黄色的长袍浑然一体，空气中流淌着一种难以言喻的宁静。

印度《吠陀经》曰：一切智慧与黎明同醒。或许，黎明本来就是应该献给伟大的阅读的。只要阅读，心灵就会有光，只要阅读，智慧就会来到，而对人类来说，世间最伟大的书籍莫不就是大自然这本无字天书？唯有在大自然面前，方能感知世界，反观自身，更加敞亮而真实地面对自己和世界，并且意识到，尘世万千道理，不过都是究明自己之道。

大海像一本百读不厌的经典，而阳光便是殷勤的抒写者。

——要成为你自己的光。

一阵海风吹来，你的衣衫像一只展翅欲飞的白鸟。

三

它们是静默的。似龟背，似卧龙，似猛兽，似方舟，铺排成一个庞大的阵容，若隐若现，密密麻麻。当海浪拖着未知或已知之物，在岩石和峭壁间撞击，在惊涛与骇浪间疾冲，发出阵阵巨大且不规则的闪电般的怒吼之时，它们兀然屹立，任凭众声喧哗，波涛翻滚，寂静有若海底五千米下。

它们是安然的。当夕阳西沉，海面泛起碎金点点，松林在海风的照拂下发出阵阵温柔歌吟，使它们周身披覆的被光阴雕琢的深褐色皱褶呈现出金色的质地，它们依然引之不来、推之不往，仿佛得道的高僧，因为见惯了风浪、了悟了法则而漠然不动，使得周遭的万马奔腾止于无形。

与此同时，在黄昏幽深背景的映衬下，你还目睹了一位端坐礁石之上的海钓者。听任脚下浊浪翻滚，如同礁石的一部分，一个在喧哗中保持寂静的背影是迷人的，尤其是在日落时分的海边，有一种凌驾于滚滚红尘之上的定力。

“崚嶒”，你的脑海中闪现这个词。明代温璜《弟子问》云：“凡为文者，必有文章之骨，意象崚嶒。”清代秋瑾《宝剑歌》中也有“侠骨崚嶒傲九州”。崚嶒比喻特出不凡，刚正不阿，坚贞不屈。在你的心目中，还代表着一种坚守。

大千世界，总有些东西是需要坚守的。倘若喧哗能够磨炼人的意志，那么寂静则能滋养人的本质。拥有宁静而敏感的灵魂，就能凭海临风、渔舟唱晚、孤舟笠翁，就能活得像蓝天一样舒展、像清风一样自由、像大海一样辽阔。

对大海里面，那些浪奔浪流的鱼族道一声：谢谢，你们真美！

“崚嶒”，这就是岱山岛海岬公园的礁石群留给你的美学印象。

作者简介：卢文丽，浙江杭州人。中国作家协会会员，主任编辑，文学创作一级，长期在媒体工作。现为杭州市新闻工作者协会副秘书长、杭州市作家协会副主席。著有《无与伦比的美景》《沙漏的舞蹈》《礼——卢文丽诗选》《外婆史诗》等诗歌、散文和长篇小说 11 部。作品曾获浙江省优秀文学作品奖、浙江省人民政府鲁迅文艺奖提名奖、杭州市“五个一工程”奖、中国女性文学入围奖等。诗集《西湖印象诗 100》被评为杭州市城市礼品。作品被译成英语、日语、韩语、法语等文字。

加格达奇的夜

朱明东

在加格达奇，黑夜比白昼柔，比白昼美，更比白昼媚。

春夜是加格达奇的素描。刮到晚上，风已疲惫，路两侧的树还有街上悬挂的条幅，慢慢停了抖动止了摇晃。星星出来了，在加格达奇的上空一颗一颗地植着，不一会儿就成了一片。路灯也亮了，一排排向远处延伸着。风小了，气温却降了。春寒袭来，行人寥寥。新世纪广场上的大型显示屏刚刚转播完中央电视台的新闻联播，就开始不厌其烦地一遍又一遍地放着森林防火公告。

飘逸的围巾裹着洒脱的衣领，一群年轻人有说有笑地朝前走，耳上有麦，摇摇摆摆的，像风一样。倏忽，城市的上空响起长长的警报，把星空撕开了一道口子，随着阵阵寒意掠过，似有群狼奔跑。一天两次，首次是警戒，第二次是解除，如作文一般首尾呼应，各家各户总算可以安心做饭了。如今，加格达奇以楼房为主，生火做饭再不必劈柴入灶。可风高时的防火警报还是少不了，毕竟防火重于山，警示是一种遵守，更是一种自觉。晚饭做得细，男人女人一起忙活，菜美饭香。车在路上跑，人在家里就坐不住。很多人穿上运动服开始户外锻炼。

把白昼纳入眼帘，把黑夜埋在心间。加格达奇一天到晚温差很大，春季里昼夜温差有十来度。一般来说，每天上午 10 点到下午 3 点是锻炼的最好时间段，可因上班或经营生意等因素，绝大多数人在这段时间是很难进行锻炼的。忙完了一天的工作，也就剩下晚上的宝贵时间。说是春季，但天不暖和，一些人索性把自己关在家中，在无奈中滋生懒惰。老人说，黑咕隆咚的有啥好看的，还不如看看电视上上网舒服。户外那些锻炼的人们难道就不知在室内待着好？可没有个好身体怎么行？人们这样想着就又坚持锻炼了。这些年，加格达奇的生活节奏堪比大都市，动起来，也快起来了。加格达奇的夜已不再孤寂。

2500 米长的景观大道，一来一回 5000 多米远，最适合徒步行走，要是加些量，比如往返几个回合，那更好。顺风行走总是比逆风强，一旦逆风了，适合背过身倒着走，只是膝盖不要弯曲，步子不要太快，这样锻炼更有利于健康。立春过后，天长了，夜短了，可年轻人晚睡的习惯不见改变。即便天很黑了，你也能见到年轻的身影在路上行走。你可别以为他们锻炼后回到室内就休息，他们的精力旺盛着呢，还要拿着手机玩着微信聊着天，或者在笔记本电脑上播放一部大片，一直看到上下眼皮不停地打架为止。直到这时，加格达奇的春夜才会静下来。

夏夜是加格达奇最美的盛宴。树绿了，花开了，清新的空气吹拂着人们的衣衫，加格达奇的夜多了一分迷醉的繁华。与南方不同，加格达奇虽然夏日不失火热，但一到夜晚，温度就降了许多。空气不再热辣，清爽的感觉顺着头顶袭遍全身。美丽的夜，女人的夜。加格达奇的女人俏而不娇，不花枝招展，却绝不逊于都市丽人的艳，不加修饰，却也秀气可人。论时尚，加格达奇的女人不俗不凡、个个超然；比模样，加格达奇的女人身材高挑、清灵秀美；看气质，加格达奇的女子文质彬彬、大方典雅。天色一暗，大街小巷的年轻姑娘们就一下子涌出了家门，长发飘逸，一颦一笑，灯火中是粉红的脸，夜色中是青春的颜。那些驾车的女子，则一个比一个傲，一个比一个娇，即便违了章，都能令年轻的交警们不好意思多看几眼。是啊，一看就脸红，一看就心软，只能“一是一，二是二”后再看了。新世纪广场悠扬的旋律响了起来，女子军乐队在表演。多少人在围观啊，除了欣赏迷人的音乐，还不是为了一睹女子军乐队员们迷人的英姿。

外地游客都陶醉了，仿佛置身一个神奇的世界。是啊，神奇就在加格达奇。夏夜，不用借助辉煌的灯火，单凭辽阔的星空就能把加格达奇照得格外清晰。在大城市待惯了的人们哪见过这么多明亮的星星啊！久违了，星星们；久违了，美丽的星空。相比迷恋灯火，游客们更喜欢仰望星空。是啊，要说灯火，加格达奇比不上大城市的夜景，但大城市里有谁能看到这样耀眼明亮的星星？又有谁能数得出这么多的星星呢？一些老年人跳不动广场舞，就抱着孙儿孙女看星星，指指点点地讲着星星的传说。多么幸福，多么惬意，就连星星都感受到了城市追寻的恬静与那些质朴的热望。我灵机一动：加格达奇是不是可以修改一下别称呢？比如不要叫“山城”“林城”“林都”什么的，干脆就叫“星城”。对，就叫星城！

夏夜的盛宴尚未结束，秋天就到了。与夏夜相比，加格达奇的秋夜除了凉得有深度外，更有一种让人沉醉的感觉。秋雁返程，鸟儿归巢。田里的粮食早已收割完，木耳啊，蘑菇啊，所有的山货也晒干了。加格达奇的夜殷实而安详。一会儿，那拂来拂去的风似乎受了什么委屈，一下子扎进四周的群岭中，再也不想出来。加格达奇的夜开始沉闷。云厚了，云重了，一道闪电划过，闷雷就开始在城市的上空炸响。不一会儿，雨就窸窸窣窣、噼噼啪啪地落了下来。秋夜喜雨，要下就下吧，正好赶上周末，也好睡个踏实觉。雨越来越大，它们像仪仗队刷刷地行进在城市的上空，在楼宇间，在路面上，在树丛中，在花草间，忽而轻缓，忽而急促，声声不断。加格达奇户外没有芭蕉，也没有竹林，有的只是秀美的扫帚梅和灿烂的向日葵，所以也就没有南方雨打芭蕉、雨敲竹林的诗情画意，但只要雨一停云一散，你再向窗外望去，就会发现整个夜空成了童话般的乐园。星星们正在向城市眨着眼，扫帚梅和向日葵们也跟着精神起来，它们遥相呼应，唱起了迷人的午夜神曲。哦，加格达奇的夜正在创作一篇经典美文！

雪在夜幕降临时不期而至。这是入冬后加格达奇的又一场雪，它不仅没了初雪的新意，瑟瑟中还多了一丝寒意。雪中，城市的灯火相继点燃，一片一片的街市，还有一片一片的雪，冷涩而飘摇。无论年老还是年少，没有谁愿意在冬夜里外出。加格达奇人领略了春的生机，感受了夏的光芒，也品尝了秋的美酒，如今在冬天里又把温暖来歌唱。火锅是加格达奇的冬夜里人们乐此不疲的美味。家人团聚，朋友相逢，大家围坐在火锅前，有说不完的话，有喝不完的酒。你的生意做得好，他的买卖发了财，创业的收益好，干事的有进步。还有啊，孩子们也很好，儿子留学了，女儿考上了公务员，大侄子光荣地参了军。大家天南地北，开心话说个没够唠个没完。多少欢欣事，不仅要说，还要唱。真的，加格达奇的冬夜，不仅是一个狂欢世界的再造，更是一场青春不老的回归。一群永远不服老的人，正满怀着永远不老的情怀，在加格达奇的冬夜里根植着彼此相似的梦。只要夜不老，加格达奇人的梦就不会老。

雪越下越大，为马路盖上了厚厚的棉被，把城市包裹得严严实实的。路灯下，几名身着黄色羽绒服的环卫工人正在路上一锹一锹地清理着雪，那缠在脸上的围巾已结了厚厚的霜，像路旁的树挂透出一种纯洁。白天怕影响交通秩序，夜晚，环卫工人们都会放弃享受家庭温暖，穿戴整齐，扛着工具走出家门。他们是那样地不约而同，那样地义无反顾，忘却了夜的漆黑与寒冷。每条路上，环卫工人的身影都比路灯明亮，他们是加格达奇冬夜里的保洁员，也是新时代城市里战风斗雪的群体英雄。因为他们，加格达奇的冬夜温暖如春，清丽而庄重。

青春奔放的城市为雪而歌，加格达奇的冬夜美轮美奂。一对对情侣才不在乎这夜的冷，他们在乎的是缺少了雪，夜就没了诗情。他们不在乎冷，他们的心比火还热比酒还浓。他们知道，天一亮，还要为美好生活勤奋打拼，还要为美好家园再添风景。加格达奇的冬夜并不寒冷，因为有了年青的一代，反而多了些浪漫多了些激情。

加格达奇的夜是那么美，那么不寻常，所有和它有关的词有关的句，都足以成为一首首优美的诗、一曲曲欢乐的歌。很美，加格达奇；真的很美，加格达奇的夜。

作者简介：朱明东，作家、诗人，中国作家协会会员。曾获第八届冰心散文奖。先后在《读者》《文苑》《北方文学》《黄河文学》《诗刊》《散文》《散文选刊》《天津文学》《诗歌报月刊》《北大荒文学》《新青年》《楚天文学》《芳草》等文学期刊、《人民日报》《中国文化报》《黑龙江日报》《中国税务报》《中国绿色时报》等报纸发表作品近百万字，有20余篇作品获得省级以上文学创作奖，有些作品已被中国现代文学展览馆、黑龙江省图书馆收藏。出版散文集《行走的歌谣》《檐下无霜》《酒杯里的月光》《在北方》、诗集《诗客小记》《税魂》等。

十亩二分地

张蔓莉

十二月的方碑村，笼罩在冬日的雾里。顺着几个月前走过的一条小路，我再次来到刘大娘家。

院坝里，刘大娘的儿媳正哈着热气，在收拾一大堆莲藕。她娴熟地清洗、削头、打包，赶着为她的微店客户备货。堂屋门口，年逾古稀的刘大娘摇晃着佝偻的身体，在帮儿媳整理包装袋。见我到来，老人笑盈盈地将我迎进屋，搬来电烤火炉，切完橙子，又倒水。说起儿媳的微店生意，还有她家今年的九眼藕和橙高产时，刘大娘欢喜得合不拢嘴。当院坝里的儿媳告诉我，她又扩大了种植规模，准备挖塘养鱼和大量培植观赏盆景时，一旁的刘大娘竟皱起了眉。那褶皱的脸上，不是想象中的欢喜，而是阴云弥漫。

我不解，难道媳妇冒犯了老人？

冷凝的空气让我有些不知所措，便小心地与老人玩笑："大娘不喜欢家里搞得红红火火呀？"她摇头："想啊，做梦都想哩！"

那……

沉默许久，大娘才开口，说媳妇的绿色种植搞得越是红火，她心里越是担心。

担心？我有些迷惑。

大娘垂下眼皮，盯着自己的腿。

大娘六岁那年，也是寒冬腊月，天上下着鹅毛大雪，大人们都不在家。她实在太饿了，就带着妹妹和弟弟，悄悄爬到村里一家人的红苕窖上，准备偷吃窖里的红苕。由于人小，加上天气寒冷，她手脚笨拙，好不容易刨出一个红苕，正惊喜，却被这家的狗发现，那狗呼地窜出，将她的小腿死死咬住，被咬处血肉模糊。主人听见，闻讯出来，不仅没有可怜，反而一脚将她踢进了窖里，并将沾满泥巴的红苕硬塞进她嘴里，还恶狠狠地骂她：小贼娃子！

大娘的母亲赶来，低头不断向那家人道歉，然后背起她，领着她的弟妹回到家。母亲不说话，只是含泪为她缠伤口。大娘的腿上从此留下了伤疤，这伤疤也留在了她的心里。她多么希望家里不缺吃啊，就像父亲帮工的那些人家一样。然而，家里没有土地，哪能种得出来吃的。大娘说，她生不逢时，生在新中国成立前。那时家里四个大人、五个孩子，她从未吃饱过，常常饿得眼冒金星。

每天饿得发慌时，她多么盼望能够饱饱地吃上一顿饭啊。在盼望中，她一天天长大，尽管个子没长。

到了人民公社时期，土地集体耕种，比以前好了不少，但由于大集体劳动，人们干活时爱“磨洋工”“干假活”，生产队每年收成的粮食仍填不饱肚子。刘大娘家女孩多，缺少劳动力，常被生产队里的强势人家欺负，分粮时总是把最差的分给她们家，还缺斤少两。大娘家的孩子正是长身体的时候，吃不饱，饿肚子，仍是挥不去的魔影。五个孩子中，大娘又排行老二，家里有点吃的，父亲总是先给她最小的弟弟。每当听到院子里的李大爷笑她“你爹是皇帝爱长子，百姓爱幺儿”时，她就心生嫉恨，恨自己不是幺儿，恨父亲重男轻女，更恨弟弟有吃的。

为了多挣工分，减轻父母压力，没上过一天学的刘大娘从十一岁开始，就被父亲带到生产队里跟着大人一起学干农活。由于人小，挣的工分很少，少不了被父亲打骂。

一次干活回家，她饿极了，偷吃了留给弟弟的红苕稀饭。父亲发现后，拿起扫把，追着她满院子跑，打得她胳膊发青。第二天，生产队挖地，一些大人耍滑头，故意欺负年幼的她，让她抱泥巴。她力气小，胳膊又有伤，加上肚子饿，哪能抱得动啊。可父亲一心只想多挣工分，已顾不了那么多，见她不中用，气得竟用锄把打她，打得她的背都紫了。夜里，母亲含泪为她敷了草药，但一翻身，依然痛得钻心，刘大娘咬紧牙关，忍着痛。从此，她恨透了父亲。她对父亲的恨，如烈火，在她幼小的心里熊熊燃烧。

就为了填饱肚子，她流泪、流血，受尽了父亲的打骂。即使在时隔大半辈子后的今天，年逾古稀的大娘回忆起父亲对她的打骂，仍哽咽着，眼里含着泪，还带着怨和恨，尽管老父亲早已作古。

听着大娘伤心的过去，我虽不能完全体会她的苦和痛，以及他父亲对她是怎样的刻薄和狠毒，但半个世纪的时光都不能消解一个女儿对父亲的怨恨，可想而知，那份伤害有多深。我疑惑，更震撼，就为了一口吃的，为了能填饱肚子，在那个年代，让血浓于水的一对父女背离了血缘亲情本能的爱和温暖。这所谓的恨，让我不禁思考中国历史，从秦朝时的陈胜吴广起义，到清朝时的太平天国运动，绵延千年先后四十余次的农民起义，是怎样从填不饱肚子开始，由愤恨到反抗厮杀？

刘大娘说，在被父亲用锄把打伤后，她便发誓，一定要离开家，逃得远远的，逃到一个不被父亲打骂、能吃饱肚子的地方。她说，那时连死的心都有了。

没想到，上天没让她死，却让她看到了希望。二十世纪八十年代初，国家实行联产承包责任制，土地开始下放到各家各户。盼了二十余年的刘大娘终于盼来了土地，她们一家六口分得了十亩二分地，终于成为土地的主人。

分到田地那晚，她兴奋得一夜没睡，和丈夫盘算玉米种多少、红苕种多少。从此，她和丈夫每天辛苦愉快地劳作，为了一家老小可以填饱肚子，也为了早点致富。

一分耕耘，一分收获，刘大娘和丈夫通过勤劳的双手，不仅改善了全家人的生活，还发展副业，喂猪牛，养鸡鸭，终于在花甲之年盖起了一栋两层小洋楼，还给儿子都娶了媳妇，后来又添了孙子孙女。

按理说，儿孙绕膝的刘大娘应该享享清福了，儿女们也让她不要再种庄稼，很担心她年幼时干活落下残疾的腿。可她死活不干，说农民怎能不种庄稼，还说现在国家不仅取消了上交公粮和提留款，还给农民发放种田补贴，国家对农民这么好的政策，怎能不种庄稼？

儿女拗不过母亲，让她和老伴适当种点儿。

尽管刘大娘体力大不如从前，担点东西也直喘粗气，但她和老伴每年种的水稻、小麦、玉米和红苕，不仅够他俩吃，还有些富余。儿女们在外打工寄回来的钱，她总是存着。这样的日子，让刘大娘心里一天比一天踏实。

大娘一边抹眼泪，一边感叹，说她做梦都没想到，她还能活到今天，能过上今天的好日子。

我说大娘有福气，赶上而今的新农村建设，还指着她家装饰一新的小院，笑称是别墅。她被我逗笑了，说是政府出钱弄的，为发展“乡村旅游”。我饶有兴致地接过“乡村旅游”这一话题。大娘也憋不住心里的欢喜，跟我说，村里搞“乡村旅游”引来了不少游客，方碑村这穷山沟便热闹了，村里的农副产品也不愁卖了。过去，树上几角钱一斤的梨和橙，担一二十里路也没人买；而今，十多元钱一斤，不用讲价，也不用挑出门，还在自家树上，就被游客买完摘光了。不仅菜和水果，就连房前屋后的鸡和鸭下的蛋，也被游客们抢着买光了。

她说，这样的日子，她可是做梦都没想到啊。可越是好，越是红火，她越是不安、担心……

正说笑，隔壁院子的赵大妈串门来了，说远在广州打工的儿子儿媳要回来过年，还说过完年也不走了，就留在村里，要收回流转的土地，也要搞绿色种植。

赵大妈的话让刘大娘像是突然受到了惊吓，脸一下惨白。霎时，那脸上的欢喜如扩散的水纹，很快消失在了岁月的沟壑里，取而代之的，是一丝痛苦。原本靠门站着的刘大娘瘫软在了门槛上。她抬头望着屋前的雾，眉头皱得更紧了。

这时，午后的太阳正穿过云雾，露出一丝光亮。刘大娘混浊的眼里闪过一丝惊喜，很快，又被云雾笼罩。她盯着远方，远方又被雾遮挡。她一脸茫然，长长地叹气。

赵大妈走后，刘大娘仍皱着眉。

原来，儿媳搞绿色种植的近三十亩土地除了两亩是自家的，其余全是流转左邻右舍的荒地。而今，村里搞“乡村旅游”，发展了农业公司，通了公路，建了聚居点街区，修了生态公园和度假宾馆，开垦了果园和蔬菜基地。就地生财的条件好了，外出打工的年轻人开始陆续回村。赵大妈的儿子回来了，还有王二黑家的、李老三家的……到期若别人都收回，而自家大部分地又都流转给了农业公司，且合同期要到国家的第二轮土地承包期 2028 年……

讲到这里，刘大娘有些焦急地进屋，找来流转合同，让我帮忙看个究竟，说自己不识字。她颤抖着手，递来合同，使劲睁大双眼，望着我，接着，垂下眼皮，开始责怨起村主任和老伴来。

五年前，一个冬天，刘大娘正在院坝里收拾丰收的青菜，与老伴商量着，来年再多种些青菜，好卖给榨菜公司。村主任的上门，让她逐渐踏实的心又动荡不安起来，甚至生出一丝莫名的恐惧。

为了让方碑村加入重庆马武镇发展“乡村旅游”致富的列车，村主任顶着寒风来到刘大娘家，动员她家将土地流转给政府，支持引进的农业公司搞开发。刘大娘听了，脸色煞白，一气之下，撵走了村主任。从此，她见村主任上门，就闩门不见。

大娘说，她坚决不同意流转土地。

“乡村旅游”筹备工作迫在眉睫，全村涉及要流转土地的其他村民都签了合同，唯有刘大娘不签。她的固执，让她成了村里土地流转的“钉子户”。为此，村主任费尽周折，天天上门做她老伴陈大伯的工作。做了近半年的工作，陈大伯动摇了，开始劝说刘大娘。最后，刘大娘半信半疑地同意了流转。因为她心存希望，村主任说她家还可以流转别人的土地，不会失去土地。

在失落与不安中，她和老伴继续耕种着家里仅剩的两亩地。“乡村旅游”的开发很快引来了游客，村里的农副产品也好卖了。儿媳过年回家，被村里的变化吸引着，决定搞生态种植。自家剩下的土地不够，他们也流转别家的土地，由早熟梨、橙、草莓，到九眼藕、多肉盆景、鱼，刘大娘家生态种植的农副产品，儿媳从乡村卖到了城里，从地里卖到了网上。她家的收入，也从过去一年一万多元增加到了十多万元。

可眼下，别人到期要收回土地，就意味着她家将失去土地。大娘说，她们一家六口都是农民，当农民没有土地，怎能安身？不说致富，就连填饱肚子都成问题。过去那些穷日子，她是饿怕了。

赵大妈的话和儿媳刚收到的“将取消农村户口，农民将失去土地”的手机消息，让刘大娘原本不踏实的心，如一石激起千层浪，更加七上八下了。

大娘摇晃着佝偻的身体，领我来到她家流转给政府的土地前。望着土地上建起的度假宾馆、生态公园，她一脸茫然，几次要开口，最后又闭上了。

临别前，我握住大娘的手，不知如何安慰，唯有默默祝愿：祝她和她的方碑村，随着现代农业的发展，日子越过越红火，合理开发利用好土地；愿那片土地，在传统与现代农业的生态开发中，收获更好的生活、更多的希望，而不是大娘所担忧的——身为农民的她，最后却失去了土地。

作者简介：张蔓莉，中国散文学会会员。作品发表于《天津文学》《太湖》《在场》《重庆文化研究》《四川散文》《四川经济日报》《中国石油报》《工人日报》等报刊，有作品收录于《稻草人的信仰》《有风千年》美文集。获 2016 年在场微散文年度奖、第三届四川散文奖优秀奖、第二届税务文学终南文学奖、第八届冰心散文奖等奖项。

牧草样的生命
——长篇小说《红雪莲》后记

杜文娟

2003年8月，我第一次进藏，从西安乘火车到格尔木，再搭乘越野车到拉萨。夜宿沱沱河畔的小客栈，我被满天的繁星震撼，头顶、肩膀、指尖、睫毛上，无处不闪烁着星星，银河大概就是这般模样吧。那一夜，我几乎无法入眠，头痛、恶心、呕吐。

2006年7月，从成都出发，过了雅安我才知道，从成都到拉萨两千多公里，不出意外的话，需要六七天时间。就是这一次，我不但到了珠穆朗玛峰大本营，还沿途写专栏稿发回内地。理塘在地图上有另一个名字——高城。从理塘的网吧出来，天空飘着雪花，我请网管送我，小伙子把伞举过我头顶，自己则远远地侧过身子。快到旅馆门口时，我直奔过去，“哐哐”踢那卷闸门，回头看时，余音缭绕中，小伙子已经消失在无尽的风雪中。在巴塘的网吧里写完稿子，大约凌晨三点。皎洁的月光洒满大地。一袭绛色袈裟走在不远处，我顿时平静下来，悼恐与惧怕烟消云散。我走在后面，他走在前面，整个世界似乎只有我们两个人，百灵鸟不鸣，杜鹃花不艳。

在横断山脉深处的左贡县城，一个小时就写完了稿子，发送一个多小时还是发不出去。深夜的网吧热闹非凡，打游戏的，骂架的，唱歌的，喝酒的，吐沫星子在头顶飞来飞去，藏刀在眼前晃来晃去。我问网管：有网速快点的地方吗？答曰：有的，在地区。地区在昌都，不远，开车四五个小时就能到。

当时我哈哈大笑，四五个小时还不算远，这是什么鬼地方呀！

在拉萨街头，晚上十点多还有兜售皮带帽子的吆喝声，长长的杆子上挑一只昏暗灯泡，火锅热气升腾。这个场景令我无法挪步，几年前的此时此地，街头一片宁静，所有亮光都来自月亮和星星。

西藏一定发生了什么，青藏铁路为西藏带来的变化竟如此巨大。

然后，一路西行到了阿里，翻越喜马拉雅山脉，走过千里羌塘无人区，愈加觉得那次大笑浅薄。辽阔无垠的藏北大地，几乎只有三种颜色，连片的褐色裸石，白雪皑皑的山巅阴坡，河流湖泊岸边的苍茫牧草。同样是草，内地的草娇嫩水灵，与传说神话有着不解之缘。藏北的牧草却沧桑凛冽，刚冒芽就像中年男女，肩负沉重使命一般，即便是这种牧草，也不是随处可见。车行数日，我就没有见过一株高过脚踝的牧草，更见不到树木。

这里不适合人居，为什么还生活着众多藏族百姓和外来者呢?

一位教育工作者指着“惟余莽莽”的雪山对我说，那边就是邻国了，有的地方还属于争议区，边境上如果没有边民居住，多年以后这地方可能就是别国的领土了。

我暗自思忖：这里长冬无夏，风吹石头跑，氧气吃不饱，连一棵树一株草都不长，人怎么生存呀，这些边民牺牲太大了，祖祖辈辈，与飓风雪山为伍，孤寂一生，穷困终老。脑海中，第一次冒出“边疆”这个词。

当我翻过一座又一座雪山，爬过一条又一条沟壑，终于俯瞰到喜马拉雅山脉褶皱深处的一个县城时，有人指着荒芜中的小城对我说，这个地方原本没有树木，有位县长从新疆带回了白杨树苗子，几十年过去了，县城终于有了几十棵白杨，风过时哗啦啦响，那声音真醉人噢，这是方圆几百公里内唯一的树木，许多人骑马步行几天，专为看一眼树木风采。

我问这位县长在哪里，对方说，退休后回上海了，听说回去以后也不适应上海生活。年轻时来到西藏，为了修通从县城到阿里地区狮泉河镇的公路，带上锅碗一走数天，翻山越岭勘察路基。一个春节，发现他不见了，四处寻找，原来他在丈量一个沟坎。老县长也不容易，夫妻长期分居，得不到家庭温暖，也照顾不了妻儿老小，从参加工作到退休都在西藏，同事朋友全在西藏，回到上海多孤单呀!

有一次，我请一位当地官员帮忙寻找从阿里到拉萨的长途汽车。他是一位藏二代，父辈是西藏和平解放以后较早一批援藏者。他兴高采烈地对我说，曾经有一位知识青年，从内地千里迢迢来到西藏，有关部门希望他留在拉萨工作，所有部门任由他挑，可他希望到最艰苦的地方工作，就把他分配到藏北一个县当老师，校园里第一次响起了二胡笛子声，人们争先恐后地看热闹。两个月以后，什么声音都没有了，那位老师也不知去向。有人到内地打探过，一点儿消息都没有，感觉他从来就没有来过西藏。

我记得非常清楚，听完这个故事，我俩相对而立，哈哈大笑，高原阳光照耀在脸上，刺得两只眼睛不能同时睁开。

在西藏自治区驻内地一家干休所，我拜访了一位九十多岁的老西藏。他面容慈祥，靠滑轮支架行走，听力和口语都不错，我把自己的作品《阿里　阿里》双手递到他手里。他摸着四个大字，嘴角抽动，眼睛亮了一下。我说，中央医生，我来看你来了。他望着我，看了许久，脸上忽地腾起笑容。

那一刻，我有点控制不住自己的情绪，因为在不同场合听过他的故事和传说。他曾经在国民党部队服过役，新中国成立后不久，随一支中央医疗小分队从北京到阿里，原本援藏时间为一年，可工作需要，往后的几十年他都是在西藏度过的。由于长期在高海拔地区工作和生活，他的身体受到严重伤害，终身未娶，却抚养了多名孤儿。

第一次讨饭，实在有些难为情。那是从神山冈仁波钦下来，口干舌燥，肚子饿得咕咕叫。全身上下除了一根登山杖、一个空空如也的背包，连一个雪团都没有。正在我发愁怎样才能填饱肚子，走完后面的几十里夕阳土路时，发现几个藏族人正围在荒滩上吃肉干喝酥油茶。迟疑了一会儿，我还是走了过去，连比带画，问他们能不能卖一点食物给我。有人听懂了我的汉话，把一条风干的生羊腿递给我，还摇摆着手，意思是送给我的。我抱着讨来的生羊腿，面对高高的冈仁波钦雪峰，嚼得有滋有味。

往后，无论在寺庙还是村庄，藏西还是藏东，我经常能讨到饭吃。一位藏学专家对我说，藏族人的理念中乞讨与布施对等，这与宗教有着千丝万缕的联系。

我非常感念有机会接触公益慈善领域，特别是西藏公益慈善。我随志愿者一起四处走访，过县进村，救助大病儿童，将他们送进拉萨医院，送上去往内地的火车和飞机。回到内地，我把在西藏的所见所闻讲给众人听，尽微薄之力宣传西藏，得到了爱心人士的支持，有人因此走上援藏和支教之路，捐款捐物属于常事。有一次，我在西安讲座，一位老师当着听众说，几年以前，杜文娟脸上布满惆怅嫉恨，现在满脸都是温和友善。

这位老师的评价一点儿也不过分，西藏的确赐予我宽容和悲悯，这种变化以经历死亡和无常为代价。

人到中年，自然要思考过去展望未来，希望对前半生有个总结，对十余年行走西藏做个交代，我想用一部长篇小说来完成这个夙愿。要付诸行动了，才发现这一工程浩繁庞杂，掌握的素材只是冰山一角。

那位被当作笑谈的知识青年，是怎样来到西藏的，又是什么原因让他当了逃兵？九十多岁的中央医生，几十年间在西藏经历了什么？小说是一个民族的秘史，这段历史其实就是西藏和平解放六十多年的历史，这段恢宏的历史星空中，几代内地人在青藏高原如何生存？与藏文化藏民族发生了怎样的交融与碰撞？他们的命运如何？这便有了柳渡江和老白的形象，那个非正常女人南宫羽的身上，自然有我的影子。尽管是小说，虚构想象和感觉是主体，但历史背景必须严谨，细节一定得真实。为此，我查阅了大量资料，走访了众多学者专家、土生土长的西藏人，老西藏，藏二代、援藏工作者、边防军人，等等。随着走访的深入，我逐渐发现，生活和工作在雪域高原的人有着共同的品质，牧草样的生命，雪莲花般的精神，普通坚韧，生生不息，给人力量，使人坚强。

2014 年 11 月 26 日清晨，我洗澡沐浴，播放仓央嘉措的《那一天》，点燃藏香，开始了《红雪莲》的写作，前面数月写得比较顺利，越往后烦躁越重。我对一位鲁院同学说，什么时候写出好作品，心就安了。她说，你心安了，就写出好作品了。

还是没有支撑住，有好几次，我趴在沙发上，呼唤着离去的亲人，祈求他们保佑我写完这部作品。有一次去给学生讲课，我终于脱掉家居服穿上正装，走着走着，裙子莫名滑到胯部，赶紧找来别针收腰，讲到中途，再次滑落。一位熟人说，杜文娟咋搞的，瘦得都变形了。在药店买完药，顺便称了一下体重，发现不到九十斤。小说没写完，体重怎么就减了十多斤呢？不敢相信这是真的，但事实的确如此。

2017 年春节前两天，也就是腊月二十九的清晨，我将三十八万字的长篇小说《红雪莲》发给杂志编辑。我清楚地记得，点击发送键之后，我潸然泪下。

作者简介：杜文娟，中国作家协会会员，中国报告文学学会理事。著有长篇小说《红雪莲》《走向珠穆朗玛》、小说集《有梦相约》、长篇纪实文学《阿里 阿里》《苹果 苹果》《祥瑞草原》、散文集《绿雪》《天堂女孩》《杜鹃声声》、评论集《杜文娟作品赏析》十部作品。曾获第六届、第七届《中国作家》鄂尔多斯文学奖，《解放军文艺》双年度奖等。有作品被翻译成英文、哈萨克文、印地文、藏文等在国外出版，并多次参加国际书展。

永远的高跟鞋

伍佰下

周小燕快九十岁时，我见到她时不免纳闷。不仅仅是因为她脸上有五十岁的笑容，而是奇怪——有那么大年纪还穿高跟鞋的吗？

那是她生了一场病之后，在布置简洁的家里见人。她穿着一件白色羽绒服，脚踩着足有10厘米厚的高跟鞋——她在家里竟然也穿高跟鞋，据说不穿高跟鞋就不大会走路。这毛病是留学法国时得的，那么大年纪也改不了。

后来，年纪又往上爬了两格，她才间隔着穿改良的中式鞋，可是依然加一副小中跟。有一次，有个朋友送了她一双内增高鞋，比高跟鞋还"蹿个子"。看着自己矮小的身材一下子变得跟朋友一般高，先生兴奋得用胳膊圈住对方，得意地快走了两步。

我第一次见到周小燕，她就踩着那双鞋，滴笃滴笃，手挽着刚在布达佩斯国际声乐比赛中得了大奖的男中音张峰，和记者们自来熟地打招呼。抢在讷于说话的弟子前面，她把获奖故事、评委评语和对学生优缺点的了解，"针脚"绵密地连缀起来。"拜托大家，唱美声这个事还是很难，多帮帮张峰吧。"先生是谦和的，她的身子却笔直地杵在高跟鞋里。

其实，那以前我就听说她一条腿的腿骨中还打着钢钉，17厘米，硬是把两根碎骨接合在一起。可之后，不管是看戏、为国际声乐大师班开班，还是在家给学生上课，哪里有她，清脆的滴笃声便会在哪里响起。

最发噱的一次，是去她在上海复兴中路的家，旁听她给一位民歌演员上辅导课。门里歌声暂歇，先生把我们让进了门，自己却迟迟不进来。我好奇，跑到厨房门口，但见先生满面愁容，一手叉腰，一手提溜起正在桌上滴水的蔬菜。"冰箱坏了，这些菜，我弄不了，全拿出来了。"她对难教的学生有的是办法，面对着一堆烂菜却没了章法，高跟鞋插在淌满蔬菜汁水的地上，神色慌张得像个孩子。

几分钟后，一进客厅，琴声一响，她就忘了一切，脸上的纠结打开了，天使的笑容登场了，高跟鞋在擦得锃亮的地板上剪下长长的影子，随着调教的话音来回跳动。刹那，判然两个周小燕。

先生曾说，最遭难的那一段岁月，她不能不收敛了习惯。高跟鞋是要自己敲掉跟的，“啪啪”两下，成了一双平底鞋；唱片得扔到一个不平的地方踩了；书称斤卖掉或撕掉。后来风声渐松，先生开始带着学生把家里窗户蒙得严严实实，用留声机放歌剧选段。

我有时候会瞎琢磨——先生后来带着弟子征战国际声乐赛场，在恢复穿高跟鞋之后，就随性地穿高跟鞋，使劲地美给世界看，是不是要在穿鞋这件事儿上向失去的年华回敬一份不甘？

这些年，很多人把周小燕早年的黑白照片翻出来，想炒一炒她们生吞活剥的“民国范儿”。先生不太关心这个。从人生轨道来说，她跟那个时候连载小说里富家千金身上的病病歪歪和腻腻歪歪之间，并不具有多少关联。

她是那个以舍掉自己演员梦换取与学生相守一辈子的美声女教师；她是经常开晚饭了也不知道该准备多少菜的女主人（学生可以随意留下吃饭）；她是记不清多少次为家境困难的学生垫付学费，可转身拮据得连洗脸水都要积在铅桶里用来冲洗马桶的节俭女人；她是那个上课拖时间，可是学生一走就累得趴在沙发上再也起不来，却还要主动向学校申请“教到一百岁”的傻傻的先生。

高跟鞋上的周小燕，就是这样一步一个滴笃，用直挺的姿态走出来的了不得，却依旧不免人之常情的女人。

再说这样一个场景。她脚踩高跟鞋，滴笃滴笃，走上领奖台。在多次用“我不够格”来推挡荣誉提名之后，那天，她去领上海市“教育功臣”奖。身为银行家的女儿，她对数字的概念也是“了不得”的。发奖时，每位获奖者都得了个信封。周先生在后台暗道上悄悄抽出一看，是张“贰”字打头的支票，心中惊讶：这么多钱，这次来实的了。回家忙不迭给人打电话：2 万元奖金啊！怎么给那么多呀？对方大笑：都知道你是得了 20 万元奖金。周小燕翻出纸头左看右看，惊叫起来：“啊，20 万，真是 20 万啊！不行不行，像李国豪这些科学家，那些真有贡献的该拿。我不该拿这么多。”

至于先生在生活上马大哈的故事，则早已被好友编排了多次。她的丢三落四是“世界性的”。走到哪儿，她都微笑着跟这个那个打招呼，丢了包，落了围巾，没了眼镜。丈夫张骏祥生前给她起了个外号，叫“天女散花”。她一辈子的育人事业，又何尝不是在散花？

当然，还有幸运者得到了她的“鞋”，跟着她学会“走路”。穷学生廖昌永那年初到上海，下雨天舍不得穿母亲买的新鞋，打着赤脚从火车站跑到上海音乐学院。后来，这个光着脚走路的年轻人从穿高跟鞋的周先生那里得到了一双走得很远的“鞋”。她不仅给予爱，还有敲打。抱得国际声乐比赛金奖后，一次有个小镇请廖昌永去演出，临走时他被周小燕问起准备得如何，他随口答了句：没事，一个小地方。先生马上沉下脸：你唱给我听！听后叹口气道：“演出没有大小。随便唱唱，豁边（方言，过头）了吧？无论到哪里演出，都得对得起买票的观众。”这硬邦邦的敲打，像极了那不卑不亢、沉稳钉地的高跟鞋声。

当学生们大多穿上了适合自己人生的鞋，离一百岁越来越近的周先生却到了不能穿高跟鞋的时刻。

在所有纪念刷屏的时候，我不知道该用什么话来归总周先生的一生。高跟鞋是闪现在我脑海中的第一个意象。我几十次碰到她，先生最特别的标识，就是脚底那硬朗而又轻快的滴笃声。它硬硬朗朗地敲响在家、在教室、在剧院、在舞台的水门汀或地板上，钉地有力，歌唱有声。

看到过高跟鞋上一些自美其美者，慵懒着，张牙舞爪着。但高跟鞋上的周小燕，筋骨挺直着。这不单跟鞋有关，也指向了她人生的一种站姿。

我的眼神迷离于这样的画面，这或许就是几年前的一天，或许不久以后在天上，当她终于能走、能丢掉拐杖时，她像孩子般地大叫：“我又能穿高跟鞋了！”

作者简介：伍佰下，真名伍斌，“70后”，上海土生土长。上海作家协会理事，上海文艺评论家协会理事，担任《解放日报》“朝花”副刊主编多年，主编《上海的时光容器》《何妨静坐听雨》等散文合集。有十余万字散文、评论作品发表于全国主要报刊。曾获2014年度、2015年度中国报纸副刊年度散文精品一等奖，中国新闻奖，多届上海新闻奖一等奖。2018年出版的个人原创散文集《一平方米的城市》获得上海文化艺术基金资助。

信义平遥

苏雪依

一

已是黄昏了，火烧云烈烈地燃在屋顶，风趄来，云的衣梢被掀动，眨眼，云变成了一片红的海。

有些寂静，然而分明有什么在悸动。明天，赵易硕——某票号的少掌柜，将带着精挑细选的232名镖师远赴沙俄，去赎回分号王掌柜唯一的儿子王思平。他们望着天上的云，风钻进袖管，紧贴胳膊，有一丝凉意。他们深吸一口气，感到心也是凉凉的，又莫名涌起一股紧张的暖潮。

233名汉子，离开了古城平遥，将自己交给万里黄沙和不确定的命运。平遥的男女老幼望向他们背影的眼睛，多了一层潮意。

然而，生活还是要继续，日子总在前方不徐不疾地招手。发酵，拌曲，酿醋；蒸煮，除菌，做牛肉……婚丧嫁娶，衣食住行，平遥人在时光的磨洗中增添了几许皱纹，说话的嗓音也由高亢变成低醇。

终于，7个365天之后，王掌柜唯一的儿子王思平回来了。人们看到他孑然一人，身后拖着长长的忧伤的影子。他踉跄着爬上平遥城楼，张开双臂，让一腔泪水在低矮的天空簌簌而下。“天呀，我回来了，可只有我，回来了！”同样是如血的残云，同样是暮色初生的傍晚，可是境遇是多么不同！232名青壮的汉子，把魂儿丢在了万里之外的异国，只有他，王家的独苗儿，被这群汉子义无反顾地保了回来。他对不起他们呀，此后的人生情何以堪！

他仿佛听得到那些汉子轻声的话语：“我想家，我要回家，我要回平遥……”往事不可思，他无法想象他们遭遇了怎样的痛楚和折磨，而一腔义气终于将被称为北方之熊的俄罗斯人镇住了，同意放他南归，只要他们留下。

这当中的故事，是一段空白。因为过于揪心，似有意进行了省略。但这并不妨碍人们对远去汉子们的牵念。他们永远记着这些为义献身的勇士，将采用一种特定的方式，永恒地纪念他们。

这种方式，据说就是实景剧《又见平遥》。

二

平遥，很大程度上是信义之城。信义，成就了平遥，也成就了几百年屹立不倒威震中华的票号，使得它作为一种标格被传承下来，以至于现今人们说起平遥，首先竖起大拇指啧啧赞叹的便是票号。票号是平遥鲜活的血肉，平遥城则是票号的身躯。

陪我的导游叫苏木槿，是个花的名字。想象她的母亲在硬朗的四合院里、在九月柔情的花树下将她生下，她逐渐长成一个圆脸、睫毛卷曲的女孩。高跟鞋踩在南大街上，发出橐橐的声响，她边走边兴奋地说：这里可是中国的华尔街呢，当年聚集着全国百分之五十以上的金融机构！协同庆，蔚泰厚……它们都在这里开设总部，又将汇兑的触角伸到全国各地……她的眉毛微微挑起。这个打小在平遥城长大的女孩，生来就对故乡有着一种热爱。她的语速微快，像春天里的小喇叭，而那被岁月湮灭的票号，在这春日的清晨轻轻地拨开烟云，飘了过来。

我们来到日升昌票号的旧址。天东抹着一缕淡紫，四周一片静寂。人们仍微醺在梦中，等待清铃的日常节奏来唤醒。黑色廊坊立柱，黑门黑框，黑底金字，显出一种静默的盛大。180 年前的这个院落里，名叫李大全的东家和名叫雷履泰的掌柜一合计，将垄断京津颜料市场的“西裕成”颜料铺毅然改为了“日升昌”票号，从此，开启了中国最早的金融业务，创下一纸汇票汇通天下的奇迹。

我感觉李大全是个敢于放手颇讲信义的山西汉子。因为在记载中，这位东家把一切事务全权托付给了大掌柜雷履泰。在他的屋檐下，雷履泰完全是自由的，有着说一不二一手遮天的权势。他可以随意调遣人，把控全局，探幽析微，对一切业务作出处理。大全东家只负责在红木榻上抽抽烟斗，逗逗笼中的画眉鸟儿。事实证明，雷履泰也不负所望，倾注了他全部的才华和精力，与票号同发展、共壮大。可以说，日升昌票号如一枚新日冉冉升起的一刻，也是雷履泰平步青云的一刻，而他的抽身，也必会使票号陷入中天陨落的境地。

雷履泰——这李大全挑选的商界奇人断不肯闲着，他悉心研究票号——这新生事物，总是有毛茸茸的夹钳。他不断地思索，敢想、敢干，在一番调查研究后，创立了股份制、所有权与经营权分离制等一系列颇具现代企业性质的制度，后来成为全国票号遵从的制度典范。他为人厚道，总是先人后己，懂得舍得之理。于是，他首创的“平色余利”汇兑标准，在日升昌之后的发展中占了盈利额的四分之一。他又视票号的信誉如命，用“谨防假票冒取，勿忘细视书章”十二个字分别代表一年的十二个月，隔一段时间便换一次密押。这严格的保密制度相当奏效，在日升昌运营的一百多年历史上，竟然没有一次发生过被误领、冒认的现象，堪称奇迹。

我的视野中恍惚出现一个影子，那是一位衣衫褴褛的老太太。她端着一个破旧坑凹的碗，颤颤巍巍地来到日升昌票号门前。她相当不自信地叩了叩门，伙计们应声问她何事。她嗫嚅着，从兜里掏出一张包裹了好几层又脆又薄的汇票。伙计放到阳光下看了看，不禁惊讶地张大了嘴巴，快速跑到掌柜那里。没一会儿，掌柜来请老太太到院里，仔细询问这张汇票的来由。原来，这位老太太递给他们的是一张数额五千两同治七年的张家口分号汇票。光阴如梭，已经过去了三十年。三十年如梦似幻。老太太说，她的丈夫原先在张家口做皮货生意，后客死他乡。她苦煎苦熬，最终却沦为了乞丐。有一天，她收拾丈夫留下的唯一一件夹袄，发现了这张汇票，便抱着试试看的态度来到了这里。掌柜听完，二话没说，吩咐伙计如数给老太太兑换了银两。

事情传出去，人们唏嘘感叹。白云苍狗，人事沧桑，可是，总有“日升昌”票号伫立在那儿，给人们以心安，以及金钱的保证。从此，日升昌名声大振，客户更是络绎不绝。

“日丽中天万宝精华同耀彩，昇临福地八方辐辏独居奇。”一些精干的平遥人看到日升昌的创举，纷效其后，众多票号如雨后春笋般成立。蔚泰厚、天成亨、日新中、协同庆……一时形成了全国票号的“平遥帮”。有这样一个统计：咸丰十一年（1861 年），平遥的票号分号总数已经有 367 个，遍布全国 68 个城市和商埠重镇。而到了光绪年间，全国总共 51 家票号总部，有 22 家设在了平遥。平遥，这个小小的城镇，一度执掌中国金融界之牛耳！

票号的竞争其实相当残酷，看不见的硝烟在弥漫，在伙计们奔来跑去的步伐中，在噼噼啪啪的算盘声里，他们在暗暗较劲，都想震慑对手。可是，“夫商与士，异数而同心。故善商者，处财货之场，而修高洁之行，是故虽利而不污；善士者，引先王之径，而绝货利之轻，是故必名而有成。故利以义制，名以清修，恪守其业，天之鉴也。”不知哪位商人说过这段话，道出了票号们内心的想法——竞争，不仅是事业、气势之争，更重要的是诚信和品行之争。诚信倒了，票号也就完了。不乏见平遥史上票号惺惺相惜的例子：有一个票号，因为一些原因欠了另一家票号白银六万两，到后来却无力偿还了。这借方的掌柜便到贷方掌柜那里深深作了一个揖，说明情由，告知无力偿还的原因。贷方掌柜深惜同道之谊，又愿助其一把，便大手一挥，六万两白银的债务从此勾除。

很难说贷方掌柜此后不会获得丰厚的回报。借方从此必倾力而为，以便东山再起、涌泉相待。以君心换我心，以信取信，山西票号才能进入一种正常、有序的循环，才能开创票号百年不败的大业。

三

霞光渐次散去，旭日腾在了空中，洒下柔和温煦的光。我来到彼时最大的票号协同庆。几盏灯笼高挂在屋檐，显出端庄静雅之美。檐梢沾了金辉，衬着背后的蓝天，仿如一只巨鸟振翅欲飞。历史上，协同庆真的如一只翱翔天际的雄鹰，资本量和盈利额在当时都首屈一指。

一进院子连着一进院子，两边又有账房。每院前面，都有元宝形状的石瓮，既可防火，又有特定的含义。因为经常有驻外人员回总部处理事务，特辟了四院为其临时居住地。协同庆好像一张巨网，撒到海角天边，将大把的金钱捞了回来，所以它的金库号称“大清第一金库”。

这张网网罗的更是人才。人才在协同庆发展史上占据首屈一指的地位。王、米二东家颇不简单，他们把人才当成真正的摇钱树。像日升昌票号那样，这两位东家对掌柜们亦是赋予了全部信任。看看协同庆的门联：“众力聚英才，知人则哲；一心共天位，仰国之光。”正是因为名曰刘庆和的贫寒小子和年轻后生孟子元，以及后来几位总经理的倾力付出，协同庆才能从区区万金的小号一举成为遮蔽平遥一片天的大号，在历史上留下响当当的名声。

按照国人的观点，有人的地方便有争斗、便有不谐，协同庆如同它的名字，奇迹般地打破了人际关系的这个“魔咒”。前后一共七位总经理，始终团结一致，共谋发展。他们之间又互相举荐，招聘的伙友也是量才而用，知人而任。协同庆的氛围是友善的、美好的，以至不少人结为了亲家。

莫名地想起三国时的曹操，他虽被称为“奸雄”，但其手下荀彧、程昱、贾诩、徐庶等一干嘉士无不遵从其命，绕其团团转，原因也在于他对他们的不二信任。一个团体，内部团结了，信任有加，外部的一切险厄便会迎刃而解。

在协同庆金库的一面墙上，我看到光绪二十六年闰八月初九慈禧太后的口谕："一个协同庆票号，筹款支差，比得上山西藩司，也快比得上我大清户部了，余后应予奖叙。"

真的很难想象，在这座看似普通的宅院里，在这百余年前深幽的历史角落里，曾有过多么繁华的商业风景！嗒嗒的马蹄声清脆地敲响在地面，大珠小珠落玉盘的算盘上扬着激昂的旋律，风风火火的伙计们脸上洋溢着红彤彤的笑容。信任，扎就了繁华的根。

四

如果说平遥票号在行业展现的是一种"信"，那么，在面对民族和国家危难时，它展现出来的更是一种"义"——义薄云天，大义凛然，义不容辞。

光绪三年（1877 年），山西大旱，饿殍遍野，骨肉相食，形成了中国历史上的"丁丑奇荒"，1600 万居民中死亡数竟达 500 万。在这人寰绝厄的关头，协同庆拿出白银五十万两赈灾。一粒粮食，便象征着一条生命。那些饿得两眼昏花四肢无力的人们，一时看到了沙漠的绿洲和复生的希望。

相助老佛爷，更是将票号的"义"展现得淋漓尽致。

那是光绪二十六年（1900 年）的八月，大地蒸腾，八国联军卷起的硝烟已滚过通州，据说很快就要袭向北京。慈禧和光绪帝——这些龟缩在皇城享尽人间富贵的主儿吓得屁滚尿流，连夜扮作农妇农夫，悄悄逃出了京城。往哪里？山西！山西自古以来便是军事重地，东依千里太行，西附九曲黄河，南自银湖之畔，北迄长城脚下，对京师的拱卫作用不言而喻。慈禧一行慌慌张张地过昌平，经怀柔，驱大同……最后，来到了平遥城。一路上，他们受尽艰辛，颇为困顿，完全没有了皇家的气派和形象。他们来到平遥，平遥知县沈士嵘立即接旨，又传来乡绅宋梦槐和各商号的财东们接驾。日升昌、蔚泰厚、天成亨、百川通……几十家商号的大财东百十号人亲至洪善驿，听候西太后吩咐。

慈禧打量着平遥城，青砖灰瓦，四大街，八小街，七十二蚰蜒巷，人们在不温不火地生活着。酱梅肉、包皮面、握溜溜、猫耳朵、水煎包……各色小吃充斥着她的眼睛，陈醋的香味传来，使她不禁咽了一口口水。平遥的醋，早已有名，北魏的时候，贾思勰就在《齐民要术》中总结了 22 种制醋法，据说就是山西人的酿造方法。薄润的质地，茶清的颜色，平遥的醋托起的是美味的历史。还有牛肉，入口醇香，意味悠长。慈禧一时觉得这个小镇是一座天堂。她暂时忘却了八国联军要找她“算账”，乐滋滋地徜徉在平遥的大街小巷。哦，还有呢，你看马面敌楼那么坚实，高高的城墙那么稳固，瓮城闳闳地显出一股朴拙。两千多年前的尹吉甫真是有经世之才，他建造的城池，怎能像通州那样，被八国联军的炮火轻易地毁了？慈禧感觉心里很踏实，她暗暗舒了口气，深信山西是她坚实的堡垒，即使不再回京师，她照旧可以作威作福，过得逍遥自在。

慈禧在协同庆票号总经理赵德溥儿子赵鸿猷的院落里下榻。她很快入睡了，发出轻微的鼾声。等到醒来，她开始打起了票号的主意。一路所见，无不让久在皇宫的她感到震惊。票号之富庶、商业之繁荣使她产生了一种冲动，她叫来知县，提出要借银。

票号们很快凑足了银两，呈给慈禧。慈禧满意地睒了睒眼睛。

其实，她不知道，票号是最讲忠义的，莫说国家危重，两宫不济，就是出现了普通灾情，他们也绝不会坐视不管。他们竭慷慨之心，尽全身之力，为国分忧，在自身资金周转不善的情况下，也会把国家的利益放在第一位。

票号给慈禧留下了难以磨灭的深刻印象。她感激，并将这种感激上升到了政治层面。回宫后，她下达了一道旨令，要求在京开设票号的商人“刻（克）期来京，归复旧业，以便京民”。票号们打点行装，纷纷北上复业，又主动开展了庚子赔款的新债汇兑业务。

“庚子之乱，天子西巡，大局岌岌，各商停滞，而票商之持券兑现者，上海、汉口、山西各处云会雾急，幸赖各埠同心，至是之后，信用益彰，即洋行售货，首推票号银券最是取信，分布便放通国，名誉著放全球。”李宏龄的这段话彰显了票号的信义，也向我们展示了世界对山西票号的赞誉。

慈禧以亲身经历尝到了票号的甜头，她对票号的信任，使其与清政府有了斩不断的联系，票号由此发展到鼎盛阶段，并一度参与了经济命脉的把控。每当清政府又签订不平等条约赔款不能按时上解时，便会想到票号，请票号垫汇。交付票号承汇公款的省关骤然增加到 39 个，1894—1911 年，票号承汇的公款达 141864475 两，数额之大，令人瞠目。这些汇款大部分是汇往外国银行、票号，很大程度上充当了清廷的银行。

五

然而，扶也清廷，毁也清廷。渐渐地，清政府视票号的“义”为理所当然，开始吹胡子瞪眼，为所欲为地对其进行盘剥。

清政府摆开了蛮横、高高在上的架子。咸丰二年，蔚泰厚去向粮道倪某公关，回来讲述了自己的“冤屈”：当时，蔚泰厚为争得一点海运经费，托了王家佩老爷、钟大老爷和贾太爷三位地方上有头有脸的人物前去说情，没想到，“倪大人恼咱甚重，但提及‘蔚泰’二字大动其火……去岁倪二少爷进京，不知是何号要借银三百来两未付。及至粮道进京，二少爷告诉是向咱号借用，咱号未与，粮道知情大为生气……”。官家把票号当作自家银库，想借就借，借了却很难还款。票号成了一种权贵性的社会资本，一旦形势有变，便被抛开。后来，清政府又成立了户部银行、交通银行，对票号更是极尽褫夺，令人心寒。

如果你不相信，让我们来看一组数据，看看清政府——这至高无上的权力机构是如何滥用权力的：甲午战争以后，仅户部就向京城银号、票号借银 100 万两，在此后的息借商款中，仅银号、票号提供的贷款就占到了其总额的 10%。1911 年 12 月，仅度支部欠京师各票号的款项就达到了 700 多万两……名震华夏的票号，终于被它的“主子”送上了断头台。

写到这里，我不由得深深吸了一口气。在政府的无赖强势面前，再不断臻善自己的票号也无济于事。政府像一把锤头，轻轻一擂，票号便难以承受。

自然，票号败落还有很多其他原因，比如战乱对它的打击和破坏、民族资本主义损伤对它的连累等，但是，究其衰落的直接“导火索”，也是信义。

1914 年，辛亥革命已然取得胜利，受到冲击的祁县合盛元票号北京分庄涉案。与合盛元票号风雨同舟、和衷共济的日升昌票号北京分庄，为了维护其数十年的信誉，为它举债担保。没想到，合盛元北京分庄经理却消失无踪了。日升昌北京分庄随即遭到查封，总经理郭树外出躲避，财东李五典、李五峰被关押。11 月 12 日，已离号的原协理梁怀文为了救财东挺身而出，进京前往审判厅报到。日升昌票号被迫破产整顿。

日升昌，曾经，山西票号们跟随它冉冉而起，而今，它陨落了，山西票号也如同失了领头羊，慢慢陷入一蹶不振的境地，并整体性地退出了历史舞台。到了 1934 年，已彻底地见不到票号的影子。

六

“我本有情有义，忠信不二，广交天下，没承想，一朝风云俱变，华厦顿倾，风光难觅。可是，历史的烟云中，毕竟曾有过我的身影。在中华民族的几百年间，我赫赫地占据一席之地。谁敢说，现代金融业的繁荣没有票号的功绩呢？你看，《又见平遥》展现了我信义卓著的一面。你们不要为我悲，不要为我伤，我从容地走过，我不后悔，我骄傲。”

我仿佛听见票号化成了一个人，在这样轻轻地说。走在平遥古老的土地上，看着门檐依旧、院宅依旧，恍不知今夕何夕。

作者简介：苏雪依，中国作家协会会员。出版散文集《疏山梅影》《雪启轩窗》、散文诗集《明媚与绽放》。作品收录或转载于《小品文选刊》《作文·初中版》《中国年度散文》《中国精短美文精选》《当代中国爱情散文诗金典》《百年女性散文诗选》等。

我不认识铁岗村的人

王国华

一

我不认识铁岗村的人。

想到这里，我的心踏实下来。

我向往着每一个陌生。在每一个陌生的地方，看到不同的人，遇到不同的事儿。

铁岗村是我经常来的地方，建筑都很熟悉了，但走在这里，我不担心路上有人跟我打招呼：嗨，某某某，下午好。

那样我会手足无措。

我要求不高，只是像蚂蚁一样，碰触一下陌生的触角。也许什么意义都没有。一种下意识。

时不时就到铁岗村来一次，当然是因为离得近。

铁岗村是个城中村，在官方口径里，早改成了铁岗社区。附近的流塘村、布心村、河西村等，也都改成了流塘社区、布心社区、河西社区。“村”这个字只活在本地居民和早期移民口中。

和很多城中村一样，这里有大量的“握手楼”。楼间距太小了，从这座楼的窗户里伸出手去，可以握到另外一座楼里伸出的手。但大家都缩在自己的屋子里，你伸出一只手，不知另一只手在哪里。

在这些局促的、狭窄的巷道里交错时，你就会体会到什么是真正的擦肩而过。

每家每户能使用的土地有限。大家拼命向天空要土地，让楼房长到云霄中。

据说有些地方规定最高不能超过五层，但谁会规规矩矩地遵守呢？每层楼都是钱啊，把楼盖好，坐在家里数钱就好了。

那些租住者数着自己的日子向业主交租。他们忙得连握手的时间都没有。即使对面邻居忽然伸出手来，他们也只是瞟一眼，转头回去煮自己的饭。

他随手甩下的一滴水，落在我的头上。

一个人推着手推车从我旁边挤过去，上面轰轰烈烈地挂着各种药品。按常规，喇叭里应该响亮地喊着“老鼠药、蟑螂药，蟑螂不死我死”之类的话。而他，悄无声息，仿佛有什么心事。

早年间，这样的握手楼下都是污水横流、垃圾遍地，住在里面，毫无尊严可言。我看到的铁岗村，还有附近的几个村子，其实都算得上干净。城市越走越老练，从野蛮生长阶段的粗疏里缓过神儿来，就是所谓的精细化管理。

人，应该还是那些人吧？生活方式终究要有点儿变化。

没人逼着变，自己也要变。

二

我曾设想，在这个城中村里有一个好朋友。

他居住在某栋楼的三层或者四层。防盗门敞开着，房间里杂乱地摆放着电脑和画布，画布上是未完成的油画，电脑里是刚写完的一篇小说。四处弥漫着经久不散的烟雾，即使打开窗也明亮不了多少。他似乎跟明亮有仇，但某个阳光充裕的下午，他的客厅也会突然变得刺眼。

我经常出现在他的客厅里，和他一起喝茶、抽烟、谈诗歌，把自己微信上刚刚写完的诗翻出来读。对方闭眼听着，也可能根本没听，只是在闭目养神。

我们坐在一起，就是一首诗歌了。

他每天早晨要去楼下的“沙县小吃”点一个炖盅、一份煎饺，慢慢地吃完，之后可能在附近转一转，散散步。城中村真的没什么可转的，他要走出铁岗村，到附近的铁岗水库的绿道上去散步。绿道上一年四季鲜花盛开。跟北方不同，岭南的春天是落叶的季节，黄叶一夜之间铺满尘世，新芽和落叶无缝对接。

走在黄绿之间，他就避开城中村的市井与凡俗，在树枝随时会碰到头颅的道路上舒展自己的高贵，以及梦想。

假如我住在另外一座城市，一个千里之外的远方，想到深圳市宝安区西乡街道铁岗村有自己的一个朋友，深圳在我心里就会温暖起来。下了飞机，我会风尘仆仆地坐大巴赶赴这里，扔下行李，在他的洗手间里冲个凉，和他到楼下喝冰啤酒，吃地沟油炒出来的辣嗓子的湘菜或川菜，兴奋地谈诗，把自己微信上刚刚写完的诗翻出来读。对方则闭眼听着。

那几天，我们会每天访友逛景，忙忙碌碌，晚上回来就在“沙县小吃”凑合一顿。

离开时，我们会大喝一次。喝到兴奋处，也许会抱头痛哭。他问我什么时候还来，我说不知道。

以后的日子谁知道呢。一个平时很熟的朋友，昨天还在国外发微信，今天就传来噩耗，突发心梗离世了。

可是，我和朋友住得很近，我们就没有那么多话了。在楼下遇到，点点头过去，甚至视而不见。

人和人太熟悉，肉体长在一起。有时像手指，碰一下都疼；有时像头发，剪掉了也没什么。

想到这里，心里隐隐有些难受。

三

铁岗村真的有一个“沙县小吃”。在深圳的任何角落，都能找到“沙县小吃”。

小吃店里缺少太有特色的店主，比如长着大胡子的、虎背熊腰的、瘦小枯干的。每个店主差不多都是一个样子。我吃过这么多家，店主面目一律模糊，基本上就是一对年轻的夫妻，不胖不瘦，不高不矮，一两个在门前乱跑的大娃娃，身边跟着一个蹒跚走路的小娃娃。

铝制盆里的肉馅儿散发着新鲜的气息。肉馅儿那么细腻，细得像沙子。店主一年四季都在拌馅儿、捏饺子。我不怎么吃饺子，因为总是担心肉的来历。这年头……

我最爱他们家的“飘香拌面”。简单的一坨面，扔到锅里煮一下，捞出来，拌一点麻酱，再放一张生菜叶。菜叶是整整的一片，在滚水中烫一下就捞出来。这在北方人眼中是很不成熟的表现。菜嘛，总得经过刀劈斧剁、油煎水熬。广东人有“三天不吃青，两眼冒金星”之说。这个“青”，就是蔬菜，就是一片煮熟的菜叶。

人来人往的时候，老板显得跟顾客很熟的样子。来了？请坐。吃点什么？走啦，再来啊。

也有不怎么说话的，但眼神儿很亲切，仿佛一下子就认出你是他的亲人。

他不会记得每个人。如果我在街头跟他打招呼，他可能会发蒙，心说：这货谁啊，认错人了吧。

日本一个做“烧鸟”（类似于鸡肉烧烤）生意的店铺，顾客非常稳定，每天谁会来，什么时候来，有个基本的规律。似乎日本有很多这样的店铺。这跟日本的国民性格有关，执于一念。一段时间内，一个常客忽然不来了，那一定是他的生活发生了变故。店主去看望这位住院的常客，常客已经说不出话，认出他来，潸然落泪。

店主讲完这个故事，眼里亮晶晶的。

顾客和店主都有自己的生活，有自己的光阴需要消耗。每个人都是别人眼中的过客。

见上一面，第二天还是过客。

四

我经常用手机拍照。

我和身外的事物因此有了隐秘的联系，这样我就不会孤独。

所有的关系，都要有人主动去建立。

在铁岗村，我一般只拍视野的上半部分。镜头的下方太杂乱，谁都想见缝插针。汽车、树、垃圾箱、共享单车、市民晒的腊肠、店铺，以及摆在店铺门口的东西，像树根一样盘根错节，又有自己内在的规律。我从店铺门口经过时，随手拍照。店主用浓浓的粤式普通话发牢骚说：又来检查啊，没完没了的。

它们让我感到紧张。拥挤的画面，你怎么摆也摆不整齐，也躲不开。

我喜欢拍天空。天空其实是个背景。画面的主角可以是高楼的一角，可以是树上的一朵花、一堆花。干净，明亮。这才是世界该有的样子。

主角还可以是白云。深圳的天气真好啊，白云真多啊，即使下了雨，那些受伤的云彩晚上睡个觉，第二天醒来，又开开心心地出现了。他们不用为自己操心，一切自有蓝天安排。

把命运交到别人手里也是件不错的事。

每一个城中村都是一个自足的小社会。在这里，基本生活都解决了，可以在里面过一辈子。

城中村修建时，会刻意利用院墙、铁篱笆、河沟之类的障碍物，与外面隔开，成为一个独立的个体，颇似周星驰电影《功夫》里的猪笼城寨。

铁岗村一面是围墙，一面是臭水沟。臭水沟边上是高高的铁丝网，避免行人掉下去，也许是防止人们往里面丢垃圾。其实，里面已经布满垃圾。隔着那么高的铁丝网扔过去，很需要费点儿力气。几朵粉红的簕杜鹃趴在铁丝网上，兴高采烈地盛开着。

一面是临街的店铺。从外面路过，你看不出这是一个村子。你看到的是宽阔的马路，各种店铺和店铺里偶尔进出的人。你分不清谁是店主谁是顾客。大家都从容地做着自己的事，说着自己的话。

再走过去，有一个门，门口是个广场，门上写着“铁岗村”字样。里面又是一个广场，广场中心是水池。水池中间是凉亭，几块石板搭在水面上，走上去还有点儿九曲回廊的感觉。

这里相当于社区的中心。边上是一个名为康乐中心的建筑，几座小平房，其实是个居民活动站，有人在里面打牌，有人在坐着聊天。

广场周围是一圈树，浓荫下坐满了纳凉的人。

我得到的文字资料显示，铁岗村户籍人口三四百人，而这里的实际人数至少得有三四万，大量的外来人口淹没了本地人。

本村原住民比例最小，但是扎堆儿。坐在树下乘凉的时候，他们叽里呱啦说的粤语，才让你感觉到这是他们的地盘。

更多的人坐在条凳上，玩着自己的手机，互相说话的不多，像一排小鸟，站在电线上，各自叽喳着自己的心事。

风一吹来，他们的心事就被刮得漫天乱飞。你听不到，但你能看到。

我在这里溜达，每次见到的人都不一样，即使他们住在同一个屋檐下，上次是姐姐，这次是弟弟，下次可能是他们的邻居。

那些乌泱乌泱的人，杂乱无章，一条条小巷，一个大广场，沿着烈日指引的方向，在不同的路途上，像微小的蚂蚁一样转来转去，最后都能找到自己的家和亲人。他们的亲人也是转来转去的，最后也都找到了他们。多神奇啊，大家都不会迷路。

我是一个闯入者，一个外来的、跟他们毫无瓜葛的路人。在他们眼中，我是个陌生人，跟我眼中的他们一样。我看不到他们的悲欢，他们也看不到我的悲欢，我们都是陌生的。

我已没有激情主动结识他们，和他们成为知己。一个人这一辈子能认识几个人，结交几个朋友，也是有定数的。

五

铁岗村有很多熟人的痕迹。

一个叫“打铁”的文艺团体，会集了形形色色的人，漫画家、作家、诗人、编辑、公务员、演员、主持人等，是一个松散的民间文艺团体，在宝安区号称“小文联”。官方也认可了“小文联”，经常把一些文化项目交给他们做。深圳每年的文化例牌菜，“深圳读书月”“文博会”“创意十二月”等，都要组织一些文化活动，政府出资，由民间文化团体承办，既可为他们提供一些扶持资金，又省心省力，激发民间活力。

我跟打铁文艺社的人都很熟，也时不时和他们一起参加活动。

在铁岗村的墙上，我看到了他们的涂鸦。

一面又一面的墙上，画了好多画，花花绿绿的。有抽象派的，有写实的，有印象派的，在我这个外行看来，大概只有两个字可以概括：很好。

一面墙的后面，矗立着一棵枝叶繁茂的树。墙上画的是树干和树根，和墙内的枝叶成为一体。

广场围墙上的涂鸦是十二生肖，画成了 3D 效果。属虎的人，站在老虎前面拍个照，后面的老虎呼之欲出。属兔的站在兔画像前面，后面的兔子很羞涩的样子。

还有夜光漫画。晚上灯光暗淡，一幅画挂在黑夜的一面墙上，让走夜路的人心里一亮。

也有民间创作者不断参与进来。在低处，小孩子们会写上“某某是小王八”之类的话，作为整幅作品的一部分。

还有办证刻章的广告，黑黑的一个长条，大大方方地印在那些图画上，有点无厘头，却也使涂鸦更加丰满，有一种出人意料的效果。

这些涂鸦是政府扶持的文化项目，由打铁文艺社召集国内一线漫画家创作。据说铁岗社区要把这里打造成独特的文化景点。

经济好了，有闲钱做些闲事。

闲事好还是不好呢？应该是好吧！

对于铁岗村的大多数居民来说，这些漫画之有无，并无世俗意义。这不是他们的生活，超市、理发店才是，就像一个常年定居深圳的人，世界之窗和华侨城并不重要，楼下的“Seven-Eleven”店和沙县小吃才是日常。

打铁文艺社把这里做成了文化景点，一定会间接侵入居民的生活。

文化有立竿见影的效果吗？没有。但那些出出进进的人，他们目力所及就是这些涂鸦，久而久之，心思被熏染，思维也会受到影响。

这些原本陌生的东西，早晚会变成他们身体里的一部分。

如此说来，文化就有意义了。

六

听汪峰的歌《北京，北京》，有一种感觉：同为一线城市，北京有一种忧伤的气质。上海没有，深圳也没有。在火热的深圳，成千上万的人时时刻刻都在演绎自己的悲欢离合。他们的泪，他们的血，他们的爱恨情愁，没有忧伤做背景，瞬间都被抹掉了。

多年前，我一度梦想背着一把吉他到北京去做个流浪歌手。大学期间，我自己作词作曲的歌曲《五月花》获得了东北亚音乐台校园歌曲大赛的第二名。我要和一帮流浪的诗人、画家一起，在那个充满忧伤的城市里消耗自己的青春岁月。

可惜后来我没去成北京，而是来到深圳。

在这个没有忧伤的城市，我将度过自己的余生。

忧伤是从容的，要有几百年的酝酿，上千年的沉淀。一个几十年的城市，还不懂得忧伤。

我在深圳，在铁岗村只看到陌生。硬邦邦的陌生。

我想把这陌生，变成我能承受的忧伤。

铁岗村，是我走向忧伤的第一步。

作者简介：王国华，“70后”，河北阜城人，现居深圳。中国作家协会会员，深圳市杂文学会副会长。出版《谁比动物更凄凉》《书中风骨》等17部著作。曾获第八届深圳青年文学奖。

塞上，我的远方

曹蓉

远方有多远，“永远”那么远吗？我问自己。

在三毛的书里有一段话，是我很喜欢的。她说：远方有多远？请你，请你告诉我，到天涯海角，算不算远？问一问你的心，只要它答应，没有地方，是到不了的那么远。

总以为，远方很远，远到我们的视线无法丈量，远到一生可能都无法到达。三毛说，心有多远，远方有多远。其实，远方安住在心里。你想去远方，心里就有远方。你心里有远方，就能见到远方。三毛的远方在撒哈拉沙漠，我心里的远方在哪里呢？

塞上是我的远方。曾经在大唐的诗篇里，翻阅王之涣的黄河白云，翻阅王维的大漠孤烟，翻阅岑参的一川碎石；曾经在千古的风里，听过那一管思乡的笛音，伴随边关铁骑杂沓的嘶鸣与月光下幽怨的水声。

塞上于我很远，远到秦时汉时，远到千年万年，远到地老天荒的长寂和广袤无边。只是我不知道，原来我想要去的远方，一直安住在我的心里。我心即是远方，远方即是我心。只要我想见到远方，就能见到远方。我的心对自己说：“这是真的。”

这是真的。当我顶着六月发烫的太阳，站在寂寥无垠的苍穹下，戈壁在左边，草原在右边，黄河在白云之间，我开始相信，这不是一个遥远的梦。

我是真的来到了塞上，着一袭白色的长裙，披一肩长发，颈上戴一圈高原牛骨的项链，迎着高原的风，像古代的女子那样，穿行在大漠的千年古风里，圈点诗里的黄河和白云，圈点草原上的羊群和奔马，圈点戈壁上飞扬的黄沙和碎石，圈点贺兰山下睡着的王朝。

这就是我魂牵梦绕的地方，塞上银川，我的远方。

贺兰山下，大夏的太阳沉落了

黄昏，广袤的亘古长天，一抹千百年前某日的斜阳跌入苍茫大地，仿佛一顶至尊的皇冠沉落了，却又无声无息。远处狭长的山体层峦叠嶂、绵延横亘，像一袭龙袍加身的帝王躺在那里，血红的夕照呈现出一种逼人的王者之气，却难掩日落的萧索与苍凉。

这就是贺兰山吗？这就是岳飞发誓要踏破的“贺兰山阙”？难以置信，曾在岳飞的千千阕歌里反复吟唱的贺兰山，曾在历史上存在两百年又永远消失的西夏王朝，此刻，竟然就在我的眼前！

抬眼望去，它的东麓是一片荒凉沉寂的大地，布满粗砂和碎石，四处没有一棵草，连散落的羊群都看不见。唯有几处断墙颓垣，几座黄土夯堆裸露在四野，像几本发黄的绝版的史书被夕照晒在此处。如果不了解，我必误以为那不过是亿万万年前地壳运动冲积而成的土包土堆，完全不会联想到那里面埋葬的竟是显赫一时的大夏国的九位帝王。

西边正在进行一场盛大而热闹的演出，而东边的王陵在夕暮里寂寥而又安静，形成强烈的反差。躺在这里的帝王早已退出历史的舞台，脱去了华丽的龙袍和皇冠，剥去了头顶的光环和紫气，褪去了往昔的至尊与显赫，只剩下荒漠中几堆赤裸裸的黄土，与大地合为一体。曾经雄霸天下、傲然一世的这些帝王，已经无力挽留住昨日的江山，就像每日升起的太阳终要落下去，明天又将是新的太阳升起，照耀山河。只是，它不再属于大夏。

暮色里，茫茫四野，西夏王陵在斜阳下显得那样孤寂、那样落寞，仿佛被历史遗忘在那里。一种历史的苍凉和悲怆之感袭遍我的全身，那样锥心刺骨。即使整个世界都属于你，又怎样呢？

赤裸裸地来，赤裸裸地去，即便是帝王，也不例外，终究是自然的子民，最后终归尘土，逃脱不了尘埃落定的宿命。或许，这时的他们才是最真实的原貌。经历荣衰成败之后，他们就像参破世事的隐者退隐在此，不再担心失去王位和江山，不再计较前呼后拥的威仪和风光，心中的块垒与复仇的火焰也被时光磨平了。他们安然地坐在这贺兰山下，无论面前血雨腥风、铁蹄践踏，无论过往繁华热闹、尘嚣飞扬，幡动，心却不动，只是平和地看着岁月沧桑变化、世间几经浩劫。他们就像悟道的老僧，等着世人来坐参生死的妙谛。

迎着斜阳，我向三号陵走去。三号陵是正式立国的一代枭雄李元昊的陵寝。它是整个陵区帝王墓冢中最大的一座，一样被剥去了华贵的外衣，只剩下高而大的土堆，在夕阳的斜晖里泛着金黄的光晕，像埃及的金字塔那样裸露着，无言地在废墟上叹息一部消失的神秘历史。两百年，放在时间的长河里不过是匆匆一瞬，而对历史来说，建立一方霸业、巩固一方霸业却并不短暂和容易。李元昊亲自立国的大夏王朝，经历了整整两百年，竟在一夜之间，被蒙古大汗铁木真的铁蹄踏平。从此，大夏在历史上销声匿迹，连史书都不曾记载，只留下它神秘的文字，一个神秘的王朝背影，在贺兰山下。

我攀上土坡，站在李元昊的陵旁。这位征战南北立国称帝的大夏君王，曾经有多少人匍匐在他的脚下，如今不过是一个成为历史的老人。本来中国的历史上不会出现大夏，但是偏偏出现了一个李元昊。这位雄才大略生性勇毅的党项族首领的儿子，不愿向宋称臣，他要贺兰山，要宽阔的草原和无边的大漠，要逐水草而居的马背子民，要头顶上属于他的那轮太阳。

李元昊得到了他想要的一切。大宋终没有征服贺兰山麓善骑尚武的民族，岳飞最后也没能踏上这个“远方”。可是，李元昊要的太多，他太贪心，要去了他儿子心爱的美人，最后把性命断送在亲儿子的手上。他所要的疆土，两百年后也不复存在。他自己也成了一座土丘、一座荒冢。贺兰山还在，草原还在，大漠和黄河还在，无论我们要不要，山河亘古长存在那里，属于昨天和今天的每一个人。

太阳落下去了，沉落在贺兰山下。大夏的帝王结束了他们全部的历史，但毕竟坐拥过昨天的霸业与江山，毕竟有过一场又一场光荣的出征、一次又一次骁勇的激战。残照里，看那贺兰山麓九座帝王的陵冢，静静不语，穆然地见证着那一段湮灭的王朝历史。

一个女人的地老天荒

我原本以为贺兰山岩画只在博物馆里陈列，像祖先的化石那样，被宝贝地珍藏在箧中，当我们走在峡谷中，两旁岩壁千仞，左手是岩画，右手是岩画，才发现那古老神秘的岩画已在贺兰山展览了几千年，一直大大方方地被太阳晒在那里。

清凉的溪水从峡谷间潺潺流出，我提裙蹚水而过，踩着远古的碎石上了山崖。终于能亲手触摸青色的贺兰山石上原始的岩画，而不用在博物馆里隔着玻璃窗看那些拓片。光裸的岩石上一幅幅古朴抽象、粗犷生动的动物和人的画像，都是远古先民们创作的文化图腾。看着它们，我惊讶不已。在生命最初的石器时代，没有金属，没有笔，更没有调色板和颜料，那个年代的人是怎样在岩上作画的？他们是怎样描摹动物的追逐和他们围猎的场景的？

“他们是用石头刻画的。”解说员说。

“是什么石头呢？为什么那些岩画没有被风化？”我问。

解说员迟疑了一下，摇摇头：“这要问在岩上绘画的人了。”或许看到了我失望的表情，她又用一种斩钉截铁的语气回答：“那种石头不是一般的石头。”她是一个年轻的女子，她扑闪的大眼睛似乎在说，那石头是祖先打造的用来绘画的石器。

又是一个千古之谜。我想起清溪里很多奇异的紫色石头，远古先民会不会是用它们磨砺成“画笔”？不然，为什么有的岩画至今五彩斑斓，没有褪色？

细看岩石上深凿的一幅幅图案，线条极为简洁、流畅，几笔勾画，一气呵成。虽然看上去很古怪、很夸张，却极富想象力。鸟儿的飞翔，动物的奔跑，男人女人的交欢，都是那么生动鲜活，记载着先民们自然崇拜、图腾崇拜、祖先崇拜、生殖崇拜的文化信仰。这是一方自由的乐园啊！远古的人应该是最杰出的艺术家和哲学家，他们用最简单的线条记刻他们最快乐的生活，告诉我们这些自以为聪明却日益复杂的现代人，生命原本简单，简单才是生命的实相。复杂让人类进入文明，有时却让我们痛苦不堪。唯有简单，返璞归真，才能得到永恒的快乐，像石头一样不朽。

解说员指着高高的崖壁上的一方岩石，说那只在博物馆里看到的“手”就在上面。

是真的吗？我兴奋起来，不敢相信自己眼前所见到的。那是一个史前女人的手印，是贺兰山岩画中著名的一幅。先前在博物馆参观时，那只手给我留下了深刻的印象。当我将自己的手隔着冰凉的玻璃和那女人的手印贴在一起的刹那，仿佛时空倒回到久远的从前，我好像能感觉到那纤细的手指，那手上白皙的皮肤和温度，甚至能闻到她身上披挂的树叶所散发的清香。

此刻，那只手深深地嵌在岩石上，我仿佛伸手可及。

“她的年龄有多大？”抬眼望着岩上的手印，我很好奇。

“可能十七八岁吧。”解说员回答我。

她的手看上去很美，我想那应该是十七八岁女子的玉手。那么，这个十七八岁的女子是什么样子的呢？我猜想她是一个容貌姣好的美人，有一双像溪水一样清澈的明眸，长长的秀发如瀑布披散下来，随风飞扬。她的颈上应该戴着一圈花环，古铜色的小蛮腰上系着长长的藤蔓，穿着细草编成的短裙。我似乎看见她赤足穿过落英缤纷、杂花生树的草甸，轻盈地走在有如一卷《诗经》的河洲。那某个年代的某位男子已在岸边等候，迎接他的静女。她羞涩地把手给男子牵着，十指紧扣，他们一起向对岸涉水而去。我恍若看见她小鸟依人的模样，那双冰凉的小手被男人的大手握着、暖着。我忽然想：千百年前，千百年后，世上幸福的女人，都是被这样爱着、宠着吧！

“为什么她要留下手印呢？”我又忍不住发问。

“她要向心上人证明她的爱永远不变。”这位大眼睛的解说员用不容置疑的口吻说，好像她与那个远古时代的女子心灵相通。也可能她正经历着甜蜜的爱情，所以给了我一个浪漫的解释。

我愿意相信，这是一个最古老也最美丽的解释。

我想，那会是一个有月光的古老的晚上，那个十七八岁的女子踏月而来。没有箫，没有铜管，男子用树上的叶子做笛为她吹奏。深情的笛音悠悠扬扬，伴着峡谷的风，轻轻诉说着男子生生世世的爱恋。就在那月色如水的夜里，在屹立了亿万年的贺兰山上，多情的女子在坚硬的岩石上留下了永远的手印，用特别而古老的方式，向心爱的男人表达一个女人地老天荒的爱情。

“永远”是什么？永远就是从地老到天荒，从前世到今生，从刹那到永恒，永远就是几千年、几万年后“永远”还在。十七八岁女子的手印，让我相信世上仍有“永远”的爱情。女子虽已不在，但她把亘古永恒的爱情留在了石上，留给了后来的我们，继续着永远。

我从溪里捡起一块紫色石子，举起右手，贴在亿万年的岩石上，庄重地画下我的手印。我希望也有一份地老天荒的爱情，直到永远。

收集荒凉

天下美景不能一个人占尽，做人不能太贪心。人在旅途，我们随时面临取舍，尽管每一处风景都难以放弃，却必须做出选择。这就是人生。

在沙湖和西部影城两者之间，我毫不犹豫地选择去西部影城。这意味着我放弃了那片蓝蓝的湖水，那片水上的芦苇丛和翩飞的鸥鹭，而选择了荒凉。

其实，那片大西北上的荒凉，一直在我心中种植了很久很久。在岑参那里，在王昌龄那里，在王之涣那里，我认识了荒凉。从此，那边塞遥远的荒凉成为我心里的向往之地。后来，有一天，一位高而帅的西北汉子在不经意中走进了一片无人的旷野。当他穿过镇北堡北边的树林时，两座废墟古堡闯入他的视线。斜阳照在空寂的黄土地上，断垣颓墙上斑斑驳驳的千疮百孔、累累伤痕，呈现出历史的苍凉和悲壮景象。他被强烈地震撼了。厚厚的黄土，坍塌的废堡，他感觉像美国西部影片中的场景，却更具中国西部的韵味，原始而粗犷，古旧而沧桑。他以智慧的眼光发现了这片荒凉，又亲手“制造”了这片荒凉，“出卖”了这片荒凉。《牧马人》《红高粱》《黄河谣》等许多中国电影都是从这里走向世界的，这就是张贤亮，这位当年震动中国文坛“触电”下海的作家亲手打造的原汁原味的“荒凉”影像。从他的镇北堡西部影视城，我又认识了被“出卖”的荒凉，对那片荒凉也更加渴望和向往。

我做出了此行中最不后悔的决定——选择荒凉。

走进镇北堡西部影视城，我能够体会张贤亮发现荒凉时的“震撼”，因为我同样被它的荒凉所震撼。这是两座明清兵营废墟上修建的土城堡，被称为“土围子”。所有的土墙、房屋、院落、作坊都是用土夯筑起来的，屋顶盖上茅草便成了“茅屋”。远远望去，开阔干裂的荒野，满目苍凉。残墙上的旌旗在阳光下飘动，干枯的树布满沧桑，却顽强地伸向蓝色的长天。龙门客栈外的马车和草料还放在那里，兵营里的刀剑枪戟排列着，仿佛正等着一场出征；“酒神”的酒坊依然放着几大坛“红高粱”，仿佛还散发着浓烈的酒香。我情不自禁地抱起一坛酒，想学学男人们的畅快和豪气。在这里，一切归于原始，归于古朴，归于镇北堡雄浑和粗犷、悲凉和残旧的景象。

残阳斜照，一层层染红了广阔无际的天空，成为古堡最自然的一幅布景。这是一个月亮刚刚上来的傍晚。我攀上一座土坡，来到了“月亮门”。这座用土坯夯筑的“月亮门”，是电影《红高粱》中最美的艺术镜头。姜文曾在这“月亮门”前送过“九儿”巩俐。十八里坡的相送，红高粱地里的欢爱，已成为经典的画面。

妹妹你大胆地往前走
往前走　莫回呀头
通天的大路　九千九百
九千九百九呀

我听见那粗犷沙哑的歌声传来，自十八里坡，月亮门下。我恍若变成了穿着大红袄的“九儿”，一直往前走，不觉中走进了“九儿”的洞房。

这是北方的四合农家院落，“九儿”的洞房还是最初的模样，披红挂彩。墙上大红的“喜”字仍那样鲜艳，床上大红的棉被依旧充满喜气，仿佛热闹的婚礼还在继续。

洞房里旧式的方桌两旁是两张旧式的木椅，新郎在左，新娘在右。我坐在“九儿”坐过的椅上，仿佛自己就是新娘。姜文为“九儿”揭开红盖头的瞬间，“九儿”应该是红高粱地里最幸福的女人吧？镇北堡成就了“我爷爷”和“我奶奶”，成就了电影《红高粱》，也成就了张艺谋、巩俐和姜文，而那片原汁原味的荒凉，又成就了镇北堡，成就了张贤亮。

转过一道土坎，踏着碎石路，我进了城门。这是一条古旧的长街，仿佛镜头一下子切换到了古典的“唐城”和“宋城”。经过古老的街市里巷，看见夕阳晚风中飞扬的酒旗店招，我恍惚走进了古代，走进了金庸的小说，像武侠片中的白衣女侠，去寻找龙门客栈的江湖豪杰。

在一座挂着脸谱的城门前，同行的朋友告诉我，《大话西游》就是在这里拍摄的。他忽然神情严肃地对我说：“曾经有一份真诚的爱情摆在我的面前，但是我没有珍惜，等到失去的时候，才后悔莫及。尘世中最痛苦的事莫过于此。如果可以给我一个机会再来一次，我会对那个女孩子说，我爱你。如果非要给这份爱加上一个期限，我希望是一万年。”

他吓了我一跳。怎么突然跟我来一段表白？仔细回味，似乎耳熟，不由哑然失笑。

我想起来了。这是《大话西游》中至尊宝对紫霞仙子说的那段最经典的话。朋友背诵这段台词时很动情。此刻，晚霞满天，斜倚夕照中的黄土高坡，面对广袤荒凉的旷野，我不禁心生感动。

尘世中最痛苦的是爱情，最美的也是爱情。经历爱情的痛苦之后，才会懂得珍惜。爱到天长地久，爱到千年万年，神仙眷侣都如此，何况我们尘世中的芸芸众生？

荒凉不是什么都没有，它是天地永恒的烙印，它是生命亘古长存的见证，它是历经沧桑后真爱永在的记刻。

在都督府里，我拜访了“出卖”荒凉的主人——张贤亮。他穿着薄凉的短袖唐装从里间走出来，高而帅气，一脸笑容。尽管脸上已布满岁月的沧桑，像夕照下苍凉的黄土，我仍然能看出他年轻时英俊的模样，感受到他不老的活力和激情。

我对他说：“您出卖荒凉，我来收集荒凉。”

他爽朗地笑了，对我说：“我用四个字阐释荒凉的含义：衰而不败。”

荒凉不是荒芜，荒凉中有着历史的厚重、文化的底蕴，有着生命的粗放和大喜大悲。这强烈的黄土味和苍凉感，应该也是西部所特有的生命力吧。

只是，让人扼腕叹息的是，“出卖”荒凉的人已经不在，逝者已矣，但那片美丽的荒凉是永恒的，那用土坯夯筑的“月亮门”前，一个作家默默眺望荒凉的身影，在月光中自成一道绝世独立的永恒风景。

大漠有爱

“我们真是到了腾格里沙漠吗？”站在中卫沙坡头高高的沙丘上，仿佛做梦一般，我怀疑地问身旁的朋友。

“当然。我肯定。”他说话的语气斩钉截铁，像来过多少回似的。其实，他是第一次来这里。

面对蓝天下茫茫万顷的沙海，面对沙海上缓缓行走的骆驼，我开始相信。许多年前曾经来过沙漠的女子，那个曾经赤足在沙上走来走去的我，如今又再次踏沙而行。

沙漠刚下了一场雨，头顶的太阳虽然灿烂，却温柔了许多。

双脚踩在沙上也不觉太烫，头枕着沙仿佛睡在软绵绵有些湿润的沙床上。没有风，听不见鸣沙的钟磬之声震彻耳鼓；没有风，看不见风沙飞扬卷起一川碎石满地翻滚。原来大漠不仅是粗狂、猛烈的，它也有温柔、安静的一面。

阳光将沙漠切割成层次分明线条流畅的波峰浪谷。有波，却不闻波涛击打海岸的节拍；有浪，却不见浪花高卷的激溅；有海，却不见一只帆影。浩瀚的沙海风平浪静，邈远孤绝，仿佛什么也没有发生，什么也没有留下。

亿载之前，若我来到这里，这里该是一望无际的黛蓝的海。我会听见亿万年前波涛阵阵的声音，会看到浪花翻卷的涌动。我是什么呢？台湾的张晓风说，她是海底的三叶虫，会溺死于那片黛蓝。我不做三叶虫，不要溺死，就让我做一尾金色的小鱼吧，在那片黛蓝里，寻找我未来的伴，我们一起自由地遨游，渡向我们爱的港湾，夜夜喁喁耳语。亿载之后，海枯了，石烂了，这里变成荒凉无垠的沙漠，沙漠埋葬了我前世的爱情。可是，我深信，我的爱还在沙海深处，不会被太阳晒死，不会让黄沙风干，一如我相信死在沙漠的骆驼和其他的动物，它们曾经有过生命的欢鸣和奔狂，死去的只是它们的肉体，它们的爱痕还在，像化石一般凝固。

我忽然明白三毛为什么痴迷于在撒哈拉沙漠捡骆驼的尸骨。因为她拾起的是一具曾经鲜活的生命，曾经有爱的生命，它曾在八荒六合的空间里有过一场情奔。那些动物身上包含着人类的爱情。

总有些什么应该留下来，总有些爱是我们的前世今生吧！

“你是风儿我是沙，缠缠绵绵绕天涯……”我和朋友们大声唱着琼瑶的歌，在沙坡上打滚，满头满脸都是沙，衣袖也灌满了沙，却满不在乎地望着对方大笑。我们好像全都疯了。在生命应该纵情的时候，就让我们无忧无虑地疯狂一回吧，回到最初的纯真、最简单的快乐。

沙上嵌着我们深深浅浅的脚印，堆积着我们用庄严的心情砌成的沙堆，那是我们筑起的城堡。我知道，一阵风吹来，所有的脚印、沙堆，还有我们童话里的城堡，都会被风沙抹去，了无痕迹。

在我们走后，谁能相信我们曾经来过？谁会看到我们留下的足痕和堆积的梦？谁又能相信亿万年前这里曾是一片大海，海底还有两尾找寻对方终于交会的小鱼？

不是什么也留不下，只要有爱，爱就会留下来。大漠已把经过的一切生命的爱痕和欢悦一一珍藏起来。我用手指在沙上庄重地写下四个字：大漠有爱。即使风沙将吹散我的字迹，但曾经在沙漠里经过的人和一切足痕，必然有某种联系吧。

即使风沙带走了一切，岁月还在，大地还在，我的爱仍然在寻找那一个“永远”。

作者简介：曹蓉，笔名水湄，成都人。中国作家协会会员，四川省作家协会全委会委员，成都市武侯区作家协会副主席，巴金文学院签约作家，成都市文学院签约作家，中国散文学会会员，中国散文研究所西北大学特邀研究员，四川人民出版社《西部旅游》杂志社原副总编。出版的散文集《流浪的云》《月亮的鞭子》，分别获“海内外散文传播奖”和“四川文学奖”；长篇传记文学《我是中国人——雪源大师传奇》《大道恩威——薛永新传奇》《薛永新传》《高道李真果》，被誉为“具有深厚传统文化意义和文化底蕴的传记力作”；长篇小说《栀子花开》，被誉为“中国式《廊桥遗梦》”；散文集《赴一场人神之恋的爱情》，被誉为“诗化的唯美散文”。

她比傅雷更不应该被忘记

李银昭

一

不应该不知道傅雷。

爱好文学的人，大都读过傅雷翻译的《约翰·克利斯朵夫》，这部获得诺贝尔文学奖的作品达到了世界文学的顶峰。还有傅雷翻译的伏尔泰、巴尔扎克。

喜欢美术的人，大都读过傅雷写的《世界美术名作二十讲》。这部完稿于一九三四年有关美术的著作，在大学里，被列为美术本科、硕士、博士生的必读书籍。

研究音乐的人，大都读过傅雷写的《独一无二的莫扎特》《贝多芬的作品及其精神》。他对这两位大师的论述，难有人企及。还有傅雷关于肖邦、关于古典音乐的一系列论著。

如果文学、美术、音乐都没能让我们了解傅雷，那我们不论是为人子、为人女，还是为人父、为人母，都有必要细读《傅雷家书》，这是一部最好的艺术学徒修养读物，也是一部充满着父爱的苦心孤诣、呕心沥血的教子篇。如果我们根本就不打算读，那也不妨花上一包烟钱、一支口红钱，给我们的家人、后人买一本。不是每个人的书都值得细读，傅雷的值得。不是每个人的书都值得家传，傅雷的值得。

说这么多，大家记住了傅雷，但这并不是我写下这些文字的目的。

是的，此刻我说的是另外一个人，要记住的也是另外一个人。这个人与前面说的一切都有关系，这个人已经被我们忘记很久很久了，被我们很多很多人忘记了。

这个人就是朱梅馥。

说出她的名字，不少人都会觉得陌生。她就是傅雷的妻子，傅聪、傅敏的母亲。

著名大学者钱钟书的夫人杨绛先生说："梅馥不仅是温柔的妻子、慈爱的母亲、沙龙里的漂亮夫人，不仅是非常能干的主妇，一身承担了大大小小、里里外外的杂务，让傅雷专心工作，她还是傅雷的秘书，为他做卡片、抄稿子、接待不速之客。傅雷如果没有这样的好后勤、好助手，他的工作至少也得打三四成的折扣吧。"

傅敏评价妈妈来得更直接："她是无名英雄，没有妈妈，就没有傅雷。"

二

台历又翻过一页。2015年大年初二是阳历2月20日，崭新的一天到来时，我猛然想起一个人，今天是这个人的102岁诞辰。这个人就是朱梅馥，一个平凡的女人，一个安静的女人，一个我们怎么也不能忘记的女人。

朱梅馥于1913年2月20日出生于上海南汇县城，在上海教会学校读完初中和高中，她的纤纤长指能把贝多芬的《命运交响曲》弹奏得如行云流水。19岁时，她在上海与从法国归来的表哥傅雷结为伉俪。1966年9月3日，在他们的住所，上海江苏路284弄5号，他们双双含冤自缢身亡。

这篇怀念的文章，本应是写给傅雷的。

在20世纪80年代，20岁出头的我对知识正处于如饥似渴的年龄。傅雷是我最喜欢的作家之一，不论是他翻译的作品，还是他写的有关音乐、美术、文学的散文、评论，我都收藏并细读，尤其是众人皆知的那本《傅雷家书》，在我人生的每一个阶段，每一次阅读，都会有不同的感受和收获。傅雷对人类所有艺术的感知和独到的见解，使我对他的才华无比敬仰，尤其是他和夫人朱梅馥在家中"宁愿站着死，不愿跪着生"的自缢壮举，如一块磐石，多年来一直堵压在我的心头。直到今天，只要是逛书店，一看见傅雷的作品或有关傅雷的书籍，我都会轻轻地抚摸、翻阅，即使不买，心里也会感到亲切。但是，本应写给傅雷的这篇文章，我还是要写给朱梅馥。

记得第一次到上海，我去寻找朱梅馥和傅雷的故居。当我站在上海江苏路他们的旧居门前时，平时不太引人注意的朱梅馥，在我的脑海里渐渐清晰起来，我总觉得眼前这栋旧式的小楼里，当年进进出出、上上下下的主角就是朱梅馥。才女和贤妻良母朱梅馥，不论是哪本书、哪篇文章，在傅家三男子的故事里，她总是若隐若现，如画幅上的底色，如音乐里的伴奏，永远都是傅雷故事的配角。也许我们都错了：我们习惯于赞美傲立于山巅的青松，却忘记了撑起松树的厚实的山体；我们习惯于捡拾海滩上的贝壳珍珠，却忘记了沙滩和大海；我们习惯于赞美春天的花朵，却忘记了润生百花竞开的阳光雨露。朱梅馥就是傅雷三父子脚下的山体、背后的海滩、春天的阳光雨露。

知道了上海这栋小楼里曾发生的故事后，每次想起那个可怕的夜晚，我心里都会隐隐作痛。想象中，我无数次地去还原当时的情景。当黑暗笼罩整个上海，作为妻子的朱梅馥是怎样陪在丈夫身旁？怎样铺平纸张，看着丈夫留下遗书？怎样将53.5元作为他们死后的火葬费装入一个小信封？传统文人傅雷通晓古今，多年来陶醉在艺术里，陶醉在人类一切的善和美里，畅饮着艺术和善的醇酒。在眼前的动荡和邪恶的劫波中，傅雷清醒地知道，刚正不阿的性格注定他脚下的路只有一条，那就是如嵇康、文天祥般慷慨赴义、凛然成仁。但傅雷要完成人生最后这艰难的一跃，需要的是前行的勇气和力量，而这种勇气和力量，只有信仰和爱才能给予。黑夜中，朱梅馥用理解、用支持、用来自血液里的欣赏和来自骨子里的爱跟随在丈夫的身后，安静地陪伴着丈夫写遗书，在那几页遗书的文字里，看不到他们对这个世界半点的不满和抱怨，有的只是平静地交代死后事：房租的支付、保姆生活费的供给、亲戚寄存在家的东西被抄走应付的赔偿，甚至都没忘记在楼板上铺上棉絮和床单，以免自缢后他们的身体倒地时发出声响惊扰了楼下的人。后来，有人写文章说，朱梅馥夫妇干净了一生，最后的死更是干净得让全世界震惊。什么是中国传统文人的高贵？什么是中国传统女性的优雅？那就是傅雷的离去，那就是朱梅馥一生的安静和最后的跟随。从这个角度来看，傅雷的选择，傅雷的弃我们而去，是走向完美、走向理想、走向人生的盛宴，是完成他崇尚的文格与人格的完美统一。这样的统一，随着时间的推移，会更显光泽，会让后人更加赞赏和敬仰。在朱梅馥的陪伴下，丈夫踏着“广陵散”的节奏，在“安魂曲”的旋律里，完成了他不得不选择的一跃，跃进理想的天国、精神的天国。就在傅雷走后两个小时，朱梅馥也自缢身亡。

上海最黑暗的那个夜晚，傅雷走了，英雄辞世，孤立无援的朱梅馥是怎样度过丈夫走后的这两个小时的？望着身体渐渐变凉的丈夫，她在想些什么？她都做了些什么？她是怎样撕开床单，结成绞索？她将头伸进绞索的勇气和力量是从哪里来的？她离开这个世界，最后看见的是什么？最后听到的是什么？但愿她看见的是那盆红红的月季花，但愿她听到的是舒缓的小夜曲。丈夫前行，有妻子做伴，而作为妻子的朱梅馥呢？只有残灯做伴、瘦影相随。朱梅馥是人妻，可她更是人母，她还有两个优秀的儿子，一个在北京，一个在伦敦。一个母亲，要做出舍下儿子、独步黄泉、与这个世界决绝的选择，内心要经历怎样的煎熬，需要多大的勇气？可是，朱梅馥就是丢下一个儿子，又丢下一个儿子，孤独、勇敢地随丈夫去成仁赴义。

“士可杀，不可辱”，是这个民族的忠烈之士自古以来的自勉和人们对他们的褒奖之词，多指那些侠肝义胆的英雄男儿。朱梅馥这个只想种花、听音乐、画画、做家庭主妇的“活菩萨”般的善良女人，何以承受一个时代的不幸、民族的苦难？因此，将这句话赠予梅馥，已属名副其实，实至名归。朱梅馥如一朵莲花，出淤泥，破污水，盛开在上海的夏夜里，绽放在时间的长河里。

“存者且偷生，死者长已矣。”从此，一家四口，阴阳两界。朱梅馥一家的遭遇，是那个时代中国知识分子命运的一个缩影。就在他们居住的那条街上，年仅30岁的女天才钢琴家顾圣婴不堪侮辱，也含冤离世。远在北京的诗人陈梦家，在同一个晚上，用的也是绞索，了结了他55岁的人生。在朱梅馥夫妇自缢的现场，取下他们遗体的民警左安民说，在他管辖的这片地段，500多户人家，有200多户被抄家，自杀的文化人几乎每天都有。一个文化人的自缢，自缢的是一个人，残害的是一个家庭；一群文化人的自缢，自缢的是一个国家的文化，扼杀的是一个民族的文明。

不堪回首的往事，已成为历史。这段历史，是存放在国家档案里的一张苦脸，而朱梅馥就是这张苦脸皱褶里的一滴清泪。

这样情怀的女子，现在还有吗？值得让这样情怀的女子去爱的男子，现在还有吗？

三

她本平凡、安静，就像她的名字一样。我食言写傅雷的文章，却先写了朱梅馥，就是因为在今天的上海、今天的中国，没有多少人知道她了，她更没能像当年上海滩如杨绛、张爱玲、林徽因那样，至今还被人们不断地提念。滚滚黄浦江，朱梅馥就像一滴清雨滴入，被一江的黄水黄沙湮没，然而清雨必是从高空飞落，就是埋入黄沙，她也是带着晶莹剔透而去。

朱梅馥贤惠美丽有才华，受过良好的现代教育，她不只通晓英语，还文笔流畅优美，是个知性的民国女子。她还能写一手漂亮的毛笔字，傅雷的很多书稿都是她一笔一画地抄下来的，笔迹端正娟秀。她在傅雷工作之余，坐在钢琴旁，一首肖邦或莫扎特的钢琴曲从她的指尖流出，会使整个小楼弥漫在雅致、温馨、恬静的氛围里。傅雷创作不畅的时候，朱梅馥就成了他倾诉的对象，成了他厘清文思的土壤和创作灵感的源泉。在写给傅聪的一封家书中，傅雷这样说：“我经常和你妈妈谈天说地，对人生、政治、艺术、各种问题发表各种感想，往往使我在不知不觉中将自己的思想整理出小小的头绪来。单就这一点来说，你妈妈对我确实大有帮助。”

上海滩这个知性的旗袍女子朱梅馥，她只想做个家庭主妇，相夫教子。丈夫喜欢喝咖啡，朱梅馥就为他泡咖啡，丈夫喜欢鲜花，朱梅馥就在院子里种上玫瑰、月季。每逢花季，院子里满是花香，一些高朋好友如著名艺术家刘海粟、黄宾虹，著名作家施蛰存、柯灵、楼适夷、钱钟书、杨绛等围坐在此赏花品茗。每到此时，朱梅馥总是退隐到后面去，继续做她的家庭主妇，或是收拾房间，或是照看孩子。傅聪出国后，朱梅馥就靠给儿子写家书来倾诉母子之情、排遣思念之情。在《傅雷家书》里，就收录了几十封朱梅馥这个时期写给傅聪的家书。

朱梅馥的胸襟如大海一般宽广，她还有一大特点，凡事尽力以丈夫的喜好为喜好，因为爱一个男人，就是尊重他的内心。傅雷在法国留学的四年里，法国女郎玛德琳与傅雷相识相爱，如胶似漆，并到了傅雷要和朱梅馥退婚的地步。退婚信写好后，傅雷没勇气寄出，就托当时在法国的著名画家刘海粟寄，刘海粟比傅雷大十多岁，看出了傅雷和玛德琳之间的文化差异等问题，就将退婚信扣压没有寄往上海。后来傅雷回国，就和朱梅馥在上海完婚。婚后，傅雷又一次遇上了类似的事。朱梅馥总是顾全大局，在给儿子傅聪的信中，朱梅馥这么说：“婚后因为他脾气急躁，大大小小的折磨终是难免的，不过我们的感情还是那么融洽，那么牢固。我虽不智，天性懦弱，可是靠了我的耐性，对他无形中或大或小有些帮助，这是我觉得可以骄傲的，可以安慰的。”

傅雷的好友周朝桢说：“像梅馥这样的人，我一生从未见过第二人。用上海人的话讲，她是阿弥陀佛，活菩萨。她受的是西方的教育，听音乐、看书画、读英文小说都起劲，但性格却完全是旧社会那种一点没有文化的贤妻良母式的典型。”

朱梅馥和丈夫，一个才华横溢、风骨傲然，一个知书识礼、温柔善良。他们的心中装满温良恭俭让，装满知识、真理、宽容和善良。他们沉浸在翻译、阅读、写作里，沉浸在音乐、美术、文学里。他们只想去感知和传播真善、真美、真艺术。今之视昔，朱梅馥夫妇，在老上海，是浊世的一对人中之鹤，他们不为同流而活，他们只为拔高而生，他们干净地走过上海的老街，优雅、直立的身影给后世一种非凡之美的印象，他们把人的高贵和卓然留给了上海。

时间是最好的老师，它会让人看清善恶、明辨是非，它会教人遗弃什么、记住什么。从朱梅馥的一生，我们看到了女性天赋谦恭、温顺的被动品质，这种品质让她们内心宁静。这种宁静，可以把狂暴野性驯化成精致的温柔。这种温柔，在必要的节点上会转化为强大的力量，那就是女性比男性更纯美、更高洁、更宽厚、更有一往无前的牺牲精神，就像朱梅馥喜欢的那句话，“不义而富且贵，于我如浮云”。

傅雷夫妇的故事，使我现在每到上海，不会急着去浦东领略东方明珠的神采，也不急着去南京路寻找十里洋场的旧迹，而是一定要去江苏路284弄5号院。只要一说起上海，我就会想起朱梅馥和傅雷。只有来到她们居住过的这弄旧式建筑前，我才感觉自己到了上海。

偌大的上海，曾放不下傅雷的一张书桌，也曾放不下朱梅馥的一张灶台、一盆月季花。

著名学者施蛰存在《纪念傅雷》的文章中这样说：“朱梅馥的同归于尽，却是我想象不到的。”

然而，“想象不到的”事发生了，比起那些想象得到的事来，朱梅馥更加了不起、更加伟大。

朱梅馥的一切，让很多人都没有想到，从离世到现在，半个世纪过去了，她的高贵和优雅一点儿也未远去。我相信，再过半个世纪，人们还会想起她。朱梅馥和丈夫自缢而去的那栋小楼里的人性之光、爱情之光、正义之光，还将照亮上海一百年。

中华民族，朱梅馥是集这个民族女性美德的一个典范。延续了几千年的中国传统女性美，在朱梅馥这里画上了一个长长的休止符、一个重重的惊叹号！朱梅馥与傅雷的爱情故事，是继梁祝、白蛇传、天仙配、孟姜女之后的中国第五大爱情悲剧故事、第五大民间传说！

朱梅馥是上海一百年的痛，永远的痛！

作者简介：李银昭，四川大学文新学院研究生，冰心散文奖获得者，曾服役于原成都军区战旗话剧团，现任四川经济日报社社长、总编辑。在《美文》《四川文学》《青年作家》发表散文、小说百余万字，先后20多次获国家、省级文学、新闻奖。

敬畏七里香

魏田田

我虽然在陕西南部安康出生长大，但对安康了解甚少，尤其是安康的旅游景点，虽然去了一次又一次，却没什么特别的印象。三年前，突然在陕西人民广播电台听到我母亲在“把安康带回家”的主题广播中演绎香溪洞的含义，着实吃了一惊。母亲在广播里声情并茂地说：香溪洞有三层含义，“香”是指美丽的野花“七里香”。它是香溪洞独有的野花，藤蔓婆娑，花朵洁白如雪，四月盛开，如瀑如溪，清雅芬芳，无花能比。“溪”是指山谷里的潺潺小溪，因为七里香的花朵撒满溪流，它成了香溪。“洞”是指八仙修行的洞府。母亲说，香溪洞是名副其实的洞天福地，走一遭就会有一份福气。这个演绎勾起我的思乡之情。在外漂泊的人，大约最经不起的就是这类煽情演绎。

今年四月，我终于有幸亲历七里香盛开。那是一个天气晴好的周末的下午，我怀着满心虔敬缓缓走上香溪洞人行步道，去朝拜我久久渴慕的七里香——漫山遍野的七里香几乎染白了一条山谷。如此天然！如此洁白！如此婀娜多姿！如此广袤繁盛！如此夺人魂魄！哦，天啊，这是怎样的一种奇观，怎样的一种天然美景啊！

我站在步道栏杆边，大口大口地吮吸着它的芬芳，恨不得将它的芬芳全部吸入心里。

啊，安康的七里香，我家乡的花儿啊！ 世界上再没有哪种花儿，可以开得这样恣意繁盛！世界上再没有哪种花儿，可以开得这样洁白无瑕！世界上再没有哪种花儿，能够播撒如此清雅、如此沁人心脾的芬芳！世界上再没有哪种花儿，让我感觉如此亲近，近得犹如我的生命之花！

一路走一路看，看不够，爱不够。我突然发现，七里香虽然是藤蔓植物，却有一种蓬勃向上的凌然气势——它的根扎在悬崖间、石缝里，如钢如铁；它的枝蔓攀附在大树上，节节向上，竟然压倒了一棵一棵的大树，形成朵朵硕大的蘑菇云，并向四周辐射，人们只见雪白的花儿千朵万朵压枝低，却看不见树的模样。那树，有的在它的缠绕下可怜地喘息，有的气息奄奄，有的干脆枯萎了。我突然对七里香产生了敬畏之情。面对这蓬蓬勃勃的生命，我想起它的幼苗不过是一点紫红色的小芽，因为是野花，无人培育，也无人呵护，一年四季，风霜雨雪严相逼，它却在野地里顽强地、一点一点地长大，最后在自然界争得了一席之地。它虽然没有伟岸的身躯，但它漫山遍野生长，不管土地多么贫瘠、山崖多么陡峭，它都能深深扎下根去，蓬蓬勃勃地生长，并用凌然向上的姿态昭示自己的存在；它虽然不是名贵的花儿，在花卉词典里也找不到它的位置，但它却征服了每一个见过它芳容的人。我深信：凡是领略过安康七里香蓬勃气势的人，都忘不了它顽强向上的意志和精神；凡是看见过安康七里香美丽姿容的人，都无法忘记她漫山遍野的洁白；凡是闻过安康七里香花香的人，都会永远记住那超凡脱俗的芬芳！

我整理衣装，庄严肃立，对七里香顶礼膜拜。

我突然想起自己人生中的许多失败，是不是因为缺了七里香这种岩峰里扎根、风雨里向上的精神？是不是缺了它那压倒一切的气势？是不是缺了它那洁白无染的纯粹？是不是缺了它那与世无争却又绝世而独立的芳魂？

我想，答案是肯定的。

亲近了故乡的土地，结识了故乡的野花七里香，我顿悟了！

我告诫自己：在今后的日子里，我当以七里香的顽强意志和拼搏精神去战胜人生道路上的种种坎坷；在纷繁的尘世里，我当用七里香一样洁白无瑕的精神去驱除生活里的尘埃；在漫长的人生里，无论生活怎么样，我当记住，我站立的地方就是我的根基。我应当回归，不再去流浪，不再做无根的浮萍。我当如七里香一样，在故乡的土地上，深深地扎下根去，茁壮地成长起来！长成七里香的模样，飘散七里香一样的芬芳。

作者简介：魏田田，"80后"作家，中国散文学会会员，陕西省作家协会会员，西北大学首届青年作家高研班学员。现供职于陕西省安康市人社局劳动监察支队。出版长篇小说《朝圣》、小说散文集《去那有光的地方》。在《中国文化报》《特区文学》《延河》《西北文学》《陕西省文化艺术报》《汉江文艺》《安康日报》《香溪》等报刊发表作品多篇（部）。诗歌《我走在平利的土地上·外一首》获安康日报与平利县文联联合举办的"美丽乡村"征文大赛诗歌类二等奖；纪实散文《爱情助力他脱贫致富》获安康市文联"文艺助力扶贫攻坚"主题征文大奖赛一等奖；短篇小说《夜来香》获首届"中国丝路文化大奖赛"小说二等奖。

晚霞中的洞里萨湖

何鸿

威尔·杜兰特曾在《世界文明史》中写道："文明就像一条筑有河岸的河流。河流中流淌的鲜血，是人们相互残杀、偷窃、争斗的结果，这些通常都是史学家所记录的内容。而他们没有注意的是：在河岸上，人们建立家园，相亲相爱，养育子女，歌唱，谱写诗歌……

当我从亚兰—波贝边境口岸进入吴哥文明与高棉历史交融的柬埔寨，近距离感受浑黄而宁静的洞里萨湖时，杜兰特关于文明史内涵的这段话，一直在我脑海里如浪涛一般翻滚沉浮。

暹粒旅游公司的大巴车顶着午后火辣炽热的阳光，在柬埔寨西部的乡村公路上疾驰。道路两旁是连绵不断的绿色雨林和沿路搭建的破旧木屋。不到两个小时，大巴车停在了一个河岸码头上。

"是暹粒河？"看着眼前陈旧的一切，我问才从泰柬边境线上接收我们这个旅游团的柬埔寨导游。他个子不高，穿长裤和短袖衬衣，圆脸上长着青春痘，说着一口流利的广东腔普通话。

"这条河就如你们中国的黄河一样的，是我们高棉民族的母亲河……"他的声音温和有力，与人交谈时显得有些腼腆，却又不卑不亢。

"洞里萨湖？"有人打断他的话，抢着说出。大家笑起来，他也跟着笑了，带着点儿忧郁。

和大伙儿渐渐熟悉后，他也打开话匣，讲起了自己的家史。他介绍自己全名为陈敦有，外祖母是中国福建人。陈敦有今年27岁，父母在内战中双双死去。经族亲资助，他们五个兄弟姐妹都完成了基础学业。陈敦有讲，现在柬埔寨的很多家族还留有一些源自中国的传统，比如传家谱和讲字辈。他们家族里近几代字辈就是用的"荣""华""贵""有"四个字。陈敦有这一辈，就是"有"字辈。

这是古老的柬埔寨大地上一个寻常的黄昏。远处天空缓缓西坠的一轮夕阳，在洞里萨湖裹挟着大量泥沙的平缓河面和两岸焦土之间，铺下安静而神秘的粼粼金光。

河床并不宽阔，在码头近岸，几只撑起篷布的船只零落地停靠着。裸露的黄土岸后，是一大片绿得发黑的密林；密林外的河岸近处，有几间有人居住的屋宅。其实，它根本算不上“屋”，那不过是临时搭建、勉强遮风雨的毡布木棚而已。棚前有赤脚的孩子抱着比他更小的、光着身子的幼儿，衣着简素的年轻母亲抬头张望河上往来的船只，手里摘着为晚餐准备的绿色青菜。

陈敦有带我们登上一艘等待已久的单层游船。这种在我们国内几乎已经淘汰的老式游船，船头需要人撑篙避礁，船尾需要人驾驶掌舵。一路上，船尾的柴油机发出突突突突的猛烈声响。经过一片树林时，发动机停下来，游船安静地向前滑行。在两岸红树林的拥簇下，洞里萨湖显得越发寂静而空旷。远处的湖面被广袤的丛林完全遮挡，不知道怎么惊飞了一群白翅的鹭鸟，低低地掠过河岸，飞向了更深更远的密林之中。

陈敦有站在船头，不时地帮着船家撑几下竹篙，避开水中的巨石。我坐在游客位置的最前面，愣愣地盯看远方的湖面和船头劈开的浑黄浪涛。帮着撑船的，还有两个皮肤棕黄、十一二岁的男孩儿。孩子们和陈敦有安静友好地轻声说笑着，不时用数米长的竹篙撑抵土岸，让船身顺利行进。河床渐宽，也就不用撑篙了。男孩们在船头席地而坐。为了防晒，我一直纱巾围头、戴着墨镜。个子小一点儿的男孩突然微笑着转过身来，像招呼邻居家每天一起玩耍的伙伴一样，朝着我扇动双手，似乎与我有个秘密而有趣的约定。

习惯的矜持与揣度过后，我突然意识到他可能是在向我招手。是我吗？于我来说，确实有点儿难以置信——大家一起上船不到一刻钟，还没有开口说出一句话啊！我迟疑地扫了一下眼角两侧，甚至扭头望了一下身后，意识到男孩儿确实是在招呼我。带着一种难以名状的欣喜与荣誉感，我把自己的包推给同伴，从座位上站起身来，走向他俩站立的船头。船头空间有限，我谨慎地倚靠在舱门处，望向洞里萨湖上灿若油画的晚霞。

见我起身出舱，船家男孩转向船行的前方，背对着我，也不和我说话。不一会儿，他俩像泥鳅一样，嗖嗖地从我身前钻到身后的铁梯处，往两米高的舱顶上爬。在那片逆射而来的金色光晕中，我吃惊地望着他俩像水蛇般灵活的身姿很快成为披着光环的剪影，在空中向我挥舞着双臂。我看懂了，他们是让我跟他们一样，爬到舱棚顶去。迎着那依然炫目的夕阳之光，我发出似乎期待已久的无虑微笑。在这片陌生而寂静的晚霞之下，我感觉自己凄然的生命竟然有了别样的意趣和生机。我变得跟这湖上的孩子一样单纯而勇敢，双手握着铁梯一步步爬上了舱顶。

舱顶果然视野开阔。洞里萨湖深处，看不到尽头的红树林，林里走着的男人，林边滑翔而过的鸟儿和林间隐约的人家……在舱顶前沿，俩孩子都打着赤脚，穿着已经洗不出颜色的长袖衬衫和半长裤。黑亮的短发在风中飞舞，棱角分明的脸庞始终带着浅笑，露出一小溜洁白的牙齿。他俩偶有交谈，也不时扭头照看一下我的安稳。我力图学着他们的姿势，也悬坐在舱顶铁栏杆上。然而船身总是在摇晃，我也抓握不紧，身子总是左右摇摆。于是，他俩咧嘴笑着，一左一右牵握着我的两只胳臂，我们三人一起坐在被晚霞镀上一层金色的顶棚上。

这下子，我坐在了一般游人上不去的游船最高处，可以自在地张望整个湖面了。在洞里萨湖黄昏的风中，我和两个柬埔寨孩子久久地并排坐着，没有语言的交流，也不需要语言的交流。我一遍一遍地看着那些在晚霞中迎面而来、擦舷而过、次第靠近河岸等待交易的船家和渔夫，看着一座座随波轻摇的水上船屋屋廊间忙着生火做饭或者就着湖水为婴儿洗澡的女人们。

“快看，一条蟒蛇！”舱里有人惊呼。湖面上不知何时冒出一只独木船，突突地快速靠近我们的游船。我探头一看，那船尾掌控柴油发动机的是一位中年女人，船舱中紧挨着坐着一个浑身脏兮兮的男童和一个女童，都只有四五岁的模样。女童小小的肩上负着一条比她手臂还粗的绿纹蟒蛇。她吃力地举起两手将蛇头和蛇尾托高，眼巴巴地抬眼望着我们这条船上的人们，似乎在期待着什么。男童两手分别拿着两罐铝皮饮料，似乎要兜售，又不像。

陈敦有介绍说，在洞里萨湖，到处是这样漂泊在水上的母亲和孩子，而父亲总是在湖岸上打点儿短工或者到更远的水域捕鱼。他们是一群被柬埔寨社会边缘化的人，是最底层的柬埔寨人，更多的是战争之后留下的越南难民。他们被限制出行，甚至不能上岸，生活也没有多少保障，吃喝拉撒全在一条船上，生活艰辛，活动范围极为有限。

山河依旧，人间沧桑。谁又能保证，这孕育了人类历史上璀璨耀眼的吴哥文明的河流，不会再掀起生灵涂炭、战争残杀的骇涛巨浪？

霎时，我眼眶滚热。为了掩饰，我低下头去张罗着，想给小船里的孩子扔点有用的东西，却意识到自己的包还在舱里，衣裤兜里除了手机什么都没有。装着蟒蛇的独木船跟着游船好一程水路，不少游客趴在船舷上向那个狭窄而黑脏的船舱中扔去面包、薯片和一些钱币。独木船逡巡一阵后，载着那对孩童茫然的眼神渐渐远去。

望着船上人家越来越小的背影，我不由地想到身边有着四分之一中国血统的导游陈敦有。本应青春飞扬的他，因为父母在战争中早早逝去，过早地品尝到世间的悲凉与残酷。

让人欣慰的是，战争的烟云早已散去。人们赖以生存的母亲河，虽然暂时水质浑浊、条件恶劣，可是毕竟没有了战乱的恐惧，这些衣鞋破烂、生活艰难的大人和孩子，能够每天捕鱼、种菜、放牛，甚至读书……每个人都带着服从命运的从容微笑，面对世间的一切。眼前的洞里萨湖上空的漫天晚霞，寂静无声，却壮阔无比。

作者简介：何鸿，重庆青年作家。作品《高原之源》《洞里萨湖的晚霞》《渝江炉火》《拓荒者》《一角书屋》等在《文艺报》《人民周刊》《啄木鸟》《红岩》《海燕》《中华文学》《大地文学》《知音》《重庆晚报》等报刊发表。著有长篇小说《大西迁》。曾获多项文学奖项。

逝者如斯

万华伟

爷爷走了，那是个肃杀的秋日。风乍起，满地零落的枯叶，在寂寂的黄昏里，蝴蝶一般飞舞。

爷爷离去的前夜，我就有心灵感应。夜里，我辗转难眠，恍惚之中，好像有人在低声唤我的乳名。我惊诧莫名，一时间，怅然若失。挨到天亮，就接到了爷爷离世的噩耗。

我泪落如雨，不敢相信，那个曾经如山一般的身影，突然间就倒下了！急急赶回家中，我长跪在爷爷面前，紧紧攥着他的手。这是一双写满了沧桑的手，枯槁苍白，青筋条条绽出，像无声蜷伏在手背的蚯蚓。曾经，这双抱我在怀的手，那么粗大有力；这双摩挲我头顶的手，那么慈爱温厚……这双无私地给予我爱与温暖的手，此刻却僵硬冰凉，这异样的感觉让我心痛如锥。二十多年来，我从不曾这样紧紧握过爷爷的手，我为此羞愧难当，是我疏忽了陪伴我度过童年、给予我无限关爱的与我血脉相连的亲人！

秋雨沥沥，老屋前的台阶湿漉漉的，雾气弥漫上来，漫过门前高大的槐树，漫过老旧的门槛，漫过挂在泥墙上的蓑笠，一点一点渗透到我的心里。

爷爷是个古旧的人，喜欢穿长衫，制作的蓑衣也略长，和他那件长夹袄正相配。在我小小的心里，他穿上蓑衣的样子，威风凛凛，有侠士风范。蓑衣两只宽大的蝴蝶袖张开着，像鸟的翅膀，斗笠恰又平添了一份神秘。遇上下雨的日子，爷爷总是急急忙忙穿蓑戴笠，房前屋后，来回地遮盖来不及抢进来的东西：刚收的麦子啦，散着芳香的草垛啦，爸爸的自行车啦……我在屋里翘首以待，侠士的身影快如闪电，只听见塑料布呼啦啦响，爷爷的脚步声从这头响到那头。终于，侠士卸下了他的“铠甲”，挂在墙上，雨水顺着衣摆往下滴，地上一会儿就一大片濡湿。我巴巴地守在旁边，心里升腾起小小的愿望：要是能拥有一件这样的“铠甲”，到雨中冲锋陷阵，该多神气呀！爷爷似乎看出了我的心思，等天放晴，就把屋后棕树上长着的褐色棕衣一块块剥下来，又一块一块铺在门板上。我跟着爷爷亦步亦趋，生怕漏掉一个细节。爷爷粗大的手十分灵巧，先把细麻线穿进针眼，再一行行地纳，前襟，后块，宽大的蝴蝶袖。这样的衣服不用扣子，爷爷搓了麻绳相系。我像得了宝物，一上身，人就胖了许多，像一只小刺猬，逗得爷爷开怀大笑。

深秋时，树叶落了一地，爷爷更加忙碌了。为了补贴家用，每天他都挑着两个箩筐走村串户地收废品，一个筐里装着牙膏皮、破凉鞋等杂物，一个筐里装着一个大玻璃瓶，里面是菱形的姜糖。一杆自制的小秤，只有筷子般长短，却精致实用。秤的每颗星子都是用铜丝镶进去的，小巧而亮闪闪的秤盘是纯铜的，小小的秤砣用一根细细的麻绳穿着。你不用怀疑秤的准度，爷爷已经反复比较核对，和家里那杆供村里人称粮称豆的大秤一样精准。爷爷熬制的姜糖很香，村里大人小孩都喜欢。

一阵秋雨一阵寒，晚秋的风有些刮脸了。连续多日的走乡串村，让爷爷的脸糙得扎手。每天，我守在门口，直到暮色四合，爷爷才挑着担，步履蹒跚地回来。两个筐子里的废品倒出来，满院子都是。爷爷把玻璃瓶里剩下的几颗姜糖赏给我，我用舌头细细地舔着，香香甜甜的滋味，让我觉得那个秋天格外醉人。爷爷坐在门槛上，心满意足地看着我，悠悠地吐一口烟，烟雾就一圈圈漫过爷爷头顶，飘向远方。

如果碰上阴雨连绵的日子，潮气大了，屋里连桌椅都要长霉。院墙上的牵牛花开始疯长，迅速爬满墙壁，爬出这个季节最后的妖娆。这时，爷爷就在家自制烟叶。一把铡刀架在旁边，爷爷把晒干的大烟叶片切得细细的，再用一个大布袋收好，吊在床侧。爷爷有一根铜烟袋，烟锅经常在门槛上敲打，锅口都变得坑坑洼洼了。爷爷把烟丝装进烟锅里，按得紧实，点燃一根火柴，猛抽几口，那火星就晕开了，呛人的烟味直往屋里窜。接着，奶奶的咳嗽就一声紧似一声。

水乡的夜晚，总是那样潮湿和闷热。爷爷拎上一桶水，泼在地上压压暑气，再把竹床搬到院里，点燃蚊香。一缕异香四处弥散，躁动的夜便安宁下来。爷爷轻摇竹扇，丝丝凉意随着树影摇曳。我躺在竹床上，望着那繁星点点的夜空，看月亮一点点地移动。

我问："爷爷，月亮上面怎么有影子啊？"

"那是一棵桂花树。"

"树下好像有个人，是干什么的？"

"他叫吴刚，在砍桂花树。"

"桂花树倒了怎么办？"

"不会的。那是神树，今天砍一点，明天就还原了。"

星空慢慢变得邈远，桂花树模糊了，我在香甜的梦里分明见到了那个叫吴刚的神仙。

行走在异乡的天空，童年的梦境总停留在那片土地上，随机播放。四季安然轮回，虫鸣蛙唱起落声声。一直，爷爷是唯一的主角。

插秧时节，奶奶牵着我走在窄窄的田埂上，给地里劳作的爷爷送饭。田埂边的野花开得不管不顾，蜂儿蝶儿上下蹁跹。我喜欢蹑手蹑脚地走近，轻轻抓住蝴蝶的两只翅膀，再快速地把它放进玻璃瓶里。这样淘气的把戏，常常会受到爷爷的警告，让我别糟蹋小生灵。说完，爷爷会在秧田旁的水沟里洗净手，摸摸我的小脑瓜，再拿起筷，端起碗，有滋有味地吃起来。暖风微醺，他的大手摩挲我头顶的时候，我感觉那温度像庄稼的汁液和泥土的温度，传到了我的血液，流进了我的灵魂。

因为爷爷，我总是觉得，无论我在哪里，我都是农民的子孙，与泥土一脉相连。爷爷是一把庄稼好手，新插的秧苗整整齐齐的，像一排排严谨的诗行。与其说爷爷是在种庄稼，不如说他是在用粗糙的双手在大地上绘制一幅优美的田园风光，而劳动的光荣与收获的喜悦就荡漾在他深深的皱纹里。

趁着歇息半晌的功夫，爷爷捉了田里的鳝鱼、泥鳅、甲鱼、乌龟让我带回家。待奶奶做完晚饭，爷爷就把甲鱼、乌龟糊上一层厚厚的稀泥，扔进尚有余烬的炉灶中。爷爷乐呵呵地说，晚上宵夜吃。我那时嘴馋，恨不能一口吞下，就不时问爷爷：“好了没有？”爷爷总是微微一笑，说：“等会儿，等会儿。”

月上柳梢时，煤油灯的火苗渐渐黯淡。想吃的东西一时半会儿也进不了口，我便和小伙伴们在打谷场上疯玩。印象中，那时的月亮好大、好圆。一望无际的原野，那么辽阔，那天地相连的远方是怎样的？我总想，可总也想不明白。

月亮渐渐升高，爷爷苍老的声音响起，从巷口，一直传到谷场上。我故意不吭声，躲在草垛里。情急之下，爷爷大喊一声“甲鱼烧好了”，馋嘴猫一样的我立马就蹦了出来。爷爷牵着我的小手来到灶房，用火钳夹出熟透的甲鱼、乌龟，除去焦枯的泥，一股肉香扑鼻而来。爷爷把甲壳撕开，去掉内脏，蘸上酱油、醋，一口一口地喂给我吃。那鲜美的滋味，至今还留在我的舌尖。

味蕾是有记忆的，在这个飘雪的冬天，我格外想念故乡的冬和只属于爷爷的味道。

当大雪覆盖乡村，屋檐上挂起冰溜，爷爷便在堂屋中间升起火炉，摆上两把椅子，我们一老一少便你一句我一句，开始了“床前明月光，疑是地上霜”的背诗比赛。待我困倦，爷爷就找来一个旧搪瓷杯，置于火炉之上，撮上些许苞谷粒，用一双木筷不断地翻搅。只听“砰”的一声，苞谷粒爆了，开成了一朵黄白相间的花。我刚要去抓那新奇的花朵，又是一记脆响，此起彼伏的爆炸声在搪瓷杯里跳跃，香气四溢。在爆米花的诱惑下，爷爷教我背诵了近百首唐诗。我身上的那点文学底子，就是这样积攒下的。

爷爷不光教我背诗，还教我描红。他握着我的小手，一笔一画很耐心的样子，历历在目。横、竖、弯钩之于我，太单调，太枯燥，写着写着，就如鬼画符。这时，爷爷就会手持竹尺，轻轻敲打我的掌心。我故意“哇哇”大哭。哭声引来了奶奶，奶奶连忙说：“乖，不哭，不写了，我们玩去。”爷爷拗不过奶奶，毛笔字就这样放弃了。很多年过去，我无从知晓当年爷爷的初衷，一个读过私塾的读书人，如何放弃了自己的梦想，在现实的土壤里拼尽全力，成为一个地地道道的农人。他有没有在某个明媚的午后，回首过往？笨拙如我，一直不曾读懂爷爷的内心。如今，他的梦想已化作坟头的一缕青烟。

穷家小户的日子，爷爷总是想方设法让它有滋有味。雪还没来的时候，爷爷就备下了取暖的树蔸。每冬的树蔸都是我和弟弟陪着他一起去挖的。那时，他穿着对襟黑棉袄，扛着一把铁锹，我推着独轮车，弟弟抱着一捆绳子稳稳地坐在上面。

邻村伐了几排大树做屋，细树枝到处都是。我和弟弟捡细枝，爷爷一个人对付树蔸。俗话说，老树虬枝，它的根扎得很深，分枝又太多。挖树蔸是个拼力气的活儿。爷爷索性脱了棉袄，对着一个大树蔸开挖。他边挖边拿着一把砍刀砍侧根，半个树蔸就悬空了。我跳下坑，抢过爷爷手上的砍刀，“哼哧哼哧”用力地砍了起来。弟弟问：这么多树蔸，干吗非得把根全挖起来？爷爷说：带根的晒干了好烧，暖和。

直到日头偏西，爷爷才挖出来几个树蔸，我和弟弟捡的树枝也有两大捆。那些空了的土坑，像一只只大眼睛，望着寂寥的天空。炊烟开始缭绕，我们筋疲力尽，肚子饿得“咕咕”叫，独轮车上的树蔸伸着虬龙般的手臂，带着新鲜的泥土气息，在晚霞中苍劲如画。

新挖的树蔸摊在院子里，爷爷隔几天就再添几个进来。不久，院子里就堆了十多个。他摸着手上硬邦邦的老茧说，“够了，够烧一冬了”，才罢休。

整个冬天，那些树蔸不紧不慢地烧着，像一个好脾气的老人，昼夜不息。爷爷坐在火堆边拨拉，用火钳在烧过的树蔸上敲打，把炭敲下来，让树蔸烧得更透一些。我们小孩是不怕冷的，风在门外吼，我们在雪里跑。雪人堆了好几个，像将军一样守在门口。爷爷抵在门上喊：快进来，烤烤手脚，别冻坏了！这声音仿佛还在我的耳边。

如果时光可以停留，我愿意永远拥有这样的冬天。

岁月无声，逝者长已矣，我是永远失去爷爷了。人生中许多温暖的陪伴，往往会加剧日后的念念不忘。我知道，担受无以回报的恩惠是痛苦的，我却只能承受这样的痛苦，如落叶不能重返枝头，我再也触摸不到爷爷温暖的双手了。这个如土地一样质朴厚重的人，已归于泥土。

清明回家，我去了一趟爷爷的坟。他的坟茔就在河畔，新坟四周是绿油油的豌豆，有的已经开了蝶似的花，花上有无数双眼睛，一眨一眨的，仿佛璀璨的星空。坐在坟边，静默良久，我知道我再也找不到与他重逢的方式了。空气中流动着甜丝丝的花香，故乡的河水在阳光下静静地流淌。倘若天地人生真有轮回，我愿再次久久地、久久地依偎在爷爷饱经沧桑的怀里……

作者简介：万华伟，中国散文学会会员，湖北省作家协会会员，长江大学兼职教授、硕士生导师。作品散见于《清明》《散文百家》《散文选刊》《四川文学》《广西文学》《创作与评论》等文学期刊。

从一个故乡到另一个故乡

魏丽饶

此生，坦率地说，我想去的地方似乎没几处，能记住的人和名字，也仿佛越来越少。唯有我呱呱坠地的那个麻糊村，以及从母亲灶台上升起的熬沁州黄小米粥的锅灶味，一直深藏在我心间，越来越深，挥之不去。我不敢说夹在太行山褶皱里的麻糊村，就是中国最后的具有古风古味的山里村庄，但是它会一直保留在我和我之前之后几代人的记忆中。

我扛着麻糊村的炊烟走南闯北打拼，不得不在一个离故乡千里之遥的城市安家落户。那里没有土地，只有水泥地，人们只顾低着头建高楼大厦，搞大路大街大广场，却忽视了对棚户区、城中村的改造治理，导致了“锦上添花”处处花、“雪中送炭”不见炭。为了生计，我可以在这个地方安家，却无法生根。

十五年前，初到昆山时，我像一个尚未断乳的婴儿，对故乡山西充满了无法割舍的牵挂。仰望蓝天，我能望见故乡天边的白云；闭目听音，我能听见太行峡谷的风声。江苏和山西，我从不比较，因为无须比较。在我心中，山西是赋予我生命、抚育我成长的母亲，无可比拟。无论何时何地，只要有人问起我是哪里人，我都毫不犹豫地回答：我是山西人。自然，对故乡也有暂时的忘却。怎能没有呢？生活天天变新，对物资的欲念会把人带得团团转。每天都被驱赶着向前走，走着走着就会忘了身处何处。忙过后，清醒，思念又回到麻糊村。忙碌过后的思念，让我的心感到舒适和愉悦。

每当春节临近，我会想尽办法买张火车票，即使再苦再累，也要赶回家。怎么能不回家过年呢？倘若到年三十我还没回去，奶奶那三寸金莲定要僵在村口的积雪堆上了。奶奶在这个时候是多么固执啊，她拄着拐杖，眺望着远方，路上每走过一个人，她就兴奋地唤上好几声我的乳名。我不回去，奶奶要在寒风里经历多少次失望啊！我不回去，她连年夜饭都吃不下。更要紧的是，我不回去，她围裙兜里那一兜子的好吃食怎么办？从记事起，一见着我，奶奶那双枯树枝似的瘦手就会忙不迭地伸进围裙兜里掏摸，不是几颗干枣，就是一把炒瓜子。我不回去，她舍得分给谁？

去年春节回家，因大雪封路、航班取消，我无法按计划返回昆山上班。滞困于老家三日，借机与同学小聚。本想叙叙旧，不料言谈之际，大家最感兴趣的话题竟是昆山，这座我长期居住的城市。昆山的经济发展、历史文化、古镇周庄、昆曲《牡丹亭》、百年小吃奥灶面、闻名海内外的阳澄湖大闸蟹等，都成为酒桌上最热的谈资，甚至有人不觉间对我说“你们昆山”“你们昆山人”。除此之外，他们还饶有兴致地印证了一个现象——一方水土养一方人。在他们看来，我性情温婉、皮肤白净、身形纤瘦皆是受了江南佳境的滋养。同窗好友这般不经意的说法，让我瞬间感到一股无法言喻的凄凉。我想问，我究竟是哪里人？吃北方的面食长大，晕染了二十多年北方文化，体内流着山西人的血，口中讲着正宗的山西话，在他们眼中，我却成了江苏人……

晚上回到家，我心里仍旧酸楚，为自己被说成江苏人。尽管已在昆山成家立业，也被称作“新昆山人”，并且十五年如一日兢兢业业地为昆山的现代化建设默默奉献着自己的绵薄之力，更为昆山的繁荣昌盛感到骄傲和自豪，可是……可是什么呢？可是突然被好友这般说起，我心里竟有一种说不出的委屈。按理讲，当天的聚会由我发起，自应由我买单。不料我刚要掏钱包，就被止住了：“你是客人，咋能叫你买单？”说这话的，偏偏是邻居家从小跟我一块长大的小午哥。同年毕业后，我去了江南，他留在县城，年初一那天，我们还像儿时一样兜着糖果相互串门。我从不曾想，这些年小午哥在我心中越发亲近，而我却成了他的“客人”。

家乡的正月，连子夜都是醒着的。鞭炮声此起彼伏地响在耳畔，远的，近的，单响的，双响的，成串的。然而这热闹越是热闹，它就越冷清，甚至冷清出一种客居他乡的悲愁。

不得不承认，在这该走却留的三天里，我心里无比焦急难安！按照计划，开工第一天单位要组织巡线拜年活动，到生产流水线上给春节期间留守公司加班的一线员工拜年慰问；第二天是举办开春第一期爱心行动，组织志愿者去看望市福利院的孩子。在昆山，这是我的工作，他们是我的家人，是我最难以割舍的牵挂。可是，我一次又一次打电话到机场咨询，得到的回复都是等待通知。汽车站被积雪包裹得严严实实，大门口电子流动屏上的停运通知，在白茫茫的冰天雪地里格外令人绝望。街头的行人三五结伴，提着礼物走亲访友，他们悠闲自在的说笑既与我无关，也不令我生羡，我所有的心思都飞向了千里之外。十多年来，我第一次惊奇地发现，昆山在我心中是如此不可或缺。山西似酒，越陈越香；江苏似茶饭，一日不可无，只是我一直不肯承认罢了。

血脉的根扎在山西，梦想的花开在江苏，以至我无论身在哪里，心都难以踏实安宁。回望来路，不过是从一个故乡到另一个故乡，从一种牵挂到另一种牵挂。

人在思乡时是有姿势的，男人与女人的姿势不同。大自然本来就赋予男人和女人不一样的生理结构和寄托感情的方式，男人思乡时抬头望明月，女人思乡时低头瞅脚尖。望明月，是让思念飞跨银河看到故乡的炊烟。瞅脚尖，是回望回家的路多么漫长。我自然是低头的时候多，偶尔破例也会对着明月思念，那是因为别有乡愁一万重。前不久，在北京参加一个文学笔会，恰逢中秋佳节，我放弃了和文友赏月的机会，特地踏访了赵树理在京城的故居遗址霞公府。老赵——家乡人都这么称呼他——是从我的故乡山西沁水县尉迟村走出来的作家，他进京后住在霞公府的一间民宅里。现在那个地方早被北京饭店的楼群淹没得不知去向，我却要固执地找着一个小饭铺的留痕。得不到一块地砖，能看到曾经铺过地砖的泥土，我也心满意足。我在参观赵树理老家的故居时，想到村里的乡亲曾告诉我，那时老赵常在霞公府一个小饭铺吃一种最便宜的菜，叫“炒和菜盖被窝”——菠菜炒粉丝，上面盖一层薄薄的摊鸡蛋。此次来京，我虽然没有看到霞公府的“盖被窝菜”，可是对并不完美的故乡和并不完美的故乡人的思念依然在。月光下，我站在霞公府遗址上望尉迟村，不由地想到了赵树理的烟袋锅。那时，老赵总嫌一般的烟锅抽起来不过瘾，就把一个山药蛋挖空了，插一根竹管，装了一“蛋”烟，狂抽几口，才算解气。后来，他进京了，没有了山药蛋，就用“盖被窝菜”来顶替。这就是我们这位农民大作家改不掉的地气！不得不说，正是这山药蛋和“盖被窝菜”给赵树理的作品注入了乡土文化的内涵和人格力量！

参加北京笔会的文友来自全国各地，相互之间频频询问是哪里人。起初我很确定地回答“江苏昆山”，因而从江苏来的朋友很热情地将我当作一个小老乡，处处加以照顾。活动第二天，在前往采风的途中，我又结识了一位山西老乡。他也毫无保留地分享自己的生活经验和创作心得，鼓励我坚持走好脚下这条平凡却不平坦的路。

活动结束，在北京火车站跟山西老乡依依不舍地道别，然后和江苏老乡同道乘车返回昆山。我一路思索：我究竟该算是哪里人？山西人？江苏人？来自江苏的山西人？还是远离了山西的江苏人？故乡究竟是什么？身在外时想着她，盼着早日回家，可回到故乡后，看到的还是曾经的那个故乡吗？长着枯草的撂荒土地越来越多，空巢老人加上留守儿童成了村庄的主人，那些祖坟以及坟地上的古柏青松被迁移到了老远的山脚下……故乡，故乡，是一种辽阔、复杂、矛盾的心情。她承载了我们太多的期望和情感，她不要求你去膜拜，却让你心存敬畏，她不要求你衣锦还乡，却又让你魂牵梦萦！即便我走到天涯海角，也走不出那个与我血脉相连的麻糊村。然而，倘若久居故里，我的内心又无法安分。唯有背着故乡跋涉途中，才能找到灵魂深处的归属。

作者简介：魏丽饶，山西长治人，现居江苏昆山，中国散文学会会员，江苏省作家协会会员。作品散见于《散文百家》《海外文摘》《中国艺术报》等报刊。曾获第八届冰心散文奖、首届浩然文学奖、“宝安杯”鲲鹏文学奖。出版散文集《净土》。

幽幽兰香

郭万梅

一

姥爷为母亲取名兰，就是希望她像幽幽兰花那样绽放美丽、散溢馨香，更像兰草那样坚韧顽强。

母亲十八岁那年，经人介绍认识了父亲。

头一回见面，俏丽骄傲的母亲根本没看上皮肤黝黑的父亲，倒是父亲打心眼里往外地喜欢母亲。也难怪，母亲是百里挑一的漂亮人，白皙的皮肤，一双丹凤眼，个头匀溜，身材窈窕。

初春的阳光像沐浴梳洗过的美人，格外鲜亮透彻，小河边的柳枝和着春风的节拍躁动起来，鼓出了密密匝匝的芽孢，大地处处绿意萌动。

那年春天，父亲正好在母亲家乡蹲点。

“吃完了，兰？”父亲发现母亲正朝他走来，于是率先搭讪。“刚吃过。”母亲一愣，定睛打量，这才发现面前站着的小伙子是前天刚见过面的男青年。

母亲后来讲，她觉得父亲那天一点都不黑了，也许是阳光衬托的缘故，父亲还显得挺俊朗帅气的。

这就是冥冥中的缘分吧！母亲嫁给了比她大 6 岁的父亲。“你妈妈结婚那天才叫热闹，全村人都去看俊媳妇。”老邻居至今还津津乐道地聊起这件事。

是呀！水葱似的透着水灵的漂亮媳妇。可生在那个物质极其匮乏的年代，模样再俊也难逃生活的窘境。

爷爷操办婚事借了外债，母亲分家单过时，除了分到一间南房和部分外债外，家里空空如也，连做饭的锅都是破的。母亲没有气馁，撸起袖子，和点泥巴堵上豁口照样做饭。

屋漏偏逢连夜雨。结婚刚一年多，就赶上全民吃“低指标”，当时母亲刚生下大姐不久。当教师的父亲工资低，粮食定量少，母亲为了让父亲吃得饱些，竟一斤白面换三斤麸子蒸糠菜饽饽吃。她一张好看的鹅蛋脸愣是吃得走了形。

母亲勤俭持家，经过几年的打拼，我家不仅还上了外债，还盖了三间土坯房，村里人都夸母亲持家有道。

当时发生了一件事，使乡亲们对她更刮目相看了。

母亲婚后一直在生产队干农活。小队有个外号叫“刺姑”的老姑娘，听见乡亲们常夸母亲能干漂亮，生出妒意，有事没事总爱找她的碴儿。

一天，社员们在大院等队长派活儿。母亲喂过奶后，到生产队领活。前脚刚迈进院子，“刺姑”就朝她狠狠瞪了一眼，又呸呸连啐两口唾沫厉声骂道：“都说你长得精，我看你是屁精！是扫帚精！是狐狸精！”她越骂声越大，大家听得出，这分明是骂给母亲听的。

好端端的生出这是非来，之前的忍让，反而让“刺姑”变本加厉，母亲气得脸色煞白，还嘴道：“哪来的邪风？我看有人是嫁不出去的害人精吧！”“刺姑”见母亲搭了腔，乘势扑过去甩手就打人，就在她扑过来的刹那，母亲瞅准机会顺势绊了她一脚，她摔了个大马趴。这下，“刺姑”像被点燃的炮仗气炸了，饿虎扑食般再次猛扑过来，扬手就打，母亲站定脚跟，左胳膊使劲一挡，右手用力一推，她又摔了个仰面朝天。“刺姑”这下成了滚刀肉，坐在地上撒起泼来，又哭又闹，不依不饶。这时，生产队长站出来主持公道说：“别闹了，起来吧！大家都听到看到了，是你骂街打人在先，是你无理取闹，人家只是顺势推倒了你，并没打你，这是人家手善，给你留了面子，知足吧！”众乡亲听队长说得在理，连连点头称是。再看“刺姑”，像霜打的茄子，羞愧地走了。至此，母亲在众乡亲心目中，赢得了能干、漂亮、手善的美誉。

母亲回忆说，自从跟“刺姑”较量以后，她再也不找碴儿了，后来竟跟母亲成了无话不谈的好姐妹，这也应了那句老话：不打不相识。

二

母亲为这个家日夜操劳着，却不料祸从天降。

当时从越战换防的部队正好驻扎在我们村，几位女战士就住在我家对面屋。

母亲不间断的咳嗽声，终于引起军医的注意。这是一位年轻利落的女军医，她拿起听诊器撩起母亲的前襟仔细听了听。“大姐，您一定要上大医院检查一下。”“没事，小感冒，多喝些热水就好了。”母亲不以为然地笑着摇摇头。“您听我一回，明天部队就开拔了，记住，一定要去！”女军医嘱咐母亲。

女军医随即转告了回家的父亲，父亲警觉起来，翌日便带母亲到大医院拍了X光片。

“咋搞的，才来？”大夫板着铁青面孔质问，“肺部有两个空洞，如果治疗效果不好，会死人的！”

乌云密布，家里的空气像凝固了一般。我那时只有三岁，还察觉不出家中异样的气氛，最可怜的是我玲妹，只十个月大，尚在襁褓中，后来母亲为了治病，不得不狠心掐奶。

晚上，母亲辗转反侧，思绪烦乱。

倔强的母亲这一次害怕了，她担心未成年的幼子们。若有不测，一帮孩子可咋办呢？大女儿才十岁，还不能承揽全部的家务。

那一夜母亲失眠了，从不信鬼神的她第一次跪拜祈求：老天爷呀！只求您让我再多活五年，只五年，等我大闺女十五了，您再拿我不迟，孩子们还太小啊！真不是时候！母亲声泪俱下，长跪不起……

为了孩子们，母亲拼命吃药、打针、加营养。省吃俭用的母亲，从来是将好吃的留给父亲、留给孩子。这一回，她顾不得了，她“贪婪”地大吃大喝着；从不愿在炕上躺着的母亲这回“懒惰”了，一有空就懒散地倒在床上休息。母亲永远感谢父亲单位，那时乡政府并不富裕，但父亲送去的药费总能及时报销，父亲的工资则用于购买为母亲补身体的食材。

也许母亲的身体太缺少油水了，遇到鸡蛋、排骨、藕粉这些补品，就像久旱逢甘露的稻田吸吮得严严实实不漏缝隙。

半年后，母亲本来俊美的脸蛋圆润了，乌黑的头发有了光泽，美丽的眼睛明亮生动。

再复查，大夫先前绷得紧紧的脸松弛了下来，只听他与另一名大夫窃窃私语：“太神了，空洞不见了，已钙化。是判断错了？”

其实判断并未失误，母亲真如姥爷期待的那样，犹如生命力顽强的兰草那样神奇地痊愈了。这是母亲之福、父亲之福、我们全家之福。

大病初愈的母亲迎来了她人生中的另一个起点。

三

炎热的夏季，阳光灿烂，草木蓊郁。

就在这一年，三十五岁的母亲当了一名毛纺工人。

半路当工人的母亲开始并不是一帆风顺。她被分到选洗车间当选毛工。选毛工的工作是把整张羊毛分等级选出来放好，以备洗净染色后加工成毛线。选毛工必须严格按照羊毛的等级标准进行分选，要做到：眼神好、看得准；手感好、选得准。

母亲头脑一片空白，宽大的厂区和千名职工让她感到生疏新奇。当看到一排排工人站在大案板前，在整张羊皮上熟练地抓选各个级别的羊毛时，她目瞪口呆。

为了尽快适应新岗位，母亲要克服文化水平低、技术生、人不熟等难题。倔强的母亲从不服输，她下定决心，使出“冷了迎风站，饿了腆肚皮”的那股韧劲。

她像着了魔似的用笔记下羊毛各个级别的标准和所处的部位，并认真背读，牢记于心。她虚心向老师傅学习，脏活累活更是抢着干，一有空就磨炼眼神的精准度和两手的灵敏度。

经过一年多的勤学苦练，母亲终于成为一名合格的选毛工。

选毛工是最累最脏的工种，母亲不愧是要强之人，手磨破了，贴片橡皮膏了事，手磨肿了，咬咬牙坚持。“天道酬勤”，母亲在实践中还摸索出一套行之有效的选毛经验，即“三要五选分级法”。该方法在全车间得到应用和推广，极大地提高了选毛质量和工作效率，使选毛车间在全厂各车间的效益竞赛中名列前茅。也因此，母亲被提拔为工段长，还被评为纺织系统的先进生产者，并光荣加入了中国共产党。

每当母亲把奖状和奖品拿回家，我们都好奇地围着母亲问东问西。母亲摸着我的头说：“人活着要有志气，要勤劳本分，只要肯吃苦，没有干不成的事。”我被这铿锵有力的话感动了。一个只有高小文化程度的普通妇女，在本职工作中竟干得如此出色，赢得这么多掌声和荣誉，这是她付出无数的汗水所取得的呀！母亲的这种工作态度，潜移默化地影响了我们，让我们每个人在之后的工作中都能兢兢业业、踏实勤谨。

母亲从不娇惯孩子，这是她的性格使然，但她用言传身教诠释了一位母亲的真爱，正如马克·吐温的一句名言：我们在母亲膝盖上，获得了我们最高尚、最真诚和最远大的理想。

作者简介：郭万梅，天津人。天津作家协会会员，中国报告文学学会会员，中国散文学会会员，葛沽民俗文化促进会副秘书长，津南区作家协会副主席。作品见于《天津日报》《今晚报》《中国作家》《岁月》《中国财经报》《时代报告杂志》《湛江日报》《四川经济日报》《滨海时报》《海河文化》《支部生活》等报刊，以及江苏散文网、在场、西部散文、作家在线、中国创新文学网等网络。荣获第八届“漂母杯”华人华文母爱·爱母主题散文诗歌大赛三等奖，第七届“岱山杯”全国海洋文学大赛优秀奖，第六届禾泽都林杯城市、建筑与文化诗歌、散文大赛优秀奖，第八届“冰心散文奖”，第二十七届“东丽杯”孙犁散文二等奖等奖项。作品收录于《古镇葛沽》《三江文艺》《周汝昌百年诞辰纪念专辑》等书籍。喜爱朗诵和主持，常在区、镇举办的大型文艺活动中担纲主持。

神山博格达

谭曙方

火车由甘肃进入新疆哈密地区时，太阳正悬在东方，车窗外苍茫的戈壁滩在阳光下泛着浅浅的褐红色光泽。一望无际，它既没有沙漠的细腻柔软与连绵起伏的弧线，也没有夏季黄土高原的绿色点缀，从近处看全是细碎而粗糙的石砾。铁道沿线的封闭铁网也比东部多了一层，而且上方缠着一圈一圈带尖刺的铁丝，那是为了防止野生动物蹿跳到铁路线上来。在旋移而过的戈壁滩上，几乎看不到村庄与城市，看不到绿草，看不到树木，也看不到牛羊。

在哈密市停靠时，我下车透气，没想到这东疆名城的车站却小得出奇，旅客稀少，除了用维吾尔语与汉语标注的站牌外，其外观形态与东部偏僻小站没什么区别。接下来的吐鲁番市车站也是如此，它们彼此相像如兄弟。唯有那些时而呈现于视野，以树的姿态密集挺立于戈壁滩的风力发电机，还有它们缓缓转动的白翼，呈现出一派生机，仿佛飞舞在苍凉戈壁上的一群精灵。

无休无止的单调风景，使我渐渐收敛了飘浮在新疆民歌旋律里的想象。

在乌鲁木齐，我恰巧就住在一个叫博格达的宾馆。嘴里发出这三个字的音时，感觉得把口腔鼓圆、撑大了才行，这是否预示着它的寓意神奇不凡呢？果然如此，接下来的几天，无论我在乌鲁木齐周边的哪个方位，都能遥望到它——博格达雪峰。博格达山属天山东段，主峰海拔高达 5445 米，终年积雪，充满神秘色彩。博格达与白云相随的皑皑峰顶会吸引你的目光，甚至使你下意识地停下脚步，倏忽之间感到自身的渺小，仿佛不是你在不同方位观察欣赏它，而是无论你走到哪里，都在那矗立云霄的博格达雪峰的视野之内。我已经不知不觉地被它的神秘所吸引。

我的心像是被博格达雪峰所召唤，"走近博格达"——这个声音几天来一直萦绕在心头，我想去揭开它神秘的面纱。在寂静的晨光中，我乘车出发了。传说，当年成吉思汗的子孙们被博格达雪峰的壮观折服，于是起了这个念起来都需张大口的名字，其本意为神灵，也有叫神山或圣山的。圣洁的博格达雪峰，仿佛天山地域的银色徽章，抑或说是图腾。此地游牧民族有崇拜博格达神山的悠久传统，传说骑者见之下马，行者见之叩首。

汽车沿着幽深的山谷缓缓向上爬行，我们去寻找天池。两边山坡上是浓密的云杉与绿得发亮的青草，左侧路下是一条溪谷，河水流淌而下，时而于陡峭处跳出千姿百态的浪花。空气透明得仿佛没有一丝风沙，这幽静的绿色山谷将外围的戈壁沙漠隔绝开来，给人一种错觉，车子似乎不是在中国最西部的山谷里攀升，而是正游弋在庐山抑或是峨眉山的丛林之中。山路像被水洗过一般洁净，平缓地带的溪流异常清澈，目光所及之处难觅哪怕一片纸屑。我的耳边又响起乌鲁木齐作家协会主席熊红久所说的一句话："你们那里的树木或许是上苍的恩赐，而我们这里的每一棵树都带着温度与情感。"

碧绿的天池被墨绿与翠绿相间的山坡环绕，湖面海拔 1900 多米。远处的博格达雪峰仿佛青山背后昂起的头颅，不，准确地说，更像是熠熠生辉的白日，其圣洁的光泽是蓝天绿水青山之间一个炫目的焦点。一幅绝妙的四季山水立体画卷豁然呈现眼前，那天池水面的色彩在阳光下变幻莫测，你只需稍稍换一个角度，就可观赏到不同的玄妙。你若想在天池水面看到博格达雪峰的倒影，那就得耐心等待时机。我想，在这夏日清晨，即使是那些漫山奔波的画家与摄影家，也无法描绘或拍摄出天池妙不可言的神韵。正像《耶利亚女郎》歌中所唱："有人在传说她的眼睛，看了使你更年轻。"哦，天池就是博格达雪峰美丽的眼睛，只要你看到就永远不会忘记。生活在当今都市里的人们，视野里奇缺那种空旷无边且透彻心扉的自然之绿，呼吸里、鼻腔内太匮乏那种清洗心肝肺的清凉空气，而博格达雪峰之下的天池，完全可以满足你视觉与嗅觉的这种饥渴。

我乘着黄色"女神"车，去山谷深处的空中索道站。深渊就在眼下，山道急转弯颇多，但"女神"跑得飞快，以至于在转弯时你必须紧紧抓住车顶的扶手，否则身体就会不由自主地倾斜在别人身上。马牙山索道票价 220 元，应该有一段可观的爬升高度。小小的封闭车厢沿索道微微晃动着上升，右边远方的乌鲁木齐市渐渐出现在视野之内，左边的高山渐渐显露出来，那山脉顶部的色泽居然层次分明，墨绿的树与翠绿的草浓淡相宜。方才在天池边上看到的远方山上密密挤在一起的矮小云杉，此时其尖顶树冠在我脚底向下滑去，往下细看，让我惊讶的是每一棵云杉都笔直耸立，并有二三十米高。俯视绝对是一种新鲜刺激的视角。云杉简直就是一柄柄宝剑，护卫着天池，也护卫着博格达神山。

索道终点的海拔已在 3000 米左右，再往上只能顺着陡峭的山路攀登了。我稍微停留片刻，与一位哈萨克族的小商贩攀谈起来："小伙子，你知道那博格达雪山的博格达是什么意思吗？”

“就是神灵的意思。”小伙子抬起头来很认真肯定地回答。

“这名字还有别的意思吗？”

“那我没法给你解释，博格达就是神山、圣山，它护佑着我们。”

我又向一个卖羊肉串的毡房走过去，一位体格魁伟的哈萨克族中年人正在吆喝：“羊肉串了，羊娃子，羊肉串！”

“你这戴的是什么东西？”我指着他食指上戴着的一个骨头状的装饰品说。

“这是狼石子，是狼腿关节上的骨头，戴着它辟邪的，能有好运气。”

“那你在这山上打过狼？”

“不不不，狼是保护动物，我是从死狼的身上搞来的。”

“你知道那博格达雪山的博格达是什么意思吗？”

他看着远方说起来：“博格达是英雄，传说他特别厉害，打仗的时候，敌人根本无法伤害他的身体，因为他穿的衣服特别神奇。可是博格达在雪山睡觉的时候，喉咙部位会有一个地方露出来，是红色的，那就是他致命的地方。有一次，他的敌人知道了这个秘密，在雪山上找到了睡觉的博格达，用长矛枪扎入了博格达那个红色部位。可漫山的石头滚落下来，那些石头就是博格达石头，用这种石头打敌人就会胜利。”

我知道，博格达神山还有许多传说，但有一点可以肯定，博格达在新疆人心中的神圣地位是毋庸置疑的。从导游那里得知，我离博格达雪峰的直线距离还有八公里，若徒步还得走三天才能到雪山脚下。我背起行囊，沿着蜿蜒曲折的山路一步一步攀登上去。大约三小时后，我站在了一个较为开阔的地方，博格达雪峰仿佛在相机镜头中被瞬间拉近，它雄伟高大，几乎充满了我的视野，还似乎有阵阵雪的气息在鼻尖环绕。雪峰之下是褐色的山脊，那里已经没有了云杉，甚至连青草也没有，只有千奇百怪的黑色巨石密布山野。

顺着博格达雪峰西北方向往下就是天池，只是此刻它看上去变成了一个月牙形的翡翠吊坠。

从天池再往山谷的出口俯视而去，是一望无际的古尔班通古特沙漠与准噶尔盆地。就像大海那般浩瀚与空寂，就像地平线一样的遥远，浅浅的褐红色如云雾一般弥漫而来，在来时的火车上我看到过这种景观；尽管博格达雪峰南坡面对的遥远景象被群峰遮蔽，但我知道那里是达坂城谷地与吐鲁番盆地。这座博格达神山几乎被北东南三个方向的茫茫戈壁荒漠所包围。在慢慢地品味这一俯瞰盛宴之时，一个发现闪电般掠过我的脑海：顺着天池的出口，一条墨绿色的山谷蜿蜒曲折、异常醒目地穿出，又触伸向褐红色的遥远的荒漠。这山谷就是通往天池的进山之路，那里流淌而下的就是博格达雪峰融化而形成的湍急河流。此时，那条绿色的山谷已经被我想象为一条粗壮而有力的血管，它流向村庄、城市与草原。可以想到，博格达雪峰当然还有许许多多这样的“血管”顺着幽深的山谷伸向山外被荒漠所包围的世界，滋养着天山南北的生灵与数不清的物种。这或许就是我所俯瞰到的博格达雪峰神秘的面纱，也是神山的秘密所在。

山下生灵的历史是短暂的，而恐怖又粗粝的时间还不停地冲刷着他们的痕迹，可博格达雪峰已经屹立了千万年，它是大自然真正的神灵。

西部游牧民族崇拜翱翔天空之雄鹰，见识过暴风雪，见识过四季风云变幻，经历过戈壁荒漠里难耐的饥渴与方向的迷失。今天，他们的后裔仍然像他们的先祖一样，敬畏、崇拜博格达雪峰，故而仍然能一如既往地受到博格达神山的滋养护佑……

作者简介：谭曙方，祖籍河北省武安市，出生于太原。中国作家协会会员，中国散文学会会员，山西省散文学会副会长兼秘书长。曾做过野外测量员、杂志社主编、高校管理人员。著有诗集《黑色畅想》《神话的星空》，散文集《心灵的真相》《孤旅幽思》，长篇纪实文学《飞越太平洋：聚焦西亚斯中美教育合作》《六福客栈》等。曾获第八届冰心散文奖，诗刊社、中国报告文学学会、中国报纸副刊作品研究会等颁发的多种文学奖项。

书的话题

林伟光

读书的选择

从前，年轻的时候，读书图快，尤其读小说，囫囵地读，有些快意恩仇，那份酣畅淋漓，的确非快无以获得，常常废寝忘餐。

现在不能了，过了五十之后，刚想着可以说些大话了，不料岁月不饶人，已奔花甲而去了，这也是无可奈何的。那么，算是已堪悲伤的老大的年纪了，但徒悲伤吗？总之五味杂陈，说不清楚的。于是，比如读书，就不知不觉间少了些豪情，渐渐读得慢了。小说呢，似乎早不想去读了，那种虚构的作品，越来越感觉没有兴趣。

曾跟一个作家聊天，他写诗写散文，后来却热衷于写小说了，且乐此不疲。他说，写小说时，他觉得自己可以创造一个世界。呵呵，这话说得多志得意满呀！不过，豪情是值得嘉赞的，但我与小说却渐行渐远了。

我似乎更喜欢读些写实的东西，对那些滥抒情的，并不喜欢，觉得肤浅。于是，挑挑拣拣，可能入眼的，已经是“多乎哉？不多也”。我发现了一个让人很无奈的事实，越是近人写的书，不管推介得多厉害，沉甸甸的大部头，似乎都不经读，漫不经心的自以为是，下笔放荡的没了敬畏，以及有话不好好说的故弄高深，等等，都让我退避三舍。说真话，对那些鸿篇巨制，我真的没兴趣。已经活到这般年龄了，日已向西边斜去，没有必要太委屈自己了。古人说，人生能着几两屐？若干年前，读到此语时，犹嫌他说得悲观，但此时却不如此认为了。此一时彼一时，人的情绪不可能不变的，这种近暮霭苍茫的惆怅，我也渐渐体会得深了——我已经没有多少空想的浪漫情怀了。

已经到了应该踏实地做些自己喜欢之事的时候了，与其空想，或悲伤之类，不如切实地做好能做的事。所以，读书呢，也有必要选些感兴趣的，不必贪多，更不必贪新，总归以能让自己开心为标准。而且，我想也不必赶时间的。我是把阅读当成了赏玩，因此，一本薄薄的书，可十天半月地慢慢消磨。每天常常就只读一篇或几页，然后放下，发呆或转去做别的事儿。这当然不是值得提倡的阅读方法，但我也并不觉得不好，尤其对于像我这样年龄的人。

此时，或许读长文章已经不合适了，费心思的硬核文章，也必须敬谢不敏。知堂翁中年后是大力搜罗明清笔记来读的，消磨掉了许多有闲的时光。他不但读得津津有味，而且乐为“文抄公”，中期阶段，更在写作上创造了一种“文抄”的文体。何谓“文抄”？说白了，就是抄书。他说，既然有许多话古人已经说了，我们抄上就得了，还废什么话？

这种“文抄”体的文章，后人评价不一，有褒有贬，但切实地说，也真的不容易，要读许多的书，才能摘抄一二，而抄这不抄那，也全看作者的意思，其间不无借他人之酒浇自家的愁者，其中之苦心，却也不可等闲视之。我想，这里还是有境界高下之分的，巧抄是妙境，不着片言，而风流蕴藉，但笨抄却成了抄袭，是恶德。

好像是胡适之吧，他说过，晚年无聊时多读知堂文章。他的阅读广泛，一生过眼的文字何止千万，但他说，觉得还是知堂的耐读些。这说法在我近些年的阅读中也得到了印证。前面我说薄薄的一本，却读了十天半月，所读的就是知堂老人的书，从中总能得到不少满足的乐趣。

知堂文章的好处，依我看，其一是简短，一两千字的文章，现在看来是不足道哉的短文，可是含量却每每超过某些长篇大论。他总是说到要领处，故张力无限，需要慢慢含咏咀嚼。其二是从容，行文总是不疾不徐，迂回而前。何谓迂回而前？有他的话为证：“这好像是一道流水，大约总是向东去朝宗于海，他流过的地方，凡有什么汊港湾曲，总得灌注潆洄一番，有什么岩石水草，总要披拂抚弄一下子才再往前去，这都不是他的行程的主脑，但除去了这些也就别无行程了。”这是他评论废名文章的话，我们拿来评说他的文章何尝不然乎？他崇尚的是一种平淡的文风。造奇崛者易，而造平淡者难，因为平淡不是寡淡，平淡要隽永有味，没有深厚的笔力，怎能达到？比如没有了花哨之乔装，没有了粉墨，只是素颜登场，于聚光灯下，你看那些当红的明星，有几人可以抗得住？知堂的文章，就是素颜朝天，也抗得住人们挑剔的眼睛。其三是他读的书多，对他那“文抄”体的文章，讨厌的人会觉得不胜其烦；可是喜欢的，却读得十分满意，许多的书，无论中西，现在去哪儿找？有的还是他为写文章自己翻译过来的。但在其中，我们却能读到。晚年时，知堂的文风又有了变化，为了适应报纸的要求，不再“文抄”了，写成了五六百字的小文字。虽不显局促，但失却了“文抄”，也就少了很多情趣和韵味，甚是可惜。

我想，幸好还有知堂的文章，否则这日子不知要多难消磨呢！金克木晚年惋叹

“书读完了”，所以每天只面对棋局，或者渴望着来人聊天，而我多亏有知堂的书，且读知堂吧。

常怀敬畏心

每个人都有喜欢的作家，当然是先喜欢其作品，然后喜欢作者，我就是因此喜欢上贾平凹的。

他是小说家，获得大名的也是小说，如获茅盾文学奖的《秦腔》，还有流行甚广、毁誉参半的《废都》——我觉得《废都》是贾平凹代表性的作品之一，它的艺术价值会日益显现的，这是题外话，暂且不说。可以说，贾平凹的创作精力所集中者，还是在小说上。他的长篇小说，成就是最高的，也是评论家们所公认的。可是，我却更喜欢读他的散文，乃至随笔，更欣赏这些文章里所展现的博大和渊深的学养及人文情怀，与他的小说相比，这不是他所倾力而为的，是近于一种写小说间隙的调剂。可是，你却不能小瞧了这些作品，它们依然充满动人的艺术魅力，展示着大家的氤氲气象。

那么，这些散文随笔是信手写来的吗？或者吧，其间每每闲笔生辉，时时涉笔而成趣，在或长或短、形制不一之中，它们更加自由、舒展，我想，这就是它们殊胜之处。不说别人，我是读得津津有味，甚至击节叹赏的，觉得其间之妙处，可以激发我内心的共鸣。它们的好，不仅在文字之优美，更在于整体境界上所展示的一种混沌囫囵的状态。

我读着这本《万物有灵》，就常常心驰神往，这是文字构成的贾平凹独特的美学意义的艺术世界。这些文字写于不同时期，见证着贾平凹文学创作的轨迹，从青葱年华，到而今的文章老更成的境地。其实，所谓老更成，不过是一种比喻，作为一个作家，他此时已在佳境，人书俱老，故笔下蓬勃，深厚滋润，蔚然大观。于是，景象莽荡，郁郁葱葱。

一个作家，从幼稚走向成熟，趋于老成，脚印清晰，都在这些文字里；难得的是，文字有灵，脉脉生动，熔铸着作者的温度和血脉，断不是无情的符号，而是感人的芬芳。我因此读得格外感动。

从这些动情的文字里，我切实地感知着贾平凹。跟他的小说不同，小说里的人物和故事，是作者虚构的艺术的物像，不能说完全与作者没有关系，可中间终究还隔着一重帘幕，我与作者之间还是多少有些隔膜的；而这些散文与随笔却不同，可以直抵其心扉，洞察其心路。他不造作不矫饰，向我们显示其生命里真实的面貌，以其诚恳和真挚，深深地感动着我们。

作家首先必须是真实诚挚的人，要有赤子之心，有时天真无邪得让人感到匪夷所思。或者，我们会惊讶于他的赤子之诚，这跟我们心目中原有的世故的印象截然而异，于是我们会感到疑惑。

古人说，世事洞明皆学问，人情练达即文章。他如此之表现，岂非与此相悖？其实，那是我们的误读，所谓的洞明和练达，我们以为是世故，却不仅仅是世故，更是一种对世界与人生的了然和憬悟。首先，我们要心中澄明，有一种对万物平等看待之心，这就是尊重。唯其尊重，我们才能对万物充满热爱，以有爱的心去了解万物，这是其次。只有具备这两点之后，我们才能以饱蘸感情之笔，写出动人心弦的真切文字——写花花解语，写鸟鸟能言，万物皆是有情物，空山不空，流水有声，处处诗情画意，一花一草皆成文章。当然，要达到如此境界，并不容易。你得放下姿态，与万物相容，真正地与它们成为声息相呼应的朋友。结果，一草之微，一蚋之小，在我们的眼中都不容忽视，都必须尊重，乃至敬畏，而有敬畏心，方能写出好文章。

贾平凹的文字，真诚，澄澈，莹洁，带有泥土的腥气，散发着商州山地独特的气息，浓郁的乡间的元素构成了醉人的魅力。这份贴实的质朴，或许显得木讷，却是混沌里透着灵秀，这就是贾平凹文字风格之妙趣所在。

他写父亲的文字沉郁而充满悲怆的质感，那是钝刀切割心灵的折磨。他有野心想为一个乡间知识分子立传，这是从远古走来的儒者在当下世界的伟岸形象，是饱历了劫难、不折不挠、亦慈亦让的一种气节和风范。或许父亲一生都在乡间，可是草莽却掩不住他高傲的风骨。借着写父亲，贾平凹写的是一种悠悠千古的文化境界。他写母亲，笔端饱含着爱。在生动的琐屑里，他悉心体会着母亲内心的慈爱，让文字也涌动着温情和温暖，这是亲切而感人的文章。

贾平凹的心是很敏感的，缕缕的雨丝风片都可以在他的心中荡漾起大海的波涛。他的心其实很小，小到连虫声都能够敏感地捕捉到，同时又很大，大至宇宙洪荒，他都能够包容。这是一种宏大的襟怀和浩荡的气象。

是不是喜欢这一篇呢？是的，我很喜欢这篇《一棵小桃树》。这应该是他的早期之作，与后期之作有着明显的不同。它明净而简单，或者不免乎露出稚嫩，却是新鲜如荷，散发着淡淡香气。文章中，已经充分地展示出贾平凹文字的灵动与大气，其文脉与风致，前后是一脉相承的。

当然，越到后期，贾平凹的文字越大气磅礴、充满睿智，又有些许狡黠，幽默与自嘲之中，流泻着温煦的情怀。历经岁月洗礼之后，文字上沉淀下来的明净，是贾平凹阅尽人情世态的练达，故时时不乏智慧的灵光闪动。有时，在短短的文字里，却蕴含着巨大的力量，有更多的文字以外的张力。读这些文字时，我很注意放慢节奏，慢慢地读着，徜徉着，玩赏着，沉思着，在快乐中体会弦外之深刻意蕴。

我以为，必得对我们的世界饶有兴趣，热爱生活，能够温情地打量万物，才能弥漫了情趣地写作。只有把写作当成生活，生活是写作，写作也是生活，我们才能笔下熠熠。

我之欣赏贾平凹，欣赏的除了他美妙的文字，还有他始终如一地对天地万物的敬畏之心。他谦卑地俯下身子，把心贴近大地，聆听古老的风声雨声。然后，以人文情怀为经，以智者慧思为纬，把满天的云霞编织成一道美丽的文字风景。

作者简介：林伟光，笔名任我行、任之，中国作家协会会员，中国散文学会会员，汕头市作家协会副主席。出版散文集《纸上雕虫》《书边散墨》《诗意栖居》《书难斋书话》《南方的笑貌音容》《难忘的记录》《书林信步》《艺谭》《一个读书人在汕头》。大量作品散发于全国各地报刊。散文《到湘西赴一个约》获第八届冰心散文奖，散文《体验死亡》《精神不老话行公》《嘿，流沙河》《永远的韩江水》等分获广东省报纸副刊优秀作品一、二、三等奖，《书边散墨》获汕头市文艺奖、陈彦灿桑梓文学奖二等奖，另有多篇新闻作品获全国省市级新闻奖。

童年的小河

郑有义

走过诸多名江大河，我最难以忘怀的，仍是童年学校旁边的那条小河。每当我想起那条小河，清澈的波光便会浮现在眼前，便会映出一副帅气、儒雅的面容，那是我小学时的班主任——应玉石老师。

每回故乡，总要到学校去看看，却早已不在，只剩下一棵老榆树。那条小河，也瘦成了一条细细的小溪，却仍坚强地流淌着，似乎在努力挽留逝去的岁月。

那时候，那条小河，可真是美极了。

春天，河边小草绿了，便会看到憋了一冬的小鱼在水里撒欢，翻身打滚地闹着玩儿。夏天，岸边铺满红蓝白绿黄色的小野花，野得无拘无束。下课了，我们便去河边，把鼻子凑到花上去嗅清香。秋天，花谢了，草黄了，却好像铺了金色的厚厚的毯子。课间，我总是忍不住去河边的金色地毯上坐一会儿、躺一会儿，屁股下的野草柔柔的、暖暖的，舒服得让人不想离开。冬天，小河冻冰了，光光的、滑滑的，同学们便在下课时到冰上打“滑出溜儿”，看谁滑得又稳又远。那时候都挺穷的，不少同学冬天穿着打了补丁的空心棉袄棉裤，却好像一点儿也不冷，开心地摔倒，高兴地爬起。放学了，同学们都赖在学校不想走，弹“溜溜”、跳绳、扇纸片，直到老师催。

伴随着这一切的，是我的老师。

那时，他二十几岁，刚从师范学校毕业，用现在的话说，那真是“帅呆了”。他年纪不大，却是一副“文人气”。他老家在辽宁，由于“社会关系”不好，加上在学校时和几个同学组织了诗社（这在那时是有点敏感的问题），虽最后经审查没问题，但原本师生一致公认出类拔萃、应毕业留县城重点学校的他，还是被分配到了我们那所乡村小学。他的遭际却成了我的福气，人的命运就是这样不讲道理般无常。我的生命中有了他，是我一生的幸运。

“要自强不息，有出息，要靠自己。”应老师站在窄窄的讲台上，用他清亮的嗓音告诉我们。

那是他给我印象极深的一句话，也成了我发奋读书的座右铭。

在我和我的同学身上，他倾尽了心血。我算是老师最看好、寄予期望最高的学生。我那时酷爱语文，他从写作的中心思想、遣词造句、描写抒情、朗诵等方面对我严格要求。我至今仍清晰地记得，我有一篇描写秋花落地的作文，形容落花“像一层小雪，像一片白霜”，被他赞赏为“妙思清奇”而作为范文朗读。

老师的赞赏，使我受到很大的鼓舞。从那时起，我对文学开始着迷。

我不是循规蹈矩的学生，上课时会“精神溜号”。有一次，他在上面讲课，我在课桌下面偷偷地看《水浒》小人书“解珍解宝”，被他发现了。

他走到我的面前，没等我反应过来，夺走小人书，二话不说，当场撕个粉碎！

那本《水浒》连环画是我刚花了一毛三分钱，中午跑了五六里路从公社供销社买来的，我心疼坏了。我从没看到老师发那么大的火，但他却一句话也没说。

没过几天，公社供销社来学校卖书，在操场摆开了书摊。老师把我叫去，冷冷地问：“想明白没？”我低着头说：“我知道错了。”

老师点了一下头，说：“记着，念书不专心，长大没出息。”

然后老师把我带到操场那一片书摊前，让我看好的随便挑，他付钱。这让我又惊喜又感动。

我挑了三本，如获至宝。

老师看着我说：“你上课看还撕！”我再也没在课堂上精神溜号了。

小学要毕业那年冬天，天奇冷，我右脚背冻疮化脓了，走不了路。老娘心疼地说：“先休学一年，天暖再上吧。”

“不，我要上学！”我哭着不同意。

老师听说了，立刻来家访。

“不行！这孩子不能休学！这会耽误他的学业和前程！”

老师买来药、碘酒、纱布，亲自为我治脚伤。还是小孩子的我，感动得眼睛湿润了。

“课一天也不能耽误。知道吗？”老师一边给我疗伤，一边抬起头冷冷地要求我。

“知道了！”

那个冬天，我那个那时叫荣军的三等残废军人老爸，腿上还带着一块没取出来的弹片，每天背着我走三里多路，早送晚接，整整一个冬天！天冷了，时有漫天飞舞的鹅毛大雪，时有呼啸的西北风，可我趴在老爸的背上，热热的，那种温暖记忆犹新，现在有时想起仍会落泪。我的老师，更是在有几次雪下得太大的时候，跑到家里来给我上课。我脚背上的伤疤至今犹在，却是一个温暖的印记。

那年冬天，我没有缺一堂课。

离学校几里路，有一个烈士遗址，纪念日，老师便领着我们去凭吊。每天课后，他都要给我们讲一段抗联的故事和他根据抗联少年铁血队故事创作的长篇小说，激励我们为报效国家而奋斗，常常听得小小年纪的我们热血沸腾。

每到放寒暑假，老师都要给我拿一堆假期课外读物，《钢铁是怎样炼成的》《静静的顿河》《暴风骤雨》《林海雪原》等，我就是那时读完的。

那年放暑假前，老师一早给我拿来《逐鹿中原》等几本长篇小说，让我暑假读。上午，同学们都撒着欢儿在院里踢毽子、弹“溜溜”、扇纸片了，我却一个人抱着书在教室看起来就放不下。直到中午快放学放假了，老师从办公室来到教室，见我抱着那厚厚的几百页的《逐鹿中原》还差几页就看完了，当时脸就沉下来。

“你翻着玩吗？”他极不高兴地说。

“老师，我都看完了。”我有点得意，以为老师会表扬我。

他拿过书随便翻开一页，在上边念了几句，问我下边是说什么。

我对答如流。

连我自己都吃惊的是，我居然都能把这一页的内容大体说出来，甚至背出了一些人物对话和重点景物描写的原话。

老师又翻了十多页，我仍仿佛书在我手里看到一样照答不误。老师的表情也由开始时的随意变得越发严肃起来。到最后，他定定地看了我足有一分钟，然后几乎是一个字一个字地说：“你将来会有大事要做，但还是那话，一个有出息的人，路是自己走的，谁也帮不了你！”

那时候挺讲“师道尊严”的，老师说的话就是金科玉律。老师说，“百善孝为先”，逆子难有出息；老师说，要懂史懂文学才“立体”；老师说，要自强，要有家国天下心才能做大事。实际上，当时有些话我并不太懂，但都记在了脑海中。他给我种下的许多理念竟伴我一生，甚至把尽孝、做立体的人、家国天下等作为后来工作中对员工的要求。

离学校不远处，有一座山，叫双顶山。每到儿童节，老师都会带我们去山上过六一，钻榛柴棵子、“藏宝”。奖品就是几分钱的一支铅笔、一把小刀、一根格尺什么的，但和老师在一起“挖宝”、藏猫猫的快乐，却一直留在我的记忆中。

小学毕业了，我是班里仅有的两名拿到优秀毕业生证书的学生之一。另一个是和我一起演出二人转和朗诵“黄山松”的女同学。

我依依不舍地告别了朝夕相伴的小河，告别了为我呕心沥血的班主任老师。

中学开学第一天的情景，至今历历在目。

中学坐落在黄泥河公社，叫“东丰三中”。报到那天，天下着瓢泼大雨。因为雨大，更因为三元钱的学费还没有着落，我没去报到。爸妈和我看着窗外如注的大雨忧心忡忡，为学费发愁。

突然院门开了，一个披着白色塑料布的人顶着大雨闪进院来，老娘说：这大雨天，怎么还有人来？

我迎出去一看，竟是我的老师！我不敢置信，惊讶地瞪大了眼睛。

“应……应老师？”

老师浑身上下淌着雨水，经了雨淋的脸湿漉漉的。原来，他知道当天中学开学，一大早就从他家丰源大队跑了十多里山路到中学门口等我，一直等到学校门口没学生了还没看到我，便又顶雨从学校跑了五六里路找到我家看是怎么回事。

老师在听爸妈说了情况之后，从兜里掏出五元钱来，说：“这孩子将来要做大事，书必须念，学费我拿！”

军人出身的倔强老爸感动得一时说不出话来，直掉眼泪。

上中学的第一个学期，老师仍要求我每周写一篇作文，送他批改，而且是“必须”。

哦，我的老师，我才知道，我从小学毕业了，告别了童年的小河，可在老师那里，我并没有毕业，也没有告别。

那是一个老师真如蜡烛的年代，燃烧自己，照亮学生，报效国家。几十年过去了，我对老师的敬爱不仅没有丝毫减弱，反而随着阅历的增加而日益加深。是他，在三尺讲台，把辽阔美好的世界展现给我；是他，用粉笔在黑板上书写，把一切高贵的生命、不朽的精神传递给我；是他，春雨润心，把经天纬地的文学经典浇灌给我；是他，倾尽所有，把无数的智慧和知识传递给我，使我成为一个有用的人。

是的，我没有如他所希望的那样做成什么大事，只是人海中之一员，但也恰是他教育的如我和其他同学、其他所有老师教育的全中国所有的学生一起，齐心协力建设和撑起了坚如磐石的新中国的大厦！

哦，我的老师，您才是真正做大事的人，共和国的足迹上，有您的风采！

如今，每当我送孙子上学，看到孙子的学校和老师时，总是崇敬地祈祷并希冀着——他们的身上，更担着共和国新时代的未来！

作者简介：郑有义，人民日报高级记者、中国作家协会会员、中国散文学会会员、中国摄影家协会会员。历任吉林省军区新闻干事、省委宣传部处长，人民日报驻宁夏、辽宁分社社长，人民日报文化传媒有限公司董事长。曾获全国五一劳动奖章，第八届冰心散文奖。在《中国报告文学》《解放军文艺》《作家》《海燕》等文学期刊，《人民日报》《光明日报》《经济日报》等全国报刊发表散文、报告文学、诗歌200余篇。著有社会学专著《当代中国社会现象分析》、报告文学集《古镇》、散文集《旅痕无缰》。

夜泊秦淮河

徐祯霞

最初了解秦淮河，是在读杜牧的《泊秦淮》时，杜牧在诗中写道：“烟笼寒水月笼沙，夜泊秦淮近酒家。商女不知亡国恨，隔江犹唱后庭花。”《后庭花》是一首曲子，据说是南朝陈后主所作，被后人称作“亡国之音”。

读罢这首诗，我就觉得秦淮河这个地方不一般，它一定有过许多不寻常的故事，于是就对这个地方产生了好奇，好奇久了，便有了一种向往。

秦淮河是一条怎样的河？它有着怎样的故事？它和女人有什么关系？她们都是一些什么样的女人？那些与这条河流有关的女人，她们都有着怎样的爱恨情愁？……凡此种种，都让我思绪起伏，遐想联翩。

秦淮河哟，秦淮河！

后来，我在书典中知道了一些与秦淮河有关的故事，李香君、柳如是、顾横波，以及寇白门、陈圆圆等，被人誉为“秦淮八艳”的女子们，她们的爱与恨，以及悲与欢的人生故事。这条河，因为女人而出名，而这些女人在生活中却饱受摧残、历经磨难，她们都是才艺双绝的女子，可是她们的命运却无比的坎坷。人常曰：“红颜多薄命。”难道红颜真有错？女子有才不是罪，女子有貌也不是罪，可是在那个男权统治一切的社会，女子除了卖笑与卖艺，供男人享乐，似乎再没有别的价值，她们的一切都寄附在男人的身上，只有在男人身上才能体现她们的价值。男人青睐她们，她们的生命便有了意义，离开了那些主宰和统治社会的男人，女人便无一物可依，这就是她们的命——她们没有主宰自己命运的权力，她们没有展示自己才华的机会和平台，她们就像弱柳、浮萍、被风吹落的树叶，任凭岁月雨打风吹去。

这些女子，个个琴棋书画俱佳，诗词歌赋皆通，才情不让须眉，可是她们寄身于青楼，金粉胭脂地，只能以卖笑为生。她们也有情，她们也有爱，可是她们却常常身不由己，在男人的角逐中成为金钱与权力下的牺牲品。

马湘兰，擅画且精通音律，一个极聪敏灵秀的女子。她与王百谷的爱情经历了千般磨难，一度欲委身于做灯笼的秦师傅。可是，就在她准备以身相许时，秦师傅却拒绝了她。可怜这个才华横溢的女子，孤单一生，最后零落成泥。

陈圆圆，一代昆曲歌妓，才貌不凡，却命运多舛，一生颠沛流离，饱尝辛酸，被一个又一个男人赏玩，最后却成了祸国红颜，背上千古骂名。

寇白门，一介女儿身，却有着侠骨柔肠，巾帼不让须眉。可惜女儿纵有济世之志，却无报国之门，在乱世，她仍能坚守自己高洁的品行和操守，令男儿汗颜。

李香君，一个痴情女子，为了护卫自己与侯方域坚贞的爱情，血溅桃花扇。一把桃花扇，凝结着一个青楼女子和文人才子缠绵哀怨悲凄的爱情故事。

…………

其实，秦淮河的女子远不止“秦淮八艳”里所罗列的那些。“秦淮八艳”是清代的一个画家画出的八个青楼女子。当时，金陵名流荟萃，佳丽如云，享誉秦淮河的女子有二十多位，余氏《板桥杂记》中有记载。

当那些女子一个个从历史中走来，又在红尘中远去，给我们留下了一段又一段的悲情往事。她们是纤弱的，她们又是坚强的，虽寄身青楼，却有着高洁的品质和做人的风骨。在那个时代，她们没有社会地位，但一样活得铿锵有声，最终以她们的气节和才情赢得了人们的敬仰和尊重，于是一个个风尘女子让历史有了发人深省的味道。

历史已经远去，但这些女子却从历史中跳了出来，她们悲情而辛酸的人生打动着人们，让人们愿意越千山、涉万水地来到秦淮河，寻觅她们的芳踪，并为之流连、慨叹。

同为女人的我，对于她们，除了钦佩，更多的是敬重，一种发自内心的敬重。于是，便希望有机会亲临秦淮河，凭吊一下这些在红尘中远去的女子，这些值得我尊重和敬仰的青楼女子。

我是一个北方人，处在四面环山的大秦岭中，因而南方于我而言甚远，有路途的遥远，也有心理距离上的遥远。

当然，最主要的是我不是一个生活条件很优越的人。我很少有坐飞机的机会，手上也没有充裕的钞票，囊中羞涩，希望只能一次一次地搁浅。

于是，秦淮于我，一直是一个梦，一个遥远的梦。

此次受邀去江苏参加一个散文笔会，这种想法便开始萌动。

虽然受邀的地方并非南京，但是因为秦淮河，便有了我这次的南京之行。

我是自常州到南京的，坐动车一个小时，到达南京的时候已经是下午时分。我找了个地方将行李放下，便直奔秦淮河。

朱自清写过一篇《桨声灯影里的秦淮河》，因为对秦淮河的好奇，那篇文章我反复地阅读过。在那篇文章里，秦淮河是沉寂、悲凄而萧瑟的。朱自清也见到了秦淮河的女人，但那是招徕生意的歌女，也有为生活所迫的妓女，她们只是在乞讨一份生活，与情趣优雅才情美丽都无关，更与家国情仇无关。秦淮河的夜晚，除了那一个个女人，便只有那一盏盏灯笼的光亮，而那灯笼的光亮也是昏的黄的暗淡的。彼时，秦淮河的繁华不再，秦淮河的优雅不再，秦淮河上犹抱琵琶半遮面的女子也不再，空留一河冷月与清辉。那是一九二三年八月的一个夜晚。

站在文德桥上，我俯视秦淮河，河上华灯初启，霓虹闪烁，尽显繁华。那些画舫和摇橹一顺儿排开，在等待着游人的光顾。河对岸的照壁上镶嵌着两条巨大的金龙，灯光透过龙体，放射出金黄色的光芒，二龙嬉戏，凌驾于祥云之上，一派祥瑞之态。

这时，我就在想，秦淮河的水为何这样丰沛，是不是都和秦淮河的女子有关？

十里秦淮，如此绵长；十里秦淮，如此浩荡；十里秦淮，望穿了多少泪眼；十里秦淮，又诀别了多少爱恋？

我的心也随着那船儿在波浪起伏的河水中跌宕。这十里秦淮的繁华，可是那些青楼女子的胭脂染红的？可是她们的血和泪染红的？这流光溢彩的秦淮河，浸透着多少女子的辛酸、悲情与惨烈？这些女子，都是至情至性的人，她们渴望真情，渴望白首相携的生活，可是她们的爱却如昙花一现，她们的愁是无尽的，她们在时间的年轮中消损，甚至是青丝熬成白发。这些风华绝代的女子，尝尽人情冷暖，饱经世事艰辛。秦淮女儿喜，盼得郎君芳心许；秦淮女儿愁，此情可能共白首；秦淮女儿悲，梦断天涯雁分飞。她们的一腔真情，换来的却是斑斑泪、滴滴血！

秦淮河两岸有很多夹竹桃，都长得非常茂盛，有粉红色的，有雪白色的，一河两岸，比比皆是。这是金陵的特色，也是秦淮河的特色。在我的记忆里，夹竹桃都是和女人有关的。记得在很多年前看过一部电视剧，剧里的主人公是一个才貌双佳的女子，嘴角微翘，脸上有一对可爱的小酒窝，经常着一身旗袍，知性且温婉，让我印象非常深刻。在她的窗前，就有一丛很茂盛的夹竹桃，剧中的很多情节都和夹竹桃有关，而这个女子最终被那个她深爱着的男子抛弃，在一个风雨交加的夜晚，吞食了大量夹竹桃叶，离开了人世。

秦淮河边的夹竹桃，让我想起了电视剧里的女子，也让我想到了秦淮旧院里的女子。这么多的夹竹桃，会不会是秦淮河的女子用泪水养出来的？要不然，它们何以长得如此蓊郁和翠绿？秦淮河，一条用泪水浇灌的河，一条弥漫着胭脂水粉的河，一条流淌着爱怨纠结的河，从大明朝流来，一直流到今天。

这些夹竹桃丛生的地方，想必便是桃叶渡了。我没有找导游，只想静静地感受一次夜色下的秦淮河，因为秦淮河的往事我已谙熟于心，此次前来，只是想借这条河遥祭一下这些秦淮女子，在故事的发生地与她们一晤，静静地感知一回她们的悲欢往事和风尘人生，凭吊那些已逝的魂灵。女子如此，一生亦不算枉然！

而今，这条河上已没有了这些另类的女子，红灯区不再，歌乐声弦不再，只有岸边的夹竹桃花在端庄地开放，向人们叙说着那一幕又一幕的悲情往事。在对往事的追忆中，那些女子的泪水汇成了汩汩的秦淮河，在岁月的轨道中肆意地流淌，粉饰着太平。这条达官贵人王子侯孙文人才子曾经流连忘返缠绵其中的秦淮河上已不再有那些卖笑与卖艺的风尘女子，她们已经成为历史的缩影。现在，这里是一个旅游景区。看，河两岸游人如织，宾客云集，霓虹迭起，一片盛世锦绣繁华。如今的秦淮河能有如此旺的人气，得益于那些秦淮女子，是她们用生命甚至鲜血锻造的传奇为秦淮河增添了经久不衰撼人魂魄的艺术和人文魅力。

在桨声里，耳边似乎又响起："烽火狼烟，河山半壁残，秦淮十里风流散。青楼黯，何须叹？正是男儿驰骋时，羡煞红颜！饮马大江边，请君听阵阵，琵琶轻弹。"这是寇白门琵琶弹唱的一首曲子，此曲道出了寇白门报国无门的无奈与幽思。

秦淮女儿，豪情不输男子，却空落珠泪涟涟，唯有仰天长叹，寄情笔端。一世风华，尽被雨打风吹散，云烟过处，已是经年。

作者简介：徐祯霞，笔名秦扬、徐祯燮，陕西省商洛市柞水县人，现供职于柞水县文化馆。中国作家协会会员，鲁迅文学院第29届全国中青年作家高研班学员，第八届冰心散文奖获得者，陕西省文化厅百名文化艺术人才。

2008年开始文学创作，已有1000余篇文学作品刊发于《中国作家》《北京文学》

《美文》《散文百家》《延河》《四川文学》《高中语文天地》《散文选刊》《小品文选刊》《海外文摘》《中学生文摘》《诗刊》《百花园》《文艺报》《中国文化报》《中国艺术报》《人民日报》等报刊，作品遍及180多个城市（地区），获奖50余次，公开发表作品300余万字。作品入选20多部散文诗歌小说选本，多次入选中学语文试题和各类中小学生教辅读物。出版著作《烟雨中的美丽》《生命是一朵盛开的莲花》等。

沂蒙精神的高地

时磊英

早在初中时，就曾拜读过李存葆先生的反映军队生活的小说《高山下的花环》。正是从这本小说当中，我知道了沂蒙山区。从此，它如一座神秘的灯塔召唤着我。在一场有关红色之旅的寻访中，我终于如愿以偿地走进了沂蒙山区，拜谒了沂蒙精神的高地。

泪洒临沂华东革命烈士陵园

不知道是上苍的有意安排，还是机缘巧合，我们瞻仰临沂华东革命烈士陵园那天，天空阴郁而低沉。

烈士陵园内绿树成荫、碧水环绕、鸟语花香，无数在抗日战争与解放战争中英勇就义的将士们的忠魂就在那里栖息，他们血写的沂蒙精神在那里永放光芒，吸引着一代又一代后人去学习、去传承。

革命烈士纪念塔、革命烈士纪念堂是临沂华东革命烈士陵园的主体建筑，其他建筑均布列在南北大门的中轴线的两侧。塔、堂、馆、墓、石像、雕像等景观与文字说明再现了抗日战争时期山东根据地军民英勇抗击日寇的宏伟历程和解放战争时期华东战场上的鲁南战役、莱芜战役、孟良崮战役、济南战役、淮海战役的史实。

革命烈士纪念塔位于陵园中心，为五角灯塔式建筑，塔身正面镶有毛泽东亲笔题写的“革命烈士纪念塔”七个金色大字，刘少奇、朱德、刘伯承、陈毅等老一辈革命家的题词为纪念塔增添了肃穆与庄严的气氛。整个纪念塔看起来气势恢宏，蔚为壮观，一如烈士们的革命精神耸入云天。

革命烈士纪念塔东南方，于苍松翠柏掩映中，有一个水泥构成的五角形墓体，显得格外庄严、肃穆。若不是墓碑上写有“粟裕将军骨灰撒放处”几个醒目的大字，人们很难想象，当年那位横刀立马、所向披靡的曾指挥过高邮战役、陇海线徐（州）海（州）段战役、苏中战役、孟良崮战役、济南战役、淮海战役、渡江战役、上海战役等著名战役的开国第一大将军——粟裕将军就在此安息。黄土掩埋了将军的骨灰，可他的精神却永世长存。

一尊外国人的大型汉白玉雕像巍然屹立在临沂华东烈士陵园内，格外引人注目。他两臂交互放置胸前，一手执钢笔，一手持采访本，神态安详，深邃的目光凝视前方，一副国际主义新闻战士的形象傲然屹立，他就是在抗日战争中血染沂蒙的德国国际共产主义战士汉斯·希伯。静静地凝视着那尊雕像，我顿然想起毛泽东《纪念白求恩》的文章。汉斯·希伯正如毛泽东所说的那样，是“一个高尚的人，一个纯粹的人，一个有道德的人，一个脱离了低级趣味的人，一个有益于人民的人”，他以自己的国际共产主义精神，为中国人民的解放事业献出了自己年轻的生命。仰望着他的雕像与六面体墓，我在惊异的同时，更多的是深深的敬佩与感动。

革命烈士纪念堂位于烈士纪念塔北 100 米处，为传统的宫殿式建筑，看起来如殿堂楼阁般高大雄伟，气势恢宏。正面廊檐下悬着一个题有“革命烈士纪念堂”的巨匾。堂四周，环以回廊，正面并立 14 根明柱。堂内以钢筋水泥做栋梁，穹隆顶棚饰以彩塑。堂内迎门为一石碑，上面镌刻着周总理“人民革命的烈士们永垂不朽”的题词，碑面是任弼时同志“你们的功绩永垂不朽”的题词。碑前两侧，陈列着王麓水、赵镛、刘炎、张元寿四位烈士的半身石质浮雕像。堂内东西两面正中陈列的两块巨大联碑，直通堂顶。

目光掠过纪念堂门口向里张望，纪念堂内看起来是那么的空旷辽阔；当我凝望着纪念碑上那密密麻麻地镌刻着的 62576 位烈士的英名时，我蓦然感觉这偌大的纪念堂是那么拥挤不堪。在单纯的阿拉伯数字中，62576，只是一个不起眼的数字，但是当它与人、与生命联系在一起的时候，它就不再单单是一个数字，它是 62576 条生命，是 62576 个曾经鲜活的人。每一个人都曾是一个鲜活的生命，每一个名字背后都有一段完整的人生故事，每一个名字背后都有爱他（她）的亲人、朋友，每一个名字都让亲人们领略到了撕心裂肺的生离死别之痛……然而，62576，这个数字仅是有名字的英雄的数目。在当时炮火纷飞的战场上，是不乏无名英雄的，他们为了中国人民的解放事业，不惜献出自己最宝贵的生命，最终却连名字都没有留下。纪念碑后面的空白就是对他们的纪念的最好留白。当初，正是这些英烈们心怀憧憬，用自己的鲜血和生命换取了我们今日的和平与宁静。试想：如果能让这些英烈以当时牺牲的年龄在如今复活过来，再把他们集合在一起，那该是一支多么庞大的队伍，又该是一个多么壮观的场面！如果将他们牺牲时的鲜血汇集在一起，那将会染红多少黎明时分的曙光，又将会染红多少面旗子？我就这么任思绪纵横驰骋，泪水不禁奔涌而出……

透过朦胧的泪光，我在石碑上的名字里努力地搜寻着。我多么希望能在那些密密麻麻的名字当中搜寻到我曾祖父的名字。明明知道，我的曾祖父与这些英烈不是同一个年代的人，明明知道临沂不是我曾祖父的葬身之地，明明知道自己的搜寻只不过是一场徒劳，可我还是努力地搜寻着……

我听着老祖父不厌其烦地一遍遍地讲述他未曾谋面的父亲——我的曾祖父的故事长大，那个与我有着血缘并与我隔着时空的陌生人，一直带着神秘的色彩朦胧在我们家几代人的记忆里。他 19 岁参军离家之后就一去不复返了，他所在的部队来信说他葬身在“江西省顺花门外左边”。这个被老祖父念叨了一生的地址如同生了根一样，牢牢地扎在我们家几代人的心里。随着时间的流逝、岁月的变迁，近一个世纪过去了，曾祖父与那个地名成了我们家永远都解不开的谜，可我们始终未能寻访到先人的踪迹……

我一边轻轻地行走在纪念堂内，将脚步放得慢之又慢；一边努力地仰起头，一来是仰视这些烈士的英名，二来是抑制在眼眶里打转儿的泪珠儿的滑落，我怕我的脚步声和泪珠儿滴落的碎裂声惊扰了烈士们的长眠。

沂蒙红嫂，书写女性不朽的光辉

（一）

“人人那个都说哎，沂蒙山好……”每当这动人的《沂蒙山小调》响起，很多人都会自然而然地联想到沂蒙山，联想到沂蒙精神，联想到沂蒙红嫂。

在沂蒙革命纪念馆里，望着那些图文并茂的图片资料和声色俱全的影音资料，随着讲解员娓娓动听的讲解，我们仿佛穿越了时空，回到了战火纷飞的年代。临沂是全国著名的革命老区，抗日战争时期和解放战争时期被誉为山东的“小延安”。这里曾涌现出一大批英模人物与先进集体，沂蒙红嫂就是其中的典范。那个伟大的母性群体——沂蒙红嫂，在战争年代，送子参军、送夫支前，缝军衣、做军鞋、抬担架、推小车，舍生忘死救伤员，不遗余力地抚养革命后代，谱写了一曲曲血乳交融的军民鱼水情。

无论是在图片资料中，还是在影音资料中，沂蒙红嫂都带着纯朴的乡土气息，触动我的灵魂。她们都是地地道道的沂蒙山区的妇女，就像我的邻家姐妹、姑嫂与婶婶、大娘一样亲切。正是这些纯朴而平凡的老区女性，用自己的实际行动，以真实感人的故事，在中国的史册上写下了一部催人泪下又荡气回肠的史书宝典，带着厚重的红色文化底蕴，弹奏出撼人心魄的生命强音，令一代又一代人去学习、去弘扬、去传承。

（二）

被誉为“沂蒙红嫂第一人”“双百英模人物”的“红嫂原型”明德英撩开衣襟用乳汁救伤员的图片与她一系列的勇救伤员的故事史料，诠释了沂蒙女性的平凡与伟大，令我们为之深深感动。

明德英是沂南县岸堤镇岸堤村人，在 1 岁的时候，因一场重病无法开口说话，后来嫁给马牧池乡横河村的李开田，夫妻二人在村里以看林为生。

随着讲解员绘声绘色的讲解，我们仿佛穿越了时空，看到了明德英用乳汁抢救伤员的情景：那是 1941 年 11 月 4 日，穷凶极恶的日军集结大量兵力突然包围了驻扎在马牧池的八路军山东纵队司令部，一位八路军战士在掩护首长和机关撤退中，右肩左臂先后中弹，他强忍剧烈的疼痛与敌人周旋至李家林时，被正在门口抱着孩子晒太阳的明德英看到，她急忙把他拽进屋里掩藏起来。很快，两个日本兵就追了过来。那两个日本兵见她是个哑巴，就比画着问她那个八路军跑到哪里去了。她毫不犹豫地朝西指了指。小鬼子信以为真，就径直向西追了过去。敌人走后，明德英急忙把受伤的战士背到一个空坟子里藏起来，这时候，她才看清受伤的战士因流血过多已陷入昏迷，生命垂危。他干裂的嘴唇不时地微微颤动，像是想要喝水的样子。明德英见状，不禁大惊失色，毫不犹豫地撩开衣襟，把乳汁滴进受伤战士的嘴里。那世间最珍贵、最甘甜、最圣洁的乳汁融着深情厚谊一滴一滴地滴进伤员的嘴里，滋润了他干涸的喉咙，让他慢慢走出了死亡线。当他缓缓睁开双眼看到那一切的时候，未来得及说话，已被感动得热泪盈眶。之后，明德英又与家人一起倾其所有，收养了伤员半个月，使其伤愈，重新归队。这样一位平凡而伟大的母亲，只是千千万万沂蒙红嫂中的一个杰出代表，是她用圣洁的乳汁挽救了战士的生命，用血乳交融的浓浓深情弹奏了一曲生命的强音……

1961 年，著名作家刘知侠根据明德英以乳汁救伤员的情节，创作了一部短篇小说《红嫂》。之后，这部小说又被改成京剧《红云岗》、舞剧《沂蒙颂》，“红嫂”从此走上了舞台。毛泽东主席及一些老一辈革命家看后，都曾感动得多次落泪。沂蒙红嫂用乳汁救伤员的故事传遍了全国，明德英也被誉为“沂蒙红嫂第一人”。

迟浩田将军在孟良崮战役中身受重伤，被当地的一位红嫂用乳汁救活，他曾九次来到沂蒙山区，寻找当年用乳汁救他的大嫂，前几次都无果，当他第九次到那里寻找的时候，当地的一位大娘拉着他的手说道：“大兄弟，像你所说的这样的事情，抗战时期，在我们沂蒙山区到处都是，像俺们这把年纪的人谁都做过，你还寻个啥啊！”从此以后，他不再刻意寻找，而是把沂蒙山区当成了他的再生地，每年都去看望沂蒙老区的人民。

（三）

被誉为“沂蒙母亲”的另一位沂蒙红嫂王换于，是沂南县马牧池人。她的家被称为“第一堡垒户”。罗荣桓、徐向前、黎玉、朱瑞、郭洪涛等领导人都曾在她家住过。

当时随军来到沂蒙山区的许多孩子，由于战争年代的环境险恶，得不到照顾，徐向前就委托王换于办起了托儿所，共收养 41 个抗战将士的子女，这些孩子中最大的只有七八岁，最小的出生才三天。为了照顾好这些孩子，王换于的四个亲生骨肉因营养不足而先后夭折。可她却对儿媳妇说：“烈士的孩子饿死了就断根了，咱的孩子饿死了你还能生育，让烈士的孩子吃奶，让咱们的孩子吃粗的吧！”

在王换于的家里，曾经生活过一对革命夫妻——当时中共山东分局书记朱瑞和他的爱人陈若克。陈若克祖籍广东，生于上海，从小在苦水里泡大，11 岁就做了童工。她来到沂蒙山区后，就住在王换于的家里，认王换于为干娘。王换于以母亲的身份为朱瑞和陈若克举办了婚礼。

陈若克曾拉着王换于的手，动情地说，“娘，等把鬼子打完，过上好日子时，俺要好好孝敬您！让您住最好的房子，穿最好的衣服，吃最好的东西。”谁曾想到，她还未来得及兑现她的诺言，未来得及尽孝，就在 1941 年冬天的日寇大扫荡中，在跟随部队转移时，不幸落入敌人之手。当时的她，已经怀有身孕八个多月。面对凶残的敌人，她就像刘胡兰、江姐那样勇敢坚强、视死如归，最终被敌人残酷杀害。几经周转，陈若克连同她刚出生不久的孩子的遗体被运送了回来。那时，她才 22 岁。

王换于强忍悲痛，卖了自己家的三亩半地为陈若克和她的孩子做了棺材，将娘俩的遗体一起隐蔽地埋葬在村东自己家的地里。

抗战期间，王换于用了大半年的时间，救护大众日报社干部白铁华的事迹广为流传。白铁华被抬到她家时已奄奄一息。王换于听说獾油拌头发灰能救治他的命，便在寒冬腊月天，挨家挨户地寻找獾。她把找到的獾熬成油，再把自己的头发剪下来烧成灰搅拌在一起，敷在白铁华的身上。白铁华在她的精心照料下，历经半年的时间才得以康复归队。

白铁华归队之后，由于种种原因，竟然与王换于失去了联系。老人家十分挂念他，逢人就打听他的消息。1983 年，也就是 42 年之后，白铁华辗转得到换于老人一直在找他的消息，带着夫人专程从广州到沂南去看望她。一进王换于家的门，白铁华就跪在她的面前磕头，并歉疚地说："娘，孩儿对不住您！……"王换于一眼就认出了白铁华。当时，她心里又气又恨、又爱又痛，走向前扶起白铁华，并语重心长地说："孩子，老妈已是 95 岁的人了，念着你的一颗心悬了 42 年哪！"

在日寇对沂蒙山发起大扫荡的紧急关头，山东省参议会副参议长马保三同志把一本《山东省联合大会会刊》交给王换于，并郑重其事地对她说："现在把这本书交给你保藏，这要比掩护一个战士或干部重要得多！您要千方百计地把这本书保存好，等战争胜利了我们再来取。"

《山东省联合大会会刊》上刊登了山东省的行政机关和群众团体所有领导成员的名单，是一份绝密文件，如若落入敌人之手，山东省政府机构成员就会被一网打尽，后果不堪设想。王换于从此把那本书视为生命里最为珍贵的东西，想方设法地保存着、珍藏着。

抗日战争胜利后，国民党反动派又发起了内战，为了能给那本书找个安全之地，王换于不得不将它频繁转移，有时甚至还要把它带在身上。她把那本书看得比自己的生命都重要，即使牺牲自己，也要保全那本书，不能让它落到敌人之手。

王换于历尽艰险，终于保护好了那本书，但她始终没有等来取书的人。

1978 年，王换于在她 90 岁高龄的时候，把那本书完好无损地交给了沂南县有关部门。那时，那本书已在她手里完好地保存了 38 年。正是那本书，填补了山东省第一次各界代表联合会档案资料的空白。

（四）

图片中，妇女们抬着的门板拽着我的思绪飞旋，那看似粗糙老旧的门板就像记忆中我家祖屋的房门。正是那熟悉而又陌生的门板，带我穿过时光的隧道，和一位 14 岁就当选为妇救会会长，后当过识字班班长，干过军工厂工人、野战医院护理员、药材所配药员的工作，被誉为“沂蒙大姐”的沂蒙红嫂李桂芳以及她带领的32名沂蒙红嫂紧密地联系在一起，从而在中国的史册上写下了她们用身体架起火线桥的神话。

事情的经过是这样的：1947年5月13日，孟良崮战役打响，李桂芳突然接到联络员的命令：“天黑之前，部队要从这个地方经过，为了节约时间，让你们在5个小时之内架起一座桥。”这个命令可难住了李桂芳——一二十米宽的河面，齐腰深的河水，当时，既没有什么建筑材料，又没有足够的时间，男人们都上了前线，当地只有一些留守的小脚妇女，要在5小时之内架起一座桥岂不是天方夜谭？她虽然不是军人，可服从组织的命令亦是她的天职。她与妇女们经过反反复复的商议与策划，终于想出了一个别出心裁的计划——用门板当桥板，用人做桥墩，架一座火线桥。随后大家便分头准备，并进行了事先演练试验。大约在晚上9点的时候，华东野战军的一支队伍朝着河边走来。李桂芳转身对妇女们喊道：“架桥！”话音未落，妇女们就按照顺序抬起预先准备好的门板向冰冷的河水中走去。刹那间，一座人桥就奇迹般地出现在战士们面前。看着那仿若从天而降的人桥，战士们惊得目瞪口呆，他们知道，那座桥是站在冰冷的河水里的姐妹们用身体支撑起来的，战士们谁都不忍心走过。李桂芳就站在河水里大声喊道：“同志们，时间就是胜利，快过桥！”部队首长见状，虽然有一万个于心不忍，还是眼含热泪朝身后的战士们大声命令：“前边是妇女们用身体为我们架起的桥，一定要轻踩，慢走，走中间！”战士们终于眼含泪水走上了那座人桥……夜色中，虽然大家看不清彼此的容颜，可战士们心里都明白，桥下是自己的姐妹，自己是踏着亲人们的肩膀走向了战场。当时，虽然经过的是一支部队，但是，却没有一个人说话。那场面静静的，仿若当时的空气都停止了流动，只有战士们的呼吸声和着流水的声音在弹奏时光的琴弦，为那些站在河水里的红嫂们谱写着一曲惊天动地的赞歌。战士们默默地、轻轻地、匆匆地从桥上走过……一分钟，两分钟，三分钟……整整一个多小时；一名战士，两名战士，三名战士……整整一支部队。当战士们的脚步声消失在前方硝烟弥漫的战场上的时候，那32名架桥的妇女在河水中被冻得周身麻木，牙齿不住地打着寒战，累得瘫倒在河滩上……那些妇女当中，有的当时怀有身孕，因此而落下了终身残疾，有的因此而终生不能生育……正是这些沂蒙山区的红嫂们，用自己柔弱的双肩扛起了革命之路，筑起了走向革命胜利的铜墙铁壁。

（五）

《沂蒙六姐妹》中的一位主人翁的原型就是沂蒙红嫂李凤兰。当年，她的丈夫在与她定亲后就参了军。为了照顾公婆，她是按照当地的风俗，在丈夫不在场的情况下，与抱着一只大公鸡的嫂子拜堂成亲的。之后，她就在家里苦苦地等着丈夫。可是，12 年的漫长等待，却始终没有等来她的丈夫，等来的只是丈夫的一张烈士证。她一生都未改嫁，在凄苦孤独中度过了余生。

1944 年，在部队急需补充兵员时，梁怀秀第一个站出来喊："谁第一个报名参军，我就嫁给他！"后来，她恪守了诺言，嫁给了第一个报名参军的人。在那个年代，一个姑娘为了革命的胜利，毅然把自己的婚姻与一生的幸福都交给了党，交给了革命。

…………

在战争年代，沂蒙红嫂的事迹举不胜举。一幕幕母送子、妻送郎、妹妹送哥上战场的画面，再现了当时拥军支前的场景，撼人心魄，催人泪下。参观中，我不时为那一位又一位沂蒙红嫂的精神所感动、所震撼，是她们以"最后一碗米送去做军粮，最后一块布拿去做军装，最后一个娃送去上战场"的伟大情怀，用诚挚纯洁的心灵、勇敢聪慧的胆识、勤劳灵巧的双手，甚至是鲜血与生命，昭示了她们深沉而执着的爱党、爱国、爱军队、爱家乡的"沂蒙红嫂精神"。

据统计，沂蒙红嫂们为部队做军衣 122 万件，做军鞋 315 万双，碾米磨面 5858 万公斤，动员参军 38 万人，救护伤病员 6 万人，掩护革命同志 9.4 万人。有 3.1 万沂蒙籍战士在战争中献出了宝贵的生命，这就意味着有 3 万多沂蒙母亲失去了自己亲爱的儿女……

半个多世纪过去了，当年的红嫂们有的已经故去，有的已经到了耄耋之年，但她们身上的红嫂精神，通过她们的子女以及她们抚养过的革命后代，在延续传承，从沂蒙山区走向全中国，成为激励一代又一代人积极奉献、报效国家的宝贵财富。

孟良崮战役，与我隔着一截目光的距离

最初，我是从初中的历史课本上知道孟良崮战役的。一直以来，它只作为一个历史名词朦胧在我的记忆里。可当我跟随省作家协会采风团真实地踏上孟良崮战役发生地的那片热土、拜谒孟良崮战役纪念馆之后，内心的五味杂陈开始无边泛滥。

孟良崮战役是陈毅、粟裕将军指挥华东野战军，于 1947 年 5 月 13 日至 16 日在山东省临沂市蒙阴县东南孟良崮地区对国民党军进行的一次大规模的运动战和阵地战相结合的重大战役。中国人民解放军华东野战军取得了战役的胜利。那场战役经过两天三夜的激战，歼灭了国民党“五大主力”之首的装备精良部队整编第 74 师及附属第 83 师一个团，共歼灭敌人 32680 人，其中俘敌 19680 人，毙敌 13000 人。击毙整编第 74 师师长张灵甫。孟良崮由此而名扬海内外。陈毅司令员为此而兴之所至，挥笔写下了“孟良崮上鬼神嚎，七十四军无地逃。信号飞飞星乱眼，照明处处火如潮。刀丛扑去争山顶，血雨飘来湿战袍。喜见贼师精锐尽，我军个个是英豪”这首气壮山河的壮丽诗篇。

远远望去，孟良崮战役纪念馆的大门前，陈毅与粟裕将军肩并肩遥望前方的大型花岗石雕像巍然屹立，威风凛凛，栩栩如生，再现了当年孟良崮战役指挥者的光辉形象；两位将军的身后，一匹战马昂首欲奔，那长啸嘶鸣的态势像是正奔向前方杀敌的战场。红色的花岗岩石上镌刻着陈毅元帅的《孟良崮战役》长诗。整座雕像看起来气势恢宏，令人震撼。

纪念馆分五个展厅：门厅、战役厅、支前厅、英烈厅和双拥厅。漫步于纪念馆展厅内，无论是图片，还是文字，抑或是文物，都牵着你的思维，令你穿越时空的隧道，聚焦历史的镜头，把你带到 70 多年前国共两党进行生死较量的那场硝烟弥漫、战火纷飞、血雨腥风的孟良崮战役之中，令你仿若耳闻前线隆隆的炮火声，目睹沂蒙人民支前的忙碌身影。凝目那一幅幅沂蒙人民支援子弟兵的老旧黑白照片，无不让人感慨沂蒙人民的伟大胸怀。

一幅推着小推车向战场的图片，使我心头涌起一种莫名的思绪。是亲切，还是悲悯，我说不清楚。它令我想起小时候曾见过的家里的小推车，那可是老祖父年轻时置办的一个“大件”。在那个贫困落后的年代，正是那辆小推车让祖父把家推向了富裕，也是那辆小推车在土改时差点让祖父成了富农。在解放战争时期，国共两军对垒，共产党部队既没有洋枪大炮，也没有飞机汽车，更没有新式核武器，靠着小米加步枪，靠着小推车与国民党进行殊死较量，最终取得了伟大胜利。正如陈毅元帅所说的那样，“淮海战役的胜利是人民群众用小推车推出来的”。可见，图片上的与我祖父那辆同样低档、同样落后、同样粗糙、同样简陋的小推车，在中国的史册上写下了不可或缺的一页。

进入门厅，首先映入眼帘的是中共中央三代领导集体核心毛泽东、邓小平、江泽民的题字和孟良崮战役的大型沙盘。大沙盘呈绿色，一如葱郁葳蕤的绿色植被勃发无垠的生机。示意图上那些标注的地名和从不同地点、不同方向指向孟良崮的作战箭头，仿若绿荫里开出的绚丽花朵。那些箭头曲径通幽，直指孟良崮。可以想象，陈毅、粟裕将军以及其他一些军事将领为了那场震惊中外的孟良崮战役，在作战沙盘或是作战地图前，在制定作战计划的帷幄里，曾付出了多少心血与汗水，曾经过了怎样的绞尽脑汁和反复商讨，曾把多少黑夜熬成白天，才取得了那彪炳史册的伟大胜利。

在战役厅和英烈厅里，我惊异地发现，同去的姜成娟老师始终泪眼汪汪的，她深情地凝视每一幅图片，细品每一段、每一行，甚至是每一个文字。她是那么的虔诚，那么的投入，那么的用心，那么的专注，那么的细致，像是要把展厅里所有的内容都疏而不漏地刻进脑海，又像是在寻找什么，亦像是在研究什么。后来她郑重地告诉我：她爷爷兄弟六人，其中有五个加入了中国共产党，四个加入了共产党的部队。除了当时已经牺牲在日军枪下的大爷爷与跟随罗荣桓将军去东北战场的四爷爷以外，其余的留在山东的四个爷爷全都以不同的方式参加了孟良崮战役……听着她动情而沉痛的讲述，我感觉眼前这个漂亮又文弱的女子渐渐高大起来，我对她——烈士的后代肃然起敬，对她的那些为了中国人民的解放事业而英勇献身的爷爷们由衷地钦佩。再望一眼姜成娟老师，我又为她的幸运而深感欣慰——她的祖父们虽然经历了残酷的战争，经历了炮火的洗礼，甚至是献出了宝贵的生命，可她作为后人既知情，又有处可寻，不像我那参军后就一去不复返的曾祖父，给后人们留下的是谜一般的纠结与惆怅。

孟良崮纪念馆的后面，远远望去是一片葱郁葳蕤的松柏林；走进了你就会发现，在那一行行一棵棵整齐排列着的苍松翠柏的掩映下，一座座烈士的墓碑井然有序地肃然静默，2800余名烈士就长眠在那里。他们为了中国人民的正义事业，为了解放战争的伟大胜利，永远地倒在了那片土地上，沉痛地闭上了双眼，献出了自己最宝贵的生命。每一座墓碑都由一块方形的黑色大理石与其上面所镶嵌的白色五角星组成，仿若明亮的星星闪耀在苍茫的夜空。众多墓碑成方连片，恰似无数的星星照亮了漆黑的夜空，凝成一种永恒的沂蒙精神，激励一代又一代的后人去努力传承。

那片烈士墓地的后面，是沂蒙情雕塑园。雕塑园是取“山”“水”“胜”的拼音首字母“S”形态而设计成的S形大峡谷。峡谷两边的山崖象征蒙山，中间的河谷象征沂水，诠释“民兵是胜利之本”的主题寓意。

行走在沂蒙情雕塑园内，那一组组做军衣、送军粮、摊煎饼、抬担架、救伤员、架火线桥等惟妙惟肖的雕塑，令我们的思维穿越时空的隧道，走到战争年代支前的场景里，见证党群血肉联系、军民鱼水情深的伟大力量。

每一尊雕塑背后都有一个动人的故事。每一组雕塑，或是每尊雕塑的每一部分，都能让我们领略到艺术的真谛。徜徉在雕塑艺术的海洋里，品读着那些用雕塑书写的故事，我满腹的思绪，凝成一首题为《一截目光的距离》的小诗：

删去所有的修辞
茅屋、门板、石磨、推车
与光阴对白

和平被一只飞鸟啄伤
叩问跌落一地光阴
一阕词，一瘦再瘦
嶙峋成一声风中的叹息

与雕塑对望
我与孟良崮战役，隔着
一截目光的距离

孟良崮纪念馆之行，在让我的灵魂得到一次震撼与洗礼的同时，也令我的内心久久不能平静，那些为了和平、为了中国人民的解放大业而英勇牺牲的英灵们长眠在孟良崮的那片土地上，化成永恒的孟良崮精神，与日月同辉，与天地长存。

青山无语，丰碑永存。昔日沂蒙的金戈铁马地，如今已成为红色教育的大课堂，成为沂蒙精神的高地。

作者简介：时磊英，中国作家协会会员，山东省作家协会散文创作委员会委员，第八届冰心散文奖获得者。作品散见于《散文选刊》《散文百家》《山东文学》《时代文学》《延河》《北大荒文化》《牡丹》《奔流》《金山》《国际日报》等报刊。著有散文集《静听秋风》《倾听花开的声音》《时光深处泡桐花开》等。

锁阳城里的风铃草

张子艺

我在宁夏西夏陵旁边的戈壁上，见过这种被称为风铃草的植物。

在此之前，我从一个朴素的文物考古工作者口中第一次听到它的名字。他是锁阳城的发掘者，常年的文物发掘使他周身笼罩着一层肃然的气质。他说，锁阳城内城家眷们居住的地方，中间有一圈圈小土包围起的圆形空地，里面长满了风铃草。这种草不是此地的土著，方圆百里之内，都没有其他的土壤上萌发出这种草的芽儿。

这种植物夏天开花，秋天结出果实后，果实荚自然风干后不脱落，会一直挂在枝干上，秋风吹来，会发出沙沙的响声。

他微笑，又迟疑了一下，才说："或许，或许是哪个喜欢风铃草的家眷吧，这是她家乡的声音啊。"

我听着这句稀松寻常的话，突然间战栗不已。我的直觉告诉我，这一定跟我有关，我一定要去一趟锁阳城，去会一会这风铃草。

可是，种风铃草的这个家眷，是汉唐、魏晋还是西夏的女子？

倘若在汉唐，能住在锁阳城里的家眷，一定不是普通士兵的妻子或者女儿。或者，几乎没有这种可能。

匈奴的马蹄之下，像一个楔子的锁阳城，刚刚被插到这片大地上。必须要有格外彪悍勇猛的士兵守在这里，时时刻刻站在瞭望台上，看着虎视眈眈的敌人的方向，日夜警惕。

他们不可能是某人的丈夫或者是某人的父亲，他们只有一个名字，就是士兵。

唐朝的薛仁贵曾经在这里被困。

这个传说，使"锁阳城"这个名字被人熟知，在此之前，这座城叫作苦峪城。薛仁贵一路西征，走到此地后被围困在城里，粮草告急，一支小分队杀开一条血路去长安搬救兵。

薛仁贵和他的将士们，靠着城外连绵不断的野生锁阳，渡过了最艰难的等待。

这种植物因集天地灵气的特殊形状而被赋予“锁阳”的名称。

漫山遍野的野生锁阳，到了今日，仍然是大地对此地居民的馈赠。大雪封山的寒冬里，正是锁阳的成熟期。当地的男女老少会拿着木铲子，不能用金属，不然，挖出来的锁阳会变得黑黝黝的。然后，熬水泡酒切片晾干，等待下一个冬天的锁阳。

在锁阳城里种风铃草的，还有可能是谁呢？

魏晋时期，沿着长安从内地迁入了多少名门望族啊，在河西走廊上，几百年的岁月里，他们将中华文化珍贵的典籍和传统带入此地。而那些中原正统呢？在永嘉之乱的风烟中，大批中原的望族匆匆来到河西走廊这一片桃花源中避难、修养、生息。

在此地种下风铃草的，有可能就是魏晋时期的女儿家。由于社会的动荡，她生在一个礼教不是格外森严的普通家庭，略微读过一点儿书，到了年龄，嫁给一个军人，并不完全是鲁莽的武夫，可能略通一点儿文墨，所以，升迁得还算快，很快就成了一个城的头领，所以会在后院里给她开辟一个小花园，让她种上喜欢的花草。

或许不是，魏晋中原士人的乡愁，是洛阳雍容华贵的牡丹，这样娇艳的花朵，不适合开在这一望无际的戈壁上。

那么只有西夏了。

这个在中原历史上留下只字片语，曾经强大、兴盛的政权，真的泯灭了，倒是留下了一些文字，但是，这种古老的游牧民族的文字，至今无人能破译。

我在武威的西夏博物馆中，久久地注视着那块肃立着的无人能解的黑色石碑，看着看着，眼角有泪慢慢沁出，这是李元昊的西夏，这是李德明的西夏，这是李思恭的西夏。可能，这也是我的西夏。

我曾在炎热的七月去过西夏陵。

正午，刺眼的阳光照在发白的土地上，地面上稀稀拉拉地长着一些草，这样的景致，童年、少年的我，在河西走廊上，看过千百遍。

这里是西夏的王陵，西夏的王族都葬在此地。可是我找不到半分熟稔的感觉，我是一个过客、一个游客，我只是一个贸然来到这里的陌生人。

我终将来到锁阳城，看一看迎着风摇曳的风铃草。

这里的风铃草，一定是一个西夏女子亲手种下的。她或许在思念着远在他乡的父母，或许是少女时期看到过熟悉的景致。总之，一株株生长在贺兰山下的风铃草，被移植到瓜州的锁阳城。

我的脚正踏入锁阳城。

土是松软的、发着白光的，戈壁滩上的太阳也是明晃晃的。光照在人的身上、脸上毫无遮挡，地也是发烫的。不知道是天气太炎热还是路途太遥远，我有一点儿眩晕，只能凭着脑海里的记忆，深一脚浅一脚地在锁阳城里冲撞。

我第一眼就看到了矗立着的塔尔寺。据说，这座修建于唐代开元年间的寺庙，最初被命名为开元寺，后来又叫阿育王寺，等到了西夏驻军的时候，更名为塔尔寺，一直延续到了今天。

我知道，塔尔寺地基一米之下，掩埋着唐朝的开元寺。唐代的青色灰砖和石碑都还留在这里，玄奘曾在此地登坛讲过半个月的经卷，他脚下踩过的青砖还在。但是，我只想看我的塔尔寺。我像千年前虔诚的信徒一样，沿着这座寺庙走了一圈又一圈。我看到西夏的墙皮里面裹着的唐代墙体，那一刻，我只想有一双巨手，将光阴拽到我的面前，我想看看我的西夏，我的族人。

我还要去看我的风铃草。一株一株，一簇一簇，在微风的吹动下，发出噗噗的声音。现在还是夏天，它们还是青翠的模样。

可是，我没有找到那个土包们围起的圆形花池。我只看到一块一块的土疙瘩，漫山遍野的土疙瘩，分布在锁阳城的每一个角落。我找不到我的花池了。太阳将一切都照得白晃晃的，我找不到我的风铃草了……

后来，我在宁夏的戈壁上见过风铃草，在伊犁的草原上也见过。夏天，它们开出细碎的小花儿，结出绿色的豆荚，风吹过来，豆荚发出扑扑簌簌的声音，等到秋天，变黄的豆荚依旧挂在小小的枝干上，风吹过，它们依旧发出沙沙的响声。那是这个寂寞的世界中，伴随着风声传来的唯一声响。

作者简介：张子艺，作家，资深媒体人，甘肃省作家协会会员，兰州大学新闻与传播学院导师。作品曾经刊载于《三联生活周刊》《环球人文地理》等杂志。在多个报刊开设专栏。曾获丝绸之路杯全国青年散文大赛金奖、第八届冰心散文奖。著有《舌尖上的丝绸之路》。

拾稻穗的岁月

罗大佺

拾稻穗的岁月，是儿时五六岁的时候。五六岁的孩子还小，换成现在，还在爹娘的怀里撒娇。

那时候的农村正处于生产队大集体“吃大锅饭”的年代，农民家里很穷。穷人的孩子早当家，我们知道，在穷得叮当响的人家，如果不多挣点儿工分，年终决算时不但从生产队分不到钱，还要“倒找”，还得从家里拿钱去买口粮呢，于是在小小的心里，就想着要替大人分担点事情。

秋天是收获的季节，秋阳高高悬挂在天空，田野里到处是拌桶发出的“噼噼啪啪”声，谷毛扬起一片，在天空中飘浮飞扬。拌桶前方，人头攒动，戴着斗笠、草帽的妇女在田里弯着腰，挥动手里的镰刀割稻谷。一把一把的稻谷摆在田里，远远望去，满田金黄。妇女们边埋头割稻边聊家常，不时一片欢呼，手忙脚乱，原来是割稻声说话声把秧鸡从稻谷丛中惊飞出来。人们虽然没有逮住秧鸡，但却捡到了几枚秧鸡蛋。

在大人们打完稻谷的地方，我们这些小孩就在水田里深一脚浅一脚地寻找掉在田里的稻穗。这些稻穗谷粒饱满，只是在大人们抡起谷把的时候，因为熟得太透，从稻谷秆上掉落下来。我们把它们一根一根地从田里捡起来，有的稻穗还带着泥，我们就用田里的水将它清洗干净，然后攥在左手。当小小的手攥不住的时候，就用一根稻草将它们打个结，系成一把，放到篼篼里。每每系上一把，心里就充满欢喜。但田里的稻穗也不是掉得很多，这就需要我们仔细寻找。为了寻找稻穗，我们连蟋蟀和青蛙在面前飞来跳去也没去捕捉，偶尔碰到一根大人没割断的稻谷，我们就连根拔起，再把根掐断。拾稻穗的时候，有时一天能捡到两三把，有时只能捡到一把，田里的谷桩和石头瓦渣刺得我们的小腿生疼，但我们仍觉欢喜，仍在田里深一脚浅一脚地雀跃、寻找。

稻谷是生产队的，捡回的稻穗不能带回家，必须缴公，生产队给你称过斤两，换作工分，记在账本上。一斤稻穗能换多少工分我们也不知道，只知道能换工分就行。父亲是生产队的保管员，当我们将稻穗交给他时，他会用小秤称斤两，然后给我们报个数，继而在账本上记下来。每次父亲给我们称稻穗时，我们都踮起脚尖往秤杆上瞅，生怕父亲给我们少报了斤两。其实，小小年纪的我们根本就不识秤。有时我想，既然父亲是生产队保管员，为什么不可以给我多记点儿斤两呢？但又不敢把这想法告诉父亲。一天，父亲有事出去了，一位亲戚在称秤，意味深长地看了我两眼后，说我拾了 2 斤谷穗。父亲恰巧在这时回来了，问了斤两后，拿起秤重新称了一遍，掏出钢笔，对斤两做了修改。您不给我多记就算了，为什么还要阻止别人给我多记呢？我满肚子委屈，转身跑回家去。父亲收工回家后，见我还在抹眼泪，语重心长地说："孩子，你小小年纪就很勤劳，父亲深感欣慰，但做人做事要诚实，不能弄虚作假，父亲这保管员官儿虽小，但也是生产队干部，一定要秉公办事。"父亲的话深深地印在了我的脑海里。

想起乡村岁月，我就想起拾稻穗的日子，也想起父亲说过的话。勤劳和朴实是一个人的立身之本，什么时候也不能忘记。

作者简介：罗大佺，出生于四川洪雅，中国作家协会会员，中国林业生态作家协会副主席，雅安市作家协会副主席，雅安职业技术学院图书馆馆长。20 世纪 90 年代初开始发表文学作品，在《人民日报》《光明日报》《文艺报》《语文报》《北京文学》《四川文学》《小说选刊》《香港文汇报》《大公报》《中国时报》《葡萄园诗刊》以及日本《旅之友》等报刊发表散文、小说、诗歌作品近 200 万字。荣获第八届冰心散文奖、首届梁希林业文学艺术奖、第一届浩然文学奖、首届四川散文奖等。出版散文集《一个人的故乡》《童年的酸鼻子树》等。多篇作品被选入中小学语文课本同步读本和中考试题。

桑干河畔的情思

桑农

在“迎新年，送祝福”的笔会活动中，巧遇铁道部第十六局的蓝勇达先生。也许是因为那条铁路的缘故，在闲聊中我们感觉彼此很亲切。一晃三十多年过去了，那时我刚上初中，蓝先生风华正茂，他还因公差去过我们那里，聊着聊着，那段难忘的修路往事便涌上心头：

那年，大秦铁路的修建工作在我们家乡的桑干河畔如火如荼展开。一天，家里来了一对青年夫妇，男的穿着不带徽章的军服，女的梳着一对长长的辫子。他们抱着孩子，进门后问我母亲：“大婶，家里有空房子吗？我们是来这里修建大秦铁路的，单位没有家属房……”那年二哥正在山西当兵，看到他们，母亲感觉就像见到自己的孩子一样，关切地说：“我们家有三间屋子，如果不嫌屋子小，我们住东屋，你们就住西屋吧！”说完就把他们领进屋子，把新被褥拿出来，边铺边说：“快把孩子放下，抱着孩子怪累的。”然后，母亲和他们一起打扫屋子。我们那里是革命老区，民风特别淳朴，也没有什么经济观念，至今那里的人也不懂得收取房租什么的。

晚上，父亲对我们说：“今天咱们家来了客人，他们是来修建大秦铁路的，这是国家的重点建设项目，是国家的大事，照顾好他们的生活就等于是为大秦铁路的修建出力。再说，他们出门在外很不容易，咱们可不能为难人家啊！”一个月过去了，他们逐渐熟悉了我们家乡的方言和生活习惯。他们称呼我父母为大叔大婶，我们兄妹称呼他们为哥哥嫂嫂。每天放学回家，我都要带着他们的孩子玩，女孩儿叫英英，刚满三岁，男孩儿叫云云，刚会走路，两个孩子十分可爱，他们姐弟俩叫我叔叔。农忙时节，嫂嫂带着孩子到地里帮忙，有时在家还帮母亲打水做饭。农闲时节，姑姑、姑父、表哥、表姐分别来我们家，他们也逐渐熟悉了，一家人乐乐呵呵，从来不分你我，生活得很开心。

哥哥在修建大秦铁路的队伍中是司机，有时在放学回家的路上遇到他开车从我身边过，他会慢慢停下车看着我笑笑就走了，几次我想坐他的车，可他始终没有表态。我和弟弟都特别喜欢他开的那辆绿油油的大解放车，多少次想趁他不注意开一把过过瘾。也许他早就看出了我们兄弟的心思，总是把车钥匙看得紧紧的。一天夜里，听说哥哥在路上出事儿了，是他的徒弟开车时走了神儿，跟前面的大货车追尾了，在那紧急时刻，哥哥及时拉手刹，同时用自己的身体挡住了正在开车的徒弟，碎玻璃飞溅哥哥一脸。哥哥住院了。从那以后，我才真正懂得开车的危险，也懂得了哥哥不让我坐他车和动他车钥匙的根本原因。

高中毕业那年，我当兵离开了家乡。三年后，听说大秦铁路竣工通车，修路的工人们都走了，哥哥和嫂嫂也去了另一个地方修路，两个孩子回他们的老家江西省万年县小学读书。

一次，江西的战友让我参加他们的老乡聚会，我很熟悉他们的言语，这让他们感到很惊讶。我说："今生我与江西人有缘，我上初中时就开始熟悉江西的方言了，那时大秦铁路正在我们家乡修建……"

前年春天，曾经在我们家住过的哥哥嫂嫂退休了，英英大学毕业后在江西省万年县一所中学担任英语教师，云云当兵复员后在当地税务局工作。去年春节前夕，他们从江西老家坐火车千里迢迢回到了阔别三十多年修建大秦铁路的桑干河畔的西坪村。大秦铁路工程依然雄伟壮观，他们曾经住过的屋子完好如初，但我的母亲，同时也是他们心中记忆犹新的大婶已经离世九年多了，健在的老父亲已经八十岁高龄，他们重逢后很是高兴。为了能见到他们，我也专程回到老家。三十多年前的那些场景仍然清晰地留在我的心间，面对当年的哥哥嫂嫂，望着那长长的列车，听着响亮的火车鸣笛，心中的感受真是无法用言语表达，那浓浓的友情和历历在目的往事，与家乡的桑干河水一起化作了一首永远唱不尽的歌。

作者简介：桑农，即桑干河畔的农民，身份证名字胡世江，18 岁入伍，38 岁转业，曾就读于上海空军政治学院、解放军艺术学院和中国艺术研究院。现工作于北京市朝阳区文学艺术界联合会。

探寻大汶河

夏海涛

子在川上曰：逝者如斯夫。那么，是哪一条大川，引起了中国最伟大的思想家孔子的感叹呢？2500 年前，孔子诞生在山东曲阜的一个小山村。他周游列国，“登泰山而小天下”，泰山前面的那条大汶河，是他不能不跨越的大川了。

当人类还处于新石器时期的时候，这条河边就活动着一群人类的祖先，他们用泰山石打造石斧、石锛，他们用汶河的泥土捏制陶器，他们用勤劳的双手捕鱼、猎兽，这条河因此成为中华文明的摇篮之一。后人以河的名字命名了这个文化遗址——大汶口文化遗址。

是的，这是一条名垂史册的河。千百年来，这条河日夜流淌，从远古到如今，还将不停地流向未来。它的名字叫大汶河。

一群生活在泰山脚下的作家相聚了，他们要去探寻这条河，去做一件千百年来从未有人做过的事情。

寻找源头

《泰山大全》记载：“大汶河是我国名川之一，古称汶水，简称汶河，是自东向西流经整个泰山山脉之阳的大河……它源于莱芜市黄庄镇松固山南麓，注入东平湖，全长 208 公里……”

《山东省志·泰山志》曰：“大汶河，又名汶水，为黄河下游最大支流……上游牟汶河源于沂源县沙崖子村一带。”

那么，汶河的源头到底在哪里？我们今天就要用双脚找到它！

在向导的带领下，我们向莱芜市黄庄镇进发。当地人都说，汶河的源头就在这里的旋崮山里。

旋崮山高 729 米，号称沂蒙七十二崮之首。传说它当年是从海水中打着旋儿长起来的，故而得名。

逆河而上，汽车在一个叫台子村的地方停了下来。《莱城文史》中说：牟汶河发源于黄庄镇台子村。如果说这里就是源头，那未免太令人失望了。

我们下车察看地势，发现小河在这里有了分叉，一条沿旋崮山山势直插山腹，而另一条则绵绵不断，在东面隐入山峦之中。

我们决定继续驱车向东。“一江春水向东流”是我国大江大河的基本走向，汶河却是山东境内唯一一条向西流的大河。向东寻找，也许能找到它的起点。

在路的尽头，我们弃车下到河里，沿河床上行。河水若有若无，时而隐入乱石中，时而露出峥嵘，河床内茂盛的水草告诉我们，这是一条有生命的河。据当地老乡讲，这里叫老龙脖子沟，附近有个地方叫龙巩峪。说是站在旋崮山上向下看，这条河就像龙拱出来的一样。

对了，应该是这样的！历经千万年的名川大汶河，它的源头只有与龙的传说结合在一起，才能体现出真正的中国特色。

经过四五里路的追寻，小河被一条横岭截断了。在岭下，我们找到了一汪浅浅的清泉！

这就是史书中没有详细记载的汶河源头了！向当地老乡一打听，原来我们已出了莱芜市，进入沂源县的北宅村！岭是分水岭，岭对面叫南宅村，又叫保安村，岭上的水全部注入沂河，岭这面的水则流向汶河。

终于找到源头了！狂欢的人们挥舞着旗帜，所有的疲劳顿消。我端起相机，记录下这一难忘的瞬间。

为了俯瞰一眼老龙脖子沟的风采，我们又一鼓作气从台子村登上了大汶河的另一个小小源头——旋崮山。虽然层峦叠嶂，我们没有看清老龙拱地的景象，但站在高高的山上，我有了一种深深的感悟：

我们是为寻找大汶河而来的，可又不得不进入高山，从石缝中、山泉中寻找河的源头。看来山与水真是一对孪生兄弟，在充满灵气的大地上完美地相依在一起。“仁者乐山，智者乐水”，其实山水又岂能分开！

也许，探寻大汶河在这里已抽象为一种象征：作家与诗人是关注人的心灵的，因此注定了要在探寻的路上奔波一生，探索与追寻的目的或许最终不能到达，但过程却是美丽的。

走进春秋

大汶河上游的一条主要支流叫牟汶河，而牟汶河因流经牟城而得名。今天我们踏上了探寻牟子国及长勺之战遗址的征途。

《中国地方大辞典》载:“牟，周国名，子爵。故城在今山东省莱芜县东二十里。”也就是现在莱芜市的赵家泉村。几经周折，我们终于找到了去赵家泉村的路。

汽车向西行驶，宽广的玉米地强势地冲进视线，使人不能忽视它的雍容和大度。

这一定是牟子国的遗址！是那个消失的国度透出的全部信息。

经人指点，我们找到了故城遗址。

在一片刚刚收获的土地上，残存的土台子在远处兀立着，以它的无言与存在，向人们展现着时光的斑驳与沧桑。

同行的崔作家奔到土墙跟上，看到的是树根与荒草缠绕的老土；谭诗人绕到城墙的后面，同村民谈起这段故城的保护与开发；我则对三四米宽的古墙上那一大片庄稼地表现出了极大的兴趣。出现在镜头中的玉米、棉花及大豆，如果没有人点破，谁也无法想象竟然是生长在城墙上，2700 多年前的城墙！

岁月似乎在开着这样一个玩笑：古老的城墙因为岁月的厚重而肥沃无比，以至于墙头上都能结出丰硕的果实；而现代的人们却因为浅薄和无知，一次次地毁城取土，用巨大的代价（牺牲人类文明的成果）去收获那三五百斤的粮食！

在精神与物质的天平上，精神只能被生存的压力挤进某个小小的角落。

牟子国故城遗址南北长 620 米、宽 320 米，城墙高 12 米、底宽 15 米、顶宽 4 米。其西面和北面邻汶水，并以其为天然屏障——由此可以想象，当年的汶水是何等宽阔与湍急！

我们依次背邻牟汶河留影，因为这是纯净得没有任何污染的水，它流自古老的牟子国。

随后，我们快马加鞭，直奔见马乡，去寻找长勺之战的遗址。

一进见马乡，手机就失去信号。也难怪，我们这是走向春秋时代，现代化的通信工具自然应该失去功效！

北杓山下，一位热心的王姓村民带我们来到长勺之战的纪念碑下。这里位于西杓村小学旁边的高台之上，俯瞰杓山河，所有景色一览无余，是个指挥千军万马的好地方。站在这里，耳边自然会响起战马的嘶鸣声、战士的吼叫声，以及那追人魂魄的大鼓声。是的，公元前684年的春天，鼓声是这里最震撼人心的声音。

有时候，文人的一支笔竟能使名不见经传的凡人名垂青史。比方说曹刿，比方说长勺之战。如果没有《左传》，谁会知道曹刿，谁又能知道这场“一鼓作气”、以少胜多的经典战例呢？

尽管1983年才确定了长勺之战的准确地址，但民间似乎对此早有定论。公路边，当我们向一个卖肉的中年屠夫打听长勺之战遗址时，他挥了挥手中的剔骨刀，很精确地告诉我们：“顺路走4公里，北拐！”

传说，许多年前这里有人挖出过一把20多厘米长的青铜剑，卖到供销社后只给了四块三毛七，他们担心受骗，又拿回来到潍坊去卖，居然还是卖了四块三毛七——是按废铜的价格收购的！

马上就要返城了，向导突然告诉我们，他盖新房挖地基时挖出了许多罐子、陶片，还有骨头，并带我们去看。罐子的年代并不久远，可那骨头碎片却使我们浮想联翩。根据我们的提议，他在自家的排水沟里，用镐头很随意地又挖出一根35厘米长的骨头。这是谁的骨头？当年齐鲁士兵的骨头、马的遗骸，还是后来某次战争的遗迹？我们不是考古学家，只是面对这森森白骨充满了想象。

徂徕山中

“朝闻道，夕死可矣。”看完徂徕山，此话不妨应验吧！

如果不是泰山的光辉过于耀目，放在别处任何一个地方，徂徕山都是一座名头很响的大山。它位于牟汶河与柴汶河的中间地带，是汶河两条主要支流的灵气孕育了它的灵秀与壮美。

《诗经·鲁颂》有云：“徂徕之松，新甫之柏。”可见，早在两千多年前，徂徕山就以其浓密茂盛的松柏引起了歌者的关注。即使今天，车辆行进在徂徕山中，人们也会被这茂密的松林所震撼。

如果说泰山中藏个三五千人十分不易，那么在徂徕山中藏个千军万马简直易如反掌。徂徕山优越的自然条件要超过泰山许多，也许“略输文采”吧！这里的人文景观逊于泰山，但并不缺少。据说，这里如今尚存寺庙3处、碑碣54块、摩崖刻石113处、古树名木千余株，其中不乏像李白题写的“独秀峰”等墨宝，也不乏徂徕山起义的大寺遗址。看来，缺乏总体的策划、宣传与包装，是徂徕山始终不能走上前台的根本原因。

中午时分，我们驱车来到了徂徕山的最高峰——太平顶。这里海拔 1027 米，离泰山极顶的直线距离仅为 30 公里。我突然产生一个荒诞的想法：要是在两个山顶间修一条索道，岂不妙哉！同行的梁庄镇文化站站长张纯岭讲了一个异曲同工的民间传说：早年，碧霞元君曾在徂徕山修炼，得道后在不远处的秋千峰上荡秋千上了泰山顶，成为泰山的住持。

下午 1 点，我们在徂徕山深处的卧尧农家小院吃自带的煎饼、咸菜，又请房东卞大嫂烧了一个大北瓜。席间，卞大嫂竟从声音上认出了“张疯子”张纯岭。民间艺术家张纯岭，近年来一心致力于徂徕山民间文学的搜集与发掘，已出版《徂徕山民间传说》《徂徕山抗日民歌》等著作，由于过于投入与痴迷，差点被家人当作疯子送到精神病院去。省、市、区电台多次邀请他做嘉宾，并演唱他收集的民谣。目不识丁的卞大嫂就是这样认识了他。

在大伙的一再要求下，几杯酒下肚的张纯岭又“疯”了起来，用《小五更》的曲调唱了起来：“一呀么一更里呀，月儿照东墙，蒋介石在南京眼泪落两行，损了兵、折了将……”

民间文学就应该根植于民间。卞大嫂这样的知音，是对民间艺术家最好的肯定。

干涸的竹溪

唐开元年间，流寓山东的大诗人李白同名士孔巢父、韩准、裴政、张叔明、陶沔隐居徂徕山南，喝酒谈天，修身养性，史称“竹溪六逸”。

今天，我们就要去找竹溪。

沿蜿蜒的土路蛇行上山，汽车在一块刻有“竹溪佳境”的大石头前停了下来。向导指着悬崖下面突出的石床说：这就是竹溪。

这就是竹溪？为何四周没有一棵竹子？向导介绍说，因为石床上石结突出，犹如一个又一个粗大的竹节，又有清水从石上流过，故而得名。

是啊，这里确实没有成片的竹林，可是哪一片竹林又能获得这样的殊运！可惜我们来得不是时候，这里已经没有了溪水。为了修盘山公路，山上的流水已被截住，乖乖地沿河道另寻下山之路了。石竹尚在，而溪水早已不知去向！找不到的，还有唐朝的六位隐士。

我们沿竹溪而下，去看二圣宫。一圣为老子，一圣为孔子，不知这两位老先生如何被供在了一起。

资料上记载，“二圣宫始建于元朝”，但我们去看时，只剩下前后两个条形巨石垒起的古堡。有人说，是过去传教所用的教室，可我看像是闭关修炼时的场所：一扇很小的石门，还有一个小小的天窗，似乎是通气孔。

这里风景十分秀丽。背依高山面临竹溪，溪边有一片北方很少见的水杉林。整个宫殿隐在山坳里，远远看去，除了感觉地势不凡外，很难看到它的全貌。

联想到我们参观礤石峪的隐仙观，也是隐在深山中。在三四块天然巨石垒起的洞穴中，我看到了清朝两部尚书、文渊阁大学士赵同麟题写的“炼丹炉”三个大字。可以想见，古代的道士在信仰的支撑下，踏遍三山五岳，在人迹罕至的地方修身养性，采日月精华，汲天地灵气，意志不可谓不坚。

整个徂徕山，除了光华寺，我看到的几乎都是道教文化的遗迹。“白云堆里道人家，木食草衣度岁华……不挂市朝名与利，且赢高枕卧烟霞。”石头上，不知是何朝何代何位仙人写给云露山水的诗，不巧被我等凡夫俗子碰见，并记了下来。

感觉大汶河

从大汶口镇向上追溯，统称为汶河上游，由众多支流组成，比较主要的有牟汶河、柴汶河、石汶河、泮汶河、瀛汶河五大支流，它们在泰安市大汶口镇以上完成了汇合，俗称五汶汇流。

从大汶口到东平县戴村坝，这一段河水是大汶河的中游，俗称大汶河。到了这里，就不得不看文姜台、古渡口和大汶口文化遗址。

相传齐国公主文姜与她同父异母的兄弟私通，后远嫁鲁桓公。山水迢迢，两人相见何其难！为此，在古驿道旁边，文姜劝其丈夫为自己修筑了行宫。齐襄公也以打猎名义，涉过汶水，与其妹相会。文姜台便成全了一对男女。

后来，鲁桓公随文姜去齐国省亲时，发现了两人的隐情。情急之下，齐襄公竟杀死了鲁桓公。文姜已无脸再回鲁国国都曲阜，只好回到文姜台郁郁而死。随后，行宫渐毁，至今仅剩一个高 1.8 米的大土台，突兀在水边，仿佛向人们述说着什么。

这是我听到的一个很特别的故事，我从司马先生的《史记》中也查到了有关记载。《诗经 · 齐风》中有三首写到了文姜及文姜回齐。“汶水汤汤，行人彭彭。鲁道有荡，齐子翱翔。汶水滔滔，行人儦儦，鲁道有荡，齐子游敖。”在文姜回齐的路上，人是那样的拥挤，汶水是那样的湍急。

在文姜台遗址上，我拣到了一块陶瓶残片和一块带有花纹的青砖。我不知道夜深人静之时，这残缺的陶瓶是否会漾出汶水的浪花，这深深的砖纹是否会映出历史的图像。

在汶河古渡，我们看到了姜公桥。

1730 年，汶河桥被大水冲毁，两岸人民生活极为不便。清朝石匠姜桂松发誓要修此桥，造福后人。他通过承包皇家工程——修复泰山盘道挣了一笔钱，然后于 1741 年自行设计、自行施工，用了不到一年的时间建造了这座大石桥。至今，这桥仍是两岸人民生活交往的唯一通道。看到这么多的人在桥上走来走去，几个洗衣的农妇便喊：“做吗的？是修桥的吗？这桥真该修了！”听到喊声，我们面面相觑，无法回答，于是更怀念那个 200 多年前的“建筑个体户”姜桂松。

在古渡口，同行的作家殷培文、齐欣讲述了他们与姜桂松的一段奇缘。

住在大河棉纺厂的作家殷培文，对古碑颇有研究。2000 年春天，他在深山中偶然发现了一块姜氏后代立的石碑，上面刻有其祖先姜桂松修建大汶河石桥的功德，便立即通知了祖籍大汶口镇的作家齐欣。古道热肠的齐欣数次与有关方面联系，终于雇人将这块石碑从深山中抬到了路边，并运回了镇政府大院。

如果姜桂松在天有灵，定会对二位作家含笑致谢的。

随后我们去了“大汶口文化遗址”。除了一大片玉米地，谁也无法看到更多的什么了。

大汶口文化遗址总面积 80 余万平方米，为新石器时代遗址，早期属于母系氏族社会末期，中晚期已进入父系氏族社会。在 133 座墓葬中，出土了 2.1 万件随葬品，其晚期的骨针、石锛等物品已相当精致，并出现了贫富差别，但至今没有发现村落遗址。

祖先们已经远远地走去，只把背影留给我们。

拦汶济运

从大汶口镇沿河堤西行不久，便到了堽城大坝。它同戴村坝一起，成为汶河上两道著名的水利工程。

堽城坝最初建于元朝，如今已无处可寻。在一个用水泥石块砌起的大堆边，散落着别处不常见的巨大石头。旁边干农活的老乡指点我们，这就是老坝！

原先的土坝每年都会被冲毁。后来人们发现，原址下行八里，有一个平坦的地方，河床下石床平整，适宜建石坝，于是便于明成化九年迁于此地。它拦截汶水，自光河注入运河以提高水位，至今已有500多年的历史了。

堽城坝到底有多深，听当地人的一句咒语就知道了："我要说瞎话，就让我跳堽城坝！"每年汛期，上游各支流落水者的家人都要跑几十里路，到这里来找尸首。

戴村坝的修建年代大概要晚一点儿，约在明永乐九年（1411年），为此还专门开挖了小汶河，使蓄坝拦截的汶河水能沿小汶河注入南旺，从而达到提高运河水位的目的。

京杭大运河是一条举世闻名的人工河，也是要塞之一。自元代开通东平至临清的会通河后，京杭大运河全线贯通，对于促进南北经济的交流功不可没。东平因此成为漕运要枢，历时600余年。江淮一带漕粮每年400万石皆取道于此运往京都。明朝对运河进行了大规模的疏淤，并接受民间修河工的建议，筑戴村坝，遏汶水接济会通河。该坝被称为中国的第二都江堰。

据说，当年马可·波罗在他的游记中曾经对繁华的东平做过描述。

9月26日上午，就在我们参观完戴村坝准备返程时，一阵噼里啪啦的鞭炮声吸引了我们——原来是两位渔民正在坝下祭祀河神。

都知道东平湖有渔民，想不到大汶河也有渔民，看来戴村坝拦水功能的确非凡。

渔民们燃起一炷香，然后烧起了纸钱。袅袅青烟中，他们把随身带来的烧酒浇在火上。这时，一个人从篮子里拿出一只缚好的大红公鸡。看来要杀牲了！他走向泊在水面的铁皮船，菜刀一挥，鸡血便涌了出来。船老大握住公鸡，沿船走了一圈，将血洒在了船身。做完这一切，两人回到岸边，对着船头虔诚地叩了三叩，整个仪式才算完成。这期间，渔民的妻子一直远远地站在一边，问她为何不参加时，她笑答："不让。"看来，这个神秘的仪式还不允许女性参加，怕是大汶口文化晚期——父系氏族社会的特征吧！

高高的山与古老的城

让我们在千年之后去谒见这座古城，究竟是上天的安排，还是无意的巧合？说不清楚，但大汶河世纪采风团在世纪末来到东平州城，一定有着特殊的意义。

州城始建于公元1000年的宋咸平三年，是从东平湖埠子村移建到这里的。据说，这座古城是一座龟城，北门朝西，南关设计成龟头，龟的双眼及肚脐是幽幽的水井，城墙是黑油油的青砖包皮，内里由三合土夯起。直到1964年，这里的城墙仍保存完好。

由于地势低洼，早年间城内有许多水塘，盛产鱼、苇、蒲、莲，旧称“夏秋之交，荷花半城，渔舟唱晚，风景清幽，不亚于江南”。建成龟形，是取其“万年寿”之意。也许，还考虑离湖太近，取其不被淹没之意？这里出过“建安七子”之一的刘祯，宋朝父子双状元梁灏、梁固，元代戏曲家高文秀等名流，可谓人杰地灵。而今，当我们在千年之后再到此地，却发现古城不在，历史上的种种美景在这里都化为了无。

千年古城其实在活过966年后就完全消失了，彻底地，没有丝毫的留恋。

州城在宋、金时为东平州、东平府；在元朝时为东平路；在明、清时为东平州；1913年至1982年为东平县；1982年以后，东平县由州城迁往新城，这里便成了一个镇。

千年古城就这样一步步没落了，在失去它的建制的同时，也失去了最后的、值得记忆的外貌。

不可否认，环境的改变对经济的发展有着意想不到的打击。1855年，黄河夺清河入海，致使东平经济受挫，特别是运河淤塞、漕运停止，使之渐渐失去交通要塞之功能，州城也逐渐走下聚光灯追逐的舞台。

除此之外，是不是还有其他原因？

我们驱车到州城时，途经一座高山，远远望去，林中隐隐透出了红墙青瓦，颇有点深山藏古寺的味道。一打听，原来叫白佛山。山上有三窟石佛像，依山而凿，始建于隋朝，是齐鲁第一大佛。登山远望，颇有一览众山小的感觉。向导告诉我们，白佛山海拔370米，从东平向南直达徐州，它都是一座最高的山！

这是真的吗？我们是从汶河的源头一路寻来的，来寻找汶河的归宿，我们知道东平湖其实并不是汶河的尽头，东平湖与黄河相连，而黄河最终是要流向大海的！

探寻途中，我们登上了 729 米高的旋崮山，也爬上了 1027 米的徂徕山太平顶，更是从 1545 米的泰山脚下起程的，因此我们知道山有多高，也知道多高的山都有。可白佛山竟然是最高的，这一点出乎每个人的意料。

相传白佛山原来是同泰山一样生长的大山，由于同泰山争雄，惹恼了玉帝，玉帝便派二郎神来摆平此事。二郎神来后，一鞭子抽掉了山头，从此白佛山便停止了长高。不过，这个高度相对于海拔只有 38 米的州城来说，已经是最高的了！

也许正是这样的高度，挡住了东平的视线。至此，我们从文化的意义上，找到了州城衰变的一个重要原因。

雨中腊山

早晨起来，秋雨就一直不停地下。按原计划，我们今天去东平湖及腊山，然后结束此次探寻活动。

车沿东平湖堤岸绕行，使我们真切地感受到了山蒙蒙、水蒙蒙的雨中风光。只是湖中的景色令人有些遗憾，远远望去，养鱼用的网箱把湖面分成了大大小小的筛网，像水墨画中的一个个墨点。

来到 220 国道收费站时，向导郭云策下车，指着一个大闸门告诉我们，这里叫陈口闸，是东平湖的泄水闸。

您知道这句话的含义吗？他是说，这里就是咽喉，是东平湖与黄河相连接的要塞。只要愿意，大闸提起，注入东平湖的汶河水就从这里流向黄河，流向大海！

这就是我们此行的终点。

也许是黄河的泥土太厚重了，在陈口闸大堤，充当摄影师的我一脚陷进了深深的黄泥中，就像同行的这批作家们，早已深陷历史、深陷在汶河的涛声里……

由于雨大、风急，出于安全考虑，我们最终没有登船进湖，这成为一大憾事。到东平湖是不能不上船的，宋代大文豪苏轼这样说过：“更须月出波光净，卧听渔家荡桨歌，行到平湖意自宽，繁花仍得就船看。”看来，只能日后另寻月圆之夜来此荡舟赏花了。

山是一定要登的。腊山位于东平湖畔，是一座有着众多文化古迹的名山。这里佛道遗迹遍布，山水景色紧凑灵秀，较著名的有祥龙宫，又叫“三清宫”，是著名道人邱处机修身布道之处。邱处机是哲学家王重阳的七大弟子之一，又是道教全真龙门派的创始人。王重阳死后，他坚持师傅以道为主，兼收儒、释精华的全真学说潜心修炼，后被金朝征用赴京。在他 66 岁时，山东杨安儿起义，征伐未平，邱道士请旨来山东招安，“所到之处皆投戈拜命”，于是名噪一时。

邱处机 71 岁高龄时，率弟子 18 人前往西域大雪山，面见成吉思汗，历时 4 年方到达。他劝说成吉思汗不要嗜杀人命，要敬天爱命，长生久视，清心寡欲，受到了成吉思汗的厚待，被视为神仙。

1224 年，邱处机带领蒙古兵攻占了北京太极宫。三年后，太祖成吉思汗下旨，将太极宫改为长春宫，并赐给邱处机金虎牌，道家的事情全部交由他来处置。

一时间，道教达到鼎盛。我们从大汶河一路走来，沿途所见的道观，几乎都是全真龙门派的。

据说，在腊山玉皇顶可以眺望黄河，不过我们来得不是时候，秋雨潇潇，云雾茫茫，不远处的黄河隐在一片虚幻的云雾中……

汶河经 200 多公里的流淌，消失了，融进了 600 平方公里浩渺的东平湖；但它又时时刻刻存在着，它在积蓄能量，期待着与另一条大河的相逢。

神龙不见首尾！尽管我们看不见黄河的真面目，但我们想象得出，两条大河交汇时，一定会撞击出壮美的景观！

明天就要回泰山了，探寻就要结束，2000 多公里的行程，10 多天的奔波，我们的行走究竟探寻到了什么？

哲人说：一个人不可能两次踏入同一条河流。那么，我们看过的这条河，从汩汩细流到浩浩荡荡，从石缝山隙到汇入湖海，它还是那条远古流来的大汶河吗？是，又不是。大汶河以生生不息的流动，诠释生命的更新与嬗变、文明的延续与发展。

作者简介：夏海涛，1964 年出生，中国作家协会会员，中国散文学会会员，毕业于鲁迅文学院第 31 届高研班。出版散文集《秋之约》、诗集《水时光》《恍然隔世》《眷恋》等。作品发表于《人民文学》《中国作家》《中华文学选刊》《散文·海外版》《散文选刊》等报刊。散文作品获中国出版集团“第二届海峡两岸网络原创文学大赛”优秀奖、第二届齐鲁散文奖、第八届冰心散文奖。

馈赠（组章）

清水

一

有时候，你也怀疑。

关于年轻的心灵，关于古老的命运。怀疑命运缄默，白石寥寥。

我听到的穿透黑暗森林的声音来自何方？

你以黑夜的笛音重返的奏唱。

二

你的奏唱，带着老树的褐色珠光。宽袍树王打开了山中腹地隐藏的渊薮。

种子纷纷复活，嘤嘤深草里，有甘甜的水流过。仿佛得到时间的秘示，你的鸟群不知疲倦，它们躬耕、看护快要成熟的麦子。时间离它们远去。

更多的光影湮灭在水里。从黑夜到黎明，从日落到又一天的太阳升起。

一些事物平静地出生，而后平静地死亡。一些则在剩余的时间里寻找返回的路，然后还原为荒草、钟声、河流、谷物、黑暗或光明。经过漫长的旅行，这些清凉的事物总会出其不意地在它们曾经出生的地方等你。会不会有复生的智者的灵魂？

当我说出这句话的时候，我看见你一步一步往前走。我看见你在前面走。

而雪，在你身后飘落。

三

雪终于来了。

天空向深处滑行。

起初在船上，后来在白色的陆地上，我发现奔跑的房屋和人群。

暮色降临，钟声敲响暮霭，一声接着一声。钟声从何处响起，又往何处而去？

渐渐地，再也听不到那一击，这最后的钟声连钟一起消隐在了绵延细密的雪的时空。古朴淳沉的木杵，眼沉如水的高僧无从寻行。

人们站在皑皑的白雪上，相信一场如期而至的大雪创造了另一个世界。

四

被澄澈的灵魂指引的我进入一粒雪。

传说中的雪的神峰白云缭绕。

神峰下的海水里有贝壳。

贝壳上，天空里有一点点蓝的颜色。

五

我们用鱼的语言交流。

我们潜入水下，游向天空。

我们分享同一种陌生的兴趣或者突如其来的忧伤。

一些水流进我的血液。我试图破译某种古老的令人愉快的细节——

一页密码，一行墓志铭，一个梦的赠礼。

可是，那永恒的难以破译的，你青铜的菱镜，你栽下的智慧的言辞，你第一次见到我又遗忘了我的，你的勇敢和慈悲。

你此刻的黍苗的黎明。

六

风吹落了更多的树叶。

风吹空荡荡的橘树。

光的手摩挲枝头片刻流霞。果实弃置一旁。

使路人遗忘了的，橘的果缺少投机的本领和严肃的热情。它们一个个光着脚，打着瞌睡，汁水压裂了黄昏的落日光景。

静默的事物一无所获。地黄花开的早晨，一条河带走了它们。它们承载那些流水，流水也承载这些事物。下一个季节来临，河水开始变得清凉，它们又会无声无息地回到原来的地方。

河流巡行，一路清洗窗子、瓦片，清洗一些匆匆赶路的内心。

那些绵密的、鱼鳞一样的光温柔流淌。很多时候，这些水会突然穿过白天的视野，进入一个秘密的山峰或者一条陌生的江流。

我看见一个古老的故事在瞬间发生，又在瞬间消失不见。

七

一些水驮着月亮涉风行走。你肯定长久地注视过。

这月光鳞片，越过河岸和傍晚，越过途经的松树的嘲笑，到达某个不知名的港口。

水的丝绸刚刚织成，初雪喂养在织锦里。你忘记了种种痛楚。

除了彻夜不息的水声，你听不见任何声音。

八

人们总认为你比流水好。

一些人怀抱刚出生的婴儿前来浴洗。枯草中，一只年轻的蟋蟀奄奄一息。

鸟儿扫视一条条河流，它们给婴儿施洗、给蟋蟀疗伤，它们将乌云和花瓣一一收集，植入更低处的土地。鸟儿们希望枯黄的干草和流水一样，仍然富有心灵的意志和柔软的气息。

一些深层次的细节阒静而持续。

原本你就是流水。同一个夜晚人们发现。

九

更多的夜醒来。

放弃了修辞和尖刺的温柔，空气中有低低的风声。

除了安静地生长，你开始和夜的茇茇草，茇茇草叶上青翠的、开败的光影有了某种默契。

那些陈旧的墨水、画布、画布窗棂上清凉的琥珀月光！

半夜临近，半夜正是那极好的正午时光。

白昼的喧嚣慢慢静寂，而沉沉的夜，覆盖了尘土和荣华，此时，它正以夜的意志升起为自由而光明的乐趣。

更多的夜依次入睡。

夜的亮持久在你的内心。

作者简介：清水，本名朱红丽，上海人。作品散见于《星星》《诗刊》《诗选刊》《诗歌月刊》《诗潮》《诗林》《散文诗》《散文诗世界》《中国散文》《中国诗人》《上海诗人》等刊物，多部作品入选《中国年度散文诗》《散文诗选粹》等选本。获第八届冰心散文奖。

母仪巍巍

范志民

母亲没有童年，一生下来就是大人。

半岁，外婆给她断奶，让她改吃稀饭，把母亲应吃的奶，让给家里唯一的男孩子——她已三岁的哥哥——我的舅舅吃。每每回忆起，母亲总对我说："吃奶，吃稀饭，都行，毕竟那时还有你外婆在，有娘就好。"

可是，母亲五岁时，我的外婆突然病逝了。外公续娶，后外婆又带来两个女儿。那年，正是带着苦涩记忆的一九四二年，旱灾过后，蝗虫飞舞，掠尽青黄绿紫，田野光了，锅里空了。我的母亲在后外婆当家的家庭里，抢不上饭吃，也不敢去抢，常常一天都吃不上一顿饭。

十岁时，外公又辞世了。人亡家破，后外婆带着她亲生的几个子女，改嫁别处，孤苦伶仃的母亲从此无家可归。

母亲一边乞讨，一边问路，光着脚丫一口气跑到几十里外去投奔她姑姑。好不容易忍饥挨饿地找到亲人，一见面，姑姑就露出极不耐烦的嫌弃，瞪着眼睛用手指戳着母亲的额头怒斥："你还不去死，跑我家来做什么？"母亲又惊又惶，战战兢兢地把头压得很低，恨不得把咬着牙强忍的委屈压到那副瘦弱得不能再瘦弱的肩膀里去。

被亲人遗弃这件事，我曾问过母亲，母亲十分平静地说："我姑姑家孩子多，本来就难。"母亲和她这个姑姑一直保持亲近，好像什么事都没发生过一样。

受过无数屈辱，结痂流血，过后，并不生成仇恨，像对荷根上的污泥，母亲用善良、真诚和宽厚将那些过往一一化作爱的莲朵。

母亲有个比她大五六岁的姐姐，很早就出嫁了，好在婆家不远。我这个姨妈偶尔会赶去照顾她。跑鬼子兵，是姨妈带着她跑的；姨妈还给她做过鞋，常常是做好一只，就先穿一只。母亲的脚，要么光着，要么脚上一只新鞋、一只旧鞋。母亲说："有鞋穿，夏天就不怕蒺藜（北方土路上普遍都有的一种结着小三角长刺籽籽的植物）扎，冬天就不怕冻烂脚。"母亲非常爱敬我的姨妈，长年累月照顾着，为她养老送终。

母亲在浓度极高的苦水里泡大，内生出一种特有的无畏和坚强，在我的记忆里，她从未向任何苦难低过头。一切遭遇，一切困难，一切苦，都来吧，无它，唯有迎接和面对。这种基因，曾几何时，也成了我性格里的铜墙铁壁。

打小我们母子俩就相依为命。我冬月底出生，那时北方早已进入隆冬。出生那天，母亲一大早就踮着脚冒着风雪出门，支着怀胎十月的身躯硬是把三十多斤的烟叶一步一个坑地背到十多里外的县城集市，卖了换钱；然后又匆匆赶回家，到近一里远的河岸，扒去积雪，敲开冰凌，连担三挑河水，装满水缸，以备月子里饮用。母亲说："添了你，生产队给了十五斤小麦，算是一年的口粮。"

我刚满月，母亲就被抽去参加劳动大会战——用鸡公车推土，一次装满两大箩筐，还得你追我赶地跑起来。由于过度劳累，母亲双下肢浮肿得卷不起裤角，病倒了。她用土法偏方，扎银针，包草药，硬是把自己的病给治好了。那是一九五七年，我母亲十九岁。

我的母亲出生于二十世纪三十年代末，那时，红色政权尚在延安，离西柏坡、北京都还远，阳光照不到她所在的豫中小村庄。天灾、战乱连绵，社会积贫积弱，倾巢之下，幼小者，生命如同草芥。

一个人，不管年纪有多么的大，只要母亲在，他（她）就仍是年轻人，仍是孩子，永远，永远——

母亲是我们生命的源头。我的母亲八十岁了，我也从部队正师领导职务上退下来。拉通过往，回放岁月，无论童年、青年、壮年，还是当下，我的生命、人生，直接或间接地，都在跟着母亲。我就像从未被剪断过脐带一般，一刻不曾脱离母体，在母亲那里，我一直都在成长，也一直都是孩子。

一直以来，我在言行、做人、德行等方面，真正的老师都是我农村乡下的文盲母亲。

母亲不识字，但格外重视我的文化教育。不满七岁，她就给我报名上学。母亲身无分文，我每学期一元五角钱的学杂费总是不能及时交上。欠学费的日子，我要被罚靠墙根儿站着听课，也不发新课本。我知道母亲没有这个钱，说过"要交学费啦"的话之后，也从不再向母亲催要，就这么站着听，放学借同学的课本，把课文抄下来。学习效果还不错！

当母亲从别人口中得知自己的儿子在学校站着听课时，她立马把家中一只下蛋换盐巴的母鸡抱去卖了，然后径直赶往学校，给我交上学费。她把新课本递到我手上时，一字一句地对我说："儿啊，你要记住，读书是件很讲究的事儿，咱就是砸锅卖铁，也要坐下来听课，好好上学读书！"我后来一直喜欢读书学习，是母亲在我幼年时早早给打下的基础。

母亲对我的管教上心又开明。五岁时，母亲买了一只羊，由我负责放养。一次，由于我的贪玩，羊跑丢了。母亲为了让我从小有记性，操起一把刀，吓唬着要教训教训我。我着实怕了，一溜烟儿飞跑出去，终于把羊给找回来了。不过，这种"让人有些恐惧的"教育，在我的记忆里，仅此一次。

之后的日子里，除了我与别人发生激烈争执冲突，母亲会出面干预，要我先让外，其余基本上是既不怂恿也不打压，更无那些出人头地之类的谆谆教导。母亲不骂人，不唠叨，不埋怨，不打罚。她对我的要求，常常只有一句话："人过留名，雁过留声，任何时候都不能让人家捣咱的脊梁骨！"要是遇到别人表扬我"这孩子学习好，聪明"，母亲便会会心地笑笑，表示认可，也会透露出一些不易被人觉察的教子成功的自豪。每当这时，我也感到自己给母亲争了光，于是就会更努力、更争气。

母亲是生产队女劳力中工分评得最高的，也是女红做得最好的。我小时候穿的，从头到脚，都是母亲一手纺织、裁剪、缝制的。起早贪黑地劳作是母亲所过的日子，我也就起早贪黑地跟着她，从未早睡和懒过床。上学后，这让我有了一个很好的早诵读、晚预习的学习习惯。无论暑热和寒冬，我都是同学中起得最早、上学到得最早的。母亲表扬说："一个人，就是要有心劲儿。"

如果问我，什么是母亲提倡和强调最多，让我一辈子最受益的，那就是这个"有心劲儿"。

我的学习成绩一路领先，高中毕业时，尚未恢复高考，在母亲的支持下，我参军入伍了。不久，就到了1979年，我参加了对越自卫还击作战，任团前指参谋，置身枪林弹雨第一线。出发前，我有配发的手枪，又要了一支冲锋枪、三百发子弹，还特意在屁股上挂了一颗准备与敌人同归于尽的手榴弹，写了遗书。但我没敢把遗书寄给母亲，而是寄给姨妈，由姨妈转交。

我看低了母亲的伟大。当她得知我要去打仗，当即赶到县城，给我发了一份十分恳切的电报："坚决支持你！妈妈。"

第二天，她又进城，卖了一头大猪，买来一台当时最高档的收音机，天天疯了似的守着"话匣子"一遍一遍收听前线的报道——她盼望早点听到战争结束的消息。仗打完不久，母亲一路晕车、呕吐，第一时间赶到昆明军区总医院看望我。当看到我并无大碍时，她严肃地说：“你为国家去打仗，我很支持。不过，我可不愿看到我的儿子有什么大的意外！”

我当兵几十年里，母亲是很放心的。她坚信，在解放军的大学校里，我会成长得很好。我忙于工作，不一定每年都回老家，她老人家却年年来队里看我。

尽管她年纪越来越大，但每一次来队里，都像搬家一样，大包小包带着，少不了我喜欢的黄牛肉、火烧、红薯粉条，甚至鲜豆腐。一来，她便张罗着给我做家乡饭，捞面、菜盒子、炸油饼，天天不重样。

饭中，母亲仍不忘连连给我夹菜，从我记事起便是如此。记得过去难得吃上一次肉、蛋或豆腐，要是有那么一次，母亲就会把这些好吃的从自己碗里挑出来给我。我说：“妈，你自己吃吧！”母亲永远用一句回我：“这些东西，妈都不待见。”

母亲每次来队里，还会特意带一些老家的蔬菜种子，如石香菜之类，开一小片荒地，种上，让我就地就能吃上家乡的味道。回去时，她会用心选些花木苗子带回家，细心地栽进我老家的院子。

久了，老家院子里长出一个别样的花园，月季、紫薇、海棠争奇斗艳。有一棵高高的棕树，鹤立鸡群，长出芭蕉扇的大叶子（当地人常用这种团扇，却从未见过何处长来），有人出高价想买去，老母亲发话说：“这是我儿部队营院的小苗儿移栽的，它长的是念想，多少钱也不卖。”

一次，我回家，一出航站楼，就看到来接我的母亲，手里竟还捏着一枚娇艳鲜嫩的花，大声说道：“给儿子献花！”然后，凑近我，悄悄解释：“这是从重庆带回的花树上采摘的。花有灵性，知道你回来，提前开了，报信哩。我摘一朵，让你先看看。”我望着笑得像孩子一样的母亲，接过那朵花，眼睛热热地湿了。

母亲是苦过来的，最看不得别人有苦有难、受苦受难，随时随地，都伸着一双温暖的手。有个冬天，雪下得很深，在街上义务清扫路面的母亲遇见一位孤老的残疾人从面前经过。母亲认识他，他是邻近生产队田里守夜看菜园的，这是早起从菜园回家。母亲见他一瘸一拐的脚上穿着烂得只剩半截鞋底的鞋子，心里很难受，当即脱下棉鞋，让他穿了赶路。母亲薄袜冷雪而归，心里倒觉得很快乐。一次，母亲带了一些旧衣服到邻村去加工，返布成棉。一位与她年龄相近的老太太见母亲要加工的衣服尚能再穿，示意想要。母亲就把所带衣物全部送给了她。当母亲得知这位老太太因生活所迫，七十四岁又下嫁此地时，赶回家，把能穿的旧衣服洗净晒干，收罗了一大捆，给那位老太太背了去，临走还留下一百元钱。母亲自幼失去双亲，不知道自己的生日是哪一天，从未过过生日。母亲没有生日，也没有人记得她的生日。但我的母亲，不仅记得我们的家人、亲戚所有人的生日，就连我们一个生产队几百号人，无论老少，无论现在是否还在老家居住，她都如数家珍。乡亲里的同辈们，见到我常常会说："您妈待我们如亲妈一样亲！"还会说，"您在外地，离得远，还没有俺们享受的亲情多哩！"

如今已五十多岁的我，常扪心自问：我长大了吗？我有什么值得炫耀的吗？

要说有，那就是我的母亲！

母仪巍巍，唯有敬仰！

作者简介：范志民，职业军人，大学汉语言文学专业。《重庆晚报》副刊专栏作家，中国散文学会会员，《散文家》行政总监。在校期间，曾参与创办文学刊物《绿屿》。1983年，发表短篇小说《脚印》。参加过对越自卫还击作战，勇立战功，并以参战经历创作发表系列散文。从事部队行政领导工作时不忘笔耕，先后在《解放军报》《解放军后勤文艺》《散文家》《战旗报》《重庆日报》《作家视野》《银河系》等报刊发表数十万文字。获第八届冰心散文奖等奖项。

心中老磨房

钟法权

在我的记忆中，磨房已经是非常遥远的意象了。哪曾想到，几十年后的 2016 年盛夏，在美丽的甘南，偏僻的冶力关镇池沟村，我又见到了仅存于记忆中的磨房。

池沟村的磨房建在穿村而过的河沟上。河沟不宽，也不深，也就一米五多的样子，水深不到一米。只因坡度大，水流湍急，垂伸于水中的木头桨叶在激流的冲击下，匀速旋转起来。磨房里的石磨便开始了运转，喂进磨口的麦子，经过石磨碾压，出磨时变成了面粉。

磨房的地基是横在河沟上的两根粗实的圆木。磨房不大，充其量 10 个平方。房子是木板房，天长日久，风吹雨淋，木板房上如缀满补丁的衣服一般。那一块块补丁的颜色有深有浅，深的已经发黑，浅的已经发灰。磨房如今像一头卸了套的老牛，立在河沟上，一派沧桑。好在磨房下的水，一刻不停哗哗地唱着同一首歌向前奔流。蹲在磨房一旁抽旱烟的老农说："磨房停歇十多年了，房子也破旧不堪，可我们一直不舍得撤掉它。在那缺吃少穿的年代，我们吃的粮食都是水磨磨的，可以说是磨房供养了我们池沟村一代又一代人。"

池沟村的磨房并没有因为时代进步了而被当作多余之物拆掉。这不由得让我想起老家磨房的命运，心里好不感叹。我老家也有一座磨房，那磨房要比池沟村的大。老家的磨房由清一色的青石条砌成，建在悬崖峭壁之上，有人称它为好看的石房子，更多的人则叫它石磨房。石磨房一共三间房，一间是磨米磨面的加工房，一间是囤粮食的仓库，一间是磨房主人睡觉做饭的房子。那磨房建在河岸边，石磨靠悬在水里的木桨带动，可以说省人省力。用现在的话说，是典型的绿色工业。

磨房一年四季生意兴隆，四邻八乡的乡亲们都会挑着装满稻谷的箩筐，到磨房去加工。自我记事起，就常随父母到磨房磨米磨面。当大人在磨房把稻谷加工成大米时，我就坐在磨房山头前一棵大柳树下的石条上，欣赏那冲击桨叶之后一泻十米之远的水流，那水柱是白色的，在阳光下闪着白光，水落在河滩时，深滩被水流冲出比簸箕还大的水窝，那水纹用力地向外扩散，最终被上游的来水所覆盖。

周而复始，石磨房、大柳树成为我儿时最美丽的乡村风景。随着电力的快速发展，电磨很快替代了水磨，磨房自然而然受到冷落，加上年久失修，如今磨房只剩下残墙断壁。那棵二人牵手才能环抱的柳树，据说被磨房的主人砍伐，做了自己的寿木。为什么冶力关镇池沟村的磨房能够被完好地保留，而我故乡那用石条砌成、远比眼前木板磨房坚固百倍的磨房，却在时代发展的过程中无声无息地消失了呢？

星星布满天空，月亮与繁星的光辉将山村照得如同白昼。轮廓分明的磨房，仿佛一座神殿立在我的眼前。月光下，抽着旱烟的老农对我说："你不知道，用水磨磨出的苞谷和面粉是多么好吃，蒸出的馒头又软又甜，煮出的玉米糊香甜可口，用水磨加工谷物，省工省时省钱省力。现今的年轻娃太图省事，没有耐心到磨房加工粮食，习惯拿钱到镇上的粮店去买现成的米面。"

如今的池沟村已今非昔比，全村的人都住进了宽敞明亮的二层小楼，楼前养着花草、种着蔬菜，不少农家将沟里的水直接引到庭院里，小桥流水别有一番风味。池沟村以磨房为中心，修建了休闲广场和文化墙，古朴与现代的反差，勾勒出池沟村新农村的独特韵味，成为甘南新农村建设的一道亮丽风景。

磨房虽小，在池沟村上了岁数人的心里却最重要；磨房虽旧，在面貌一新的池沟村却最为显眼；磨房虽然已经成为过去，却成了池沟村人永远的回味。在络绎不绝前来参观池沟村新农村建设成就的人们眼中，磨房又成为池沟村的一道不容错过的风景、一个乡村的地标、一个让人思古忆今回味无穷的地方。

水在轻声歌唱，磨声永远定格在了人们的记忆中。

作者简介：钟法权，解放军空军军医大学军事预防医学院政委，大校军衔。中国作家协会会员，鲁迅文学院第21届高研班学员。在《人民文学》《中国作家》《解放军文艺》《青年文学》《北京文学》《人民日报》《解放军报》等报刊发表小说、散文、报告文学400余篇。出版小说集《情书撰写人》《行走的声音》《脸谱》、长篇小说《浴火》、长篇报告文学《那一年、这一生》《废墟上的阳光》《陈独秀江津晚歌》《雪莲花开》《最先到达的长征》等。《那一年、这一生》《陈独秀江津晚歌》分别荣获第十一、第十二届全军文艺优秀作品一等奖，并两次获徐迟报告文学提名奖；《心中老磨房》获第八届冰心散文奖；《雪莲花开》获第三届全国报告文学"石膏山杯"二等奖，2019年获第五届柳青文学奖。

父亲的哲学

笑石

父亲是在过了 70 岁生日的那年冬天去世的，至今已经有 23 年了。直到现在，方圆百里的乡亲们还经常念叨他，远在北京的我还会常常梦见他。

苦难是父亲人生最好的学校。爷爷去世得早，作为长子的父亲很早就承担起了大家庭的重任。父亲不仅在苦难中变得坚强，更在苦难中学会了许多实用的本领。父亲不仅干各种农活是把好手，而且农用器具都是他自己做的。父亲从来没学过木工，可我上小学时的学校就是父亲领着几个小兄弟用木头盖起来的。典型的自学成才，还是多专多能。

父亲在方圆百里的乡亲中威望很高。都说贫穷和懦弱是一对孪生兄弟，而我的父亲却是个可以接受贫穷却一直很刚毅的人。我舅舅十岁那年在我们家，有一天误到富农家的山上砍了一小捆柴火，舅舅知错后当时就把柴火还给了富农家。可富农家老太太不依不饶，对我舅舅进行无休止的辱骂。一向委曲求全的奶奶实在看不过去了，就出面劝阻，又是解释，又是道歉。谁想富农家老太太竟狠狠地一把将我奶奶推倒在地，奶奶伤得都爬不起来了。老实巴交的两个叔叔不知所措，只好把远在十几里外躲壮丁的父亲叫了回来。

父亲穿着草鞋，拿着砍刀急急火火地直奔富农家而去，富农家的几个儿子吓得跑到后背山上躲了起来。父亲把砍刀的刀背架在老太太的脖子上，富农家老太太吓得鬼哭狼嚎。直到她家里的儿子们从山上滚下来齐刷刷跪在我父亲面前求饶为止。从那以后，再也没有人敢明目张胆地欺负我们家人了。在法律和文明都空白的落后偏远山村，野蛮或许是对付野蛮，乃至维护权利和公正最直接、最有效的手段。

父亲比母亲大一岁，可母亲却比父亲早走了整整十年。我母亲是在大姐家突然患病的，送到乡卫生所还没来得及抢救就去世了。在护送母亲遗体往家走的十几里山路上，父亲一只手举着蜡烛，另一只手护着，生怕蜡烛被山风吹灭，唯恐母亲的灵魂找不到家。父亲一路上呼喊着母亲的名字，不停地说着带母亲回家的话，任凭烛蜡一层层浇烫着手背，也不让我哥哥跟他换把手。在我的记忆里，父亲在母亲面前总是很强势，很大男子主义的。母亲突然离世，父亲才表现出铮铮男儿少有的痛惜柔情。母亲去世后，父亲甚至连床的位置都不曾挪动过。父亲拒绝再找老伴，他对母亲的爱是渗透到骨子里的。

父亲最大的心愿就是让我这个最小的儿子早点成家，他也就完成了一辈子最大的任务。

我高中毕业后没考上大学，就在当地一所小学当民办教师。虽说只是一个高中毕业生，在当时偏僻的农村也算是高级知识分子了，能当个民办教师也算是有了份比较体面的工作。父亲一直逼着我相亲，而我一门心思想考大学。有个星期天，我和父亲一起下地干活，父亲一会儿跟我提张家姑娘，一会儿跟我提李家闺女，我都置之不理。父亲非常恼火，说你不答应相亲就别在地里干活了。我说，不干就不干，扛着锄头就回家了。

自那以后，父亲知道我是铁了心想考大学，就再也没在我面前提过相亲订婚之类的事情，反而默默地创造各种条件支持我。当发现我懈怠和放纵自己的时候，他比任何人都着急。记得暑假的一个下午，父亲一个人到农田里干活，由于阴雨天停电，我便点上蜡烛在家里看书。一位邻居到家里来串门，原本在看书的我，就和邻居下起了象棋。父亲回家看见我居然点着蜡烛在下象棋，气得一把拔掉蜡烛顺手就扔到了家门前的水稻田里。奇怪的是，当时的我除了恐惧，竟然没有一丝怨恨。从那以后，特别是在考上大学之前的日子里，我更加珍惜每一寸时光，没再敢其实也没再想有一丝的懈怠。父亲气愤拔蜡烛的那一幕至今还深深地印在我的脑海里，直到现在我还心存对父亲的敬畏和感激。

如今，我常以哲人的口气对年轻人说："人不但要有梦想，更要有让梦想变成现实的行动，行为要和目标高度统一。"虽然父亲说不出我现在这么有哲理的话，但我从内心感激他、敬仰他。父亲是伟大的行为哲学家。

后来，我终于考上大学了，成了当地第一个本科生。父亲比谁都高兴，比谁都骄傲。虽然大学是我自己考上的，但父亲付出的不比我少。上了大学以后，我有事没事就给父亲写信，就是想让父亲一个生活孤独的老人精神上不要太孤独。有趣的是，每当父亲收到我的信，就会迫不及待地借故自己年老眼花去找别人帮忙读信，同一封信找张三读完，又找李四读，还专门挑人多的时候，唯恐别人不知道他有个儿子在上大学。

父亲常说的两句话让我终身受益。一句是"千日烧香，一时保佑"，另一句是"宁愿给能人背包裹，也不要帮孬人打官司"。前一句表面上说的是求佛，实际上说的是做人。求佛和做人是一个理。做人不能因为一点点的付出马上就想有回报，或者因为想要回报才去付出，更不能用人朝前，不用人朝后。后一句说的是，只有经常和比自己有出息的人相处，才能学到他人的长处，才能使自己越来越优秀，用现在的话说就是见贤才能思齐。如果总是和各方面都不如自己的人在一起，表面上可以获得成就感，但也容易让人不思进取、裹足不前。父亲的话简洁明了，但深富哲理。

父亲已经走了那么多年了，可我还是经常会梦见他，特别是在我迷茫和懈怠的时候，冥冥之中父亲好像一直在给我警示。

作者简介：笑石，原名郭孝实，1966年出生，汉族，中共党员，武汉大学法学博士，中央党校政治学博士后，职工驿站创始人，高级职业指导师。现任中国劳动关系学院党委常委，中国职工电化教育中心主任兼中国职工音像出版社社长。曾任全国学生联合会执行主席，全国总工会文工团党委副书记兼副团长，新疆维吾尔自治区总工会副主席。出版著作《心夜相约》(诗集)、《融入社会丛书》、《司法预救济与再救济》，主编《职工驿站的故事》，创作《梦中的雪莲》《你是谁》等几十首歌曲。

乘一叶慈悲越界来

姚凤霄

《路史·后纪五》记载：黄帝之妃西陵氏曰嫘祖，以其始蚕，故又祀先蚕。《通鉴外记》亦曰：西陵氏之女嫘祖，为黄帝元妃，治丝茧以供衣服，后世祀为先蚕。人类利用蚕茧，从取食蚕蛹开始，继而才发现茧壳上的丝缕可以抽出，后来就把蚕茧用热水浸泡抽丝，称为缫丝。祖居丝绸之乡山东昌邑，与桑园丝绸有关的事，我很小的时候就知道。

昌邑的桑蚕丝绸业发达，我家是千家万户中的一家。九十七岁的爷爷是柳疃恒丰染坊唯一健在的业主，也是柳疃丝织一厂唯一健在的业主。从小耳濡目染，我对桑蚕和丝绸的熟悉就像日日做饭升起的一蓬烟火，说起采桑叶，喂蚕眉儿，络籰子，织绸，染绸，于我就是最温暖的记忆，是阳光的关爱和月光的照耀，是陪伴我长大的苦辣酸甜。对我来说，那些劳累和快乐、单薄和丰富，早就融进生命的深处，一遇机会触及，我灵魂里的那些醉，就云山雾罩地漫过来。

蚕眉儿　喂蚕眉儿　吐出丝来织成云

我喜欢到二姥姥家去，二姥姥家每年都喂蚕眉儿，也喂得好。二姥姥是个美人尖儿，细白皮肤，身材匀称，俊秀的圆脸盘，大眼睛，乌黑的头发挽成一个大发髻卧在脑后，用长长的银簪两边插上，银簪闪闪亮，透着一股清灵的气息，让人很想去摸一下。二姥姥穿了浆过的原白色大襟褂子，本色菊花瓣布盘扣细细缝在衣襟上，用金黄的铜珠子扣起来，花朵一样美。黑色肥腿的府绸裤子不见皱褶，裤腿下端缠了黑色的布带子，看起来清清爽爽，两只小脚显得更小了。二姥姥是标准的“三寸金莲”，走起路来袅袅婷婷。她有两个儿子，可她却喜欢闺女，我属于被喜欢的。

二姥姥家境殷实。她家有两个大门，第一个门是很普通的小角门。在长长的窄胡同里，高高的院墙边有一个小角门，进来后，是一个大树园子，一片老树很有些气势，浓荫遮地，虽然树干斑驳苍老，但依旧枝叶青青。园子地势低，潮湿的气息游来荡去地关照着满地苔藓。晴蓝的天空，在树梢之上就是一个个透彻的蓝色小洞，流荡的光，树枝树叶的影，甚是明艳。随意一瞥，晴蓝过心后，就钻进我的灵魂里，存储了许多年。我记得南墙角上有一片桑树林，每每结了桑葚，我就钻进树丛去，用手摇一下树干，熟透的桑葚就吧嗒吧嗒落下来，我赶紧捡了填进嘴里，紫桑葚很甜。那时我年龄小，记忆中这片林子好大。走挺长时间才到第二个门，第二个门就高大华丽了，厚重的大门，大石墩，长石阶，精美的砖雕，青石板路一直铺到正屋。正屋是一色的青砖到顶，有好多宽宽的青石台阶，记不清是多少级了，只记得很光滑，亮汪汪的。院子里明暗交织的光线，闪烁着神秘的气息，一不小心就会陷进迷幻的境地，仿佛一些穿了绫罗绸缎的才子佳人，会从某个门里悄然闪出来。

二姥姥在家喂蚕眉儿，听到姥姥和我叩门环，笑吟吟地迎出来，接过姥姥手中盖了蓝布的长方形竹丝篮子，又牵着我的手。姥姥给她二姐带了礼物，竹篮里盛了大半篮子新鸡蛋，一大束刚搓好的纳鞋底的麻线。在我的记忆里，走亲戚空手登门是很不礼貌的。家中最好的东西是送给别人的，自己吃的或用的，都是留差一点儿的。礼尚往来讲究的就是高看一眼，虽然东西不多，但都是用满满的情谊精心准备的。

二姥姥家的正屋收拾得窗明几净，雕花的大方桌上放着大茶壶、茶碗，高高的瓷花帽桶里，插着两个鸡毛掸子，两个圈椅分列两边，一个钱柜靠墙放着。炕几上放着丝绸被子，蓝绿青白的颜色，清爽干净。炕上铺了凉席，放着两个青花瓷枕，瓷枕上是卧着的花猫，其中一只裂了缝，用毛蓝布条粘着。我很喜欢这对青花瓷猫，眼看手摸，小手指还插进猫耳朵孔里，试试里面有什么东西，其实里面空空的。瓷枕带着遥远的灵美之色款款而来，透亮的瓷，洁净的质地，脱俗的色。我对这美物心存敬意和喜爱。看着瓷猫就觉得很高贵，它卧在素常的生活里，那么安静，那么提气带劲儿，分分钟有了一抹亮色。

院子里有好多花儿，好像美丽的色彩暴动了，汹涌澎湃地占满院内的角落，墙头也长满花草。院子东面葡萄架下的阴凉里，姥姥和二姥姥坐在板凳上，面对面说话，我站在姥姥身边安静地听，因为来之前姥姥嘱咐过我，二姥姥家规矩多，要学会看眼色、少说话。她们说了什么，我都不记得了。二姥姥拉着我的手，看着我，我也看着二姥姥。我忽然发现二姥姥的大眼睛闪着光，眼珠里有个我的影子。我咋住到她眼睛里去了？原来二姥姥喜欢我呢！知道了这个秘密，我就得意地笑了。

我先前见过二姥爷，他的样子可不好看，矮个子，其貌不扬。但他手很巧，能干很多细密活儿。他们家好看的小板凳，盛蚕眉儿的笸箩，就是二姥爷自己做的。正说着话，二姥爷担着桑叶回家了，用肩上的毛巾擦擦汗，抿着嘴朝我们笑笑，仿佛他的世界一切都温润平和，苦和累都是应该的。二姥姥赶紧递上早盛好的绿豆汤，接过毛巾洗好，晒在院子里的铁丝上。他们之间的那种温馨默契，让人感到日子是镶了金边的美。现在想想，好佩服这一家人，他们生活勤谨安和，不张扬，一切都是内里的讲究和优雅。

二姥姥拉着我的手，带我去看她养的蚕眉儿，边走边说：蚕眉儿喜欢干净，不能有异味，说话要小声，轻手轻脚，别惊动了蚕娘娘。我不住地点头，说：记住了。

进了蚕房，我看着蚕眉儿在几个大笸箩里，沙沙地吃着桑叶。喂小蚕眉儿时，二姥姥把挑选干净的嫩桑叶用剪刀剪得细碎，轻轻撒上，像照看婴儿那样，眯眯笑着，一脸的喜爱和小心。另一个笸箩里的蚕眉儿长大了，它们很活泼，扭着清白的身子，不停地吃桑叶，桑叶给它们的生命提供绿色的液汁，硕大的树叶慢慢集聚在蚕眉儿小小的身体中。二姥姥满意地看着她的蚕眉儿，用干净的布把桑叶擦干净，向笸箩里撒一层桑叶。

靠边的两个大笸箩里是大蚕，它们吃桑叶的速度好快，沙沙沙，像是细雨点落在树叶上，一直一直地响。不大一会儿，桑叶就被蚕眉儿吃光了，二姥姥就再撒一遍，我也跟着撒。桑树蓬勃的生命，通过蚕眉儿换了另一种状态呈现出来。这些桑叶的液汁，对蚕眉儿来说，像乳汁一样甜美，一脉清流给了它们变幻形态的根基，桑叶与蚕眉儿窃窃私语，一曲美妙而缱绻的越界，随慈悲而来，随悲伤和喜悦而来。

二姥姥小声说：喂老蚕很辛苦，要不停地采桑叶，不停地喂，等蚕眉儿上山做茧就好了。二姥姥又带我去看蚕作茧的蚕山，干净的麦秸垛上，蚕眉儿自己选择位置，白白的丝网里，蚕茧密密的一层，还有蚕在忙着做茧。蚕眉儿把自己藏进细密莹亮的茧里，藏进丝绒般轻柔的睡梦里。我大气都不敢喘，小心翼翼地看。在我的心目中，蚕娘娘很神圣，跟奶奶烧香磕头敬着的老天爷差不多。二姥姥拉着我的手离开蚕山，走进正屋才说：蚕眉儿是慈悲的神灵，吃了桑叶吐出丝，让我们这些凡俗的人有衣穿、有饭吃，活得像个人，怎么敬着都不为过啊。姥姥笑着点头，说：我们都沾了蚕娘娘的光，享着蚕娘娘的福。我觉得，二姥姥家的“蚕娘娘”比其他人家的都好，她家每年都收许多蚕茧，卖不少钱呢。不过，我只是心里想，没敢说出来。

姥姥让我跟二姥姥告别，二姥姥留下我们带来的鸡蛋和麻线，又把瓜果点心装满篮子。我们不带，她不停地对姥姥和我说：“嫌少，还是不好？叫你拿着就拿着吧，嗯。全拿着，你别气我，再气我不稀罕你了。只拿一样，以后别进我的门了。”在她善意的威胁之下，我姥姥带走她的好多礼品，我第一次吃到的许多好东西，都是二姥姥给的。

二姥姥送我们到胡同口，对我说：等收了蚕茧，二姥姥给你炒蚕蛹吃，我用力点点头。蚕蛹我吃过，很香。过了些日子，二姥姥让人捎来了炒蚕蛹。捎信儿的人说，二姥姥让我到她家去，她给我做了一件红绸衫，还有两块红绸布，给我扎辫子。

二姥姥家胡同口不远就是集市，她拉着我的手去赶集。赶集的时候，我就被二姥姥打扮起来，穿了新绸衫，梳了辫子，挽成两个髽髻，系了红绸子蝴蝶结，脸上扑了香粉。二姥姥也打扮起来，她梳了长头发，盘在脑后，大银耳环和长长的银簪，用白绸子蘸了香粉一遍遍擦，擦得锃亮。二姥姥带上耳环，插上银簪，立刻变了样，整个人顿时美了起来。熙攘的人群中，二姥姥左手挽了竹篮，右手领着我，我们一老一小引来许多艳羡的目光。当时，穿红绸子衫是很奢侈的，红色也格外招眼。有个女人问：这是谁家的小闺女？啧啧啧，细皮嫩肉，花蝴蝶似的。二姥姥说：是俺外孙女。那女人用手摸我的红绸衫说：红绸衫真俊啊！我一脸自豪地说："二姥姥给俺做的。你穿着小啊。"

我知道大人逗小孩会接着说：你这个红绸衫这么俊，脱下来给我穿吧？我就先说她穿不上，让她无话可说。二姥姥和那女人一起嘎嘎大笑。

络车　络丝籰儿　白胡子老头砸大缸

说到昌邑的柳疃丝绸，历史渊源深厚。曹雪芹的祖母是地道的昌邑人，皇帝赐她家族姓李，李家与清宫关系密切。在《红楼梦》里，大观园拾级而上的公子佳人，色彩艳丽的丝绸衣物，家族的饮食器物，风土人情，都与昌邑、与柳疃丝绸有着密切联系。红楼梦里的人物对话，很多都是昌邑人现在的方言，许多风俗礼节也与昌邑一样。历史文化传承像阳光下的风，温暖着一代又一代人的生活。

读过《红楼梦》，我们仿佛看到贾宝玉林黛玉薛宝钗带着仆从一行人，在曲苑回廊里走过，绫罗绸缎窸窣，香气袭人的衣袂随风飘摇。他们年轻俊美，步履轻快，衣间翠玉叮咚，那种唯美奢华，如同午后荷香氤氲的池塘，洗净尘间的忧伤，飘来贵族之气和灵性之意。他们的高贵，来自易碎易伤的丝绸之美，华丽之光浮现在他们身体之外，也融于他们的心灵，不事稼穑的社会上层，锦衣玉食地活着，丝绸金玉是他们那种高贵的支撑和象征。可是，从蚕茧到绸缎，从野外到华屋，诸多美好的物华，凝结着无数劳动人民的智慧和汗水。人间的大美，不是来源于穿戴和拥有这些的贵族们，而是来源于创造美的众多劳动者。

柳疃丝绸从清朝嘉庆年间就形成了较成熟的养蚕制丝织绸一条龙工艺。我爷爷与几个人合伙凑钱在柳疃建起恒丰染坊，后来公私合营，成立了柳疃丝织一厂。爷爷在厂里负责销售工作，天南地北地推销柳疃丝绸，让柳疃丝绸名扬海内外。

丝绸之乡，每个人都与桑蚕和丝绸有关。在我的记忆里，小时候，奶奶常在油灯下络篗子，春夏秋冬，长长的丝线缠绕着美好的情感，家庭和人间的爱意都在柔韧的丝线里绕来绕去，勤劳和灵巧的手温暖着贫寒的日子。奶奶常常边络篗子，边给我讲笑话。

从前，有个白胡子老头，他是个苦力人，一个光棍汉，自己烧制瓦盆和大缸，烧好了就推着车子走街串巷地卖。这是初冬的一个下午，他走着走着，又困又饿，实在走不动了，就放下车子，歇一会儿。他从右边大缸里掏出包窝头的包袱，里面有两个窝头，拿出一个，找了个避风的沟坎，佝偻着身子侧躺着，吃了一个窝头，喝了点水。他从车子上拿下一根打犸虎的木棍，搂在怀里，又摸了一下胸口的钱袋。用手捏捏，还在，就放心地闭上眼眯瞪起来，一眯瞪就睡着了。睡梦里，他走进一座城，城头上写着“北海县寨鄑城”。这个地方，他第一次来。城里楼瓦亭台，商铺林立，人流熙攘，大姑娘小媳妇穿着绫罗绸缎，像戏台上的人那样美，他看得直了眼，喔呀呀，老天爷啊，还有这么好的地方，这么俊美的女人。忽然，有一小厮冲着他就跑过来，说：掌柜的，我可找到你了，这些年你到哪里去了？咋变成这样了？一家人都急死了。白胡子老头一时糊涂了——这是怎么回事儿？那小厮拉住他的胳膊生怕他跑了似的说：掌柜的，现在太太当家主事，两个姨太太被她打跑了，咱家的绸缎庄生意清冷。咋咋咋，我是有钱人？还有老婆姨太太？还有绸缎庄？天上掉下个金銮殿，我是金銮殿中人呀！白胡子老头说：我不是你家掌柜的，我是卖瓦盆大缸的。那小厮继续说：掌柜的，我跟了你十几年怎么会认错人？那个穿了咱家绸子吊死的新媳妇早埋了，你不用躲了。吊死的新媳妇？白胡子老头害怕极了。这个掌柜的身上还有人命？更不能认了，赶紧跑。说着，他就挣脱小厮的手要跑。小厮劲大得很，就是不松手。白胡子老头就说：算了，我不跑了，你说说，是怎么一回事？小厮说：掌柜的，你不记得了？前街上老吴家刚嫁出去的闺女，买了咱绸缎庄的绸子，做了一身新衣服，搽胭脂抹粉，骑上毛驴回婆家，没想到绸子太薄了，不经磨，到了婆家，绸子裤磨破了，露着白屁股蛋，被一街看新媳妇的人耍笑羞辱。

羞怒之下，新媳妇回到家，拿个绳子挂到梁上就上吊死了。老吴家来闹，您就吓跑了。白胡子老头心里想：自己这辈子也没穿过绸缎啊，绸缎庄的绸子还这么不经磨？没等他说话，街上又过来一个强人，揪住他的衣领挥拳就打：刘掌柜，你个昧良心的，你织的什么绸子，一只鹅就吃了一匹绸子，偷工减料啊，我打死你个奸商！

讲到这里，奶奶不讲了。奶奶调整一下络车，再换上另一挂丝。我正听得起劲，就央求奶奶再向下讲。心里有些不解，就问：奶奶，北海县寨郚城在哪里啊？北海县寨郚城就在咱姚瓦街庄地底下，很多年前一场大海潮淹没了寨郚城，全城没人逃出来，咱这里常有人梦到寨郚城的事，说的有模有样，我的老奶奶也这样说。海滩上大雾的时候，有人遇到“鬼打墙”，原地走，原地转，听到寨郚城的人们赶大集的声音，商贩一股劲儿吆喝：寨郚城的大狗光鱼哎，十天长一尺，一月长一丈，一年长成海龙王；寨郚城的绫罗绸缎哎，一天织一丈，五天织一匹，十天挂在蓝天上。奶奶，这是真的吗？不知道啊，只是辈辈相传。雨后看海市是真的，我看见过。在不远处的北海滩上，亭台楼阁，车马走动，人来人往，不大一会儿，就没有了。你爷爷说那是海市蜃楼。奶奶，为什么一只鹅就能吞掉一匹绸子，那个白胡子老头为什么挨揍？奶奶看看我的眼睛说：绸子太薄了啊，用的丝太少了，这种绸子全凭上浆的手艺，用水一洗，绸子就成了蚊帐布的样子，露皮露肉的。我点点头。又问：什么是奸商啊？奸商就是骗人骗钱，不实诚的人。嗯，我懂了，我爷爷不是奸商，他们厂子织得绸子厚。奶奶笑起来，你这孩子想得还挺多。奶奶，您快说，那个白胡子老头后来怎么了？

奶奶摇动籰子，又开讲。白胡子老头被一顿拳脚打得抱头鼠窜，满脸是血，一个踉跄摔了个嘴啃泥，一下子醒了，原来是个梦。他睁眼一看，怀里还抱着一根打犸虎的棍子，鼻子破了，血流了出来。奶奶，犸虎是什么？犸虎就是狼。漫坡野地里有犸虎，爱吃小孩，小孩肉香，犸虎吃红肉拉白屎，吓人不吓人？你不要乱跑啊，遇见犸虎可就没命了。我害怕地点着头。奶奶，我到庄南“长阡行”采桑叶喂蚕眉儿，不会遇到犸虎吧？一个小孩去不行，有人结伴才好。我使劲点头应着。

奶奶接着讲：白胡子老头放眼望去，太阳偏西了，残阳如血，乌鸦呱呱乱叫，风刮得大树梢呜哇呜哇响。白胡子老头站起来，拍拍身上的土和草叶，心里很沮丧。嘿，鼻子咋还破了，出了这么多血？真被鬼揍了？他躬起身子，推上木头车子一股劲儿向前走。瓦盆卖光了，车上只剩下两个大缸。要赶紧赶路，天黑之前到前面的村子住下。木头车子中间有木梁分成两边，一侧绑一个大缸。白胡子老头一边走一边想：幸亏是个梦。难道自己真是寨鄗城里一个有钱人，当过掌柜的？真像佛家说的有六道轮回，前世作了孽，今生就做个困苦潦倒之人？唉，前世过的有钱人的日子也不好，被打得那叫一个惨啊，不如现在卖瓦盆大缸，青天白日，乾坤朗朗，不做亏心事不怕鬼叫门，穷，却过得安稳。

白胡子老头推着木车艰难地走着。旷野无人，枯草丛生，庄稼收了，大树小树都落光了叶，一片荒凉苍茫之色。小路蜿蜒，两旁是深沟，道路坑洼颠簸，越走心里越害怕，他害怕梦里的那个强人真的从深沟里跳上来，再揪住他猛打。他总觉得有人跟在后面，脚步声踢踏踢踏响。他不时回头看看，没有，再回头看，依旧没有，耳旁冷风飕飕。莫不是鬼来了？他心里发颤，又猛回头看，脚步踉跄，车子歪斜。就在这时，就听砰的一声，捆大缸的绳子断了，车子右边的大缸咕噜噜从车子上滚下，眨眼间滚到深沟里，车子失去平衡，一下子歪倒在地。白胡子老头放下歪倒的车子站起身，望了深沟一眼，枯草杂树，深不见底，哪里有缸的影子，心想，那个大缸肯定碎了。唉，他长叹了一声。他费力推起车子，但车子上只有一个大缸不平衡，一边倒的车子怎么也推不走了，这个大缸他是没辙了。他心里实在憋闷，梦里梦外都让他窝火。他心里憋气，瞪着眼睛，发了狠，抄起那根护身的木棍，用力，大喊一声：嗨！他恨恨地向大缸抡过去，瞬间，哗啦啦，一个大缸变成瓦片，碎了一地。白胡子老头如释重负，把捆大缸的绳子挽到车梁上，推起车往回走。刚走不远，想起掉到沟里的大缸中还有一个窝头，就回去找。晚上没的吃要挨饿，回家的路还远。看到路上一堆废瓦片，白胡子老头停下车子。抄起那根防身的木棍，连滚带爬，出溜溜下到沟底。沟底全是杂草，一个大缸完整地停在那里，静静地闪着青灰色的幽光。白胡子老头瞪大了眼，觉得眼睛花了，用手揉了揉，围着大缸转了一圈，又转了一圈，再看，大缸真的完好无损，安然躺在沟底，白胡子老头攥着木棍，仰天大笑……

最后他抡起木棍，跳着高，用尽全身的力量，大喊：嗨！嗨！嗨！朝着大缸恶狠狠地砸去，稀里哗啦，大缸塌下去，碎片四溅，大缸寿终正寝！

奶奶讲完了笑话，我笑个不停，两只手比画着抡木棍。嗨！嗨！嗨！白胡子老头！嗨嗨嗨！白胡子老头砸大缸！奶奶络籰子的身影，我蹦来跳去的影子，被灯光打到挂了绸帘的暖阁上，像现在的动画片一样，有些魅惑地舞动着，影子随我的一举一动而不断变化，人意漫漫，影意重重。

现在想来，白胡子老头的故事依然历历在目，奶奶说话时的神态，籰子转动的声音，油灯跳动的火头，还有我听奶奶讲笑话时目不转睛的好奇，都寄存在时光的另一个维度，每当回想，并拉到眼前来，都唏嘘不已。奶奶的笑话里，融进了一些善恶较量、因果报偿，一些意想不到，一些随遇而安，一些沉着面对生活的元素，给我的生命带来众多有益的滋养。有了奶奶的教导，那个毁坏生活的大木棒，我不会轻易抡起来，我会思考、等待。耳濡目染，手教心传，我跟奶奶学会了络籰子，细密的丝线缠绕着人间慈悲大爱，绵密的心思慢慢生长在我心里。

织绸　染绸咪　哪家染坊倒了缸呀?

白居易有首长诗《缭绫》，诗中这样写：“缭绫缭绫何所似？不似罗绡与纨绮。应似天台山上月明前，四十五尺瀑布泉。中有文章又奇绝，地铺白烟花簇雪。织者何人衣者谁？越溪寒女汉宫姬……”汉宫姬，我们只在文字和绘画中领略她们的美丽，越溪寒女却是我们自己。绸乡的女子哪个不会织绸呢？一台织绸的木机，一梭一梭地编织，那昼夜脆响的扎扎机杼声，从几十年前响到现在。绸乡的美女子劳力又劳心，用她们的灵气编织云霞，俊美的脸，青春的身姿，修长的手指在不停地忙碌，丝线在木梭中歌唱，金梭银梭，左右往复，她们美丽的心灵用柔软而泛着珠光的绸子表达出来。她们用半生或一生在织机上编织美的花朵，心梦如画，云中的仙女，大约就是她们的样子吧。

姥姥家有张老木织机，安放在三间南屋里，姥姥家人人会织绸，但并不是人人都织得好。心灵手巧，吃苦耐劳，性格娴静的女子才能织得好。姥姥家的木织机上，常晃动着舅母忙碌的身影。舅母会织绸织布，且织得最好。舅母是个美丽聪慧的女人，她的美貌和灵巧远近闻名。姥姥大包大揽，包办了舅舅的婚姻，舅母嫁给舅舅时只有十七岁。

那时，舅舅在山西上大学。舅舅考上了名牌大学，光宗耀祖，一时名声远播。一个风华正茂风度翩翩的大学生，哪有找个只读过小学的乡下妹当爱人的想法呢？姥姥一封家书，叫回被蒙在鼓里的舅舅，舅舅一进门就步入婚姻的殿堂，他没有一点思想准备，亲戚朋友都来参加婚礼了，反抗，不从，都无济于事。拜堂成亲，既成事实。父母之命媒妁之言的苦痛和枷锁，牢牢压在舅舅身上。可以肯定，姥姥是深爱舅舅的，她希望儿子过得幸福，但这种一意孤行的爱，却让舅舅和舅母痛苦了一生。两个好人不见得相爱，他们各自的痛苦，像大山一样压在心头。舅舅在山西上大学，姥姥让舅母去陪读。一对玉人儿，却没有爱情，爱情不是天天在一起就可以有的。他们一辈子没有相互接纳，没有心心相依。姥姥的苦心化为乌有。舅舅大学毕业后，选择了到离家更远的东北工作，舅母在婆家，拉扯孩子长大，她聪慧上进，当了大队的妇女主任。长夜难眠，孤灯下，舅母脚蹬织机踏板，手执两头尖尖的木梭，把万千心事织进绸子里。织机与叹息共鸣，丝线与委屈缠绕。白天夜里，任风霜雨雪，消磨着她亮丽的容颜，细碎的皱纹逐渐变深。他们不能分开吗？公婆都已过世，已经没有任何阻挡，然而无数个理由和无奈，他们始终也没有分开。

无数个春夏秋冬呼啸而过，念佛的舅母泪干、怨消，枯骨入泥，终于魂归大地。舅舅这个诗书画精湛的工科才子，也是风烛残年，现在，他眼睛几乎看不见，再也不能工作与读写。他只能侧耳在春天的窗口细听，默默地向往下一个春天，细细聆听阳光下的风声，在回忆以前的光亮中，平静地生活。我去看舅舅，舅舅很高兴，笑意温和。舅舅有退休金，家人请了保姆照顾他的起居，日子过得不坏。我愿意听舅舅说人生感悟，说人与这个世界的相处之道。他不怨不怒，安宁恬淡，枯瘦的身体里，生长出的精神翅膀越发斑斓，我自愧不如。起码在面对痛苦和死亡这方面，我达不到他旷达的境界。前辈的平静和从容，在我们这些见花落泪、见血惊叫的新一代身上是找不到的。他们的精神驱动力来自对社会、对人的深刻解读。一个人身体强壮时，用尽全身的力量与世界抗争。等到了明白的时候，往往身体垮了，作茧自缚，为了那些人前的光亮和华丽，封闭了自己真实的灵魂。其实，人是自己的救主，人性之光也是神性之光。

绸子织成了，朴素的外在，自然天成，想要添点颜色，就要用各种色彩来浸染。老家南街靠河边，有一家小染坊，周围庄里也都有染坊。每隔三五天，就有各个染坊的大拨浪鼓响起，随着咚咚咚的鼓声，染坊的伙计走街串巷，一个青年男子清亮的声音响遍小村庄：染布喽，染绸子咪，染衣服喽……染好的布和绸子送过来了啊……姑娘媳妇们围着染坊的车子，叽叽喳喳说个不停。谁家的绸子颜色漂亮，谁家织的棉布染花了，谁家的衣服上色不匀，等等。染坊的伙计长相俊美，能说会道，姑娘媳妇都愿意跟他说话。

大红，翠绿，靛蓝，橘黄，纯黑，天青，色彩多样，暗淡或明丽，只是细微的差异，就有许多美的姿态。那些被太阳吃淡了的鲜艳颜色旧衣服，被汗水侵蚀了的旧床品，只要有人送来，染坊的师傅都能用另一种颜色换回新的美丽。还有新织的布、新织的绸，只要到了染坊，就变得千姿百态。素绸子是个娇嫩的美物，小心翼翼地染，小心翼翼地穿，它的颜色和光亮，会把人往高贵处提升。绸子被风一抖，颤颤地美着，如同活在人的身上，光滑柔顺，贴心贴肉的舒适，绫罗绸缎是蚕丝不同的存在状态，做成衣服，做成物件，更显出物华与人相得益彰的光芒。染坊师傅的手艺全在色彩调配上。夕阳西下时，染坊的伙计就把染好色的绸子挂在院子里，微风吹来，丝绸被簌簌鼓动，飘飘蓬起，红黄蓝绿紫，五颜六色，与天上的晚霞辉映，让人觉得丝绸的美是从人间连接到天空的，彩绸彩云的美丽，天地共有。

下雨的时候，染坊院子里流出的水五颜六色的。我们一群小孩子踩着水，激起的水花如彩绸一样飞溅。小闺女只穿个小短裤，小小子就是一群“光腚猴”。染坊里好玩，麦秸、泥土可以染色，染了黑色的木头枪像真的一样，苘麻染了红色做成红缨，随手儿找个苘麻秆系上，摆个立马横枪的姿势，俨然英姿勃勃的小战士。运气好的小闺女，还会得到染坊师傅给的红绸，用红绸扎小辫，跑起来，绸子呼啦啦的迎风舞，小闺女美得像纷飞的花。

我们亲身经历过染坊的神秘。几个小孩子在染坊后院晾晒的层层五颜六色的绸子和大染缸之间捉迷藏，捉着捉着，就晕了，喊着我要飞出去了，一屁股坐到地上。身体停下来，但脑子里五颜六色的色彩团还在转转转、旋旋旋，就觉得整个身体云里雾里地飘起来。这个时候，不能说话，伏在地上，闭上眼睛待一会儿，再爬起来就好了。不然的话，你会像中邪一样转圈圈，除非有人拉着你的手，才可以走出来。

染坊里有时会传出周围村镇某个有名有姓的人做了惊天动地的大事的消息，惊得人们目瞪口呆。一次，我们听到染坊的师傅说，前庄的玉娥跟庄北面二五四打靶场一个当兵的私奔了。这个玉娥可是个大美人，在庄里演革命样板戏《红色娘子军》中的吴琼花，四庄八疃追求她的人多得是，十八岁的妙龄，就是古时采桑的美人秦罗敷啊！跟一个当兵的跑了？哦呀呀，跟解放军叔叔，跟革命军人跑了？我们一帮小孩子人云亦云，当了快速传话筒，见人就说，听的人很惊讶，我们很得意。过段时间，大家知道这些事纯属子虚乌有。染坊师傅为何这样做呢？据说染坊常年劳作，染缸有时会出现异常，棉布或绸子就会着色不好或不能着色，找不出什么原因，万般无奈，就要扯出一个弥天大谎四处散布，这样的谎言像风一样传开，人们议论纷纷，过几天，染缸就不知不觉地正常了，而且屡试不爽。没有人考据这个老习俗是怎么一回事。因为染坊常常放出“幺蛾子”骗人，以至于大人小孩听到不靠谱的事情，就问：哪家染坊倒了缸呀？大家相视一笑，心照不宣。

一年一年，时间长大，故事变老了。时代的默片隔了时空的介质，渐去渐远。人间依旧有蓝天黄土，桑间青白，也有馨风半叶，一空云霞。阳光照在大地上，桑树葳蕤的叶片，喂了蚕，蚕吐出丝，人们把丝绸穿在身上。桑树—蚕—丝绸，丝绸以蚕为灵媒，乘一叶慈悲越界来，它点亮大地的光焰，长出来，飞起来，闪着暖。想一想，我们就觉得世间造化无比神奇。人在不断变化，从桑间濮上，到城市森林，一代代人的肉体在消失，只有精神文化在传承。核子时代，网络信息泛滥，现代人依附科学，拥有了神一样的能力，但人们总是贪得无厌，不知所往。

不妨回望吧，桑树教人分享，劳作教人慈悲。桑间濮上，走远的前辈故人，就在遥远处化育引领现时的我们，一种原始之力转化为促进我们自我革新的力量，让我们找到一种“道”。人们不再向上帝和诸神祈求爱怜，最终活出绸缎般的柔软和华丽。

作者简介：姚凤霄，中国作家协会会员，中国散文学会会员，中华诗词学会会员，首届齐鲁文化之星，昌邑市作家协会主席。著有长篇小说《泅渡》，散文集《幸福启航》《潍河长歌》。作品散见于《人民文学》《山花》《飞天》《散文选刊》《山东文学》《时代文学》《四川文学》《青海湖》《红豆》《散文百家》等期刊。作品被选入《2015 中国散文年选》《中国好散文 2015》《山东作家作品年选》《红豆散文双年选》《川鲁现代散文精选》等年度选本。作品获《人民文学》“美丽中国”全国游记散文奖、首届齐鲁散文奖等奖项。

感受凤山妈祖心

夏晓露

来到这个城市，有骑在龙尾的感觉。如游云中，湿滑灵动让你似抓到又抓不到，视野空茫，只想变成海的精灵。

往东南“三百里”有一个汕头，又南“三百里”有一个汕尾，汕是水与山的结合，一头一尾，山水相逢，让人想到龙头摆尾，形成霸气十足的粤东。加上潮州、揭阳，在广东俗称“潮汕地区”，潮汕人被喻为“东方犹太人”，聪明绝顶。

在这里，在凤山之上，我与女神妈祖相遇。上凤山要穿过雕刻“有凤来仪”四字的高大石牌坊，牌坊是进出汕尾凤仪台的“山门”。我喜欢“凤仪天下”四个字，因女神妈祖与此契合，赋上命格，带有天罡护体、百步穿杨之意。神与我们住在一起，形影相随。

那年，我从内地刚来广东不久，第一次听到闽南歌曲（与潮汕同语系）《爱拼才会赢》，甚是喜欢。歌者是个面带凶相的中年男人，却唱得摇头晃脑几分得意。我一句也听不懂，可软糯弹牙如鸟语的字音竟让我着迷，八个潮汕方言音节谱上旋律如沾着清亮的水，波纹轻柔地在人心上流动。唱者是汕尾人，喜舞文弄墨。我想，水会化掉丑的颜色，流出山水墨香。再后来，我吹到了海风，闻到了海腥味，我还知道这块神奇的地方有个海神叫妈祖。于是，妈祖在心里淡淡地驻留，像一只神秘的风筝闻海风而动。再后来，我发现妈祖像孙悟空一样一变十，遍布东南亚沿海。

多年以后，我来到汕尾，终与凤山妈祖亲密接触。

一

凤山之上是凤仪台，女神在其上自然有凤仪天下之气。骄阳 7 月，沿着石阶往山上走，古树繁茂，轻袅的瘴气迷蒙而诡秘。山下是湖，潮润水雾从下蒸发而来，似有海盐沾湿在皮肤上。

扶栏俯瞰，汕尾全景如棋如星，如长在水中，如水稻。满眼碧绿，高高低低深深浅浅的绿沿山势错落地排向湖岸。除了植物的绿，占尽眼帘的是水，如一块融化的碟形天然翡翠，透明的绿蓝色正在地球的胸膛柔软地流动，天穹有薄雾环绕，深邃如梦。惭愧自己鼠目寸光，我的视线无法看到源头，更找不到尽头，水天一色，雾里看花，思维便会一起辽阔，心胸也会博大。

湖冠一个“品”字，名清湖。“品”字象形，四平八稳，恰似一位仙风道长仰卧大地，白色长袍凌空驾水，轻盈地将仙气撒落，水天浑然；水的光色宛若一双明净的眼睛看着凤山上的妈祖雕像，看着百越之地——汕尾。

品清湖是汕尾的“母亲湖”，汕尾人的生命之湖。

总想悠闲地品上一口热气袅袅的清茶，这杯“茶”一直流经南海进入太平洋。更让人惊叹的是，它竟是亚洲第二大潟湖，中国第一潟湖。其水域面积约为23.16平方公里，湖岸线长39.62公里，面积相当于4个杭州西湖。品清湖是冰后期海水侵入汕尾和沙海花岗岩体之间的低凹处，由黏土、砂质粉砂等砂土，特别是黏土粉质等沉积底层形成的溺谷湾，后因红海湾沿岸大沙堤的发育和向东延伸沉积，形成半封闭的“潟湖”。

第二次来汕尾，仿佛才触摸到她最动人的心跳。随广东作家协会“红色之旅”采风团而来，如采景点，如旅游攻略，我想，就采一种神韵吧。坐在海边小食摊，咬一口嚼劲十足的鱼丸，延伸出6000年前的新石器时代，先民早在此渔猎种植，生息繁衍。汕尾海岸线长302公里，沿海有红海湾、碣石湾两大海湾，12个港口，其中汕尾港、甲子港是国家外贸口岸和国家一级渔港，是全国最大的海水养殖基地之一，连鱼丸制作工艺也销往全世界。流转舌尖的不仅是鱼丸的美味，还有浸入灵魂的历史，犹如一座城市的汤底。早在魏晋南北朝时，古汕尾就是“海上丝绸之路”的通道。卧在品清湖臂弯的白沙湖，在唐宋时期就是贸易十分活跃的港口。

走到最高处，阳光耀眼，风猎猎拂开我凌乱的发，吹动我茫然凝滞的思绪。逆光中，我看到凤山峰顶的广场上耸立着面朝大海的妈祖神像。神像基座上刻着的“世界和平颂女神”七个红色大字牢牢吸引我的眼球，近看为屈武（原民革中央主席，1898—1992）题写。我的眼波又在一块巨石上蔓延：造物者 / 倘若在永久的生命中 / 只容有一次极乐的应许 / 我要至诚地求着 / 我在母亲的怀里 / 母亲在小舟里 / 小舟在月明的大海里。此石上的“天后圣母”石刻及其诗句为冰心所题，我的心被如水的文字浸软，像荡漾的小舟，拂却岁月尘埃。

仰看妈祖雕像，阳光饱满地洒在妈祖光洁的额头，眉间舒展着祥云明月，凤眼深邃，波光粼粼漾着海子般的纯净。脸颊丰润被海风洗浴打磨，藏匿着无相、无愿、不生不灭之气。我倚其脚边莲花花瓣上拍照。妈祖以 16.83 米的高度站立在凤山顶峰，昂扬柔韧的胸膛，手持“青圭”（古称，即瑞玉），海风吹荡衣袂，衣褶重叠琐细而激荡。头戴“朱旒”，仰着度一切苦厄的双目，远眺大海，天边彩霞如绸，柔风如丝。

468 块花岗岩石层层叠叠雕刻着人们祈求风调雨顺的愿望。石像重约 1000 吨，内有 56 条桩，象征 56 个民族团结一致，能抗 12 级台风和 8 级地震。历史上有记载，妈祖先后得到南宋 11 次褒封，被封为“灵慧妃”。“妃”是宋代女性的最高封号。妈祖的使命就是让苍生获得平安，护佑和拯救出海人。

汕尾让我触摸到历史的神韵。我脚下的凤山，形似凤凰，有“金凤展翅”之称。我想借妈祖的神力，骑上金翅去随想。

二

远处传来马蹄声，侧耳听，兵器铿锵叮当。第一时间抵达的是宋建隆元年。

正月初一，河南开封白雪茫茫。只见一位身穿明黄长袍外披大红披风的骑士骑着一匹棕色骏马飞奔而来，大风将骑士的红色风衣掀成一片遮天云彩，内里的黄色长袍在雪地中异常耀眼，宛如一粒硕大的宝石。一看“赵”字大旗便猜中几分，不错，骑马之人正是宋朝开国皇帝赵匡胤，他发动了“陈桥兵变”，后周亡，大宋国建立。

战斗的烟尘刚刚消散，同年三月，惊蛰刚过十八天。似有十音八乐传来，一阵奇香弥漫在福建莆田湄洲湾畔。酉时，天地间紫气东来，福建总管巡海官林惟慤府邸一女降生，异香正从其身上散发。因弥月不啼，起名林默。后被神格化，世称妈祖。传说，妈祖是观音菩萨身边的龙女点化而成。

妈祖出生有着厚重的历史背景。宋朝海外贸易的兴旺繁荣是其他朝代和当时其他国家所无法比拟的。北宋时，因为辽与西夏，汉唐历史上盛极一时的陆上丝绸之路受到阻隔，海上丝绸之路成为对外贸易的唯一通道。

妈祖有“护国明著天妃”的名号。明宣德六年“郑和碑”中记载，“尤赖天妃之神护佑之德也。神之灵固尝著于昔时……灵光一临，则变险为夷……”，详尽地记录了明永乐年间郑和七次航海遇险得妈祖显灵拯救的故事。可以说，妈祖是海上丝绸之路最古老的护佑神。

我的眼睛掠过蔚蓝色的苍穹，看到世界上5000多尊妈祖像分布在五大洲29个国家和地区。是的，在世界各地，有华人华侨的地方就有妈祖分灵庙，里面藏匿着一个最轻的灵魂，等待飞升的时刻，让2亿多信奉者如潮水涌动。如今，妈祖信俗已列入世界人类非物质文化遗产名录。

傍晚，当你来到汕尾港，这里依然云帆高挂，船舶林立，像一条条鱼在海中穿梭，而归航的渔民纷纷从船上挑着鱼虾海货沐浴在遥远的晚霞中，其景怡然，怡然中似有妈祖护佑。

生长在大山中的我开始喜欢上无边无际的海。近几年来的自然科学研究均表明，人类的生命起源与海洋有着密切关联。《自然》（*Nature*）杂志就刊登了一个研究成果：人类的生命是3亿年前从海洋上演化而来的。海洋是人类生存的又一重要领地。在东西方文化中，包含着海洋英雄的文化底色，比如希腊罗马神话，妈祖也已成为海洋文化与文明的独特象征。

思维的风筝让我从东沿着丝绸之路，一路向西探寻着神性的秘密。历史不能倒流，思想却可以穿越。

三

大约从出现人类时起，其文明就集中体现为庙宇神火。

我想从古埃及王国时期最早的神庙开始穿越。非洲东北部尼罗河两岸的埃及，是最早步入文明的古国之一。我喜欢雄伟，喜欢富丽堂皇。越过宏大壮观威严的法老陵墓金字塔，我停落在中王国时期，古埃及“卡纳克神庙”前。雄伟的建筑群坐落在开罗以南700千米处的尼罗河东岸，是太阳神的崇拜中心。我看到高贵典雅的穆脱女神、孔司月神，还有太阳神阿蒙鼓瑟吹箫，听她们的传说神话。然而，诸神的高贵中似乎少了梦一般的烟雨、水样的玲珑与柔美。

我坐在“卡纳克神庙”门前的莲花柱旁，聆听神的指引，却闻到来自东方的药香，抬头看见东方女神妈祖脚踩莲花，手捧七彩丝绸，腰挂桂枝香草，白衣飘飘，缓缓飞越金黄色的沙漠，像雾一样落下。她穿越长江、黄河，飞越昆仑山，还有底格里斯河、幼发拉底河，一路奔波而来。她与哈特谢普苏特女王（古埃及第十八王朝女王）喁喁私语，这位太阳神阿蒙之女在执政期间，让古埃及经历了一段和平与繁荣的时期，估计是妈祖与她交流着普济施乐人类的经验，探讨保护贸易维护和平的密码，以及打通东西方文化与文明的命脉。

那卷五彩丝绸瞬间披在诸神身上，软化了他们坚硬的肌肤。男神散发着柔韧的雄性魅力，女神轻盈如水令世人倾倒。

庙宇为信仰而建。历史只能告诉你遥远而辉煌的过去。历史是用来阅读的，它最大的魅力是不可预知，让你感恩现在，面向未来。我忽然明白：大凡神像或神庙，几乎都建得夸张高大，是不是在提醒自负的人类要看清自身的渺小，审慎思考未来之路?

四

一声白马的嘶鸣响彻云端，伴着马蹄从中国洛阳最古老的白马寺传过来“居善地，心善渊，与善仁，言善信……”（老子《道德经》）的诵经声。要想走入中国了解庙宇，必须先跨入白马寺这座历史最古老的官办寺院的大门，寺庙越古老，封存的历史文化内涵越厚重。

再遥远的想象，再美妙的梦，也不如回到现实踏实，我们沿着白马寺的神秘小径，回到汕尾。

我们来到凤山祖庙，它是福建湄洲妈祖庙的分灵行宫，始建于明崇祯九年，是粤东最负盛名的妈祖文化传播中心。祖庙是粤东传统的正三建筑。整座庙宇瓷贴彩绘，间有琉璃金碧辉煌。工艺以泥塑为主，飞禽走兽尽用彩色细画，描金飞彩，独具匠心。正殿后座，背景是“金龙驾云”，正中坐着妈祖金身圣像，头戴天后凤冠、冕旒，两耳垂肩，脸颊丰腴，微笑地看着众人，颇有古罗马中世纪时期的拜占庭色彩。进门，左右门柱旁凹进处有石刻，金字楹联“凤岛呈祥，海甸声灵传万世；山川毓秀，湄洲俎豆享千秋”。

我站在门口的阴凉处，静静地看着如梦如幻的香火、如痴如醉的香客、如魂如魄的妈祖金身，久久凝神不想挪动。在这里，烟火之气更让人有忏悔、祈愿、求解的念头。我手持一炷香，祈求在青烟缭绕中叩开玄妙之门。我仿佛明白，神的金刚不坏之身，呼风唤雨之撒手锏其实是来自内心世界。你暗示勇敢，就有勇士出现；你胆怯，就有懦夫到来。烧香求佛，正如照镜子，观照的是隐藏的内心。只是肉身的愚笨无法体悟内心的剑道如何把玩，为逃避现实，苦弱无奈中躲在青烟里，祈求佛能度一切苦厄。

释迦、观音、妈祖诸神只能给你点化，不能代你生存。正如梭罗所说：“许多人钓了一辈子的鱼，却不知道他们钓鱼的目的并不是为了鱼。”（梭罗《瓦尔登湖》）善心至上，信仰为媒。“善良是唯一永远不会失败的投资。心灵与自然相结合，才能产生智慧……”（梭罗《瓦尔登湖》）我们祈求的因、得到的果早就融在其中，智慧非方而圆，融于阴阳。跪蒲团是修炼你六根清净，给双膝提炼精神钙质，指出空灵之路。如果现实真能逃避，那自然使人畅快，但没有如果。我们在满足原始欲望的支配时，可否祈求更有价值的意志？比如扼住“贪嗔痴”的蔓延，比如祈求保护生存环境的秘方，比如其心无住、大道至简……

当妈祖的衣袂如海浪在堤坝飞扬，眼前又出现迷雾般的品清湖，如入佛境，我看到人心的航船在海上驶出驶入……

作者简介：夏晓露，笔名夏子，警察。中国作家协会会员，全国公安文联会员、签约作家，散文分会副秘书长，中国散文学会会员，中国报告文学学会会员，广东省作家协会会员，广东省网络作家理事，鲁迅文学院公安作家研修班学员。

发表报告文学、散文、诗歌及各类新闻通讯、消息等200余万字。多部作品被收入《大地上的灯盏》（中国作家网精品文选·2018）、《广东省改革开放40周年报告文学集》等，曾被贵州人民出版社、花城出版社特聘为中国名人人物传记作者，为出版社改编《中外文学名著大全》，其中包括《羊脂球》《套中人》。出版个人散文集《生死漫步》（鲁迅文学院百草园书系）。散文《感受凤山妈祖心》（单篇）获第八届冰心散文奖和第五届“观音山杯·美丽中国”全国游记征文大赛佳作奖，中篇小说《盛开的百合》获“第五届全国金盾文化工程奖”和广东省青年文学擂台赛小说奖，中篇小说《冰蓝色代码》获“2016全国侦探推理小说大赛优秀奖”，报告文学《草根警察的滴水人生》获广东省第二届“有为杯”报告文学奖，组诗《铁岭风骨》获全国首届旅游散文诗歌大赛奖，微电影剧本《最后七分钟》获全国政法题材年度（2019）优秀原创剧本奖等。

随着季风穿过北回归线

许星威

风篇

4月，我随着季风穿过北回归线。

风，是自由的，行走时没有遇到阻碍。岭南山水的景色让风的步子慢了下来，风舒了口气，把晨雾吹淡了，满眼的绿是底色，花缀在绿色上，跳跃。

流溪河在晨风中舒展着身子，轻快地流过北回归线。北回归线位于北纬23.5°，太阳在地球上的直射点在一年内到达的最北点所在的纬线。这里，热带和亚热带的分界线被漫山的绿色遮掩着，我浑然不觉。岭南的四月，花开得从容。

就在刚才，天微明，一群鸟在窗外的木棉树上聊得欢，胆大的那只竟用嘴敲着玻璃窗，把我从梦中叫醒。木棉树上，老叶早掉光了，新叶还没长，像脱光膀子晨练的人在伸展四肢。木棉灿烂的花季已经过了，剩下的三五盏碗样的花朵依然橘红。小鸟们性子急，蹦来跳去，盼着天快点亮起来。这一吵，把晨幕迅速拉开，四周立即都亮了，鸟们一阵欢呼，四散。风，又轻起，一盏红木棉花，落下……

风，把雾遗忘在河边，吹得只剩淡淡的一抹，景色清爽了。风踏进树林，一群禾雀花受到惊扰丝毫没动，粉白粉白的，一只只紧挨着，连成了串。

晨光里最抢眼的是二角梅，不是粉红，也不是紫红，而是纯正的大红，浓浓的，一团一团的。流溪河水随风流动，把三角梅衬得异常凝重，平日里娇艳的杜鹃花像是浅淡了好多。

花开得最盛的倒是流溪河边的荔枝树，只是它们太不显眼，远远看去，红的是新树叶，深绿的是老叶子，浅绿的是荔枝树的花。新叶倒像是花，而花像新叶。4月，是产荔枝蜜的季节，这里正是杨朔《荔枝蜜》所描述的从化。

《荔枝蜜》被选进了中学课本，影响了一代又一代读者。又读这篇写甜蜜的文章。杨朔引苏东坡的诗句“日啖荔枝三百颗，不辞长作岭南人”来印证荔枝是世上最鲜美的水果。他还说：“吃着这样的好蜜，你会觉得生活都是甜的呢。”他可有所不知，一颗荔枝三把火，美味不可多得。我说的还有另一层意思。杨朔赞美荔枝蜜的年代，其实是共和国遭受大饥荒、大灾难的时候，农村甚至还饿死了人。读文是一点读不出来的。我书柜里有一本少年儿童出版社的以《荔枝蜜》为书名的散文小册子，内页黄黄的，像草纸，1961 年出版，装帧粗陋，可文中把生活描绘得跟蜜一样甜美。

这篇散文被重新选进中学课本时引起了争论。有人甚至有激烈的言辞，说杨朔粉饰生活说假话。后来，这篇文章确实退出了课本。这篇文章已经成为一段历史的话语方式的记录，作家因何原因写这篇文章，应当成为作家和社会学家们研究的课题。一个作家无法正常表达他真正的思想情感，内心的痛苦是可想而知的。他给了世人甜蜜的感受，自己却只能去尝苦果。

我无法知道他选择结束生命时想没想起《荔枝蜜》中青绿山水画岭南的美丽，想没想起他曾尝过的香甜的荔枝蜜，想没想起他笔下那么弱小、生命短暂却依然为了生存而辛勤劳动的蜜蜂。作家创造了梦境般的美好生活，就要为那梦想的实现坚持生活下去，尽管生活本身是那么残酷。也许面对严酷的现实，他为自己制造了《荔枝蜜》脱离现实的虚幻而感到内疚，可不管如何，杨朔不应放弃生命，而应像工蜂一样坚持活下去。

风，走得紧了。我跟着晨风，沿着弯曲的路，流溪河伴我向北。荔枝树列队在河的两岸。采蜜累了的蜜蜂还没醒，只有河水的细声。鸟在荔枝林中滑翔，被新鲜空气弄得微醺。

杨朔想品味的甜蜜，应当不仅是蜂蜜，更应是今天这样自由自在的风，畅通无阻的空气。

雨篇

5 月，我随着季风穿过北回归线。

夏风带着雨，我带着急切，去寻访石榴花山。风，并不解我情，恣意徜徉在北回归线上。

5 月，盛开最红的鲜花，当属石榴。“五月的鲜花，开遍了原野，鲜花掩盖着志士的鲜血。为了挽救这垂危的民族，他们正顽强地抗战不歇。”那首抗战老歌唱的鲜花就是石榴花。5 月的石榴花红得鲜艳，恰如鲜血。石榴花就在石榴花山上。

可能很多人并不知道，在那林密叶茂、清丽秀美的石榴花山中，埋着一段壮怀激烈的故事。每年5月，在鲜花盛开的时候，轻风经过时，人们总会听见山上激荡着阵阵涛声，有人说那是北回归线上那场战役凌厉的冲锋军号和尖锐的子弹呼啸的回音。

当我知道了那个故事，便来寻找红艳似血的石榴花，寻找那场战役遗落的弹壳，寻找血洒战场的忠烈们的英魂。

顺着流溪河，走过长袖宽肥的芭蕉林，走过雍容伞盖的荔枝林，走过茂密滴泪的斑竹林，一路向北。风，听到了我低唱的歌，放慢了脚步，细雨也淅淅沥沥地飘落，不知是不是风落下的泪。往山上的路，湿了。

名字有些柔软的石榴花山并不高，更不险，倔强地面南而立，站在重重群山最前列。

地球的经纬线是地理的坐标，是无形的，北回归线就掩在绿树和花丛中。可它又可能是有形的，我到过朝鲜半岛的三八线，那是被战火烧焦了的纬线，依然拦截着尖硬的铁丝网。这里浓浓的绿树遮盖了北回归线，就是这石榴花山曾坚决地顶住了日寇疯狂的刺刀和子弹。

石阶引我走进山中的密林。石阶被雾、被雨洗了又洗，湿滑。

上山，我急急忙忙寻找石榴花。很奇怪，这里没有甜蜜的荔枝花，没有俏皮的禾雀花，没有艳丽的三角梅和庄重的木棉树。更奇怪的是，漫山遍野竟找不到一朵石榴花。只有绿树，绿树，绿树，密集的绿树。

当年军中传唱的歌，唱的就是这山上盛开的石榴花。“石榴花呀，石榴花！石榴花顶上开着石榴花，它红过珊瑚，红过琥珀，红过血也红过朱砂。”

冷雨扑面，林中阵阵凉意。往上，再往上，一座石头的墓碑矗立在半山的林中。

锥形的碑高耸着，正面雕刻“陆军六十三军抗日阵亡将士公墓”，两旁刻有“精忠报国，百世流芳”伴联。纪念碑右后侧为“六十三军抗战阵亡将士公墓之铭”碑。

风，停住了脚步，雨还在下，一定是风的泪没止住。

史料记载：1940年5月的那场石榴花山的激战，占领广州的日寇想北上曲江、韶关，打通粤汉线，但北进的脚步在石榴花山受到中国军队坚决的阻击。日军集中了飞机和大炮向中国军队的阵地猛烈轰炸射击，石榴花山承受了前所未有的枪林弹雨。中国陆军六十三军一五二师猛烈抗击，激战七天七夜，打退日军的多次冲锋。

东北在流血，华北在流血，岭南在流血。“再也忍不住这满腔的愤怒，我们期待着这一声怒吼，怒吼惊起这不幸的一群，被压迫者一起挥动拳头。”五月的鲜花就是奔涌的热血。

置身于鲜血浸染过的石榴花山，置身于肃穆的墓碑前，风舞林啸。心里猛然一惊，我分明听到呼啸的子弹擦过耳边，战火燃烧的丛林中了无数弹片，倒下一棵又一棵石榴树，硝烟之中被炸碎的石榴花在炮弹片四溅、子弹横飞之中和血肉一起飘舞。石榴花山敌我双方尸体成片，血染山林。

那天的风是自由自在的，那天的阳光是明亮普照的。不可一世的“大日本皇军”，以为在中国的土地上可以畅通无阻。就是那天，石榴花山没给日寇一寸自由，钢盔被愤怒的汉阳造洞穿，太阳旗被手榴弹撕碎，东洋鬼子变成了倒在山前无家可归的野鬼。国民党军事委员会广州行营主任张发奎极为感叹：“六十三军，抗战八年，靡有宁息。雄师所至，屡挫敌锋，坚守固若长城，其死事亦至为惨烈。”

风骤卷，雨急下。林中响声一片，好似那首歌《石榴花顶石榴花》的雄壮合唱：“任你凶残的敌人、飞机、大炮、毒气都不怕，左来左打，右来右打，我们英勇的弟兄们都在石榴花顶上消灭它。”

战后，第六十三军军长张瑞贵令各师搜集本军历次战役殉难将士忠骨3000余具葬于石榴山之阳，在此修建公墓，以“览战争之遗迹，悼逝者之以往”。余汉谋、张瑞贵分别撰书墓碑记。1946年，张发奎又令在良口石榴花山麓修建六十三军抗日阵亡将士纪念碑。

北回归线是太阳直射最北的纬度。那年，中国军队把日军太阳旗钉死在北回归线上。他们的鲜血浸透了石榴花山，和石榴花融成一片血色。我突然感觉心在颤抖：今天没有见到石榴花开，是不是那美丽的鲜花随着那些英勇的战士一起战死，一起为国捐躯了？

我没有找到那场战斗惨烈的遗痕，没有找到艳丽的石榴花。鸟清脆的鸣叫在林中荡着回音。雨中的山林很安详。

站在山上远望，逶迤漫长的路穿过了北回归线，视野一片开阔，山下的花开成一片。风迎面吹来，雨也大了。沙沙雨中，我和那些绿树都舒展了身体，自在地享受着初夏的风……

作者简介：许星威，笔名乱说吧，辽宁抚顺人，现居广州。中国散文学会会员，广东省作家协会会员。

第四个千年的夕照

刘存根

好一个边红炽浓的夕照。

在胡杨们第四个千年值得记住的傍晚，我来到额济纳怪树林。这些胡杨躯骸的雕塑，已被抹上一层血红的余晖，尤其彰显出它们的不同寻常。

生命常被习惯以生死为界线，生命也因此获得褒扬或贬损。胡杨不同。胡杨将生死枯朽化为一个完整的精神符号，被人供上了祭坛。

人们纷纷驱车从喧闹的城市走进大漠深处的胡杨林，与一群即将枯死或枯死已久的生命进行对话，这不仅仅是审美疲劳。按捺不住的好奇，让极其遥远的冷僻之地成为向往。比如刚去过的阳关，还有额济纳。在我的眼里，胡杨不再是一堆树，一堆在荒漠里自生自灭的寂寞的生命。

好在深秋的额济纳无风，细细的沙粒静静地待在原地。好天气，便有一份好心情。

天原本一直是晴朗的，一路上，只有蓝色的天幕与褐黄的戈壁分割着视线。这是一种纯粹的安静，能让人嘈杂高悬的神经放松下来，柔软地蛰伏在那片荒漠里。然而，走进额济纳怪树林时，多情的太阳不知从哪里借来了几缕长长的云丝，羞涩地搭在自己即将隐去的脸上，还把它们烧得通红通红，如赤练，似丹棉，更似喷涌的热血。这无疑让来到怪树林的游人摄影兴趣无比高涨，他们纷纷端起“长枪短炮”，拍下了一帧帧落日胡杨的美景。

我站在深秋的夕照里，如同一位朝圣者。默默地对视着一尊尊近乎神圣的时间雕塑，完成着精神皈依。

生命是宇宙的一个奇迹，而胡杨是奇迹里的意外。我见过无数高傲站立的生，但没见过如此麇集于一起的死。不，不是死，是生与死密不可分的另一种生，一种更接近生命真相的存在。

人啊，多么想让自己的生命延展出奇迹，让体验再长一些，长一些……

生命获得过无数瀚如沙海的赞歌，这让生命延续有了理由，有了力量支撑。现代文学最常用比拟的手法，对人自身进行美化；胡杨不同，它用生命演绎的不是感人泪下的史诗，而是默默的坚守，它磨失掉的，是时间的狰狞。

这里足可以称为一个战场。一个个在夕阳里淌尽最后一滴血的勇士们的雕像，被景仰的目光聚焦。是胡杨具有人的短暂不可比拟的久长，才让人放低骄傲的脊骨，对之精神跪拜。不错，胡杨不是运动战的高手，却是阵地战无可争议的英雄。

风沙扭着它的躯体，干旱枯竭着它的枝叶，盐碱扼杀着它的子孙。在漫长且迫压的时间廊檐下，它无法伸直腰杆，舒展筋骨，享受绿色生命应有的阳光雨露。为了坚守这片阵地，它把根向黑暗的地下扎去，把枝叶向光明的太阳袒开，寻找不可能中的可能。它有过青春的娇妍、月下的宁思、朝露夕雨的梳妆，也有过粗粝粉黛的扮饰、对影摇曳的歌舞，然而最多的是在风沙里的嘶号、寒冷中的忍耐，以及生死攸关时意志的召唤。

它最终会被无情地卸去盔甲，裸露出不倒的躯干，如同古希腊无限悲情的《拉奥孔》雕塑一般，扭曲不堪。那筋骨暴突的躯干让我们感觉到了拼争不屈的力量并没有因为多重打击而削弱，甚至这种力量融入了白森森的骨骼之中。在开裂的躯干内，我们清晰地看到，它循守的精神轨迹，在年轮里被如此鲜明地定格下来。它似乎在告诉人们，皆因生命被赋予活着的权力，这样能活过来的，也可以这样活下去。

现代人身上几乎很难找到胡杨的基因了，这种基因的丢失令人沮丧。不知从何时起，人们告别了“秦时明月汉时关，万里长征人未还”的豪迈，更谈不上“醉卧沙场君莫笑，古来征战几人回”的决绝。物质的进化，精神的退化，转折点在哪里？我无意从这里找到答案。

这里是回顾历史的廊桥，那尽头是亿万年演化的始点。漫漫岁月，杳杳征程，只留下三千年的一堆实证，让我们在一棵棵枯而未死的胡杨面前陷入沉思。我疑惑，为什么与胡杨首次见面，会安排在夕照渐蚀的深秋的傍晚？那逆光中剪切样的一组组造型，那呈现出的一幅幅但丁《神曲》里描述的炼狱般的景象，究竟想告诉我什么？是让我从一个个怪异的造型里看到张骞的车马、苏武的使节棍、李广射入巨石的箭杆，还是霍去病挥戈西征的身影？是让我体悟时间的残酷，还是生命在这个时间的空洞里，如何被摧凌为一截截枯死的胡杨？是让我奉行佛的豁达，还是俗世的迷颓？是让我在有限里找到无限的意义，还是在不自觉中被动地挪移？我们长途跋涉来到这里，是为了寻找安慰，还是启示？

拿出积极的答案总归是正能量的精神活动。生死这一沉重而严肃的话题，在这里更逼近我们终极思考的门槛，但不要急于回答。还是去扶一扶胡杨裸露的身躯，握一握那残损的枝干吧，会有一种你不曾感受过的新鲜感，以神圣庄严的意识流贯穿你的身心。它会让你浮躁的心气、癫狂的情志沉静下来，因为你不过百年的岁月，在三千年面前是微不足道的。

恰好刚才，西边深蓝的天穹上，一弯极细的新月出生了。那妩媚的笑颜，给了我视觉上的一些补偿。哦，我若是胡杨……

我相信这里躺着第四个千年的胡杨，但不知是哪一棵。据说，胡杨在躺下的第三个千年结束时依然不腐，那肯定应该有第四个千年的旅程。如若这个千年属于我，我愿为这个千年胡杨的同行者。

这是一个多么容易令人产生悲凉哲思的傍晚，为完成一场与胡杨的对话，人们不惜舍弃繁华。我清楚，无论如何富于想象，怪树林之怪是充满肃杀的意象，全凭深度的精神对接，方可与之亲近。其实，此刻，我的周身亦随着情景的置换而冷悚起来，无可奈何地将眼前的景物与心中悲怆的底色融在了一起。是埙还是羌笛，无须辨识，只要响一声，我极有可能流出眼泪。

我知道我脆弱的缘由，不回避自己一直试图从最悲凉的图景中寻找坚强的滋养，虽然我的文字一开始有些激昂，并倾向于从正面切入。

依然无风的天幕更暗淡了，一切细节开始模糊。

作者简介：刘存根，笔名牧童，曾用笔名木然，河北涿鹿人。中国散文学会会员，河北省作家协会会员，河北省散文学会会员，涿鹿县作家协会主席。长期坚持业余写作和硬笔画创作。作品题材广泛，立意新颖，文辞优美，主题鲜明，或寄情山水，或读书随记，或人物事件，或咏物言志，无不体现浓郁的文人情怀和凝重的历史责任感。读来厚重博雅，入胜启思。他既是涿鹿地方文化的积极参与者，也是地方文化探进的努力践行者，是一位有志在散文领域披荆前行的探路者。出版散文集《履迹心光》《寒窗独语》《寻吟闲寄》、诗文集《山水间》、硬笔画册《长河遗韵》。作品曾获第八届冰心散文奖（单篇奖）、第三届冰心散文奖（作品集优秀奖）、河北散文名作一等奖、张家口市文艺繁荣贡献突出奖、河北省散文30年金星创作奖，以及中国散文精英奖、中国当代散文奖、全球华人长城金砖奖、河北群艺奖、河北彩凤奖等数十个奖项。在《人民日报》《河北日报》《天津日报》《法制日报》《张家口日报》《散文选刊》《神剑》《全国优秀作文选》《散文世界》《散文百家》《华夏散文》《长城文艺》等国内知名报刊发表作品近百篇，并有多篇作品入选国家级散文专集。2010年入编首版《中国散文家大辞典》。2012年10月，《人民日报》为其散文集《寒窗独语》发表专评《桑干河水的滋养》。

远去的野渡

蒋兴强

一

野渡，顾名思义，野外、偏远、人迹罕至的渡口。

离老家一里地远，也有这样一个渡口。一条宽约两百米，常年清澈见底、不枯不竭的小溪，从西向东流入大河；一条宽有千余米、波澜壮阔的大河直奔小溪而来，二水合一，霍地一个拐弯，逶迤而去。

经年累月后，在那两水相汇处，便水冲浪淘出三个隔河相望的码头，其名也随了附近一座古刹而称“观音溪”。

观音溪，位于渠江流域中下游。岸边，常常停着一只芦苇篷小木船，一对桡子静静地横搁在云水间，映出悠悠的影子，像蜻蜓的翅膀。

清晨，还在朦朦胧胧的睡梦中，依稀听到两声轻唤：“过河，过河！”缓缓地，必定有一个软绵绵的声音：“大河吗？小河？”这多半是赶早场或去亲戚家帮忙的人。早饭后，听到有人大叫：“过河！过河哟！”则大多有二三邻居同行，要去街上卖了鸡蛋鸭蛋称盐打油，待到中午时分，几个人才一路说说笑笑手提肩扛、背着背篼挑着担回去，里面装的是儿女眼里的阳光、老婆心头的日子。夜深人静，忽闻悬崖上连声高喊：“过河，过河！过河！”这时候，多半是家里有急事，应答也不同：“来了！”接着就响起短促、有力的划桨声。洪水天，急着去请医生，或抬着病人去抢救的，病人家会喊上两个水性好、善推船的壮年邻居协助摆渡，在船头添加两把桡子，先把船拉到上游岸边，将船头猛地向对岸一撑，三人“嗨哟嗨哟”喊着节拍，那“哗哗哗”的划水声、身子前倾的身形、前弓后直的步式组合成一道别样风景。船在一泻千里的激流中直指对岸，如梭般的船一靠岸，往往正好是医生家门前。也有连喊数声不见回应的，一般是前边有人背得、挑得太多，不想登悬崖绕山路，叫船送到五龙桥弯里去，过河的人会朝岸边或正在撒网的渔船求助。对年龄长的说：“万老汉，来推一下哟！”“彭老汉，来帮一下忙哦！”对年龄小点的则直呼小名：“张牛儿”“黄狗儿”“李二娃”。对方见是熟人，才放下手上的渔网，摇起形如柳叶儿、比渡船快一两倍的小船，把你送到对岸。摆渡的人，不得提一个“钱”字，过河的人，自会比渡船多给点儿的：平常二分时，给三分；五分时，给六七分。下次遇着渡船不在，只要你一喊，对方二话不说，放下手中的渔网就划过来。若是贫困家庭，给上一个鸡蛋半把小菜，不管是渔船还是渡船主人，都客客气气。手上紧就算了吧，还送啥子东西哟！有人没钱或忘了带，也会一笑了之，好，下次补上，慢走慢走啊……真的下次忘了，摆渡的人也不再问，压根儿像没这事。

水上的人，以水为路，吃的是一口义气饭，谁都不会小肚鸡肠。

倘若碰上谁家小孩溺水、两口子吵嘴寻短，无论是谁摆渡，都得以最快的速度划去，俯身一拉，或一根竹竿伸去。如是对方已沉入水里，摆渡的不管是男人还是女人，水性都十分出色，衣服一脱，一个猛子钻下去，短的三五分钟，长的七八分钟、十多分钟，才从远处“哗”地冒出水面。被救的家人，送来一篮鸭蛋，或提来两瓶白酒，以示感激；也有路途隔得远，连一把面条半碗米也没送的。摆渡人再见到有人落水，即便是曾经骂过仗打过架的冤家，也会义无反顾地跳下去，把对方救起来。

80 年代末，上游连续几天下暴雨，河里涨起百年不遇的洪水。上午，满村男女老少四五百人都在码头边的洄水沱捞柴（那时缺柴和煤）。有个二十七八岁的小伙和他一家老少，不到 10 点，也和邻居一样，身后已捞起小山般大一堆油菜秆、麦秸、木棒之类的“水涝柴”，还有不少新崭崭的方木和圆木。这些大多是男人游出去“捡”回来的。哪知，小伙第三次游出去回来时，“路”被杂草隔断。眼见小伙离岸越来越远，即将被洪水卷走。任小伙的妻子、父母和岸上男女老少如潮水般向河中央一只木船大喊：“贾家长，快救人啦！快救他一下呀！”贾某却视而不见，继续捞着方木。此时，同样在捞柴的一只小渔船见状，立马划了过去。划船的姓廖，一个十三四岁的男孩。小伙被冲出了七八里，渔船仍然紧追不舍；当小伙被旋涡拉溺第八次浮上来，渔船才终于靠近，把小伙救了上来。从此，男孩一家人人敬仰，码头两岸也看清了贾某的德行。

二

别看捞柴的人不少，其实，观音溪是个小码头，加之多了悬崖和小河，常年还是冷冷清清的。只因上游南江、通江宣汉和达县一船船木耳、黄花、黄连、天麻等山货运往朝天门、汉口、黄浦江码头需从这里经过，然后逆水运回煤油、盐巴、布匹等日用品也得从此返回，大家才知道这个码头。

常言道："跑长途船的人，命若浮草。"当年渠江、嘉陵江、长江，少有闸坝，一路险滩几十、石礁上千，仅观音溪附近就有浪八滩、金锣滩、凉滩和切马（青蛙）石、鲤鱼石、鹞子石等。掌舵的后家长、摇艄的前家长、岸上的首尾两名老纤夫，对沿河两岸的水深水浅，哪里水下有暗礁、下几寸几尺，哪里是洄水、漩水，哪里是倒流、泄流，岸上哪座房子是张家院子、李家院子，谁义气谁吝啬，一清二楚。如在洪水天，顺流行船放筏、一日千里者，十之八九是有钱人请的高人掌舵，连船上一个小桡工，也艺高人胆大，水涨水降，河道详情，了如指掌：外舵内舵，不敢有丝毫犹豫；满舵半舵，极讲分寸；急舵缓舵，全在把握。很多地方都能听到擦礁而过的"噗噗"轻响，那是至高的境界，又是危险的信号。

据爷爷讲，解放初期，他帮人放货到武汉，时逢顺洪顺风，一路六尺宽、二丈九尺六高的船帆满放高挂，连六把桡子也歇凉做了"翅膀"（左右对称横搁），只七天四夜（滩陡礁多段不能夜行）就到了汉口。卸了货，半船布匹一装，在返回过青滩，上最陡、水最急一段时，岸上拉纤的四人，脚蹬手扒，弓成大虾，正一寸一寸过"门槛水"，突然一道鼓水涌来，船身被礁石拦腰折断，爷爷在船头撑竿，一下被卷入急流。老家长见状，顺手扔给爷爷一把桡子，爷爷借桡子浮着，一路避礁游过七八百米险滩，方从鬼门关捡回一条命，而老家长却两手空空，被暗礁撞晕溺亡。爷爷和同伴在码头讨下纸烛香钱，就地简葬了老家长，穿着讨来的破衣烂裤，一路要饭步行了十三天，才回到观音溪。

平时，头晚在上游三汇、土溪、临巴和下游鲜渡、琅琊、肖溪连路泊宿的船只，每到鸡叫二遍，才开始从这里陆陆续续经过。从早饭到夜饭，木筏竹筏、渔船货船络绎不绝，四季船帆点点，行船的号子声、打鱼吆老鸹的"梆梆"声、划桨的"叽嘎"声，不时从远处传来。有时深夜、凌晨，也有渔船驱老鸹下河的敲击声、赶路船划桨的水响。

每当此刻，难免就会想到码头，想起他们：一个烂鼎罐，敲出一个小缺口，那就是进柴、做饭的灶；无论是一人的小船，还是十多人的大船，炒菜做饭都靠这个"宝贝"；加上河风大，常常是菜没熟饭已冷，船工们不得不蹲成圈、围着灶火吃饭；一日三餐，手上端的饭是冷的、灶边搁的菜已凉、锅里的菜热气腾腾还没熟；上四五人的船，吃面条，因灶远不及坡上人家的大，还得分批煮分批吃；开工也不一样，上水船，除留一个人掌舵，桡工都得上岸拉纤去，只有下水，才纷纷上船划桨；四五把桡，是载十多吨的中型货船；六七把桡，属载三四十吨的大船；船越大，走得越慢。它们不亢不卑、不急不缓，像山野青石路上的蜗牛。

小时候，我好奇，就总会问爷爷：它们要去哪里？上游的河流、码头是啥情景？下游的街道、城市又怎样？这些人的家在哪里？除了个别船上有个女人在弯着腰煮饭，其他人没老婆儿女吗？有，是上游还是下游？回去是否还从这条河返回？很多时候，爷爷也说不清。有时又想：不是说条条河流通大海吗？他们会不会这样一直划下去，划到外省，划到大海？那得多久？

三

到了八九岁，我们也“复杂”点了，年年都会趁着正月十五晚上，两岸有“偷青”的风俗，跟着哥哥姐姐或邻家孩子，背着个小背篼悄悄跑到岸边和岩上菜地里去“偷”人家小菜，比如“偷”些青菜、嫩豌豆尖回来，晚上一家人下豌豆尖面吃，第二天还有炒青菜下饭。主人家知道这是风俗，也不得生气，只会大声说两句：“谁家娃儿呢，昨晚把我家青菜、嫩豌豆尖‘偷’得不少啊。”到了十一二岁，热天，晚上屋里热得像蒸笼，蚊子密布，一把扇子摇个不停，还浑身被叮起疙瘩，大人会带上我们，去“嘴嘴”（伸向河心的山崖）上歇凉。大河风、小河风都汇聚在这里，通宵凉风习习，没一只蚊子。附近的男人都带着大一点儿的孩子在这里，一觉睡到天大亮，满身的凉爽。进入初中，随着诗歌知识的增多，一人面对浩浩荡荡而去的流水，偶尔还会豪情满怀，背一首苏轼的《念奴娇·赤壁怀古》：“大江东去，浪淘尽，千古风流人物。故垒西边，人道是，三国周郎赤壁。乱石穿空，惊涛拍岸，卷起千堆雪……”若发现平时有女孩对自己特别，则会想到月夜下远方那个女孩是否也在想念自己，咏诵的诗词也变了——比如李之仪的《卜算子·我住长江头》：“我住长江头，君住长江尾。日日思君不见君，共饮长江水……”

此时，我们才发现，自己已有一米四五的个头，手臂腿脚都有了疙瘩肉。在小河游泳，来去连续三四趟不停歇，不喘不吁；比赛扎猛子，三四个小伙在小河边站成排，箭一般扑下，七八分钟不见人影，岸上的小伙伴会故意幸灾乐祸地叫喊：“哦嚯，哦嚯！人呢？”期待中，几个小伙相继从对岸“哗哗哗”冒出水面，有的还顶着一头稀泥，倏地，随着一个个小旋涡，又都无影无踪消失在水下，一会儿，有人还奇迹般举着一条鱼浮上来；这个阶段，水性好的伙伴，对一千多米宽的大河，可轻松游个来回，有时看到长途船路过或渡船送人已到大河中央，只一声吆喝，就以最快的速度猛扑狂追，几分钟到了船后边，吊在后舵上，手脚处于静止状态，任幽幽的凉在脚下轻拂，会突生出几分忐忑，这时，外地的长途船上的人会笑着吼道："扯到啥子，邦毬重！"本地的过路船或摆渡船上的人则会笑骂道："小心舵（堕）落哟！"实际是提醒，小心抽筋，伙伴们"嘎啦啦"一阵大笑，才纷纷放手，转身连扒带蹬，还故意把屁股翘得老高，显示着出色的水性，几把水就先船回到了岸边；也有胆量小、水性差点的伙伴，会把自家的大水牛赶下河，骑在牛背上，牛背几乎全被淹没，水面只剩一截牛脖子和半截裸身，还耀武扬威像唐僧骑着白龙马一样，不慌不忙地游向对岸。

后来投身社会，尘世的牵绊太多，我总喜欢一个人出去走走。工作压力太大，兀自漫步到悬崖边，点上一支烟，望着码头出神，让心绪随着河水走，静静地看青秀的山野、雪白的云朵、清澈的河水，不知不觉，心底、眼前也朗亮多了，虽然很多时候，一时不会发现真谛，但河水似已给出明确答案。写作出现瓶颈，看着浩浩荡荡、桀骜不驯的河水，遇到山峰，一个华丽拐弯，到了巨石前，撞出一片碎玉，当绕着走，不得多走半步，该直行，不会犹豫半分，原来，它本身就是三分灵气七分诗情。时遇小人使坏、争名夺利、待遇不公，连续几天，我会在晚饭前，到河边走一走，然后选个没人发现的僻静处，像十七八岁那样，绷绷腿，压压腰，打几套拳，再练几遍硬气功，到极限地做一气俯卧撑，一通汗水流过，呼吸着清新的空气，星星在河里闪烁，月亮在缓缓行走，也恍惚看到了黎明。与家人闹了矛盾，我常常爱在夜深人静时披衣而出，端上一杯清茶，兀自来到崖壁边，选一块光秃秃的大石头慢慢坐下，想想儿时：爷爷去河对岸姑妈家，我"赶脚"（大人走亲戚家，小孩嘴馋，缠着要去）摔得满身都是稀泥；一个小孩骂我，我凫水过去把他家南瓜剜个窟窿还撒了泡尿进去；母亲一听到别人问及我的学习，那满脸的骄傲和干活的利索；文盲父亲少言寡语，却像牛一样受得累，比文化人都心细；兄妹们不甘示弱，都在暗暗努力……有时也会想到初恋，和老婆对这个家的默默付出、孩子三岁多就能写日记。

待情绪平复了，再看脚下，静静的小河依旧，无言的大河还是那么宽远，摆渡的人虽是如此弱势、渺小，但渡船却如时光，无论走得急与缓，都会留下时间的波纹。

四

河水汤汤，岁月悠悠。到了20世纪90年代末，观音溪码头鸟枪换炮了，芦苇篷的小木船换成机动船，只要对岸来上二三人，渡船就“突突”地开过去。如等久了或急着赶路，摆渡的人也会为你一人起车开渡。费用是一样的，小河一元、大河两元。只是给不起过河钱的人没有了，送危重病人的还是在送，救溺水者的事照样义不容辞。不过，酬谢有了微妙变化。过去不讨价还价，给多少收多少；渐渐地，不同年份有不同标准。前者由过去的三五元变成了十元八元，少了会有点儿不高兴；后者也从一句感激的话语或一只公鸡变成几十元、几百元，有时还喊你“添点”。但大的风俗没变，摆渡人骨子里的质朴、义气、善良还在。遇上结婚的喜事，摆渡的人会把船停在离岸边一两米远的地方，有意不把跳板搭上岸来。当地人知道，那是摆渡人取乐——要喜钱。只要新郎新娘多给上三元五元，摆渡的人就“哧”地一下把跳板推过来，吉言相迎：“稳搭金跳板，上走新郎官。今天娶新娘，明个胖儿添。”

一晃过去十多年，时值初春回老家，却发现因乡村公路四通八达，昔日的渡船已改成大船运沙石去了，说每天收入几百上千元，而摆渡则由渔船兼着，三天五天才有一两个人过河。小河十元、大河十五元，先收钱后开渡，已是十多年的“行规”。送病人一类的事，都请小车了。河边落水寻短的人也少了，即或遇到，不是关系特别好的邻居或自家人，渔船会装着没看见，除非给上一两千元，否则谁都不得主动施救。逢有送人运货到家门口的，熟人，少几元钱，是给个面子，其他都按里程收费，再没了“邻里邻居，给不给没关系”的客套。

细细一想，邻居变了，河岸也变了。上游破破烂烂、黑不溜秋的房子，变成了一幢幢休闲式的花园小区；原来参差不齐、瘪嘴龇牙的河床，顺河而弯地修起了水泥护坎，不锈钢栏杆泛着华丽的光亮；抬头望去，山是熟悉的山，河是旧时的河，两边连绵十里的油菜花、漫山遍野的麦苗和偶尔可见几头水牛啃草、一群鸡鸭啄食的景象不见了踪影，取而代之的是清冷的山寨、荒芜的田野；当年我们“偷”青菜、豌豆尖的坡地、河坎，夏夜歇凉的“嘴嘴”，早已蒿蓬丛生，无路可去；静静的观音溪还是宽宽坦坦，却没有了货船来往、渔歌声声。

野渡，故乡的野渡，在眼前一片模糊，遥远得恍若隔世。

作者简介：蒋兴强，笔名江夫、江帆，中国散文学会会员，四川省作家协会会员。主攻中篇小说、散文。先后在《中国作家》《青年作家》《滇池》《四川文学》《散文选刊》《诗刊》《解放军报》《四川日报》《华西都市报》《重庆晚报》《新民晚报》等报刊发表作品400余万字。创作中篇小说《瓜客》《出轨》《二婚》《隔单》《奸小》《不想你走》等。散文《远去的野渡》获第八届冰心散文奖，《老家那盘青石碾》获第二届“中国散文佳作”特等奖，作品多次获四川省年度副刊一等奖、二等奖。

郁水寻古

筱卉

过洲村约五分钟车程，便到了里水镇。在文化活动中心的图书馆借阅地方志时，竟在一旁的书店里意外读到自晋以来吴隐之、白居易、苏轼等各朝各代诗人为“贪泉”留下的众多诗篇。于是，锁定下午的目标：前往西华寺，并寻访贪泉遗址。

兜兜转转，来到西华寺前。停好车时，恰逢一列高铁从上空呼啸而过！现代化的速度凌驾于静修千年的古刹之顶，让人忽生奇幻穿越的抽离之感。

从原址向西迁30米后再度重建的西华寺，青砖灰瓦，依然保持着明清建筑的古朴风格。院门山墙上朱红色的廊檐、檐口横梁处的大红灯笼以及门楣上紫蓝色的题匾同框时，又颇有几分古刹新颜的亮丽和喜庆。

拜完佛堂，信步走到大殿之后。转角，看到建在半山坡上的茶室。坐在茶室的木椅上向外望，大殿的明式屋顶便尽收眼底，青灰色的瓦片上，层层叠叠落满了黄叶。从茶室下来，绕过僧舍，站在保护棚内大殿原址的透明玻璃上，俯视脚下五代南汉时期的地砖，竟觉悠悠古意袭来。

可寻来寻去，都找不到那口“贪泉”古井。据《晋书·吴隐之传》载，时任广州刺史的吴隐之路经此地，当他听说凡饮此水者均变贪婪时，不仅挹泉而饮，还以诗言志：“古人云此水，一歃怀千金；试使夷齐饮，终当不易心。”该诗既是对传言的抨击，也是对自我守廉决心的自勉。此后数千年，行游至此的文人墨客也纷纷为贪泉写下诗句，如唐代李群玉的“人来皆望珠玑去，谁咏贪泉四句诗”，宋代苏轼的“岚熏瘴染却敷腴，笑饮贪泉独继吴”，清代易弘的“行人莫恨贪泉水，世道如今薄伯夷”……千年已逝，胜景已渐沧海变桑田，唯有那些千古流芳的诗篇，仍能让后人感怀，并由此追溯历史演变的蛛丝马迹。

遍寻无果，在地图导航系统上尝试多次，终于定位到“贪泉遗址”。经历曲折地来到目的地后，我却接连两次折返而行——此处除了右边的恒大花园、左边的村民别墅，就只剩下对面的小北江白泥河了。

贪泉何在？碑刻何在？向当地的居民问询一番，皆摇头，一脸茫然：“贪泉？没听过！”

在江边滞留许久，呆呆地看江上货船一艘艘满载货物“突突”地远去。江边开得鲜艳的三角梅和芦苇，在夕阳映照下，在晚风轻拂中，不露痕迹地灵动起来。无心赏景，心中黯然猜测：难道贪泉早已湮灭在江水之中？

怅然正待离开，突然发现一位耄耋老人，坐在民居门前的石凳上。走上前，站在一米开外的地方，用不太标准的粤语向老人打听贪泉，没想到真有收获。老人肯定地告诉我：贪泉古井早已废弃，遗址就在西华寺新址旁！而“贪泉”碑刻在明正统七年就移到江对岸的“石门返照”景区内了。

天色已晚，来不及再去寻“晚霞与江水同色”的石门胜景。告别老人，我开车迅速再往西华寺。

又到寺前，径直朝池塘边走去，一名身着黄色僧服的年轻和尚正立于塘前观鱼。急切地告诉他我的来意，小师父淡然地说，确有其井。他指指院墙外杂草丛生的荒草地说，就在那里面，但要穿过一条小径才能进去，你不一定找得到那条小径，找到了也不一定能看到那口古井。

双手合十谢过，我固执地转身，向寺院外的荒草地走去。小师父在身后叹息：“还是我带你去吧！”

小师父领着我，走在被及腰深的野草掩盖的“小径”上。他不停地提醒我：“小心，不要让草粘在身上！”我一边应着，一边深一脚浅一脚地跟在他身后，步履蹒跚地走到那处用水泥石板盖着的“古井”边。他指着一米开外若隐若现的石板，笃定地说：“就是它。”

荒草横生，野花零落。恣意匍匐在水泥板上的野草，几乎要遮住整块石板。野生的植物蓬勃茂密，却杂乱无比，经小师父拨弄一番，才能依稀辨认出井口的模样。我忍不住一再叹息：怎会这样，怎会这样？！此时，寺内鲜亮齐整的彩色经幡，正在院墙上透景窗的洞格内迎风飞扬。一墙之隔的兴盛，贪泉古井的颓败和荒废，让人眼中心中满是凄凉。

天黑下来。古刹青灯已明，西华寺内，晚课即将开始。不远处，恒大花园高高的楼顶开始变得璀璨辉煌，而贪泉古井，此刻却怀抱着宏大而辽阔的孤寂，在夜色中高冷地沉默着。

作者简介：筱卉，真名王晓慧，中国散文学会会员，广东省作家协会会员，羊城晚报出版社签约作家。现就职于广州画院书画艺术拓展部，工作之余创作散文、诗歌等。作品散见于《中国文化报》《羊城晚报》《美术报》《南方都市报》《广州文艺》《粤海风》《岭南音乐》等报刊，著有散文集《右边的风景》。散文作品曾获第八届冰心散文奖（单篇奖），在广东省文联和羊城晚报联合举办的征文比赛中获散文类一等奖，在第二届徐霞客游记征文比赛中获优秀奖。

此生，我只愿如花似你

——致黄蓉

王小丫

亲爱的黄蓉你好：

见信如面。你没见过我，可我认识你已经很久了。多幸运，在我还未到人间之时，香港就有个名叫金庸的铁笔书生把他的十五部武侠小说整齐写好微笑着等我了，就像曹雪芹修好了他的《红楼梦》，施耐庵写罢了他的《水浒传》，王羲之挥就了他的《兰亭集序》，李白杜甫白居易苏东坡，他们各怀自己的风流锦绣微笑着等着我，令小女子不胜感激，常在心里盈盈下拜。

蓉儿，我该叫你姊姊还是妹妹呢？记得那年初见，我年方二十，而你正值二八韶龄。那时，你刚跟父亲赌了气，从美丽的桃花岛出走至张家口，遇见了命中注定的靖哥哥。而我，在暑假的《射雕英雄传》里遇见你。大宋朝的蓉儿啊，隔着九百年的斑斓夏梦，我对你一见倾心。现如今，金庸先生的作品早已被选入中学语文课本，供无数中华儿女读之诵之恋之赏之。有人说，金庸先生用这十五部武侠小说足可笑傲文学江湖，打败时间，得以不朽。其实，在我看来，你一个人就足以打败时间了，就足以“不废金庸万古流”。蓉儿，你可得意？

最喜欢看你笑了。蓉儿一笑万古春，一切便都甜了。“容貌冰雪无邪，心中却是诡计多端”，果然无人能敌得过你的嫣然一笑。作为一代宗师黄药师的女儿和九指神丐洪七公的高徒，世人皆知你武功了得，什么“桃花岛家传功夫”，什么“打狗棒法”“降龙十八掌”“逍遥游”，还有“满天花雨掷金针”，样样都使得出神入化，武不惊人死不休。只是，你既武功如此卓绝，又何必生得貌若天仙？你既然生得貌若天仙，又何必通今博古诗词歌赋能歌善舞？你既然能歌善舞，又何必厨艺了得，活活儿的一位食神？你既然是活活儿的一位食神，又何必玲珑剔透冰雪聪明，活活儿的一位花容诸葛？你既然是花容诸葛玲珑万变，又何必一味忠贞跟定了憨憨的靖哥哥？如此一个妙人儿，果然是集天地灵气于一身，直叫天下众生羡煞！你站立在中国现代文学史的画廊上一笑嫣然，倾倒众生。你不像一般的弱美人儿，手无寸铁，只有美丽。你有的太多。

生女当如俏黄蓉！

那日，你胡乱烧的一只叫花鸡，就已经让尝遍天下美味的丐帮帮主洪七公大为叹服，至于你烧的“好逑汤”“玉笛谁家听落梅”“二十四桥明月夜”等拿手好菜，更是脍炙英雄口，将老英雄直接拿下，诱得他老人家心甘情愿将一身绝世武功悉数换了你的几口吃食，并心花怒放，欲仙欲死。《射雕英雄传》里的英雄我喜欢四个：洪七公、周伯通、郭靖、你。只是，老顽童周伯通的天真烂漫，神丐洪七公的豪爽痛快，傻哥哥郭靖的宅心仁厚，我是天生就有的。那就单独说说你吧。我极喜欢你的烹饪功夫。那日初见洪七公，你存心要老英雄受用，笑盈盈地做出一顿好饭菜：用五种鲜肉条炫技，诸味纷呈，变化出一碗二十五种美味相辅相成的炙肉条，令吃客状元洪七公惊喜交集，你说这肉条儿形如笛子，肉条儿的滋味又有二十五种变化，正合五五梅花之数，因此，这碗炙牛肉条儿便唤作“玉笛谁家听落梅”。好一个“玉笛谁家听落梅”！只怕天上人间，人神共爱，都要被这妙品引得发痴发狂了，只怕吃了这道菜之后连神仙都要迷恋华夏九州了，因为只有这片神奇的土地才会长出蓉儿这样神奇的女子。再说那碗“好逑汤”。“只见碧绿的清汤中浮着数十颗殷红的樱桃，又飘着七八片粉红色的花瓣，底下衬着嫩笋丁子，红白绿三色辉映，鲜艳夺目，汤中泛出荷叶的清香……那荷叶之清、笋尖儿之鲜、樱桃之甜，自不必说，樱桃核已经剜出，另行嵌了别物，却尝不出是什么东西”。老饕洪七公见了这汤，只觉好看得紧，喝一声彩，竟舍不得吃。当时你说：“这如花容颜，樱桃小口，便是美人了，竹解心虚，乃是君子，莲花又是花中君子，因此，这竹笋丁儿和荷叶，说的是君子，樱桃中嵌了斑鸠肉，《诗经》曰‘关关雎鸠，在河之洲，窈窕淑女，君子好逑’，是以这汤叫作‘好逑汤’。”我敢说，自从盘古开天地，三皇五帝到如今，天上人间只此一碗“好逑汤”！没有一颗旷世才女的心思，是断断做不出这样风流千古的靓汤的。那做汤的女子也不愧是天下君子们心中至珍至爱的“好逑”了。好个巧蓉儿！我素日里常说，身为红尘中人，饮食男女，逢饿必吃，厨上功夫是最要紧的。所有的食物在它们生命最风华正茂的时候，前赴后继奔赴我们的餐桌，用它们的生命喂养着我们的生命，把自己的血肉化作我们的血肉，给我们以力量，支撑着我们走完各自的一生，每一餐饭都是一场生命与生命之间的神圣交接，这何其悲壮与伟大。因此，这世界上每一个把饭菜做得难吃的人都是有罪的，是真正的罪人！因为，我们辜负和浪费了那么多美好的生命。如果你有良心，你就应该把每一种食材都烹饪成一种美味，让我们对它们的每一次品尝都成为一种致敬，对它们的每一次吞咽都成为一种喝彩。亲爱的蓉儿，你做到了。你果然是我的知己。

蓉儿，你知道吗？自从我和洪七公一起品尝了你的“二十四桥明月夜”“玉笛谁家听落梅”“好逑汤”，你就一直住在我心里了，陪我走过许多岁月。我按照你的择偶标准寻找能伴我一生的人，不求他貌若潘安才如宋玉，只求他有颗金子般的真心，结果所得夫君果然待我甚好。

这都是托了蓉儿你的福。我虽不会武功，但也深爱你和靖哥哥一身侠气。有人说，和平年代，雷锋就是当代大侠，因为他舍己为人，为民造福。我便力所能及，常常做些公益慈善，我虽没什么钱财，但好在“慈善”二字远不是捐些钱财那么简单。我也没有如你那般的惊人美貌，但此生在世，总不敢随意丑陋，不管是外表还是内心。

春日的飞花，夏日的雨帘，秋天的雁阵，冬日的飘雪，每一刻我都不敢轻易辜负。蓉儿，光阴荏苒，岁月自会赠我沧桑，但有你在，也定会养出我的一份美好。既做了你的姐妹，我只求今生今世做一个无论何时都令人赏心悦目的好女子，如花，如月，如酒，似蓉儿。

蓉儿，我在公元二〇一五年的最后一天给你写这封信，身旁炉火正旺，心中正暖。你和靖哥哥还在桃花岛吗？遥祝蓉儿姊姊冬安。遥祝蓉儿妹妹冬安。

作者简介：王小丫，河北献县人，本名王英。为人有燕赵古风，追求快意人生；为文洒脱逸放，酣畅淋漓，谐趣横生，自成一格。作品先后入选《2014 中国散文年选》《2015 中国散文排行榜》《2016 中国年度精短散文》《2016 中国散文排行榜》《2017 中国散文排行榜》《2018 中国散文排行榜》《2019 中国散文排行榜》《散文选刊》等。获 2016 年香港“我与金庸”全球华文散文奖、2018 年第八届冰心散文奖（单篇奖）。

回望故乡

赵克红

故乡，对浪迹天涯的游子来说，是用来怀念的。尽管这些人中不乏春风得意、风光无限者，但仍禁不住会回望故乡：回望过去那些或青涩晦暗或甜蜜忧伤的童年；回望以往那段魂牵梦萦却永远无法回归的岁月；回望那片山水，那块安宁的土地，以及那片土地上生活着的人们。这或许也算是对心灵的一种慰藉，即便不能站在故乡的土地上，也要让心灵以另一种方式回归故土。或许，这就是中国人自古以来就根深蒂固的乡土情结吧！

我的家乡与我居住的地方可谓咫尺之遥，那是我真正意义上的故乡，可这些年我却很少回去。随着时代的变迁，我曾经温馨的家园，以及很多童年的记忆也随之失去了色彩，再也无处寻觅。

故乡，是我成长的摇篮、漂泊的终点，是我记忆中永远不会褪色的地方，如今，我却只能用回忆的方式才能抵达童年时的故乡。儿时，记忆最深的是村庄夏日的黄昏。每年放暑假，队里都会安排我和另一个同学去村西边照料那片一眼望不到边的谷子地，目的是防止成群的麻雀来偷食。起初，我们制作了不少稻草人之类的东西插在地里，可时间一长，便被麻雀识破了，因此一见到麻雀朝谷子地里飞来，我们便会扯开嗓子呼喊，或是拉开弹弓，去驱逐麻雀。直到落日熔金时分，我们才会回村。

记忆犹新的，是那一次次在黄昏中的行走，夕阳的光芒洒满村庄的每个罅隙，彩霞像熔化了的黄金一般从天上缓慢而黏稠地滴落，奇异而灿烂的光芒笼罩着村庄里低矮的屋顶，仿佛在给村庄镶一层金边。在我的家乡，只要你放慢脚步留意身边，那情景几乎在每个夏日的晴天都能见到。

我曾无数次目睹村庄的黄昏，那耀眼的云霞，那金色交织着橙色、红色、紫色的云霞，像彩帛承托并缭绕着火球般的落日，急速地向暮色中的树林坠去，使我每每感到大自然的神奇魅力。

傍晚，当我们放学返回村庄时，常常能看到落日在慢慢褪色，最终坠入郊野或远处的房舍下。它消失的地方会被黑夜迅速填充，我一次次被那个不可挽留地滑落的红日所吸引，那耀眼的霞光穿透厚实的云层，那些悬浮而凝重的云彩仿佛烧红的钢铁在流淌。

我的眼睛跟着落日移动。就这样，我看到了人世间最美丽的景观——一片金灿灿的光笼罩着村庄，晚霞洒在低矮的建筑物上，使之变成了金碧辉煌的宫殿，这就是我们的村庄。太阳是伟大而仁慈的，它不仅使万物成长，不仅赐人间以温暖，还在消失前的那一刻，使卑微的村庄显现神性，使人世间的一切融合在夕阳的余晖里。在回村的路上，我望着天空、云霞、落日，感到有种说不出的神秘感。暮色越来越浓，村舍的轮廓渐渐模糊，有的房子开始透出昏黄的灯光。这昏黄得有些发暗的灯光充满了家的温馨，这是村庄留给我的暖暖的记忆。

对远行他乡的人来说，故乡永远是记忆深处藏得最深的那个词，无论它曾经的面目如何，我们的骨子里总是会不可避免地打上它的烙印，不管我们愿意与否，它总是挥之不去，那与生俱来的特质就流淌在我们的血液里。其实，很多时候，只有更清楚地了解来时的路，才能更坚定地寻找要去的方向。在每一个纵横交错的十字路口，在每一个即将迷失的瞬间，每一次的回望与凝视，都会坚定即将启程的脚步。

作者简介：赵克红，1962 年出生，中国作家协会会员，中国铁路作家协会副主席，郑州铁路局作家协会主席，洛阳市文联副主席，洛阳市作家协会主席，河南省散文诗学会副会长，河南省诗歌创作研究会副会长，中山文学院客座教授，高级政工师，洛阳市优秀专家。出版散文集、诗集、长篇小说（合著）、中短篇小说集、短信文学集等十余部文学著作。散文集《心韵如歌》获第八届中国铁路文学奖，诗歌《弹奏阳光》获《诗刊社》“春天送你一首诗”二等奖，报告文学《情系大动脉》获《人民铁道》报告文学征文一等奖，散文《回望故乡》获第八届冰心散文奖，诗歌《大地飞歌》获中国长诗最佳成就奖。作品在《中国作家》《诗刊》《人民日报》《文艺报》等报刊上发表，并多次入选《中国年度优秀散文》《中国年度优秀诗歌》《中学生每日一读》《小学生每日一读》等选本。

繁星

黛安

桐娘生我是在春天，农历四月初四。二婶说，农家的日子春天最难熬，青黄不接——上年的粮食已见了缸底，当年的麦苗还在地里。娘生下我之后，姥姥颠着小脚拎来十个鸡蛋，娘不舍得吃，就让奶奶拿到集上卖了，换了一块肥肉膘，炼了一大勺子油，每天撇一丁丁炒菜。二婶说，虽然没粮食，天天吃地瓜干，但娘的奶争气，听见我的哭声就来奶水，还很多，我咕咚咕咚地咽，撑得溢奶，娘的奶水还在冒，娘就把小花裹在怀里喂。小花是二婶的三妮，比我小一个月，二婶没奶，小花成夜成夜地哭，二婶的眉头就皱成了疙瘩蛋。那些春天的晚上，二婶家的墙头上，好几只野猫在叫春，凄凄厉厉的，也像小孩子在哭，可把二叔烦透了。二叔把旱烟叶捏碎了用粉连纸卷着，一整夜一整夜地抽，手指黄了，眼红了。

这都是二婶告诉我的。二婶还对我和小花说：孩生日，娘苦日哇！

孩生日，娘苦日。我很小就记住了这句话。我从一年多前就开始攒爹用过的牙膏皮。爹是每天都要刷牙的，隔壁二叔、前排房子里的三伯、胡同中间的五爷爷，他们从不刷牙，他们都笑话爹。他们一笑就露出满口金子，爹也笑，爹笑的时候，闪过一溜干净的白光。

我一共攒了十四个，卖了七毛钱。我把钱塞在床的草苫子底下，等着四月初四，等着春天里那个青黄不接的日子。可是，那天天黑了娘擦火柴要做饭时才一下子想起来："嗐嗐嗐！"娘对奶奶说，"今天是妞妞的生儿！"一旁的我愣了愣，转身大步跨过门槛，手伸到草苫子下摸着钱就走。我要割块肉给娘吃，我想让娘知道，孩生日，娘不苦。

胡同真长，路过三婶家，路过五爷爷家，路过冬梅姑姑家门前月牙一样的池塘，还没到。路坑坑洼洼的，然而我的脚底下仿佛安了轮子，快得像在胡同里穿行的一股风。我就是一股风，不只我，和我一般大的梅、英子、小花，放了学我们就在胡同里疯跑，从这头追到那头，从那头撵到这头，比兔子都快，和风一样快。不知谁家新在墙根垛了堆柴火，我一踏上去就摔倒了，在爬起来之前，我一仰头看见了星星，真多呀，像一朵一朵的荠菜花开满了天空。我一下子想起三婶家的麦地，自从三叔在煤窑上出事后，三婶家麦地里的荠菜一下子就蹿过了麦苗，开出小白花，一大片一大片的在风里摇，可好看了。日头最毒的时候，娘和二婶却把它们都拔了，有几筐喂了给旺买的那头母羊，还喂了我家的小毛驴，其余的都扔在地头，晒成了草。可是那些荠菜花没干，它们还鲜鲜地活着，此刻，它们像刚刚从清水里捞出来一样，正淋漓地开在天上。

空气开始暖稠起来，我一骨碌爬起，循着香味，循着煤油灯菊黄色的光，找到那家肉铺。

我捧着一小坨肉往回走。身后传来咻咻的喘气声，我知道那是一条狗，可我一点也不害怕。我的心里只有那坨肉，我想赶紧捧给娘，我想赶紧让娘知道，孩生日，娘不苦。

我又看见了满天的星星。它们一路给我照着，直到家门口。

作者简介：黛安，山东肥城人，中国作家协会会员。作品散见于《十月》《天涯》《山花》《北京文学》《西湖》等。出版文集《青青子衿》《稻草人与蝴蝶》等。曾获第八届冰心散文奖、首届校园文学教师组一等奖、东岳文学奖、齐鲁文学优秀作品奖等奖项。

这一别，就是地老天荒（组章）

郝随穗

满目回望时，你在苍茫处

你的时光遗留下的那条蜿蜒小路上，开遍晚秋的层林尽染，每一层绚丽都留在高高山上的那株树上。我曾默默地走向山冈，抚摸遍每一缕晚霞，让我的双手捧起你当初的温情。

与你相约在那个满夏，天空中飘过你的忧郁，如果有雨淅淅沥沥，那是我的窗外，你的忧郁铺满我的空间。青雨绵绵，我的正午被你浇湿，我的时光从此多了你的来来往往。

看惯长河落日，止不住无限光阴在此放任，你的漫漫长夜挑灯为谁？蜿蜒的小路上走过谁的脚步？止不住你的晚秋泪流满面，阵阵青雨洒过，谁会停驻在你的夜灯里？我徒步走过你的季节，一路上处处开遍你的花朵，那些花儿不曾凋零，日日夜夜芬芳着我的孤独。

约过的岁月斑驳成痛，只要你的容颜不老，我的回望就在苍茫处。那些遗失在前世今生的点点滴滴，犹如满天繁星，一眨一眨掀开往日的尘埃。

与你本是前生盟约，曾经擦肩而过错过那世回望，直到今生再次相逢，不禁风雨飘摇世事飘零。这一别，就在我的晚秋；这一别啊，满目苍茫，天际寥廓。一别就是一世，这一别等过春尽花落，等过光阴遗漏顽石化沙。

匆匆时光扑面而来，我日不暇接在你的风华之中。世界如此博大，你在我的秋天洒遍金黄，浩瀚的蓝空里充满时光的温情。你如同时光中奔跑的小鹿，在我的田野上任性地一次次跑过。你欢悦地留下一个个远去的背影，我看见我的天边沉浸在晚秋的绚丽中渐渐苍茫。

有一天，你一定要离开，或者你已经离开。有一天，你一定要放任世界远去，或者已经放任。我的世界空空荡荡，空留万丈红尘长出青草万亩，空修栈道千里不见尘埃落定。你能不能转身打望？我的天涯处处是芳草，我的晚秋处处是风景，我的世界处处绰约着你的身影。

见与不见，你就在那里；来与不来，你还在那里；生与不生，你依旧在那里；生命的盛大与虚无你从未离开，人生的酸甜苦辣你都在那里。自然一生一世都是那条蜿蜒小路的延伸，那么，路的那头就是你的开始，路的这头便是我的收场。

待到秋花成暮，时光穷尽，看你春风荡漾，我会背依空旷，面对前世。当我蓦然转身，满目回望时，你在苍茫之中。

这一别，就是地老天荒

莲花座上端坐一千年，等你来拜佛。寒来暑往又是一千年，等你等到今生今世！

约了一场风花雪月，细水流年漫过山山水水，因你刻骨铭心人间无数。约了一季花开花落，韶华易逝空留天地茫茫，因你日复一日惆怅满怀。我在山下，一场春风吹开天空的白云，白云飘走，带着你的背影一去不复返。你在山上，山上开满山花，一夜大雪纷飞，满天飘舞我的苍发。

不停地行走，走得很远，却走不到远方。天边是不是路的尽头？路的尽头一定能找到你的身影。我曾来过你的世界：那里鸟语花香，持续着一个春天的明媚；那里清风万里，荡漾着一个回眸的美丽。我的时空飘着青雨，淅淅沥沥满目思念，如果你想起我，就请看看窗外铺满大地的那片青雨。

你曾来过，在莲花座下拜过日月天地，这一拜便是大佛动容，心生菩提。我在菩提树下度过时光无限，静静手执地涌金莲等到满地灿烂。

我没有错过你的岁月流离，在山下仰望白云生处，这一望便是青雨满面，白云生处的你在哪里？为何丝丝青雨化作悠悠岁月，却不能生如夏花？

纵然天各一方，海角天涯在此作别。这一别许诺佛前，生生世世还要往来，纵然山河陌路，一别即是永不相忘，风吹平生，三生石上长满青苔。

这一别，注定是地老天荒。我在佛前等到你来时，已是沧暮天涯，莲花暗淡。这一别啊，注定就是海枯石烂、云海苍茫，转眼又是青雨成雾、山河缭绕。

莲花座下时光打碎膝下磐石。不曾回首瞭望身后风动影绰，听你隔河而来朝拜佛前，只愿一拜动心，膝下磐石动念缝合弥补时光。

拜与不拜，佛就在这里。来与不来，我就在这里。佛是万能，我是无能。佛无处不在，而我只在这里。佛不言不语不离不弃，而我在佛前放牧思绪，一千年犹如香火游丝，不散不走。

佛是一棵树，我们都是树的叶子，你在树的左边，我在树的右边。佛是一片叶，你是叶的正面，我是叶的背面。佛是一片空白，你在空白的里面，我在空白的外面。佛是我们共有的时光，时光里一千年不长，你来不来，我都会在时光中守着。

待你白发苍苍，我也风烛残年，我依旧在佛前等着你。

来生，与你隔世相望

只要青山依旧，你就永不会老。滚滚红尘中，你既然选择了人间桑梓，就在世事中独享春秋，伴时光任性，夏花不谢。即使有一天真的到了沧海桑田，你也是透过时光缝隙的那抹明媚和遗落在无限苍茫中的沧海一粟，生生世世留在人间。

我在你的世界跋山涉水，走过五百年的风雨兼程，为的就是赶到今朝今夕遇上你。可是沧海茫茫红尘万丈，你在我的世界稍纵即逝。如果春天老去，我也会老去，我在山冈上翘首远望，你在哪里？我的世界如此安宁，飞过的雁阵捎不走我的音讯，也带不来你的消息。我无数次地茫然四顾，我的周围到处是你虚无缥缈的影子，到处是你不曾靠近的气息，到处是你不曾执手的远去。

时光因你苍暮，千万条道路通往你的遥远，我只在一条路上悉数春秋几度，让每一个即将来临的日子装进时光的陈年旧事。

如果你能听到窗外的雨声，那是我的脚步声，我一次次来到你的窗外，化作阵阵青雨，下个不停。多少年来，时光没老，我的脚步一次次为你远远赶来。

我在你的时光之外空守寂寥，转眼又是五百年。该老去的都已老去，留下的只是时光苍茫，远方寂寥。我安坐在三生石上瞭望你的方向，再看苍穹无垠，隔了三生三世，隔着无限的距离。如果真有来世，请让我在此刻与你轻轻道别，来生，我与你隔世相望。

也许，这一别不会重逢，从此海角天涯天南地北。也许，这一别不再相见，从此千里万里隔山隔水。也许，这一别就是永别，从此天上人间，只能隔世相望。来世，我在逝水岸上驻足回望，你又会在哪里？与你隔世相望，这一望，便是泪流满面；这一望，便是梦回千转。

我独自前往，走在你走过的路上，让你的气息弥漫，我漫长的灵魂得以宁静和不再疲惫。我不再是风雨兼程的殉道者，我会选择一棵久别的树留下来。我只想在一棵温暖的树下悉数人间繁芜，看遍世态炎凉。我不想放任自己迁徙的脚步，我似乎找到了你安然的存在。就在那棵菩提树下，你一定还会来，即使不来，你曾在那里久居过的一些时光，至今没有消散。

菩提树下时光百转，我不再流离，就在这里等你等到长天空荡，春秋已尽。来生，我注定与你隔世相望，我在菩提之下望你沧海为谁，红尘荒芜。我在这铅华洗尽的悠然时光中，静静与你隔世相望。

望你一世芳华，终成旧事，我在逝水岸上已是三生轮回，从未离开。

作者简介：郝随穗，陕西子长人，现居陕北某山村。中国作家协会会员，鲁迅文学院第29届中青年作家高研班学员，入选中国作家协会作家定点深入生活项目。在《人民文学》《诗刊》等国内外多家报刊发表大量作品。作品获冰心散文奖、孙犁散文奖、鲁藜诗歌奖、新诗百年最具活力诗人奖、手稿散文奖、金剑文学奖等，并多次入选各种年选和中小学语文试卷。出版《费尽荒凉》《素面》《硬时光》《庄里》等15部作品集。

巴塘骑兵

王昆

结识骑兵，一直是我军旅生涯中的一个情结。

因为我的老家淮北曾是彭雪枫的骑兵部队驻扎地，而我的爷爷曾在年轻时为当年的骑兵团长周纯麟当过几个月的通信兵，他的工作除了警卫任务，还要喂养好周团长那匹披靡杀场的“白龙”座驾。

在这 4000 米高原遇见自己从军以来最为梦想的骑兵，让我无比期待。在陆军某旅司令部岑参谋的引导下，我们驱车前往玉树市结古镇 20 多公里外的巴塘乡。巴塘乡的巴塘草原是著名的藏区草原之一。岑参谋说，草原上的骑兵区域，只是骑兵连的一个外训基地。一个有 5 年兵龄的士官——洛加才让是这里的负责人。

未见才让，已知才让。一路上岑参谋介绍，洛加才让就是青海本地藏区人，因为内地来的士兵多少都会有些高原反应，所以组织上专门安排他在这里负责。

前来巡诊的是解放军第 107 医院援助青海玉树藏区医疗队专家，车辆抵达营区大门的时候，洛加才让正端坐在一匹高头黑马上，犹如黑塔。看着车辆驶入大门，才让手里的马鞭一挥，直指营区沙土大道，随后纵马向着营房奔去。

这里是当年军阀马步芳的机场，破败斑驳的泥土房子和炮楼让人联想起当年的烽火硝烟。营区内的一排黄墙红顶的现代砖瓦房是新营区所在地。新营房是 3 年前才建成使用的。之前，骑兵连人员都是挤在一处结构尚好的机场老房子里。一个通铺，百十人挤在一起，一个响屁就能吵醒半屋子人。巴塘草原地处海拔 4000 多米的高原，一年 12 个月差不多有 9 个月在下雪。每到夜晚，草原上寒冷不堪。上厕所在这里就是个大困难。几年前，上级下拨专款修建了这处营房。新营房除了一应俱全的士兵住所，全新的现代军马房也代替了过去四处漏风、由机场库房改成的旧马厩。

车子一个转弯，抬眼可见莽莽苍苍的巴颜喀拉山下黑压压的一群战马仿佛在缓缓涌动；山顶上，银装素裹，白雪皑皑。岑参谋说，一周前，巴塘草原上刚下过一场大雪。此时正是八月，很多地方还是骄阳似火的酷暑。雪山巍峨，藏乡淳朴，美丽的草原已然入秋。身着迷彩雨衣、骑着彪悍黑马的士兵正赶着上百匹军马向我们的方向飒爽驰骋。岑参谋说，草原上值班放马的士兵刚才已得到通知：部队的巡诊医疗队到了，每位战士都速回营房参加体检。部队每年都会安排定期体检，战士们也很希望及时了解自己的身体状况。

车停下后，作为巴塘草原骑兵连对白衣天使们的欢迎礼，步骑班班长洛加才让为我们安排了一场骑兵训练科目表演，展示草原骑兵的风采。营房外的青葱草地上，3 个步骑士兵威风凛凛地手握马刀，整齐地端坐在马背上。随着班长才让发出的响亮口令，“双刀劈刺”“控马卧倒”“乘马越障”……战士们漂亮地完成了一连串精彩的骑兵战术动作，让医疗专家们大饱眼福并为之惊叹。才让介绍说，近年来，巴塘骑兵连官兵坚守雪域高原骑兵阵地，探索总结出雪地侦察、草地伪装、快速出击、乘马围追堵截、水中抗眩晕及野战生存等 25 种训法、战法。官兵们熟练掌握了乘马超越高宽障碍物、乘马射击、乘马斩劈、控马卧倒等实战需要的 8 项高难度动作和技能，以确保“招之即来、来之能战、战之必胜”。

马术表演结束后，医护人员怀着内心的敬意，有条不紊地架起了便携式医疗设备，开始为草原上英勇的骑兵们做全面体检。因为长期饱受高原风雪与紫外线的磨砺，这些来自陕西、河南、江苏、广东等地的年轻人，大多嘴唇青紫、面膛黝黑。在为他们做 B 超时，医疗队特检专家张艳梅发现，有的战士心脏出现了一侧肥大。心内科专家徐兴森解释说，这是因为内地人来到高原后，心脏承受压力增大，需要扩充容积以饱和所需氧气，只要回到内地，心脏症状就会消失。

湿地草原上官兵共性的问题是显而易见的：由于长期野外骑行，有些人会患上程度不同的风湿或类风湿。在白衣天使们一丝不苟的认真检测下，除了共性的健康问题，个性的病情也暴露出来。医生发现一位新来的汉族士兵大腿内侧溃烂。原来，这位战士一直没有掌握骑跨动作的要领，每天骑行值班被马背磨伤了大腿皮肉。为了完成任务，这位战士一声不吭地忍着疼痛坚持出操、放马。在谈到有没有办法避免这样的新兵训练伤时，班长才让神色严肃地说：没有办法避免！身为骑兵，都要经历这样的过程。真正的骑兵，就是要磨出铜裆铁屁股！

在谈到巴塘骑兵连的未来时，才让不免有些忧伤。随着中国军队的现代化、信息化建设，草原骑兵势必日渐消逝。20 世纪 80 年代中期，我军由摩托化和机械化代替了骡马化，军马在军事上存在的价值大大降低。在“百万大裁军”中，骑兵作为一个兵种被取消。全军仅象征性地保留了两个骑兵营和几个骑兵连，以适应西部边防特殊自然环境的戍边需要，而巴塘骑兵连正是其中幸运的一个连。在已经拥有隐形战机和巡航导弹的时代，最后的骑兵们异常珍惜这种难得的机会，每天仍然操练着传统的骑兵科目：马上斩劈、乘马射击、马场马术、乘马越障、野外骑乘、骑兵阅兵式……

才让说，官兵与军马的感情或许比人与人之间的情感还要深。在与战马的朝夕相处中，马跟人一样，会哭会笑。在这里，有一匹特别爱笑的战马，总是对着官兵咧嘴乐呵着，战士们见着它都高兴。还有一匹技术一直优秀的战马，每次百米冲刺训练都是第一，可有一次在百米赛训中，它跑了第二，竟然把头依靠在抚慰它的战士肩上，大颗大颗地流下了眼泪。才让说，人和马的这种感情，让他真不敢多想未来的分别。看着有点伤感的才让，站在一旁的岑参谋说：好好干，未来的事情不用悲观。上级通知已到达：此次军改，巴塘骑兵连保留！

才让睁大了眼睛，高兴得跳了起来。旁边的几名步骑兵也是眼中含泪，一个个攥紧拳，手狠狠使劲。作为“局外人”，我们也深感欣慰：雪山草原，策马驰骋，骑兵铁军，大爱真情……雪域高原上的这支连队，除了是一面军队的亮丽旗帜，也发挥着其他兵种不可替代的作用。无论是和平时期，还是战争应急，无论是急难险重、军民团结，还是多样化军事行动，相信未来他们都将焕发草原英雄的戎马风采。

作者简介：王昆，安徽淮北人，2000 年入伍，现役于解放军联勤保障部队胶东某部，中国作家协会会员，特战题材小说代表作家，先后毕业于济南陆军学院、解放军信息工程大学、解放军艺术学院、鲁迅文学院等。在《人民文学》《十月》《解放军文艺》《解放军报》《中国青年报》《文艺评论》《文艺报》等报刊发表文学作品 100 余万字。出版长篇小说《终极猎人》《我的特战往事》《UN 步兵营战事》。

那时的清明

高鸿

大概从我五六岁开始吧，年年盼清明不亚于过年。因为正月过后，生活又回到了原来的轨道，所谓“肥正月，瘦二月，半死不活三四月”，只有在清明的那一天，家里才会蒸白馍、捏花馍。

不仅仅是这些。裹了一冬的棉衣终于可以褪下身，干活的时候甚至可以光着膀子，让明晃晃的太阳在汗珠上耀。“清明前后，种瓜点豆。”落寞了一个冬季的田野开始躁动，桃红柳绿花黄。风变得绵软了许多，抹在脸上痒痒的，就想跳，就想唱。半坡上是婆姨女子，还有半大不小的孩子，每人挎着一只篮子，在捡野菜。那时候没有反季节的蔬菜，吃了一冬的腌咸菜，早就腻味了，期盼着碗里见绿呢。这个时候，能吃的野菜已经很多了：芨芨菜可以下面，光光的，滑滑的，刚进嘴，“哧溜”一声便下去了；蒲公英用开水一过，搁上些调料，味道也不错；最能当饭吃的是白蒿，这时候刚抽出嫩芽，捡回去和上些面蒸，便成了菜疙瘩，油盐辣子一拌，香喷喷的，着实开胃。然而，孩子们期盼的并不是这些。清明的时候，除了蒸白馍，母亲还会和别家一样，捏很多好看的面花。这些面花挂在墙上一点点地风干，特别馋的时候拿下来一个嚼嚼，满嘴生香，感觉特别解馋。除了面花，母亲还会做非常好看的荷包、披肩、挂牌等刺绣品，花花绿绿的，清明那天可以挂在脖子上。因为刺绣里面镶着锡纸，太阳下一照，闪闪发光，成了村里的一道新鲜风景。最稀罕的是村里的婆姨女子们，她们对自己的手艺心里没谱，便捉了别家的孩子仔细研究，博采众长，来年就会弄出新的花样儿来了。

我印象最深的应该是打秋千了。每年清明前的那段时间，我们便和父亲讨论秋千的位置。上院的两棵树可以挂，但太低了些，荡起来不过瘾；门前的空地上栽两根杆子，绑上绳子便是秋千，打起来虎虎生风，于是便候了一群孩子排队。我们比赛，看谁荡得高、荡得远。大人们终于耐不住了，在城墙边搭起了一架高高的秋千，荡起来能看见城墙外面的风景。有一次，大哥带着我荡了一回，但觉耳边呼呼风声，心跳加速，血气上涌。我赶紧闭上眼睛，感觉自己真的是上天了啊！

黄土高原上的山峁都是土，山上到处都是胶泥，红色的胶泥遇水后变得很黏，干燥后很结实，适合做瓦盆。村里经常来一些外地人在这里做瓦盆。瓦盆是手工拉成的，形状各异，烧成后用还原焰薰成黑色，各家买回去后做面盆和送饭的罐罐。清明是开地的时节。耕地是男劳力的活。为了赶早，他们往往凌晨三点多便起来了，套好牛，睡眼惺忪地来到地里，满天的繁星一闪一闪，万籁俱寂，只有人的咳嗽声和牛粗壮的呼吸声。晨曦中，吆喝声此起彼伏，一块块褐色的土地散发着腾腾的雾气，像欧洲中世纪时期的巴比松油画，非常优美。会耕地的人边耕边睡，他们眯着眼、扶着犁，半醒半睡地耕着。牛也听话，不紧不慢地走着，到了地头会自然地停下来，耕地的人睁开眼睛，提起犁杖吆喝一声，回过头插下犁，然后再闭上眼，就这样迷迷糊糊地熬到天亮，地也耕得差不多了，然后躺在松软的土地上，枕着土布鞋酣然入睡。日头升起的时候，各家的女人便会挑着黑色的罐罐翻山越岭来到山上，一边是米汤，一边是青菜和馒头。蜿蜒的山路上，七八个女人挑着饭篓往上走，长长的辫子来回飞舞，红扑扑的脸蛋儿冒着热气，好看的腰肢左右摇晃，扁担忽闪忽闪地上下跳跃，不一会儿就到了山洼。这时候是女人最幸福的时候，看着劳作了半天的男人狼吞虎咽，女人很兴奋。几家人在一起吃饭，谁的茶饭好，谁的瓦罐亮，谁的馒头蒸得好，一眼就知道了。饭菜好，男人的脸上也有光，回到家里自然少不了对女人夸赞一番。其实，家里的饭一直都是这样的，只是没有比较，显不出来罢了。于是，一些妇女每年都在盼春耕的日子，高高的山峁上可以让她们美美地扬眉吐气一回。有几次，我缠着母亲要跟她一起到峁上送饭，父亲见我来了，自是满心欢喜。说来也怪，同样的饭菜，感觉吃起来就是比在家里香，以至于父亲都没吃饱，母亲后来便不愿再带我去了。

不去便不去，可玩的项目多着呢。先是打瓦。孩子们褪去身上厚重的棉衣，轻盈得能上天。我们将残缺的瓦块竖在十多米远的地方，用小石块击打，比赛看谁击倒的次数多。男孩用废旧的书籍叠成方块状的“宝”，一方守，一方攻，势大力沉的赢。厚厚的一沓子“宝”，晚上睡梦里都能笑醒。刚抽芽的柳条折上一枝，松松皮褪下来，做成长短不一的“笛子”，悠悠地吹，声音又脆又亮……

当然，清明节那天，我们也会随父亲去上坟。坟里埋着连父亲也记不清模样的奶奶以及我们素未谋面的爷爷。坟头上插满了花花绿绿的“树”。父亲点燃香纸后作了几个揖，然后说一些每年清明节都会说的话。我们跪在周边等着磕头，全然不顾父亲绵长的忧伤，似乎这一切都与我们无关。

作者简介：高鸿，1964 年生于陕西富县。曾就读于中央工艺美术学院、中国人民大学，鲁迅文学院第 14 届作家高研班学员。中国作家协会会员，陕西省工艺美术大师，陕西长篇小说委员会委员，陕西文学院签约作家，《西北文学》期刊主编，“陕西百优计划”文艺人才。先后在《延河》《长城》《清明》《北京文学》《中国作家》《文艺报》《人民日报》等报刊发表作品。出版长篇小说《沉重的房子》《农民父亲》《血色高原》《青稞》《情系黄土地》，中短篇小说集《二姐》《银色百合》，散文集《遥望陕北》《走进西藏》《南泥湾》，长篇报告文学《艰难超越》，长篇历史人物传记《一代水圣李仪祉》等 400 余万字。《沉重的房子》入选《陕西文学六十年作品选》；《农民父亲》荣获吉林省第二届新闻出版精品奖、陕西省第二届柳青文学奖长篇小说奖，入围第九届茅盾文学奖；《一代水圣李仪祉》入选 2015 年中国作家协会重点扶持项目和陕西省委宣传部重点资助项目；报告文学《到中流击水》荣获陕西省报告文学奖；散文荣获第二届“孙犁文学奖”优秀散文奖。作品入选《大学语文》教材、《中国最美的散文》等。

塞罕坝情思

刘芳

人到了老年，那些如烟的往事就像绵绵的细雨，总在眼前飘浮，时断时续，如梦如醒，或明或暗，像放电影一样，切割成不同的画面。不过，最让我魂牵梦绕的还是美丽的塞罕坝。

记得我是1983年才开始上坝的，一进入林区，我就像一只放飞的小鸟，沿着绿色的林涛自由地飞翔。抬头是齐刷刷的落叶松、樟子松和云杉树，犹如列队一般整齐；低头是各种鲜艳的野花正在开放。想不到在承德时还是酷暑，到了坝上，刚能拽住春天的尾巴，实在是太神奇了！谁能想到，从1962年到1983年，短短20年的时间里，在"大漠风尘日色昏"的塞上高原，竟建起一座闻名遐迩的河北省塞罕坝机械林场。那绵亘一千多平方公里的莽莽森林，像一片绿色的海，淹没了昔日的黄沙，犹如一颗闪亮的宝石，镶嵌在北国的大地上。

在这片海拔1000米至1900多米的高寒地带，年平均气温只有零下1.9摄氏度，最冷的时候在零下44摄氏度左右，几乎整年都是白雪皑皑、风沙弥漫。全场360多名干部和工人，就是在这样恶劣的气候条件下，战风雪、斗严寒，奋战了20多个春秋，用去了一代人的青春和热血，才把这荒原染成绿色。这个奇迹，像一声春雷，震撼了我的心灵。我当即写出了长篇通讯《绿色丰碑》，在《人民日报》第二版头条发表，编辑部还在同版配发了长话短说的评论《愚公精神万岁》。在我采访的人群中，他们提到最多的是当时建场的党委书记王尚海、场长刘文仕。可惜我去时，他们已被调走。因为没有见到他们，我始终感到有些遗憾。不过，后来我仍在《人民日报》发表了一篇歌颂王尚海的散文《绿色魂》，也把场长刘文仕的事迹写成通讯《绿的追求》发表在《人民日报》上。

20世纪60年代初，正是"低指标、瓜菜代"的困难时期。干部和工人们吃的是莜麦窝头就咸菜或咸盐水，住的是草窝棚和地窨子。下雨天，屋外屋里一起下，雨水把被子湿透，工人们把被子对角使劲拧，然后再盖。冬天风大，常常把被子掀开，他们只好在被子四角都压块大石头。每个工棚里，干部、班组长必须躺在进风的门口处，为群众挡风。头一年栽下的树苗，因为水土不服，全部烂根死掉，只好又组织人马搞试验，育出适合本地生长的新树苗。人们开始动摇了，一股下马风和撤离塞罕坝的情绪正在酝酿和发酵。就在这时，王尚海和刘文仕及技术场长张启恩等领导，统一思想，坚定信心，毫不动摇！他们分别把自己的家搬到坝上。王尚海一家七口人就睡在一个土炕上，过年时，他把留下的干部和工人请到家里，大伙儿一起包饺子，煮了一锅又一锅。到了第二年春天，他们拿着新培育的种苗到马蹄坑进行大会战，结果成活率都在94%以上，他们的大会战成功了！现在若按一米的株距排列，塞罕坝的林木可以给地球系上12条漂亮的"绿丝巾"，这是何等的丰功伟业，这是多么令世人称赞的绿色工程啊！

人们常说"前人栽树，后人乘凉"，我就是一个乘凉者——因为塞罕坝人不怕艰苦，用几代人的心血亲手栽植出来的能绕地球12圈的"绿色丝巾"，牵着我一次次上坝，写出了很多作品。每逢我文思枯竭时，每逢我感到无奈和惆怅时，我就迫不及待地朝林区跑。那丛丛的绿树、那鲜丽的野花、那啁啾的百鸟，仿佛是我一生中见到的最美的诗、最好的画、最浓的酒。我躺在绿草丛中，像依偎在母亲的胸膛，是那么惬意和恬畅。看白云悠悠，听林涛作响，我感到生命的充实、心灵的自由、人生的坦荡。美丽的塞罕坝啊，你是我创作的源泉，是我文思涌动的土壤。

什么叫感恩？什么叫吃水不忘挖井人？什么叫滴水之恩当涌泉相报？今天的塞罕坝越美，就越应该感激建场初期的那些绿色开拓者，没有他们的坚定和决心，没有他们组织绿色大军向荒山进军，就没有今天美丽的塞罕坝！他们像一座座丰碑，矗立在人们的心中。当年的场党委书记嘱咐儿女，他死后一定要把他的骨灰埋在坝上林海，这是多么值得歌颂的高尚灵魂啊！

我不能再沉默了。快到清明节时，我想到了塞罕坝，想到了塞罕坝刚组建时的林场党委书记王尚海，想到他为这片林海立下的汗马功劳，他将骨灰都埋在了坝上。我想到他的坟上添点土，鞠一躬，了却一番心愿。我特意跑去承德，邀请了原行署常务副专员、后任河北省审计厅厅长的已退休的陆生同志驱车直奔坝上马蹄坑，来到王尚海的墓碑前为他扫墓。陆生同志对王尚海很有感情，曾亲自到坝上聆听王尚海艰苦创业的报告，早就为他在塞罕坝建立的功勋所赞佩。这次能去坝上扫墓，陆生同志非常高兴。这座墓碑并不大，附近摆有几束已经凋萎的野花，但从那淡淡的颜色中仍能看出它们昔日的花容。一个空酒瓶立在王尚海的碑下，说明不久前有人在这里祭奠和缅怀他。他的一幅画框已经倾斜，我和陆生把它扶正，画像经风吹日晒已经斑驳，但那憨厚的外表仍彰显着他不屈不挠的精神。

簌簌作响的松林遮天蔽日，挺拔的落叶松高达 20 多米，横成排，竖成行，像训练有素的军人列成方阵，欢迎人们的到来。微风起处，松树有序地摇摆，犹如无数面战旗迎风猎猎，好不壮观！层层叠叠的大树摇动时，发出一种沙哑而低沉的声响，像是在演奏一曲悲壮的乐曲，使人立刻进入庄严而肃穆的无限遐想中。我们风尘仆仆，特意来为塞罕坝的创业者扫墓，心里觉得非常踏实和充实。现在人们对来塞罕坝旅游趋之若鹜，人们在赞颂塞罕坝美丽的同时，何不去王尚海的墓碑前参观致敬呢？

在回家的路上，我们又探望了身患重病、瘫痪在家的全国劳动模范陈锐军和他的妻子初景梅。真是时光如流水，当年采访他时，他还是个高大而英俊的小伙子。我庆幸他还能认出我是在寒冬腊月爬上雪山写出《夫妻望火楼》的刘老师。起初，望火楼只有陈锐军自己，周围几百里除了森林还是森林，整天与世隔绝，连个说话的人都没有，寂寞的他只好对着无边的大森林，发出嗷嗷的呐喊，听到回声算是与人间对了话。后来，他的妻子初景梅要求去找他，给他做伴儿，于是就有了夫妻望火楼。他们在高山上生下一个男孩，因为与世隔绝，孩子直到 8 岁还不会说话。初景梅当年是个年轻姑娘，如今已满头白发。在沧桑的岁月中，他们无私奉献着……

美丽的塞罕坝啊，你是一座绿色的丰碑、一面绿色的旗帜、一个绿色的灵魂！当年林业部国营林场管理总局副局长刘琨来塞罕坝考察时，发现坝上的一棵松，断定这片不毛之地完全可以造林，并做出了规划。经过几代人的艰苦奋斗，才有了如习近平总书记所说的“绿水青山”在中国大地上生长出惠及民生的“金山银山”。坝上因为有了一棵松，才有了今天的绿海和茫茫的森林，确实有一种塞罕坝精神在驱使、在推动。我虽然老了，但我多么想再回到坝上，和塞罕坝人一起去讴歌那些绿色开拓者啊！每次到坝上，我都会感受到一种精神的洗礼和净化。看着浓浓的绿色，心灵像被洗过。那绿，那水，那人，缓缓地走过，开始了“绿梦”的拍摄，犹如琴弦在拨动，宛如人与自然在高歌。为了绿色，我曾追求过、努力过，就不必看重结果。此时，我如释重负，感到人世间仍那么清新、宁静和淡泊！

作者简介：刘芳，早年从事新闻工作，作品曾多次登上《人民日报》头版头条及重要新闻。中国作家协会副主席高洪波及评论家武华、刘晓明都曾在《人民日报》上发表评论文章和作序，称刘芳为“绿色散文作家”。出版《绿色散文精选》《绿的呼唤》《黎雀声声》《绿色的乐章》《刘芳绿色散文选》《夜宿竹楼》《绿染京华》等散文集。

牵挂的季节

吴新财

八月初的一天早晨，我给在北大荒国营农场工作的堂弟打电话，问他那里是否涨洪水了，发生洪涝灾害了吗，对农田影响大不大，是否会影响今年的收成。堂弟坦然地说，洪水是涨了，并且涨得是历史上最大的一次，不过没有发生洪涝灾害，对农田影响不大，也不会影响收成。我忧虑地说，今年洪水挺大的，中央台新闻联播都报道北大荒国营农场遭受洪灾好几次了，中央台经济频道还拍摄了二九零农场遭受洪灾的纪录片了呢。堂弟不以为然地说，那是邻近农场的灾情，邻近农场遭受的洪灾确实挺严重，虽然离咱这儿比较近，有点关联，但联系不大。堂弟接着又提醒我说，咱们这儿不是有防洪大堤吗，洪水被防洪大堤挡住了。堂弟还自信地说，那么高的防洪大堤，洪水轻易是冲不过来的。我认为堂弟说的在理，也就安心了。

堂弟是我叔叔家的孩子，小我好几岁，我们感情比较好。自从我离开北大荒到青岛工作，我与堂弟就很少见面了。不过，每年的八九月份，我都会给在北大荒生活、工作的亲朋好友打电话，询问那里是否发洪水了，收成怎么样。我的这种询问从没有间断过。这是我的一种牵挂。

准确地说，这是我对故乡的牵挂。

这种牵挂在光阴荏苒中已经过去20多年了，这正好是我离开故乡的时间，一年一次的牵挂，总萦绕在心中，如同季节转换。

北大荒一年四季是分明的，景色各有不同，我记忆中的牵挂也是清晰可见的。

我年少时曾在北大荒生产建设兵团生活过。我生活的生产建设兵团正好处在松花江的下游。说我是在松花江边上长大，好像不够准确，因为我生活的北大荒生产建设兵团离黑龙江和乌苏里江也不算远，正处在三江平原上。应该说，少年时期的我是生活在鱼米之乡的北大荒三江平原上。

北大荒地域辽阔，土地肥沃，水系丰富。这里曾经是沉睡百年的荒原，百里不见人烟，野鸭成群，野兽出没，只要有水的地方就有鱼。这是一片酣睡的黑土地。新中国成立后，为了建设边疆、固守边疆，国家启动了对北大荒的开发建设。

这是中国历史性的屯垦戍边建设。

在王震将军带领下，数十万转业官兵吹响了向荒原进军的冲锋号角。兵团战士们在这片沉睡的黑土地上安营扎寨，建起了一个又一个村庄。新兴城镇一座又一座拔地而起，散布在荒原上，如同点点星光，点缀了荒原的夜色。

这就是北大荒生产建设兵团。

生产建设兵团的战士们虽然不穿军装，但还沿用部队的建制与管理制度。团部是指挥、政治、文化、经济中心，每个连队是一个居民生活点。连队与连队之间相隔数十里路。连队分有机务排、农工排、畜牧班等。他们农忙时耕地、种田，农闲时拿起钢枪进行军事训练，时刻不忘军人保卫祖国边疆安全的职责。

这里的生活不同于城市，也不同于农村，而是处在二者之间的生活与工作方式。这里的工人和城市工人一样，分技术级别，拿工资，吃供应粮，又同农村的农民一样，以种田、发展畜牧业为主。这种生活与工作方式是独特的。

这里如同当年的南泥湾。

在生产建设兵团工作的人们有着双重使命与责任。

那时，我生活在原沈阳军区黑龙江省生产建设兵团第二师第十七团。十七团是1971年在蒲鸭河地区开荒建立的。美丽的蒲鸭河弯弯曲曲如同一条飘带挂在这片黑土地上，后来这里便以蒲鸭河的“蒲鸭”谐音命名：普阳农场。

这个农场位于佳木斯市以东，松花江下游北岸的绥滨县境内，距佳木斯、鹤岗两市较近，靠近名山、同江等对俄口岸；总占地面积516平方公里，其中耕地面积50.7万亩；航运、陆运交通便利；全场人口1万多人，下设18个生产连队和柳北、柳西两个开发区，以及22个企事业单位；场直地区辖9个居民委员会。

这个农场在北大荒115个农场中不算大，也不算小，处在中间位置。由于建场前这里的自然条件比较恶劣，因此是北大荒最后开发的几个农场之一，比1947年早期开发的农场整整晚了24年。

农场南临松花江，西有嘟噜河，北靠莲花泡，东有敖来河，蒲鸭河斜卧腹地，地势低洼，沼泽遍布，地下水位只有两三米，且随着江水的涨落而变化。在建场之前的春秋两季，松花江及三条河会泛滥成灾，大片的沼泽地里全是水，一人多高的荒草在水面上摇曳，除了一些水鸟，就连野兽都很少进去。

1970年10月6日，开发这片沼泽地的指挥部正式成立。4天后，开荒队在其他兵团的支援下调集了14台拖拉机，开始对这片沼泽地进行正式开发。

在十七团全体官兵的共同努力下，当年就初见成效，在很短的时间里就形成了规模。然而，一场洪水给这片新兴的家园带来了巨大灾难，对我叔叔工作的十一连造成的灾情最为严重。

十一连地处十七团的最西部，离团部有数十公里之远。那次洪水就是从十一连开始涌进十七团的。

那是发生在1973年4月25日17时的往事。当时，我叔叔和婶子刚从农田里劳动回来，正准备做晚饭，便隐约听到自远而近的阵阵流水声，水声越来越大，声音也越来越近，而且整齐宽阔，这时隐约传来人们的惊呼：不好啦，涨水了……

五月的松花江畔，地里的冰雪还没化完，人们身上的棉衣还没有脱下，正是松花江冰块解冻之时。松花江上游解冻的冰水大量下泻，造成下游冰块堵塞江面，凌洪暴涨，江水冲上两岸，冰凌在滔滔江水的推动下涌向人们的生活区。

人们赶紧跑出家门，奔向公路，登上高处求生。

惊人的场面出现了：几只狐狸冲上公路，快速穿过连队生活区向北边飞奔；一群野鸭子腾空而起，居民饲养的鸡、鸭、鹅等家禽惊慌地展开翅膀四处狂奔，还叫个不停；猪和狗在水中游动着，寻找立足之处。再定睛一看，不远处就是卷起尘土的滔滔江水。

生存的欲望使人和动物一起本能地奔逃。当人们跑上公路时，身后的大小土包已经相继被淹没了。

机务排的工作人员抢先将拖拉机开到了居民家窗口，人们借着机车爬上红砖房屋之上。老人与小孩爬到几米高的柴垛上面避难。

夜里，水位还在持续上涨。没有饭，气温低，寒冷与饥饿不断袭来。北京知青范季儒带领大家高声唱起了《兵团战士之歌》《我的祖国》等歌曲。

祖国和家园在人们心中。在洪灾面前，人们的思想在升华。

这一夜，谁都没有困意，只有歌声在连队上空回荡，歌声坚定有力，充满了战胜困难的决心。从夜间到黎明，歌声不断，人们在用歌声唤起战胜困难的勇气。

天亮了，太阳出来了，只见一个个巨大的冰块随着江水漂去，一眼望去，天水相连，高地、房屋、大型机车在水中成了一个个小岛。形势更加严峻了。

哈尔滨知识青年袁永平当时正在团部医院治病，听说连队所在地发生洪灾了，便迫不及待地要回连队抢险、救援。当时有人劝他，洪水凶猛，不要急着回去，可他牵挂在连队的战友，还有一起来北大荒的姐姐袁忠英，坚持要回去。当他风风火火地赶到十一连生活区边缘时，被迎面扑来的洪水困住了，无法前行。他找到一处高地，从背包中取出书，用火点着，发出求救信号。连队战友看到火光，迅速组织人员划船前去救援。救援的速度要比洪水上涨慢得多。当人们赶过去时，那里除了一片白茫茫的江水，没有任何标记。

洪水虽然过去了，可给人们留下的记忆却是深刻而无法抹去的。

前不久，我与叔叔和婶子通电话，当聊起那场洪灾时，叔叔和婶子还感叹，他们对袁永平被洪水夺去生命的场景记得非常清楚。当时，他们看到袁永平求救的火光了。那是求生的信号，也是对生的渴望。

在岁月的风尘中，这件事已经过去40年了，我以为许多人和事都消逝在记忆的长河中了，可叔叔和婶子还记着，还对那个早逝的年轻人有着一种感怀，这是多么沉痛的往事呀！

袁忠英是和弟弟袁永平一起来生产建设兵团工作的。北大荒的洪水把袁永平永久地留在了这片黑土地上。袁忠英依依不舍地离开了弟弟，还有这片伤情的黑土地，返城回到了哈尔滨。我想，袁忠英的心中一定会有伤痛。我想，那次洪灾一定是刻骨铭心的。

我知道那次洪灾不但夺去了袁永平年轻的生命，也留下了血的教训，还对生产、生活造成了巨大影响。

凌洪冲毁了房屋、油库，使得种子、化肥被淹，还有100多头牲畜被淹死。在沼泽地上开垦出来的耕地，水灾后都成了泥地，无法耕作。全团60%以上耕地受淹。当年，全团基本上是靠从兄弟兵团调粮来维持生活。

洪灾给十七团造成了巨大经济损失，还影响了建设的顺利进行。在洪灾之后，防洪、排涝、抗旱工作引起兵团以及上级领导的高度重视。领导们清醒地意识到，洪水是发展建设中的“拦路虎”，唯有兴修水利，防患未然，才能真正开发和发展蒲鸭河荒原。为了防洪、排涝、抗旱，杜绝自然灾害对建设的影响，在上级的支持下，十七团在资金短缺的情况下，扩大了水利连的建制，迅速给水利连配备了33台大型推土机，并且设备在逐年增多，不断更新，开始了防洪大堤的建设。

当时，水利连专职技术人员少，施工技术力量薄弱，主要依靠上级业务部门指导。施工人员在施工中严格按照设计指标，听从上级指挥。

施工中遇到艰险的漂垡地段，全连上下齐心协力，用车拉车的接力方式推土，在漂垡区筑起大堤。推土机手们大都是青年职工，他们朝气蓬勃，敢冲敢拼，有着忘我的工作精神，年年超额完成计划土方量。东红60-2号车长朱继第不但是共产党员，还是位上海知青。他不但干好自己的工作，还时常替生病的同事顶班。他每天工作时间都在 14 小时以上。水利连曾有 4 台机车创下了推土 10 万立方的纪录。

在施工紧张的岁月里，水利连施工人员从每年 4 月冰雪初融进入工地，直到 11 月初大地封冻寒气袭人时才回到生活驻地。

施工人员常年在野外作业，住大篷车，劳动强度大，受蚊虫叮咬，生活艰苦，业余生活单调。在他们的努力下，历经 13 年奋战，一条长 54 公里的沿松花江大堤和一条长 70 公里的回水堤在茫茫荒原上建成了。

防洪大堤上宽 4 米，下宽 7 ~ 8 米，迎水面坡度为 1 : 2，背水坡度为 1 : 3，因为地势高低不同，大堤的高度也不同，最高处 10 多米，低处也有 3 米多，取土范围均在二三十米距离之远，施工难度非常大，人们称之为“防洪的万里长城”。

防洪大堤建成后，又进行了数次加固。我姑母家的表哥参加工作后就到水利连工作，参加了大堤的加固施工。

那年夏季放暑假时，我曾去表哥工作的施工现场。当时表哥只有 18 岁，这是多么好的年华。可他们施工的地方远离村庄，在荒原深处，没有电，喝的是河水，生活是那么单调而艰苦。

当我站在几米高的大堤上，看见大堤外是一片无垠的荒草地，而大堤内就是绿油油的万亩粮田时，不禁油然从内心生出对水利人的敬意。

水利施工人员是那么伟大，他们无私地奉献着，用自己的青春完成着一种使命，那就是防洪工程的建设。

水利工地上，每一台机车上都插着一面小红旗，机车在开动，旷野的风在吹，小红旗在风中飘动，场景是那么的壮观。水利人在战天斗地地工作着。

水利连兴修的工程质量优良，受到了来自上级和兄弟单位的称赞，曾多次被团和上级单位评为先进集体，还荣获省科技大奖，被授予“水利机械化施工先进单位”称号。

辉煌的成就与历任兵团党委的正确指导是分不开的。党委制定了一防、二排、三灌的水利建设方针。经过水利人的不懈努力，这里的水利事业蓬勃发展，先后兴建了 5 座排水站、数座桥梁等水利工程设施，在水利建设方面累计投资数亿元之多。水利工程资产囊括了防洪、排涝、抗旱三大系统工程。

水利建设在防洪、排涝、抗旱中起到了至关重要的作用，大力促进了兵团经济建设，保障了兵团的全面发展。

现在，这里通信发达，拥有国际先进水平的光缆传输设备，形成了微机网络化管理，率先迈入信息时代。先后获得全国绿化先进单位、省先进企业、省文明单位、省综合治理先进单位、省文明单位标兵、生产经营和资金状况特好企业、全国五一劳动奖章、中国先进基层党组织等光荣称号。

这里还是国家大型商品粮基地，同时也是由国家绿色食品发展中心批准的大型富硒绿色食品发展基地。

当人们走在宽阔平坦的水泥路上，看着街两边座座整齐的楼房时，又怎么会想到这是在荒草甸、芦苇塘上建设起来的现代化城镇呢？

我想，如果没有历时 13 年的励精图治，没有这么浩大的水利工程，就不会有荒原的沧桑巨变，更不会有这座美丽的城镇。

水利建设是故乡发展的基石。我想，人们在享受幸福生活的时候，一定不能忘记在水利工程中施工的人们。

水利人为了家园的建设，付出了青春与血汗。

我突然想，我的牵挂是否多余？不，这是对生活的回顾，也是一种纪念与展望。

作者简介：吴新财，山东青岛人，笔名来修、武财财、海明威、北国之春、伍欣欣等。中国作家协会会员，中国小说学会会员，中国散文学会会员，山东省小小说学会常务理事，山东省作家协会文学期刊及编辑出版委员会委员，第六届青岛市作家协会理事。发表多篇小说、散文作品。著有长篇小说《爱的旅程》《情在何处》《茫茫前程》《梦想与现实》《春潮》，中篇小说集《年少不懂世间情》，短篇小说集《相逢何必曾相识》，散文集《人性的光芒》，散文评论集《散文的质朴与真情》及诗评欣赏集《诗意随处闪耀》。散文《牵挂的季节》获第八届冰心散文奖。长篇小说《波动的生活》(《情在何处》前部)，获 2016 年山东省委宣传部与山东省作家协会联合举办的“中国梦”长篇文学作品征文奖；小说《浪漫并不浪漫的生活》获湖北省文联、今古传奇集团、《中华文学》“我是作家”首届全国原创文学大赛新锐作家奖；中篇小说《擦亮你的眼睛》获山东省作家协会创作室《齐鲁文学年展》2016 年佳作奖；小小说《爱就是希望》入选山东省小小说学会“改革开放 40 年 40 篇佳作(1978—2018)”；中篇小说《北国之春》获山东省委宣传部山东省作家协会“纪念改革开放四十周年”主题文学奖。

沧桑在浪尖上的老龙头

张雄文

一

正午的阳光像金色的雨幕临空挥洒，将蓝得或深或浅的海与天涂抹成一脸妩媚的红晕，却始终未能散尽海天相接处的云雾。我的如野马般放逐的目光也便总到不了海天尽头，徐达、孙应元和戚继光，这些大明柱石们当年披挂重铠、绷紧神经盯住的海天深处，我已无由得见。然而，这丝毫没有影响到天的澄碧、海的壮阔与老龙头的雄奇。

我从千里外的南国丘陵跋涉而来，为了倾听老龙头脚下的涛声，也为了从潮水隐退后裸露的沙滩寻觅或许还带着些许殷红残迹的箭镞。此刻，老龙头背倚陡峻海岸，昂着万里长城的龙头，一脚踏着翻涌的雪浪，向深不可测的海天深处警惕地张望，像雁群里那只机敏的哨兵。它斑驳而高耸的箭楼里蒙尘已久的号角，时刻准备吹出剑戟如林与漫天烽火。九月末的秋风钬钬铮铮而来，响着许多年前刀剑交合的音质，一阵阵拍击着海面。海水像当年城墙上的勇士，在我的瞳仁里回应出一种凛然不屑，用沧桑的涛声撞击人流如织的喧哗与嬉笑。

人流潮涌在老龙头花岗岩条石垒砌的脊背上。衣袂飘飘与道貌岸然一波接着一波，将聒噪与浅薄洒落一地。他们几乎无人蹲下身来，勘察老龙头身上遥远的伤痕与疼痛，倾听那些还残存在秋风与阳光里的呻吟，而是忙于举着手机和相机，不断摄取各种轻颦浅笑。这自然不是他们的过失。蓝天、丽日、白云与没有卷起千堆雪的浪涛，让他们迷醉在画卷一般的和平与宁静中。远去的战争与伤痛，不再是他们神经上颤抖的因素。老龙头过去的荣光与屈辱，远不如他们衣袋里一张张或宽或窄的纸币。

老龙头不能不深深落寞。它的左边不远处，并排着一处吊臂高昂的海港码头，长堤趾高气扬地探头入海，琳琅满目的货物忙着吞吞吐吐。右边，弧形海岸的沙滩根部，似乎有些许树林荫翳里的房舍，四周散乱着捡拾贝壳的人影。一切都平静地沐浴在阳光与海风中，昭示着关防与海防已向遥远的大海深处延伸，鸣镝或者烽烟也迁移而去。老龙头确乎已是明日黄花的废垒，再也没有了新的风云与勋章。

海浪一阵阵涌过来，在老龙头花岗岩的脚边轰然四散，雪一般惨白。我似乎听见它长长的一声叹息，像地底下撞击而出的沉重悲鸣。

二

像一支支应弦而出的利箭，一行剽悍的马队贴地而行，在一孔孔战栗的瞳仁里一闪而过。野地蓬蒿被划开两道飞逝的波痕，阳光烧灼的马刀锃亮如雪。马背上除了弯如弦月的马刀，还挂满淌着鲜血的头颅，倒悬惊恐的妙龄女子，牵引着如山的金银细软与牛羊瓷器。狼一般的哄笑遮盖了四野的哀鸣，穿透远处迷离的海雾，直达海外仙山。

这是一支从草原深处飘忽而来又满载而去的铁骑，岁月的钟摆颤抖在大明洪武年间。那位和尚出身的皇帝终究从刀锋杀奔而出，被一张张八百里加急边报震怒了，钟山顶上霹雳一闪，羽书飞驰，诏令第一大将徐达筑关设防。老龙头的脖颈山海关随之诞生。

静默在老龙头飘逸的澄海楼上，我像雪地上挺胸叠肚的一只企鹅举头西望，似乎见着了山海关箭楼上那块闪烁的匾额，将苍劲的“天下第一关”勒进了大明江山的胸膛。关隘倚山面海，凌云而峙，如同还在王气漫溢中的大明，将草原而来的铁蹄与狂呼消弭得杳无踪迹。目光所及，芳草萋萋，再无烟尘。关隘上，盔甲鲜明手握宝刀的徐达意气昂扬，咳嗽一声，城下的野兔也胆战心寒，如飞而遁。

然而，草原上野草的柔媚让狼的凶悍里显出一丝狡黠。我能想见，某个有云雾的日子，几个鬼鬼祟祟的身影避开关隘锐利的眼睛与刀剑，沿着海岸潮落而出的沙滩，汇入关内熙熙攘攘的人流。盘桓窥伺一阵，又面带喜色原路返回，像外出打探的蚂蚁摇曳着兴奋的触须，往草原深处的蚁穴飞奔而去。于是，一队久伏的剽悍人马带着浓烈的草腥味，又突然杀奔而出，将睥睨山海的关隘甩在身后，也将绵软的沙滩与关内的宁静碾压得千疮百孔。关隘在闾巷村落的泪水中颜面扫地，阳光里“天下第一关”的匾额像涌上过多血液的脸，红得有些凄然。

徘徊在老龙头风雨剥蚀的脊背上，我想，如果一个民族总封固自己的脚步与思维，躺在前人栽下的大树下恬然纳凉，却从没想过给大树施肥或者搜寻出致命的虫眼，那么，纳凉的日子必定有限。一处关隘也是一样。徐达从荆棘茅草间竖起一座雄关，身后的将领耽于守成，关隘便终是田地里形容枯槁的稻草人。

关隘近海疏漏处的声声铁蹄与哭泣，也催促了老龙头的呱呱落地。1565年那些风晨雨夕，大明兵部主事孙应元将一张黧黑的脸绷得像官兵与民工们肩背上沉重的花岗石，老龙头的重要部分靖虏一号敌台，在起伏的涛声里渐渐成形。海鸟依旧在海天间划出优雅的弧线，海风也依旧从海上带着鱼腥味吹过来。它们惊讶地发现，落潮后的沙滩像海市蜃楼一般消失了，代之而起的是一座岩石垒就的坚实城楼。许多年过去，我似乎还能看见书生出身的孙应元终于绽开的笑脸，像澄海楼前被海风吹拂的白杨树，哗哗有声。

孙应元去后14年，一个集“仁、义、智、信、勇”于一身的伟岸身影，像阳光与涛声一般徘徊在靖虏一号敌台上下。

他就是“封侯非我愿，但愿海波平”的戚继光。跨上靖虏一号敌台前，他一直驰骋在大明王朝犬牙般的东南海岸。他洒落在城墙、港湾、渔村、海岛、沙滩与波浪上的影子，足以令那些海外窥伺的倭寇心胆俱裂。海波已平，塞上又燃起直冲海天的滚滚狼烟。巧者劳而智者忧，一纸诏令将他召唤到老龙头所在的海天边陲。

塞北的寒风挟着呛鼻的泥尘迎面扑来。我能想见，寒风中倚马而立的戚继光长髯飘飘，目光如炬。他远眺“风吹草低见牛羊”的草原与波澜摇曳的大海，思忖着铁骑可能肆虐的方向。蓦然，他浓黑的眉毛一挑，发现海潮落下时，草原铁骑可以轻易渡船而过，甚至涉水上岸，将山海关置于无用武之地。他手按腰中宝剑，心内骤然一惊。于是，麾下官兵们夜以继日劈波斩浪，以智慧、血汗与巨型花岗岩条石一道搅拌，从靖虏一号敌台缓缓朝海面延伸，终于垒砌了昂首海浪之上的老龙头。

多少个世纪的风雨后，我抚摸这些阳光下虽然斑驳却仍然神采奕奕的花岗岩条石，将一腔敬服喷涌得如同老龙头脚下的潮汐。这无疑是一个奇迹。条石上道道嶙峋筋脉，似乎仍然燃烧着戚继光和他麾下官兵们的智慧火花。据说，为了劈开波浪垒砌石块，戚继光听取一个老兵的建议，用了难以计数的铁锅倾覆于下。清代康熙皇帝御笔撰写的《澄海楼》序便说：“关城堡也，直峙海浒，城根皆以铁釜为基，过其下者覆釜历历在目。”

我从老龙头的箭垛探出身子，试图从涌动的波光中找到一些铁锅的痕迹，然而除了正午微风里鱼鳞状的波纹，一条鱼的影儿也没有，更不用说铁锅了。或许，铁锅依旧埋没于污泥是最好的结局，它们禁不住后人那些轻佻的目光。

三

以一种牛饮的姿势将头伸入大海浪尖之上的老龙头，不仅与箭楼上的号角、刀剑、旌旗一道同仇敌忾，将肆虐的海浪和铁骑牢牢截在了关外，也挺出了一处险绝雄奇的风景，引来帝王将相与文人雅客潮涌般的诗情。一行行阳光下珠玉般跳跃的诗句，将老龙头每一块刚硬的巨石浸染成儒雅的江南秀士。

我踟蹰于老龙头脊背上的澄海楼前坪，迎着几棵槐树或者白杨婆娑的树影，用眼睛抚摸每一块漫漶的诗碑，似乎站在了一群峨冠博带的高士面前，拘谨嗫嚅，不敢轻易出一声。

清初戏曲家、诗人尤侗带着满脸风尘登上高昂的老龙头，眼前豁然一亮，顷刻间文思像春蚕吐丝，缠绵不尽：似雷非雷声殷殷，鱼鳖颠倒腾千军……

《康熙字典》总纂陈廷敬也在一个惠风和畅的日子登上了老龙头。长城逶迤，关隘巍峨，海天混茫，他"仰天大笑忘悲叹"，一时物我两忘。多年后的老龙头，或许还能依稀记起这位清癯的诗人当年如痴如醉的身影。

陈廷敬归去后，又一位骚客慕名而来。那个秋风瑟瑟的早晨，寒意随落叶轻扬飞舞，诗人曹贞吉踏着雨后的泥泞蹒跚而行，忽然听到了远处隐隐约约的涛声，急忙与同行的仆人加快了步伐。踏上老龙头箭楼的瞬间，他仿佛登上了九霄云外的南天门，一种仰视的虔诚管涌般无可遏止。他吟诵道："断岸雨晴天倒影，海门风急气成秋。摇摇坤轴浑难定，曾否金鳌背向浮。"所有的相逢都意味着离别，我从他倾斜而卧的诗碑中，还能感受到他倚楼观海、无限怅惋的一幕。

"一年三百六十日，多是横戈马上行"的戚继光，常年出入刀丛箭雨，却也是舞文弄墨的儒雅之士。我依稀看到，那个春雨绵绵的凌晨，夜色依旧像黑色丝绸般苍茫无尽，戚继光忧虑家国之事，夜不能寐，披衣而起，又冒雨踱步到澄海楼前。远眺沉沉墨色里的大海，如同一道厚实的城墙横亘在脚下，惊悚的涛声撕裂雨幕席卷而来。他蓦然想起了自己的家乡蓬莱，那是一块时常能见到海市中仙人出没的神秘之地，而今却远在千里之外。他渴望早日结束北国边关战事，悠闲漫步于蓬莱的山水间。想到这里，他匆匆回到屋宇，挥笔写下了一首七律：

曾经泽国鲸鲵息，更倚边城氛祲消。
春入汉关三月雨，风吹秦岛五更潮。

但从使者传封事，莫向将军问赐貂。

故里苍茫看不极，林楸何处梦魂遥。

诗句沉郁苍劲，似乎能听得见刀剑的悲鸣与越鸟巢南枝般的故国之思。我一遍遍摩挲着戚继光的诗碑，听着远处若隐若无的涛声，感喟一代名将的忧思与遭际。

戚继光像一匹疲惫的老骆驼，最终还是回归了故里，却是被蒙冤贬归。万历十年（1582年），给事中张鼎思趁多年支持戚继光的一代名臣、内阁首辅张居正病逝，脸上挂着诡秘的冷笑捏造事端，上书弹劾戚继光。身居深宫的万历皇帝不辨是非黑白，一道冷酷的金牌飞往东北边防，将戚继光遽然调离老龙头，前往瘴疠之地广东任职。这些人不依不饶，继续聚首东窗罗织罪名。戚继光又遭罢免，落落寡欢回到家乡，不久即染上沉疴而逝。

多少年后，我似乎依然能看到夜空中一颗将星坠落时，老龙头脚下潮水翻涌的愤怒。人治社会里君王昏庸自毁长城的悲剧，一次又一次在历史长河中上演。戚继光不是第一个，也不是最后一个。从白起、韩信、檀道济到岳飞、袁崇焕，一座座长城被自家人拆毁，砖石瓦砾凌乱一地，随之而去的是王国与百姓的安宁，甚至搭上君王自己的性命。崇祯皇帝当年仓皇逃出深宫，在那棵歪脖树上挂上长绫的瞬间，我想他的眼前，应该会有被他一刀一刀凌迟的袁崇焕仰天长啸的身影。

四

老龙头前“巨浪排空雪怒浮”的雄奇，终究只是它沧桑履历上光润的一幕，它的花岗岩脊背上，承载更多的是难以言说的疼痛与屈辱。

如果说当年大明山海关守将吴三桂不战而降，摇尾谄笑大开城门迎接清人铁骑入关，老龙头的威仪如同戚继光的才气一样被闲置废弃，尚属一种大民族内争的话，那么后来八个国家的坚船利炮轰开老龙头，便是痛入骨髓的怅恨了。我默然抚摸老龙头花岗岩条石上凹凸的疤痕，像轻抚老去父亲手上的老茧，心间翻涌浪涛般的酸楚。

公元1900年那个落木萧萧的九月，英、美、德、法、俄、日、意、奥等国联军闯入北京后，又涎水漫了一地，将带血的枪炮指向山海关。当英军乘坐“倭人号”军舰浮现在老龙头海面时，清军守将郑才盛惊叫一声，举着令旗的双手抖如筛糠，竟无一炮一箭还击，弃守而逃，将老龙头数百年的尊严仓促委弃于地。我能想见英军端着步枪昂着头颅上岸时，老龙头身上戚继光筑起的每一块砖石血脉的急速涌动，像临战前喝光了碗中烈酒的无畏死士，却无人统领，终成一堆废石。海风扬起愤怒的海波，海鸥将雪白云絮划出凄惨的印痕，似乎在向被自己人洞开的老龙头发出最后的悲鸣。

英军为首的联合舰队登陆后，城池、箭楼、周围的村庄、庙宇、庄稼被洗劫一空，夷为平地，滚滚前人血汗累积而成的关隘与宁静化为乌有，林立的诗碑与田园般的诗情画意都随硝烟散尽。老龙头也被那群海外而来的倭寇瓜分，筑起了六个狰狞的营盘，长期霸占，成为插入中华腹地的一柄柄雪亮的尖刀。其中，日军的营盘像一株扎根的老树，竟盘根错节 45 年，直到 1945 年 9 月，因全面侵华战争失败才狼狈撤逃，老龙头也被无情地蹂躏了近半个世纪。漫长的半个世纪，是两三代人缓慢成长的时光。我能想见老龙头身上的剧痛与长久的绝望，像一个监狱中被折磨得欲生不得欲死不能的志士，只有绵绵无尽的暗夜。

我脚下的一块块泥土与砖石，曾经皱着深深的眉头，呻吟在异国官兵的铁蹄与刺刀之下，忧伤也像海天之际挥之不去的云雾一般，骤然弥漫心间。一个民族的政权昏庸无能，再硬实的关隘与再美的风景都是别人砧板上的鱼肉，如同妖艳无脑的女子，终是强人觊觎的手中玩物。这，或许是老龙头带给这个民族海底珍珠般闪烁的启迪。

海面上的阳光渐渐西斜，将翻卷的波浪染得白里透红，像娇媚的待嫁闺秀。行将归去的我在聒噪依旧的喧哗里，向凝结着个人、家国荣光与耻辱的老龙头投去最后的一瞥，深沉而炽烈……

作者简介：张雄文，中国作家协会会员，湖南省作家协会全委会委员，湖南省报告文学学会副会长，株洲市作家协会副主席，鲁迅文学院第 33 届高研班学员。在《人民日报》《光明日报》《文艺报》《人民文学》《中国作家》《民族文学》《北京文学》《湖南文学》《山东文学》《安徽文学》等报刊发表百余万字，作品入选多部文集。出版《无冕元帅——一个真实的粟裕》《名将粟裕珍闻录》等 9 部著作。曾获山西省“五个一工程”奖、第八届冰心散文奖、北方十三省市文艺图书一等奖、《散文百家》全国征文一等奖、《人民文学》全国征文佳作奖等奖项。

冰川下的涌动

穆蕾蕾

小祝是在秋天的一个午后离去的。现在想来，那日阴沉的空中本就有着乌云压城的天象，甚至连柏树的枝条都在风中微颤，那婆娑的样子让人有些紧张。我正在发呆，电话里就传来那个不幸的消息：

“祝选鹏出事了你知道吗？他刚才在抓小偷时被刀捅伤，送到医院没抢救过来！”

“怎么可能？前几天我还在局里碰见过他。”我没把爱人的话当真，也没法当真，因为前几天去行政处交房子的按揭款时，我还遇见小祝。他白净的脸上闪烁着笑意，年轻得有点儿不像一个孩子的父亲，整个人清新得就像一个日本作家的名字——村上春树。

“怎么不可能，同去的王长安也受伤了，正在医院抢救呢！”我从爱人的话里听得出伤心，显然这件事已经不容置疑。

前几天，在行政处楼道里，我往下走，小祝往上走。望见，我们就停下来说话。他说很希望房子早点好，这样自己就不用租房子了。现在想想，小祝当时的话似乎是说给那个将要到来的冬天的。他租住的房子是最老式的单元房，冬天没有暖气。房子被灰尘和油烟熏得又旧又脏，屋里光线不好，也不怎么透气。在大队时，过年我和同事去他家送过东西。

我想起他的房子时，就望了一下他的眼睛，竟觉得在他期待的目光深处，有座新房被绿茵环绕着，已经盖好了。

“受过三回伤的汉西平这次逃过一劫，王长安刀伤很深，当时鲜血直涌，小祝看到后与歹徒搏斗，他用身子死死拖住小偷，被扎了不知道多少刀……”

“我不信，不信……”爱人在电话那头边说，我边摇头，仿佛头一摇，就能把这个事实顺着脑袋上的发丝摇走，又仿佛“不信”这个“不”字一经咬紧嘴唇的拒绝，就能把刚才听到的不幸消息甩远。

我不信，不能信也不想信，却无法不信了……

记得小祝第一天到大队报道时，我和教导员正商量办队门口的那张墙报的事。

他那天因才来没被委派什么事，就站在一旁看。队上那个墙报尺寸不标准，表面也有些打滑。我喜欢把字写在河边被水冲刷过的泥土上，喜欢把字写在从树上新摘下的透着生命气息的叶子上，或者写在漂亮的日记本上，我喜欢让美丽配着美丽。但我不喜欢把字写在这爱打滑的黑板上，那样会使我觉得每个字都心情不好。所以，除非被雨淋得实在看不见，或被蹭掉一片，一般是不催不换。但这一次，是迎接上级检查。

小祝在旁边看，教导员就问他字写得如何。小祝说“可以”。“可以”这两个字先在我耳边轻擦了一下，等后来看到小祝的字时，这两个字就已经擦到我的心了。因为这么自信的话，才二十五岁的我已经不会说了。不知从什么时候起，我已经学会在人群中很谦虚，学会了多说“不行”。久而久之，即使行，也不会说行，甚至觉得不行了。我有些羡慕这么自信的人。

教导员让小祝把手上那段文章抄到板报上去，我便离开忙别的。过了一会儿，教导员走进来说：“你去换那新来的小伙子，还说自己的字可以呢，我看粉笔字都不如我，还别说你。你去换了他。”

走出去，我看见墙上的字，笔锋很硬，笔压得有些狠。可以断定，他的钢笔字不错，但粉笔字看着不太舒服的原因大概是他不经常写这类字，所以不太掌握用笔力度，更不知如何在一块这么怪异的黑板上规划字的大小和摆放。

看着小祝弯着身弓着肘认真写字的样子，我又走了回去。

“这次就用他的字吧，他才来，又那么热心，不要不给人家面子。”教导员听了我的话没吭声。

过了几天，队上开会。对于所有会议，大家似乎都约定俗成默认了这一模式——队长说完，教导员说，教导员说完，副队长说，问大家还有什么可说的时，大家都说没有。可那天，领导依次发言完毕，队长问大家还有什么说的，好多人已经屁股离凳，半欠着身子准备离开，小祝却举手说：我还有。这不和谐的声音把我吓了一跳，接着，大家的目光也和我一样，齐齐地对准他。

小祝站起来开始自我介绍，分析自己的优缺点，又感谢大家的帮助，并谈了自己今后的工作打算。我有些想笑，但还是捂着嘴咽下了那个笑。可奇怪的笑被我咽进肚子，另一种复杂的滋味却涌出来。他只大我一岁，可我感到自己要比这个刚从特警队出来的师兄老气横秋好多岁。他身上还有一股朝气，自信又勇敢。而我，仿佛离年轻很远，离这么说话做事的年纪已经很远了。

我在小祝身上感到一些正在自己身上逐渐消失的东西，这反倒激起我与他的交流。小祝因为业务不熟，常被派来给我帮忙。又因业务不熟，还不务正业地坚持学英语，受到几个“师傅”的不理解。他们总是笑他看那些没用的英语书——小祝英语过了六级，他当时正准备报考英语八级考试。在特警队时，他就是大队的英语小教员，却分到了公交分局。一口流利的英语在反扒大队没有用武之地，尽管他那天在会上介绍自己英语不错，其结果也不过是受到多数人奚落，他们说他学英语还不如学哑语，这样以后抓了犯罪嫌疑人若是聋哑人，就不用请翻译了。

大家这么说时，我总忘记自己是队上年纪最小的，应该去尊重老同志。我总是一听到就毫不犹豫地反击，因为我也常在没事时通过捧本书来拒绝某些看不见的东西对自己的侵蚀。可每当我执拗地反击时，小祝总低着头翻自己的东西，或抬起头朝说他的人憨憨笑一下，一句也不争辩。

我们俩都爱看书，但看的书完全不同。我爱看文学，小祝爱看英语。说起文学，他爱谈英美文学。为了提高自己的英语水平，他逼自己先去看英汉对照的小说，再去看英文原著。在英美文学里，他曾一再推荐海明威。他说，他不仅喜欢海明威的《老人与海》，还喜欢海明威在《午后之死》中提出的那个著名的冰川原理：一座冰山之所以显得威严壮观，是因为它显露在外面的部分只有冰下的八分之一，其余的八分之七都隐藏在海水之下。一个人的学习和成功也是这样，你确实不知那壮观的部分何时浮出水面，但你只要不断给里面倒水，总有一个时刻到达一定的量，壮观就会意想不到地溢出来。小祝不仅和我谈这些感受，还经常拿出正在读的书，给我讲中文翻译比英文原著在意思上逊色的部分。也是受他的影响，我开始在买外国小说时注意比较译者和出版社，因为译本不好，就等于把一个好作品在引渡向另一种语言的彼岸时活活扼杀了。

小祝牺牲后，我听过最多的议论莫过于叹息他为什么要那么做，怎么那么傻。说这些话的人往往都是些和小祝关系很好从心底爱他的人。现在想想，小祝当时并非别无选择，他可以不用死死抱着那个持有利器的歹徒，他可以选择送战友先去医院，他这么做没人敢怪他半个字，甚至他没有这么做，倒使许多同志在私下里流着泪又气又惋惜。可我总觉得，在那种情况下，小祝那样率真又充满内心坚持的人，肯定会那么做。当刺刀刺进自己战友的胸膛，那红色的血会把这个年轻人身上那股正气和热情点燃，使他全部的肉体都化成支撑精神的能量，甚至等他的肉体完全失去力量，他不屈的精神还会在空中继续飘荡。

小祝去世后的那段时间，我每天在黄昏坐公交车回家时，总觉得车厢内还残留着他走动的声音和气息。有时望着窗外依旧的万家灯火，想着这样宁静祥和的夜色，小祝将永远不能享用了，就止不住地难过。在风大天冷的日子，望着一车厢准备回家的人，我都产生过一种冲动，甚至特别想拉住其中的一个，告诉她：要明白，你能这么安静地回家，是多么幸福的一件事，是因为有人为了你能这样平安回去，牺牲了生命。我的战友祝选鹏就是这样，他刚刚为你、为乘客付出了自己 27 岁的生命！每次，在心里这样默想一遍、冲动一遍，泪水就会将我彻底地淹没一遍。

小祝牺牲后那几天，这座城市的报纸每天飞来，都贴满了他的照片和事迹。报纸上那张照片是我爱人给他照的。那应该是在冬天吧，爱人来队上拍工作照，还给我和小祝在大队门口拍了一张敬礼的照片。照片一度在队上宣传栏里挂过。小祝去世后，我常想为他写点什么，可打开本子稍微回忆一下，情绪就会失控。我只好把那些印有他的照片和报道的报纸剪下来，糊在那些被弄湿的纸张上。现在，这本早已写完的日记本已经被压在箱底，可那些往事却经常会顺着上面的叙述不断溅起，不时涌来。小祝的形象，也被这一次次回忆冲洗着，越来越光亮，越来越逼真……

注：祝选鹏，原西安市公安局公交分局民警，2003 年 10 月 14 日在抓捕歹徒的过程中英勇牺牲，被公安部评为二级英模。

作者简介：穆蕾蕾，中国作家协会会员，全国公安文联散文分会副主席，全国公安文联第二届签约作家，鲁迅文学院第 32 届高研班学员，入选陕西百优作家扶持计划。获第八届冰心散文奖、第二届丝路散文奖、第二届中国公安诗歌年度诗人奖等奖项。出版散文集《着火的词》《声音的暖芒》、诗集《雪响》《光盏里的蜜蜂》。

THE CHINESE PROSE SOCIETY
中国散文学会
SINCE 1984

第八届冰心散文奖获奖作品集

下册

主　　编　周明　红孩
执行主编　凌翔

中国经济出版社
CHINA ECONOMIC PUBLISHING HOUSE

散文理论奖
（4篇）

中国当代散文批评艺术的历史观照

滕永文

"绪论"（节略）

文艺批评界所面临的进退维谷的窘境在中国当代散文批评界又有什么样的具体表现呢？

在20世纪的中国文学中，散文创作所取得的巨大成就已是有目共睹的事实，但与之相比，20世纪的散文理论批评却一直处于边缘的位置，或者说，它一直处于断裂的痛苦与困惑之中。也就是说，尽管早在"五四"时期，散文便与小说、诗歌及戏剧并举，获得了独立的地位，但散文的理论却从未获得过独立的品格，更没有形成过完备的散文理论体系。散文的观念和批评尺度为什么会长期处于混乱的断裂之中？又有哪些因素制约了20世纪散文批评理论的发展？这些都是值得深思和探究的重大课题。

一个世纪以来，尽管中国现当代散文研究不能与诗歌、小说等文体相提并论，但其成就不可低估，研究者所付出的努力和辛苦更是不应被忽视。这是因为，散文文体的被忽略甚至被否定由来已久，散文研究缺乏成形和成熟的理论支撑，拓荒者面临荆棘遍地的困境。可以说，中国现当代散文研究者从事的是一项冒险而又神圣的伟业。当今的散文研究在众多散文理论家和批评家的共同努力下，已经取得了较多可喜的突破与成果。他们的研究往往从大处建构，细处落墨，旁征博引，通达古今，充分吸取了古今中外的文学批评和美学理论，特别是中国传统的文学理论和现代美学、现代审美心理学、现代艺术理论的营养，以一种兼纳并蓄的宽阔胸襟和开放化的理论视野，提出自己独到的见解，对散文创作艺术的规律做出比较全面的透视和系统的探索。

深受中国古代文化陶冶和现代革命思想与文化精华滋养的当代著名文学理论家、作家林非教授，曾长期担任中国散文学会会长及名誉会长，他在 20 余年漫长的散文理论研究中，逐步形成了富有个性的虽说不够完美但大抵堪称完整、系统的散文理论观和创作艺术观，集中在散文的本质特征论、创作艺术论、审美鉴赏论、作家使命论等领域做出了具有创新性的理论贡献。自 20 世纪 80 年代以来，他先后出版了《现代散文六十家札记》、《中国现代散文史稿》（这部著作不仅被国内学者誉为散文史研究的“拓荒之作”“散文转型初期的代表作”，还被译成韩文，被不少韩国大学汉语专业列为必读参考教材）、《散文论》、《散文的使命》、《林非论散文》等专著，还主编了《散文大辞典》《散文大系》《散文精选》等多部散文权威选本，为近 50 部他人散文作品、散文论著撰写“序言”。此外，他还通过在国内外大学讲学、在国内外散文研讨会上讲演等多种方式阐述他对散文创作的见解。林非可以称得上是中国现代散文理论发展过程中的承前启后者。有研究者曾断言，“林非先生以其特有的‘林非精神’，为中国散文研究的突破性发展树立了旗帜、开辟了新路，从而在中国散文史上立下了一块令人瞩目的界碑”。

广西民族大学文学院的徐治平教授（著有《散文美学论》《散文诗美学论》《当代散文艺术论》《中国当代散文史》等学术专著），善于从文体特性的角度进行研究，比较系统地给我们提供了借鉴与启示，也为我们提供了新的研究思路。

重庆工商大学的散文理论家、作家傅德岷教授（著有《散文艺术论》《中外散文纵横论》《新时期散文思潮概观》等专著），多年来一直潜心于散文艺术的教学与研究。《散文艺术论》是他在 20 世纪 80 年代中期历尽心血撰写的一本散文理论著作，该书出版后，受到海内外专家学者的好评，被认为“是大陆最富理论色彩的优秀的散文理论著作”，并被韩国的高丽大学等高校作为研究生必读书。该书在前人和同代人研究的基础上，对散文创作中一些重要的理论问题，或以现代观念烛照提出自己新的见解，或予以充实和深化，在一定程度上拓展和丰富了散文理论。在该书中，傅教授鲜明地提出了“情感是散文的生命”，并进一步指出情感贵真、贵实、贵深，还明确阐明了反对“伪散文”的主张，这对于在散文创作领域树立现代观念、使散文更真实地表现社会生活和人的内心世界具有重要意义。

长期从事中国现当代散文研究的四川大学中文系教授曾绍义（著有《散文论谭》《走向崇高——中国当代散文发展论》等学术著作，并且编著了《中国散文百家谭》《中国散文评论》等散文理论集），曾发表多篇散文研究论文，其中既有对散文现状的评论，也有对散文作家、作品的评论，并由单篇的赏析逐步向宏观俯视的具有审美规律的总体研究切实推进。

中国社会科学院的王兆胜博士著有《文学的命脉》《真诚与自由——20世纪中国散文精神》等著作，他的散文理论触及的领域非常广阔，给人一种理论研究的纵深感，既具有客观性，渗透着反思与智慧，又侧重于散文理论对散文创作的指导性。

中国散文学会副会长、扬州大学中文系教授吴周文先生著有《散文十二家》《散文艺术美》等著作，他对散文的研究，既有从历史的角度对各类散文所做的溯源，又有从理论角度对散文创作的阐述，更有从鉴赏和修养的角度对提高读者和作者散文造诣所做的分析。

苏州大学的范培松教授也长期从事散文教学及理论研究工作，著有《散文天地》（1984）、《中国现代散文史》（1993）、《中国散文通典》（1999）、《中国散文批评史》（2000）、《重塑“自我”灵魂的狂欢——范培松散文论集》（2005）、《中国散文史》（2008）等著作。其中，《中国散文批评史》一书将100年来有关散文的理论批评史料做了系统整理，纵观20世纪中国散文批评的历史走向，该书富有创见性地梳理出了一条由“三足鼎立”向“政治同化”再向“多元蜕变”的发展轨迹。

华南师范大学中文系的陈剑晖教授既进行富有创造性的文学理论研究，又敏锐地参与当下的文学批评活动，在双重突进中不断取得富有影响的成果（主要专著有《散文本体论》《中国现当代散文的诗学建构》等），不断地展示他作为优秀批评家的风格和魅力。他是从评论秦牧的散文开始其散文评论和散文理论研究的。20世纪90年代以后，他先后发表多篇关于散文研究的有影响的学术论文，如《论90年代的中国散文现象》、《论20世纪90年代中国散文的文体变革》（该论文获第四届中国高校人文社会科学研究优秀成果奖）、《中国散文理论存在的问题及其跨越》等，均在学术界引起强烈反响，林非、孙绍振教授对陈剑晖教授的散文理论研究给予高度评价。

还有刘锡庆的《散文新思维》、孙绍振的《文学创作论》、佘树森的《散文创作艺术》、方遒的《散文学综论》、李晓虹的《中国当代散文审美建构》、张振金的《中国当代散文史》、谢有顺的《中国散文二十讲》、王尧的《乡关何处——20世纪中国散文的文化精神》、刘思谦等的《女性生命潮汐——二十世纪九十年代女性散文研究》、程国君的《从乡愁言说到性别抗争——台湾当代女性散文创作论》、王景科的《中国散文创作艺术论》、张国俊的《中国艺术散文论稿》及《艺术散文创作论》、喻大翔的《用生命拥抱文化——中华20世纪学者散文的文化精神》及《现代中文散文十五讲》、沈义贞的《中国当代散文艺术演变史》、袁勇麟的《当代汉语散文流变论》、李林荣的《嬗变的文体——社会历史景深中的中国现当代散文》、梁向阳的《当代散文流变研究》、张智辉的《散文美学论稿》、蔡江珍的《中国散文理论的现代性想象》等，这些理论家和评论家都对散文理论和散文批评的发展做出了自己的贡献。此外，韩小蕙、王剑冰、古耜、谢大光、王聚敏、贾平凹、祝勇、林贤治等也在对散文进行集创作、编辑、理论争鸣于一身的文体探索。

这些理论家、批评家的研究既有对单篇作品或单个人的研究，也有对某种文学现象或某种趋势潮流的追寻；不仅涵盖了散文理论、散文批评和散文史这三大基本领域，还涉及与散文相关的随笔、杂文、游记、散文诗等；不仅对整体的散文研究理论的构架进行了探讨、整理与规划，还在这个构架之内提出了一系列重要的观点和看法。所有这些，形成了一个大抵堪称完整的散文研究体系，而且具备了形而上色彩，有利于促进现当代散文理论向着个性化、系统化和立体化的方向发展。

我国港台学者也在密切关注着汉语散文的流变及发展，不过，他们不像大陆学者那样侧重于宏观把握，从社会政治文化发展的角度切入，而一般从艺术的角度着眼，其中影响较大的是台湾文学批评家、散文家郑明娳的《现代散文纵横谈》（1986）、《现代散文类型论》（1987）、《现代散文构成论》（1989）、《现代散文现象论》等著作。香港中文大学的卢玮銮教授也在散文创作的同时进行散文理论的研究，出版了《中国现代散文编目》等著作。

当今的散文理论研究虽然取得了较为令人瞩目的成绩，产生了一定的影响，但我们也应看到，长期以来，散文研究步履维艰，尚存在着不少难以突破和逾越的“瓶颈”。

…………

作者简介：滕永文，山东夏津人，文学博士。中国民主同盟盟员。中国散文学会会员，江苏省写作学会常务理事，江苏民盟诗词楹联协会会员，江苏民盟理论研究专委会委员，三江学院教授、阅读与写作学研究所所长。曾任三江学院文学与新闻传播学院副院长兼中文系主任、三江学院语言文字工作委员会副主任。江苏省高校“青蓝工程”中青年学术带头人，曾四次获校“优秀教师”荣誉称号。主要从事写作学及文艺学等专业的教学及研究工作。著有《写作艺术探寻》《中国当代散文批评艺术的历史观照》等著作，参编《写作新教程》《军校大学语文》等多部教材。

我们为什么喜欢散文

彭程

一

人们到处在生活。生活裹挟着每个人，如同空气将身体缠绕。就像每个人相貌各异一样，每个人也都有属于自己的一份生活。就其本质而言，它们都是独一无二、不可替代、无法复制的，就像指纹，是独特的“这一份”。

因为独特，也便值得诉说、交流和回忆，而写作是最好的方式。

当然，可能也有人会问：这就是写作的理由吗？经历过，感知过，也就够了，最多在内心里自己咀嚼体味一番，未必要诉诸文字。

有这种想法的人，显然是不十分了解写作的意义，或者缺乏切身的写作体验。首先，倾诉是人的一种本能，就像容器里的水满了要溢出来一样自然，而经由文字来将所感所思记录下来，要远胜过口头的表达。与写作这一外在行为同步的，是经验的整理、思绪的梳理；模糊的化作清晰，粗糙的变为细腻；从飘忽的情感烟云中触摸到灵魂的真实状态，由零碎断片的感悟里演绎出完整系统的理念——文字起到了缩结、显微、扩张、提炼等多种功效。

甚至，写作还是一种治疗，借由倾诉，可以有效纾解内心的积郁苦楚。这一点已经为临床心理学反复验证过。

当然，一切文学创作也都具有这样的功效。但其他文学样式，哪一样能够像散文这般便捷直接，所受的限制又少？它的门槛之低，是得到公认的。小说要塑造人物形象，要有哪怕是最为简单的故事情节；诗歌要打造意象，锤炼韵律，在拘囿中舞蹈和飞翔。只有散文，能够充分容纳形形色色的内容，能够灵活使用又不依赖任何方式和手段。对写作者来说，记叙、描摹、抒情、论理，可以任意腾挪闪躲，随心所欲。对于阅读者，它随时能够进入，也随时能够抽身而出，中断和接续自然流畅。

自由的品格，是散文最为醒目的标签。

这样，散文与其他文体相比，就有了更多让人们喜爱的理由。作者在写，读者在读，各自都构成了颇为巨大的群体。作品数量更是宏富无比，姹紫嫣红，蔚为大观。

二

阅读散文，仿佛面对一面镜子。

这个譬喻该是过于滥俗毫无新意了，但它之所以能够被使用到如此地步，显然有其理由。在对生活的映照这个意义上，还有什么譬喻比镜子更为恰切呢？

在阅读一些作品时，目光在篇页字里行间扫描挪移，而一种反向的运动也在悄然发生。我们仿佛听到了自己的心跳声，它是受到所阅读文字的叩击而发出的。作者写下的东西打动了我们，我们的灵魂就会产生共鸣和呼应。

当然，每个读者所置身其中的实际生活和他所读到的作品中所描绘的生活通常是不同的，甚至大为不同。但文学的重要作用，正是通过差异性来反映共同性，经由个别而抵达一般，建立起不同生命之间的连接和融合。差异性并不构成阻碍理解的藩篱，有时反而会激起某种类似探险的欲望。南宋大儒陆九渊所谓“人同此心，心同此理”，正是一切人际交往和群体行为的基础和前提。在千差万别的生活表象背后，有着很多相同的东西，至少可以说，最重要的东西是相通的。

于是，从他人的文字中，我们摸到了自己的灵魂的脉搏。优秀的作品，总是能够有效地表达出我们“心中所有而口中所无”的东西，包括那些可以朦胧地意识到但难以清晰地表达的东西。感情的种种状态，自尊和自卑，勇气和怯懦，激情澎湃或者沮丧颓唐，在作者身上发生过的，同样也曾出现在我们的生命中。潜意识里，我们不满足于自己对世界的认识、对生活的解释，常常希望获知别人是如何评说的，虽然对此未必意识到也未必愿意承认。而散文，不动声色地为我们做到了这一点。我们在看，看不同的作者在各自的作品中如何观察和感受、分析和剖解，却在阅读的某一时刻惊愕地发现，分明能从他们的身上看到自己。作为读者的我们和作者重叠了。因此，说散文是一面镜子，实际上是说别人成了自己的镜子。

生活在此处，生活也在别处。与那些促使人更深入地认识自己生活的作品相并行的，是另外一些散文，它们更多地呈现了某些异质的东西，是对我们熟谙的生活的补充和伸延，是生活朝向无垠和阔大的展开。这些东西格外让人着迷。一个人的生活总是受到局限，但他的灵魂又总是向往超越。这一点来自人性的某种特质。“从前有座山，山里有座庙，庙里有个老和尚……”不仅是儿童，成人也同样受到远方和陌生的召唤，尽管具体内容不同。这种他者、远方，既是物质形态的生活和存在，也体现为精神生活、情感呈现、价值追求的千姿百态。很大程度上是通过王小波，人们对罗素那句“参差多态乃是幸福的本源”有了广泛的认知。尽管其本意是伦理学上的，但也完全可以从审美维度加以理解。

在这个意义上，散文像什么？或许更接近一台望远镜。

还需要谈到的一点是，无论属于哪种情况，在某一类优秀的散文中，我们常常能够看到作者和他人、个人与社会的连接。人是各种社会关系的总和。因此，一篇作品的字里行间，能折射出历史的云谲波诡、时代的风云际会。这样的散文，从具体的经验和存在的局部迈步，通向的是一个社会的政治、经济和文化的结构，一种时代精神的整体状态。这样，散文就不是一己悲欢的展示厅、个人才智的操练场，而和广大、辽阔连接。这种品格，也使得它自己得以在重要性的位阶上拥有一个不容忽视的等级。

总之，散文试图描绘和解释广阔的生活。它有雄心，也有本领。

人们喜欢散文，最根本的理由也与此有关。它有效地帮助我们建立了和生活的联系，同时又将无尽的可能性向我们敞开，使我们摆脱个体存在的有限性。它让我们有了更长的手臂，能更好地触摸这个世界。它让我们有了更好的视力，能更清楚地观察这个世界。在每一次端详中，它都能调焦我们的目光，从宇宙之大到纤毫之微，靡不尽显，栩栩如生。

综合考虑它的功能，散文又仿佛是一部功能强大的照相机。

三

一篇散文，总是要聚焦于某一种具体的生活形态，撷取的是生活的局部、侧面，有时甚至是细节，作者的感受和思考便从中孕育生发出来。每个人都写下属于自己的那份生活和感悟，那么多篇散文，就容纳和展现了多重生活。因此，一本散文集的形成，便是一次对丰富生活的广角扫描。

在近期的散文创作中，可以看到这种朝向辽阔广袤的扩展。作品成为有力的证人。

经历和遭际，无疑最能直接孕育感悟。在《安放自我》中，梁鸿鹰追忆了他的童年少年时代以及和家人间的关系，惊异地发现了基因所具有的强大力量，但正是摆脱庸常黯淡的生存的叛逆冲动，一种强烈的主体意识，让他拥有了另一种品质生活。文学中古老的“审父”主题，被注入了某种新的蕴涵。有关生与死、命运与苦难的诘问，作为厚重的背景，生动地烘托和映照了这一主题。陈新《植满时间的疼痛》，同样执着于对父子间紧张关系的打量。从恨到爱的巨大转折，凭借的是时光的力量。随着日子的积叠，对人性的复杂性的理解也在缓慢生长，宽容的情感丝线日渐被编织进血缘的纽带。在何士光的《日子是一种了却》中，女性取代男性成为主角。农村岳母对自己“当家人”的身份的执着，达到了一种病态的地步。在这种偏狭的背后，作家看见的是灵魂深处的盲障。多年来潜心精研佛教，让他思索萦系其间的机缘和因果、是非和得失、牵挂和了却被赋予一种同情的理解。吴昕孺的《片断与完整》是一部缩微的家族史，我们在其中看到了鲜明的个性、乖谬的时代，看到了它们的相互纠缠如何塑造了一个人的命运。一家人的坎坷遭际，折射出的是整个社会风云的阴晴晦明。

器物和环境，常常成为写作灵感的另外的丰富泉源。柳宗宣的《绿色邮差》中，邮筒、邮局、穿着绿色服装的邮递员，长久以来曾经是一个人和远方、一个漂泊者与故乡的纽带，负责盛放和传送他们的情意和牵挂、向往和梦想。其中的万千滋味，已经被今天迅疾如闪电的手机短信微信稀释殆尽。生活可以引领生活，呼喊能够收获回声。杨海蒂的《我去地坛，只为能与他相遇》，印证了文学所拥有的力量。史铁生的一篇杰作，让一座古老的园林成为一种观念性的存在，关于宿命，关于爱情，残疾与健全，隐忍和抗争，文字间渐次显现并展开了精神的谱系，仿佛盛夏园林中的草木一般丰富葳蕤，每个人或早或迟都能从中获得一份启示。作为精神的外在对应物，散文并不挑选特别的物体或者处所。李培禹的《总有一条小河在心中流淌》，写的是插队时知青点附近的小河，从内容到写法都不新鲜，但读后仍然让人慨叹不已，根由就在于它诉说的是对生命中最美好的时光的记忆。青春交织着懵懂和憧憬，“只是当时已惘然”，以其深厚的人性基础，唤起最广泛的共鸣。

庄子说“道在屎溺”，用词虽然不够雅驯，却有效地比况了道之无所不在。散文亦然。衣食住行、爱恨情仇、歌哭悲欢、生老病死、天地万物、季节递嬗，都是散文驰骋的疆域。只有你想不到的，没有它做不到的。近期的诸多篇什，是印证，也是注释。一边是母亲对成长中的儿子的牵挂与期待（《最远的，最近的》），一边是儿子从母亲那里领悟到什么是面对生活的恰当姿态（凸凹《错位之思》）；一些情感、行为，总是和特定的生命阶段相关，但往往会影响整个人生的走向（闫红《春天只发生一次》）；空中有鸟，地上有人，便有了家园感。如果能够认识到人类和自然万物都是“生命共同体”，便不难理解作者将鸟巢看作“宇宙的中心”的譬喻（东君《宇宙的中心》)。总之，话题的林林总总，对接了生活的纷纭丰富。

不少作品，实际上是对数量相对有限的母题的反复陈说，仿佛音乐里的变奏曲。张大威的《惜青丝》从一缕缕秀发的脱落，感叹时光的剥夺、生命的匆促，应该说是一个并无明显新意的话题，但出色的表达功夫依然可以推陈出新。这个话题推究下去，就必然会涉及生活及写作的一般性和特殊性的关系。固然如西谚所云“太阳底下无新事”，一切存在的人和事物连同其运动，从本质上看，都不过是在时间长河中的反复重现和轮回，但每一种具体的生存，诉诸文学就是一次表达，仍然有其独立的价值。这源于生命的个体性，生存经验的不可复制性，即便是极为相似的体验，也有些许差异，即便是十分相通的感受，也烙上了作者自己的印记。在言说之后的言说，表达之上的表达，却因为渗入了独特的个性——哪怕只有一点——而不会让人感到厌倦。这一点，可以说正是艺术的魅惑力和绵延的动力之所在的一个重要方面。

也许有必要给表达以更多的关注。言说什么之外，如何言说也是一个问题。20世纪初，作为一种文学批评思潮的俄国形式主义认为“形式即内容”，并非只具备纯粹工具的功能。结构、语言等，都参与了内容的构建。比如说，直抒胸臆是人们听得较多的对散文写作的要求，但是针对某些题材，写作者的平静、超脱，甚至冷漠，造成了某种间离感，也许更能烛照对象内在的本质。在《出镜》中，南帆延续了他一贯对技术与人的关系的思考，这次是从手机自拍器切入。视觉时代，影像泛滥，身体登台，思想退场。技术不停歇的发展为生活提供了极大的便利，但今天欲望也借助它而膨胀宣泄，以至于要扭转生活，扰乱世界的等级秩序，改写被信奉已久的价值和信念。“景观社会”必然伴生某种新的文化，如何定义和评价它们？行文挥洒自如，鞭辟入里，既机智又冷峭，我们仿佛看到作者嘴角上的一抹嘲讽的笑意。

写到这里，我们就比较容易为一本由多人作品汇成的散文集定位了。

如果诉诸譬喻，那么不同的生活具有不同的容貌和形态，或澄澈若林间小溪，或安详若秋日池塘，或幽深若百年古潭，或奔腾若钱江之潮，或曲折若黄河九转，或辽阔若三江汇流。它们汇聚起来，就是一片浩渺博大的水体。这里水光潋滟，浪花飞溅，在某些地方，甚至惊涛裂岸。

一本散文集，就是对这样的生活的某种折射。

生活之水幻化为文字，经由目光的通道，进入我们的灵魂，给它注入某些东西。它们关乎情感，关乎理性，关乎人性，关乎对世界的认识，关乎对生命的期待。它们渐渐地丰富和提升了我们，真实且生动，缓慢而确凿。

因此，我们没有理由不喜欢散文。

作者简介：彭程，作家，评论家，光明日报社高级编辑，《光明日报》文艺部原主任。全国文化名家暨“四个一批”人才工程入选者，第二批国家“万人计划”哲学社会科学领军人才，全国新闻出版行业领军人才，国务院特殊津贴专家。兼任中国文联全委会委员、中国作家协会理论评论委员会委员、中国文艺评论家协会理事、北京师范大学兼职教授等。出版散文随笔集、评论集《急管繁弦》《在母语的屋檐下》《第七只眼睛》等。作品曾获中国新闻奖、报人散文奖、冰心散文奖、人民文学征文奖等。

万里长城

章学锋

苍穹之下，重峦叠嶂，山色和绿影互为点缀，一道气势磅礴的城墙，穿过高山、越过沙漠蜿蜒远去，由点到线、由线到面，把沿线的隘口、军堡、关城和军事重镇连成一道严密而完整的防御体系，自然也将游牧民族马蹄踢腾出的漫天烟尘挡在了关外。

这就是建于冷兵器时代的重要军事防御系统、世界建筑史上的杰作，被视为世界七大奇迹之一的长城。“何为长城？长城就是从战国中期开始，由不同时代政治实体在边境修建的，以土、石、砖等材料构建的，以墙体为主、由点及线再到面的、立体的军事防御体系。”长城，在中国有很深的根系：公元前 7 世纪，大大小小的诸侯国开始修筑高大的城墙来御敌；公元前 4 世纪，燕、赵、秦等国相继修建长城，以防御北方游牧民族的袭扰。那时候，战争是社会的常态。在春秋时期的 464 年间，只有 38 年没有战争；在战国时期的 242 年间，只有 89 年没有战争。经过战争的洗礼，春秋初年的 170 多个诸侯国，到了战国只留下 7 个。

万里长城，是秦始皇留给后世的一个绕也绕不开的话题。汉代书生贾谊，曾这样感慨：秦“北筑长城而守藩篱，却匈奴七百余里，胡人不敢南下而牧马”。

有人测算过，如果把修建长城所用的材料砌成一道 1 米厚、5 米高的超级长墙的话，这墙能绕地球一周还要多；如果把这些材料修成一道 5 米宽、35 厘米高的大马路的话，这条路可以整整环绕地球三周。在陕西现有的行政版图上，历史上各类长城横跨榆林、延安、铜川、渭南、韩城五个城市，现存长城 1838 公里。

面对长城，我们在感叹其工程之浩大和震撼的同时，也会因想到下面埋有不计其数劳工的累累白骨而战栗。

秦始皇为什么要掏空家底、下大血本修长城来豪赌明天呢？在他的内心深处，到底掩藏着怎样的秘密？

对于在暴力基础上建立起来的大秦帝国，一浪高过一浪的民间反抗从未间断。但，最让秦人不安的，是胡人，也就是匈奴。秦的建国史就是一部与胡人的斗争史。秦昭襄王时，胡人的骏马踏到秦北部边境，这才有了筑城防守的肇始。战国中后期，赵武灵王以胡服骑射革新武器装备，让胡人势力空前强大。到秦始皇时，原本一盘散沙的匈奴已成为一个有实力的国家。当时，匈奴西临大月氏，东接东胡，南有大秦。按说，只要大秦帝国不去挑起事端，匈奴是不会轻举妄动的。要不要修长城防匈奴？秦始皇曾与大臣们商议此事，他最为倚重的心腹大臣李斯当场投了反对票。理由是：劳师远征，消耗力量，没有实利，不利发展。于是，修长城这事就被暂时搁置了。

也许是一句不太靠谱的话，却将历史引到了另一个方向。

燕国方士卢生，是秦始皇的宠臣。公元前215年，希望长生不老的秦始皇派卢生入海去求仙人指点。没有请到仙人，卢生只带回一本《录图书》，上面赫然写着一个惊天秘密："亡秦者，胡也。"胡，不就是北面的匈奴吗？这还了得，现在不打更待何时，难道还要养虎为患？秦始皇立即派大将军蒙恬率军30万攻打匈奴，先后收复河南与榆中地区、高阙，秦军直抵阴山及河套地区。兵败后的匈奴，因担心会遭东边东胡、西边大月氏的夹攻袭击，一口气逃到大漠北方去了。然而，秦的胜利很快就被新的烦恼所取代：胡人居无定所，经常打一枪换一个地方的侵扰，让秦军非常头疼。

为绝胡人亡秦之患，秦始皇决定修筑长城。他征用70万劳工，历时多年，不仅把赵、秦、燕、韩等国的旧有长城连成一线，还增筑扩充了许多部分，形成了西起临洮、东至辽东、绵延12000华里的万里长城。秦始皇修长城，创造了一项了不起的奇迹，留下了宝贵的建筑财富，但对天下苍生而言却是一场浩劫。这也为大秦帝国的覆灭埋下了一个祸根。在《阿房宫赋》中，杜牧说："灭六国者，六国也，非秦也；族秦者，秦也，非天下也。"

亡秦者，非胡也。

是秦自己！

有两个女人，因为秦万里长城，被后世人一直说到现在。

一个是铜川的孟姜女，新婚三天的丈夫被抓去修长城，结果劳累而死，尸骨埋在长城下。孟姜女万里寻夫，失声痛哭十天十夜，哭塌那段长城。这故事与《白蛇传》《牛郎织女》《梁山伯与祝英台》一起，成为汉民族的四大民间爱情传说。

另外一个女人，就是"捐资长城，以赞军兴"的巴国女商人寡妇清。虽身为女流，但"国兴家昌"的理儿，她懂！为此，她不仅变卖家产解囊资助国家修长城，还到咸阳城无私贡献了所掌握的丹矿工程和地基处理技术。对巴寡妇清，司马迁有几句语焉不详的简略记载：“巴寡妇清，其先得丹穴，而擅其利数世，家亦不訾。清，寡妇也，能守其业，用财自卫，不见侵犯。秦皇帝以为贞妇而客之，为筑女怀清台。”秦始皇曾礼赞她：“清，穷乡寡妇，礼抗万乘，名显天下，岂非以富也？”

公元前361年，秦兼并了巴蜀，秦惠文王设巴郡。清是巴郡长寿千佛人，父亲是当地闻名的炼丹制汞好手，“擅其利数世，家亦不訾”。在清成长的过程中，纺织业“女工之业覆衣天下”，市场上出现了女子从事“商估”和“贩卖”的新情况。清成人后，嫁给一个同样擅长炼丹的男子。不幸的是，她的丈夫早早就死了。

成了寡妇的清，以女儿身继承了父业。执掌家业后，她亲自钻丹穴、进高炉，架锅添柴，不耻下问，很快就掌握了从朱砂中冶炼提取水银的核心技术。

秦始皇统一天下后，清抓住当时世人欲寻求长生不老药的心理，将自家丹砂的生产销售网络遍布全国，没几年就坐上了全国丹砂业的头把交椅，积聚了超过她父亲的资财。同时，她料定秦始皇会下气力修建陵墓，届时丹砂一定会供不应求。于是，在组织扩大生产的同时，她还出资打通水陆两条运输线，在咸阳、长安、中原地区广设经销网点，将全国的丹砂经营权牢牢掌握在手中。巴郡是丹砂和汞矿在全国的主产地，丹砂是提炼水银的主要原料。掌控了丹砂和汞矿的源头生产和流通环节的清，等于掌控了几乎没有他人来竞争的独门生意。天下财富滚滚汇聚而来，巴寡妇清于是脱颖而出，成为名存正史的第一位女商人。

据考古勘查和考古界、史学界推论，在秦始皇陵墓地宫里，灵柩就悬浮在水银制成的江河湖海之上。这些水银大部分就是巴寡妇清家族供应的。从今天已发掘的秦始皇帝陵兵马俑博物馆一号坑、二号坑和三号坑来看，仅这三个作为陪葬的坑的面积就达两万多平方米，坑内陈列着和真人、真马一样大小的陶俑、陶马7000多件，还有大量的剑、矛、戈、弩机等兵器。看完这些陪葬物，乘景区摆渡车登顶到秦始皇帝陵冢时，红艳艳的石榴花正在激情怒放，像是要释放出时光无法掩藏的那个秘密。

当地一个年长的石榴农说，虽然皇陵没有开挖，但陵冢附近所产的石榴中，汞含量比较高。这一说法得到了证实：经探测发现，这些水银来自秦始皇陵的封土之下。汞分布东南强、西北弱，水银分布模拟了他统治的疆域内江河湖海的流动、日月星辰的转动。

由于巴寡妇清曾出巨资修长城，还为陵提供了大量水银，秦始皇不仅尊清为“贞妇”，还破格特许她合法拥有一支私人武装，甚至在她晚年，还邀请她到咸阳宫，享受着连秦始皇生母都没能得到的优待。可惜的是，巴寡妇清在咸阳宫里没待多久就死了。清死后，秦始皇下令：在清的葬地，筑“女怀清台”。

千年之后的一个清晨，从半卷发黄的史册中读到了女商人清的事迹，一个诗人独坐了一个上午，又枯坐了一个下午，挥毫写下这么一首诗：

丹穴传赀世莫争，
用财卫国能守贞。
龙祖势力倾天下，
犹筑高台怀妇清。

这个诗人叫金俊明。那时，已是朱明王朝的晚期了。

作者简介：章学锋，生于雁荡山，谋食长安城，主业编辑，业余为文。在专业期刊发表论文 40 多篇，出版学术和文学专著 9 部，主持或参与多项国家级、省级课题，受聘多所大学客座教授。获第五届冰心散文奖（2012）、中宣部中国梦文艺奖（2014）、第八届冰心散文奖（2018）等奖项。

绿韵山魂

王散木

水有水的韵致，山有山的魂魄。

那漫山遍野浓淡交织、牵绊多情、千姿百态的绿色，不仅遮隐了天目山的肌肤，更铸就了它永恒不灭的魂魄。浓绿的林木，墨绿的石头，碧绿的潭水，淡绿的嫩草杂蔓，共同汇聚成一部气势恢宏、雄浑通透、多声部完美和谐的交响曲。在溢绿叠翠的天目山，就是朱自清笔下的《绿》也是不能比拟的。朱先生说梅雨潭闪闪的绿招引着他，但我总感觉，朱自清先生笔下梅雨潭的绿是娇柔乏力的，天目山的绿才是浓墨重彩、大气磅礴，令人深深陶醉、久久震撼的。

天目山因东、西峰顶各有一池，宛若双眸仰望苍穹而得名。在滴翠的峰顶上，清澈透亮明若仙境的天池，在太阳直射的时候，还能看到闪动的光影，蓝天白云尽收，意蕴妙处难言。从战国时期《老子》“欲度南极避水灾，天目海陵最为第一”之句，便可得知天目山很早就被我们的先祖发现了，并赋予其这么一个充满诗情画意的名字。可见，我们的先祖是多么富有想象力，多么热爱名山大川，多么善于发现美景。

有人说，黄山看山，九寨看水，天目看树；还有人说，黄山“奇松怪石传四海”，庐山“匡庐奇秀甲天下”，天目山则是“大树华盖闻九州”……游山归来，信然！天目山的树，高大唯美，多姿多彩，它们构成了天目山绿的主体。它们的绿，不仅体现在枝叶，而且存于树干，绿茸茸的苔藓爬上树干，成为树干的绿衣裳，增添了绿的妆容。一株株高大的金钱松直逼碧空，像蓄势欲发的绿色巨箭，直射苍穹，其中有一株高达 56 米，其高度成为中国之最。在天目苍莽丛林中，40 米以上的树木不计其数。威武高大的柳杉，树冠气势磅礴，遮天盖地。这里是世界罕见的大柳杉群落聚居地，需三四人以上合抱的大树达数千株，最大的柳杉树被清代乾隆皇帝御封为“大树王”，树龄长达两千年，树径达 2 米以上，在宋代就被发现并成为“千秋树”，可惜它死于 20 世纪 30 年代。在老大树王的右上方，人们又发现了新的大树王，其胸径超过 2 米，树高 44 米，单株材积 80 余立方米。这也许是冥冥中的代际传递吧。山中还有一棵中生代孑遗植物野生银杏，树龄达 12000 余年，是全球银杏的鼻祖，与恐龙同一时期存在，被誉为“活化石”。经过一代一代的萌发、生长，现在这棵银杏已经衍生出了二十多代。它所形成的自然景观叫“五世同堂”。目前，全球只有在天目山有这样天然的野生状态林。一棵古树，经历了错综复杂的演化过程，在此时此刻与我们相见，怎不令人激动万分？它旺盛的生命力更是让人叹为观止！还有很多古老珍稀植物，如天目铁木、木姜子、紫茎等，更多的是我们过去根本不曾知道的树种，诸如接骨木、地枫、毛果南烛、短柄枹、树三加、大柄冬青、褐叶青冈、天目紫茎、野桐……实在难以一一细数，它们共同汇集成了天目山的绿海碧波。因此，这里也就名副其实地成了昆虫的世界、鸟的天堂、树的王国。

万物皆有灵性，大自然是神秘而奇妙的。在开山老殿山门路口的千年古道左右两边，原各有一株千年古柳杉，为开山老殿的护寺树，长得高大茂密。1998年，邵逸夫和安子介两位名人游览至此，顺眼望见左边这株柳杉，“哇！真大呀！”安子介急忙邀邵逸夫联手上前拥抱此树，并拍照留影。不久，右边这株与左边一样高大的柳杉竟莫名其妙地轰然倒塌。事后传闻，左边这株柳杉因受名人青睐而“得宠”，右边这株柳杉因“失宠”嫉妒而活活气死。翌年，著名作家金庸至此听说此事，专门在右边这株“失宠树”的树桩上拍照留念，以示对它的“安抚”，并在树桩中间栽下了一株小柳杉。如今，这里成了景区里一处名人佳话的景点——“得宠树”与“失宠树”。

天目山的石头也个个沁透着绿意，都有了生命，有了色彩。顽强的苔藓悄悄从地下爬上去，依靠着雨露和云雾的滋润，风餐露宿，把生动的文字写满石头，使这些灰褐发白的石头有了勃勃生机。天目大峡谷的火山岩巨石，因其多、大、奇、美，还被编入世界吉尼斯之最，整个峡谷的石头从山上一直倾泻到谷底，恍若凝结的瀑布，营造出一幅千姿百态的石谷奇观，再加上谷底的流溪和碧潭，与时不时长在石头缝隙的草木，以及隐约在石头上的绿苔，构成一幅幅美丽无比的画卷。它们自然天成，毫无斧凿之痕。这里的石头会唱歌、会雕塑、会作画，更会赋诗。踏着栈道和石阶延谷而行，高大的迎客石在向你招手致意，宽大的官帽石叫你上来，栩栩如生的青蛙石扯开嗓子大喊大叫，飞来石让你提心吊胆，仿佛在告诫世人：做人为官不可贪，要不然，飞来石就会突然砸到你！

天目山的水清澈透亮，噙着绿裹着翠，从高高的山顶滚下来，跌成细碎的碧玉，翻成雪白的莲花，落成不大也不小的瀑布，就像幼儿园里玩耍的孩子，漫山遍野都是嬉闹的水的笑声。水从石板上流过，光照着水底的石板，留下小虾米的影子，好像画里的境界。石头把水摔碎了，水也把石头凿开了，翻过大石头的水就在水头脚下，开凿了自己的新天地——一汪汪的潭。大大小小或圆或扁的潭好像玉坠一样，挂满了天目山的衣裙，似乎风一来就能发出环佩叮当的清音。一条条溪流，就像一条条碧绿的玉带，系在天目山的腰间，给天目山的绿带来灵韵。一汪汪潭水，就像一面面澄澈的镜子，嵌在一条条玉带的结环处，映照出万物精魂，透射着天地良心。

在天目山，我更真切地感受到了登千年古道、赏千年古树、访千年古庙、忆千年古人的况味。我们边走边看边拍照边聊天，渐渐迷醉在这仙境般的世界里。千年古道半山腰，居然遇上茶马古道上才有的驮货的驴骡；返回的古道上，遇上相依搀扶着的一对老夫妇，这温馨幸福的一幕，感染着所有上下的游人，人们不约而同地为老人让道，目光中都闪现出肃然崇敬之情。抵达开山老殿，细细打量，此殿始建于元代，从它垒石为室、以茅结庐的沧桑外观，可感受到它当年的草创之艰，后渐繁盛，而后数毁于兵燹，但佛心终得久传。进殿内，居然又有新发现——自己曾特别喜欢的一副胡适拟撰的对联“有几分证据说几分话，当一天和尚撞一天钟”，由胡适博士手书在这里，“开山老殿”四个大字为大画家叶浅予所书……

拜山的脚步渐行渐远，感悟思绪绵绵之际，突然想起天目山禅源寺前古林中深藏的一座古桥亭“雨华亭”亭柱上的对联：“蝉唱泉声成妙曲，树涛山籁谱清音”。您看，一曲山溪从雨华亭旁流过，清流冽冽，水湍音清。已是仲秋，水渐浅，溪石浮现，青苔满布，别具风情。那溪石，不知经过多少时间的磨砺，透着一股穿越时空的苍凉，东晋的和尚、唐朝的诗仙、宋时的苏轼、明代的刘基……他们在秋风里路过这条道、经过这座桥，或是坐在这座亭子里的时候，一定也被这条溪涧吸引，不知他们看到的溪石，是否正是如今的这些……流水清灵涤心尘，溪石重岚去烦忧。从天目山溪石的苍古，了悟古往今来的相通，比如，为人当修心修身，最根本的德行，立身处世的根本，便是历经拍岸惊涛，也当坚守，坚如磐石……

作者简介：王散木，原名王国启，河南固始人，中国作家协会会员，中国散文学会理事，东莞创作基地秘书长，广东人民出版社东莞编辑中心编辑，信阳师范学院文学院客座教授，中山大学MBA高研班兼职教授。

散文集奖
（40 篇）

丝路飘来两朵云

肖云儒

“我是鹰，云中有志”

在美丽的赛里木湖畔，谁能不驻足停车呢？我们以百米赛的速度向她跑过去，两个老外则直接扑进水中，钻进她的怀抱。我在后面直喊：不能下水，非常冷，非常冷！两个老外像喝多了酒，高兴得又跳又喊又唱。——当然，后来我也跳了，跳起来腾空拍了个飞翔的“秀照”。这张古稀老人的飞翔照在微信群里博得一片点赞，唯独老伴泼来一瓢凉水：“老汉疯了！不要命了！”

我是鹰——云中有志！我是马——背上有鞍！我是骨——骨中有钙！我是汗——汗中有盐！在驰向伊犁的路上，沿途的大景观唤醒了我记忆中的这首西部诗，这是当年著名的西部诗人杨牧《我是青年》中的句子。短短几句，抓住了西部的魂魄，好长西部人的志气！

30 年前第一次来西部，我曾特意从伊犁拐到天山南麓的巩乃斯草原去看了一场赛马、叼羊比赛。哈萨克男人在叼羊比赛时的执着、勇猛震撼了我。一会儿马群、人群围着那头被叼的小羊挤成一个旋涡，一会儿抢到小羊的小伙离群疾驰，引发一场千军万马的大追击，旋涡使被拉成一绺烟尘，像箭一样射向草原的深处。那是男子汉的角力赛，是西部男人亮肌肉的 T 台。

而“姑娘追”，姑娘们甩着长辫子，飞扬着头巾下的长发，一边满脸笑靥地追击小伙子，一边用鞭子“无情”地抽打自己的白马王子，在草原一阵阵的哗笑中，又传递了多少温馨、温存和温爱！

最触动我的，还是少年组赛马，一群十来岁的男孩子不用马鞍，双腿夹住光裸的马背，一路打着呼哨绝尘而去。他们用愉快的呐喊传达骏马、草原的勃勃生机，传达按捺不住的生命奔涌。我从他们身上懂得了西部人勇敢的原因——强悍。对他们来说，这是一种“胎里带”，一种童子功，一种自小生成的地域性格和民族精神。

生龙活虎的西部，生命飞扬的西部，骑在马背上的西部！在这里，天是明净的，地是无垠的，心是透明的。

我们围着挤着看赛马时，不远处有一位哈萨克老人坐在马背上，不动声色地看着欢乐的人群。他占据了一个稍高的小山坡，像一匹离群的马或者一只离群的狼，用他的沉默与族群的欢腾形成了鲜明的反差。我很早就注意到他了，这时便上前与他搭讪，走近却愣住了：这是一位双腿截肢的老人！小腿以下双双截去，用白色的毡毛包裹着，两个空着的马镫微微地晃荡，一副双拐横搭在马背上。老人端坐马鞍，稳如泰山，整个身子与他的坐骑熔铸为一座雕像，像草原的统帅一样，就那样威严地伫立在赛马场边。

他是怎么受的伤？赛马引发了他哪些回忆？或许他曾经是赛马、叼羊胜利者中的第一名？或许，在这里，他有意地被许多让他心动的姑娘追上过，幸福地接受她们甜蜜的轻轻抽打？或许，在哪一场暴风雪中，他和他的羊群被严寒围困而冻坏了双脚，从此需要双拐支撑？……我没有答案，但确定无疑的是，这一切，都无法将他和他的马、他的草原分开。所幸他还可以骑马，可以以马代步去亲近他的草原和羊群，这使他每次赛马都能够到场，静静地享受着那依然在心中燃烧的豪情和刚勇。这位雕塑般沉默的哈萨克老人，在我心中掀起了涟漪……

那次看赛马的归途上，天突然变了，瓢泼大雨在绿色的草原上打起了一层层水泡。原野刹那间回到洪荒时代，地老天荒，杳无人迹。这时，一座孤独的帐篷庙在远方出现，滂沱的大雨中，它是那么孤独、那么无助。帐房的毡绒小卷窗上，有个孩子趴在那里看雨，孤独地望着变了脸的天地，显得那般无助。他会恰好就是那位哈萨克老人的孙子吗？他是在为爷爷担心、盼着爷爷回来吗？难道一代一代西部人就是这样孤独、悲怆，又倔强而刚勇地活着吗？

在那以后的几年时间里，每当下雨，我就会沉默地面对着窗外如注的水帘，想起草原上孤独的帐房，帐房里孤独的孩子，还有依然像山一样伫立的孤独的哈萨克老人，他永远是那么一副不低头不弯腰的姿态，雄视远方。

每当这时，我就会陷入孤独和悲怆之中，体内会升腾起一股血性。我会更强烈地感到西部人生存的艰难和在这种艰难生存中锻打出来的刚毅和强大。我更会感到，西部人生命中的这种品质和现代社会有着种种新的呼应，这种呼应成为西部现代化进程中原发性的精神优势。是啊，西部人原始生存和艰难发展的悲剧感、忧患感，与现代人精神的悲怆感、心灵的忧患感；西部人由于空间疏离造成的孤独、人在自然包围中的孤独，与现代人由于心灵疏离造成的孤独、人在“物化人”包围中的孤独——这些，难道不是一种内在的同构吗？西部人对悲怆和孤独的先天性承受力，对在竞争中决定胜负的先天性承受力，难道不正是今天的丝绸之路在经济、文化发展中一种潜在的精神优势吗？

西部人是以自己艰难的生存来投资现代发展、投资丝路建设啊！我厚道纯朴的西部乡党，你们意识到自己内心的这种优势了吗？在当下社会和个人的发展中，你们最大限度地发挥了这种优势吗？

酬对帕米尔

2016年10月9日一大早，奔驰了4000余公里的丝路万里行车队，马不停蹄地由西部边城喀什出发，奔向国境线上的吐尔尕特口岸。我们将从那里穿越帕米尔高原，进入吉尔吉斯斯坦——在古代传说中，那是一块有着40个富饶的城邦和40个美丽少女的土地。

车队朝着帕米尔疾驰，造化用洁白的云絮将天穹擦洗得锃亮，蓝天的穹顶之下，帕米尔缓缓地向我们走来。天边绵延的雪峰，远处淡紫色的群山，火成岩用铁锈色勾勒出极有力度感的山褶，驼色的柔和的山丘草地由眼前铺向无尽。这一切，都无声无息地在车窗外旋转。

帕米尔，我们这个星球上极致的高原，我心中极致的精神坐标。我曾把它当作圆心，以它到黄河壶口为半径，在中国版图上画一个弧，这个弧以西就是中国的大西部；以它到黄河兰州段为半径画一个弧，这个弧的西部则是外西部，是西部的游牧文明板块；两个黄河段中间那块硕大的扇形地域，则是中国西部的农耕文明板块——一切皆以帕米尔为坐标展开。

帕米尔是亚欧大陆的中心。由帕米尔北至北极圈和南至印度洋，东至长江三角洲和西至英吉利海峡，距离大体相等，地图上这是可以量出来的。登上帕米尔，站在世界屋脊上俯瞰丝路、俯瞰欧亚大陆，任谁心中都会生出一股豪情。

帕米尔已经有两亿多年的生命。第一次造山运动中，在次大陆板块的强劲挤压下，它隆起于北半球，开始在漫长的岁月中孕育水和风，孕育生命。当车队渐渐驶进它的腹地，从那些褶皱层叠的山体中，你能真切地感觉到造山运动无与伦比的伟力，以及无与伦比的残酷和惨烈。印度板块向亚洲本土冲击的力量，把整个地壳撞得爆裂，破碎的大地一下子站立起来。远古的野性，让我们胸中有一股豪气怦然冲决而出。

10月9日那天，喀什秋高气爽，年轻人只穿一件衬衫，我多加了一个背心。为了穿越帕米尔，我们早上7点钟就赶往边境。吐尔尕特是个不很知名的口岸，硕大的门廊却有着国家的尊严。12点举行了简短的壮行仪式，随后海关人员领我们去办理出关手续。眼看很快、很顺利便能过境，心里不知怎的生出一丝遗憾、一丝期待：穿越帕米尔，能这么简单？就这么简单？以帕米尔的性格，它不该也不会如此轻易地放过我们吧？英雄应该有英雄的方式——我期待着。

果不其然，一入吉尔吉斯斯坦海关便陷入了遥遥无期的排队、等待。我们在口岸反复接受检查达7次之多，一直拖到晚上10时（相当于北京时间晚8时）才完成过关手续。在口岸的10个钟头，温度由零上十四五度下降到零下四五度。由于行李箱都在汽车上，而过境时必须人车分离，衣着单薄的我们无法添加衣服，零下的低温和3700米的高原反应，让大家饥寒交迫。想跑步取暖吧，无奈高原反应严重，心跳、头昏、举步维艰，有如重感冒袭来。

好不容易熬到出关，人车会合。车队一开出关口，便听见车里好几个人惊呼：窗外，快看窗外！——嗬，车窗外，在最后一抹即将消失的天光中，蜿蜒的公路九曲十八盘，盘盘都是等候出入境的车辆！目所能及的全是中国产的加长重型载货卡车！仔细辨认，能看出我们熟悉的“东风”“黄河”“陕重卡”。大家顾不得光线暗淡，不停地拍照。我索性将头伸出车窗，认真估算了半山腰的四五个大弯道，像不见首尾的龙蛇，等着过境的车辆竟足足有几百辆。许多车已经亮起了前灯，中国车队便像珠宝嵌满了帕米尔的山腰，峰顶的雪冠也就变成了丝路皇冠。

这就是今天的丝绸之路经济带！它的繁盛和忙碌在我的脑海打下重重的惊叹号！

再没有寒冷，没有饥饿，喜悦与振奋盈满每个人心头。近几年，丝路经济的落地使这个原先冷清的口岸变得繁忙，以至有点不堪重负。这是翻开丝路经济带这本大书，我们看到的第一页。大家全来了精神，决定连夜驱车 250 公里，一鼓作气赶到吉尔吉斯斯坦的那伦市。凌晨 2 时吃饭，3 时入住宾馆。

这一天，大家整整 16 小时没有进餐，而途中车里却聊得热闹非凡，尽是关于丝路物流、中欧班列和提升口岸效率的话题。

每个国家都是有尊严的，谁也不会让人随意走进自己的家门、自己的院子，哪怕是好朋友，也不能不打招呼就闯进来。帕米尔更是有尊严的，它更不会让人轻松地穿过去，尤其是骨头很硬的中国西部汉子。它要用寒冷、用饥饿、用高原反应、用山道的崎岖、用雪地的湿滑来考验这群硬汉。西部人又偏偏是不服软的，他们也一定要给帕米尔一点颜色，要大声告诉它我们姓甚名谁。这才是强者之间惺惺惜惺惺的交友之道，这才是帕米尔，这才是中国人！

我们每个人都再平凡不过，但每个平凡人的心里也会潜藏着某种豪壮之气。这豪壮之气在特定的情境下触发，一被点燃，便聚成火焰。不信你看看我的这些队友们，第二天一大早起来，一个个又活力充沛地发动了车辆。车队行驶在美丽的伊塞克湖畔，在异国明媚的阳光下，湖水绿得澄澈透明。这是千年之前玄奘走过的路，《大唐西域记》里记载过的路，而其后不久，唐代大诗人李白也诞生在这条路上的碎叶城。

终于与心中的圣山进行了一次高强度、高水准的对话。与帕米尔以这样的方式相识、酬对，实在很有那么一点满足。

（摘自散文集《丝路云谭》）

作者简介：肖云儒，著名文化学者、文艺评论家。曾任中国文联全委，陕西文联专职副主席，陕西文艺评论家协会主席，国家级和省级有突出贡献专家，享受国务院津贴。现为陕西省政府参事室文史馆员，西安交大特聘教授。

50 多年前提出的散文写作要“形散神不散”的观点，收编进二十几种大学教材和辅导资料。关于中国西部文化的专著《中国西部文学论》是该领域第一部理论著作，被誉为西部文化理论体系的开创性研究成果。2014—2017 年，三次参加“丝绸之路万里行”，以 78 岁高龄乘汽车 5 万公里，从长安（西安）分三个线路到达罗马、印度、中东欧共 32 国 90 多个城市，并出版丝路专著《中国西部文学论》《西部向西》《丝路云履》《丝路云谭》《丝路云笺》5 部，被国新办和中央电视台授予中国首位“丝绸之路文化宣传大使”称号。发表作品575万字，出版著作21部。在中央及各地电视台，北京大学、中国人民大学、西安交通大学和罗马大学，以及伦敦、米兰、布拉格、布加勒斯特、莫斯科等地做过200场人文讲座。

先后获得中国当代文学研究成果奖、中宣部“五个一工程”奖、中国图书奖、广电部“星光奖”、“冰心散文奖”、“陕西文艺大奖·终身成就奖”、“陕西文艺评论特等奖”等中央和省级奖项20多项。2013年，个人捐资百万元，在西安交大设立“肖云儒人文社会科学奖励基金”。

王守业

胡烟

说起来，王守业算是奶奶家邻居。奶奶家住在半岛南头第一排。再往南，就是方塘。方塘不是方的，而是一个长条，越过方塘边上稀溜溜的芦苇，再往南，就是海。夏天南风一吹，海沿上鱼虾蟹子，臭的，没臭的，各种味儿卷在一起，就直接扑上饭桌儿了。干嚼馒头，就着那味儿，等于蘸着鱼肝油了。

王守业家比奶奶家还往南。他家房子破得很，门上却挂着锁，两边的土墙跟小孩差不多高，不费劲儿就能跳进去。我问奶奶：人跳进去给他家偷了怎么办？奶奶说：他家有个什么可偷的呢！那干吗还上锁呢？怪了！还有一件怪事儿：没有人家跟王守业家齐排，他家突兀着独一栋。我问奶奶为啥，奶奶说，他家特殊。他家怎么特殊呢？

王守业眼不好，他妈也眼不好。逢年过节，奶奶去他家帮着做饭，包包子，包饺子，眼看着他娘俩吃上了，才回自己家做饭。我黏奶奶，奶奶一去王守业家，我就跟着难受，因为他家有一股难闻的味道，刺鼻，呛得我脑袋疼。他家黑咕隆咚的，炕上的被像是发霉了，小板凳上厚厚一层黑油，水瓮裂了一道大缝，大概没一样东西是好的。我隔一会儿就去扯奶奶的衽襟儿：怎么还没包完？回咱家吧？他俩这么大了，还不会做饭啊？奶奶说：他俩眼不好，看不见，下饺了时摸不到锅在哪，烧火时找不见炉子在哪。

王守业他妈叫娥。半岛人谈论她都叫她瞎娥。那天，她来找奶奶，走到院子里，我递话，瞎娥来了。奶奶说，不许那么叫，背后才叫的，当面不能叫。

瞎娥并不是完全看不见的，不然怎么每天大清早都去菜市场买菜呢。其实，瞎娥不是去买菜的，是去打听话儿的。半岛上哪家婆媳闹翻了脸，哪个当官儿的搞贪污，哪个寡妇家半夜溜出了汉子，瞎娥都知道。

天黑了，我都睡下了，瞎娥却来奶奶家串门儿，坐炕沿上一边摸着瓜子儿，一边讲着她听来的那些是非话儿。讲着，讲着，就开始骂街，骂大队书记不管他娘儿俩，说是要帮王守业联络个大夫，治眼睛，却没了下文，骂妇女主任不操心给王守业说一房媳妇儿，拿着镇上免费发的避孕套去倒卖。

等她走了，爷爷拿笤帚扫满地的瓜子皮，嘴里唠叨着，瞎娥可真精啊，走哪都不能吃亏。别看她瞎，嗑瓜子儿专门拿拇指肚捏大个儿的，袋子里剩下的都是“土行孙”了。

瞎娥经常来，絮絮叨叨说一长串，总逃不出两件事儿，给王守业治眼睛，帮王守业娶媳妇儿。

王守业养了100多只羊。他每天赶着羊去放。从北海雷达兵的山上，一直到南海沿儿的方塘，都是他的地盘儿。半岛人都吃海，没人跟他争山上的那撮草。我们在小树林里摇秋千的时候，上山挖土鳖的时候，经常看见王守业后面跟着他的羊群。王守业从身边走过去，一股羊屎球的味儿。

王守业家的羊圈，盖得比他家住的房子还好。他怕人家偷羊，用红砖头把羊圈垒得严严实实的。尽管严实，羊还是叫人给偷了。他的羊，是叫出海回来的胡建平和几个小哥们儿给偷的，绑到山上，架火烤着吃了。

胡建平经常干这种偷鸡摸狗的事儿。谁家大门敞着，照壁底下竖着几把铁锨，他拿走一把；门口晒的虾爬子，他拣几个大的揣走了。要不半岛家家户户养狗呢，就是为了防他。有一回，他婶子院子里腌的一编织袋的海蜇皮，100多斤，他给拖走了。没想到，那海蜇皮还没控干水，腥味儿又大，他婶子顺着地上的印子，直接找到胡建平家，把他骂了个狗血喷头。

偷羊这事儿经了大队。大队书记出面解决，胡建平认赔，出200元，说是把羊买了。瞎娥不干！偷羊跟买羊一个价？2000！胡建平嫌贵。大队书记不发话。这下可把瞎娥惹毛了，书记家就住大队后窗外，她不知从哪找来酒瓶子，朝着书记家院子抡过去，把玻璃砸了个稀巴烂。

早就听说瞎娥不好惹，那天我算是见识了。大队书记不光不发火，还迎着笑脸儿，二婶子，消消气。我问我爸，书记怎么对瞎娥那么客气呢？我爸说，她是残疾人，对残疾人不好，大队书记的官儿就当不成了。

谁也惹不起，往后就更没人帮王守业张罗娶媳妇的事了。听说中间有人给介绍过一个，外地的，那女的四十多岁，比王守业大十岁，离过婚。眼看着要登记了，王守业打她，就黄了。好不容易要娶着媳妇了，干吗打人家呢？王守业又不傻。他真的一点儿也不傻，每天把羊数得明明白白的，出圈多少只，进圈多少只。干吗打媳妇呢？这个问题在我谈恋爱以后想明白了，喜欢一个人，有时想捏他，就像看见小孩胳膊忍不住想咬一口一样。王守业肯定是喜欢那女的，太喜欢了，就打她。

王守业终究还是没娶上媳妇。

搬迁之前的夏天我回半岛，往北海山上走，半山腰就看见王守业和他妈。在路中央的大槐树底下，他妈就地坐着，王守业就地躺着，头倚在他妈腿上。羊群散落在他娘儿俩周围。他们搬到山上住了吗？怎么躺在地上呢，不怕虫子咬吗？难道他俩变成野人了？

突然想起了王守业他爸，我心里好一阵翻腾。

我最后一次跟王守业打照面，是半岛搬迁以后。村里灵堂旁边盖了狐仙老爷庙。我去看看吧，大门锁着，一会儿跑来一个人，开门。我一看，这不是王守业吗？不放羊啦？不放了。山都没了，往哪放？看庙，大队给开工资。

虽然答着话，他也早不认得我了。

作者简介：胡烟，原名胡俊杰，山东龙口人，报纸副刊编辑，现居北京。作品散见于《中国作家》《散文选刊》《山花》《北京文学》《黄河文学》等报刊。散文集《哭泣的半岛》获第八届冰心散文奖。

要问我从哪里来

袁学骏

水有源，树有根。谁都会有条自己的根，谁也别想当菟丝子。

我的家乡在冀中平原滹沱河南畔的晋州。乡亲们成天念“要问我从哪里来，山西洪洞大槐树”，或者说来自“大槐树老鸹窝”。据我大伯说，抗战以前，山西老根儿的袁家人来这里做买卖，还互相认过亲。后来，兵荒马乱的，就失去了联系，即便偶然谁碰上谁，也是大水冲了龙王庙，一家人难认一家人了。又说，我们大石家庄村的袁家，老根儿是山西，是从南边八里的大里丰庄迁来的。他们弟兄二人一个叫袁提，另一个叫袁拔。据说还有一个袁拽。袁提北迁到这里。现在说，已经是明朝初年的事了。

到清朝康熙年间，我们的祖宗里出现了袁清吉、袁清泰弟兄二人，起先清吉没有儿子，清泰便把大儿子过继给哥哥，在民间这叫压量，意思是引导，从此那老祖奶奶便一连生了三个儿子，加上过继的，一共四个。清吉自幼喜欢文墨，已经有监生、国学身份。四个儿子却个个从小爱习武，成天玩枪弄棒。就在康熙年间，大儿子袁彬中了秀才，又在直隶乡试中得了武举。这袁彬力气大、功夫好，他进了校场骑上马，那马性烈、认生、不听话，他就双腿一夹，嘎崩，夹断了马的三根肋骨，那马就扑腾倒下了。袁彬只好另要了一匹好马来。主考官一看，这小伙子力大无穷啊！待他上场演武，果然出众，便高高点中了他。到乾隆年间，老二、老三也先后中了武举，成为左近一带的名门。

小四儿很不服气，他天天习武也中了秀才，但功夫比三个哥哥差了老多。这年，直隶省又开科取士，小四儿便跑了去。一天，他去一个饭馆里要喝上等好茶。店小二悄悄地对他说：你敢给上座的王爷敬一壶茶吗？小四儿说：我带银子不少，怎么不敢？于是，他花三十两银子要了一壶大红袍，恭恭敬敬地端给王爷。那王爷一看，小伙子这样礼性，就问，你是哪里人，来做什么？小四儿回答说，我是正定府晋州人士，已经有三个哥哥中了举，就我还是个小秀才，今天来是赶考的。王爷又问，你们多大村子就有三个举人？小四儿眉头一皱，便夸口说：“我们村四门八庙，十字凤凰街，就叫大石家庄。”王爷一听，真是个大村镇，就说明天考场上，你看我的眼色行事。第二天考场上，秀才们一个个骑马射箭进行比武，有的真是武艺高强，小四儿看着心里很发毛。但点到他上场时，王爷让人给他派了马童，牵着马不许它疯跑。小四儿在马上，看了王爷一眼，王爷举起三个手指头，他便会意了。待来到箭靶前，他一下子将三支箭插到靶上。王爷便在看台上高声宣布：“好啊！三箭齐发，中了，中了！”考生们一个个大眼瞪小眼，有人骂起街来。这样，四举人光荣地回来了，报喜的衙役也随后来了，州官、县官都来了。弟兄四人四个武举，当时全直隶省只此一家。袁清吉体面无限，便大会宾朋。这是我们袁家历史上最光荣的一页了。

我小时，街门一侧，卧着一块青蓝色的石头，上大下小，像是一个倒着的梯形，正中间一个可以伸进双手的圆孔。石头高约二尺，厚约一尺，上头的平面是个长方形。我和弟弟妹妹们经常在这青石上坐着，光溜溜的，凉丝丝的，还经常往石眼里装土玩。后来，母亲盼我回家也经常坐在这块石头上翘望。大伯、二伯和父亲都说，这是四举人早晨起来练功的制石，少说也有二百斤，也说过有三百斤。我曾经使劲推它，它一动不动，有时我们几个小伙伴一起推，它仍然岿然不动，于是便意识到这块制石的重量，也想象祖上四个举人一定都是天天举它玩它，才有了千斤的力气。族人们还说，这四个举人按官府规定不缴钱粮，也都不下地干活，不是教徒练武，就是端把椅子坐到街里庙上慢慢喝茶，谁见了都要给他们施礼。街里庙就是十字街，一条官道从这里南北穿过，经常有官员路过。县官们来了，就得赶快下轿，否则举人们就发火了。人们说这就叫文官下轿、武官下马，是那时候对举人、进士人才的尊敬。可这会儿却没有这种刚性的礼俗了。

四举人在我们晋州城南一带掀起了一股尚武之风。据说我们村东南五里打绳庄有个武会元叫孙清元，曾经在云贵川做过几任提督，那是汉人绿营兵的一品官，后来因脚疾调回北方，任正定府总兵，死后嘉庆皇帝封他为镇南侯。孙清元小时候慕名而来，向大举人、二举人学过艺。但有状元徒弟没有状元师父，举人们都没有再考上进士，有的就没去考，也没有出任过像样官职的。只有小四儿武艺虽差，却受到征召当过运粮官，相当于哪一级的后勤部长吧。也没听说他立过什么战功，算是做了一回平安官。

到晚清时，我们袁家又冒出一个怪人，叫袁四胡子。传说，他一出生就长着四寸长的胡须，是个白胖的小老头，把全家人吓了一跳，也不知这孩子生来是凶是吉。问过相面的，人家说古代太上老君在娘肚子里怀了八十年才出生，一落地就是白须白发的，你们这孩子将来一定有本事、有造化。于是，爹娘就把他当宝贝一样养大了。他果然不负家族众望，学了一身好武艺，三五个人都打不过他。但他不曾参加考试，没有名分，又无心下地，爹娘也管不了。他天天上街闲逛，背着手攥着一根长竿，故意挡着大道，人车走来还都得求他。有一年，一个据说在朝廷里有根茬的吉庆班从村中路过，好事的袁四胡子就拦住不让走，和戏班的武生们打了一架，把他们都打趴下了，这戏班就不得不在村里义务演出了三天，本村和外村的乡亲们就过了三天戏瘾，从此讨厌他瞎转悠的乡亲们就高看他一眼了。袁四胡子名气大了，哪个戏班也不敢再从我们村过了，而附近马家滩劫道砸命伙的贼人们也都悄悄不见了。于是，村民们就说袁四胡子是星相下界，天生的能镇住匪类人，将来还要打个新天下的。是啊，乱世出英雄。可到他去世也没有天下大乱，他的本领就一直没有真正施展出来。

附近周元方村也出现了一个赵飞腿。传说他脚心长着一撮毛，跑起来能日行千里、夜行八百，是星象下界来保主子打天下的。他和袁四胡子成了好朋友，三天两头来往，虽然做过路见不平拔刀相助的义举，得到了人们的夸奖，但也惹了很多麻烦。赵父就设法把儿子的一条腿弄断了，让他再也不能出去惹事了。袁四胡子一见他就唉声叹气，也是惺惺相惜，谁也没法改变自己生存的现状。后来，二人先后离世。他们的故事一直流传到了今天，成为我们后辈人津津乐道的谈资。从四举人到袁四胡子，我们袁家不能说没有出过人才，但没有大才，却有奇才怪才，有可以为后人传讲的东西。他们都是英雄无用武之地。早就听大伯说，别小看咱农村，这地方乌七八糟，什么鸟儿什么神圣都有，这叫藏龙卧虎，这龙不一定上天也是龙心龙性，这虎不一定吃人也有虎威虎胆。还说，别看县长官大，让他来当村支书不一定能当成。我现在回想起来，大伯这些话也够得上至理名言了。

从六百年前开山祖宗迁来到现在，我们袁家已经繁衍生息到八百多人。有几十人像我一样走出了村庄，混上了官饭，吃上了皇粮。近些年，又有几百人去城里打工，村中的男劳力明显在减少，但在外边的人们也像我一样，过年都要回来看望亲人、上坟祭祖，因为我们的根就在这里，是从山西洪洞县移栽到这里。我们又像一颗颗种子被风吹走，或者说是被剪下来插到别处去的柳条、石榴条、山药蔓。这或许就是人类繁衍的一种不成文的规律吧。

（摘自散文集《回不去的故乡》）

作者简介：袁学骏，一级作家，中国作家协会会员、中国文艺评论家协会会员，中国民俗学会常务理事，中国散文学会理事，河北省民俗文化协会会长，河北省文化交流协会常务副会长，河北省散文学会副会长。

春天的野菜

高亚平

单位搬迁到南三环后，离城市远了，离乡村近了。午间休息时，我在周边的小路上散步，忽然就看到路边的柳树上有了一抹新绿。目光南望，平日云卷云舒，还有几分枯涩的终南山，此刻也变得朗润起来。看来，春天真的回来了。不觉间，心中就涌动出了唐人的诗句，“天街小雨润如酥，草色遥看近却无”。低头一看，路边的小草果然已发出新芽、长出嫩叶。还有我认识的几种野菜，也长到小酒盅大小，团团然，惹人怜爱。这久违的野菜让我顿然想起了故乡，想起了故乡的春天，想起了春天里田间地头的野菜。

说到野菜，我首先想到的是荠菜。每年春风一动，青草一泛绿，荠菜就出来了。往往是在一场春雨之后，它们像商量好了似的，突然间就出现在了麦田中、田垄头、河畔间。不过，它们起初并不大，只有大人指甲盖大小，不易被人发现。或者，发现了，也没有人去理睬它们。只有再经过十天半月阳光的曝晒、春风的吹拂、雨泽的滋润，荠菜才伸胳膊蹬腿、舒展腰身，长得肥硕起来，人们才拿起小刀、提着筐篮走进田野，开始挑荠菜。那真是一件心旷神怡的事儿，棉袄脱了，一身轻松，在煦暖的春风中，在碧绿的麦田中，蹲下身子，边说笑着边寻觅挑挖着荠菜。偶一抬头，天蓝云白，似乎连心都飞到白云间去了。荠菜长得很好看，叶修长如柳，边缘有锯齿。起初只有四五片，随着时光的流逝，叶片也如楼台状，不断复生，直至夏末变老，顶部结出碎碎的米粒状的白花。荠菜有多种吃法：可凉拌，将挑挖的荠菜择洗干净，放进开水锅里焯熟，捞出，滤去汁水，然后切碎，加盐，加醋，加姜末，加油泼辣子，再滴一点儿麻油，拌匀即食，其美无比。当然了，这道菜的佐料必须是上好的，尤其是醋，必须好。用山西的老陈醋固然好，若无，用户县大王镇的醋亦可。荠菜还可包饺子，这是最常见的吃法。可素包，以荠菜为主，和豆腐、木耳、黄花、葱、姜等合剁为馅，包好，煮而食之。可荤包，最好是和瘦肉合剁为馅，这样的饺子煮熟后，既有荠菜的鲜香，又有肉香。我最中意的是吃荠菜面和荠菜水饭。将擀好的面切成碎面下锅，待水滚后，急忙投入洗净的荠菜，煮熟，和汤面一起盛入碗中，加入炒好的葱花和调料，徐徐食之，别有滋味。荠菜水饭好像只有我们老家关中长安地方有，这么多年，我在别的地方没有见到过。将籼米淘洗净，投入多半锅水中煮之，待水滚后，投入荠菜、红白萝卜条、黄豆，煮熟后，加入盐，水是水，米是米，稠而不稀，红黄绿白，趁热徐啜，滋味美妙，无以复言。小时候，在乡间，每当母亲做荠菜水饭，我都要吃两大碗。荠菜南北皆有，不过北地苦寒，较南地出来晚些。南宋诗人陆游似乎特别喜欢食荠菜，曾写过两首《食荠》诗。其一："采采珍蔬不待畦，中原正味压莼丝。挑根择叶无虚日，直到开花如雪时。"其二："日日思归饱蕨薇，春来荠美忽忘归。传夸真欲嫌荠苦，自笑何时得瓠肥。"放翁真知食荠者矣。

春天，故乡原野上的野菜多。除了荠菜外，还有麦瓶儿、水芹菜、枸杞芽、堇堇菜、辣辣菜、面条、胖官、巧合蛋什么的，当然了，有的叫法图书上不载，只是我们当地人的叫法。或者图书上也记载了，叫法却不同。比如辣辣菜，一些图书上就写作勺勺菜。这些野菜，也是伴随着春风陆续登场的。麦瓶儿几乎是和荠菜同时出现在麦田中的，它的叶子也似柳叶，不过更窄，也无锯齿，叶由根部丛生而出，整个形体就如微缩的剑麻。这种野菜好挑好洗，下面锅、做酸菜均宜，味道醇厚，吃起来很香。麦瓶儿几乎是和麦子一块儿生长的，麦子长多高，它也长多高。麦瓶儿长着长着就开花了，那花儿很好看，是一个底部大颈部细的花瓶儿，花则从瓶颈部吐出，单瓣梅花状，一瓣一瓣的，粉红色，鲜艳至极。一株麦瓶儿上，往往有三四个花瓶，多者有五六个的。试想，在碧波荡漾的麦浪中，摇曳着一株株麦瓶儿花，那情景该有多美好。麦瓶儿花谢后会逐渐变黄，那些瓶儿中也会蓄满籽儿，待到麦熟时节，这些籽儿会随风洒落田间，到来年春风起时，再生长出无数的麦瓶儿菜。读江南一些士人的笔记，常见有看麦娘的记述，我总弄不清它是一种什么样的野菜，无端地总觉得，它就是家乡田间的麦瓶儿。胖官的形状和麦瓶儿相类，不过叶片比较肥厚，味道很苦。这种野菜我们一般是不挑挖的，实在不得已挑挖回家，也仅仅是做腌制酸菜用。胖官花色比麦瓶儿淡，花瓶则很有意思，瓶身上有竖的细细的棱纹，不似麦瓶儿，是光滑的。水芹菜生长在多水的地方：生长在水中的，通体翠绿；生长在水滨的，茎叶为紫红色。吃起来，生长在水中的好像更肥嫩一些。枸杞生长在田坎河畔，采摘时只能掐去枝头的嫩尖。枸杞芽焯熟凉拌，吃起来有一点淡淡的苦味，清热败火，也很不赖。这些都是季节性很强的菜，一过季节就老了，就无法食用了。"春到溪头荠菜花"，很诗意，但这时的荠菜已不能吃了，勉强食之，不但涩，而且显老。如若不是饥荒年代，恐怕是没人愿意吃的。

作者简介：高亚平，1964 年出生，西安长安人，现供职于《西安晚报》，中国作家协会会员，西安市文艺评论家协会副主席。大学期间开始发表作品，已在国内数十种报刊发表散文、小说、诗歌 200 余万字。著有《草木之间》《长安物语》《岁月深处》《时光背影》等 7 部散文集和长篇小说《南山》。曾获首届中国报人散文奖、第二届汪曾祺散文奖、第二届丝路散文奖、第八届冰心散文奖（散文集奖）。

书院，山水意境中的文化密码

凌翼

我是鄱阳湖。在鄱阳湖阔大的衣襟间，蕴藏着神奇的文化密码。在山水之间，寺庙道观常常成为静谧中的景致。寺钟在幽谷中传扬，犹如天籁之音，拨去许多尘俗之念。突然有一天，山水悠然处，多了一所书院，莘莘学子的琅琅书声萦回在山水中，更添一番别样的神韵。

中国最著名的书院莫过于白鹿洞书院，它处于庐山东南五老峰下，其气脉自五老峰来，有绝壁悬天之势。一峰奔南而下，似万马驰骋而归。约略二十里，崛起一山，被四山环绕，这就是后屏山。山之阳，一派屋宇井然，这就是白鹿洞书院。

从风水学上讲，白鹿洞书院藏风纳气，地理环境可谓绝佳。背岭临溪，前有卓尔山（案山），左有左翼山（青龙），两山揽结，一水中流。水自犀牛塘、圣泽源而来，经鹿鸣、钓台、贯道，一路岩石竞相让道，先贤镵刻醒神悦目。从后屏山东侧、左翼山西侧有溪汇入，一石如堰，枕水而流。涧水之上为枕流桥，此谓书院关锁。峡石崚嶒，溪流踊跃前行。

书院东南有勘书台，台上如平砥；独对亭与五老峰遥遥相对；左翼山有闻泉亭；水稍折向南，迂回流山。空阔四望，可在六合亭歇息。众多亭台，皆为静坐读书佳处。跨过流芳桥，有平畴数十亩。隔溪百仞层峦，是为罗汉岭，这是书院的外案。明代李应升主持白鹿洞书院，曾重修《白鹿洞书院志》，其"形胜"实为地理描绘，曰："去廻流二里许，为书院石坊。曲折至梅溪湖，入彭蠡，有二曜星扼其水口，而阳储诸奇岫，隔江入照，此鹿洞山水之全胜也。去书院十里，而遥有水帘三级，飞雪悬崖，则文公所谓新瀑是也。他若栖贤，为李渤读书处……"此处点到"彭蠡"（即鄱阳湖），书院之水通过"有二曜星扼其水口"处汇入鄱阳湖。"阳储"为鄱阳湖东岸都昌县山脉，是谓"隔江入照"。这里说到"水帘三级"，自是三叠泉不谬尔。而"李渤读书处"，正是白鹿洞书院之缘起。

李渤曾隐居五老峰脚下，或许是李白的诗歌吸引了他的脚步。李白先于他曾在五老峰下东侧屏风叠隐居，李白在《赠王判官时余归隐居庐山屏风叠》中写道："吾非济代人，且隐屏风叠。”这就是那时李白的内心写照。

白鹿洞山势迂回，四山遍织云松，是隐居的绝佳之地。李渤选择此地有其独特眼光，山幽水静，偶有松涛作琴声。他养了一只白鹿，出访游览，常常由白鹿引领行走于山水间。栖贤寺与白鹿洞东西遥隔五六里，是他与白鹿隐现出没的一条主道。碰见的人喊他“白鹿先生”，他含笑领受。后来，李渤出任江州刺史，在当年自己的隐居处白鹿洞广植花木，筑造亭台楼阁、宅舍、书院，作为自己公务之余静养读书之所。

时隔约一百二十年，已是五代十国时期，南唐政权在李渤读书处白鹿洞旧址创办“庐山国学”，又称“白鹿国学”，成为南唐一所正规的高等学堂，与金陵国子监齐名。此时，距南唐中主李璟即位仅三年时间。李璟即位前，也在庐山南麓秀峰筑台读书。李璟读书台离白鹿洞约十里，他闲来无事也常到白鹿洞游览。李璟即位后，将自己的读书台改建为宏大的开元寺，庐山（白鹿）国学也当在盛时。

到了北宋，国力渐渐显示盛大气象，白鹿洞书院自然得到大力扶助。宋太宗对书院教育十分重视，御赐《九经》等书于白鹿洞书院，白鹿洞因此得以发展。

在之后的一百八十余年，时序由北宋跨越到南宋，中间经由“靖康之变”，白鹿洞书院被毁弃湮没。南宋淳熙六年（1179 年），理学宗师朱熹知南康军（今庐山市），着力恢复当年的白鹿洞书院面貌。他请皇帝敕额，赐御书，置办学田，尽力使书院走向正规，成为国内一流书院。他亲拟《白鹿洞书院教规》，这竟是世界教育史上最早的教规，成为后续中国书院办学的楷模。此则“教规”还传至日本、韩国及东南亚一带，白鹿洞书院因而享誉海外。

朱熹是个执着的人，他多次在奏章中请求皇帝支持白鹿洞办学。第一封奏疏请求皇帝“勑（敕）额，及乞以太上皇帝御书石经，并版本《九经》注疏，给赐本洞”，未得到回复。他卸任南康知军前往浙江提举之时，给皇帝奏章“条陈七事”最末一条，又郑重奏请皇帝“伏望圣慈下臣此章，特从其请”。他呈曰：“今老、佛之宫遍满天下，大郡至逾千计，小邑亦或不下数十，而公私增益，其势未已。至于学校，则一郡一邑仅一置焉，而附郭之县，或不复有。盛衰多寡之相绝，至于如此，则邪正利害之际，亦已明矣。”朱熹看天下寺庙道观广布，大郡多则上千，小县也有几十处，唯独学校，一郡一县仅仅只有一所，附郭之县，一所也没有。学校与寺庙和道观的数量比起来，真是天壤之别。朱熹出于对国家教育关怀的拳拳之心，忧愤之情溢于言表。

说到书院，从书院形式的教育体系形成起，江西在书院数量和教育质量上都是全国的榜样。

晚唐为书院萌芽阶段，江西、湖南、陕西、福建、四川、浙江的书院数量相差不大，全国总共有书院四十八所，上述省份都维持在五至八所。到五代时，江西增加了八所书院，其他省份除福建、广东各增一所，河南增两所外，均处于停滞状态。进入两宋时期，全国书院徒增七百一十一所，江西增二百二十四所，位居第二的浙江为一百五十六所，依次为福建八十五所、湖南七十所、广东三十九所、四川三十一所，而中原地区，河南、河北、山东、陕西、山西等省份的书院相加，还不到二十所。从这一点来看，中国文化重心已经由北向南迁移，江南完全取代中原，成为教育与学术的中心。

元代虽然为金戈铁马的蒙古贵族统治时期，但对儒家文化给予应有的尊重，并确立程朱理学的官方正统地位。元朝统治者大力扶持书院，全国各地书院新增二百九十六所，加上修复的唐宋旧院部分，书院总数达到四百零八所。就新增数而言，排在前四位的为江西九十四所、浙江四十九所、山东二十三所、湖南二十一所。

明朝是书院发展的黄金时期，全国二十五个省区共建有书院一千六百九十九所，远远超过唐、宋、元三朝的总和，大多数都是在这一时期新增的。排在前五位的分别是：江西二百八十七所、浙江一百九十九所、广东一百五十六所、河南一百一十二所、福建一百零七所。江西仍然高居榜首，比排在第二位的浙江多八十八所。

到了清代，全国共有书院四千三百六十五所，有四个省超过三百五十所，江西为三百九十二所，仍然位居第一。

数据是枯燥的，但足以说明问题。江西自五代以降，书院建设数目一直位列各省之首，其影响的深度和广度领冠中华。江西尊儒重教风气弥远，素来被称为“理学名区”。江西山水钟灵毓秀，为鸿儒巨哲的产生提供了先天土壤，其代表人物有陶渊明、欧阳修、王安石、曾巩、黄庭坚、朱熹、陆九渊等，每个人物提起来都有千斤之重；也为外来先贤圣哲在江西这块土地汲取营养提供了天然养分，这类代表人物有张道陵、慧远、陆修静、马祖道一、周敦颐、程颢、程颐、王阳明等。鉴于此，江西成为“人杰地灵”的象征。

儒家思想在江西根深蒂固，在一定意义上已成为江西人安身立命的根本。江西书院在数量上遥遥领先于其他省份，这与江西的人口和经济有着密切关系。

江西在宋、元、明三朝，人口均居全国之首。宋朝时，江西人口达到两千万，占全国的五分之一；元朝时，江西人口最高时达两千六百万，约占全国的四分之一；明朝时，江西人口是湖南、湖北、广东、广西、贵州、云南六省之和，可见江西人口生生不息的态势。人口长势好，说明地力肥壮，由人口操纵的生产力也自然攀升。生产力发展是经济上扬的引擎，江西是古代社会的粮仓和钱库。人口增长带来生产力发展、经济增速，这也反过来促使本就重儒尊教的传统向更深远发展，以前所未有的崭新姿态超越其他省区。由于发达的书院体系使教育向纵深和广阔迈进，宋、明时期，江西人才一度呈井喷式涌现，科举考试进士居全国之首；硕儒巨哲之多，令他省望其项背而心存敬意。

江西书院大多建在山上，如濂溪书院、白鹿洞书院均建在庐山，鹅湖书院建在鹅湖山，象山精舍建在应天山。山林本是老、佛之宫首选之地，但儒家士子脱尽铅尘，将精舍、讲堂、书院建在幽静的山谷，这与老、佛修道有异曲同工之妙。学子们借助山林中的固定场所凝练自己的思想和操守，达到儒家修身的至美境界。山林、泉流、松涛、明月，既是眼前的现实生活，又是诗歌和绘画中才有的意境。

文化与自然相互滋养，一代代哲儒和学子们在山水意境中铸造自己的理想，搭建自然赋予他们的信仰，书院也由此在超逸中追求着社会美誉度和感召力。

重新回到圣殿般敞开着大门的白鹿洞书院，它离长江、鄱阳湖近在咫尺；九江和星子（今庐山市）也遥而可及。巡行在无比丰厚的人文山川中，匆匆一瞥难以感知它在大自然中的呼吸和血脉的涌动。无数次徜徉在山水路径中，细细体察、感悟，用智慧的眼眸去探寻这座圣殿无处不在的面额，用历经风雨的沧桑去触摸它亘古未有的灵魂！

（摘自长篇散文《大湖纹理》）

作者简介：凌翼，中国作家协会会员，九江市作家协会副主席。曾任《十月》杂志社编辑、《现代小说》主编、《阳光》杂志执行主编。曾参加诗刊社举办的第17届“青春诗会”。毕业于鲁迅文学院首届中青年作家高级研修班。在《人民文学》《诗刊》《中国作家》《北京文学》《钟山》等刊发表诗歌、散文、报告文学、中短篇及长篇小说作品。出版诗集《凌翼诗选》《以魂灵的名义》《夜航者说》，散文集《故乡手记》《擦亮眼睛》，长篇文化散文《大湖纹理》，小说集《山顶洞人》和长篇小说《狩猎河山》等。曾获江西谷雨文学奖、全国乌金文学奖等奖项。

总有一条小河在心中流淌

李培禹

立春的前几天，北京才飘落今冬的第一场雪。尽管它来迟了，也不是小时候见到的那样晶莹，但纷纷扬扬的雪花还是给人们带来了欣喜。微信上，各式各样的雪花、雪景在刷屏，有的还配上了音乐——朴树在忧伤地唱着《白桦林》……

雪落无声。不知怎的，我的思绪还是回到了四十年前我下乡插队的谢辛庄，想起村旁那条连名字都没有的小河。多少年了，每逢遇到冬天的初雪，我就会想起那条小河。其实，我想不想它，它都在那儿流淌。然而我知道，无论它水清水浊、水缓水急，哪怕有一天它真的断流、消失了，它也还会在我的生命中静静地流淌。

总有一条小河在心中流淌。

我们总是春天去看它，因为我们第一次从高中生变成知青，成为农民，就在四月萌春。1974 年下乡插队那年，我任性地把落户的村子往山根底下靠，跟随我而来的 15 位同学，竟没有一人埋怨我。谢辛庄是盘山脚下的一个小村，属当年“学大寨”中的落后村，生活比较贫苦不说，回趟京城要走上十几里土路才能搭上每天只有一趟的长途汽车。幸亏与这条小河邂逅！它是那样美丽，清清地从村子旁流过，绕过知青大院不远处，河面变宽，形成了一个天然湖泊。是我们叫它湖，贫下中农称它“泡子”，因为它太小了，小得连个名字也没有。水从哪里来，流到哪里去，全然不知。可在我们眼里，它真的很美：河边是茂盛的钻天杨，水岸边生长着摇曳的芦苇。“三夏”收工后从它身边走过，捧起清凉的河水擦擦汗，涮涮镰刀，顿感一身轻松。女生总能最早适应环境，她们的做法也比男生胆大。一天傍晚，我和同宿舍的立成、吴川往河边走，被一位大嫂拦住。她说，你们不能过去！为什么？大嫂郑重地说，你们的女知青在洗澡呢！“洗澡”，就是游泳，这个我们知道，但还是红了脸，心里一阵狂跳！冬天大雪纷飞，队里歇工了，我们班那几位漂亮女生竟穿上冰鞋，在湖面上滑起冰来。她们轻盈的身影、欢乐的笑声，能不迷倒我们这些正值青春期的小伙子们吗？一块儿滑冰，没有大嫂拦我们了。在几位女同学的召唤下，我第一次换上冰刀鞋，踩在冰面上，摔在冰面上……

谢辛庄的小河，你留下了我们的青春！

大学毕业后，我在京城一家报社当记者。迎接国庆35周年的时候，我已离开谢辛庄整整10年了。在我的力争下，报社领导同意了我的选题，我怀着兴奋与自信，踏上了回乡之路。当我走进谢辛庄的田间小道时，脑海里不禁涌出唐朝诗人刘皂的一首诗："客舍并州已十霜，归心日夜忆咸阳。无端更渡桑乾水，却望并州是故乡。"诗人曾经旅居他乡十年，恨不得立即离开并州，可是一旦踏上更远的路途，那客居过的并州，却也故乡似的惹人怀思。我那时的心情正是这样。任务完成得很圆满，稿子上了要闻版头条，还配发了我拍的小河的照片。那条小河好美，引来不少读者询问，然而我真的说不出它的名字，也不知道它是哪条河流的支脉。

就在同一年，我去采访词作家乔羽，那时他已有词坛"乔老爷"的美名。无意中，我和他谈起谢辛庄的小河，不想，引出了他的一个重大话题。他先用浓重的山东口音吟诵道："一条大河波浪宽，风吹稻花香两岸。我家就在岸上住……"他问，我为什么不用"长江万里波浪宽"？他说，电影《上甘岭》的导演沙蒙，对这首歌词非常满意，只提了一个建议：把"一条大河"改为"长江万里"，这才有气魄啊！"乔老爷"不容置疑地说：改不得，改不得！他说，长江是特指一条江，生活在长江边上的人再多也有数儿啊；而谁的家乡没有一条小河、小溪呢？这河流再小，甚至叫不出名字，但它在儿女们心中也是一条大河，一辈子也忘不了。我家就在岸上住，岸上就是你家，我家门前的那条小河、小溪的边上啊！

"乔老爷"高见。谢辛庄的小河，不也连着《我的祖国》中的那一条大河吗！

有着小河情结的，还有作家叶辛。2012年，我去贵州参加一个活动，在休息室和他交谈。这个上海青年，40年前到贵州插队落户当知青，一当就是21年，当然干农活的时间没有那么长。他心中的小河叫神龙河，位于黔湘交界的梵净山脚下云舍村。他曾与乡亲们拉着绳子量过，这条河从头到尾总共长800米，不到一公里。"正是黄昏，夕阳把清澈的神龙河水洒出无数的金斑银点……土家寨子上炊烟袅袅，鸡犬相闻；村寨外头，田畴阡陌，郁郁葱葱的树木铺展到那边叫水银坡的山上，真是神龙河畔一派好风光。"叶辛把他心中的小河写成一篇美文，题作《人间最短的河》。我想告诉他，神龙河并非人间最短的河，我们谢辛庄的无名小溪只有四五百米长啊……可开会时间到了，他上台去做演讲了。

2012年的深秋，我和作家凸凹同去新疆参加采风活动，在穿越塔克拉玛干沙漠时，我们看到了夕阳下的塔里木河。那是一条壮阔的大河！我给他命题，写写塔里木河吧。当时激动不已的他满口答应下来。回京后他来电话说，这文章真不好写。

我以为他要退缩，不想他说的是，憋了好几天了，越难写越要写好。几天后，他交稿了，题目是《没有流进大海的河流》。这回是我激动不已了。他从家乡的拒马河，写到千里之遥的神河塔里木，在饱蘸色彩地赞美最终没有流进大海的塔里木河的同时，也流露出对家乡那条小河的挚爱。

情同此心，总有一条小河在心中流淌。

那年我在无锡采访，来到荡口古镇时，竟有了一个意外收获。写出“越过高山，越过平原，跨过奔腾的黄河长江”的音乐家王莘，他的家乡在哪里？人们大都知道在天津，著名的《歌唱祖国》就是他在从北京返回天津的火车上，写在一张烟盒纸上的。然而，那是他新中国成立后的家。王莘的故乡是无锡荡口，他的童年是在古镇荡口的北仓河边度过的。家境并不好的父母，在他 6 岁那年，省吃俭用，把他送进荡口施德教会学校。从此，背着书包的小儿郎，每天都要走过小桥去对面的学堂上课。午后的时光，他和小伙伴儿们就在北仓河边玩耍。晚年的作曲家，经常回到故乡，他给母校捐款、捐物，义务给小学生们上音乐课，他最后的足迹留在了家乡的小河边。我们来到王莘的金色塑像前，纪念馆的音响播放出“五星红旗迎风飘扬”的旋律。我想，当他执笔书写“跨过奔腾的黄河长江”的乐句时，家乡的北仓河一定在他心中奔涌吧！

思绪翻飞，似窗外的雪花在飘舞。这个夜要失眠了，我索性打开手机，一个个信息跳进来，微信群里曾经一起插队的同学们在问：老培哪儿去了？同意不同意啊，倒是给个话啊！同意什么？回村呗，回谢辛庄啊！我赶紧回复：同意，同意，一切听王队的！

总有一条小河在心中流淌。

看来，今年的回村计划等不到春暖花开了。和我一样，大家也想起伴着雪花儿在小河上滑冰的情景了。

那条小河，只有谢辛庄有。那时的青春，只有我们确认。

作者简介：李培禹，作家、诗人。1978 年考入中国人民大学新闻系，1982 年毕业分配到北京日报社。高级编辑，曾任《新闻与写作》杂志主编、《北京日报》副刊部主任等职。现为北京市杂文学会秘书长、北京市东城区作家协会副主席、北京作家协会会员、中国作家协会会员、中国传记文学学会理事。曾获首届全国“孙犁报纸副刊编辑奖”、第八届冰心散文奖，五度获得“中国新闻奖”。文学作品分别获得

《人民文学》全国游记文学征文奖、《解放军报》“长征文艺奖”、“大沙杯”全国海洋散文征文奖、《解放日报》“朝花”副刊征文奖、北京作家协会“身边”主题征文一等奖等。多篇散文选入中国作家协会创研部、人民日报文艺部编选的全国年度选本及部分省市中考语文试卷、阅读辅导教材等。出版《走进焦裕禄世界》、《您的朋友李雪健》（与梅青合作）、《笔底波澜》等著作。

唐蕃古道

高文瑞

日月山多有文成公主传说，我更愿意相信思乡传说。

去日月山是在20年前，3500米海拔并没放在心上。西宁小住那几天，偶发一事。那年正好有西北五省文艺汇演，节目挺好，吃完晚饭去了剧场。出门，掉了雨点儿，没在意，没加衣服，路上略感到凉，便觉感冒，以后的时日一直头疼，到日月山也没减轻，只几十级台阶，喘着粗气才爬上日亭。

重登日月山，变化很大，日亭月亭修葺一新。石阶盘曲而上，加上了石栏，与景观融为一体。山脚有日月山碑和修建青藏公路的青石碑。再向坡下看，立有回望石。山下平坦处建起殿堂，还留有旧建筑的遗址，那就是文成公主庙。广场上耸立着文成公主像，汉白玉雕。

这次没登日亭，没觉感冒，还有些头疼。我知道，这是高原反应，也想在亭下多走走，或许能踏上古人的足迹。文成公主是否也曾站在这里？她不会欣赏绿草如茵的美丽高原，因为，那道道山梁遮住了长安宫闱的繁华。向前看，西边一片苍凉，今后的生存环境如何，命运如何……一切未卜。

日亭台阶上多了生意人。向上走了几步，还是喘与疼。那时文成公主身体如何？几个月的长途跋涉，一路艰难险阻，她有无水土不服？高原之上，小有不适也会放大几倍。即使年轻，身体反应不强烈，年方二八，倘在今日，高中尚没毕业，千里迢迢，当此和亲重任，心理问题如何解决？

随手可得的便是睹物思人。临行前，父皇唐太宗赐给她日月宝镜。日镜中可以看到爷爷、叔叔和兄弟，月镜中可以看到伯母、母亲、婶婶和姐妹。没想到，宝镜被偷偷换成了石头镜，不用说亲人，就连自己的面容也照不见。文成公主极度失望，把石镜抛于山下。她是否就是站在回望石前，把石镜扔在了那片广场上？

石镜触地，一只黑色的大鸟从碎片中腾空飞去，又一只白色的兔子向着山顶的白云生处跑去。原来是金乌和玉兔，日精和月精永住。此后，赤岭改名为日月山。看着两座山顶上的日亭和月亭，脚步又增加了几分沉重。有谁想过唐朝宗室的少女远嫁吐蕃时的感受？困惑，沉重，苍凉抑或悲怆？《红楼梦》中的探春在贾氏姐妹中结局最好，远嫁他乡时还泣不成声，而文成公主的路途更为遥远，且多了高原不适。

此时的文成公主定处于极度痛苦中，远在荒原，举目无亲，不禁失声痛哭，泪水惊动了河神。妩媚的女神为之感动，原本东流的小河也要陪伴公主西去。天亮了，奇迹出现，公主面前的小河真的改变了流向，随公主而行，成了倒淌河。站在山上向远处望，那条小河哗哗作响，仿佛传唱着那首动人的民歌：倒淌河啊，女人的河，仪态纤纤勇气多。春夏细水涓涓流，入秋阴雨起浊波。河神当年义气高，掉头西去随皇娥。劝君莫嫌流量小，河水倒淌有几条？

故事感人至深，更符合女孩子的行为举止。人在唐蕃、农牧、内流外流、黄土与青藏高原的分界线上，心理控制也到了极限，“西出阳关无故人”……

转机出现。松赞干布率兵，自逻些就是现在的拉萨远道而来，迎娶文成公主。这位“性骁武，多英略”的吐蕃王相见伊始，李道宗以皇叔身份主持婚礼。史载：“贞观十五年，太宗以文成公主妻之，令礼部尚书、江夏郡王道宗主婚，持节送公主于吐蕃。弄赞率其部兵次柏海，亲迎于河源。见道宗，执子婿之礼甚恭。”婚后，松赞干布与文成公主继续前行，向着拉萨。

这以后便没了思乡传说。我想，文成公主见到这位25岁的小伙子英俊潇洒、精明强干、威震四方，一定是芳心萌动。她没有了担心，没有了未知，虽然前行的路途更遥远、更艰辛，也愿意与君同行。

向南，海拔更高，穿越巴颜喀拉山，那里的海拔5000多米。山顶一片深褐色，寸草不生，或有峰顶覆盖着皑皑白雪，山势峻峭，惊险不已。山壑间，偶见如丝般的细线，那是否就是唐蕃古道？在云雾的遮掩下，我仿佛看到了蜿蜒蠕动的长队，车轮滚滚，浩浩荡荡，华盖如云，旌旗蔽日，大批的卫队、侍女、工匠、艺人在行走，行囊中带着大量绸缎、典籍、医书、粮食等嫁妆，给吐蕃社会、经济、文化、科学带来深刻影响。

翻过高山，巨型长队辗转来到玉树。这里山清水秀，气候宜人，以致过去千年，优美依旧。水草丰美，供养出羊的美味，当地人引以为傲，文成公主的心安了。最艰险的路段已经翻越，此地离拉萨不远，可以住下来，休养生息。扎曲河、巴曲河清澈见底、长流不息，正可帮助当地藏民垦田种植、发展生产。

距玉树结古镇十几公里，有山称贝纳沟。文成公主笃信佛教，命工匠在山间岩壁上雕刻出九尊浮雕佛像，中间一尊7.3米高，端庄慈祥，栩栩如生，坐于狮子莲花座上，这就是大日如来佛像。身后有普贤、文殊、金刚手、除盖障、虚空藏、观世音、弥勒、地藏等菩萨，上下两层，分立左右，每尊佛像高3米。佛像外，依崖建起庙宇，金色的瓦顶，红色的围墙，掩映在葱翠的苍松之间，壮丽非凡。文成公主庙，坐北朝南，设计巧妙，形制讲究，门外清清溪流，浑然天成，令人赞叹。庙四周悬崖和面积较大的石头上刻着数不清的藏经，山间飘动着经幡，这是对佛的敬仰，也传递出文成公主为藏民祈福的讯息。

我不相信宫闱中长大的文成公主懂农桑、会医术，但她所率领的团队中不乏这样的专家，而她本人的服饰装束，一行人的生活习俗，代表了大唐帝国的文明。松赞干布印象极深，颇为感叹："大国服饰礼仪之美，俯仰有愧沮之色。"华丽的服饰，优美的仪态，高贵的气质，英雄美女可谓一见钟情。二人感情渐为笃厚，也带来了吐蕃习俗的改变，毡裘换成纨绮。

忽想起湟源县出美女的传说。据说当年此地男子娶不到媳妇。文成公主行至此地，让随行的侍女下嫁，繁衍出后代。我没去刻意考证，却对康巴汉子早有所闻，及至见到，让人震撼：大眼睛，双眼皮，唇边线条分明，身体结实强壮。这是否也有唐朝人的体态，连魁梧的德国人也认同他们的基因。

唐与蕃难分了，以致松赞干布去世，年仅25岁的文成公主并没返回古道，而是伴着布达拉宫度过了一生。

作者简介：高文瑞，中国作家协会会员，中国报告文学学会会员，中国散文学会会员，中国摄影家协会会员，中国艺术档案学会文化艺术合作交流专委会副会长，中国乡土艺术协会文学专业委员会副会长，中国新闻文化促进会理事，北京作家协会会员，北京摄影家协会会员，北京民间文艺家协会会员。

出版著作：历史文化散文摄影专著《延庆城堡寻踪》《京都志趣》《昌平关城探访》（前两部专著在北京人民广播电台由本人直播），散文游记摄影集《我上高原》，散文随笔集《人生风情》《直面时代》《用生命拯救生命》《画在京西古道》，传记文学《肝胆昆仑：医学家吴孟超》，报告文学集《为了心中的梦想》，等等。

获奖作品：散文集《我上高原》获2018年第八届冰心散文奖，文章《湖畔金花》获2017"休闲平谷·人文风貌"文学作品征集活动优秀奖，《通州大运河的漕运》获2016年中国散文学会、北京作家协会举办的"首届运河散文金帆奖"二等奖，《云梦仙境》获2016年北京作家协会举办的首届"纵横天下，怀柔云梦"全国征文大赛散文类特别贡献奖，《相伴散文》获2015年中国散文学会举办的"我与中国散文30

年”征文一等奖，《明日黄花意蕴存》获2014年中国散文学会举办的“全球首届华人长城散文金砖奖征文大赛”优秀奖，《圆梦口中》获2014年北京作家协会与《北京日报》举办的“我的北京我的梦”征文一等奖，《双营古城》获2014年由《京郊日报》与延庆县新闻中心联合举办的“美丽延庆散文游记大赛”征文优秀奖，《岔道雄风》获2013年“情系八达岭　妙笔赞画廊”征文二等奖，《愧对母亲》获2009年“全国首届母爱主题散文征文”优秀奖，《修志中难以承受之轻》获2002年《人民文学》“‘三个代表’忠实实践者”报告文学征文优秀奖，《在圣火中冶炼》获1991年第十一届亚洲运动会优秀文艺作品纪念奖，《钳王的悲喜剧》获1990年北京作家协会庆祝建国四十周年报告文学征文二等奖，《退货》获1990年北京工人首都生活小小说征文好作品奖，《说说桑以洲》获1990年北京支部“生活在我身边的共产党员”征文鼓励奖，《艰难的起飞》获1990年《中国企业报》第三届好作品散文类二等奖，《奇特的公证文书》获1990年北京市第八届好新闻作品二等奖，《柜台内外》获1989年中国商报征文二等奖，《我爱白菊》获1989年消费时报征文一等奖，《信息救活了十四厂》获1988年北京青年报改革与青年征文竞赛三等奖；在全国各大报刊发表摄影作品上千幅，《岔道雄风》获2013年“魅力八达岭　聚焦新画卷”摄影比赛三等奖，《白桦林》获2009年走进怀柔摄影比赛二等奖。

著作受到多家报刊的评论；创作的散文、小说、报告文学等在全国各大报刊上发表；个人词条被收入《中国作家协会会员辞典》《中国散文家辞典》《中华兴国人物辞典》《北京作家辞典》《青年作家辞典》等。

葫芦蔓的浪漫之旅

李汉荣

它从我父亲的手温里和脚印里，从父亲顺口说的一句农谚里，启程了。

不需要搜索刮肠，腹稿是早已打好的。按照四月风的暗示，它要把春天的思路一直延伸到夏天和夏天以后。

它边走边想，必须把一些心事放在高一点的地方。

倒不是自己有多么重要。地上有那么多苗苗草草枝枝叶叶藤藤蔓蔓，自己呢，小小的自己一点儿也不重要。可是，很重要的人也会有没心事的时候，很不重要的人也会有很重要的心事。是的，自己并不重要，是心事重要。

何况在它的心里，装的并不都是自己的事。是春天的事，夏天的事，秋天的事。

说重一点，是千年万载的事。

这样想着，它就沿一排篱笆慢慢走。走着走着，遇到篱笆上玩耍的一串牵牛藤叶，挽留它停下来歇歇，说能否今晚互换杯盏，尝尝对方烹调的甘露。这个当然可以。它停下来，与牵牛藤叶互相握了手、碰了杯，彼此饮了对方斟来的甘露：好味道，谢谢。它没有留宿，继续赶路。走了大约有从陶渊明到孟浩然那么远的路了，它扭身回头一看，牵牛叶儿还在向它招手呢。

它念叨着，一定要把一些心事放在高一点的地方。

篱笆那边，在杜甫与邻翁曾经对饮的地方，一些还没有长高、还没有力气握起扫帚的扫帚秧，亲热地伏在它臂弯，劝它停下，住下来，一起好好玩，等秋天来了，一起热热闹闹打扫秋天。呵呵，我还得赶路，若是蜷在这里玩下去，秋天空荡荡，拿着扫帚打扫什么呢？兄弟，你们待在这里挺不错，就陪着院子里的蚂蚁啊地牯牛啊鸡啊猫啊狗啊小孩子啊，好好玩。我前面还有事，得走了。

它念叨着，一定要把一些心事放在高一点的地方。

走着，走着，它快挨着院场里我妈的晾衣绳了。麻绳，灰白色的；棕绳，深棕色的。并排绷了四五根，绷着的全是妈的心事，晾晒的全是思念——被子、打了补丁的衣服、孩子的尿布。它闻到了人世的味道。真好闻。尿布隐约的气息，它闻得真切。它深吸了两口。它兴奋了，一用劲儿，触须挨着绳子了，它赶紧缠绕了几圈，拧紧螺丝，在绳子上绾一个结，站稳，然后，继续走，走，走。它看见绷晾衣绳的那棵槐树附近的墙上，有一扇木格花窗。

它念叨着，一定要把一些心事放在高一点的地方。

走了大约有几千首唐诗那么远的路，那天中午，又出来晾衣服的我妈看到了，菜园里挖葱的我爹看到了，屋檐下燕窝里的燕子夫妻看到了，房前屋后溜达的黑猫看到了，放学回来的我看到了，木格花窗里梳头的妹妹推开窗一眼就看到了：两个葫芦，一左一右，已经挂好了。刚好，在窗子外面，在梦的附近，与前半夜的那轮白月亮并排挂在窗口上。

它终于把一些心事放在了高一点的地方。

人们问了几千年：葫芦里装的是什么药？其实，葫芦里没装别的，葫芦里装的还是葫芦。是上一千年的葫芦和下一千年的葫芦。葫芦无心，无心恰恰有心，是初心、诗心、本心、赤子心。千年万载的心事，都装在里面。从远古，从农历的深处，一根藤儿弯弯绕绕走啊走啊，把线装的历史走了个遍，经过了千年万代父亲们的篱笆、牵牛花、扫帚秧、母亲的晾衣绳、妹妹的窗口，经过了无数民谣、农谚和平平仄仄的诗篇，终于，葫芦怀揣的千年万载的心事有了着落，它终于把那重要心事挂了上去：与前半夜的那轮白月亮，并排挂在我家窗口。

它终于把一些心事放在了高一点的地方……

作者简介：李汉荣，诗人，散文作家，中国作家协会会员，陕西省汉中市文联副主席、作家协会主席。著有诗集《驶向星空》《母亲》《想象李白》，散文集《与天地精神往来》《家园与乡愁》《李汉荣散文选集》《河流记——大地伦理与河流美学》《牛的写意》《万物有情》等。有 90 多篇散文入选全国各地教材、教辅及中考、高考试卷。曾获百花文学奖散文奖、中国报人散文奖、冰心散文奖等奖项。

奥地利诗意之旅

华静

10月5日凌晨，飞机降落在奥地利维也纳机场的时候，已经能看见黎明的曙光。东方天色一片红润，一下飞机，维也纳秋天的微风漫过来，立时拥抱了我们——中国当代诗人作品中德文朗诵会的七位诗人。我们除参加朗诵会之外，还将在欧洲采风，并且在维也纳出版我们的中德文对照诗集《青鱼》。

中国驻奥地利大使馆原文化参赞孙书柱说:“到世界的音乐之都维也纳朗诵诗歌，有如音乐家到金色大厅演唱，对很多中国诗人来说，是久久激荡在心底的愿望。带着诗人敏锐的感觉、举一反三的智慧和独特的目光，到阿尔卑斯山与多瑙河怀抱的奥地利采风和捕捉灵感，对诗人来说，是特别的奖项。”

正如孙参赞所说，中国人知道维也纳的名字从音乐开始，中国的诗人了解奥地利是从它久远而深厚的诗歌传统开始的。许多奥地利诗人不仅在德语文学史上占有醒目的席位，也为世界文学史做出了重要的贡献。

中世纪，从维也纳森林的骑士诗人、行吟诗人瓦尔特·冯·德尔·福格尔魏德、莱纳·马利亚·里尔克，到在贝多芬葬礼上致辞的弗兰茨·格里尔帕策、艾里希·弗里德、格奥尔格·特拉克尔、英格博格·巴赫曼、佩特·汉特克等，都是中国诗人特别是青年诗人熟悉的名字。很多中国诗人能够背诵里尔克的名篇《豹》。里尔克甚至被很多中国青年诗人视为偶像。

诗与音乐的关系至关密切。这一点，中外作家们和音乐家们都不会否认。奥地利音乐史上很多卓著的作曲家也同时被看作诗人。弗兰茨·舒伯特创作的600多首歌曲的歌词都是脍炙人口的诗歌；约翰·施特劳斯的圆舞曲都是谱写的诗。孙参赞说，从这个意义上说，中国诗人到维也纳不是走马观花，必定会有丰硕的收获。

诗的季节从诗意的情绪开始。从奥地利到捷克，从捷克到斯洛伐克，然后再回到奥地利，一路上，大家欣赏着沿途美丽的田野风光，心里的色彩也飞扬起来。诗人画家荷香坐在车的前排，端着相机，凭借她那双善于发现美的眼睛，拍摄了大量沿途风景。跟着她的镜头，我们一起往前走。

我们一路采风，一路讨论诗歌朗诵会的相关事宜。七位诗人中，年龄最大的是

72 岁的孙书柱先生，年龄最小的是“80 后”刀刀（王飞）。

孙书柱、柳亚刀、刀刀、王丽、荷香、张永伟，还有我，一行人结伴而行，行走在欧洲的城市、乡村、公园、商场、地铁、大街小巷……所有的诗句中都潜伏着岁月的人情世故。抬眼望去，有着几千年历史的高耸的教堂塔尖上，一只只燕儿盘旋着，仿佛带着我们触摸到了历史律动的脉搏。

美景很近，风情怡然；建筑很美，诗意悠远。窗前开满了鲜花的老房子尽管已历经岁月沧桑，却依然一尘不染地干净清爽。

金秋，红叶满地，霜林叠翠。维也纳本身就是一首诗、一幅画。我们在维也纳彩色的时节领略诗歌中德文朗诵和读者的双重热度。

我们，在 2015 年的秋天，给自己在维也纳画了一个记号。

早早地到达欧洲时报文化中心，一边接受采访，一边等待读者朋友们的到达。我们准备好了诗歌和心情。当然，我们还准备了礼品——《青鱼》。这是为我们七位诗人出版的、一本中德双语的诗歌集。

10 月 9 日的傍晚，坐在朗诵会现场的人们，听着悠扬的小提琴声，慢慢品味着诗作的芳香，一份美好的心情悄然滋长。在这样一座四处弥漫着咖啡香味的城市，在这样一个温馨的角落，参加诗歌朗诵会是不错的选择。

在这场朗诵会上，有太多值得我们珍视的、留恋的、欣赏的、期待的瞬间了。我们看到了、结识了一些头脑更冷静、心胸更开阔、有着相当知识储备的华人华侨和留学博士，他们具有端正的价值观和丰富的内涵，他们在精神上有一种坚持，所以，他们的笑脸是那么温和、谦恭。朗诵会不时爆发出阵阵热烈的掌声，让人感受到这些海外游子对诗歌、对美好生活的深沉渴求。

镜头一：我们站在台上朗诵自己的诗作，顷刻就被无限释放了。我们的诗句与莱茵河心心交谈。人生情怀，澎湃于胸，让思绪游弋于诗句间。我朗诵自己在欧洲采风即兴创作的诗作《走在维也纳的时光里》：

跨越千万里 / 我在一片枫叶上栖息 / 在带有壁画的拱顶大厅中忘返 / 在施特劳斯圆舞曲中如醉如痴 / 我的灵魂 / 与沉睡在花园般墓地里的灵魂相遇 / 选择这个雨天 / 悄悄地 / 默写传诵了几个世纪的情绪。

一壶咖啡一壶红茶 / 在维也纳的夜色里 / 煮出温暖的满杯月光 / 虔诚的欧洲情结化为风衣 / 古老的画板涂上我衣装的艳丽 / 街头凝视也被凝视 / 静静地 / 忽然惊觉 / 我还是愿意用色彩表明心迹……

镜头二：在音乐之都读诗，每每想来都感觉十分惬意。柳亚刀、刀刀、荷香朗诵自己诗作时的表情感染了大家，他们的诗句也感动了大家。不同的创作风格，不同的人生经历，使得他们带来的作品异彩纷呈。仿佛，大家都能在这样的氛围里找到自己，那些诗意的情感也悄然登台。

镜头三：诗歌没有国界。从诗歌中寻觅到我们共同的记忆，感受到强烈的共鸣。《青鱼》一书的翻译 Christian Leitner 博士，是当地有名的汉学家，他当场翻译着诗人们即兴创作的作品，足见他中文功底了得。朗诵的人员中，有中国人，有法国人，有奥地利人，有德国人。在一片又一片笑声和掌声中，整个会场充满了欢乐……

镜头四：远方有梦，心从北京国际机场出发。“想不到在维也纳，能够看到我们中国诗人，听到他们的诗句，享受到来自祖国的一份温暖。我太愿意参加这样的活动了。”年轻的在读博士梁蕾说这句话的时候，开心地舒展笑容，让我看到了留学海外的年轻一代的健康心态。

听说有的与会者是从几十公里以外的郊区赶来的，我们非常感动。“我们还要赶 100 里路，今晚要回到郊区的家里。”朗诵者之一的化工博士和他的德文朗诵伙伴这样说。

“我也要赶路回去了，今晚是诗歌的盛宴。我很享受，路远点也值得。”那位举止优雅的女士热情地抒发自己的感受。

镜头五：朗诵会上，主办方特意邀请了三位华人音乐家为与会者带来精致典雅的音乐表演。其中，由小提琴合奏演绎的探戈舞曲《Por Una Cabeza》将朗诵会的气氛推向了顶峰。西洋乐器小提琴的悠长绵柔、东方汉语诗的朦胧与精美，让在场的中外与会者沉醉其中。

镜头六：现场互动。那些朗诵会的现场照片我至今还经常翻看，是纪念的索引，也是中奥文化交流的佐证。我们以诗的表述对世界、对人生、对自我发言。中外朋友们的感受和我们的感受在这个时刻紧密地结合在一起。我们尽量让自己的心情平静下来，因为大家都很清楚，只有让自己的思想和心境清澈了，才有激情和勇气回到现实生活中。每个人心中都有一方神圣的净土，诗歌也应该是这样一个地方。

诗歌之旅，精神远行。米奇·阿尔伯姆说：“每个生命都有两个故事。一个是你真正经历的，一个是由别人讲述的。”

我们经历了，然后，讲述给大家。然后，再由大家讲述给更多的人。

作者简介：华静，笔名丹琨，高级编辑，作家，诗人。《中国国门时报》副总编辑。中国作家协会、北京作家协会会员。中国诗歌学会会员、中国散文学会会员。中国作家协会第八次全国作代会代表。2016年度全国新闻出版行业领军人才。中央人民广播电台第五届“夏青杯”朗诵大赛评委会全国复赛评委。出版诗集《有梦在前头》《那只安抚我灵魂的手》《给相遇多一点时间》，散文随笔集《给心找个家》《送给自己的玫瑰花》《旧铁路上的寻觅》，报告文学集《梦里梧桐》，短篇小说《夕阳船》《请叫我元琪》等，《华静文丛》三卷——《停不下来的脚步和云朵》《那一片诗情牧场》《挂满情怀的生命树》。

在那遥远的地方

肖江

“在那遥远的地方，有位好姑娘；人们走过了她的帐房，都要回头留恋地张望。她那粉红的笑脸，好像红太阳；她那美丽动人的眼睛，好像晚上明媚的月亮。我愿抛弃了财产，跟她去牧羊；每天看着她动人的眼睛和那美丽金边的衣裳……”这是被誉为“西部歌王”的王洛宾先生1939年创作的歌曲——《在那遥远的地方》里的句子。

第一次听这首歌要追溯至20世纪70年代初期，尚是少儿的我在一位老师的宿舍里偷偷地听到了这首从唱片中流淌出的美丽的歌。当时，我不知道这首歌的主人是谁，也不知道“那遥远的地方”究竟是什么地方。但是，歌声中飞扬出来的美感从此在我幼小的心田里扎下了根，“那遥远的地方”也成了我向往的地方。

20世纪90年代初期，在评选出的“中国歌曲百年经典”目录中，《在那遥远的地方》名列其中。几乎在同一个时期，一个偶然的机缘，我见到了被称为“西部歌王”的王洛宾先生。从王洛宾先生的叙述中，我知道了“那遥远的地方”在青海，在美丽的青海湖畔，在金银滩草原上。就是在那里，有位好姑娘被人们回头留恋地张望。

王洛宾先生是中国20世纪最负盛名的民族音乐家之一，出生在北京。他从国立北平师范大学音乐系毕业后，到中国西部采风，并于1938年在兰州改编了其第一首新疆民歌《达坂城的姑娘》。从此，他与西部民歌结缘，在以后近60年的时间里，生活和工作在中国的大西北，将他传奇般的一生献给了他热爱的西部民歌的整理、创作和传播事业。为此，他受尽磨难，却痴心不改，终成“西部歌王”。

《在那遥远的地方》创作于1939年。那年秋天，王洛宾受导演郑君里的邀请，协助其在青海湖畔拍摄一部名叫《民族万岁》的纪录片。在美丽的青海湖畔，王洛宾结识了当地千户的女儿——卓玛。这个美丽、纯洁又调皮的17岁藏族少女给他留下了深刻的印象。虽然只有短短的三天时间，但两个正值青春期的男女已经情愫萌生。在依依不舍的回望中，《在那遥远的地方》借助哈萨克民歌的曲调在王洛宾的笔下流淌出来，成为不朽之作。

青海是我向往的地方，青海湖也是我向往的所在。可惜，唯一的一次青海之行却与青海湖擦肩而过，于是，青海湖成了我心中最美丽的向往。

或许正是因为这美丽的向往，我时时关注着她的一切，包括每年七月至八月在青海湖举办的国际公路自行车赛以及近年来举办的“国际诗歌节”活动。此外，我还关心着环境和气候变化对她的影响。

据文献资料记载，青海湖在 200 万 ~ 300 万年前形成，原先是个淡水湖，并且与黄河相连。大约 13 万年前，新构造运动导致周围山地强烈隆起，使原来流入黄河的河流被堵塞，青海湖演变成了内陆湖。由于气候变得干燥，青海湖也由淡水湖逐渐变成咸水湖。

青海湖藏语名为“措温布”，意思是“青色的湖”，是中国最大的内陆湖泊，也是中国最大的咸水湖。据资料记载，20 世纪 50 年代测绘证实，青海湖面积为 4568 平方公里；20 世纪 70 年代，测绘湖面积为 4473 平方公里；1988 年，测绘湖面积为 4282 平方公里；2000 年，国家通过卫星测绘，得出湖面积为 4256 平方公里；2013 年 8 月，卫星测绘湖面积为 4337.48 平方公里；2015 年 7 月，测绘湖面积为 4432.32 平方公里，为 15 年来最大值。

从青海湖面积的变化可以看出，青海湖从 20 世纪 50 年代开始，湖水面积就在缩小，直至 2013 年，湖水面积才有所扩大。这里面有气候变化的原因，更多的应该是人为的因素。

青海湖长 105 公里，宽 63 公里，湖面海拔 3196 米，属典型的高原大陆性气候，光照充足，降水量偏少。

青海湖鸟类资源相当丰富，有 200 多种。湖中盛产五大名鱼之一的湟鱼。青海湖中还分布着岛屿，其中的鸟岛闻名华夏。

青海湖是古丝绸之路青海道和唐蕃古道的必经之地。公元 641 年，唐太宗应吐蕃国王松赞干布的请婚，将文成公主嫁给他。在前往吐蕃国的旅途中，文成公主曾经过此地。至今，青海湖畔还流传着关于文成公主与青海湖的传说。

我曾经通过中央电视台的电视节目观看过青海湖的祭海活动。据说，这种祭祀活动源于蒙古族。蒙古族人信仰萨满教，相信万物有灵，尤其认为天是至高无上的神。蒙古族除了祭天之外，还有祭山和祭海的风俗。在青海湖畔生活的藏族人也进行祭海活动。祭海已经成为一种带着浓郁宗教色彩的民俗活动，也成为一种文化现象，它表达了青海湖人民与自然和谐相处的美好祈愿。2008 年，青海湖祭海活动入选第二批国家级非物质文化遗产名录。

在青海湖畔，有一碧万顷的美丽草原，草原上游走着成群的牛羊。在美丽的草原上，还盛开着美丽的格桑花。

75 年前的那个秋天，在格桑花盛开的草原上，年轻的作曲家和 17 岁的卓玛在青海湖畔相遇。那是怎样的一次相遇啊！这短暂的相遇注定要写进中国音乐史，注定要让后人去联想和追寻。因为，正是这短暂的相遇，让一首至纯、至美、至真的中华百年金曲在青海湖畔诞生和流传，也让无数中国人记住了“那遥远的地方”。

在中国，比青海湖畔的草原更美的景致数不胜数，但是，“那遥远的地方”却永远属于青海湖，永远属于青海湖畔美丽的草原。因为，在那片美丽的草原上，曾经有一个优秀而又多情的作曲家和一个叫卓玛的美丽藏族少女。

我的思绪飞越崇山峻岭，飞向青藏高原，飞向美丽的青海湖畔；我的思绪穿越时空，和 1939 年那个美丽的秋天紧紧相拥。

在琥珀般的青海湖畔，在绿色天鹅绒般的草原上，在格桑花丛中，一匹骏马从远处飞奔而来。卓玛手挥皮鞭催促着马儿驰向远方，坐在卓玛身后的年轻人紧紧搂抱着卓玛的腰肢任马儿欢快地飞去。卓玛的辫子在空中飞扬着，裙裾在风中舞动，草原深处传来这对年轻人快乐的笑声。

天色渐渐暗下来，太阳已经落进青海湖黛色的碧波中。草原上缓缓走来一匹马，马背上坐着两位暮归的年轻人。他们一路无语，只能听见马蹄的声响和秋日草丛中的鸟鸣。

这对年轻人就要分开了，他们在离别的帐房前默默无语，只有依依不舍的眼神，没有约定，没有海誓山盟，甚至没有任何通信方式，他们只能在无言中分别，只能从此相望于天涯。终于，卓玛以她的方式和这个年轻人告别。她举起皮鞭，轻轻地打在年轻人的背上。

这或许是世界上最独特的离别方式，也是世界上最浪漫的爱的表达。这轻轻的一鞭，打在了年轻人的身上，也打在了年轻人蓬勃跃动的柔软的心田。

青海湖是一个浪漫的湖，青海湖畔就应该演绎亘古流传的爱的故事。文成公主从这里走过，卓玛从这里策马飞过，还有从这里离去的未来的“西部歌王”。

青海湖是一个诗意的湖。她孤傲，她高洁，她美丽，她多情，她在静美的青藏高原上如一尊女神，目光流溢如秋水，发辫飞舞似旗风。

我一次次从梦中走近青海湖，一次次在梦中策马青海湖畔。我多希望能遇见年轻的作曲家和17岁的卓玛，看他们骑在马上，在金银滩草原上缓缓前行；我多希望在美丽的草原深处，听到卓玛银铃般的笑声和作曲家弹奏的美丽音符。

夕阳西下，夜色中的金银滩草原一片静谧。只有青海湖的碧波在歌唱，只有草原上的百灵鸟儿在歌唱。

“在那遥远的地方，有位好姑娘，人们走过了她的帐房，都要回头留恋地张望……”

作者简介：肖江，中国作家协会会员，中国诗歌学会理事，中国散文学会理事，学者，博士。第八届冰心散文奖获得者。自中学时代开始写作，多年来笔耕不辍，作品见于报刊及网络媒体。先后出版诗集《我心依旧》《青春的和弦》《与春天同行》，散文随笔集《倾听花开的声音》等。

枪挑紫金冠

李修文

谁要看如此这般的戏？新编《霸王别姬》。霸王变作了白脸，虞姬的侍女跳的是现代舞，到了最后，一匹真正的红马被牵上了舞台。说是一出戏，其实是一支催化剂：经由它的激发，我先是变得手足无措，后又生出深深的羞耻——所谓新编，所谓想象，在许多时候，并不是将我们送往戏里，而是在推我们出去，甚至是镜子，不过，只映照出两样东西，那便是：匮乏与愚蠢。

羞愧地离席，出了剧院，二月的北京尽在浓霾之中。没来由地想起了甘肃，陇东庆阳，一个叫作小崆峒的地方，满眼都是黄土，黄土上开着一树一树的杏花。三月三，千人聚集，都来看秦腔，演的是《罗成带箭》。我来看时，恰好是武戏。一老一少，两个武生，要翎子，咬牙，甩梢子，摇冠翅，一枪扑面，一锏往还，端的是密风骤雨，又滴水不漏。突然，老武生一声怒喝，一枪挑落小武生头顶上的紫金冠。小武生似乎受到了惊吓，呆立当场，与老武生面面相对，身体也再无动弹。

我以为这是剧情，哪知不是，老武生一卸长髯，手提长枪，对准小的，开始了训斥；鼓、锣、钹之声尴尬地响了一阵，渐至沉默，在场的人都听清了老武生的训斥：他是在指责小武生上台之前喝过酒。老武生说到暴怒之处，举枪便打将过去。这出戏是唱不下去了，只好再换一出。换过戏之后，我站在幕布一侧，看见小武生还在受罚。

梨园一行，哪一个的粉墨登场不是从受罚开始的？但它们和唱念做打一样，就是规矩，就是尺度。不说练功吊嗓，单说这台前幕后，有着多少万万不能触犯的“律法”：玉带不许反上，韦陀杵休得朝天握持，鬼魂走路要手心朝前，上场要先出将后入相。讲究如此繁多，却是为何？那其实是因为，所谓梨园，所谓世界，它们不过都是一回事：因为恐惧，我们才发明了规矩和尺度，以使经验成为眼见得可以依恃的安全感。越是缺乏安全感，恐惧就越是强烈，尺度就越是严苛。

欧阳修之《伶官传序》既成，写到后唐庄宗李存勖，“及其衰也，数十伶人困之，而身死国灭，为天下笑”之句既出，伶人之命就被注定，自此两种命数便开始在伶人身上交缠：一种是着蟒袍、穿霞帔，扮作帝王和弃女，扮作良将和佞臣，过边关，结姻缘，击鼓骂曹，当锏卖马，如若是有命，就花团锦簇，传与遍天下知道，如若无命也不妨，你终是做了一辈子的梦，这梦境再作刀剑，将多少劳苦繁杂赶到了戏台之外，你和尘世之间的窗户纸，只要你不愿意，可以一直不捅破；一种却是，三天两头就被人喝了倒彩，砸了场子，不得科举，不得坐上席，甚至不得被娶进门去，在最是不堪的年代里，伶人出行，发上要束绿巾，腰上要扎绿带，不为别的，单单是为了被人认出和不齿；就算身死，也难寿终正寝，死于独守空房，死于杖责流放，死于黥字腰斩，哪一样何曾少过？

烟尘里的救兵，危难之际的观音，实际上一样都不存在，唯有回过头来，信自己，信戏，以及那些古怪到不可理喻的戒律。岂能不信这些戒律？它们因错误得以建立，又以眼泪、屈辱和侥幸而浇成，越是信它们，它们就越是坚硬和无情，但不管什么时候，它们总能赏你一碗饭吃。到了最后，就像种田的人相信农具，打铁的人相信火星子，它们若不出现，你自己就先矮了三分；更何况，铁律不仅产生禁忌，更产生对禁忌的迷恋和渴望，除了演戏的人，更有些看戏的人，台上也好台下也罢，只要你去看、去听、去喜欢，你便和我一样，终生都将陷落于对禁忌的迷恋与渴望之中，我若是狐媚，你也是狐媚的一部分，如此一场，你没有赢，我也没有输。

西蒙娜·薇依有云：所谓勇气，就是对恐惧的克服。要我说，那甚至是解放，我们在恐惧中陷落得越深，获救的可能反而越大，于人如此，于戏也如此。在江西的万载县，乡村场院里，我看过一出赣剧《白蛇传》，说起来，那大概是我此生看过用时最长、记忆也最刻骨的一出戏。

恰好是春天，油菜花遍地，在被油菜花环绕的村庄里，桃花和梨花也开了，桃花梨花最为繁盛之地，便是舞台，这不是无心插柳，而是存心将枯木与新绿、红花与白花全都纳入了戏台之内。但这只是由头，时间才是真正的主角。这出戏总共五回，每一回竟然长达一个小时，稍有拖延，就可以演到一个半小时。先说武戏：小青与法海。一场打斗，被细密地切分了，如果时长十分钟，则每两分钟之间都有转换，由怨怼转为愤懑，再转为激烈，最后竟是伤心和哭泣。可能是我想多了，但我确实在想——编排这出戏的人才是看透了人世，人活一世之真相，都在戏台上：但见翎子翻飞旗杆挑枪，但见金盔跌落银靴生根，可是小青，可是法海，你们究竟从哪里来，又要到哪里去，你们是谁？在上下翻腾之中可曾想过，你们究竟是打斗的主人，还是打斗的傀儡？而坏消息是：时间还早，你们仍要将这一场打斗几乎无休止地进行下去，持续下去；既认真，又厌倦。

再说白素贞和许仙。他们说着西湖，说着芍药，身体便挨近在了一起，端的是：隔墙花影动，金风玉露一相逢。就要挨在一起之时，既不急促，也未太慢，有意无意地闪躲开了，我们都嗅到了他们的呼吸，我们都已经听见了衣襟擦撞的声音，就像一根冰凉的手指经过了滚烫的肉体，然而他们竟然就这么错过了。端庄，天真，而又淫靡。一切开始在微小之处，且未拼死拼活，但这微小却激发出了两个阵营：他凉了，我热了；他在如火如荼，我却知道好景不长；她莲步轻移，我这厢敲的是急急锣鼓；她在香汗淋漓，我倒是看了心有余悸。到了最后，这许多的端庄、天真和淫靡只化作山水画上的浓墨一滴，剩余处全是空白，演戏的人在走向残垣、走向断墙，看戏的人却火急火燎地奔向了空白处的千山万水。

这便是戏啊——“始于离者，终于和”，到了此时，老生和花旦，凤冠和金箍棒，都不再是孤零零的了，时间先是折磨了他们，现在又让他们聚拢，再使他们翻手为云，造出幻境：红脸的是关公，白脸的是曹操，这一方戏台之内，江河并无波涛，不事耕种也有满眼春色，所谓“强烈的想象产生事实”，所谓“离形而取意，得意而忘形”，真正不过如此。到了这时候，还分作你看戏我演戏？不，唯有时间是最后的判官。害怕时间，我们发明了钟表；为了与之对抗，我们发明了更多的东西——酒，药，战争，男欢女爱，当然还有戏，譬如这一出漫长的《白蛇传》，六个小时演下来，何曾为入场退场所动？我演我的，你走你的，因为我根本不是他物，乃是时间的使节和亲证，我若不能证明时间才是写戏排戏又演戏的人，我便是失败的。

我还清楚地记得散场之后的夜路。全然不觉得自己已经离开了戏台，反而那一隅戏台被空前扩大，连接了整个夜幕：在月光下走路，折断了桃树枝，再去动手触摸草叶上的露水，都像一场戏。只因为，稍稍地去看、去听、去动手，都横生了无力感和暧昧，和六个小时演出里的痴男怨女一样，离开戏台，我们也在深受时间的折磨，因为万事看不到头的绝望，我们去亲密、暧昧和离别，反过来，又因它们加重了绝望。实在是，这一出戏已经改变了此前的满目风物，就像一片雪、一棵刚刚钻出地面的新芽，都在使世界不一样。

先作如此想，再去看这满目风物：哪里不是戏台，哪里没有青蛇和白蛇？一如元杂剧《单刀会》里的关公唱词，他先唱：“水涌山叠，年少周郎何处也？不觉的灰飞烟灭，可怜黄盖转伤嗟。破曹的樯橹一时绝，鏖兵的江水犹然热，好教我心情惨切！”唱到此处，流下泪来，“这也不是江水，二十年流不尽的英雄血！”

这么多年，每到一处，逢到有戏开演，如果没去看，总归要茶饭不思，好在是机缘常有，除去大大小小的剧院，田间村头也看了不少，这一次看徽剧《单刀会》，就是在安徽的一个小县城，长江里一艘废弃的运沙船上。那只不过是个寻常的戏班子，农闲之后，以运沙船做戏台，招得二三十个看客，消磨一两个时辰，风大一点，天黑得早一点，也就不演了，所以，我连看了好几天都没看完一整出。

可是，在十二月的寒风里，这一出零散小戏，我还是听得面红耳热。实在太好了，要么不演，一演起来就像是七军合纵，去打一场激烈的、快去快回的仗：顷刻之间，鼓声频发，锣声紧急，散板，哭板，叠板，齐刷刷地像冰雹一样砸下来；低落时唱吹腔，激愤时唱拨子，紧跟着余姚腔、青阳腔，甚至能听见京调和汉腔，虚虚实实，相生相克，轻重缓急却是不错分毫，好似真正的战役正在进行，该杀人的杀人，该割首的割首。就在这快速行进的顷刻之间，生旦净丑轮番演过，马战，行船，翻台，滚火，更是一样都没落下。我站在人群里，岂止叫好，简直就像被一盆热水浇淋过了，湿漉漉的，通体却都生出了热气，再颓然低头，兀自想：那个美轮美奂的古代中国，横竖是不会再有了。

这却不是这出戏的要害。要害是，这里的关云长，全然不是人人都见过的那个关云长。说起关公戏，大小剧种大小剧目加起来只怕有上百种，《古城会》《走麦城》《灞桥挑袍》，不一而足，大多的戏里，关云长先是人，后是神，最终只剩下一副面具——他非如此不可，万千世人越是缺什么，就越要将他装扮成缺失之物的化身，他只能在言说中变得单一和呆板，乃至是愚笨，只因他绝不是刘玄德一人的二弟，他其实是万千世人的二弟。他的命运，便是被取消情欲，再被我们供奉。可是，且看这出戏里的关云长：虽说逃脱了险境，惊恐，忐忑，侥幸，却是一样都没少，就算置身在回返的行船上，却反倒像一个孩子，遍遍与船家说话，唯有如此，他才能分散一点惶恐。

这一出乡野小戏，因为几乎照搬了元杂剧，竟然侥幸逃过了修饰和篡改，就像一个被灭国的君王，传说葬身火海，实则遁入了空门，风浪平息之后，再在人迹罕至之处娶了妻、生了子。不仅如此，这出戏，还有更多的小戏，其实就是典籍和历史，只不过，修撰者不是翰林和同平章事，而是人心，人心将那些被抹消的、被铲平的，全都放置于唱念做打里残存了下来，这诸多顽固的存留，就是未销的黑铁，你若有心，自将磨洗认前朝。别人未见得知道，《单刀会》里的关云长却是知道这一天必然来临，你看他，戏终之前，一叹再叹：“昏惨惨晚霞收，冷飕飕江风起，急飐飐云帆扯。承管待、承管待，多承谢、多承谢。”

还是二月的北京，看完了新编《霸王别姬》，没过几天，我再入剧院，去看《战太平》，又是要命的新编，可是既入此门，也只好继续这一夜的如坐针毡：声光电一样都没少，就像是有一群人拎着满桶的狗血往舞台上泼洒，管他蟒袍与褶衣，管他铁盔与冠帽，都错了也不打紧，反正我有声光电；谋士的衣襟上绣的不再是八卦图，名将花云的后背上倒是绣上了梅兰竹菊，都不怕，反正我有声光电。

唯有闭上眼睛。闭上眼之后，却又分明看见一个真实的名将花云正在怒发冲冠，正在策马狂奔。我若是他，定要穿越河山，带兵入城，闯进剧院，来到没有畏惧的人中间，一枪挑落他们头顶的紫金冠，再对他们说：这世上，除了声光电，还有三样东西——它们是爱、戒律和怕。

作者简介：李修文，湖北省作家协会主席。著有长篇小说两部及小说集多部。曾获茅盾文学新人奖、春天文学奖等奖项。散文集《山河袈裟》获第七届鲁迅文学奖。担任编剧和监制的作品有《十送红军》《疯狂的外星人》等。编剧作品曾获电视剧飞天奖、大众电视金鹰奖。

悠悠登溪水

阎受鹏

那一线流泉踩着细碎的脚步声，从大山深处的骨眼悠悠而来，绿映千山树，红浮两岸花，裙裾曳地，七曲八扭，若天真烂漫的少女，一会儿“啧啧”地亲吻着崖壁上的青苔，一会儿“簌簌”地撩拨岩罅间探头的草叶，顽皮地绕过一座座嶙峋的巉岩，泼辣地拽起下摆，腾越于石滩，弄得佩环叮咚，清脆地窸窣着，嘻嘻地欢笑着，荡漾出一圈圈柔美的酒窝，萦纡处向路人飞一个媚眼，扭一扭纤细的腰肢，悄悄地进入村子。于是，故乡——马站便有了这条绮丽的溪，一脉迂回穿插于村子的溪。

这条溪，其实并不完全女性化，柔中寓刚，她不只有个显示阳刚之气的名字——“登溪”，在流程中也袒露几分壮美的男性风姿。

溪水的本性向下流淌，而“登”有向上之意。这条溪缘何命名为“登”呢？她发源于大雷山南麓，据乡贤——毗邻故乡的榆林村元代文学家戴表元《顺宁庵记》考证，大雷山古称“登岱山”，故溪名登溪。因那条溪流的绮丽，戴表元又给她起了一个好听的名字——“锦溪”。登溪之名，除与登岱山有关外，还另有意蕴。清代贡生孙声华《马站九题·登溪》诗云：“润下溪流性，如何亦诞登？日升驱鸭桁，宵陟捕鱼灯。水越梯千级，岩支栈几层。龙门疑即是，不必畏崚嶒。”登溪无坚不摧，一路热忱地招呼一缕缕山泉一起奋进，一路用自己的身躯——无形的钢凿，勇敢地直插峭壁薄弱处，日夜不停地冲击，凿开一扇扇石门，洒然而流。有了登溪那样的智慧和毅力，攀栈道、越石梯，不畏崚嶒，那么，你就有登上龙门的希望。故乡的先人总盼望子孙有出息，即使一条小溪的命名，也不忘激励后辈志存高远。

水是流动的、鲜活的，而这条溪却在故乡匍匐了千年。岁月沧桑，使得溪流古意盎然。那岩石的吃水处被舔出高高低低的一道道槽痕，镂刻着亘古来的丰盈与枯旱。阴幽的溪壁上绿萝挂帘，阳平的溪滩中芦苇摇曳。偶尔，几棵老态龙钟的檀树、黄杨、桑木从溪畔旁逸斜出，虬枝盘曲，青苔斑驳，似为树木披了一身碧绿的鳞片。如果你站在溪边，会不自觉地沉醉在那和谐的景色中。山深林密，溪水徐徐而来，从不干涸。春夏两季，雨水渗透山林，每一寸土地都软汪汪的，给登溪丰富的营养。

即便秋冬枯旱，自有地下水汩汩冒出，登溪依然生机勃勃，充满活力。

清晨，登溪一片寂静。这并非山村人家对她冷落，而是对她的虔诚。因为自古以来，山村人家饮水之源，全在这溪中，世代相传，约定俗成：晨七时前，不得洗涤。虽然有的人家用竹管引来了山泉，但仍然默默守约。饮溪，自然对溪多一份深情，上了岁数的老人常常告诫子孙："用溪须得护溪。"一日，有人拉一车物品经过溪边，稍不留神，轮子被凸出的石头绊了一下，车子侧翻，一个玻璃瓶落溪粉碎，花生油漂起彩魅。拉车人立即跳进溪流，大半天，才舒口气站起，终于把一大片油花一勺勺舀进木桶，把锋利的碎玻璃片一枚枚捡进布袋。

登溪也不负山村人的厚爱，慷慨相许，将其石灰岩滤出来的甘甜、清冽的矿物质饮水默默奉献出来，为山村人家提供一脉命泉、一股财源、一种生活的美。山泉被村民开发为"万竹林"桶装天然矿泉水，流入市场，供不应求。登溪两旁的石库门楼，或蜿蜒曲折的鹅卵石径，或一字排开的老屋石墙，哪一件材质不是取自溪中或溪畔？哪一块石头不是纹理悦目、色彩斑斓？

贫困的岁月，登溪过处，遍地药材。有一种叫"大叶草"的，捣烂给创伤者敷上，数日后，皮肤即消肿愈合。还有水芹，味美且是高纤维食物，可抑制肠内细菌产生的致癌物质。水芹含铁量高，是缺铁性贫血患者的佳蔬，食之能避免皮肤苍白、干燥、面色无华，而且可使目光有神、头发黑亮。水芹还含有丰富的锌元素，有强化性功能的作用，西方称之为"夫妻菜"。还有孩子们极喜爱的酸毛蕻，入口酸得皱起眉头，酸后甜得露出笑脸。那酸酸甜甜的味道，至白发苍苍时想起来还会流口水。溪畔的水芹、孟菜、蒿芽、芦芽、水荠之类，不知救活过多少穷苦人。可是到了眼下昌明盛世，水芹、孟菜等罕见了，水中的鳗、鳖、水獭等动物也不见了，乃至黄鳝、蟹也很少了。20 世纪 70 年代的造纸，化肥、农药的污染，给登溪带来的伤痛多么惨重哟！可登溪是大度的，当人们珍惜绿水青山，关掉了造纸厂，以有机肥替代化肥，草药治虫，铲除溪底淤泥，拣净水中杂物等，她便尽弃前嫌，一路畅快而流，浇出的全是茁壮的庄稼与灿烂的奇花异木，馈赠给人们丰厚的物质与高层次的美的享受。

故乡人与登溪须臾难离。早半晌，静谧的登溪便闹哄哄了，石埠头蹲满了婆婆妈妈、姑娘媳妇，身边排着一只只洗衣盆。一溪衣杵棒槌声，一溪笑语喧哗声。待溪边一静，村边的晒场上便热闹起来，一根根晾衣竿上挂满了五颜六色的衣衫。

登溪，是我童年的乐园。不管春夏秋冬，她都会给我无穷的乐趣。

冬天，登溪结了厚厚的冰，用发热的铜火囱盖子在冰面一按，烙下一块圆圆的冰，用细绳子串起来喊：“打冰锣喽！打冰锣喽！”一路“叮叮当当”地乱敲，满村子疯。

春天，烟雨绵绵，溪水渐渐淹没了一片片石滩，岸畔的辣蓼和马兰草也长出了蓬蓬松松的嫩芽，一群群扁嘴的鸭子起劲地搜觅着溪底的螺蛳和小虾。捉鱼的快乐，让我一辈子也忘不了。溪流里有一道水泥坝，蓄水作水碓的动力。梅雨天，水漫过坝，挂起了瀑布，鱼像鸟儿似的向上飞蹿。我拿个竹夹网去兜，有时一网兜来三四条，金鳞银翅，活蹦乱跳。坝下有一道岩缝，是鱼儿喜欢钻的地方。用手去摸钻在缝隙里的鱼，触到滑溜溜的鱼体，浑身一震，心乐得要蹦出来。不过，有时运气差，会触到糙硬的鳞片，“哇，水蛇！”吓了一大跳，手赶紧触电似的缩回来。

夏日玩溪水更是无比快乐。大人们还在午睡，孩子们就相约从家中蹑手蹑脚地溜出来，找一个大人看不见的水潭玩。有一次，我真的差点儿被吓死。溪中有一个水潭，圆圆的缺一个角，模样像乞丐的讨饭碗，村民叫“讨饭水潭”。潭不大，也不深，看得见底，中央两三米的地方能没过小孩子的头顶。尽管潭小，小伙伴下水都非常谨慎，生怕一不小心出大事，起初只敢在岸边的浅水区试探，揪住茅草或扶着岩石慢慢挪步，有点熟悉了才敢放胆往里面走。我一不留神，一个踉跄滑进水中，身子一下子不由自主地漂到了潭中央，脚一踩，不着底，“咕噜咕噜”连呛了几口水，头顶白茫茫一片，似乎就要命丧黄泉，不由魂飞魄散，手舞足蹈，哇哇乱叫。好在神智还有点儿清醒，听人说过落水别慌，不要乱挣扎，将身体放平，屏气，不抬头，手划脚打，能游出三四米。我就这样“噼噼啪啪”游了一阵子，脚一踩，竟踩着底了，心中不禁狂喜，在水中连连蹦跳了十几下。这下好了，我就照这个样子，手攀着岩岸，撅着腚，学蛙游、狗爬，不知学了多久，双脚似乎开始协调起来，手也不知不觉间从岩石上解放出来。

农历六月六，是故乡的“嬉水节”，“黄狗小猫都沐浴”。傍晚，炊烟袅袅，小山村漫了层薄薄的纱幕，男人不论老小，都赤裸身子，泡进登溪这个清凉的大浴池。有些人家父子兄弟一起来。不会游泳的，把裤子泡湿，用带扎紧裤管，向水中急急地一兜，捕捉了饱饱的一裤子空气，再用带把裤腰扎好，便成了极合用的“救生圈”。我不放过显摆自己的机会，举起双手，上半身露出水面，踩着水，一步一步在深处慢悠悠地逛。壮小伙们跳进溪里，忘不了秀一秀肌肉，蘸点水在胸口拍拍，攥起拳头挺起胸互相比试着，臂膀和胸脯的肌肉鸭蛋似的隆起来。毛巾胡乱地东涂西抹，似乎并非图干净，而是享受凉的痛快，图个冷的刺激，图个大自然的野趣或年轻人的热闹。闹嚷着，追打着，轰起一溪水花。姑娘们自是眼馋得不得了，却又不敢一起来闹，咋办？领头的悄悄招呼姐妹们，相约着去了村外，在溪的上流，找一湾古樟遮帘、翠竹轻笼的碧水，叽叽喳喳，嘻嘻哈哈，拭去一身香汗，洗净一天疲乏。耳尖的小伙子们，听到了随风逐波而来的时断时续的娇滴滴的嬉笑声，心哟，不禁“扑通扑通”激动地跳起来。

到了十二三岁，我游遍了家乡的深潭。那个龙潭大约一百平方米、深二三米，水碧绿碧绿的。村民说，底下蹲着老龙哩。一次，我在僻静处，脱下的衣服用石头压好，赤条条跳进了潭，翻跟斗，竖蜻蜓，还潜下水摸鱼，痛快极了。就这样忘乎所以，以至把吃饭都抛置脑后，等到一身疲乏地爬上岸，几乎家家已吃过晚饭。家里人找遍了村子都找不到我，已心急火燎。此时，有人告诉爹娘，我在龙潭里玩。这下糟了，当我缩头缩脑回到家，爹揪住我的耳朵，竹梢丝在屁股上好一顿猛揍：“小猢狲，不要命啦，想做陷沙鬼呀！”

因为玩溪水，我挨了无数次骂、无数顿揍，但是我从不后悔。骂归骂，揍归揍，骂过、揍过，我还是偷偷地去溪水里玩耍。一下水，就像一条快活的鱼儿，什么都不在乎了。

我想，如果没有家乡的这条小溪，我也许与深山里许多孩子一样，还是一只“旱鸭子”。在人生的起点，正是家乡的登溪，拓宽了我生命的维度，使我领略到生活中更多的精彩，享受到水所给予的乐趣，使我认识美、学会思索。她使我在后来的人生旅程中，有胆魄在舟山群岛投身东海潮头，体味“自信人生二百年，会当水击三千里”的豪迈；敢于在北戴河拥抱渤海的胸怀，感受“一片汪洋都不见，知向谁边”的旷荡；也敢于在巴厘岛亲吻陌生的印度洋，接受它伟大而神性的抚摸，走向未知世界的奥秘……

如今，每当我想起童年的往事，登溪的风貌就清晰地浮现在眼前，只是不知道，故乡的孩子们是否还像我儿时一样，不时偷偷地扑进她的怀抱去戏耍。

作者简介：阎受鹏，中国作家协会会员，历任舟山市作家协会副主席、顾问，普陀区作家协会主席。至今已发表文学作品500余万字。出版11部文学著作。长篇报告文学《断柱》《海天英魂》先后获1997—1999年度、2009—2011年度浙江省作家协会优秀文学作品奖；长篇报告文学《东极之光》被中国作家协会列入2015年作家“深入生活，扎根人民”的蹲点创作计划，2016年被列入浙江省委宣传部文化精品工程扶持项目；散文《彩色的街市》获浙江省作家协会新时期十年优秀散文奖；《逛海市》获中央电视台等举办的全国散文竞赛——“银帆奖”一等奖；散文集《山海情絮》获第八届冰心散文奖（散文集奖）。散文《家乡的竹林》入选山东、河北、广东、上海等省市中考语文阅读题和教辅范文。

地坛的红与绿

庞华坚

风阴阴地从地底下钻出来，透过脚板往上蹿。不能说很冷，但阴风不时卷起来些许沙尘，使身体无处可逃地在阴风和飞扬的沙砾中摇晃，不经意就会打个寒战。

正是三月，如果是江南，早已柳绿花红了，这里的空气里还是冬的味道。

这里是三月的北京。

这里是三月的北京地坛。

这是三月的北京地坛的上午九点。

在我的印象中，地坛是一个荒凉的去处。若干年前，我敬佩的作家史铁生年轻时喜欢一个人到这个杂草丛生的园子。在这个鲜有人至的园子里，他常常一待就是一整天，以至他的母亲因时间太久没见儿子回来，担心儿子在园子里有什么不测，迈着急促的脚步踉跄地跑到园子中去找他。

现在这里正在举办一个大型的服装节。成群结队的人走进大门。我们对服装展销没有兴趣，但想去看地坛。准确地说，我们是对史铁生的地坛而不是对明清两朝皇帝祭祀“皇地祇神”的地坛感兴趣。

买了两元一张的门票，我们夹在人流中进入地坛公园。

园了里的崭新建筑中仍有低矮四合院的痕迹，昭示着曾经的繁华和荒芜。不时看到晨练的人，老的、少的、男的、女的，他们练太极、散手、扇子舞、太极剑……穿过一座高大堂皇的门楼，我们离开赶赴展销会的人流，走向僻静，向不远处掩蔽在树林中的红色围墙走去。我们相信，这样我们将与地坛相遇。地坛不会是举办服装展览的场所，它一定是与这个展览场所不重叠的地方。

我想知道，地坛是不是像画报上印的那样恢宏与肃穆。或者说，我想知道，那座与日月齐辉的地坛是否真的存在。我不知道自己为什么有这样的想法，但是走着走着，我就萌发了这样一个念头。

但是，我们没有急着去寻找地坛。

我们就这样，在春意不浓但已然弥漫的树林中，慢慢走着。仍然阴冷的阳光，在我们不急不缓的影子中，渐渐有了些暖意。就在这个时候，他们出现在我们身边。

他们是两个老头。一个装扮西化，一个穿着中式。西化的老头，西装笔挺，银白的头发往后梳理，纹丝不乱，双目炯炯有神，活力十足，看起来像是一个从事教育或者艺术类职业的人。穿着中式的老头，戴着黑色的帽子，穿着灰色陈旧的衣服，装扮和街上随便一个吃完饭没事做在公园里散步的北京老头没什么两样。他们结伴而行，神情轻松又隐隐有些兴奋。他们时而拉着手，时而搂着肩，并排而行。西化的老头对中式的老头很关照，拉手或者搂肩，都是他对中式老头主动的亲昵举动。他不时在中式老头耳边说些什么，甚至摸摸他的脑袋，搂搂他的腰，或者扯扯他看起来有些不够笔直的衫尾。

他们在这个地方唯一一条通往树林更深处的石板路上走着。

我们没有故意，但不远不近，就尾随他们了。

走着走着，一道深红的围墙出现了，随后出现的是一个用陈旧粗木条钉成的横栏的木门。

透过木门，我们看到了地坛。

地坛正在整修。

这座建于1530年，目前中国现存最大的祭地之坛，古人践行“天圆地方”理念而建造起来的代表性建筑，看起来没有想象中那么威严和宏大。这个巨大的祭坛因圈起来修整，像一堆饱受创伤的历史痕迹。它疲惫地坐在那里，接受我们有些质疑的目光。

两个老头显然没有像我们这样对地坛好奇，他们从木门前经过时，甚至看都不看里面一眼。地坛应该是他们熟悉的景观。我心里猜测，他们俩可能小的时候就居住在地坛附近，从小在地坛的一端结伴穿过地坛公园去上学，下课后又一起来到地坛公园捉迷藏、做作业。可能其中一个后来考上了大学，从事了教育或者其他的脑力工作，经常出差到远方，接触各式各样的人；而另一个成绩不好或者在人生的路途中遭遇了波折，进工厂当了工人，做了拉车的工作或者其他什么，出卖体力，他可能一辈子都没离开过北京，甚至没有到过离地坛太远的地方。长大后，他们各自成家，娶妻生子，经历了各自悲欢离合的人生。如今，儿女已经长大，而他们也都老了。老了的他们，机缘巧合，又聚到了地坛。这个时候，两个人一辈子各自经历过的事情渐渐都像慢慢散去的雾霭，而他们也得以找到童年时期的伙伴。

人，一辈子的缘啊！

他们慢慢地走着，说着。

我们跟着他们，拐过红墙，看到一个扛着一台昂贵专业相机的中年妇女正在拍地坛。地坛已被圈起来了，她是要拍地坛的红墙吗？

当两个老头沿着红墙走，进入她镜头范围的时候，我看到她皱起并不漂亮的眉头，肩膀也不自然地抖动着，但她没有说什么，只是把已举到齐眉、贴在眼睛上的昂贵相机泄气地放下来，挂到脖子上。

西装革履的老头仍然对穿着中式的老头有说有笑。穿着中式的老头仍然低着头，默默听着，轻轻地笑。他的笑，似乎有些害羞，但看得出是开朗和由衷的。当西装革履的老头搂着他的腰和肩膀的时候，他有些不自然，但是并不拒绝。我们从他走动的身体和偶尔看见的脸部表情可以感受到他的愉悦和轻松。中式老头之所以不自然和害羞，可能是受某些习惯潜移默化影响了几十年。但是当人老了，像地坛那样老的时候，传统习惯和偏见对人的影响还能剩下多少呢？

再说，地坛都要翻新了。

他们迈着细碎的步子走向临时搭建的服装展览场地。展览场地不仅展览服装，还有不少摆卖生活用品、花草、瓷器、假古玩的摊点。两个老头走在晃动的人群中间，不时地探头询问商品和讲价，但是他们不买。西装革履的老头几乎寸步不离地拉着穿着中式的老头的手或者搂着他的肩，好像生怕他一不小心转身就走失了。

我们决定跟在他们后面再走上一段路。

这两个老头之间的自然、和谐和坦然，让我们有些感动。

穿过摆卖、看热闹的人群，走进一片疏朗的树林。林中有柳树，有白玉兰，它们都高大挺拔。柳树芽虽未爆苞，但苞里的绿色已经迫不及待地透过灰色的苞衣，在随风荡飘的柳条上闪烁，刺激着经受了整整一个冬天的灰暗眼睛。

他们在一棵含苞欲放的白玉兰树下的石凳上坐了下来。

亮堂的阳光正好自天而降，覆盖了他们。阳光把他们挨在一起的身体都融到一块去了。远远看去，暖暖的，像一副中国画。西装革履的老头拿起同伴的一只手摩挲时，他们都笑了。穿着中式的老头一边抿着嘴笑，一边腼腆地四处张望。他该是担心过往行人的眼神吧。

我们在他们对面不远的一张石凳上坐了下来，静静地看着这两个欢快的老头。当发现穿着中式的老头偶尔掠过来的眼神时，我们赶紧转移视线，装着谈论那些柳树和白玉兰，然后又站起来，拿着相机，拍了很多柳树、白玉兰，甚至拍了赶赴服装展览的行人的相片。我们希望自己这样的举动，使他们忽略我们的存在。

为了不影响他们的欢悦，我们决定离开这里。

我们沿着小石板路，从他们面前缓缓走过。穿过长满树木的园子，我们从后门走出了地坛公园。

来到马路上，我们相视而笑，互相用刚才从两个老头面前走过时听到他们之间说的唯一一句话来问对方——是那个西装革履的老头说的。

他微笑地问穿着中式的老头：你知道地铁是怎么坐的吗?

现在，我们也要去坐地铁了。

老头的那句话，似乎是说给我们听的。

北京的地铁指路牌很明确，我们会坐，不会错。

作者简介：庞华坚，笔名庞白，广西合浦县人。现为《北海日报》副刊编辑。中国作家协会会员，广西作家协会理事，北海市作家协会副主席。1989 年开始文学创作，曾在《诗刊》《散文》《诗选刊》《星星》《清明》等刊物发表大量作品。散文、诗歌作品多次入选国内外权威选本。曾获第八届冰心散文奖（散文集奖）、第五届中国报人散文奖（2017 年）、第 25 届“东丽杯”全国鲁黎诗歌奖单篇类二等奖（2016 年）、第三届“中国·曹植诗歌奖”（2016 年）等奖项。出版散文集《慈航》，诗集《天边：世间的事》《水星街 24 号》《跋涉者》，随笔集《北海民风民俗民菜》。撰写过《南珠春秋》（五十集电视系列片）、《老街怀旧》等影视作品。

我掐死了一只蚂蚁

陈雪

早晨醒来，睁开一双惺忪的睡眼，突然发现一只蚂蚁迈开游丝般的腿脚，在我的被子上面飞快地爬动。

蚂蚁的步履异常矫健、快捷、轻盈，肥胖的大肚子一点儿也不显得累赘。假如人拖着一个球状的大肚子，不是像临产孕妇般蠕动，便会像大腹便便的肥胖人那样走得气喘吁吁了。蚂蚁球形的肚子是与生俱来的大，不是发福和缺乏锻炼的原因，更无须怀疑蚂蚁已步入中年，过着衣食无忧、非常滋润的日子。天生的就是自然的，自然就显得合理和丝毫不拖累。我盯着蚂蚁行走的线路，观察着它下一步的行动。其实，蚂蚁并没有叮咬我，倒是蚊子常叮我。书房里都是书，我的床也很整洁，我没有吃零食的习惯，茶和烟是我的嗜好，在这个书房里，根本找不出蚂蚁喜欢的食品来，看来蚂蚁的造访非常盲目，非常缺乏理智。我弄不明白它在寻找什么。寻找亲人，寻找朋友，还是寻找食物？不管它在寻找什么，我都认为它的行动是错误的，要找食物去我的客厅或厨房，也许会有收获。假若是寻找亲人或朋友，也一定会无功而返，因为我从来没有在床上或桌子上看到过其他蚂蚁走动。如此看来，蚂蚁是白跑了一趟。白干、白跑的傻事人也常做，不仅仅是蚂蚁，没有自己想要的东西就走呗。我看着蚂蚁匆匆的步履，好像是在寻觅归路。它从被单的边缘爬上墙壁，爬到窗台，翻过窗台后就离开了我的视线。也许快到它的家了，它的家一定就在我家附近，我们肯定是邻居。我在此已经住了好几年了，我们一直互不打扰、相安无事，说明我们的邻里关系不算很糟糕。

我进一步猜想，蚂蚁的家里还有谁？有父母、孩子，或其他亲朋住在一起吗？有像我一样正处在上有老、下有小的困难时期的吗？它正在为生活奔波劳碌，也处在最辛苦、最吃力的中年吗？正在我胡乱思忖的时候，蚂蚁也许是急昏了头，也许是在路上遗失了什么东西，就在快到窗台的时候，它突然折返回头，顺着原路又走回来，而且直逼我坐着的位置。我下意识地萌发了要驱赶它的念头，因为我容不下它，这是我的生活空间，我的书房。别说蚂蚁，就是母亲、妻子、小孩有时走进我的书房，我怕他们翻乱我的东西，也会不高兴地叫他们少来。家人常从我的愠怒中感知到我读书需要安静，感知到我的书房一定是一个神秘而丰富的世界。

我无论如何也不能容忍蚂蚁对我的骚扰和对书籍的践踏。我下意识地挥了两下手，蚂蚁竟无视我的警告、无视我的存在，继续肆无忌惮地向我迎面走来，挺起的球状肚子看起来还有些不屑和炫耀的意思。我被激怒了，苍蝇、蚊子看到我的手一扬都会迅疾飞开，蚂蚁却如此胆大妄为和目中无人。就在这一瞬间，我动了杀机，我要掐死它！当我抬起手向它伸去，离它还有一点儿距离的时候，它突然一动不动地倒下了，它被我的巨手吓晕了！我为自己的伟大而自豪，一出手还没动就叫一个“邻居”吓昏在地，可见人类在其他动物面前是多么野蛮强悍，多么有威慑力。

正在我得意扬扬地自我陶醉时，蚂蚁却突然翻身而起，继续向我走来。我又一次伸出手去，不管它是真死假死，抓住就往窗台上丢。在我下手抓它的时候，它故技重演。它的胆怯再次引发了我的恻隐之心，我还是轻轻地捏住它，轻轻地放在窗台上，并希望它从这儿快快走开，从此不相往来。也许它知道身处危险，恶邻在此，厄运将临，也可能是我把它丢在窗台上时已折断了它的腿或手，但它还活着。它顽强地站起来的动作显得有些吃力，走动时有些踉踉跄跄和摇摇晃晃，完全没有了先前那种目中无人和四平八稳的傲慢形态。如果此时它拖着受伤的身躯回家休养一段时间，也许会很快康复。出乎我意料的是，它只在窗台上摇晃了几下，犹豫了一会儿，又顺着原路欲爬回我的床上。我无论如何也无法容忍蚂蚁的这一反抗行为，再次伸出手，发狠地用指甲在它球状的肚皮上轻轻一按，“噗”的一声脆响，一股汁液溅出来，蚂蚁痛苦地挣扎了几下，终于在血泊中死去。

掐死一只蚂蚁对人类来讲是不用负任何法律责任的。人们还常常振振有词地说：“就像掐死一只蚂蚁一样。”但在佛教的意识中，杀生是一种大忌。我虽然不信佛教，不会双手合十地念阿弥陀佛，但也从心底涌起一股对生命消亡的哀悼。我后悔刚才为什么不把蚂蚁丢到窗外，丢出去也摔不死它，它也不可能再爬回来。它毕竟是一条生命，也许在它的家里，父母妻子正翘首等待着它的归来。当它们知道自己的亲人已不幸被人掐死时，它们会如何号啕痛哭、呼天抢地地陷入悲伤和愤怒之中？它在我眼里也许只是一只普通的蚂蚁，但在它家中却是顶梁柱、一片天。

我在慨叹，人要掐死一只蚂蚁真是太容易了，就像上帝要掐死一个人一样。其实，人就是其他动物或者蚂蚁的上帝，随便在哪儿看到一行蚂蚁队伍蠕动，即兴抬脚踩下去，再用力一跺，成千上万的蚂蚁就命归黄泉了。这有些像人类遇上了瘟疫和地震。蚂蚁们无法掌控自己的生命，生命之神永远操纵在人的手里，就像人类的生命被上帝掌握着一样。果若如此，上帝的存在对芸芸众生构成的威胁便与日俱增。我们要不要敬奉上帝？要不要祈求上帝，不管是蚂蚁们的上帝还是人们的上帝？如果上帝不理智、不慈祥、不爱惜生灵、不善待生命，上帝的随意性和情绪化随时会构成对下辖生灵的毁灭。我似乎在蚂蚁的剧烈颤抖中、在蚂蚁的临死挣扎中产生了后悔和惧怕，我不该置蚂蚁于死地，因为蚂蚁并没有侵吞我的财产，也没有对我造成任何伤害，它只是从我的床上匆匆而过的过客而已。再深究的话，也不能说蚂蚁进入了我的房间，说不定蚂蚁的家不在窗外，就在我的书架或床下的哪个角落。它们的祖先几千年、几万年都是和人类相伴而居的，甚至在我还没搬到这房子之前，它们早就在此安家落户、繁衍生息了，是我干扰了它们的生活，破坏了它们的村落，又在它们的必经之路架起了床铺，使它们的出入得绕一个很大很大的弯……

我惧怕上帝的随意和即兴，就像我对蚂蚁一样，没有任何先兆和预示，举手投足之间就给蚂蚁降下了灭顶之灾。若真如此，由上帝来主宰芸芸众生，我们每天都必须战战兢兢、如履薄冰、度日如年了。因为人们随时都可能有血光之灾、死亡危险。在刘亮程的散文世界里，所有的生灵都能进入他的视野，蚁、虫、蛇、狗……所有的生物都能成为他的伙伴和邻居，甚至是朋友，他没有用上帝的眼光去俯视，而是贴在地面上与生灵们保持同一层面的生活和呼吸、对话与交流。在他看来，世界上所有的生物都与人平起平坐，都该和睦相待。没有上帝的主宰，只有宇宙笼罩。人们、蚁、蛇、鸟共同拥有这个天地中的空间，共同创造了这个世界的色彩和声音。这是一个平等、和谐、自由、博爱的至高境界、无上境界。

可惜，我掐死了一只无辜的蚂蚁，我做了一回蚂蚁的“上帝”。

作者简介：陈雪，中国作家协会会员，中国散文、报告文学学会会员，现任广东惠州市作家协会主席、《东江文学》主编。出版《东征！东征！》《时光印格》《东坡寓惠诗文选注》等10部专著。作品先后获冰心散文奖、人民文学征文奖、广东省“五个一工程”图书奖、电影奖、戏剧奖等。部分作品入选《当代散文精品》《高中语文阅读》《高考模拟试题》《中国散文排行榜》等。

过来的都是好年景

王小洲

“过来的都是好年景”，这是父亲的一句口头禅。这句口头禅伴着父亲走过了七十四年的生命历程。每当我在工作中遇到困难，生活中遭受苦难，跌入情绪的低谷时，我常常用这句话劝慰自己，正是这句话帮我走出低谷。

父亲离开人世的那一瞬间，永远刻在我心里。随着时间的推移，刻痕反而越来越深、越来越清晰。至今想起来，我的心还在一阵阵作痛、一滴滴滴血。

父亲身体一直很硬朗，很少有头疼脑热，几乎不吃药不打针。父亲去世前几年，在收拾后院时，搬石头用力过猛，患上疝气。母亲让他做个手术，我也劝父亲彻底治疗，他坚持不做。父亲很固执、很倔强，自己定下来的事，十头牛也拉不回来。母亲和我们实在没有良方。父亲后又患上了老年性便秘，每每要蹲上很长时间，很是痛苦。然而，父亲只是买点药，就是不肯上医院。父亲从小受了苦，一生很紧细。一方面怕到大医院花钱，另一方面怕给儿女添麻烦。这两样病一扛就是几年，一直没有上过乡医院，更不要说县里省里的大医院。

父亲去世前的半年，不仅便秘越来越严重，而且饭量越来越小，吃进肚里的东西肠胃也不能好好接受，原本不胖的父亲更显得消瘦了。其时，我和妻子在乡下初中教学，儿子还不到两岁，经济很是拮据，常常捉襟见肘。我担任学校教导主任，不仅要工作，还要照顾小家，每周回家看望父母总是来也匆匆去也匆匆，炕还没暖热，没说上几句话就骑着自行车一溜烟似的逃离了村子。

我那时不仅很粗心，说实话是根本没有对父母上心。母亲几次欲言又止，我竟然没有发现。秋忙假后，我发现父亲吃得更少了，颧骨明显高了，人瘦了一圈，花白的发须更显凌乱。我问父亲怎么回事，他总说：“好着呢，人老了，活动量小，饭量自然就小了。”“你好好工作，把娃照顾好，我没事。”我和母亲硬逼着父亲到县医院检查，医院让回家调养。我坚持要带父亲到省城西安大医院，父亲说什么也不同意。眼看着就要进入腊月，新年的脚步在一天天迈近，父亲执意回到了家。

我是一个不孝的儿子。当亲友问起父亲的死因时，我羞于开口，因为我并没有带父亲去大医院，至今我也没有弄清楚父亲到底得的是什么病。多年来，我常常责问自己，为什么当年没有带父亲到大医院去检查一下，就是治不好，最起码能弄清父亲死于什么病。那些年，农村教师工资低，儿子小，自己经济拮据，加之受父亲影响，撂不下学生。多年以后，每每想到这件事，我就很愧疚，觉得愧对九泉之下的父亲。“要知父母恩，手上抱儿孙。”我的儿子一天天长大了，作为父亲，为了儿子我不惜花钱、不惜劳神、不惜受苦劳力。我又想到了父亲，父亲为了我舍得一切，我为什么就不能为父亲放下一切？这又应了那句古话：“一个老子能养十个儿子，十个儿子养不了一个老子。”乌鸦反哺，我竟然不如一只乌鸦。我的眼泪又涌满了眼眶，簌簌地落下。

我不是一个好儿子。那时，我担任学校的教导主任，并承担初三毕业年级两个班的语文教学任务。父亲弥留的三十多天，他还要我坚持上课，不要耽搁了学生的课程。现在回想起来，我竟是那样的傻，怎么就没有挤出时间在家多陪陪他，尽最后一点点孝道呢，那样我的心也许会得到一点点安慰。这成了我心里永远的痛，成了不可治愈的伤疤。人到中年之后，这痛时时发作，像针扎心脏一样痛。这伤疤时时发炎，像在伤口上撒上一把盐一样疼。这让我痛苦不堪，时时遭受良心的谴责和精神的折磨。

年关一天一天近了，父亲的病情忽然好起来。腊月初三，我们给父亲过了一个再简单不过的生日：一碗长寿面，一杯清茶。父亲异常高兴，母亲却满脸愁容，她说父亲的脚越来越肿了。

腊月二十四，我特意烧了好多热水，仔仔细细地为卧床多日的父亲擦洗了身子，掏干净了肛门。父亲满眼泛着微笑，舒坦地躺在炕上，哼起秦腔《龙凤呈祥》中书堂合婚刘备一段，他高兴地说：“舒服多了，上下通活了，看来我能过年了。”在父亲面前，我强装欢笑。背过身，眼前却一片黑暗。过了两天，父亲病情急剧恶化，大哥设法搞来几瓶高蛋白，奢望父亲能熬过年。

腊月二十八中午，蛋白也打不进去了，我们彻底绝望了，后半晌父亲几乎没有了知觉。夜幕降临，严冬的夜格外漆黑，黑得有些怕人。我把手搭到父亲鼻孔前，父亲还有一点儿微弱的气息，昏黄的灯光让屋子更昏暗。父亲干涸的眼睛忽然一亮，仿佛即将燃尽的油灯注入一点儿油后又有了一丝光气。父亲努了努嘴，想要说什么，我俯下身子，耳朵贴在父亲嘴边。父亲含混不清的话语，我似懂非懂。过了好一会儿我才听明白，“娃，回来了吗？”父亲艰难地问道。父亲是问他的大孙子、我的大侄子回来了没有。我趴到他耳旁，大声地说：“明天回来。”他又问：“还有几天过年？”“明天是除夕，后天就过年了。”我的话音未落，父亲就咽下最后一口气，撒手人寰了，从此父子阴阳两隔。想起来，我十分后悔，我当时如果不如实告诉父亲，也许父亲会努力地活过年，我的话让父亲精神松懈了。父亲还是没有熬过年，父亲的脚步被挡在新年的门槛之外。生命有时是坚强的，有时也是脆弱的。生与死，只是一线之间，一瞬之时。

除夕傍晚，我一个人陪着父亲。新年的鞭炮声此起彼伏，整个村子都弥漫着浓浓的火药味。新年的鞭炮点燃了沉睡了一个冬天的村庄，炸醒了春天。炮光闪闪，犹如一朵朵绽放的花儿，整个村庄沉浸在新年的喜庆之中。我停住了哭泣，放下痛苦，静静地陪着父亲度过他在人间的最后一个除夕。窗外天空月明星稀，星星和月亮有点消瘦。地上寒光一片，冻得严严实实，门前地里冬眠的麦子打着鼾声。村边祖坟上的古柏睡不着觉，絮絮叨叨讲述着陈年旧事。那夜我一眼未合，不时为父亲上香，不时为燃灯添油，让父亲享受着人间的香火和亲情。我坐在父亲身旁，陪父亲说着话、聊着天，听父亲唠叨陈芝麻烂谷子，听父亲唱秦腔《烙碗记》：“上边埋着我的父，下面又埋刘子明……”

父亲是小有名气的秦腔演员，“文革”中备受折磨，他生性耿直，从不陷害他人。父亲十分节俭，吃饭时，地面上撒下一星点馍花，父亲总是小心翼翼地捡起，轻轻一吹再放进嘴里。上小学时，我鼓足勇气说想要一支英雄牌钢笔，谁知父亲马上从口袋里掏出钱递给了我。二哥结婚，父亲将自己补发的“文革”中四年零三个月的工资全部拿出来。父亲为了儿女舍得，不仅是金钱，甚或是自己的性命。我们做儿女的，为父母又如何？我惭愧地簌簌落下眼泪。

我常常梦见父亲，遗憾的是梦总不长，很快会醒来。于是，我奢望做一个长长的梦，那样，我能和父亲多待一会儿。

作者简介：王小洲，中国散文学会会员，陕西省作家协会会员，中学高级语文教师。先后在《光明日报》《中国文化报》《中国财经报》《陕西日报》《西安晚报》《西安日报》《陕西工人报》《三秦都市报》等发表散文100多篇。出版散文集《另一个长安》《静听长安》。散文《表叔家的草莓风波》获“羞莓俏红醉长安”“汇丰源”杯第一届长安草莓征文散文一等奖，散文《河西走廊的风》获《西安晚报》第二届“六年西凤杯”青年散文大赛金奖，散文集《另一个长安》先后获第八届冰心散文奖（散文集奖）、长安区改革开放四十年优秀文学作品奖。

中山舰勺碗重相聚

刘益善

1937年7月7日，日本帝国主义对中国实施全面入侵，北平和天津不到一个月便落入日军之手，整个华北平原暴露在日军面前。11月12日，日军攻占上海，南京有陷落的危险，国民政府于是宣布迁都重庆市。在上海、南京沦陷后，中国政府及民营部门、大批难民，以及各种战略物资大举西迁至西南重庆，其中大部分因运输不及仍滞留于武汉。加上武汉原有的工业、经济、文化基础，到1937年底，武汉已成为国民政府的实质首都。因此，日本对武汉作战是倾举国之力，孤注一掷。国民政府也集结重兵，保卫大武汉。

1938年10月24日，参加武汉保卫战的中山舰在武汉金口的江面上巡防。上午9时左右，一架日本鬼子的飞机飞到江面进行轰炸。中山舰上的重炮早拆下来去布防江防阵地，舰上只剩下几挺高射炮和重机枪。见到敌机来了，舰上官兵们用高射炮和机枪射击敌机，敌机很快飞走了，这显然是日本鬼子派的一架侦察机，是来侦察中山舰的火力设置。

当天下午4时，六架鬼子的飞机飞到金口的上空，对中山舰进行了猛烈轰炸，中山舰上的官兵在舰长萨师俊的指挥下，进行了顽强抵抗，但终因寡不敌众，全舰官兵和中山舰为保卫大武汉壮烈殉国。

中山舰沉没在长江金口段江底，一年又一年，江水涨了又落，江岸的花开了又谢，春风秋雨，世事变迁。小日本投降了，蒋介石跑到了台湾，中华人民共和国成立。中山舰在长江底下沉睡着，等待着重见天日的一天。

随着国家经济建设的发展，人民对英雄的怀念日渐深切，打捞中山舰的事情一次次被提上议事日程。争着打捞中山舰的省份有好几个，最终湖北省获得了打捞权。

1997年，在国家文物部门和湖北省政府的共同努力下，沉没60年的中山舰在金口江面被成功打捞出水。按照“整旧如旧”的原则，对中山舰进行了全面的修复，在武汉市江夏区金口镇兴建的中山舰博物馆里陈列展出，对后代进行革命传统主义教育。

中山舰打捞出水时，打捞出各种文物5000余件（套），其中珍贵文物1716件

（套），一级文物60件（套）。经过精心筛选，按文物分类，1999年，中山舰博物馆正式开放时，展示厅里陈列展示了320件（套）珍贵文物。在这些珍贵文物中，有一只长约14.5厘米的白瓷饭勺，瓷饭勺底部烧制有一个褐色的圆圈，圆圈内印有三字楷书“中山舰”和编号“25”。在中山舰打捞出水的文物中，未发现与之配套的其他餐具，甚至连印有“中山舰”三字铭文的其他物品都没有发现。因此，这只饭勺是中山舰出水文物中唯一的饭勺，也是唯一印有“中山舰”字样的文物。

我的文章写到这里，得回过头来写写20世纪50年代的故事。

那是1958年大炼钢铁的年代，长江航道局和江苏某打捞队等几个单位，为了清理长江航道和炼钢所需，曾先后在当时的武昌县（现为江夏区）金口镇中山舰沉没长江水域进行过打捞作业，并曾打捞出锅炉、银圆、车钟、望远镜等物品。毫无疑问，这些物品有很多是从中山舰上流失出来的。1938年，在日机炸沉中山舰的那一刻，中山舰沉没，舰上的物品随着舰身倾斜落入长江，然后又被江水年复一年地冲击，散落在长江航道的各处，后来才被人们打捞起来。

那时，人们保护文物意识差，也没有相关部门过问，那些破锅炉、车钟之类的废铁被捞起之后，直接被拖去炼了钢铁，而银圆、望远镜之类的东西可能落入个人之手，被当作了玩物。

这些打捞队中有一只打捞船，打捞的一堆东西中，有两只裹满泥沙的瓷碗。那些铁器和有用的东西被人挑走了，唯有两只泥糊糊的碗没人要，谁要那从江里打捞起来的破碗呢。

打捞船上有一位水手，在打扫甲板时看到了这两只泥糊糊的碗，他没有将它们扔到长江去，而是蹲下身子把那碗上的泥沙除干净，发现它们竟然完好无损。于是这位水手把两只碗捡回自己的住舱，放在床底下。打捞任务完成后，打捞船各自回到自己的单位。这位水手收好自己的行李，顺便把从长江里打捞起来的两只碗用报纸包好装在手提包里，回南京家里休假。

水手的妻子看到丈夫带回两只碗，便用清水洗干净，这才发现碗底烧有字，一只碗底上是“8”，一只是“25”，两只碗都有“中山舰”三个字。妻子把这个发现告诉丈夫，并问丈夫碗的来历。水手就把他们打捞船从长江里打捞起各种东西的事说了，这碗没人要，所以他才拿回家。

水手的妻子娘家在上海，她回娘家时，想到娘家有个哥哥喜欢收藏一些瓷碗瓷盘子的，便把丈夫从长江里打捞出来的两只瓷碗作为礼物带回娘家送给了哥哥。

中山舰的两只瓷碗，先是由舰上落入长江，在长江里流落20多年后，被偶然打捞出水，然后被人从武汉带到南京，再从南京被带到上海，终于到了一个懂得其价值的人的手里。这两只碗多次面临被毁灭的命运，比如中山舰被六架日机轰炸而炸弹刚好落到它们身上时，比如中山舰被击沉它们从舰上滚落长江时，比如打捞船的疏通打捞机械进入江水正好砸在它们身上时，比如它们被打捞起来后被认为是没用的东西又被扔进江水中时。但比如就是比如，这一切都没有发生，它们的生命力十分顽强，它们经受住了重重考验，它们被完整地保存下来了，它们还要履行历史使命。

中山舰的两只碗进入大上海之后，从此藏入深闺，久未露面。

上海有位民间收藏家叫杜继华，浙江上虞人，生于1927年，任过上海观赏协会顾问。杜继华喜爱收藏60多年，1990年成立家庭“华珠藏馆”。后多方受邀，赴北京、珠海、惠州等地交流展览，其本人和作品获奖20余项。他的事迹多次在电台、电视台与报刊上被报道，诸多藏品载入《奇石赏玩》《雨花石精选》《文房赏玩》《上海工艺美术》《民间珍藏》等书中。

有关杜继华的收藏有许多故事。他年轻时在上海市电话局工作，经常出差。有一段时间，他到南京的农村工作，爱上了雨花石。村里人知道他是上海来的，经常托他带买东西。那时，“人造棉”算得上好布料，村里有人家嫁女儿，就要托他买。一次，杜继华买了40多元钱的一大捆“人造棉”来到村里，村里人喜欢得不得了，大家知道他喜欢雨花石，纷纷带着好看的石头来和他交换。

和杜继华一起工作的同事都知道他的爱好，有的还“深受其害”。有一年，杜继华和同事到敦煌出差，办完公事，他捡了一堆石头，同事则买了一箱哈密瓜。石头太重，杜继华搬不动，就跟同事商量：“到上海，我给你买最好的哈密瓜，现在你把箱子里的瓜丢掉，帮我装石头，怎么样？”那一回，两个女儿看见爸爸拖着哈密瓜箱子回家，高兴极了，盼着马上咬一口甜蜜蜜的哈密瓜，谁知一打开，竟是一箱石头，顿时大失所望。

对喜爱收藏的人来说，曲折离奇的收藏过程可能更加“价值连城”。杜继华就是一个享受收藏过程胜过宝贝藏品本身的收藏家。他在电话局工作，是个工薪阶层，收入不高，没有许多钱拿出来购买他喜欢的收藏品。怎么办？他就和人家商量，采取以物易物的办法和人家交换。杜继华的两个女儿至今记得，她们姊妹俩好不容易买到的四喇叭双卡录音机和一批港台歌星的磁带，都被她们的爸爸悄悄拿出去换回了他喜欢的收藏品。在 20 世纪 80 年代，双卡录音机和港台歌星磁带可是年轻人的宝贝啊!

杜继华收藏宝贝并不拿去卖钱，他经常将自己心爱的藏品无偿捐给有关博物馆，让其发挥更大的作用。

据新华网上海频道 2008 年 7 月 25 日消息：杜继华，81 岁，喜爱收藏。他的藏品有皮影、服饰、竹刻、木雕、奇石等。他把收藏多年的 500 多件皮影、演奏曲谱和录音磁带捐赠给了筹建中的江南民俗博物馆。

杜继华近 70 岁时，不知怎么，迷上了皮影戏。他打听到当年演皮影戏的老艺人们喜欢孵茶馆喝茶聊天，就隔三岔五往周家桥、诸翟一带的茶馆跑。老艺人去得早，他也赶早。五六次跑下来，杜继华跟老艺人们混熟了，百岁的老艺人翻箱倒柜，拿出自己当年的吃饭家什，给杜继华欣赏。杜继华用三寸不烂之舌，说得老艺人动了心，终于答应把藏了多年的皮影卖给他。慢慢地，杜继华收藏的皮影越来越多，在圈内的名气越来越响。长宁民俗文化中心筹建江南民俗博物馆时，皮影戏是其中一个展项。工作人员四处寻访上海的老皮影戏艺人，收获甚微。有人报料说，杜继华收藏了很多件皮影，可以找他试试看。登门拜访后，杜继华听明原委，很快表态，愿意将多年收藏的皮影、曲谱资料和录音磁带倾囊捐出。

大约是 2007 年的时候，80 岁的杜继华在上海的古玩市场发现了两只瓷碗，这位瓷碗的携带者现在无从考察，他也许是当年南京那位水手妻子的哥哥，也许是那位水手的哥哥将瓷碗卖给的下家，总之，在深藏闺中半个世纪后，当年从长江里打捞出来的两只瓷碗在上海出现了。

两只瓷碗遇到了杜继华。

杜继华仔细地察看两只瓷碗，它们的底部中间有一个黑圆圈，黑圆圈里分别有“中山舰 8”和“中山舰 25”的铭文，“中山舰”三个字为黑彩楷书。两只瓷碗为同一形制，白釉，薄胎，折腹，高 8 厘米，口径 15 厘米，底径 4 厘米。两只瓷碗胎体细腻、致密，釉面洁白、莹润，造型规整，工艺上乘，品相完好，为典型德化窑精品。

杜继华知道这两只碗是真品，是从中山舰上流传出来的，其文物价值不可估量。他决定将两只碗买下来，不让有价值的文物在市场上流浪。杜继华和两只碗的携带者谈价钱，那人开出了一个价，但靠退休金生活的杜继华拿不出来。这时，一个古玩店的老板也盯上了这两只碗。杜继华最后忍痛割爱，将自己收藏了 10 多年的 13

件古玉器拿出来，和那个瓷碗的携带者进行了交换。两只中山舰的瓷碗就这样到了杜继华老人的手中。

也许是年事已高，也许是地方上的事情在全国引起的注意不够，2010 年 6 月，杜继华才关注到中山舰博物馆的消息。虽说中山舰博物馆在 1999 年就开馆了，但杜老先生知道消息晚了 10 多年。难能可贵的是，杜老先生知道了中山舰博物馆后，十分激动，他辗转通过上海文物部门联系到了武汉中山舰博物馆，表达了自己欲向中山舰博物馆无偿捐赠珍贵文物的愿望。

2010 年 7 月 19 日，上海举行了一次特别有意义的文物捐赠活动，上海民间资深收藏家向武汉中山舰博物馆捐赠文物，当天上海的各新闻媒体均报道了这一活动。

在捐赠仪式上，当 83 岁的杜继华先生讲到为收藏两只碗而受到的压力和经受的种种委屈时，不禁潸然泪下，在场的人无不为之动容。离别时，老人紧握着中山舰博物馆王馆长的手老泪纵横，说："这两件宝贝终于回到了自己的家，我今晚终于可以睡个安稳觉了。"

据中山舰的幸存者回忆，当年，在协防保卫武汉期间，中山舰曾经在景德镇定烧瓷器，以作为官兵日常生活之用，或作为官兵探亲时馈赠亲友的礼物。但从中山舰幸存的出水文物看，只有一件被定为一级文物的铭文瓷汤勺和一件已经残缺了的瓷盘，独独不见有铭文的瓷碗。

上海杜继华老先生捐赠的两只完整而精美的铭文瓷碗，不仅填补了中山舰博物馆出水文物中无碗的空白，而且这两只瓷碗中编号为"中山舰 25"的，与中山舰出水时打捞起来的唯一的瓷汤勺"中山舰 25"竟然是一套。我们想象着，这一套碗勺是舰上某一位官兵专用的，他每天用它们来吃饭喝汤，吃完后把它们洗得干干净净，放在碗橱里。1938 年 10 月 24 日那天，日机轰炸，官兵们英勇抗击，最后不幸殉国，中山舰沉没江底。在中山舰沉没的那一瞬间，编号为"中山舰 25"的瓷碗和其他的瓷碗飞入江中，而编号为"中山舰 25"的瓷汤勺还留在中山舰倾覆的舱里。从此，勺碗分离两茫茫。

2010 年 7 月 19 日，中山舰的瓷碗回家了，勺碗终于相聚。

作者简介：刘益善，中国作家协会会员。曾任湖北省作家协会副主席，《长江文艺》杂志社社长、主编、编审，湖北省有突出贡献专家。现任湖北省报告文学学会名誉会长、武汉东湖学院驻校作家。发表小说、散文、诗歌作品 500 余万字，出版诗歌、小说、散文、报告文学作品30余部。组诗《我忆念的山村》《闻一多颂》，纪实文学《窑工虎将》，中篇小说《向阳湖》，短篇小说《东天一朵云》，散文《飘扬在田野上的白发》，散文集《民间收藏纪事》等获得各种奖项。有诗文译介海外，并被选入中小学课本。

我心中的那片绿

粟绿墙

一

有时候，记忆就像一坛窖藏多年的老酒，打开它，一股浓浓的醇香便扑鼻而来。

二

母亲决意从镇上搬到乡下去的那一刻，便注定了她一生的命运。如果不是因为爷爷是乡农会干部，如果不是因为乡下有那大约五亩土地可以耕种，如果不是场镇里什么都靠拿钱购买，母亲是不会顺了父亲的主意。或许，在镇上的外公开的药铺里，母亲的生计也是完全没有问题的。

母亲在外公开的药铺里做事，就是照外公开的药方抓药，也就是现在的药剂员。同时，还得照外公的吩咐，学一些医疗知识，既做女儿，也做徒弟。我从未见过外公外婆，只是在母亲的描述中勉强再现过他们的形象。在药铺里，母亲就像一台机器，不停地重复生产着。好在外公传授的医学知识常常带给母亲新鲜的感觉，这种新鲜承载着母亲的全部希望。

到了乡下村子里，母亲的眼睛忽然一亮，一条条石板路把分散的院子串了起来，就像在一根线上打了若干个结儿。房前屋后，有黄桷树，有摇钱树，有桉树，还有那茂密的小竹林。一条小溪从院边飘过去，小溪边有石砌的岸台，岸台边常有女人洗衣服，叽叽喳喳地摆龙门阵。笑声从这里绽开，弥漫到空中，把整个院落都惹醉了。

母亲根本做不了农活，换句话说，她到乡下，只是为了陪伴执意回乡下的父亲。母亲见人就说，这是明智的选择。爷爷去世后，农会也结束了，取而代之的是村委会。父亲做了村干部。母亲学的那点医学知识总算有了用场。母亲被派去接受短期培训，因为村里要成立医疗站。其实，医疗站就是现在的村卫生室。那时候，人们管医疗站的医生叫“赤脚医生”。母亲成了村医疗站仅有的两名赤脚医生之一。

村医疗站就设在学校里。医疗站门前那棵黄桷树，树干挺直，有两米多高，然后分成三枝，向三个方向伸出去，恰似一把大绿伞。好多来看病的人都爱坐在树下歇歇气。我知道，母亲的医术并不高，培训期间她主要学的是接生，俗称“接生婆”。但是，母亲的责任心、母亲对病人的细心至今还存于我的脑海中。她总是不停地询问病人的病情，问清楚了，才开药方。我每天放学后，便在医疗站等母亲，有时候还埋怨母亲太啰唆。

母亲在村子里，包括邻近几个村，都是有名的，原因是谁家要生小孩了，必上门请母亲去接生。那时候不像现在，孕妇临产了就住进医院，家里所有的人都围着她转，以最好的环境等待着新生命的诞生。我那时候还小，每当夜深人静的时候，只要听到有人敲门叫母亲的名字，就会一下子醒来，不许母亲走。无奈之下，来人便背着我，领着母亲去接生，有时候得走几十里地。现在想来，在那静静的夜里，我不知陪着母亲走了多少人家，享受了多少次吃荷包蛋的特有待遇。我问母亲，这一生你目睹了多少生命初次来到人间？母亲答不出具体数字，但她说总有千把人吧。我想，这个数字的多少已经不那么重要了。但是，母亲牺牲了多少个美丽的夜晚，走了多少漫漫长路，岂能用数字来衡量？母亲把精力最旺盛的三十年献给了这个村子，献给了整个乡下。精细的习惯让母亲没出过一例事故，难怪有好多人工作了、结婚了，还在称呼母亲为再生妈妈。

母亲为整个村子孕育了希望。

三

母亲已经习惯了乡下生活。她深深地爱着村子里的一切。尽管灾荒年间家家户户无以继日，有的脚肿了，有的几天都揭不开锅。我们家也过着苦寒的日子，可母亲从没后悔过。好在我们这个村子，村主任不惜冒着被割掉资本主义尾巴的危险，暗地里组织一些人种些粮食作物分给大家，虽然比不上街上的居民，也不至于被饿死。

那时，父亲已是村里的会计。可是世事难料，父亲在组织村民去乡场江边船上担氨水时不慎掉进氨水船里，肋骨折断，呛人的氨水也被吞了许多到肚里，从此父亲的身体每况愈下，几乎卧床不起，我们很担心父亲的身体。

当太阳还没从东方露出脸来的时候，母亲就去医疗站。那里，等待着许多看病的村民。中午回到家里，母亲还要给父亲打针，叮嘱父亲吃药。那些日子里，我看见母亲眼角的皱纹多了、深了。我知道，这些皱纹是岁月写在母亲脸上的一行一行的诗歌！诗歌里写着母亲的苦、母亲的累、母亲的执着，读着它，我的眼眶里便盈满泪水。

我们几兄妹曾经商议，叫母亲不要再去医疗站了，或者迅速培养一位接生新人，把接生这活交出去。因为我们知道，母亲这么劳累，我们会更加不安。要撑起这个家，要把我们拉扯大，那是多么的不容易！当我们把这一想法告诉父亲母亲的时候，父亲不置可否，母亲却生气极了！她说，村子里的这些人看病怎么办？人家生娃儿找哪个？你们太自私了！我说，医疗站里还有其他医生嘛。母亲冲我一吼：一个医生怎么行？吼过后，母亲却显得异常平静，她望着身体渐渐好转的父亲，希望从父亲那里获得答案。那一刹那，我好像看见了母亲的歉意，看见了母亲的犹豫，但又感受到了母亲的坚强。母亲眼眶里的泪水没有当着我们的面流出来。还是父亲说：你妈不容易呀，任她做主吧。母亲朝父亲点了点头，还文绉绉地说了一句：知我者，莫若你们父亲也。我们都笑了。那笑，多少含着些酸楚。

这笑声，穿过茫茫的夜色，在村子上空回旋，缭绕成美丽的和弦，拂过夜的静谧，让村子在甜蜜的期盼中悄然入睡。

四

我们这个院子住着七户人家，我们家是外姓，其余均为高姓。夏天夜晚数星星的时候，全院的人拿了凉床，放在院坝里，有说有笑，那是我最开心的时候。

高姓六户人家均系弟兄。当每个人都有了儿女，都为自家生计奔波的时候，其实弟兄之间的那份情谊就显得不那么重要了。想来也是，自己的生活都困难了，还顾得了那么多？况且，在那个年月里，哪家不是四五个子女，把自己的子女拉扯大已经不容易了。

母亲常常去关怀高永合大叔。他在高家排行老大，单身，高龄，几兄弟偶尔照料一下，但几兄弟的媳妇都看他不那么顺眼。

如果我们家里有什么好吃的，母亲就嘱咐我给高大叔端一碗去。我不解，问母亲：人家亲兄弟都不怎么管，我们管他干什么？母亲说：人家活这么大岁数不容易，怪可怜的，都是一个院子里的，帮衬是应该的。尽管母亲这样说了，当时的我仍不能理解母亲的这一举动。

有一次，隔壁的邓妈半夜突然发病。母亲闻讯后迅速奔了去，我们也跟着起床去看。邓妈的女儿说，她妈可能不行了，所以院子里的人都起来了。大家围在床前，看着母亲给邓妈摁人中穴。邓妈呼吸困难，好像喉咙里有痰卡着。母亲的嘴一下对着邓妈的嘴，硬是把邓妈喉咙里的痰吸了出来。当母亲把痰吐出来的时候，我的心里直干呕。也只有母亲，是这么的不顾一切。看着邓妈好受了一些，母亲才稍稍放松些。这个时候，我感到母亲是多么的伟大！我为有这样一位母亲而感到骄傲和自豪！

邓妈当晚就被送到医院，由于处理及时，终躲过一劫，不久便康复了。每当晚上乘凉议论这件事时，大家都把目光投向母亲。我知道，母亲这时候心里是快乐的。

和谐装进了这个院子，这个院子也总把我带进甜蜜的回忆之中。

五

我们几兄妹纷纷从乡下进入城市，父亲也离开人世以后，母亲从一个干练、清爽的女人走进了花甲之年。父亲的离世给了母亲沉重的打击。为了父亲，母亲从镇上来到了乡下，她为父亲付出了很多很多。母亲想守着父亲，守着父亲为她留下的穿斗瓦房，守着父亲为她留下的柚子树、柑子树，守着父亲为她留下的那几亩土地。但是，母亲已经不是当年的母亲了，她有了满头的白发，虽然身体硬朗，却大不如从前了。

我们决意接她进城。

这个决定对母亲来说，是预料之中的事。临走那天，母亲在老宅的瓦房前伫立良久，她要再多看几眼那几间瓦房，她要把瓦房深深地装进她的记忆里。母亲还特地跑到自留地前，用一个小袋子，捧了地里的泥土装进小袋子里。她说，她要常常闻泥土的味道，她要时时体味泥土的气息，她舍不得这片土地。我告诉她，可以常回来看看，家乡的大门为你敞开着。可不知怎的，母亲的举动好似离开了就不能回来似的。

伤感装满了她的心，难舍难离挂在了她那张饱经风霜的脸上，小院显得特别宁静。或许，这种宁静也在为母亲默默送行？

六

也许，生命的价值在于平淡。只有高小文化的母亲，从来都讲不出什么大道理。她只知道按照自己的方式去做，去做应该做的事，不讲任何回报。想想那时去接生，主人会煮几个荷包蛋，然后拿两块钱算是报酬。有时候母亲还将收的钱又反送给人家，说是祝贺什么的。这些平淡的生活伴随着母亲的一生，直至她生命结束。母亲的所作所为，深深地影响着我们兄妹——没有惊天动地的故事，没有令人激动的豪言壮语，就这样静静地、潜移默化地进入我们的五脏六腑，进入我们的灵魂，然后慢慢地融化。

作者简介：粟绿墙，生于1964年4月。中国作家协会会员，中国散文学会会员。现为重庆市合川区人大常委会副主任、区总工会主席。已出版《我的父亲》《实用文体写作》《作文通俗问答》《我心中的那片绿》等。

雁翔长空
——《断鸿声里》的单元语

邓高如

开篇的话（卷首语）

诗以言志，文以载道。

辛弃疾一首《水龙吟·登建康赏心亭》，激励着历代多少俊杰贤士、墨客骚人的报国之志、奋发之情！

“落日楼头，断鸿声里，江南游子。把吴钩看了，栏杆拍遍，无人会，登临意……”

反复吟诵着这首词，仿佛看到夕阳残照的赏心亭上，斯人遥望长空，目送归鸿，手拍亭栏，仰天长叹“何日擒黄龙，收取燕云州”的壮丽画面！

余生也晚，烽火亦平，但忧患之心不能失，报国之志不能改，把栏杆拍遍的“天问”激情更不能少。于是，我把近年所写的关注社会人生的零落散文随笔，编撰成集，请西南师范大学出版社出版，书名就叫《断鸿声里》。之所以这么做，是想借助辛词意境，抒发人生感慨，略表赤子之心，以示一名老战士在日常生活中的所思所虑。

绿水天歌（心灵篇）

鹅、天鹅、鸿雁，古往今来，虽有进化和变异，但至今也为同一家族，都是游禽、鸭科类的珍贵物种。

鸿雁幸运得很，云水为家，长空为伴。既是地上的精灵，又是空中的翔将；既是北方的常客，又是南方的游子；既可浅水觅青螺，又可扶摇上云霄。若是兴致所至时，还能白羽入绿浪、红掌拨清波，引颈唤日月、曲项向天歌，凡音赛仙音、月宫羞嫦娥……

唱的是啥呢？雁鸣声声且作答。

艺韵行哦（文艺篇）

鸟鸣有声，鹤鸣有音。人间万物，仪态万方，无不有韵。

鹰立如睡，虎行如病，有韵；烟迷衰草，兔走荒台，有韵；落花人独立，微风燕双飞，有韵；人立小桥风满袖，一钩新月天如水，有韵；遥望洞庭山水翠，白银盘里一青螺，亦有韵；“大雪纷飞”哪有“那雪正下得紧”更有韵？！

韵到底是什么？唐人司空图说：韵者，象外之象，味外之旨也。宋人范温说：韵者，美之极。如钟之音外之音，声外之余焉。

一言以蔽之，韵，是一切事物中隐藏得最深的一种美，是一种物外天成、不好意思外露的美，也是审美过程中享之不尽、求之难求的一种精神大会餐。因而，从生活和艺术中体味其美其韵，那是一件多么心旷神怡的事啊！

大音希声（哲理篇）

大方无隅，大器晚成。大音希声，大象无形。大道至简，大雪无痕。大奸似忠，大智若愚……

由是得知，一切博大精深的形物，总是体量难求的；一切宏大无比的声音，总是洗耳难闻的；一切内里丑陋的东西，总是品貌方正的。由此更得知，这些纷繁复杂事物背后的道理，总是简洁明了但又难以践行的。

林语堂说：政治家的演讲，应和女人的裙子一样，越短越好！丘吉尔在牛津大学演讲“成功的秘诀”时，只用了半分钟。核心词组就四个字——“决不放弃”，全场掌声如雷。

孔子说：“君子坦荡荡，小人长戚戚。”

曾子说：“吾日三省吾身：为人谋而不忠乎？与朋友交而不信乎？传不习乎？”

曾国藩说：“量大福也大，机深祸也深。”

道家说：“大雅无色，小趣有妍。”

这些看似浅显实则深邃的道理，我们如何才能领悟真谛并自觉践行之？雁鸣阵阵有回声。

霞满长空（风物篇）

鸿雁喜蓝天为伍，鹏鸟量云程为乐。落霞与孤鹜齐飞，秋水共长天一色。

春去秋来，寥廓蓝天，征鸿盘空，倏隐倏显。极云霄之缥缈，序雁阵之行伴。观碧空之瑰景，叹风物之人间——

城镇繁华人如海，铁路公路车如帆。青山座座如棋布，炊烟袅袅社林边。这边园圃菜蔬绿，那边田筹菽浪翻。钓翁江边走，顽童笛声欢。人间风物这般好，般般景象看不完……

乘风破雾（评说篇）

头顶不会总是艳阳天，忽时风雨忽时晴，才是人间好景象。你看——

暴风雨就要来了，在漫漫天空中，狂风卷集着乌云，在乌云和天空之间，鸿雁像白色的闪电，在高傲地飞翔着。

一会儿翅膀碰击着闪电，一会儿箭一般直冲云端，它叫喊着——就在这勇敢的叫喊声里，乌云听出了欢乐；——暴风雨听出了渴望；——天空听出了愤怒的力量、热情的火焰和胜利的信心……

这是勇敢的鸿雁，在怒吼的天空中，在凶厉的闪电里，高傲地飞翔；这是胜利的预言家在叫喊——让暴风雨来得更猛烈些吧！

鸿雁、海燕差别大吗？只不过高尔基笔下的海燕飞得低一些、近一些，而鸿雁飞得高一些、远一些罢了。

那若隐若现的鸿鸣，不就是它们穿云破雾的佐证吗？

雁落平沙（忧思篇）

狂风暴雨暂时退去了，搏击风云后的鸿雁也确实累了。鲁迅说，战斗者也需要休息。

“回雁峰”在等候着它们，“东洲岛”（回雁峰、东洲岛在南岳衡山附近，是有名的平沙落雁之地）在迎接着它们……

在一个秋高气爽、风平沙净的日子，云程万里的雁儿终得归来。爱雁者抱琴而立，少顷，一曲《平沙落雁》响起，声动四野，如诉如泣。唱的是：

雁南飞，雁南飞，雁叫声声心欲碎；不等今日去，已盼春来归。今日去，原为春来归。盼归莫把心揉碎，且等春来归。

雁落还得雁归去。因为海是龙世界，云为鹤故乡。“当时明月在，曾照彩云归。”

那就归去吧，北雁南翔，南雁北归，本是天然。但请留下隐隐爪痕，悠悠情思，喃喃云语，习习风声……

注：本文由邓高如散文随笔集《断鸿声里》各单元前的序语抽取汇集而成，标题为作者后来所加。

作者简介：邓高如，重庆警备区原政治部主任，中国人民解放军少将，重庆市作家协会荣誉副主席。冰心散文奖，解放军长征文学奖，三届四川省散文奖，全国报纸副刊一、二等奖获得者。

请你吃故乡的炊烟

李丹崖

离开家乡的时候，我总爱做梦。梦里，有熟悉的村落，枝头开满熟悉的泡桐花。梦里的我，总是容易饿，总把故乡的袅袅炊烟一块块扯下来，棉花糖一样吃下，那感觉竟然丝毫不呛人，是甜丝丝的。

这是我离家多年，在外求学时常常爱做的梦。那时候，我生活简朴，自知家庭条件不怎么好，课余喜欢泡在网吧里，顶着鼎沸的游戏声、难耐的烟味，写一些自己喜欢的文字，零零星星收获一些稿酬，当作我的生活费。稿子发得还算可以，稿酬却舍不得花，吃得算是饥一顿饱一顿，每晚梦回，总是饥饿得像一头怪兽。

后来，我有了一份稳定的工作，收入自然固定，每年也能出版两三本散文集，这算是额外收入。但，每每出差在外，超过五天，依然会做同样的梦，我在撕扯梦里的炊烟，甘之如饴地吃着，醒来的时候，连自己都觉得莫名其妙。

我渐渐想通了，这是故乡派她的使者——炊烟在召唤我回家。我的还乡梦总是这样容易做，我是个恋旧的人。用乡人的一句话说，我还算得上是一个“有良心的孩子”。

故乡的炊烟是不能吃的，倒是可以用心来嗅：谁家烧的是麦秸，谁家烧的是豆秸，谁家烧的是玉米秸，或是劈柴，是槐树还是楝树，是柳树还是泡桐树，我都能闻得出来。那些随着炊烟一起飘出来的，还有馒头的香，裹挟着皖北平原上土地的气息；红薯的甜，夹杂着乡人纯情善良的糖分；辣椒茄子的鲜，清纯得如故乡孩童的瞳孔；豇豆粥的醇厚，鼓噪着这片神奇土地上谷物的殷实……

故乡的炊烟里，总是写满内容。

朋友是个画家，他喜欢画皖北的村落：铅灰色的村落，树木疏影横斜；村口守望的老者，伫立如佛；牛背上的牧童，兴奋地吹着一首不知名的曲子；红砖青瓦，调剂着故乡的色调……临了，他总不忘在画的上端潇洒地描上几缕炊烟，他说，有了炊烟，故乡就有了魂了，炊烟是另一条回家的路，是远归的人的另一种精神食粮。

是的，故乡炊烟里寄寓的不只是草木灰之类的燃烧物，还有着故乡人忧心如焚的等待，远行的人们如饥似渴的期盼。炊烟，在一定程度上还是纽带，牵系着走出与坚守的两群人。

诗人说，炊烟是大地写给天空的信笺。苍茫天地间，如此漫长的一张信纸，故乡屋宇上林立的烟囱，像一支支笔，日复一日、年复一年地写着浓浓的乡愁，多么温馨浪漫的场景。可是，如今，越来越多的人不写信了，越来越多的村庄也放下了自己的“笔”——就连农村也用上了煤气、沼气，工业化王国的“霸权”已经伸展到了乡村的领地，也许在若干年后，炊烟只能退居到词典里去了，膝下的孩童再次念及这个词，会陌生得近乎可以硌伤我们的记忆。

如果可以，趁现在，常回故乡，到生我们养我们的那座小村子里，晨昏之时，帮家人烧烧土灶，用炊烟，在故乡，写一封别样的信。

（摘自第八届冰心散文奖获奖作品《胃知的乡愁》）

作者简介：李丹崖，安徽亳州人，1982年生。中国作家协会会员，安徽省作家协会理事，文化旅游从业者。作品见于《小说选刊》《人民日报》《散文百家》《大公报》等报刊。曾获第八届冰心散文奖（散文集奖）等。已出版《草木恩典》《胃知的乡愁》《岁月轻狂，纵步过高岗》等著作23部。

郭靖：有一种笨叫大智若愚

衣璇玑

我本来不想写郭靖。

他爱情婚姻美满，武功成就又高，声名也隆，百姓爱戴，虽然是为国为民操劳着，但实在是顺风顺水的人生，正如穆念慈所说，郭靖和黄蓉，人好，命也好……

不想写。锦上添花的事儿，我做起来特别别扭。

但是，仿佛，又绕不开他。

还得写。

可是，绝对不想写他什么“侠之大者，为国为民”。

小时候看电视里的郭靖，好人，非常喜欢。越长大，越反感。不知道这种叛逆的心情是怎么来的。或许，就是在写这个系列的时候来的。因为他被放在了后面写，我在写杨康之类人的时候逐渐融化掉了儿时的记忆，这思维后来慢慢演变成对所有人物的重新审判式看法，郭靖是躺枪的那一个吧。

我现在想写的郭靖，是在某一瞬打动现在的我的郭靖。

即使同一本书，比如《红楼梦》，同一个人，比如我，在不同的时刻去读，所感所获总是不同的。某时，一部《红楼梦》我也只看得见宝黛；某时，我忽然感受到王熙凤八面玲珑背后的辛苦；某时，我恍然大悟于妙玉用自己的绿玉斗给宝玉吃茶的心意。而终于有那么一个年龄，有那么一个时间，这部书里的所有人物容得进我的眼睛，于是连焦大、茗烟、红玉、贾蔷等人，也在我心里清清楚楚。如此种种，总是跟读者的年龄、心境、知识能力成一相辅相成的局面。那么，郭靖也是一样的道理。我总是深刻记住他跟黄蓉的时光，其他的，倒罔顾了。

如题所示，我想写写郭靖的笨。

郭靖之所以笨，那是黄蓉使得他相形见绌。黄蓉这样的人物，普天之下，能得几个？

郭靖之所以笨，还有一个人和他对比着，杨康。

郭靖真是寸，身边全是风流机巧的人物。

郭靖的确不是早慧的孩子——他呆头呆脑，四岁方会说话。

他也不是伶俐的孩子——学一招“枝击白猿”，能笨得气哭韩小莹。

“江南七怪”集七人十年时间教给他的武功，首次出手，二十招之内就被尹志平打翻在地，让“江南七怪”好生丢脸。

于是，在他的原生环境里，他的母亲、他的师父、他的伙伴朋友、华筝等，都对他留下了笨的印象。而他自己，也以为自己是笨的。

第一个打破这种印象的，是丹阳子马珏。

马珏问郭靖：“……你又不是不用功，为什么十年来进益不多，你可知是什么原因？”

郭靖道：“那是因为弟子太笨，师父们再用心教也教不会。”

马珏笑道：“那也未必尽然，这是教而不明其法，学而不得其道。”

马珏真厉害！一语中的！

马珏讲出了形成郭靖“笨”的原因：教而不明其法，学而不得其道。孔子也说“因材施教”，我记得我美丽端庄的语基老师也常说一句话：没有教不好的学生，只有教不好的老师！也就是说，郭靖的笨，有一半原因在老师身上。

虽然“江南七怪”的义举的的确确令人敬佩，但这是另一码事儿。他们算不上好老师。

好老师首先要辨材，就是您要有识别学生的能力，知道他往哪方面发展最适宜。其次，才是施教，即根据学生的特点采取适宜的教学方法，选取适宜的教学内容。只有这样，才能教的人不累，学的人也有收获。

而“江南七怪”在教郭靖武功时是完全没考量的，六个人把自己的武功本事倾囊相授，一股脑儿地倒给郭靖。郭靖又不是潲水桶。

韩小莹的越女剑，轻盈灵巧，郭靖就一点儿也不适合学。那招“枝击白猿”，是要跃起来半空连挽两个平花，然后回剑下击。为什么非得在空中挽两个平花再回剑下击，这又不是跳舞，整那么优美干吗哩？这么花哨的武功教给郭靖就是一种错误，偏偏韩小莹还一板一眼教得那么认真。她付出那么多心血没有回报，难怪会被气哭。

老师意识不到自己的问题，学生又是一股憨直劲儿，这师生一道在“歧途”上走得越来越远。这老师呢，觉得自己这么累，可学生却老是学不会或进步不大，这气该往哪里撒？善良一点的老师最多把自己气哭，暴躁一点的老师难免会迁怒于学生了。我想这样的教学状态，越往后教，“江南七怪”就会越觉得郭靖笨。

幸好呀，幸好来了个马珏。

应该说，这是郭靖的第一个伯乐。他不仅解决了郭靖练功进入死胡同的问题，而且给郭靖打下了良好的内功基础，为郭靖将来在洪七公那儿学到降龙十八掌铺了路。

千里马多，伯乐少呀。伯乐是综合实力，千里马不过是有一技之长。简直不敢想象，如果一直被“江南七怪”教着，郭靖最终会是什么样。

你看，后来洪七公教郭靖“降龙十八掌”，招数朴素，简单得跟广播体操一样——“左腿微屈，右臂内弯，右掌划了个圆圈，呼的一声，向外推去，手掌扫到面前一棵松树，咔嚓一响，松树应手断折。”这招就是“亢龙有悔”，是洪七公教给郭靖的第一掌“降龙十八掌”。

洪七公武功臻于化境，做老师亦是翘楚。你看他那套逍遥掌，就只传了黄蓉和穆念慈，至于郭靖，他说：“这路‘逍遥游’，你是不能学的，就算拼小命记住了，使出来也半点没逍遥的味儿，愁眉苦脸，笨手笨脚的，变成‘苦恼爬’。”比起“江南七怪”十年一成不变的教学方式，洪七公才教郭靖一掌功夫，就知道郭靖适合什么不适合什么。单论这做师父的本事，“江南七怪”跟洪七公就不在一个等级上。

能碰到因材施教的好老师，是机遇，是机缘。毕竟都是外力、外因，而内因才是起决定作用的。

郭靖最终得以成“北侠”，明师固然不可或缺，终究还得他自己是块好料。他一点儿都不笨，他只是大智若愚、大勇若怯、大直若屈、大巧若拙、大辩若讷……我把这么多结构和意思都相似的词语都罗列出来，无非想表明，郭靖的笨，不是真笨，他只是看起来笨，他的外貌和性格的诚笃、痴直、鲁朴使他区别于一般聪明人的伶俐劲儿。尘世里普通聪明的人，大都具有跟其聪明一致的外表。郭靖，不是这样的人。

郭靖其实是有一种坚韧的、忘我的领悟力的。

马珏之后，他得遇良师洪七公，后又遇周伯通。这二人，都教给他天下无双的功夫。一个教给他最厉害的外家功夫“降龙十八掌”，一个让他记下了天下武学的总汇《九阴真经》。俗话说：师傅领进门，修行在个人。最终郭靖有什么样的武学成就，还要看他自己的吸收和领悟。

在“射雕”中，也仅仅只有他和小龙女能学会周伯通创造出的“双手互搏术”。“双手互搏术”，要旨是分心二用，只有心无杂念、心地纯净、无私无欲的人才能做到。为什么偏偏是郭靖、小龙女、周伯通这三人能会这“双手互搏术”？是这三人都有股痴劲儿、傻劲儿，他们心底澄澈、杂念少、欲望少，很容易排除外在的干扰，进入一个自我的精神世界。而一旦进入这个自我的世界，他们就能获得非凡的力量——这样说有些神话，是他们可以进入一种不受打扰的坚韧的思考和钻研。在桃花岛，郭靖得见黄药师、洪七公、欧阳锋三大武学宗师的比斗，与心中刚记熟的《九阴真经》一印证，立即陷入一种痴狂入迷状——其实就是进入一种忘我的思考境地。那黄蓉见他脸色怪异，忽而忘形惊喜大叫，也是惊诧——十余日不见，难道他忽然得了神授天传，武功斗进？我看得莫名其妙，怎么他能如此地惊喜赞叹？还以为傻郭靖想她想得疯了。在轩辕台前，郭靖和黄蓉被杨康等人捆成粽子扔在地上，人为刀俎、我为鱼肉的危急时刻，他猛见北斗七星熠熠生辉，顿时内心起了感应，天罡北斗阵法的攻守进退吞吐开阖竟渐明朗，同时与《九阴真经》经文参照，他心中原来许多疑难不明之处，竟然在那么紧张的一刻神奇地获得了答案，就像坚冰融化，潺潺水流在大地的脉管自由通畅地奔流一样。以郭靖，在那样的时刻，那样的环境，居然进入那样深入而神奇的思索中，不能不说他是天赋异禀。在那么短暂的时间内就获得天罡北斗阵与《九阴真经》的互证互解，不能不说是大智若愚。

轩辕台前的郭靖，是最让人惊叹的郭靖！他抹掉了我儿时留下来的全部郭靖的形象，以新的样子镌刻在我的脑子里。

当时那刻，黄蓉见他神色呆滞、抬头望天、喃喃不停地不知在说些什么，还以为他突受冤屈，神智有些糊涂了。这种全神贯注、物我两忘的境界，就是聪明如黄蓉，也难得有。这也难怪郭靖要被人用“笨”来形容了。

作者简介：衣璇玑，中国作家协会会员。出版随笔集《落花人独立——金庸的情侠江湖》《此情深处近无色——金庸小说中的女子》《我是人间惆怅客——金庸小说中的男子》。

躺着的丰碑

安谅

一

一条路，在天山山峦间穿行绵延，盘旋起伏。这就是著名的独库公路。它以雄浑险峻、壮观奇丽，让行走过的人叹为观止、难以忘怀。

我去时是五月，时令还属于春之季节。初夏的气息，在南疆、在乌鲁木齐，已扑面而来。但在独库公路的几乎全程的行进中，在崇山峻岭、在深川峡谷、在高原隧洞、在平缓雪坡的环抱的接力之中，冷冽，冬日般的冷冽，是感觉的主调，而阳光照耀下所产生的些许暖意，又是那么真切，至今都停留在我的毛发中、肌肤上。

即便寒冷，当我们的车驶上达坂的高坡，远近的山峰和洼地陡崖，白雪皑皑，银装素裹，我们禁不住诱惑，在溜滑的道路上徒步一会儿，借着奇美的景致，纷纷留影。

天蔚蓝，云洁白，山川也无不素净纯白。只有蜿蜒延伸、云带一样飘逸的公路，路面灰黑，像风雨中走来的一个汉子的脸庞，透着坚毅和干练。

我之所以没有用沧桑这个字眼，是因为在沧桑之前，也有一个成熟男子的魅力和华彩。而独库公路，正当这个时节。

这是什么样的盛年呀，你只要看看这条公路的两旁齐聚了多少壮美的奇景，就不得不惊叹它的气节和质地了。

从库车到独山子，沿途或山体陡峭，或山石如林，或草原辽阔，或松树蓊郁。绿色漫无边际，毡房飘袅着炊烟。牛羊在悠然地闲庭信步，雨雪成雾，也时不时地来此神游。

自然的景色总是令人陶醉、令人回味的。

二

一条百米长的防雪长廊，赫然入目，像一列静止的火车，又像安卧着的一条巨蟒。当山峰上浪涛一般的雪团飞流直下，它凝然不动，雪团似乎畏惧而又无奈地止步。

防雪长廊构筑了一个温暖又安全的空间，庇护了来来往往的人流。

高山隧洞，位于海拔 3300 多米的哈希勒根达坂，是国内最高的高山隧洞了，诸多雪峰都在它的足下，天堑变通途，不是一个神话。

不少道路，几乎瀑布一般悬挂在陡山峭崖，仰之叹之，就想到了大诗人李白的诗句："噫吁戏！危乎高哉！蜀道之难，难于上青天！……西当太白有鸟道，可以横绝峨眉巅。……黄鹤之飞尚不得过，猿猱欲度愁攀援。"

有的路段一侧依崖，一侧依河，车人穿梭其间，也是惊心动魄，然又情趣盎然。

这一定是世界上最险峻的公路。据说，它被誉为公路病害的"博物馆"，雪崩时常活跃，泥石流也频繁捣乱。山体塌方和大雾迷途，也是说来就来。我们翻越达坂的前日，比我们早一天出发的同行就被大雾锁在山间了，而我们的车行经的好几处都被山峰滚落的碎石挡住了路，幸亏披星戴月劳作的养护工及时清理出一条车道，我们才得以顺利通过。

路漫漫，这一路都是神奇，都留有感慨呀！

三

最令人感慨的，还有他和他们。

之前，我未曾听说过他。这只能说是我的一个疏忽，源于孤陋寡闻和某种迟钝。

他的故事已被搬上银幕。演员周里京扮演了他。

他的故事让许多人感动，也有人非议他对家人的不顾。

他曾是独库公路的建设者。他始终不能忘记他的老班长，还有和他一起奋战的战友。

他说，有一年冬天，大雪封了山，也封了路，连通讯也与山下中断了。山下可能以为他们还有足够的粮食，其实，他们已面临饥寒交迫。他和另外两位战友与老班长奉命冒雪下山。但途中发生雪崩，受困于山中，处境艰难。此时，老班长决定把所有的食品都交给最年轻的他，让他独自下山。待他完成任务，部队救援人员赶来时，老班长他们已经罹难，连个肉身都无法找见了。

当老班长及其两位战友的亲人赶来奔丧时，他更加内疚，因为已无法确认老班长他们葬身何处了。

转业之后，他依然无法安心，于是决定独自回到天山，开始了漫长而又艰苦的寻找战友遗体的行动。

家人劝慰，他也置之不理。

终于，在雪山深处，他找到了老班长及一个又一个战友的遗体。他第一时间通知了老班长的家人。而此时，他终于流泪了。泪水，止不住地流了几天。

1983 年，也就是这条公路开工兴建近十年后，在天山南麓的乔尔玛，一个纪念牺牲在独库公路建设战役中烈士的陵园建成了。20 米高的纪念碑在天山巍然耸立。

168 名战士的名字镌刻在纪念碑上。雪崩、泥石流、风暴与雨雪吞噬了这些英雄的生命，他们中最大的 31 岁，最年轻的只有 16 岁，都是风华正茂甚或人生刚刚起步的年龄！

一条天山之路由此横空出世了，这是他们用生命换来的！

四

山路，曲折壮观。它让南北畅通，天山为之闪开。

石碑，直入云霄。它庄严肃穆，令人心为之震撼。

路，是躺着的丰碑，碑是竖立的路。

建路人，用生命凝筑了长路，而把长路奉献给了远方。

开拓者，总是勇于牺牲，他们倒下了，也是一座座丰碑！

五

此刻，新疆喀什境内，又一条高速公路巴莎高速公路正在成形，它起于拥有 300 多万亩胡杨林的巴楚，终于诞生了深沉壮阔木卡姆乐曲的莎车，穿越了戈壁、半沙漠和大面积的盐碱地。

它是上海支援代建的工程项目，正在奇迹般地建设。

它将是又一座躺着的丰碑，记录一代人的胸襟和拼搏！

作者简介：安谅，本名闵师林，上海人，祖籍江苏江都。中国作家协会会员，经济学博士。20世纪80年代开始，在省市级报刊发表各类文学作品。获萌芽报告文学奖、冰心散文奖、《小说选刊》双年奖、最受读者欢迎奖、“一带一路”李杜国际诗歌节特别奖等数十种奖项。发表短篇小说、微型小说约千篇。著有《阳台上的微笑》《安谅微型小说精选》等小说集6部，《逐梦之旅——安谅散文》《寻找生命的感动》等散文集10部，《生命有多少借口》《谁能在天空久留》等诗歌集5部，另有长篇纪实文学、各类舞台剧等作品。

春天里的意识，流

周淑娟

那年春天，河水汤汤，弗吉尼亚·伍尔芙写好了绝笔信，给她亲爱的丈夫。

那年春天，落红阵阵，林黛玉写了首《葬花吟》，给她无奈的命运。

写小说的伍尔芙，遗书写得有点语无伦次，却宁静平和，痛苦甚至“溢”出幸福来，不似“焚稿断痴情”的林黛玉那般悲壮，亦不似吟咏“他年葬侬知是谁”的女诗人那般忧伤——

> 最亲爱的，我确信自己又要精神失常了：我感到我们无法再一次经受这样可怕的时刻。而且这一次我不会恢复了。我开始产生幻听，精神无法集中。因此，我要做一件看来最应该做的事情。你给予了我可能获得的最大幸福。任何人做得到的，你在一切方面都做到了。在这可怕的疾病来到之前，没有哪两个人能够比我们更幸福。我不再能够和它斗争了，我知道自己毁了你的生活，没有我你就能够工作。我知道你会的。你看，我甚至连这封信都写不好了。我无法读书。我想说的是，我生活中所有的幸福都是你给予的。你一直对我无比耐心，对我太好了。我想说——这谁都知道。如果有人能够拯救我，那个人就是你。除了对你的善良确信无疑之外，一切都从我脑子里消失了。我不能再继续毁掉你的生活。没有哪两个人能够比我们更幸福。

大多数女人，自尽前都与爱人激烈地冲突过，在愤怒与绝望中离开这个世界。伍尔芙不同，带着丈夫的爱，以及对丈夫的爱，她投水自尽了。那天，是 1941 年 3 月 28 日，她的小说《幕间》完成一个月之后。

她，有过两次婚姻。第一次婚姻时间短暂，友好分手。第二任丈夫伦纳德，由第一任丈夫介绍认识。她和她的伦纳德，无夫妻生活，当然也就无子女可育，但是她的丈夫给了她写作自由，也为她提供了出版社和印刷厂。

挚爱的伦纳德，你要把人生看透彻，一定要真实地面对，了解人生的本质，了解它的真谛，当你终于了解人生，就能真正地热爱生命，然后，才舍得放下。记住我们在一起的这些年，永远不要遗忘，永远记住我们的爱。永远不要忘记，生命的时时刻刻。

她这样给丈夫写遗书，丈夫曾经那样给她写情书：

也许你就像你自己说的那样，有虚荣心，以自我为中心，不忠实，然而，它们和你的其他品格相比，是微不足道的。你是多么聪明，以至美丽、坦率。此外，我们毕竟都喜欢对方，我们喜欢同样的东西和同样的人物，我们都很有才气，最重要的还有我们所共同理解的那种真实，于我们来说，是很重要的。

她的丈夫毕业于剑桥大学，饶有文才，深具慧眼，对她爱，对她护。他认为，“她是个天才”。为她，他便不同寻常。这个男人，让我想起了宋人的一首诗：“寻常一样窗前月，才有梅花便不同。”

剑桥，就是徐志摩“再别”的“康桥”，英文名为 Cambridge。毕业于剑桥大学的都有谁？《唐顿庄园》的“大表哥”、勃朗特三姐妹的父亲、伍尔芙的丈夫……《红楼梦》的英译者杨宪益与戴乃迭夫妇？不对，他们是牛津大学的毕业生。

剑桥、牛津，经常举办划船比赛，难怪我会弄混。在《一间自己的房间》里，伍尔芙就经常提到“牛桥”一词——Oxbridge，由牛津（Oxford）和剑桥（Cambridge）各截取一半连缀而成。对了，伍尔芙曾两次到剑桥大学演讲，《一间自己的房间》就来自她“妇女与小说”的主题演讲。

Oxbridge 滞住了我的思维，*The hours* 来得正好。

电影《时时刻刻》（*The hours*），采用“三段式”讲述三个不同时空女人的一生，以一天为剖面。十多年前看过的电影，我能记住的开头便是伍尔芙自尽——她在自己的口袋里装满了石头，一步步走进位于罗德麦尔的奥塞河深处。

看过《时时刻刻》这部电影，感觉不过瘾，我又买了本美国作家迈克尔·坎宁安的原著来读。

看电影《时时刻刻》，读小说《时时刻刻》，我的“意识”却从英美“流”回了中国。

在《凌叔华传》一书中，也提到了伍尔芙。朱利安·贝尔是伍尔芙的外甥，在武汉大学任教时，得以结识中国女作家凌叔华。后来，朱利安到西班牙参战，死于意外伏击。凌叔华移居英国后，伍尔芙在写作上给予她很大的帮助。

在给母亲的信中，英俊的朱利安提到陈西滢和凌叔华："整个下午我都和文学院院长一家待在一块，有他的妻子，还有他6岁的女儿——非常可爱迷人的小女孩。我们谈话的方式很自由——简直是内地的剑桥。"

凌叔华是谁？陈西滢的夫人。朱利安是谁？伍尔芙姐姐的儿子。只是，我还不能确定朱利安是不是瓦妮莎的儿子——传说伍尔芙和姐姐瓦妮莎有同性恋倾向。

你要定位一个地方，必须给出经纬度。你要确定一个人物在时代里的"坐标"，同样必须了解人物的"纵横"——那些错综复杂的关系。

看过《达洛维夫人》，再看《到灯塔去》。前者映射女作家和丈夫，后者暗指女作家的父母。

《达洛维夫人》，围绕举办宴会，写了达洛维夫人的一天。从早晨夫人出门买花开始——奇峰突起，到夜宴后出现在旧相识彼得面前结束——戛然而止。

《到灯塔去》，以"到灯塔去"为线索，写了拉姆齐夫人的后半生。窗、岁月流逝、灯塔，是小说的三部曲，采用"长短长"的结构，既是塔灯的节奏，又是音乐的节奏。

如果说《达洛维夫人》是一天、一条线，那么《到灯塔去》就是半生、一首歌。

《到灯塔去》，象征意义明显。灯塔，是夫人的精神之光，也是人类前行的内心航标。到灯塔去，一个简单的行程，用了十年，而那个愿意满足小男孩愿望的好夫人，已经离世。

青春不再，55岁的达洛维夫人希望通过举办宴会找到"意义"，在宴会尾声才意识到，唯有面对内心、说出内心感受，才能抵抗"装腔作势"的虚空。头发灰白的拉姆齐夫人50岁，她同样为青春逝去而焦虑，期待到达灯塔找到自我的"永恒"。

值得注意的是，两部小说的女主人公，年龄都在50岁以上，青春不再却具有别样魅力。伍尔芙本人自尽时，是59岁。50岁，是女作家心里的一道"槛"，或者说，是女作家命运中的一道"坎"。

一个作家，分身为两代两位夫人；两个夫人，诠释了一个完整的作家。这是伍尔芙的意识流，我的"意识流"则是四个"玉"。

宝玉、黛玉、红玉、妙玉，这四个“玉”，也许是一个人的几种可能性——可以幻化为男身或女身，可以称之为槛内人或槛外人，可能尊为小姐或卑为丫鬟，可能成就爱情或红楼一梦。

一间自己的房间，那是女人的必备空间——经济独立，心灵自由。“你必须烛照自己的灵魂，洞见它的深刻和它的浅薄，它的虚荣和它的宽厚。”伍尔芙正同大学生说话。

一个红楼美梦，那是女子的桃花爱情——诗意栖居，孤标傲世。“你好——我自好，你失——我自失。”林黛玉正与贾宝玉对话。

伍尔芙的意识流，用在小说里令人赞叹不已。我尝试着用到散文中，希望从无序的生活中建立某种精神秩序，这和散文的“形散而神不散”不谋而合。对文学，我变得郑重而内敛，当初那些肤浅与狂妄一去不复返了。

晚上，一个人在院子里散步。孩子们的欢叫声，黯淡了杏花的怒放。上弦月，杏花香。我确定，树还是那树。我疑惑，花是否还是去年那花？

想起去年，我也从杏树下走过——被孩子的声音裹挟，我也写过一些文字——与薛蝌订婚的邢岫烟、为黛玉病愈的贾宝玉。正是“柳垂金线，桃吐丹霞”的春季，宝玉联想到的邢岫烟却是“乌发如银，红颜似缟”。

万物复苏的春天，伍尔芙选择了自尽。万念俱灰的林黛玉，选择了绝食而亡。也许，林黛玉自尽也是带着对贾宝玉的爱，如同伍尔芙对伦纳德？

这么说，林黛玉临终前的那句“宝玉，宝玉，你好……”，就是爱的呓语，而非怒斥。

伍尔芙与林黛玉，说过同样的话，用不同的语言，一样的方式。

作者简介：周淑娟，江苏徐州人，1992 年毕业于华中理工大学（现华中科技大学）中文系。中国作家协会会员，中国散文学会会员，中国红楼梦学会会员，江苏省徐州市作家协会副主席。散文集《纵横红楼》获第八届冰心散文奖，长篇报告文学《贾汪真旺》列入江苏省作家协会 2018 年度重大题材文学作品创作工程。

孤独，既定的选择

西子谦

有些孤独，并不是本身的孤独，而是因为需要选择一个人的行走，所以孤独。

熙熙攘攘人来人往，当所有的人都朝一个方向奔跑时，唯有你把热闹的结果看懂后，转身离去，不入流便与众不同。之后，径直地走向一个人的心灵修行。

当所有的人都拼命追逐时，独行的人成了正果。这时，已经不再对前行的路诚惶诚恐，他走的路，就是用心来行走，走进一场生命里的盛大修行。

孤独，这个字眼看似凄冷，思想却蓬勃。也只是孤独可以让人登峰造极，望尽江山多娇。

是灵魂站在了高处，成就了人在位置上的胸怀与眼界。登高望远揽得脚下千山与万水，放眼望去天地万物皆是入得怀抱。

孤独，是清高。平常人无法体会到那种孤清，也难以企及那样的境界。

孤独的境界，是一个人的思想潜行，在风高月黑里飞檐走壁，在天地日月中踽踽独行，独行中思想的火花闪耀着智慧的光芒。

有时候，必须要一个人行走。

不在热闹中折堕，也不在世俗中深足。有些选择，不是身不由己，身不由己更多的是为生活所迫，而选择是驾驭生活，不愿将就于生活的僵持，放弃万千诱惑与各色浮华，纵身就投入静真。

也只有孤独的人，能与心灵对话，与思哲相拥。

懂得自己，就懂得生活。懂得，这两个字不易。它需要在孤独里感受自己，感应心魂。

不需要旁人来佐证与评论，自己的心够真实，就不会欺骗了生活，违背了本我。

孤独，诠释出思想的深度。通常会敛冷于眼，格外清高。这需要资本——看透人世间冷暖，听得弦外之音。

如同煮茶，火是烈水是沸，只有孤独，才能让人的心静定。

恰似行云，穿梭万里，舒卷自如，只有孤独，思想奔逸。

烈酒与孤独相见，烈到舌唇无法原谅，猛然间大起大落，落到孤独处，总归落到孤独。

生命在几经兜兜转转之后，看懂热闹狂欢后的落寞。后来才明白，灵魂的归宿，最终只会是孤独。

守得住孤独，就把得住清欢。

快意的人生，就是浓淡相宜里不温不火盛享着遗世独立的清欢。

那是洗尽铅华后的深刻，功名利禄都属于身外的堆积物。而真正能永恒的，仅仅是内心的清孤，清孤里深欢，隐藏在心间，久久地感动生命中的每一时刻。

猛然间，回看落叶黄昏，静看夕阳西下。那一轮原来如日中天的热烈，归依平柔。

生命就是如此：

热热烈烈地燃烧成灰烬之后，成为静美。那是，岁月沧桑后的悟透。

浮浮沉沉地舒展成平淡以后，成为雅致。那是，历经磨炼后的静定。

走在自然里，诗意地行走，孤独不苦，清高至极。

漫漫长路，一个人的背影，虽孤独却是灵魂与思想的终身伴侣。

与孤独共行盛世欢宠，天地人心亦印和。

作者简介：西子谦，中国散文学会会员，广西作家协会会员，多家杂志社签约作家，中国《文学月刊》原执行主编。已出版《孤独，既定的选择》《别问，是缘是劫》《一生所依》等多部著作。

敬畏大地

李炳锋

小雪封地，大雪封河。

每当到了冬天，万物趋于安静的时候，大地的筋骨就赤裸裸地显露出来，山峦，河川，沟壑，麦苗，房舍……一览无余，平淡而萧瑟。空旷的原野上，凛冽的寒风中，人们包头缩颈，葺屋烧炕，抵御着无孔不入的寒气。在无边的萧瑟和空旷里，人的头脑变得清明，就生出“孤舟蓑笠翁”的情怀，禁不住就有了许多的思索和遐想，关于生命，关于爱情，关于历史，关于自然……思来想去，都离不开这一切的载体——脚下的大地。

是啊，人本事再大，也离不开脚下的立足之地。我们每天都在大地上过活，可又有几人能读懂大地呢？与其相比，一切都是暂时的，无论是多么坚固的建筑、多么顽强的生命、多么伟大的人物，有形的，无形的，统统都会成为过去，只有大地缄默如古井，永远地存在着，并将一直存在，超然地陪伴着万物的繁衍生息。大地既能滋养万物，又能毁灭万物。大地用强力的牙齿咀嚼着依附其上的躯体，致使所有的生命都成为过客，最后只剩下自己本源的肌体、本质的肤色。“天地不仁，以万物为刍狗”，谁又能说这不是终极的公平和仁慈？

还记得1986年4月26日吗？那是令全世界胆战心惊的日子。就是在这一天，在乌克兰切尔诺贝利核电站发生了人类史上最严重的核泄漏事故，周围1000平方公里的地区遭到放射性污染，数十万人被迫撤离。事情过去30年了，当人们再回望那片土地的时候，一切归于宁静，好像什么都没发生过。为什么？是大地上重新葳蕤的草木覆盖了事故残留下来的所有建筑和痕迹，那里已经成为一个野生动物自由出入、枝繁叶茂的绿色世界。这就是大地的包容和慈悲！

闲暇之余，你如果在电脑上输入“古国”二字，立马就会出现高昌古国、西藏女国、精绝古国、龟兹古国、哀牢古国……是什么使这些古国衰败消亡？除战乱、饥荒、瘟疫、水源枯涸等原因外，使它们消失的最后一个原因，就是大地的侵蚀，是大地上的风霜雪雨和草木枯荣掩盖了这些文明的符号。黄河有史可查大的改道有7次，在汛期中下游的决口更是不计其数，每次改道，决口都会给百姓带来无尽的灾难。可当我们行走在大地上的时候，又有谁能辨认出大河曾经的模样？是辨不出的，是大地抹平了所有的爱恨情仇，使那些曾经刻骨铭心的往事变得如烟似雾，以至于只剩下似是而非的传说。仅以开封为例吧。在今天的开封，地下 3 ~ 12 米深处上下叠压着 6 座城池，分别是 3 座国都，两座省城，一座中原重镇。怪不得当地百姓传诵着“开封城，城摞城，地下埋有几座城”的歌谣呢！之所以有如此现象，除黄河的无情外，是大地把一段段历史尘封于此。就说我们生活的有着 2600 年历史的城市吧，明清以前的建筑几乎没了一点痕迹，它们残酷地消失在人们的视野里。现在时尚的高楼大厦，若干年后也定会成消亡之物的。大地为文明的创造提供了舞台，同时也为文明的毁灭提供了条件。唯有它如此明目张胆，唯有它如此不悲不喜。

五胡乱华，扬州十日，南京大屠杀，被十几个光棍汉奸淫的留守幼女，死后六年才被发现已化为一堆白骨的独居老人……这些人间极度的罪恶和悲苦，发生时大地是无言的，却又把这一切牢牢地记在心里。

每次回乡为父母上坟，心里就多生纠结。那些曾经鲜活的、有说有笑的长辈们转眼就老了、走了，在飒飒的寒风里，从那些简陋、粗糙、残缺、斑驳的墓碑上或许能读出一个个熟悉的名字，但再过十年、二十年、五十年……谁还记得这些荒草般的名字呢？人活在世上，无非是一条小小的线段，源于尘土很快又复归于尘土，坟墓和碑刻也终将化为尘土，归于大地。平民百姓如此，那些所谓的达官显贵、那些曾经叱咤风云的英雄人物又能如何？在时空面前，谁都无法留住半片身影，迟早都要交给大地——灵魂的栖息归属之地。豁然明白，世世代代的百姓为什么把故人交给大地时称作“入土为安”，深究一下，其实是追求的一种永恒，一种天人合一物我一体的永恒。

大地是深沉的，同时也有着自身的微妙。且不说日月经天、江河纬地，且不说寒来暑往、秋收冬藏，且不说云腾致雨、露结为霜，仅听听这些民谚吧，就能从中读出大地上那不差毫厘的规律：“清明前后，种瓜点豆”“枣芽发，种棉花”“春得一犁雨，秋收万担粮”“芒种麦，立秋谷”“青蛙开口早，早禾一定好”“白露早，寒露迟，秋分种麦正当时”……二十四节气在大地上轮回上演着，循环往复，亘古不变。这是大地的节奏、大地的魅力。大地给我们食粮，给我们智慧，给我们丰厚的回报，也给我们厚重的责任。纵观中国历史，凡能成就一番事业者，哪个不是有浓重的土地情结的人？且不说“农民的儿子”毛泽东，“他是重生亲父母，我是斗争好儿郎”的陈毅，单说荣获诺贝尔文学奖的莫言，他之所以能成为享誉全球的大作家，并非他学识渊博，而是大地滋养了他，是大地给了他智慧、力量和灵感，是“高密东北乡”那片土地上的苦难经历丰满了他的思想。这个曾饿得吃炭块的苦孩子，用他的话说，是读了十年大地之书。

大地在带来恩赐的同时，也充满着纠结。水，石油，煤炭，天然气，矿石，森林……我们从大地上肆意掳夺，在不断地掏取它的五脏六腑；城市无限拓展，使得天地阴阳失衡，雨雪少得可怜；大气、地下水污染，物种不断灭绝，地球的免疫系统正在遭受空前的破坏。大地已不堪重负，大地已变得骨瘦如柴，大地已是千疮百孔。忍无可忍的大地开始报复，极端天气频发，到处山崩地裂，各种怪病频出，我们开始嚼食自己种下的恶果。那呼呼作响的风，分明是大地在冬夜里的声声抽泣。

关于大地的话题太多了，多得永远也讲不完，那就充满深情厚谊地吐出心语，向大地致敬：春天是您的欢歌，夏天是您的爱情，秋天是您的诗意，冬天是您的夜曲；山川是您的筋骨，平原是您的胸膛，草木是您的毛发，湖海是您的眼睛，雨雪是您的泪滴……

我要告诉所有的孩子，面包不是来自商店，而是来自大地。我要告诉所有的人，敬畏大地吧！敬畏大地，就是敬畏我们的祖宗，就是敬畏我们的母亲，就是敬畏我们自己！

作者简介：李炳锋，笔名金后子，1962年生。中国作家协会会员，中国散文学会会员，中国诗歌学会会员，山东省散文学会副会长，首届齐鲁散文奖得主。著有《日月清音》《一年的光景》《大地的苍茫》等散文集8部。

一条狗老死在村庄里

安宁

村子里的狗，跟人一样，一茬接一茬。狗老了，走不动了，又有新的狗生出来，接替那老狗，在大街上穿梭来往。老的狗，常常跟老的人一起，在冬天的自家院子里，或者院墙根下，寂寞地蹲着。老人抽着烟袋，抽一口，烟雾要吐上许久，好像旱烟也临近暮年，行动迟缓。那老狗就笼罩在烟雾里，有些面目模糊。一切都是安静的，晒干的玉米秸被正午的风吹着，发出簌簌的响声。老人的喉咙里好像有痰，上不来，也下不去，就在那里耽搁着，于是呼吸的时候，便有呼噜呼噜的声音。人旁边卧着的老狗也是，喘气有些费力，瘦得只剩下一张皮似的身体，有气无力地随着喘息声上下浮动，好像一张漂在河里的腐朽的树皮。临近暮年的老狗，也一定正在朝一条河流走去，那河流会渡它到另外一个安静的地方去，那里没有村子里的喧嚣，也没有炊烟与食物，但却是美好静寂的。

濒临死亡的狗，比人更为淡定，它们也有子女，但很少眷恋，所以狗的眼睛里，就少了一些纠结与痛苦。身体上的疼痛，也只是让它们抽搐一下，或者哼哼两声，随即便将自己隐匿在无声无息之中。人老了，只要一息尚存，就会怀疑儿女不孝，担心棺材寿衣质量不佳，忧虑田产房子如何分配。絮叨多了，会让人生厌。于是年轻的人就离暮气沉沉的人远远的，有时候经过他们的门前，还掩着鼻，好像那房间里有一股怪味。年老的狗从不遭人反感，它们很自觉地躲得远远的，卧在某个不会让人注意的角落里，苍蝇慢慢地盯住了它们，嗡嗡地叫着，落在毛发脱落稀疏的身体上，叮咬着它们所剩不多的营养。

狗和人一样，是村子里自然的存在。村子里有多少户人家，就差不多有多少条狗。有时候也分不清哪是野狗，哪是家狗。它们每日厮混在一起，跟女人们爱扎堆聚在一起唠嗑一样。村南头的狗说一句话，村北头的狗很快就用狂吠来回应上，其他的狗们也跟着聊上几句，于是夜晚村子里的安静忽然间就被打破了。睡觉的人迷迷糊糊的，却知道这是谁家的狗带的头，于是将那狗的主人骂上几句，一个转身，又睡过去了。

大约怕夜里也被人骂，母亲从来不肯养狗，或许也心疼钱，怕咬了人，还要花钱去给人家打狂犬疫苗。那狗命不值几个钱，被咬的人却是金贵的，尽管老了比狗还遭儿女嫌弃，但终归是狗的主人，走在狗的身边，有先天的优越感。从未养过狗，我便怕狗，路上碰到了，总是溜着墙根走，怕一不小心，就被狗们蹿上来撕碎了吃掉。不过，村子里的狗跟人一样，相互都是熟悉的，即便关系不怎么好，也知道这迎面走来的是谁家的媳妇，或者是哪家的男人，所以，真的被狗咬了的事情并不常见。除非某家的小孩子非要不识好歹欺负那狗，于是狗也便不管那孩子是不是本家的，上去就是一口。这一口要让两家的大人打上很长时间的口舌战。被咬的孩子爹妈指责狗主人没看管好自家的狗，让它四处撒野；狗主人则骂那孩子自贬身价，非得跟一条狗较真儿。小孩子在大人的争吵中，也恨那狗，见了它，非得捡起地上的石子，砸它一顿不可。那狗呢，也知道自己惹了祸，要接连很长时间，见了人都灰溜溜的，就是见了别的狗，也抬不起头来。有时候，那狗会到狗群里去走上一圈，听听别的狗关于它的闲话，如果有不妥当的地方，就辩解上几句；难听一些的，也不多言，直接打上一场，用拳头决定胜负。当然，大多数时候，这狗是不敢再招惹是非的，没吃没喝不说，夜晚还会被关在家门外；尽管那篱笆很矮，泥墙也可以助跑几步就一下子跨越过去，但狗还是像被惩罚的小孩子一样，徘徊在院墙根下直到半夜，最后累了，就蹲在门口，睁着眼睛，一边想想日间的烦恼，一边警惕着有无盗贼接近主人家院子。狗是即便被撵出去的那一刻，也要为主人尽忠职守的。

乡下的狗，跟乡下的娃一样，少有娇生惯养的，从未有人给狗看过什么病，好像乡下的狗一生就没有生老病死一样。狗生病了，都是自己慢慢熬着，熬过去了，就好了，熬不过去，就变得残疾，或者死掉。除了小孩子，没有什么人会怀念一只狗的往昔，因为永远有新的狗替补过来，成为新的看门护院的仆人。狗命贱，好养活，所以，如果哪家缺了男孩，但是忽然间有一天老天爷长眼，在七八个女孩后，这家生了个男孩出来，这个男孩一定会被家族命名为“狗剩”“狗蛋”“狗子”“狗娃”之类的贱名，以便可以跟狗一样活得长久一些。不过，人一生下来，名字虽然贱，却是被姐姐们百般呵护的。但狗一生下来，却连个窝也没有。院子里随便哪儿，只要不碍人的事，不挡人的道，都可以成为狗的窝。有时候，狗也会跟鸡们躺在一起，或者在牛棚里，香台下，猪圈旁，悄无声息、低眉顺眼地往地上一卧。狗怯人，也只是怯主人，它们需要讨好主人，让主人高兴，帮主人掌管好院子是它们一生的职责，至于报酬，是完全不计较的。乡下的狗，一年里吃荤的机会不是太多，但它们一样长得人高马大，从未有营养不良的样子，带出去也特别给主人装面子。有时候，它们背着主人，会在垃圾堆里捡拾骨头吃。那骨头经了风吹日晒，都如干枯的木棒一样。但狗们依然抢食得非常快活，好像那上面沾着肥硕的一块好肉。有人经过，恶作剧地吓唬一下，它们理也不理，继续埋头苦吃。

正午，男人们在门口的梧桐树下，就着咸菜，蹲在地上吃面条。男人们吃面条跟干什么大事业似的，呼噜呼噜地响，为了表示那面条是香的，还要吧唧着嘴。那声音隔着二里路都能听到，即便是隔着厚厚的墙，女人们仅凭那吧唧嘴的声音，也能够将自己家的男人指认出来。阳光透过梧桐树叶，洒在盛放面条的海碗里，星星点点的，好像喜气的金子。狗就蹲在人的身边，好像闭眼睡着的样子，但是鼻子却翕动着，想要吃那主人碗里的面条，却一直矜持着，装出毫无兴趣的样子。就连掉在地上的饭渣，狗也不会轻易地就跑到人的脚下去捡漏，非得到人蹲得腿脚麻了，将碗里剩下的残渣，用筷子拨拉到地上，示意狗来清理干净，那狗才温顺地起身，礼貌地做最后的清扫工作。

乡下的狗当然永远没有人吃得饱，如果见到一个大肚子的狗，那一定是一只怀孕的母狗。乡下的狗怀孕了，常常找不到是谁家的狗播撒的种子。因此，男人女人们吵架，使用的具有浓郁性意味的词语都与“狗”有关。两口子吵架的时候，狗就在院子里听着。有喜欢看热闹的人，站在院墙根外侧耳偷听，狗闻着那气息，如果是陌生的，一定会叫起来。干架干到兴头上的夫妻俩，并不关心这些，甚至会因此更加气恼，好像那狗的好心打扰了他们，于是骂一句“狗日的”，并将原本应该砸到对方脑袋上的锅碗瓢盆，丢到院子里那狗的身上去。狗受了惊吓，跳了起来，看着这一场互相撕扯的战争，终于有些害怕，像早就逃出去的孩子，灰溜溜地跑出院子，想要找一条街上的熟识的狗，说一说心里的恐慌。

最终，狗只是沿着墙根孤独地走了一阵，将心底淤积的烦恼，借由一泡尿撒了出去。而后，又朝家的方向走去。在巷子口，狗会遇到看热闹的男人女人们，他们打着心满意足的哈欠，交换观察到的夫妻俩吵架的有趣的细节，就像交换一场电影里隐秘的情色趣味。狗经过他们，会低下头，好像他们点评的不是主人，而是自己。狗自己有什么呢？它一无所有，除了对主人的赤诚之心。可是，这满腔的一文不值的热情，又有谁知道呢？于是，狗只能夹起尾巴，缩起身子，也不去吼叫那些从院子里杂沓出来的男女，而是很安静地在门口的麦秸垛旁卧下来。狗听到有女人尖着嗓子笑道：看他们家的那条狗，大概也被揍了一顿，跟条落水狗一样，真可怜！狗这次没有喊叫，而是闭上了眼睛，假装什么也没有听到。

乡下的狗，当然都不是吃闲饭的，尽管那饭也吃不饱、吃不香，但成了人家的狗，就要尽忠职守地做事。看家当然是狗的天职，谁家要是没有一条狗卧在家门口，代替主人辨别来人的好坏亲疏，那几乎就是人丁不旺的衰颓相。白天的村子里，全是人的声音，隔墙喊叫的，大街小巷里吵嚷的，狗们则全隐没了一样，悄无声息地在太阳地里晒着，或者在阴凉儿里吐着舌头。只有在太阳落下山去，黑夜将袍子罩在村庄上的时候，东头的狗和西头的狗，才会在没有阻碍的夜色中，隔空交流一阵。狗一生的睡眠，大约都是轻的、浅的，犹如暮年的老人。不管是酷暑还是寒冬，狗们都随时做好醒来战斗的准备。什么风吹草动，都逃不过它们的耳朵。所以，狗的梦境，也一定是碎片化的，好像一潭湖水，时不时会有小孩子将一枚石子投进来，打破它的宁静。两只醒来的狗，会在深夜用叫声说几句话，也不会多，只是呓语似的聊一会，而后看一眼墙上晃动的树影，再侧耳倾听下巷子里渐渐远去的脚步声，便止了叫声，重新沉入梦境中去。

在麦场里打麦的时候，狗是最好的麦子的守护者。每两家的麦场都隔得很近，有时候就用麻袋隔出来。如果主人不在，再不仔细问一句，人也分不清哪个麦垛是哪家的。但狗却清楚得很，如果有人趁机拽一把麦子，狗会立刻扑上去将人撂倒在地。当然，接下来的动作，狗会看人的眼色行事，毕竟都是一个村子里的熟人，抬头不见低头见，偷人麦子虽然可恶，可也不至于到咬下一块肉来的程度；如果狗真的那么没有眼色，咬伤了那偷麦子的人，让主人倒霉，赔钱让那人去打狂犬疫苗，到头来倒霉的不只是主人，还有狗自己。因此，狗在下口之前，是会察言观色的，且不会误判那眼色中的爱憎程度。大约，狗之间也是有亲疏远近的，狗一定也知道那偷麦子的人是哪个“狗友”的主人，看在狗友的面子上，且不去撕破他的衣服，留他一个活口，只让他在主人面前露丑愧疚就可以了。

于是，在月亮下的麦场里，除了几声尖锐的狗叫声和人之间压低了声音的交涉，谁也不知道发生了什么。当然，狗不说，人的嘴巴却是遮不住的。第二天起床后，从村东头到村西头，人人都知道了谁家麦场被偷的新闻。那小偷两天内是不敢出门的，怕人的唾液和狗的叫声会将他淹死。可是总是要忙秋收的，于是便昼伏夜出，在高高挂起的马灯下，收拾自家的麦场，并在听到一声熟悉的狗叫后，骂一句娘，也便一日日熬过了这个麦收。

麦收过了，田野里便有些空旷和荒凉。放羊的人沿着田间小道，将羊赶到树林里去。放猪的狗们，则跟人一样，左右驱赶着猪们去无人耕种的坡地上吃草。猪拱着草地，左一下，右一下，要漫无边际地吃下去的样子。但狗不会让猪的这一梦想实现，它像一个指挥有方的将领，在左冲右突中，保持着猪群队伍优雅有序的风度。猪会在坡地上度过一个美好的下午，直吃得肚子拖着地，好像怀胎十月的样子；小猪仔们也不甘落后，跟在母猪的后面，啃着最鲜嫩的苋菜、灰灰菜，或者马蜂菜。有时候，猪们会想越过狗的看管，去人家地里拱玉米苗吃，狗是绝对不会允许这样的事情发生的，否则，引起人的纷争，最终惩罚的不是猪，而是未能担负起看管责任的狗自己。

猪们老实吃草的时候，蹲在一旁的狗一定像看羊的人一样，胡思乱想一阵，或者看着远处树丛里浮起的雾气出神。远方有什么呢？好像什么也没有，又好像隐藏着无尽的希望。可是，那跟一只狗的世界并没有太大的关系。狗的一生，隐居在乡村，行走在小巷，或者蹲伏在庭院的梧桐树下。远方是诗意的，而一只狗，只踞守在人的家园。

等到某一天，守护庭院的狗老了，叫也叫不动了，主人会皱着眉，对登门的人说：瞧这只老狗，不中用了，还赖着不死！

狗将头藏到腐朽的被蚊蝇趴满的身体下面，想要哭，却最终，一滴泪也没有。

作者简介：安宁，山东人，生于20世纪80年代，中国作家协会会员。现为内蒙古大学文学与新闻传播学院副教授，内蒙古评论家协会副主席。在《人民文学》《作家》《天涯》等期刊发表作品400余万字。已出版著作25部。代表作有《我们正在消失的乡村生活》《遗忘在乡下的植物》《乡野闲人》《迁徙记》。曾获首届华语青年作家奖、冰心散文奖、叶圣陶教师文学奖、索龙嘎文学奖、广西文学奖、草原文学奖、山东文学奖等奖项。作品《走亲戚》入选2015年度全国散文排行榜，入围第17届百花文学奖。长篇小说《试婚》在台湾发行繁体版，《十月》全文刊发。

眉豆爬墙，闺女仿娘

王宁

一

哄着妈妈把药吃完，擦擦她的嘴角，把她肩头的被子盖严，然后对她说："先歇一会儿。"

妈妈很乖地"嗯"一声，那双已经失去了光华的眼睛却时刻不离地注视着我的一举一动。

我不忍离开，重新在妈妈床边坐下，双臂撑在她的肩旁，仔细查看妈妈脸上的一道道皱纹、新添的老人斑，还有因药物副作用起的红斑点，嘴角上起的白泡……

妈妈的眉毛有一根白了，很长，听人说这是长寿眉，不能随便拔掉。妈妈依然双眼皮，杏仁眼，睫毛又长又密，向上齐齐地卷翘着，很好看。

此时，妈妈也在端详着我，自言自语地说："闺女长得就是像我。"

"哪点像啊？"我故意问。

"鼻子、眼睛，都像。"然后又说，"眉豆爬墙，闺女仿娘。"

惊喜！没想到妈会说出这样稀罕的话来。

"好看不？"我问。

"好看。"妈说。

一次，一位新结识的旅友见到我妈后不由感叹："你妈妈的眼睛到现在还这么好看，年轻时一定很漂亮。"

"那当然。就是现在也漂亮。"话虽没说出口，但，我还是不由自主地笑了。

把这话说给妈听，妈竟有些羞涩地笑了，谦虚地说："不好看。"但，这次捎带着女儿，她不再谦虚，顺便也就承认了自己的好看。

家人都说，姊妹六人中，我长得最像妈，无论是脸盘还是五官，都像，连走路的姿势都像，脾气秉性更像。

二

这次重病，住院一个多月。不知道是不是只顾治疗肺炎，断了脑血栓药物的原因，妈竟然连我这个她最牵挂、最自豪的“心肝儿”都不认识了。

在医院，趴在妈妈病床边，逗妈妈说话，问：“我是谁啊？”

“王二白。”妈妈虚弱地、含糊不清地说。

有些辨认不清，不敢相信，不知道妈为什么会说“王二白”。再问：“仔细看看我是谁？”

“王二白。”妈还是这样说。

心里有说不出的滋味。

小妹在一旁幸灾乐祸:“咋回事，连你这个心肝儿都不认识了？地位下降了吧？”

我认为这是她嫉妒，借机“报复”。

小妹也趴在妈面前问：“我是谁呀？”

“王二白。”妈又说。

我笑，找回点平衡。

于是，不论谁来医院，都问妈“这是谁？”

二姐则自认为妈在叫她，沾沾自喜。

其实，二姐一点儿都不白。她以前长期在农村老家干活，脸晒得又红又黑。全家数她最黑。她常抱怨，说自己是“二老冤”，现在觉得妈心里只记挂着她，是不是找回点被宠爱、被重视的感觉？

小妹的孩子大清、小清一进门，病房的气氛一下轻松活跃起来。第一件事还是问妈他们是谁，妈妈毫不迟疑地叫出了他们的名字，满脸的骄傲。

再问妈，她儿子叫啥，有几个孙子，都叫啥名字，妈都能准确无误地说出来。

即使几个女婿的名字，妈也都不假思索地说出来，但就是不认识天天守在身边的女儿们，令人十分不解。我们不由感叹，说妈“重男轻女”。

三

妈妈出院后，住在小妹家。

有次小妹打电话，惊喜地说：“这几天妈太神了，除了知道她三闺女叫啥，竟然还知道在北京上班，在杂志社上班。”

但，回家见了面，妈仍不知道我是谁。

照顾妈妈躺下。

她看着我，有些过意不去，说：“受累了。”

一时不知道说什么好。妈还是第一次说这样的话。我笑着说：“妈还会客气。”

妈又拽拽爸爸的衣袖，有些窃喜：“咱又多了个闺女。”

不知如何是好。

爸哭笑不得，说：“是。又多了个闺女。”

妈妈真的如获至宝：“又多了个闺女！”

问她：“我不是你亲闺女？”

妈认真思考了一会儿，还是含含糊糊：“你说是不是？”

有些心酸。问：“不是亲闺女，叫‘妈’为啥答应？”

妈占了便宜似的笑了，说：“你叫我，我就答应。”

我趴在妈妈脸前，看着妈妈混浊的双眼，浮肿的面庞。

妈妈的眼睛空洞地看着远处，突然伤感地说：“三闺女在北京上班，好长时间没见她了。”

听妈这话，猛然想哭。

原来在妈妈的内心深处，还装着她的三闺女，没有遗忘。

“我就是您的三闺女。我是敏。我已经从北京回来了。回来看你了。”

妈妈好像一下惊醒了，恸哭，然后一副如释重负的样子：“俺三闺女回来了。三闺女回来看我了。”随后又伤感地哭了起来，“连亲闺女都不认识了。连亲闺女都不认识了。”

我赶快安慰妈妈：“咋不认识呀？认识。只是刚才一下没想起来。现在不就知道了？”

于是，妈妈也说：“现在知道了。现在知道了。”

这一刻，我又看到了妈妈清醒的样子。

四

妈妈对眼前的事情一点儿也记不住了。刚刚教过她我叫啥，接着再问，她不是说“叫王二白”，就是一副为难的样子，怯怯地说“不知道”。

晚上睡觉时跟妈妈说了“拜拜”，第二天见面还要再跟她说：“我是敏。我从北京回来了。”

妈妈则惊喜地说：“咦！闺女从北京回来了。”

妈妈用方便的右手，不停地拍着桌子，叫爸爸：“老头！老头！咱闺女回来了。过来，跟闺女说说话。”

爸说：“我咋会不知道？昨天就回来了。你没见？”

妈妈还是拍着桌子叫“老头”。爸就有意说：“我不知道她回来了。”

有时妈妈会问：“咋来的？”

我说：“坐火车。”

“以后别坐火车了。”妈说。

“那坐啥？坐飞机？”我故意问。

妈说：“坐火车太远。”

妈妈的意思是说北京太远，以后要尽量少回来。

我说：“现在坐火车很快，一会儿就到了。”

妈妈这才安心。

已经混沌不清了，片刻的清醒，想的还是孩子。

我心里难过，下意识地叹口气，妈会马上问：“心里不舒服了？”

我赶紧说：“没有。”

五

绝大部分时间，妈妈心里是不清楚的。

在妈妈心里，好像有一堵高高的、厚厚的墙。我想冲破这高墙，走进妈妈心里，跟妈妈交流，但进不去。

知道自己连女儿都认不出了，妈妈很伤心，满脸的无助。我能感觉出妈妈是那么渴望走出自己心中的那堵高墙，却没人能扶她出来。

每次跟妈说话，都是先问“我是谁”，恐惧妈妈认不出自己，恐惧妈妈会抛开与亲人的情感纽带。

但，妈妈很少答对。

于是“因势利导”。

“在北京上班的闺女排几？”

“排三。”

“叫啥？”

“叫敏。”

“对了。真能。”

听到表扬，妈妈很自豪，也说自己“真能”。

这样顺着说，妈大多也能说对。有时说不对，就伸出三个手指提醒：“这是几？”

“三。”

“我是几闺女？”

“三闺女。”

“三闺女叫啥？”

“叫敏。”

有时三个手指也答不对，就从“一”开始提示。

刚上小学一年级的小清喜欢当老师，经常教妈数数。

小清边打手语，边问姥姥：“这是几？”

伸到四个手指，顶多伸五个时，妈就不知道是什么意思了，只是顺着往下数，这样也能数几十个。

手势打到十，小清就不知道怎么再打下去了，他自己发明创造地把脸、胳膊、身体都用上。打一个手语，问一句“这是几？”，直到把自己累得上气不接下气地歪倒在我怀里。

不知道妈妈还能不能感受到这天伦之乐。

但，知道妈妈很喜欢小清跟她玩儿，喜欢他温柔地抚摸她软软的脸颊，喜欢跟他一起数数，喜欢他问“这是谁”，喜欢他像推摇篮一样推着轮椅上的她晃来晃去，喜欢他趴在她床前甜甜地叫“姥姥”……

六

妈妈心中的那堵墙并非铜墙铁壁，没有一丝缝隙，只要耐心多沟通一会儿，便会有一扇小窗徐徐打开。

我能感觉出，妈妈是那样渴望有人能打开她心中的窗，有人能站在那扇窗前跟她说说话。

坐在她床边，刚站起来一动，妈妈就惊恐地说："别走。"

我停下，说："不走。"

"别不吭气就走。"妈说。

"没有。"我说。

"坐下说说话。"妈说。

"好。"我说。

在妈床前重新坐下。

"闺女守着心里舒服。"妈说。

妈妈，我愿永远守在您窗前，不让您关上这扇窗。

妈妈，我愿永远守在您窗前，一次次推开您心中的窗。

作者简介：王宁，中国散文学会会员、河南作家协会会员。第八届冰心散文奖获得者。散文作品发表于《新华每日电讯》《检察日报》《河南日报》《西部散文选刊》等报刊。出版散文集《眉豆爬墙》。散文《眉豆爬墙，闺女仿娘》在第八届"漂母杯"华人华文母爱·爱母主题散文诗歌大赛中获奖；散文《麦收季节的味道》入选"2015 中国散文排行榜"；散文《清官第一王贯三》入选"2016 中国散文排行榜"；散文《山茶花开》入选"2017 中国散文排行榜"；散文《母爱的孤独》入选"2018 中国散文排行榜"；散文《西山梦泉》入选《名家写海淀》一书。

生命之灯

逢金一

在济南地图上，你一定能很快找到顺河高架路。它南北纵贯，状如一个发福中年男性的啤酒肚曲线。大约在这啤酒肚的肚脐眼处，由东向西挺出如小火柴棒一样的一条街，那就是馆驿街。

馆驿街是一条温暖的街。1987 年夏天，我第一次来到济南。济南给我留下最深印象的不是大明湖，不是趵突泉，不是千佛山，不是泉城路，而是馆驿街。

我至今还记得那次和父亲走过两个开满丰满荷花的大池塘，那荷花拥拥挤挤却高高兴兴的样子，长得好像比我还高。我还记得我们走过夏夜西门，那里有乘凉跳舞的人。

父亲一字一顿地念："馆——驿——街，嗯，走走看。"

"馆驿"，多么有意思的一个名字。走走看，看有什么名堂。这是很奇怪的一种感觉。现在想想，大约是父亲与我对古典语言共有的一种天生的敏感。它带着古文明的胎记，带着汉文字的神秘感，指向古代，指向了大多数当代人看不清的远方。

"馆驿"让我想到"战国四公子"之一孟尝君的门下冯谖。孟尝君最初将他"置于馆驿"，不甚重用，后来冯谖唱《长铗歌》，吐槽自己"食无鱼，出无车"，终成孟尝君的高级食客，并成功地为孟尝君"买义"薛邑、游说梁惠王任用孟尝君为宰相。著名成语"狡兔三窟"也源于此人。典称"孟尝君为相数十年，无纤介之祸者，冯谖之计也"。

"馆驿"让我想到商鞅。这是一个在生命的最后"驿不得"的可怜之人。他被迫逃亡到边境时，想投宿馆驿，却被以"商君之法，舍人无验者坐之"予以回绝，最终被逮捕遭车裂而死。

"馆驿"还让我想到杜牧那首著名诗作："长安回望绣成堆，山顶千门次第开。一骑红尘妃子笑，无人知是荔枝来。"此诗讽刺唐玄宗为了爱吃鲜荔枝的杨贵妃，动用国家驿站运输系统，从南方运送荔枝到长安。那嘚嘚的马蹄声，历经千年，犹自回响我耳畔。

父亲和我就在那沙沙的长铗歌声中，在那慌慌的择路声中，在那隐隐的马蹄声中，像两簇小火，一步一步照亮这根充满神秘感的火柴棒。

许多年后，当我终于在这座城市落户，而所居住的地方恰巧在馆驿街附近时，就常常想到与父亲共度的那些宝贵时光。现在，这条路只能由我一个人去走了，火柴棒被我一次次孤独地擦亮，一次次映照出父亲那慈祥的笑容，我仿佛又闻到他身上淡淡的烟草气息，父亲略带低沉的声音回荡在耳畔。

后来，我慢慢理解了这条街。

这是一根燃烧了六百多年的火柴棒。它最初出现在文字中是一条大道，俗称官道。那是在明洪武九年（1376 年），三司（布政司、按察司、都司）移于历城，此地始设馆驿，名曰谭城驿。这是传送公文、迎送官员的馆驿，百姓称“接官亭”。

这根火柴棒正式成为一条街，是在清代。清乾隆三十六年（1771 年），《历城县志》将这一带称为“十王殿街”。后来，在馆驿和十王殿之间形成街巷，才统称馆驿街。《续修历城县志》记载，馆驿街“北走燕冀，东通齐鲁，为济南咽喉重地”。

既为“咽喉”，那么我想，明代“后七子”领袖、大诗人李攀龙按理说也会从此街走过。因为他曾在今广东、山西、河北、河南、浙江、陕西等多地出任高官并多次回乡，一定有机会经过此街，而在极其重视迎送程序的古代中国，他在馆驿街上寒暄几句，当是必有的步骤。

路有容。从历史资料来看，早先的馆驿街是条土路，后曾铺成碎石路。1929 年加以翻修，1931 年修成黑沙石路，1933 年改作青花岗石板路，现为沥青路面。路也有色。这条街的特色也随着历史潮流而改变。20 世纪初，这条街上有三多：人多、庙多、会馆多。到了 20 世纪 40 年代，这里已演变成一条商业街，商品种类繁多，有农具、日用百货、筐子、篓子、建筑材料、粮食、布匹等。20 世纪八九十年代，这里成了经营炊具、竹编、丝网、炉具等土杂品特色一条街。总体来看，是由官道而至商道的演变，我想，这主要是由于 20 世纪初开埠的影响吧。

当时父亲与我走这条街时，路面是什么容色已然记不清了。我感觉是青石板路，至少是保留着某几块青石板的。要不，父亲那坚强有力的脚步声，为什么依然回响在我耳畔呢？

这根火柴棒的东端为英贤桥；西端，也即它的红色磷头，是红瓦坡顶的德式建筑津浦铁路宾馆。我们在说这座建筑的时候，其实应该降低声调，因为它可是一位已经 107 岁的历史老人。在这一百多年的时光中，它有很多荣耀的时刻，孙中山、胡适、泰戈尔，还有徐志摩，都曾在此住过。此处地近经一纬一，济南经线与纬线的始点，因而是一个历史性与地域性的交叉点，又因与津浦铁路站——济南老火车站——仅一个路口之隔，此处又成为诸多人事的原点或标志性节点。

颇值得一提的是1922年胡适的济南之行。胡适参加第八届全国教育联合会，下榻于此。而正是在此宾馆中，胡适草拟了会议草案并推动大会通过了这个草案，即《学制修正案》。这是中国现代教育史上影响最深刻的一次变革。它彻底放弃了沿袭日本的旧学制，转向英美学制，也就是将小学由七年改为六年，将中学由四年改为六年（初中三年，高中三年），即"六三三学制"。说这是中国近代中小学教育的一个原点，一点也不为过；说此地为中国近代中小学教育的重要见证处，一点也不会错。

孙中山与胡适在济南之行中，都曾抽时间游览了大明湖。从路线上考量，他们均可能走过馆驿街，只是未有确实的文字留下。一条街就是一条街，它平躺着，只供人走来走去，未必非得让人记住它，不像湖山胜景，或以水的形式低下头去一脸娇羞，或以碑、塔、寺、观的形式仰起头来一脸的正能量，让人在俯仰之间流连忘返。一条街，以正直为本分，沉默是它的声音，寂寞是它的命运。

徐志摩曾三至济南，这在陈忠、王展兄与我合著的《徐志摩与济南》一书中有详细记述。1924年，泰戈尔与徐志摩住进了这座宾馆。1931年11月19日，志摩遇难济南，他的灵柩就停放在馆驿街的"寿佛寺"。寿佛寺在馆驿街西段，"中州会馆"和"安徽乡祠"之间。11月22日，梁思成、金岳霖、张奚若、沈从文、闻一多、梁实秋、赵太侔等人赶到寿佛寺。梁思成当时带来一只用铁树叶做主体缀以白花的小花圈，这只具有希腊风格的小花圈，是林徽因和他流着泪编成的，志摩的一张照片镶嵌在中间。中国现代史上的这一干文化名流，含着泪，伴志摩在馆驿街走了最后一程。

从更大的视野上看去，这条街在现代史上，日本人的铁蹄踏过，国民党的军警皮靴响过，解放军的布鞋丈量过。720米的长度，一部大历史的容量。

而今，我上下班都要穿过英贤桥，脚触馆驿街，我的孩子也曾每日路经馆驿街。每次经过这条街，我都会有一种不一样的感受。我们称它为街，实则好似省略了什么。在我眼里，它是一座以直线形式存在的高山，是一条以硬土方式存在的长河。它甚至可被视为典型山东人的一个隐喻：外表平凡、平实、平和、平静，目光久远、沉稳老练、处变不惊。

每个人都生活在自己的经验与记忆中。每个人的记忆中，一定有许许多多、各式各样燃烧着的火柴棒。它们默默燃烧，侍奉着岁月，滋养着时光。它们小到无名无姓，却大到能照亮一座城市、光耀一部历史。

它们，是能够点亮人们心海沉舟的生命之灯。

作者简介：逄金一，1969 年生于山东胶南，博士后，中国作家协会会员，山东省作家协会全委会委员，山东省散文学会副会长，济南市作家协会副主席。现供职于《济南日报》。著有《中国风尚史·先秦卷》等诗歌、散文、文化著作 11 部。曾获中国报纸副刊好作品一等奖、冰心散文奖、齐鲁文学奖、刘勰文艺评论奖、山东新闻名专栏奖、奎虚图书奖等奖项。

名字

陈仓

经过多次抽血化验，确认怀孕无疑之后，小青再也不敢自己开车上下班了。她有点邀功请赏的意思，跟我说，请个专职司机吧。我说，那自然的，而且要请个帅点的。这么光荣而幸福的美差，我哪里舍得让给别人，于是，每天一早一晚，我就开着车送小青上班下班。在那条来回二十公里的路上，我们不再因为堵车而无聊和烦恼了，开始一边开车一边给十天的小生命勾画起未来——我不明白这算不算生命，或许他只是一种生命的迹象。

第一个能体现未来的自然是名字了。

名字可以说是寄托着父母的厚望，也含着对一个人一生的暗示。有一天，看到密密麻麻的人流，我突然灵光一闪，提出一个“蚁”字——蚂蚁是我最喜欢的生命了，它卑微而不放弃，它渺小而团结一心，它敏感而神秘莫测，它无论走多远都会回家。我经常会遇到蚂蚁，有时在中午，有时在半夜，有时在熙熙攘攘的路上，有时在荒无人烟的野外，它们扛着大它们几倍的食物，义无反顾地朝前走着。它们为什么不就地解决，而要扛着食物奔跑呢？它们心里装着的，恐怕是大家，是群体，而不是自己。不像我们人类，在外边发了一笔横财，便偷偷地远远地藏起来，甚至连妻儿老小都抛弃了。如果有来生，其实我最希望的，就是托生为一只蚂蚁。小青又提出一个“正”字。“正”是我们陈氏的辈分，辈分是祖先留下来的，代表着支脉相连。而且“正”字，在新华字典里有十几层含义：跟“歪”相对，跟“偏”相对，跟“反”相对，还有“正直”“正当”“纯正”，以及合乎法度的、基本的、主要的（区别于“副”）、大于零的（跟“负”相对）、表示恰好的，等等。所以，我们的孩子还在腹中，就有了让我们两个人都满意的第一个名字——陈正蚁。

如果不出意外，在这个世界上，又会多一个人，这个人的名字将叫陈正蚁。一只正直的正当的纯正的端正的蚂蚁，一只主要的大于零的恰好的蚂蚁，一只卑微却有着积极心态的蚂蚁。

毕竟不是二十岁，小青怀孕之后，我看到任何人时都面带得意的笑。有人问我，你最近买彩票中奖了吗？不然怎么总是笑嘻嘻的？小青提醒我说，在未满三个月的时候，千万不要告诉别人；丈母娘提醒我说，否则会引起胎神的不满，孩子不高兴会“走掉”的。无论她们怎么吓我，我还是忍不住。我希望把这个消息告诉每一个人，我虽然牙齿掉了，头发白了，进入不惑了，但是一个还有繁殖能力的人就不能称之为“老”，就依然是年轻的，是值得去炫耀的。有人在一次文学活动中让我发言，谈谈自己的文学创作，主题应该是说诗歌的。但是，我并没有说诗歌。诗歌于我而言，那阵子已经退为其次了。我告诉大家，我老婆怀孕了，孩子名字都起好了，就叫陈正蚁，陈是我的姓氏，正是他的辈分，蚁的意思就是一只小蚂蚁。大家不知所云，纷纷迷茫地看着我。我告诉大家，读了某某诗人的作品，其中对生命的敬畏之心尤其让人感动，我孩子的名字就是受到了诗歌的启发；而且诗歌永远是青春的艺术，像生儿育女是年轻人的能力一样，我们要用让老婆怀孕的心态去对待诗歌，去创作诗歌。或许一个优秀的文字，应该都是怀孕了的。

我云里雾里的解释赢得了掌声。

我遇到了几位同事，也笑着告诉他们，我孩子两个月了。有人问，你抱孙子了吗？有人说，你是第几胎呀？我还陆续打电话把消息告诉了老家的亲戚们，包括年近八旬的老父亲。我对他说，你要抱孙子啦。父亲一高兴，就一句话没有了。小青以为，父亲对抱孙子并不十分起劲。姐姐事后告诉我说，当时父亲是流泪了的。从此，每天早上迎着阳光，晚上面对华灯初上，我们唯一的话题就是孩子。我们不仅谈孩子的成长，谈孩子的爱情，谈孩子的事业，还谈孩子的为人处世。小青起初有这么几个观点：第一，不让他太累，不上培训班，要让他写毛笔字，能顺便画个画最好，因为毛笔字是中国传统文化，一支毛笔一瓶墨水便可以行走天下了。第二，不让他太伟大，要顽强而快乐地生活，因为照着我们半辈子的体验，快乐是人生的真谛，再伟大的人如果不快乐，活着有什么意义呢？第三，要懂得享受人生，不能只谈一次恋爱，如果只谈一次恋爱，实在太亏待自己了。我说，你现在再谈也不迟吧？她说，当然迟了，有孩子了，哪还有精力呀。第四，让他（她）娶个或者嫁个有别墅的，我们这辈子想住上大别墅，恐怕希望渺茫了，只能靠着孩子他（她）媳妇或者老公了。所有的话题，都落脚到了对孩子的美好想象上，最后我们发现“陈正蚁”三个字根本无法囊括我们所有的期望。

在继续给孩子起名字方面，我与小青做了简单的分工，大名由我这个父亲做主，乳名就由她来负责。第十天的时候，我们确定了孩子一生的追求，就是写毛笔字与画画，所以小青想到了上海名人陈十发，加上我父亲的名字叫陈先发。乳名很快就取出来了，“九发”太小，“十发”重名了，“后发”不吉利，最后敲定了“十一发”。小青解释说，我们期望不大，就是比陈十发“多一发”，也不在于“先发”与“后发”，关键希望他的人生是“连发”。我对于这个乳名一直是不满意的，因为“八”就是“发”的关系，在这个物欲横流的时代，车牌子与手机号码喜欢带“八”，买房子喜欢“八”楼，就连选个墓地也要挑个第“八”排，所以“发”字太时髦了，太俗气了，被用得太滥了，变成了一个太累的字。我一直没有说出来，因为我至今都不明白，小青的“十一发”是什么意思。是发财呢，还是连珠炮式的十一发子弹？如果那样的话，火力也真够威猛的了。

有一天，小青突然抚着日益隆起的肚皮说，从今天起，我们家的孩子要改乳名了，不叫十一发了，而叫葫芦娃。小青说，她做了个梦，梦见自己家的孩子好像在什么地方见过无数次。她与B超测试出来的几个数字对照了一下，在一张白纸上把梦里孩子的样子绘了出来。这时电视里正好在重播《金刚葫芦娃》动画片，她突然明白了，孩子长得原来像一个葫芦娃。我说，我没有看过这个动画片。小青笑话我说，你还作家呢，这也没有看过啊，我小时候起码看过三十遍。小青一边唱起了主题曲，一边给我进行了知识普及：传说有位农民，种下葫芦籽，结了七个葫芦，七个葫芦成熟了，相继落地变成七个男孩，穿着七种颜色的衣服。红娃是大力士，橙娃是千里眼和顺风耳，黄娃刀枪不入，绿娃会喷火，青娃能吞吐江海，蓝娃有隐身术，还有迷失本性的紫娃。我问，葫芦娃有七个呢，我们的是哪一个？小青说，你最喜欢哪个，他就是哪个。我说，有的力气大，有的耳朵好，个个都有缺陷。小青说，有一个是合体的，他就是金刚葫芦娃，七颗葫芦娃的心都融在他的胸中，七个葫芦娃的本领都长在他的身上。

我能理解小青，天下所有的父母都是最贪心的，都希望自己的孩子是最完美的一个。

把葫芦娃确定为孩子的乳名之后，小青从网上下载了一套葫芦娃的方头、方眼睛、方下巴的照片，彩色打印了出来，两张压在书桌下边，一张装进相框挂在了冰箱上。每天早上上班的路上，我们两个人便一遍遍地唱起了《金刚葫芦娃》的主题曲，不过我们把题目改成了《葫芦娃之歌》。大意是：葫芦娃，葫芦娃，一根藤上两个瓜。一个是他爹，一个是他妈。葫芦娃，力气大。左手不是鸡，右手不是鸭。左手扶着爹，右手扶着妈，葫芦娃，真是一个孝顺的娃。每唱一遍，词都在变，调子也在变，一会儿是评弹，一会儿是二人转，一会儿又变成了京剧或者豫剧。那种幸福之情，恐怕只有父母才流得出来吧？有几个人听到这个乳名，也提出了与我相同的问题，你们家孩子是什么娃？小青毫不犹豫地回答，他是金刚葫芦娃！

对于大名，小青说，你是一个大作家，我给你三个月的时间，你就好好完成这部三个字的作品吧。你写了半辈子的诗词、小说、散文，四处获奖，到处发表，牛哄哄的，现在考验你真本事的时候到了。小青说着，还从百宝箱里翻出了她学生时期用过的一本《新华字典》、一本《全唐诗》、一本《成语大词典》。对于孩子的大名，小青提出了几条基本原则：一是必须通俗易懂，没有生僻字。二是不能不可一世。三是名与姓应该融为一体。四是不要有歧义，成了别人取笑的把柄。还有，写出来要好看，有些字不规整，孩子以后成了名人，签名的时候写不漂亮。

后来，小青还提了一条，关于生辰八字，金木水火土都不用管了，但是这个名字把姓氏笔画加起来，必须通过有关算命网站的测试。

那些日子，我在单位里总是开小差，碰到每一个同事，就研究他们的名字；走在回家路上，看到一只麻雀、一只虫子、一片叶子、一只蛤蟆、一块砖头、一颗石子，甚至看到一个肉包子，都会让我联想到孩子的名字。我会念叨，陈麻雀，陈蝴蝶，陈叶子，陈蛤蟆，陈砖头，陈石子，陈包子，陈飞机，陈垃圾。念着念着，就有点晕乎乎的了。别人听了，以为我把天下所有的东西都当成我们陈家的，要给它们取个名字似的。下班回到家中，吃饭的时候会想到陈米，洗碗的时候会想到陈碗，洗手的时候会想到陈手，甚至上厕所的时候，还会想到陈纸。我在网络上搜索与“陈”有关的诗词，但是在古诗词中，含有“陈”字的句子实在太少了，可见“陈”这个姓氏实在太难以入诗了。有那么几首诗，“陈”字全在标题上，温庭筠的《过陈琳墓》，卢照邻的《送幽州陈参军赴任寄呈乡曲父老》，韩愈的《落叶送陈羽》，白居易的《朱陈村》，已经是人家的名字了。关于李白《将进酒》中的“陈王昔时宴平乐，斗酒十千恣欢谑”，韦庄《小重山》中的“卧思陈事暗销魂，罗衣湿，红袂有啼痕”，虽有“陈”字，在诗词中却是毫无轻重的。

我还查了与中药材有关的，因为我与小青都是中药的推崇者。中药为小青治好了腰椎间盘突出这些小毛病，怀孕之前我们还用中药调理了多年，而我的家乡塔尔坪满山遍野都是中药材，我就是采着天麻、灵芝、苍术、柴胡这些药材，把自己给一点点养大的。查到陈皮、陈艾这两样，我感觉有些亲切。有一年，我去重庆出差，舍不得吃饭，就花了两块钱在农贸市场买了两斤小食品。它有月饼那么大，红色的，看上去挺不错。那时，我已经二十多岁，还没有吃过橘子，所以不知道那是橘子皮，因为当时整整吃了两天橘子皮，如今一闻那种味道还会反胃。我刚刚入行当记者的时候，第一篇文章写的是有关部门悬赏四十万抓一个贪官，我就用了“陈皮”这个化名，第二天见报是头版头条，正得意间，却因为那个化名被批评了，大家说“陈皮”当记者不严肃。陈艾是我们老家山坡上到处生长的一种野草，尤其是在坟头上，长得更加茂盛。但是一年四季，艾就用一次，便是在端阳节那天，采回来插在门楣上用来辟邪。

这两样，说是中药，其实就是废物，用来给孩子取名字明显不合适。

丈母娘多次插手说，如果孩子生得快，就叫陈快，生得慢，就叫陈慢，而且经常会提出几个名字，供我们挑选，比如多多，比如甜甜。小青听了，赶紧劝她妈，起名字的事，你就不用操心了，交给孩子他爸吧。但是，丈母娘是个爱管事的丈母娘，而且又是孩子的外婆，对这个孩子的爱不比我们少：她在公园里跳舞时，跳着跳着，就蹦出一个名字，说是叫陈好，与那个女演员一样；在玩电脑游戏时，玩着玩着，就蹦出一个名字，说是叫陈顺，顺子在斗地主的游戏中，是变化最多的。我随手准备着一个红皮子本本，把一个个随时想出来的名字记下来。

有一天晚上，小青在旁边提醒说，什么东西越陈越好？我说，那只有酒和瓷器了，这两样东西都是不怕时间的，时光流逝得越快越好。酒越陈越香，茅台三十年陈酿，已经几十万元一瓶了；瓷器越陈越值钱，家里若有个明清时期的青花瓷，恐怕就能换一套房子了。于是，我提出了几个相关的名字，陈酒，陈酿，陈醇，陈瓷，陈瓦，陈陶。小青说，陈酒太直接了，像个酒鬼；陈酿，容易把酿与娘念混，有些娘娘腔；陈醇感觉不错，不过已经被上海一个艺术家用掉了，步人后尘而难超之，这是很悲哀的；陈瓷，感觉有点反应迟钝的意思，像个傻瓜，上海话叫戆大；陈瓦，宁让玉碎，不要瓦全，瓦永远都是牺牲品，而且瓦太脆弱了。

我与小青对陈陶是非常满意的，陶与瓷一样值钱，不怕老，不怕旧，而且多为艺术品。于是，我们上网搜索，想看看有没有同名同姓的。这一查可傻眼了，陈陶竟然是唐朝有名的大诗人。百度词条这样介绍陈陶：字嵩伯，自号三教布衣。诗人早年游学长安，善天文历象，尤工诗。举进士不第，遂恣游名山。唐宣宗大中时，隐居洪州西山，后不知所终。有诗十卷，已散佚，后人辑有《陈嵩伯诗集》一卷。其《陇西行》四首之二“誓扫匈奴不顾身，五千貂锦丧胡尘。可怜无定河边骨，犹是春闺梦里人”把残酷现实与少妇美梦交织在一起，产生强烈的艺术效果，至今仍脍炙人口。

我说，那就叫陈小陶吧。

小青说，我们家葫芦娃怎么可以叫陈小陶呢，起码应该叫陈大陶吧！

小青又提醒说，衣服怕旧，食物怕旧，房子怕旧，人更怕旧，连石头也是怕旧的，你再想想，还有什么东西是不怕旧的呢？我脑中突然冒出三个字——陈不旧。

这三个字，一下子涵盖了人世的一切，不管什么东西，酒也罢，瓷器也罢，随着时间的流逝，都会受到伤害，至于酒越陈越香、陶瓷越久越值钱的说法，都是人类欲望的体现。在时光中，谁也躲避不了“陈旧”，但是“陈”了没有关系，只要依然“不旧”，历久弥新，这才是人生的大哲学。

陈不旧成了我们首选的一个名字。小青在网上把这三个字测试了一下，四句话为：陈不旧（吉），能获众望，成就大业，名利双收，盟主四方。有一天外出散步时，我与小青抚着肚皮“不旧儿，不旧儿”叫得正欢，在电梯里碰到一位老太太，她伸手摸了摸小青的肚皮，然后说：这么硬，是个儿子吧？旁边的邻居也问：你们做B超了没有？是儿子还是女儿？我与小青突然醒悟，果真是个少爷也就算了，如果是个千金小姐呢？难道一个叽叽喳喳的小丫头也叫陈不旧？当时离预产期已经不到半个月了，再起一个女儿的名字预备着肯定是来不及的。

我与小青干脆咬咬牙，一律就叫陈不旧。

因陈而不守旧，还管什么男女呢？

作者简介：陈仓，“70后”诗人、小说家。代表作有《诗上海》《艾的门》等诗集，八卷本“陈仓进城”系列小说集，百万字长篇四书《后土寺》《地下三尺》《预言家》《醒神》。他提出的“致我们回不去的故乡”被称为大移民时代的文化符号。获第三届中国红高粱诗歌奖、第二届都市小说双年奖、《小说选刊》双年奖、首届陕西青年文学奖、第八届冰心散文奖（散文集奖）、中国作家出版集团优秀作家贡献奖。作品多次进入中国小说学会评定的各类文学排行榜，入选各类文学选本50余次。

月光下的守望

高振

深海里的内长山要塞，时时透着一种孤独。夜幕降临，海风飕飕，除了哗哗的海水声，再无别的声响。站在月光下的海边，心旷神怡之余又觉内心渐生寂寞。在这个小天地里体验生活，体味来去随缘的人生至境，问了“尊姓大名”，还要再问一句“家在何方”。中国人的骨血里有两种东西在支配着心灵：一是魂牵梦绕的亲人；二是终生难忘的故乡。大家在外当兵几年、几十年，如若说起氏族的传奇、家乡的故事，这些长年守岛的官兵，上到将校下至列兵，大都能依着祖祖辈辈口耳相传的家谱和地名上溯千百年。每每这时，我便把目光投向远方……月光下的海面，斑驳陆离，虚无的山海天际，一只大雁渐行渐远……遥远复遥远的岁月深处，有一位“革命军人”，蹁跹如蝶，幻化一线亮光……

寻梦沉思，往事扑朔迷离，记忆中的人物走出了尘封的记忆……

三十多年前的八月十五，工农兵俱乐部电影院里“跑片”，连场放映《闪闪的红星》，小城也一阵风似的流行着插曲，我就哼着“小小竹排江中游，巍巍青山两岸走”跑到大街上撕大字报，累了一下午，换得1角5分钱，买了3张电影票，用四个轮的小童车推着我奶奶拽着我弟弟去看。平日里，我奶奶是不大出门的，电影刚开始还怪新鲜的，可她看着看着，就痴痴地说，潘冬子的红军爸爸是我的爷爷。也不知是那闪闪的红星，或是那身灰土布军装，还是那战马和钢枪唤醒了我奶奶的陈年老情，燃起了不曾破灭的梦幻。我弟弟一听电影里有爷爷，就很生疏地喊“爷爷、爷爷”。“那不是咱爷爷！”我有些急，“奶奶您老糊涂了！”我奶奶却执拗地使着劲嚷嚷：“是的，是的，就是的！俺寻思起来了……”说着，说着，她忍不住似的猛地一下子从水泥台子的座位上蹿了起来，浑身哆哆嗦嗦地用枯树枝似的老手，指点着电影银幕上潘冬子的红军爸爸说：“孙子你上去，把你爷爷叫下来，我领着他回家……咱家的老堂屋叫日本鬼子的飞机给轰炸塌了，也没再盖，大门楼也改了，你爷爷不认得咱们家门了……”经我奶奶这么一闹腾，周围的观众笑翻了场。我不知所措，就好说歹哄地把我奶奶搀出了电影院。

晚上，天清如水，明月如镜。爸爸和我把那特别沉的老榆木的“八仙”桌抬到花园的老枣树下，安置在假山和古井间的月台中心；我哥搬了八把椅子将桌子围成一个“回”字形；母亲端上酒菜，大姐摆好月饼，二姐摆放酒杯和筷子；酒桌拾掇好了，弟弟像牵老牛一样把奶奶搀出了屋门。奶奶哆嗦着小脚刚走到桌前，一愣怔，那张布满皱纹的老脸就露出了愠色。母亲心里咯噔一下，忙叫我把正堂屋里的那把官帽式的老太师椅搬出来，安到酒席的正上座；大姐一见这情势，又忙着朝那座位前摆放碗筷、酒杯、月饼。奶奶端详了一会儿，踮着小脚走到官帽式的老太师椅前面正了正椅子，并齐了筷子，温情地侍弄了一下酒杯、月饼，这才释然地顺了一口气，入席就座。因为有了电影院里的“节外生枝”，我父亲、母亲和奶奶说话拉呱儿都赔着小心。二姐俏皮，想让奶奶开心，变着花样地搞“恶作剧”，指使我使劲摇晃老枣树，树梢上那些小灵枣儿噼里啪啦地落在酒桌上。这些经了霜的脆生生的小灵枣儿，吃一颗就甜透了心。大姐捡，哥哥拾，弟弟争，我也抢，嬉戏笑闹，亲情融融，落寞的小院充盈着天地和美的温馨。奶奶却无动于衷，那张干枯的老脸上没有一点儿笑模样，像丢了魂似的。她端起酒杯，依照旧礼古俗，庄重到极致地行祭月之礼，振振有词地嘟囔着环视儿孙，那双昏花的老眼又禁不住朝那官帽式的老太师椅以及桌位前摆放着的碗筷、酒杯、月饼瞄来扫去，不一会儿，她竟然“咯”地一下笑出了声。那笑，是那样清脆，那样纯情，那样赧然，使得脸上皱褶里掩藏的那些古旧的苦恋凝冰都哗哗地解冻，回放着重生的少女笑靥。“你爷爷也笑了，是冲着我笑的……”奶奶有些神经兮兮地自言自语。她说着说着“咯咯咯咯”“咯咯咯咯”地大笑不止了，时间一长，就显得有些痴痴呆呆。也许，奶奶眼前的景物叠化了，那空座位上虚拟的灵位幽幽地复活了，一位身着旧式军装的英俊青年从“官帽”里站起来，正冲着她欣慰地笑……

月临天下，那个又大又圆的月亮，随心遂愿，可人地挂在了枣树梢上，也挂起了人间的天伦之乐。奶奶跌宕起伏的情感，“侵略”了院里的幸福时光。父亲、母亲心里明白：月圆、人缺、心碎。弟弟还是不知道好歹的，他用脚把奶奶怀前的母狗和一群小狗踢进狗窝，自己像小哈巴狗儿样地偎在奶奶的怀里，不一会儿，他好奇地瞅着上座的空位，天真地问：“爷爷不是从电影里下来了吗，怎么还不回家吃月饼啊？”奶奶又一下子愣了神，她爱抚着怀里的孙子，默默地低头祈祷：“他爷爷，咱孙子请你吃月饼了……来，来，来，俺再和你喝一杯……”奶奶念叨着举起酒杯，用孔孟之乡传统礼仪习俗，习惯性地和那空座位象征性地碰了碰酒杯，缓缓地仰起那张枣树皮般的沧桑老脸，两眼盯上了挂在枣树梢上的月亮，久久凝望，天问无语，泪花浸润起月亮。恍惚间，奶奶眼前有个晃动的人影走到老枣树下，顺着老枣树的枝梢爬上了月亮……奶奶瘪鼓着老没了牙的嘴唇，亲吻了一下酒杯，使出浑身的力气，猛地一下把酒杯里的酒洒向月亮和枣树间的天地。一家老小都慌了神，眼光也都“刷”地一下子聚焦在老枣树梢上的那轮人影绰绰的月亮……

年年岁岁，岁岁年年，逢年过节，奶奶都要跟这棵老枣树“喝酒”。在奶奶的心中，这棵老枣树早就“通人性”了，那两枝主干长得宛如“连理”，极像一棵“牵手的夫妻”树，它的“年龄”比我父亲的岁数还要大几个月，是我奶奶怀着我父亲的那年春天栽植的。当年，那假山前的古井边，是我爷爷找水喝的老地方……“玲枣”谐音“灵早”；人生如月，吉祥灵早。奶奶在“老地方”栽植这棵玲枣树，守候牵念的根，是企盼爷爷早点回家，也渴望爷爷一进家门，瞅着“老地方”就想起奶奶给他的烟荷包，还有那上面绣着的并蒂莲花，也许还能联想起自己在古井边喝着水说的那些“傻话”。

老枣树是奶奶的牵挂，她从不吃小灵枣，觉得那红彤彤的枣儿象形着“心”，一颗枣儿一颗心，心心思念到永远。每每三五之夜，明月半墙，桂影斑驳，风移影动，奶奶就像推磨一样，一个人孤独地围着老枣树转悠，一年又一年，月光把青丝雕刻成白发，枣树也见证了容颜的变换。那两只三寸金莲和一根拐杖，把地上的青石板也打磨成了光光滑滑的磨道，雕塑成岁月的“年轮”痕迹。

二姐不知电影院里的“故事”，望着奶奶那可怜的样子，心疼极了。她笑着走过去，用手指给奶奶梳拢散落在眼前的白发，满怀深情地哼起电影《闪闪的红星》插曲：“夜半三更呦，盼天明；寒冬腊月呦，盼春风；若要盼得呦，爷爷来，满院开遍呦，枣花红……”二姐的作文很好，她把“红军”改成“爷爷”，把“岭上”编成“满院”，把“映山红”唱成了“枣花红”。她本想以此温润奶奶的思恋之情，可奶奶听着听着，泪水就溢出了枯涩的眼眶，穿过皱褶纵横的鼻翼，越过嘴唇，啪嗒啪嗒地滴答在桌上，溅进了空位前的月饼里。母亲怎么哄、大姐怎么劝也不成，奶奶抑制不住地哭了。“走五十年了……五十年了啊……”她喃喃自语，两手捂起老脸，泣不成声。几声拖着长腔的哀心惨泣之后，就不顾死活地放声号啕大哭。她一会儿捶胸蹈足，一会儿天翻地覆地拍打着双手，仿佛要用尽七十多年积聚的精气神，把孤寡守望五十多年的情，五十多年的苦，五十多年的叹，五十多年的哀怨，五十多年的悲伤，汇聚成沧海洪流，把爷爷从遥远的地方冲进家门……

一阵乍起的秋风，残卷起归根的枯叶，苍穹夜云飞舞，天象顿时黑暗。不一会儿，远在天边的人牵走了月亮……奶奶也悲痛欲绝地像流干了血泪似的憋屈昏死了过去……

奶奶的祖籍，是沭河岸边的白旄乡西玉树村，据地名志记载：明朝末年，刘姓族人从江苏逃荒至此，靠朱家村西首落居，统称朱家村。道光十年，刘姓族人科举得中，为光宗耀祖，自立一村，以“玉树琼枝”象征吉祥，名为玉树村。后人户增多，村庄渐大，划为东、中、西三村，因村处朱家村西，习称西玉树，沿用至今。奶奶娘家的祖上是有功名的，“家门口竖着旗杆，还有拴马桩”，是“城里有名，乡里有号”的高门大户人家，并以“务农为本，诗书传家”为家训。那年头，鲁南匪患猖獗，先是女巨匪赵嬷嬷在东八里巷“斩草除根”，杀害 700 余名村民，举国震惊；接着混世魔王刘黑七又在白马峪制造了“尸山血海”惨案。“小闹进城，大闹下乡”，奶奶的爹爹遵循古训，变卖了祖产，一家四口背井离乡，迁居临沂城。据传北门里东边，州府后面的北三孔桥是上风上水的吉宅宝地。那幽僻、别致的胡同里，明代就有人居住，清末成巷。巷名由来是典故，西边有一大片汪水，巷民为防止夜间行人误入汪内，故集资在汪崖植柳建亭，修了一圈砖花墙，为了不阻碍雨季时向汪内流水，故在墙的下部修砌了桥形的三个排水孔，三孔并排，长不过一米，故称“一步三孔桥”，其景观奇特，被列入“琅琊八小景”。奶奶的父亲就依着风水先生的指点，在北三孔桥小巷深处选了一个门牌 47 号的老宅隐居。这是一座紧凑、封闭的四合院。院内，堂屋明三暗五，三大间正屋是悬山式房顶，黛色的屋瓦细密如鱼鳞般；屋檐有前廊，雕花青砖立面，以石鼓奠基的红木柱；东屋两小间，西屋两小间，门窗宽敞精致，是传统的什锦窗，轮廓可爱，站在院里，屋内窗中映出的人仿佛在镜中。天井院落不大，后花园很阔绰，小桥和青石细径串联假山、凉亭、古井、水池、月台，桂花、蜡梅、丁香、柳叶桃和古树盆景点缀相间。整个庭院方正圆融，古韵灿然，像一个经世典藏的袖珍园林。花园后边是演练兵的小校场。庭院深几许，有女初长成。风和日丽，奶奶在古井边打完水，就领着她的小妹登上流着溪水的假山，坐在凉亭里做女红，也就势顺着春天的阳光“偷”看一个“扯着河南腔”的年轻军官在小校场上操兵练武……

如若借助历史深处的一些老镜头再现场景，仔细品味八十年前的爱情，只能把奶奶对我们兄弟姐妹讲述的那些支离破碎的往事串联起来，掇拾来自遥远的无声电影碎片，在摇摇晃晃的电影人物、场景中，叠化出 20 世纪 20 年代末的小城爱情影像：那时的奶奶，额前齐眉的刘海，印花的宽袖布衫，自信而贤淑的神态，散发出鲁南姑娘特有的纯朴气息，洋溢着纯真的青春光彩……“你爷爷个子挺高，浓眉大眼，仪表非凡。他整天挎着指挥刀，扯着河南腔，在咱家花园后面的小校场练兵，嗓子喊得冒烟了，就上咱家花园里的古井台边找俺要水喝。那个时候也讲慰劳大军，什么鱼水情的。一开始俺从古井里绞水，用葫芦瓢舀凉水给他喝，后来俺拉风箱烧开水给他喝，再后来俺就偷了爹爹待客的上好茶叶，沏上一壶茶，等着他来喝”。

水，滋养着爷爷的豪情；水，温润着奶奶的春心。凉水、开水、茶水，水到渠成，瓜熟蒂落。天若有情，千里有缘缘分牵。

“队伍开拔的那天晚上是八月十五，夜半三更，咱家的鸡都叫了两遍，俺就听着有人把门砸得啪啪响，我慌慌张张地开门一看，是你爷爷。他把那匹大白马拴在门鼻子上，拥着我进了门里，一下子把我抱进了花园，跑到假山前的古井边，愣愣地盯了我好大一会儿，他举头望着圆圆的月亮，激情燃烧，使劲地扯着粗腔大喊：我姓高的革命军人，今晚和刘淑兰小姐成亲，俺们两个人就在这花园里举行婚礼！天上的月亮和地下的古井为证。他说着，举起马鞭向空中连着甩了几个连响，把夜宿在假山上和屋檐下的麻雀惊得扑棱棱地乱飞，闹腾得四邻不安，左邻右舍的婶子大娘也都伸头探脑看个新奇……”

月出惊鸟，花羞觅春。也许，天上的月亮还没来得及“叠印”浪漫的婚礼；也许，地下的古井还没来得及“内存”情爱的光影；一场革命军人的新式爱情就“速冻”成小城绝恋……

“天刚麻麻亮，你爷爷就骑着大白走了，那急促的马蹄声疯狂地把青石板铺的巷子路刨得嘚嘚嘚嘚乱响。他一溜烟地冲出了老城北门，又拽住缰绳，回过头来冲着我吼了一句：你等着我啊！俺也应了一句：俺等着你——！就跑着送他……”

“你等着我啊！”“俺等着你——！”震落星辰，回响在城墙内外，散落在沂河两岸。奶奶那天姿丽色的月貌花庞，没能迷惑住年轻军人的雄心壮志；那一头黑溜溜的秀发，没能缠绵住革命军人的北伐脚步；那花样年华的贴身红兜兜，没能遮挡住热血军人的革命意志。青春少女的一切，都没能阻止战斗军人的出征。

爷爷走了，义无反顾地朝着北方走了。从行进的队伍里生发出的“咔、咔、咔”的脚步声，如冰雹敲打着心房，似雷鸣震颤着魂魄。我可怜的奶奶凄凄惨惨地倒腾着三寸金莲，追呀，赶呀，送了一程又一程。队伍走远了，她依然高高地举起左手，使劲地挥舞着手里的黄手绢。爷爷率领的那一队人马，浩浩荡荡地消失在大路的尽头了，奶奶还踮着小脚尖追望……今日离别后，再见是何方……西边的夕阳快要落山了，原野的麻雀驮着暮霭，唧唧喊喊地缩进了屋檐。日暮穷途，泪珠伴着晚霞。奶奶凄凉得像没了“心”似的依顺着柳树瘫倒在沂河水边，她手里的那块浸润着泪水的黄手绢，也遗落在血色黄昏的草丛中。无知的晚风，毫无怜悯之情，像惨无人道的魔鬼，将黄手绢旋卷到沂河上空，随意地蹂躏、欺凌。黄手绢忍着撕心裂肺的痛苦，悲凄地泪迎落日孤翔独舞。那情，那形，酷似一只觅花的彩蝶，经受着万箭穿心般的霜打，不屈地挣扎着，当魔鬼使尽了残暴，它宁为玉碎般一头撞进残阳浸透的“血”水中；而绢面上绣着的那一对戏水的鸳鸯，极像被“输”了血，苏醒了，复活了，跌跌撞撞地随着一波又一波的惊涛骇浪向东“游”……

爷爷走了，走过了十五的月亮，走过了温馨的花园，走过了心爱的姑娘。军号嘹亮，跃马出征；长天路远，秋花悲雁。聚散随缘，岂一个“情”字了得。在我脑海的荧屏深处，那些飘飘洒洒的“雪花”画面，至今还“蒙太奇”地显像着一张奶奶怀抱着我爷爷的“人影”。这张模模糊糊泛着黄、发了白的老照片，记录了孤儿寡母相依为命的写真，传播着乱世百姓生存的悲惨。从清末到民国，鲁南匪情、战事、瘟疫、灾荒连年不断；我父亲从襁褓到少年的成长时光，遭遇中华民族历史上灾难最深重的黑暗，外侵内战。临沂城沦陷的那天，奶奶的爹娘被日军的飞机轰炸死了，连尸骨都未能收全。烧光、杀光、抢光；腥风血雨，生灵涂炭。奶奶颠簸着三寸小脚，或怀，或抱，或背，或牵，带着我父亲东躲西藏，“跑反”在蒙山沂水间，历尽了人间的苦难。然而，不管战火多么险恶，不管生活多么饥寒，不管日子多么辛酸，奶奶忠贞不渝，“千年修得同床枕”“一夜夫妻百日恩”，有儿之妻的恩爱似海深啊！她孤苦伶仃，泪守一生的承诺，依旧等着那出征的归人。我大哥去参军，奶奶还颤巍巍地呻吟：“大孙子呀，到了队伍上要好好地……找找你爷爷，他把日本鬼子都杀回老家了……也该回家了……”

依照奶奶的那些支离破碎的描述，再拼凑上电影《闪闪的红星》潘冬子的红军爸爸的模样，家人心中“存活”着一个“姓高的”“革命军人”形象。哥哥在陆军，寻寻觅觅十多年，杳无音信。我也应征入伍，在空军寻寻觅觅四年，依然无影无声。

“黄鹤一去不复返，白云千载空悠悠。”我的爷爷，您在哪里？“南征北战远在天涯，从未把爱情寄回家”，您是参军前已有了家室，还是进城做了大官忘了“糟糠”，又娶了新娘？“家在梦中何日到，春来江上几人还”，您是在战争年代就战死沙场，还是在和平年代负了伤？“不知何处吹杨柳，一夜征人尽望乡”，您是孝敬爹娘回了老家，还是病残在异乡？“春风又绿江南岸，明月何日照我还”，您是去了台湾，还是辗转海外流浪？“还顾望故乡，长路漫浩浩”，您是埋名隐姓出家了，还是更姓换名“潜入了敌人心脏”？……战争伤害了人类的亲情、爱情、夫妻情、母子情、父子情、祖孙情，和平幸福了人类的思念到永远……悲歌与绝唱，哀怨与梦想，时间永远都不会将“革命军人”风化在记忆底层。“河南腔”，方言辽阔，音润中原、西北七个省区，沧海桑田，走遍天涯海角，难认祖籍、根源。“姓高的”，高姓，是始自黄帝之臣的姓氏，源于河南，春秋以后出于山东，是当今中国第十五大姓，在茫茫人海的地球村，拥有人口近两千万。旷世寻亲，犹如大海捞针。“革命军人”，参照我爷爷的出生年月，从史料中检索我爷爷所在的部队。那些年间，山东省废道，临沂直属省，县公署改为县政府，县知事改称县长。临沂驻军变化多端，兵匪如走马灯一样，围城、攻城、护城、保城、过城、驻城。先是在春夏之交，国民军右翼第十七军曹万顺部北伐到临沂，与阻截的直鲁联军第四军方永昌部在沙沟、塘崖一带激战，方部北遁，曹部进驻临沂城。接着在夏天，巨匪刘黑七部招安过境，招安旅长刘福隆部来临沂驻防，收编各股匪为教导团。初冬时节，国民第十军杨虎城部驻防临沂城围剿股匪丁大祥……爷爷的部属很难准确地认定。在那兵荒马乱的世道，战事连连，军人冲杀在血与火的枪炮疆场，人生无常……

暗淡了刀光剑影，远去了鼓角争鸣……人海茫茫啊，两心茫茫；穷尽无限的想象，也难确定我爷爷的方向。一切努力都化作八十年的悲伤。一代又一代，寻根问祖，追姓溯源，也许是一种对生命源流的追索……

海上生明月，天涯共此时。回望故乡，月光依然无限柔情地笼罩着花园，古井依然装载着梦幻般的月亮，老枣树上也依然挂着圆圆的月亮，月亮也依然纯洁着奶奶五彩斑斓的梦。水润爱心千古绝唱，多情痴守地老天荒。当爱已成人间的往事，奶奶和爷爷这两个百岁之人，早已度人冥界天堂。祭奠百年，守望八十年的月亮；天伦美满的和谐盛世，重新演绎刻入军人记忆的浪漫与美丽……

（发表于《西北军事文学》2008 年第 3 期）

作者简介：高振，1959年生，供职于临沂市文联，从事专职文学工作37年。先后就读于临沂大学、解放军艺术学院、鲁迅文学院、北京师范大学、浙江大学。曾任政协临沂市委员会第九届委员，第十、十一届常务委员；《小说选刊》总编室副主任，河南省《热风》副主编，中国作家出版集团事业部总策划，《文艺报》中国书画名家专刊主编，原济南军区黄河出版社顾问。中国作家协会会员，中国散文学会副秘书长，中国报告文学理事，山东省作家协会全委会委员、散文委员会副主任，临沂作家协会主席，临沂市文学院院长，《临沂文艺》主编，临沂大学特聘教授，临沂大学沂蒙文学研究中心主任，山东省“泰山文艺奖”文学评委，临沂市“沂蒙文艺奖”文学评委主任等，兼任国内多家协会的顾问和文化论坛主讲，多次受邀参加国际文学学术研讨会，出席“中国作家协会第八次全国代表大会”。

1976年开始发表作品，在《人民文学》《人民日报》《小说选刊》等报刊发表文学作品300余万字。著有小说集《苦榴》，散文集《沂水拖蓝》《鲁南名城》《月光下的守望》，报告文学集《走出沂蒙山》《山高人为峰》《大哉，鲁南》《热泉》，赋集《梦鱼斋赋》，评论集《大梦谁先觉》等。

作品多次荣获省级以上文学大奖：散文《沂水拖蓝》获1992年《人民日报》“大地星光杯”征文二等奖；报告文学《热泉》获1992年人民文学杂志社举办的“攀钢杯”征文二等奖；散文集《月光下的守望》获2018年第八届冰心散文奖。有多篇散文被翻译成外文发表、出版。

先后创办《洗砚池》《沂蒙山》《鲁南文学》《作家信息报》等报刊；创办临沂文学艺术中专学校；编辑文学书刊报纸近3000万字；策划、组织、主持全国性文学征文、评奖、论坛等活动27次。

荣获空一军“新闻报道积极分子”称号，立三等功；荣获“十大杰出青年”“振兴沂蒙劳动奖章”“临沂市十大改革新闻人物”。

心有琴弦

韦斯琴

十年前的那个深秋，我因为临产急着赶往医院。打开家门，我发现楼道里的电梯坏了，电子屏显示有故障。我只得腆着大肚子吃力地从十楼逐级而下。此前，楼道里的电梯从未有过突然停运的情况。等我们下到一楼，电梯恢复正常了。

一个星期后，我抱着弦儿从医院回家，到了楼道的电梯口，再次发现：电梯坏了！我们只得拾级而上。可就在我们气喘吁吁地开门进屋时，电梯又恢复正常了。

太奇怪了！至今我都没想明白，在这两个特殊的时间点，是不是有一种特殊的节奏，必须由我从台阶上踩出来？或者这里面含着某种琴与弦的神秘契合？

或许，这只是一个巧合，被我无意间遇上，就像雨后看见彩虹，夜幕里仰见流星，可遇而不可求？

我给女儿取名弦，缘于我的名字里有琴，琴弦相携，方有妙音。

弦儿是个极聪慧的女孩，一岁半时，便喜欢用毛笔蘸着我调剩下的颜料，在宣纸上作画。她东涂西抹着，我问她画的是什么，她答："我画的是绿色心情。"

三岁时，弦儿跟着外婆背会了近百首唐诗。五岁时，她一边看动画片一边跟着字幕识字，居然能通读我的散文集《弦情岁月》。六岁时，她已能自己写诗。

那日，我在案前写一个小楷手卷，弦儿也找了一支小楷笔，说："我也想写小楷。"我便递给她一小片熟宣纸。她说："我写什么呢？我自己编一个内容吧！"

于是，她埋头在桌角写着，等她写完，我一读，完全惊呆了！

"古人入月过秋冬，春来鸟惊月入梦。"她居然编了一首七言律诗。虽然无韵脚，也有重复的字，但还真有些古意。

我完全无法将这些文字与一个不满六周岁的小孩关联起来。有那么一瞬，我觉得她是从唐宋间穿越来的，所以仍保留着之前的诗文记忆，只是不太真切了。一笑！

从此以后，我每次带她外出观光，她都会作一两首小诗。

翠竹隐石如梦里，

白墙墨瓦入画来。
筝语随风舞半园，
平江花影丽江南。

这是我带弦儿去苏州平江路徜徉时，弦儿写的诗。虽谈不上音韵，但画面很美。

读小学之后，弦儿在写作上很快显现出一份难得的才情。我们俩时常一唱一和地描绘眼前的风光。

我说：这是我的田园，杨梅红了，石榴正绿。桃子红了，梅子正黄。芭蕉花开，青瓠正肥。栀子花香，茉莉花甜……当我移步，花香摇曳。当我驻足，鸟鸣悠悠。当我微笑，鸟语花灿。在这清风吹拂的初夏，停下来……享受美丽！

弦儿补充说：这是我的花园，春来时，玉兰高贵，梅花绚烂。樱花柔美，海棠妩媚。牡丹富贵，芍药含苞。月季初放，蔷薇清雅。当我走过，花香四溢。当我注目，花瓣飞舞。当我静赏，芬芳沉醉。在那清芬袅袅的春日，微笑着，一切美好！

其实，每一个母亲说起自己的孩子，都会滔滔不绝，仿佛庄稼人说起自家的麦田稻场，因为那里填满了人生的希望。

今年，弦儿十周岁了，我和弦儿将以“心有琴弦”为书名出版一本散文合集，算是给女儿的生日礼物。

从前，世事如山，而我浪漫如云。如今，世事如云，而我快乐成溪。因为有你，我的人生从此完满。因为有你，我看见了更美好的未来。

作者简介：韦斯琴，1966 年 12 月出生于安徽芜湖。1995 年 6 月毕业于南京艺术学院美术系书法专业，中国书协理事，中国书协女书法家委员会委员，安徽省书法家协会副主席，安徽省文史馆馆员，国家一级美术师，芜湖书画院专职书画家。

书法作品曾获：第二届兰亭奖一等奖；第六届全国书法展全国奖；首届全国扇面书法展二等奖；第八届全国中青年书法展三等奖；首届全国青年展获奖并获探索奖提名；首届林散之奖・南京传媒三年展获提名奖；祖国颂主题书法大赛一等奖；第四届全国正书展获奖；“高恒杯”全国书法大赛金奖；“顺时针杯”全国书法大赛一等奖。

2000 年 12 月出版散文集《六月无痕》，荣获第五届安徽文学奖；2003 年 2 月出版散文集《让我慢慢地靠近你》，荣获安徽省政府文学奖；2004 年 1 月出版书画集《云为诗留》；2006 年 1 月出版散文集《蓝》；2010 年 2 月出版书画集《且听风吟》；2012 年 4 月出版散文集《弦情岁月》；2017 年 12 月出版散文集《心有琴弦》，荣获第八届冰心散文奖。

张黎群与庞统祠

蒋大海

时值深秋，我又一次来到鹿头山，拜谒庞统祠墓。天空纷纷扬扬下起了小雨，恰似我此时的心境，有一丝悲凉，几许惋惜，让我不由忆起南宋诗人陆游《鹿头山・过庞士元墓》的咏叹：“士元死千载，凄恻过遗祠。……英雄千古恨，父老岁时思。”

少时读《三国演义》第六十三回“诸葛亮痛哭庞统 张翼德义释严颜”，看到庞统因与刘备换马，在落凤坡中箭陨落之际，常掩卷叹息，甚或落泪，为庞统也为刘备。有时也在心底假设，如庞统不死，刘备卧龙（诸葛亮）凤雏（庞统）皆得，一直辅佐他，后来三国未必归晋，大约将会统一于蜀，恢复汉室江山了，自然也就没有“谁知天狗流星坠，不使将军衣锦回”的历史遗恨了。

史载：庞统，字士元，襄阳（今湖北省襄樊）人，与诸葛亮齐名，是东汉末年、三国之初可遇而不可求的旷世奇才。世人称：“卧龙、凤雏，二人得一，可安天下。”庞统死时仅三十六岁，刘备十分痛惜，称帝成都后，追赐庞统为“关内侯”，单谥“靖”，又在建安十九年（公元 214 年），在归葬庞统的落凤坡（今名白马关）建祠祭祀。传说蜀“五虎上将”之一的张飞，为悼念庞统，在祠内种植两株柏树，现已 1700 多年，枝干入云，浓荫蔽祠，睹物思人，令人遥想当年张飞痛悼庞统之情之景。

在庞统祠内，能够看到不少保存完好极为珍贵的古人石刻楹联、碑文，使人倍觉惊喜。

例如，山门处，有清代雍正年间罗江县令山西人李德翰撰书之联：凤落龙飞森森古柏山光旧，车尘马迹荡荡征途庙貌新。又如，清代雍正年间乾清门侍卫、世袭三等子爵伊尔鲁图撰书之联：功盖三分管乐当年诚小许，才非百里云霄终古并高名。

在门厅处，有清代冷宗昱书杜兰诗中一联：一冢永埋千古恨，双颜犹解万人颐。还有他题写的对联：二分割据行筹策，万古云霄一羽毛。

在二师殿，有清代乾隆年间罗江县令杨周冕撰书之联：两人有一安天下，千古成双伴夕阳。又如，清代同治年间彭山县知事湖南人吴济源撰书之联：天不祚炎刘，故召先生还上界；鼎已分吴魏，谁襄丞相复中原。再如，清代同治年间湖南学者李熙春撰书的篆字楹联：白扇纶巾智通阴阳八卦，丹心铁面忠格天地三才。

在栖凤殿，可以看到湖南学者梁世卿于清代同治年间来此云游时撰书之联：有志者事竟成，孤掌辅刘皇，共武侯筹秘计；信忠臣死不朽，满能扶汉鼎，偕公瑾著英明。也可看到湖南学者李光汉于清代同治年间来此凭吊庞统时撰书之联：真儒者不徒文章名世，大丈夫当以马革裹身。还可看到汉南学者饶树棣于清代同治年间到此撰书之联：从古大才非百里，至今有庙祀双江。

除了若干清代以来的石刻楹联，还有不少碑刻，也大多保存完好，有的虽因年代久远或石质较差，碑石有所残破、文字有所剥落，但仍可辨认，解析出其完整含义。

起初，我以为庞统祠墓是因为地处山野，较为偏僻，故得以保全，留下这些前人珍贵的碑、联，来传递前人的咏叹、思考和智慧，给后人以启迪。后来了解，它并未完全躲过战乱兵燹、愚昧打砸。早在王屏蕃乱蜀时，当年刘备所建的庞统祠已被毁坏，后在明末清初张献忠剿四川时再遭毁损。如今我们看到的庞统祠墓，是清康熙三十年（公元 1691 年）修复的，距今已有 324 年。在这数百年间，列强入侵、军阀混战、改天换地，后又在“文革”时期遭到洗劫、经历人们对文化的漠视等，都对庞统祠这类文化遗存构成严重的威胁与破坏。我们这代人及上几代人对此亲历亲见的实在不少，无不痛心疾首。而这里的古石柱楹联、石刻碑文、庙堂建筑，能够保护得如此完好，实属奇迹。能在“文化大革命”的动乱中躲过一劫，更是大幸之至。然而，也让人百思不得其解：在“文革”期间，上至京城重镇，下至穷乡僻壤，砸毁了多少庙宇，推倒了多少菩萨，破坏了多少文物，造成文化大倒退。我曾多次到过庞统祠墓，每当看到庙貌庄严，古柏参天，楹联碑刻古朴敦厚，金牛古道车辙深印，便觉有一股浩然之气扑面而来，弥漫天地之间，就会对它的守护者生出敬意。

为解疑释惑，我曾多方查询，终于找到答案：庞统祠墓没能逃过历代兵火之灾，却躲过了“文革”浩劫，这与一个人有关，这个人就是张黎群。

对于现在的年轻人，张黎群这个名字可能比较陌生，但在“文革”前期，张黎群可是大名鼎鼎。他是一位学者型官员，曾任《中国青年报》主编，后因言获罪，被贬到绵阳地区任地委副书记。“文革”时期，绵阳地区机关“五七干校”设在白马关庞统祠，张黎群为干校负责人。他是经历过政治风浪的人，又是有智慧的文化人，对“文革”初期出现的“打砸抢”行为导致的对文化的破坏甚感痛心，但他知道不能硬性对抗，那样只会事与愿违。为了保护具有巨大历史文化价值的庞统祠墓，他反复思量，想出了一个办法：他安排人将祠庙内的石柱楹联、碑刻、牌匾等，用黄泥抹糊遮挡，然后统统写上毛主席语录和当时流行的“革命标语”，使得祠庙内的清代对联、楹联和碑刻等得以保存。

张黎群先生对中国文化是何等敬畏！没有对中国历史文化的衷心热爱、深入了解和无比敬畏，他就不会有这种不惧风险、敢于担当的大无畏精神！由此可见，张黎群先生是个有大智慧的人。这当是源于他学识渊博和经受政治历练的宝贵经验。我们还可以想见：这是一个深得人心并受到全体干校人员拥护的举措。干校数百人中，要是有一个人出卖灵魂去告密，不仅这处祠墓将面临再次被毁坏的历史宿命，张黎群本人也会再次被打倒，新账旧账一齐算，被踏上一只脚，“永世不得翻身”。所幸这一幕没有发生。以张黎群的人生阅历和政治经验，他不会想不到这一点，但他仍然义无反顾地去做，除了莫大的勇气、极大的担当，就是对干部群众的基本信任，相信他们绝大多数人从内心是不赞成“文化大革命”或“文化大革命”的一些做法的。同时，不排除在具体做法上，张黎群先生采取的策略是有理有利有节的，从而团结了所有人，挡住了“造反派”对庞统祠墓的破坏。

在那个特殊的年代里，张黎群先生有勇有谋，团结群众，将庞统祠墓保护下来，可谓功莫大焉！我们不能不向他表示敬意和感谢！

但愿我们有更多的张黎群似的文化官员！

作者简介：蒋大海，原名蒋宏渊，先后任四川省德阳市政府副秘书长、市科委主任、市知识产权局局长。四川省作家协会会员，中国散文学会会员。现为四川省散文家联谊会副会长、四川省法治文化研究会副会长、德阳市散文学会名誉会长。出版长篇小说《八月雷》，长诗《大地震长歌》，散文集《天南海北》《逆旅轻痕》《时空之眼》，散文诗集《放飞心灵》等。

一声秋到

若荷

今年的秋坎低，就像出入自家的门，不知不觉地就进了，特别是入秋的方式，既不像屈原看得见的那样，“袅袅兮秋风，洞庭波兮木叶下”，也不像李白感知的那样，“秋色无远近，出门尽寒山”。秋，是我听见的，是那些微的秋声，让我突然发现，秋到了。

楼下有一片菜地，原本是安寂无声的。记不清是哪一天了，朋友的儿子金榜题名，全家人欢喜之余，邀我去助兴。我喝了一点点酒，也就是半杯干红，回家就睡了。迷迷糊糊中，就听见一些声音，时断时续，时而清脆，时而婉约，似乎还有一点缠绵，如指尖拨动的丝弦，声声悦耳。仿佛是梦，又仿佛是在现实之中。

就这样，在似梦非梦中，不知过了多久，我才确认，那声音来自楼下的菜地，用不着多想，我便知道那是蛐蛐，一种学名叫蟋蟀的昆虫。哦，对了，还有青蛙，也在凑热闹般的唱和，一声紧似一声，声声如鼓。人到中年，睡眠越来越不如从前，时常在夜里辗转，每个细微的响动，都弹拨着敏感的神经。有时晚上睡不着，或半夜醒来之时，青蛙和蟋蟀的声音就汇成一种鸣奏，一阵紧似一阵，透射出一些不安的躁动。时间长了就有些令人厌了。可是，那天的感觉却不一样，自然，悦耳，亲切。更为重要的是，从声音里，我听见了节令的脚步，秋天来了。

不久，蛙鼓的声音消失，蟋蟀的歌声却依旧，嚁嚁，嚁嚁。没有了青蛙的鼓噪，蟋蟀的声音听起来有些柔软动听。那音调不高不低，不野蛮，不粗犷，仔细听，能让人涌动起心潮，生出一丝莫名的感伤。白天，它们蛰伏而缄默，只在夜深人静的时候，才发出嚁嚁、嚁嚁的声音。当你专心地去做一件事时，或者沉入梦乡，它便悄然地退隐而去。只有在孤独烦躁的时候，才会察觉它们的存在。我笨拙的文字，无法描绘出它们真实的样子，只能用耳倾听和感知，它们的声音，它们的存在。

不久后的一天，又是一个黑夜，四周十分安静。七夕刚过，眼看就要到中秋了。“人悄悄，帘外月胧明”，这朦胧的月，很容易让人陷入寂寞的情绪，轻轻叹，感喟时光的流转。这时候，听蟋蟀的叫声，就更会生出许多的联想，比如留守的怨妇，或者年迈的老人，还有回不去的岁月。每一种联想，都带有一丝浅愁。少时，听老人们说，蟋蟀是位勤劳女子的化身，她前世的名字叫“促织”。蟋蟀的叫，是催人收起夏季的单衣，清点秋冬的衣裳的。其实，它真正隐含的秘密，远比人们想象的要丰富得多。

再一次让我听见秋到，是雨。

也是夜里，感知不到渐凉的风，也看不见飘零的落叶，却听见了淅淅沥沥的雨声。今年漏秋，雨水就特别多。白天晴朗朗的天，晚上却下起了雨，断断续续，日复一日。连续下了几场雨，逐渐驱走了夏日的炎热，抬头望，一穹蓝天，被雨洗得十分明净。但从白天的雨中，我并没有意识到节令的更替。发现秋，还是在下雨的夜晚，具体地说，是听见。

那个周末，几个朋友相约外出游玩。大家爬山过水，你追我逐。顾不得艳阳高照，汗流浃背——早秋的太阳，其实并不比夏日温柔，依然火辣。累之已至，待到夕阳西下，回到家，才觉得什么都不想做了，只想早点休息。

我是带着白天的艳阳入睡的，连梦也有阳光的气味。雨不是在清晰中降临的，没有打湿身子，也没有打湿心情，而是带着声音走来的，淅淅沥沥，淅淅沥沥。不管是疏，是密，那步子都很轻，暗藏着偷窥之意，仿佛待月西厢下，在墙头窥望的张生，蹑着脚，小心而行的红娘，生怕踩响了地上的蔷薇叶，或者绊倒了凳子，迷路在回廊……

我相信，不是雨声惊扰了我，让我在梦乡中苏醒，而是有某种心的灵犀。总之，很疲倦的我，就这样莫名其妙地醒了。四周一片漆黑，雨声是我首先的也是唯一的照面。并没有通常情况下初醒的迷迷糊糊，我感到很清醒；清醒的我，不仅一下辨清了雨声，而且还辨清它与往日不同，不同于夏雨的狂烈、冬雨的纤细，也不同于春雨的温润，只有秋雨才有这样的声音，淅淅沥沥。岁岁年年，年年岁岁，又是一个秋之到来，心里竟升起莫名的惆怅。我在想，是不是我丢失了什么，或者获得了什么我不情愿获得的东西？

确实是秋到了。明明是事实，却还经历了一个小小的插曲。

清早起来，天已放晴。我还在想昨夜的梦境。可是，雨停了，窗前没有了雨打的声音，甚至地面也干了，好像昨夜压根儿就没有下过雨。我便有些怀疑，怀疑昨夜的雨，怀疑秋之已至。

我的怀疑，得到了另一种印证——那些花。

花很美，一副乱春的样子。我家阳台上的那株三角梅，有的已经绽放，鲜艳，娇红，放肆，目中无人；有的则紧跟其后，亦步亦趋。一朵一朵的花，次第而开，不同的程度，展示了花开的整个过程。太美妙了，从一串花的行走中，我窥见了花事的生命过程，这是过去从未曾有过的。我索性下楼，走进小区里。我发现了更多的花，紫茉莉、玉簪花、秋海棠……还有清秀挺拔的夜来香，它碧叶莹润，花色如玉，黄昏后，更是芳香四溢，整个楼道都是它的芬芳。

在一道道篱笆上，缠缠绕绕，开放着粉红、浅蓝、淡紫色的喇叭花。新开的花朵娇艳无比，仿佛吸足了空气里的水分，湿漉漉的。这种花，看似泼辣，其实非常娇弱，倘若摘下一朵，只几分钟的时间，边沿就会卷曲、干枯，毫无生气地敛在一起，再没先前的生机。让人想起那句话：越是柔软的心，越是容易受伤；越是美好的事物，越是禁不住时光。所以，我们见到的喇叭花，都只开在秋天的早晨，趁时光尚早，尽可能地展现它们的妩媚，开出一份不可亵玩的高贵。不为得到一声喝彩，只为不虚度这短暂的一季。秋是我们的季节，也是它们的季节，更是它们的年华。只要静静地绽放，哪怕像露珠一样，同在叶尖上消失，同在时光里苍老，也在所不惜。

曾有一种思维定式，提起秋天，就将目光投向丛林、山川、田野，认为这时的风、这时的色，才是秋天的使者，才是秋天开始的标志。当然，也包括那些成熟的庄稼，大豆、高粱、玉米，以及挂在墙头上的磨得发亮的镰刀，歇在场院里的笨重的碌碡，乡下闲不住的农人。唯独我，没有忽视花和花开的声音。

比如此刻，就在我再次来到阳台，俯身静静地注视那花，那些次第开放的三角梅时，我忽然听见了一种声音，它细若游丝，从虚无之处飘来，美妙，优雅，迷幻，富有诗意。这声音不像春花那么狂野，不像夏花那么妖媚，也不像冬花那么孤傲，它脚步轻细，甚至无法度量脚步间的距离。它的声音，不是由脚步发出的，而是内心。因此，需要用心贴近，带着真诚，才能听见。

我断定，只有秋花，才有这样的声音……

作者简介：若荷，原名宋尚明，中国作家协会会员，中国散文学会会员，中国金融作家协会理事。作品发表在《中华散文》《散文选刊》《散文百家》《青岛文学》《满族文学》《中国散文》《山西文学》《山东文学》《时代文学》《四川文学》《名作欣赏》《青海湖》《青年作家》《黄河文学》《北方文学》《散文·海外版》《芒种》《岁月》《读者》《中国文化报》《中国艺术报》《中国教师报》《人民日报·海外版》等数百家报刊。有作品被编入小学语文课本、高中语文阅读课本及初、高中语文试题。作品入选《中国精短美文精选》《中国散文年选》《中国散文家代表作集》《中国散文排行榜》等多种选本。曾获“首届齐鲁散文奖”“齐鲁文学作品年展佳作奖”“中国包公散文奖”“中国金融文学奖”等奖项。著有《悠悠茶香》《高天上的流云》《像一片叶子一样成长》《善良如嘉木》《夜色中的栀子花香》《有什么比心灵更柔软》等散文集。

哥哥

依然月牙

小时候的他，逃学，打牌，偷家里货柜上的零食，就像一棵长在野外的树，枝条乱扫，叶果瞎挂，毫无章法。

母亲气得不行，牙齿咬得咯吱响。“别让我抓到，否则一顿好打！”她拿着竹条子在后面追，他像泥鳅一样在前面钻，鸡飞狗跳，这是常有的事。

母亲一边找，一边骂，竹条子捏得簌簌抖。他才不管这些，树枝上掏鸟窝，柴房后玩扑克，田里烤地瓜……母亲总有办法找到他，右手揪住耳根子，左手挥着小竹枝，“啪啪啪”一阵抽。他歪着头，龇牙咧嘴，不害臊地喊：“轻点，哎哟，轻点！”

我讨厌他嬉皮笑脸的模样，冷冷地提醒：“妈，再重一点！要不记不住！”母亲的手下大力了，他的身子一下子矮了半截，嘴角差点抽到鼻梁上。

让他这么顽皮！该！

我不愿叫他哥哥。一直不愿意。没了父亲的孩子，不知家境的难，不懂母亲的苦，还没有上进的心。这样的哥哥，不是我心中的模样。

打着、骂着，他也就大了。我和姐姐都考上了师范，独独他，不好好学习，混了个金华汽校。毕业了，他依然过一天算一天，喜欢打牌，喜欢麻将。他的赌友很是佩服他，说他脑子聪明，过目不忘，谁的手里有什么牌，眼睛一眯，就猜出来。聪明？我以为这是一个笑话，嘴角一沉，扭头就走。

每次打牌输了，他就想法子借我的钱。

“妹妹，好妹妹，亲妹妹，给哥一点儿钱，明儿一准儿还！”他把自己笑成一挑独朵牡丹，抖着黄红的花粉往你身上靠往你身上撞。千防，万防，家贼难防，明明是陷阱，我还是次次中招！气死个人！

借出去的钱，泼出去的水。那人的诺言，永远是水里的月亮，看得见，摸不着。所有的人都对他表示失望。好吃懒做、游手好闲、眼高手低……不管什么样的贬义词，往他身上一安，都像量身定做的。

那人呢？无痛无痒，没心没肺，继续晃荡着，过一天算一天。

母亲急了，偷偷托了亲戚，想给他寻个司机的工作。亲戚一听，头摇成拨浪鼓，那神情，如同躲瘟疫。母亲不死心，又央求外婆去说人情。外婆豁出一张老脸求了人家大半天，亲戚还是不答应。

亲戚是我家表叔，某个局的局长，按理说，为他谋个司机的职务轻而易举。可亲戚说了，司机这活儿，得找个像样的人来做。就他？指不定会闯啥祸呢！

母亲怔在那儿，半天没吭声。这回，他倒是不再嬉皮笑脸了，默默地挨着母亲，做了错事一般，眼睛一闪一闪，水雾蒙蒙的。那是眼泪？但愿我没看错。

后来，他闹着要去义乌做生意。

没人指望他能挣多少钱。大家都认为，有个事情能套住他，比野马一样四处逛荡来得强。没想到，他却认认真真地做事了，咨询、下单、联系厂家、寻找货源，一丝不苟，一样不差。

当年年底，有人告诉我，你哥要开着轿车回家过年了。

我“嘁”了一声，当是听了个笑话，眼都不斜，直直飘过。

没想到，过年的时候，他真的捣鼓了一辆轿车，八面威风地开了回来。20世纪90年代末，在乡镇，有辆车，还是蛮稀奇的。左邻右舍看着亮闪闪的车子，啧啧称赞。没承想，脸皮厚得子弹都穿不过的他，居然脸红了。

后来的后来，一切都顺其自然了，当年那棵长得乱蓬蓬的野树，忽然呈现出笔直的线条来，枝是枝，叶是叶，葱葱郁郁的样子。

那次逛超市，地面有点滑，一行人都在前面走。他忽然转过身来，走到母亲跟前说：“妈，地面湿，我来牵着你。”低眉顺眼的模样，竟让人想到“温柔”一词。母亲乖乖地伸出手，紧紧地跟着他。这情景，就像大人带小孩。

习惯了母亲和他一见面就吵嘴的情形，忽然之间，俩人偃旗息鼓，还握手言和了，一时之间让人有些不适应，那些鸡飞狗跳的日子电影镜头一般倏地过去了。真实，只是眼前他拉住母亲的那只手。

我一直记恨他骗我的钱，不愿拿正眼瞧他，直至前几个月，才加他的微信。

无意中打开他的相册，发现信息极少：没有妻子的照片，没有孩子的照片，却有两条关于母亲的记录。

他写着：“奶奶去世，出殡。妈妈看到已故父亲的坟，哭得很伤心，我的心都碎了。”

他还写着：“是不是我们做子女的平时做得不够好？突然想到周杰伦的《听妈妈的话》。妈妈，我爱你！”

有那么一瞬间，我愣住了。我以为这么肉麻的话，一个大男人不会说，没想到，他不仅说了，还在朋友圈分享了。我想抓住机会狠狠地笑他一次。

可是，这一次，还未交锋，我就觉得自己输了。

不仅输了，还一败涂地。

母亲说：人，要懂得记情；有能力了，就要懂得报恩。

逢年过节，在母亲的嘱咐下，我们兄妹都要去探望村里的老人，送给这位老人几百元，送给那个老人一套衣裳。

而最大的心愿，母亲一直未说出。那就是在村里盖一幢最漂亮的大房子。她想让村里所有的人都知道，她这辈子没有辜负父亲的嘱托，把三个孩子都好好地培养了，好好地教育了，好好地活出自己的精彩了。

这个任务自然落在他身上。现在的他，脑袋长在母亲头上似的，但凡母亲的要求，无不点头答应。他说，只要母亲高兴，花多少钱都值!

大房子终于盖好了。从审批到建造，再到装修，历时三年。

装修的时候，他丢掉义乌的生意，在老家整整待了半年。每日里灰头土脸如一只耗子，小到一颗螺丝钉，大到壁橱门窗，他都要一一过目。

有人说，他为了选房间的墙纸，趴在店铺的地上，整整斟酌了三天。还有人说，为了把上千颗珠子装在大吊灯上，他的手都磨破了皮。

搬家那天，全村的人都来了。大大小小十几桌流水席，母亲的脸，闪闪发光，笑容挂在脸上，整整一天都掉不下来。

我心疼他的钱，闭着嘴，不夸一句好。

他却梗起脖子朝我吼："你懂什么，啥都不懂！"那倔强的模样和小时候如出一辙。

作者简介：胡曙霞，笔名依然月牙，杭州师范大学第一附属小学语文教师，曾获教坛新秀、优秀教师、星级班主任、骨干教师等称号。在国家级、省市级刊物发表文学作品300余万字。出版文集《悬在窗口的幸福》《把每一寸光阴过成良辰美景》《弄花香满衣》《时光　静好》等。获第八届冰心散文奖（散文集奖）、第四届叶圣陶教师文学奖。

鸡足山猜想

赵培光

一

人与山，跟人与人差不多，熙来复攘往，过客就是过客，留在记忆深处的皆属缘分。缘中缘呢？只有信命。所谓“有缘千里来相会，无缘对面不相逢”，佛法矣！

我与鸡足山，从相识到相知、相许、相守，完成在一个上午。在时光里，一个上午连一个瞬间都不算，一闪而已。孰料，这“一闪”十分了得，注定了深深浅浅，注定了生生死死！

是为难解的善缘。

此我非矫情，此山不负义。

如实道来，2012 年 11 月 17 日，直到大巴车摇摇晃晃、颠颠簸簸将采风团一行送至山脚，我依然不知道何苦来访，又何益来拜。中国的名山，或雄，或奇，或险，或绝，或灵，或秀……轮不到鸡足山这般殷勤地讨欢献爱。既来之，则安之。风香气暖里，随着人流前行，一级级、一步步地接近山峰。山峰究竟是什么模样？我心里没底。倒是忍不住嘀咕：天下第一山？呵呵，那么泰山呢？我猜不出是什么人的自作多情，还是朝圣者的顶礼膜拜。

走走，停停，最念那“拈花一笑、守衣入定”，谁让我刚刚穿过“灵山一会”的佛门了呢？

只有默默体察和琢磨。

二

……毕竟归结为我的狭隘与功利。

曲径、树木、庙宇、云雾，形成了森森、肃肃的气场，一下子揽我入怀，攫住了我的心，使我收住了笑声和笑脸，已经很庄严了。这，我倒始料不及。

我承认，此前我对鸡足山一无所知，更贴切的表述，应当叫“闻所未闻”。然而，鸡足山就是鸡足山。它位于云南大理州的宾川境内，这里为东南亚著名的佛教圣地。我对佛教，从来是怀着无比的敬畏，因为它太博大、太精深了。日常研习中，偶得的禅理机趣，供我享用，渐渐点亮了我的生命与爱、智慧与趣。

可惜，我一介凡夫俗子，无法参透，只有猜想。对于一座山，从地质学的角度去探究还算容易，而从文化学的层面去阐释则很困难。关于鸡足山的由来，说法有两个版本：一种是因山势“前列三峰，后拖一岭，俨然鸡足”；一种是“鸡”表示光明，是光的海洋，能够带来“佛光”普照，“足”是阐释体会佛学的绝佳道场。

哪一个更符合实际呢?

我宁愿相信后者，并且继续自己饶有兴味的猜想。

不知不觉间，便来到了祝圣寺。对了，祝圣寺的第一道门，叫山门，也叫三门，代表数字的“三”，亦指佛教中的“空门”“无相门”“无作门”。具体来讲，“空门”是指中间的门，唯僧尼经过，所谓“遁入空门”矣，意为出家；一般人走左右的门，在旁边供奉的是民间通称的“哼哈二将”。

据导游介绍——祝圣寺原名迎祥寺，佛学泰斗虚云大师在光绪年间曾经来到鸡足山，他整肃佛规，入京请藏经《龙藏》，给慈禧太后祝寿，被光绪皇帝封为“佛慈弘法大师”，赐紫衣钵具、玉印、锡杖、如意、全副銮驾及《龙藏》一部，迎祥寺赐名为“护国祝圣禅寺”。于是，迎祥寺更名为“护国祝圣寺”。

我非佛门弟子，对相关的传说和故事更有情致。直至气喘吁吁登上气度非凡的金顶寺，见众多善男信女烧香磕头，才发觉自己两手空空，只剩一颗凡心。

不过，我还是随着人流进入庙堂，面对佛祖，虔诚地跪下来，双手合掌，双目微闭——阿弥陀佛。那一刻，太多的愿望，陡然涌上我的心头……

出来后，我觉得自己变成了另外一个人。另外一个人，气定神闲，超然物外，从前那些无法解脱、无法料理的俗事俗情，莫名其妙地化作了清风，远远地飘去了，飘逝了。

由于时间仓促，无法久留此地，实在引为憾事。何止是奢求东观日出、北眺玉龙、西望苍洱、南睹祥云啊？更重要的是，离金顶寺不远的高处，相传是佛祖的十大弟子之首大迦叶尊者披袈裟入定的地方，他入定后剩留的袈裟，化为袈裟石——一块如有裂纹的袈裟的巨石。我没有走近它，见识它，由此而演绎出来的一连串隽永的故事，则大打折扣了。

凡界如我，猜想亦无妨!

三

滚滚红尘，即便我是一个杂乱的人、混浊的人，我也希望自己活得简单些、纯净些。“眼满山光非凡景，耳溢水韵是仙居。”半痴半魔时，免不了去佛书里寻觅，去佛山上踏察。

谁想，鸡足山竟成了我的最爱。我自己也弄不明白，中国四大佛教名山——峨眉山、九华山、五台山、普陀山，哪一座不是闻名天下？眼前这座山，“鸡足”而已！而固执的我，却着魔似的对它情有独钟，甚至梦绕魂牵。

没什么好说的，前世今生，我肯定与鸡足山有某种机缘！

游览的这个上午，它先是集中所有的花叶迎接我，然后是调动所有的云雾迷惑我，最终是怂恿所有的阳光拥抱我。一时间，我认准了它比黄山还奇，比泰山还绝，比峨眉还秀，比青城还幽。我知道，我的这种迷恋是过度的，但我陶醉于这种过度的迷恋。

“欣赏人的脸色，不如风景。”何况，我是陶醉！山与人，抑或人与山，一步之遥。人与佛，抑或佛与人，一门之隔。

四

作为佛教圣地，鸡足山蕴藏着初始的文化精髓。众所周知，释迦牟尼创立佛教之时，遇到了许多的障碍和阻力，于是产生了新的誓愿，弥勒成佛要有一块净土。何谓“净土”？其实就是相对于缺陷而言的理想世界。

忽然想起了一些与佛学禅宗相关的对话。

——问：“如何是平常心？”

——曰：“要眠即眠，要坐即坐。”

——问：“学人不会。意旨如何？”

——曰：“热即取凉，寒即向火。”

——问：“如何是解脱？”

——曰：“谁缚汝？”

——问：“如何是净土？”

——曰：“谁垢汝？”

——问：“如何是涅槃？”

——曰：“谁将生死与汝？”

——问：“如何是佛法大意？”

——曰：“春日鸡鸣。”

——问：“学人不会。”

——曰：“中秋犬吠。”

尽管这些对话并非来自鸡足山，但是施善从乐、简言洁行、灵犀贯通的主旨，同样是鸡足山的奥义与倡导。轻踏蹊径，倾听水声，沐浴佛光，被净化的是心灵，被美化的是心境。

人生“退后一步想”，好梦“能有几回来”？

五

当一座山与一种宗教融为一体的时候，注定会生发出神秘的色彩，释放出神奇的力量。

说到宗教，国人自然会联想到藏民。不过，请允许我现炒现卖一回：广大的藏民自古就有朝拜鸡足山的风俗，尤以鸡年为盛。每年的农历三月十五前后，许多藏民会自觉自愿地赶往这里，他们带着必要的粮食和衣物，历尽千辛万苦，只为了朝拜鸡足山。在这些藏民的心中，鸡足山既神秘又神圣，并且他们认为一个人的一生中如果有三次到这里朝拜，临终时灵魂就会回归佛国乐土……

被称为“中国驴友宗师”的徐霞客，早在1638年腊月，就开始了鸡足山的考察。他访遍了这里的山山水水，详细记录下了峰峦、峡谷、岩洞、寺庙、台、梯、岭等，汇集了有史有识的《鸡足山志》。他亲近鸡足山，最初不过是践行朋友的一次嘱托，而最终却成就了洋洋八卷的中国最优秀的地方志。据说，大理是徐霞客一生中为期最长的行走，而他写下的包括鸡足山在内的大理文字，可能就是他的游记绝笔。

如此穿越文化时空，历代的高僧便会从鸡足山的背景中迭出，诸如宋代的慈济，元代的源空和本源，明代的担当，及近代以来在海内外享有盛誉的一代高僧虚云。那些著名的学者、文人、官员也纷至沓来，依稀浮现杨升庵、李元阳、赵藩、李根源、徐悲鸿、龙云等，后代完全可以从他们的诗文或书画中领略其风采。

事实上，谁也无从统计，这座悠然自得的鸡足山，究竟接纳了多少人，造就了多少人，成全了多少人，抚慰了多少人。

云不语，风不语，树木不语，花草不语，没有谁知晓。

看到身边那些游客争先恐后地烧香、燃烛、跪拜、写文表，完全能够想象得出，一天一天，一月一月，一年一年，信奉者如海如潮。

…………

“佛是觉悟的人，人是没有觉悟的佛。”还是法师一语道破。

六

……不错，与水相比，我更喜欢山。山呢？就那么矗立着，绵延着，有声有色，无怨无悔。追溯时，它是远古；憧憬时，它是未来。

比我更投入的一个徒步探险家曾经这样说：“当你的脚踏上鸡足山的第一步起，你就是在阅读经书了。”

而许多山，包括许多著名与非著名的山，太薄，太浅，是经不起阅读的！

哦，我来对了。

尘世里的生活，尽管福禄相伴，却也太匆促、太喧嚣了，让凡男俗女们个个都陷入深度疲惫，不得愉快，不得慰藉，何来“诗意地栖居”？我也不免挣扎，望不到此岸或彼岸。我需要一份清静，一份清静的歇息，以及思考。

是鸡足山给了我机会，抚去万千纷扰，澄明一方水天。

我选择了一个幽僻的角落，坐下来。蓦地，就想到了生与死、爱与恨、亲人、朋友、故乡和归宿，以及偶然与必然、甜蜜与苦痛、支撑与坍塌、漂萍与落叶……

令我沉潜很久的是那个叫瞿腊阿娜的笔意：

鸡足山，难道仅仅是一座塔，几座庙，
一些威严的佛像？
一定还有些什么？
一百个人寻找鸡足山，
鸡足山就有一百次顿悟。

所以不敢用一个人的记忆，

去替代所有人的顿悟。

我发现，在各种各样人们的笔迹和口述实录里，他们用记忆雕刻了鸡足山的旧日时光。

我也发现，每一个人顿悟时，那一瞬间的光亮。

大千世界，芸芸众生，我与这位诗人无缘谋面，却悠然心会。很想谢谢他，或她，幻觉归幻觉，下意识伸出去的手，只抓住了鸡足山的一脉气息，一缕香……

我的鸡足山啊！

七

返身下山的时候，雾霭渐薄，渐淡，性急的峰峦已经显露出轮廓，直至面貌。放眼四处瞭望，一片一片的黛绿和浅绿，经过阳光的照耀，如锦如缎，心胸不禁大开。我把脚步尽量地放慢，放轻，生怕搅扰了它的安谧。对，是安谧的梦。鸡足山是多梦的，或许形而上，或许形而下，总之是梦里的美景与美意，使鸡足山越发地充满精神，充满魅力。

容不得我连猜带想了。

在这种奇异的精神与魅力的感召下，我终于忍不住心潮激荡，摘下近处的几片叶子。这个举动，被身旁的众游客看在眼里，却没有谁发出指责。也许，他们跟我一样，都想把最晶莹、最剔透的感悟不失时机地记录下来。哦，什么呢？

云烟天下事，无语鸡足山。

作者简介： 赵培光，1959年7月生，吉林市人。全国新闻工作者协会理事，中国作家协会会员，中国散文学会理事，中国散文诗学会会员，吉林省作家协会副主席，吉林省散文委员会主任，吉林省杂文学会副会长、秘书长，长春作家协会副主席，《吉林日报·东北风》周刊原主编，高级编辑。

1980年开始文学创作，出版散文诗集《不息的内流河》《瞬间回味》，诗集《别一种心绪》《临近秋天》，散文集《野马闲驰》《寂静的回想》，长篇小说《顺风摇摆》等著作16部。曾获第十五届长江韬奋奖、中国散文优秀编辑奖、孙犁编辑奖、冰心散文奖、解放军报作品奖、长白山文艺奖、东北文学奖、吉林文学奖、长春文学奖金奖等文学奖。吉林省劳动模范、“吉林省五一劳动奖章”获得者，吉林省有突出贡献专家，吉林省拔尖人才第一层次，获吉林省首届新闻名人奖，吉林省新闻出版优秀人物，吉林省优秀新闻工作者。

故园雨归

王福利

我徂东山，慆慆不归。我来自东，零雨其蒙。我东曰归，我心西悲。制彼裳衣，勿士行枚。蜎蜎者蠋，烝在桑野。敦彼独宿，亦在车下。

我徂东山，慆慆不归。我来自东，零雨其蒙。果赢之实，亦施于宇。伊威在室，蟏蛸在户。町畽鹿场，熠耀宵行。不可畏也，伊可怀也。

我徂东山，慆慆不归。我来自东，零雨其蒙。鹳鸣于垤，妇叹于室。洒扫穹窒，我征聿至。有敦瓜苦，烝在栗薪。自我不见，于今三年。

我徂东山，慆慆不归。我来自东，零雨其蒙。仓庚于飞，熠耀其羽。之子于归，皇驳其马。亲结其缡，九十其仪。其新孔嘉，其旧如之何？

——《诗经·豳风·东山》

诗外事

周公率军远征奄国平定叛乱，结束征战的士兵走在漫漫归途上，目睹遭受战乱涂炭的荒村破屋，思家之情愈迫，回忆着曾经的行军作战之苦痛，忧惧着越来越近的小家情形，细雨蒙蒙的归路上交织着悲喜乱绪。

彼时情境

荒草掩路，乱石难行，一次次拖着疲惫伤躯登上奄国东山之巅，遥望天边那弯残月，空寄不知归期的乡愁。冰冷的月光，迷蒙的盼眼，一天天，一年年，对望无语的离乡之痛渐已麻木。

已听不见战鼓的激荡冲杀，已看不见旌旗的挥扬烟云，一切归于平静。细雨蒙蒙，模糊了昔日战场，淋洗着血染荒原。冰凉雨丝，流过不再年轻的瘦削脸颊，将麻木思绪从征战远梦里拉回现实——两脚虽已踏上了熟悉的归路，却依然难以相信眼前的真实。

离家太久，已渐忘了有家的感觉。西土尽望，万里江山烟雨迷离，泪雨交织中远方亲人的模样愈加清晰；从军苦旅的一幕一幕，亦在亲情思念里挥之不去。入伍时发的军装早已千疮百孔，分不出是刀枪是箭矢，还是荆棘留下的切肤之痛，现在终于快要换上妻子做的舒适安妥的家常衣裳了，军装下那些深深浅浅的伤口，却不知何时能痊愈。回首处，东山群岭似一波又一波退潮，将行军暂驻的一处又一处匆匆足迹转眼抹去；四海为家的征途兵士，像一只只以叶为家的野蚕，蜷曲的身子在密密枝叶间爬走，没有生命的方向，没有遮风挡雨的屋檐，一阵风吹过，一只鸟飞过，谁又在意一只野蚕的悄然消逝？倚车就地而歇的无数个寒暑长夜里，残酷时光让脆弱生命加快了老去的脚步。

仿佛错过了太多的人间岁月，路边景色就这么无情地变了模样。这还是来时经过的那个村庄的那对老两口家吗？无人看管的栝楼乱蔓，在细雨的滋润里，肆意攀延，新叶与老蔓交缠着将视线遮挡在一扇半掩朽门之外，几个熟透的果实沉甸甸耷拉在低矮墙头；低头穿过乱藤新叶，小院里齐膝荒草将曾经的畦畦瓜菜吞没；几只土鳖虫在沉重脚步声里向堂屋惊惶而逃，消失在灶台边、破床下；一根曲转扭结的细细枣木棍，还在勉力支撑着没来得及合上的窗户，一只长脚蜘蛛在半敞的窗户前编织着衣食无忧的世外桃源。

走过已不认识的村庄，追寻着错过的时光，追不上几只在村外荒田里嬉戏的野鹿。不能阻挡住记忆中影像的消逝，亦不能阻挡住愈加静得可怕的夜色降临；路边散落的几处孤坟，不知已在村外守望了多久，陪伴它们的，只剩下几只明灭萦回的萤火虫，它们似乎也在用这种方式证明一个村庄还未消失。

触目的荒凉，愈怯的乡情，愈快的归步。远方的家到底还在不在？远方的亲人是否安好？荒村外的小路，此时怎么变得如此漫长？冷雨未歇，急步不停，一只落单的鹳鸟从忧心忡忡的静默队伍上空飞过，满天愁云里的几声嘶哑孤鸣，让阴郁的天空压得人愈加透不过气来。

细雨中奋力扇动翅膀的孤鹳，在归兵遥寄的惦念里渐飞渐远，一直消失在西望里的云水一色。同一声孤苦鹳鸣，再次在朝思暮想的村外传来，似丈夫呼喊着妻子的名字，似冷屋漏房里妻子心意相通的一声苦叹。在邻人的奔走相告里，她相信这次班师回乡的消息不再是一场空盼。被寂寞苦痛掏空了的病躯，在越来越真切的脚步声里有了气力，将勉强能遮挡风雨的小屋一遍又一遍地打扫，将久未生火的灶膛填满了薪柴。心里想着为丈夫做什么好饭菜，一抬头才发现大大圆圆的瓠瓜已在瓜架上吊了好久，才想起自己茶饭无味已不知多久没有烹制过菜肴了。想一想三年的等待，漫长得似一次轮回，彼此只记得初见时的模样。

近了，近了，村边那棵老桑树依旧枝繁叶茂，树间那几只黄莺依旧欢歌婉转，还好，一切还是原来的模样。村里不知从谁家传出喜庆的乐曲，树间黄莺暂停了优美歌唱，斑斓翅羽在细雨中划过一道光芒，被乐曲声吸引了过去。三年的漫长，把邻家的青涩小女孩出落成光彩照人的新娘，红黄大马驾着的彩车之上，送嫁的母亲正在泪水与笑容交织中为女儿系上佩巾。一项又一项烦琐而隆重的嫁娶礼节，将喜庆的气氛一步步推向高潮。幸福的一双新人啊，把亲朋好友的所有美好祝愿尽情收下，把所有的甜蜜都写在了年轻脸庞上。喜乐喧闹里，有谁还会注意到、还会认得，彩车旁默然经过的归乡之人？有谁能够理解一对患难夫妻生死别离后还能重新相聚的幸福甜蜜？还会有谁，能为他们后半生的安稳相守送去一句简单而真诚的祝福？

作者简介：王福利，中国散文学会会员，中国民俗学会会员，河北省作家协会会员，河北民俗文化协会理事，河北散文学会副秘书长。发表散文作品30余万字，获第八届冰心散文奖等奖项，获评“第三届河北省草根散文家”等称号。出版《诗风画境——走进〈诗经〉里的风景》《止学：知止的智慧》等著作。

苔藓，上帝遗失的一抹浓艳

张亚宁

石头上的苔藓是废墟中最美的花。

很少有人发现苔藓的魅力所在，不过我倒是眷恋这种独一无二存在的花儿。谁忘记了石头上的苔藓，谁又会记起它？根本不会有人追究这些事儿。在石头上默默无闻盛开的苔藓，与名贵花种的娇艳与高贵相比，天壤之别。石头上的苔藓并不在乎这些，即使没有人刻意关心它发现它，它也锲而不舍地尽情开放。

在北方，干旱少雨，成片的苔藓很少，想要看到像南方大海或浅海中成规模的美艳的苔藓，是梦都不敢梦的。但是，在古屋、水井、石丛、瓦砾这些隐蔽的地方，苔藓是有的，并且非常独特，非常讨人喜欢。若是仔细观察，它们呈现出来的美是无法言喻的，甚至让人窒息。于是惊叹：此乃上帝的一抹浓艳！

苔藓，犹如一幅被人丢弃在废墟中完美的壁画，远离花繁似锦的街衢，在阴暗的背街小巷，或在废墟中肆意地盛开，总是被人无情地踩在脚下，或者淹没在幽暗的角落无人问津。某天下午，我在石丛中发现了苔藓。我与伙伴玩得起兴：我们虚拟着要建设一座高楼，四处搬来石块逐一垒砌；我是一名建筑师，伙伴是工人；伙伴辛苦地将石块搬来，我在石块中夹杂一些湿润的黄土，巧妙地垒砌……这时，我闻到一股特殊的味道，以为是牲畜的粪便，就准备将其扔掉，以免弄脏了我的手指；翻转过石块，竟然发现色彩斑斓的一幅画，那图案像云朵，像彩色的衣服，还像漫画，生动而抽象。一时间，我感觉有些莫名其妙，继而震撼。这究竟是什么呢？梦幻般的线条和色彩极具感染力，无论从哪个角度看，都能给人以强烈的美的享受，一种难得的精神犒劳。我把这块石头搬回村子。村里的老人说，这是一块受潮后长出苔藓的石块。我喜欢石块上的图案，惊叹石块上的苔藓竟然如此精湛美妙，让我完全无法用笔触和语言准确地表达和刻画出来。

这就是我与苔藓的初识。细心观察，我发现在有苔藓的地方，往往都有好的风景。我开始走上寻找苔藓之美的路，渴望一路都是好风景。延安这地方多黄土少石头，哪敢与有青山绿水的地方媲美，能找得到大面积的石林的确是一件很不容易的事情。我像童心未泯的孩子，一直在寻找。至少，一路的风景或给我以心灵的启发，或给我以情感的触动，让我这个执迷者不会太过失望。

寻找苔藓，就是一场发现美的旅行。在秋雨绵绵的初晴之日，或大雨之后的午间，因为潮湿和温润，这两个时段是寻找苔藓的最佳时机。大雨过后，连日高温，河槽里堆积的石头表面干燥，但是它的背面却是鲜艳多彩的苔藓。我把这样的石头搬回家，有时带着我的同伴。将长满苔藓的石头在阳光下晒一会儿，再转移到树荫下，然后慢慢品味。太阳下晒一晒，多余的水分被蒸发，图纹清晰到极致。不明白其中奥秘的观者，还以为是玩石刻的艺人精心雕刻而成。石头上的苔藓黄绿搭配，深黄浅黄、深绿浅绿过渡得自然而然，融合得恰到好处，海市蜃楼般的幻境巧夺天工。这些美得令人窒息的花朵，仿若将我引去世外桃源似的神秘之地。不过，这种类型的苔藓保存的时间不会很长，遭遇大雨或者被外物摩擦就会消失。我也猜想过，苔藓的最终离别，会不会让曾经被依附的这块石头变得更加孤独？每次想到这里，便于心不忍，我就把开满花朵的石头放在潮湿的地方，尽可能让它们存留的时间长一些。无奈的是，美到极致的事物，它的生命力总是那么短暂，正所谓昙花一现。

我曾骄傲地问村里的老人和我的伙伴：我是不是美的使者？他们笑而不答。

秋雨之后的苔藓，与夏天几场大雨之后的苔藓如出一辙。河槽里的石头是夏天的洪水导致，不知道是从什么地方捎来的；原来搁浅的石头，不知道又被洪水捎到什么地方去了。河槽还是那个河槽，河槽里的石头却不一定还是原来的石头。这些石头上的花朵总是如期而至，在秋雨的滋润下，在阳光的温暖中，迎来又一个盛开的花期。当然了，这样的花朵也不仅仅盛开在河槽里，换一个地方，会有另外一种不同的惊喜。在没人居住的几近荒芜的院落，被主人垒砌成院墙的石头上的苔藓别具一格，多出一些细长的毛茸茸的丝线。这样的苔藓被微风吹拂时，感觉它真正是“随风潜入夜，润物细无声”，像是附着某种难以言说的灵性，神秘莫测。它们以这样的方式欢迎好奇者的光临，也让胆子小的人踟蹰不敢近前。少年时代的我们大概都有相似的经历：那些废弃的荒院、乱石岗，大人们是不允许孩子们随便出入的，唯恐孩子们中了什么蛊惑，甚至搭上性命。我却不以为然，常常带着一两个伙伴，甚至一个人偷偷地去。有一次，我去了一座早已无人居住的院子，偶尔回来查看房屋的主人以为我是去偷东西的，把我赶了出来。我怎么解释，他都不相信。我没有能力把那些堆砌了百年、长满苔藓的古老石头搬回家去，零距离地欣赏总是可以的吧。每次等到几场秋雨过后，我就去这座古老的院落欣赏苔藓。就像早就定好的约会，苔藓绝对不会令我失望。那些被岁月侵蚀的孤独的石头，原本冷漠地堆砌在院墙上，沉默而寂寥地承受着时光的挤压。就是因为那年复一年的苔藓，给这些石头增添了生命的绿意和暖色。即使是一块丑陋的石头，被苔藓温暖地一罩，也会神采奕奕、多姿多彩。

母亲说，大自然的一切都是有生命的。想着母亲的话，我格外呵护千姿百态的苔藓，感叹它们如此魅力无穷。万物都有自己的独特之处，苔藓也一样，有它自在的生存方式，然后展现最美的一面。平平常常的古院、司空见惯的河槽、普普通通的石头，甚至貌不惊人的瓦砾，都因为苔藓附着其上的那种真实而质朴的融洽，奇迹般的美轮美奂。久而久之，村里人都奇怪我怎么会痴迷石头上的苔藓？我说苔藓是石头的嫁妆，犹如夕阳和朝晖里的云朵，像镶了金边的霓衣。在村小学教书的老师说：苔藓中能提取食糖、有机染料、香料、防腐剂以及强力抗菌物质；苔藓可入药，可当肥料，可以检测大气污染，可用于园艺栽培。老师随随便便这么一说，就把苔藓的身价从实用的角度抬高了，使得它在世俗的层面引人关注。于是，我的许多伙伴没事的时候就到处寻找苔藓，个别伙伴被一些叫不出名堂的虫子咬伤了，浑身红肿瘙痒，得好长时间才能痊愈。时间长了，很多人便不再好奇我的所作所为，而是将我视为异类嗤之以鼻。

突然有一天，我发现古老的寺庙这样的建筑物，或者悬崖石壁上的苔藓别有一番景色。它们的花形更加清晰，线条更加逼真，内涵更加丰富，颇具禅意。我还见过一尊据说有千年历史的石狮子身上布满了苔藓，它们历经风霜雪雨的洗礼，宠辱不惊、生生不息。据考古学家说，正是这些遍布的苔藓起到了隔膜和屏蔽作用，保护石狮子千年不朽，如今依然傲视苍生。悬崖峭壁上的苔藓则犹如壁画，典雅大气，可望而不可即。

苔藓之美，美在形状。苔藓之美，美在色彩。苔藓之美，美在意境。苔藓旖旎的画面任凭你想象：想山，便是高山皑皑；想水，便是溪水潺潺；想云，便是白云朵朵；想树，便是树影婆娑。面对遗世独立、清高不俗的苔藓，想人的时候，要么英姿飒爽，要么英雄本色。

其实，我最想说的是：苔藓，上帝遗失的一抹浓艳！

作者简介： 张亚宁，1983年生。陕西省子长市作家协会主席。现居陕西子长。作品散见于《人民日报》《光明日报》《散文百家》《朔方》《延河》《北方文学》《青海湖》等百余家报刊。散文作品曾入选《中国散文精粹》《陕西青年作家作品选》《中国精短美文精选》。出版《命根》《一地花儿》等著作。

爱此荷花鲜

徐鲁

夏至一过，满湖满塘的荷花就一边盛开，一边结出高挺的莲蓬来了。这是大地和水的恩赐，是大自然母亲用她灵巧的圣手，为我们创造了如此清秀、如此纯洁和风雅的夏日植物，我们怎能不怀有深深的感恩之情呢！

我家住在洞庭湖以北、长江之南，一年四季都在蒙受着湖水的润泽。众多的湖泊，在荆楚大地上星罗棋布。省内的大小河流有千条之多，一条条水流连通和串起了上万个常年不涸的大小湖泊，说是“千湖之省”，其实有点太“低调”了。

有上万个湖泊，一到夏天，就会有万湖荷花盛开。清亮的湖水映照着蓝天白云，碧绿的荷叶，粉红和粉白色的荷花，青嫩的莲蓬，在夏风中轻轻摇曳，向远处传送着清新的菱荷芬芳，许多湖面上还有白帆点点、渔歌声声，不远处就是一片片将要成熟的稻田……哦，请想象一下吧，这就是我们的江南，江南乡村的夏天。

“江南可采莲，莲叶何田田，鱼戏莲叶间。鱼戏莲叶东，鱼戏莲叶西，鱼戏莲叶南，鱼戏莲叶北。”

“田田”是指荷叶铺展、生长茂盛的样子。不能不敬佩古人精准而又简约的写景咏物的诗才。这首汉乐府，或许只是荷塘采莲人的信口游戏之作，未必刻意为之，却把夏日江南田野间的生活气息与欢乐场景呈现得如此明朗鲜活，使人仿佛身临其境。这还仅仅是一首民歌呢！——有人说，诗中的前三句，也许是领唱者唱的，“鱼戏莲叶东”以下四句，应该是众人的唱和。我觉得是有道理的。古代人还喜欢称荷为“莲”，这是因为“莲”与“怜”同音，怜就是怜惜、怜爱的意思。南朝乐府《西洲曲》里的几句：“采莲南塘秋，莲花过人头。低头弄莲子，莲子清如水。”其中已有爱莲的文人情调了吧。

每到夏天，我就格外想念乡野阡陌间那些长满绿色荷叶、开着粉色荷花的湖塘，想念那些飞叫着成群的禾花雀和山雀子，以及散发着清新的稻花香的稻田和小村庄。20 世纪 70 年代末，我还在少年时代时，跟随家人从北方来到鄂南农村生活了好几年。那里属于湖区农村，一入夏天，田野间的池塘里就开满了荷花。不久，荷花谢了，一支支莲蓬也高高地挺了出来。这时候，也是我们这些乡村少年的“狂欢节”

到来的日子。头上倒扣着硕大的荷叶，划着自己扎的简易小竹筏，水性好的，就直接在荷叶中间钻来钻去……干什么呢？当然是去采摘莲蓬啦！

小小的、温暖的池塘，就是我们的水上乐园。碧绿的荷伞为我们遮阴；夏日的大雷雨会洗刷掉我们满身的汗水和泥土；每一个池塘里不算太多的莲蓬喂养着我们，让我们度过了当时许多饥饿的日子。温暖的池塘像妈妈的胸怀一样，佑护着、爱抚着我们正在发育的身体。水波轻轻地摇晃，轻轻地颠簸。满塘的清水就像一面镜子，照着我们。我们这些孩子就像一支支荷箭一样，在田野间不知不觉地长大了……

鄂南地处吴头楚尾，方言里犹带吴音，所以后来读辛弃疾那首《清平乐·村居》，感到格外亲切。“茅檐低小，溪上青青草。醉里吴音相媚好，白发谁家翁媪。大儿锄豆溪东，中儿正织鸡笼。最喜小儿无赖，溪头卧剥莲蓬。”还有那首《西江月·夜行黄沙道中》里的句子：“稻花香里说丰年，听取蛙声一片。”辛弃疾这两首词，都写于他贬居江西信州（今上饶市）之时。上饶离鄂南不远，词中所写的情景，也正是我对鄂南夏日乡间生活的美好记忆。

成年后离开了农村，长期居住在闹市里，夏日乡间的荷塘嬉戏，早已成了远去的童年美梦。“采莲南塘秋”对我来说——不，对很多忙忙碌碌地生活在城市的人来说，都无异于一种奢望了。也因此，也许有不少爱荷的人，只能在城市的静夜里，一遍遍低声念诵朱自清先生的那篇散文名作《荷塘月色》，借以抚慰自己对荷花与湖水的怀想和向往，寄托自己高洁难泯的爱莲之意了。

也算生活的厚爱吧，虽然居住在城市里，但我的生活和工作环境一直与湖水有关。家住武昌东湖边，我几乎天天会去湖边散步，夏日里看不见田野荷塘的风致，毕竟还能看到生长在大湖边缘的一处处绿荷，闻得见夏风吹过来的荷花清香。

在东湖磨山脚下，有一个著名的“东湖荷园”，这是“中国荷花研究中心”所在地。荷园总面积有四万平方米，除了中国水生植物学家们自己培植的各种珍稀名荷，还有其他一些水生植物和水生花卉的种植区。据说，酷爱荷花的老艺术家黄永玉先生自己开辟和种植了一个“万荷塘”。我想，他的“万荷”肯定是指植株数量，而不是荷花品种。中国荷花研究中心的百亩荷园里，有近 800 种珍品菱荷，光是睡莲就有 40 多个品种。用“接天莲叶无穷碧，映日荷花别样红”这两句诗来形容万荷竞放、争奇斗艳的东湖荷园，真是再恰当不过了。

每当夏至一过，本市市民和外地游客就来游东湖，可以近距离地欣赏那些难得一见、有若惊鸿的珍品荷花，例如花瓣可以多达上千片的“千瓣莲”，花朵娇小玲珑的“小天使”，珍贵罕见的粉黄色荷花“黄鹂”和“胜金雀”。还有一些荷花品种，光听名字就知道并非凡品了：什么“醉东风”“钗头凤”，什么“露华浓”“红灯照”……我想，这么多珍品荷花的盛开与诞生，固然有中国的水生植物学家、花卉学家奇思妙想和辛勤培植之功，同时不也是拜大自然母亲所赐，拜大地和湖水所赐吗？

前年，我的工作室搬到了武昌的沙湖边。站在十四楼的窗口，远远地也能看见满湖翠绿的荷叶。今年夏至刚过没几日，我去沙湖边散步时，竟意外地欣赏到了特别珍稀的“并蒂莲”和“三蒂莲”，其中，有两株并蒂莲已结出了并蒂莲蓬。我们知道，并蒂莲已经是可遇不可求了，三蒂莲无疑就是水生花卉中的奇光异彩了！

我向管理沙湖名荷的一位老伯请教：“这里为什么会有并蒂莲和三蒂莲？”老伯告诉我：“这可是咱们中国权威的荷花专家、年逾八旬的王其超、张行言夫妇俩种植出来的‘稀世宝贝’哦！”

原来，这三株并蒂莲和唯一的一株三蒂莲，是老夫妇俩从他们种植和培育的一万多盆荷花中挑选出来的。这老夫妇俩从20世纪80年代就开始试验，多次用并蒂莲结的莲子育种，试图培育出专开并蒂莲的荷花新品种，但一直没能成功。最终他们发现，并蒂莲的基因不能遗传给下一代，并蒂莲和三蒂莲都无法人工培育，只能是偶然现象，就像人类也会自然孕育出双胞胎、多胞胎一样。

老伯又告诉我：“前几年，在北方的大庆、南方的中山，也出现过两株三蒂莲。”不用说，这一定也是那对年老的荷花专家夫妇说给他听的。

荷花的花期一般在六月至九月间，我国历史上虽有“寒荷”的说法，却大致都出于文人墨客“留得残荷听雨声”之类的联想吧，好像无人真的看见荷花在冬日开放。我想起了这个问题，就问老伯：“荷花到底能不能在冬天里开放呢？”

“荷花可是君子之花，娇贵着哪！最好不要用手去触摸花苞。”老伯似乎答非所问。不一会儿，他放下手里的活计，接着说道：“哦，你问的这个事儿嘛，算是问对人了！”他告诉我，正是王其超、张行言这对老夫妇，在十几年前，用朋友赠送给他们的十粒台湾莲子，成功培育出了可在冬日开放的荷花品种。

“你不是去过东湖荷园吗，那里面有两个冬荷品种，就是从王老先生那里引过去的。说出来人们也许不会相信，那两种荷花可以从每年六月一直开到十一月下旬。”

“原来还真的有寒荷、冬荷啊！”我有点惊讶。

谁不爱荷花？古文里有周敦颐的一篇《爱莲说》，白话文里有朱自清的一篇《荷塘月色》，已是写尽了荷的高洁、清秀与淡雅。连一向擅长抒写浪漫与豪放诗句的大诗人李白，也写过清新婉转的咏荷短歌：“涉江弄秋水，爱此荷花鲜。攀荷弄其珠，荡漾不成圆。”还有韩愈的“从今有雨君须记，来听萧萧打叶声”；宋代诗人黄庚的“池塘一段枯荣事，都被沙鸥冷眼看”……唯有“出淤泥而不染，濯清涟而不妖，中通外直，不蔓不枝，香远益清”的荷花，才配得上这些千古名句。

“采莲南塘秋，莲花过人头……”此刻我在想，盛开的荷花，把满湖满塘的高洁、清新和雅致奉献给了我们，也把荷叶、荷花、莲蓬、藕根、藕带的清甜、清芬和清苦奉献给了我们，我们该拿怎样一方纯洁、干净、没有污染的好水土，去回报荷花的恩情呢？没有一方好水土，哪来的“莲花过人头”，哪来的“莲子清如水”？

2014 年 7 月 3 日，写于武昌东湖梨园

作者简介：徐鲁，著名诗人，散文家，儿童文学作家。第五届、第六届湖北省作家协会副主席，中国作家协会儿童文学委员会委员，“冰心奖”评委会副主席。出版诗集《我们这个年纪的梦》《乡愁与恋歌——徐鲁诗选》，长篇小说《为了天长地久》《罗布泊的孩子》《再见，小恩》《追寻》《天狼星下》，短篇小说集《少年识尽愁滋味》，散文集《沉默的沙漏——徐鲁自选集》《芦花如雪雁声寒——徐鲁散文选》《冬夜说书人》，人文故事集《驼铃与帆影——丝绸之路的故事》《100 个文学家故事》《100 个科学家故事》《100 个艺术家故事》，评论集《三百年的美丽与童真——徐鲁儿童文学论集》《追寻诗歌的黄金时代》，以及《徐鲁文学选集》《徐鲁作品系列》等 120 余部著作。作品曾获中宣部“五个一工程奖”、国家图书奖、全国优秀儿童文学奖、冰心儿童图书奖、陈伯吹国际儿童文学奖、台湾地区“年度好书奖”等。作品有英、德、法、韩、日、瑞典语等译本。

蜀道雄魂

邹安音

我生在蜀地，喝着长江的水长大，但我的血液中奔流着华夏子孙浩荡的气脉，黄河的涛声也曾撼动我鲜活的灵魂。因此，从我有思想的那一天起，我就无数次地幻想着突破我生活的天空，像一只鹰翱翔蓝天一样，阅尽人间的险山秀峰。

我无数次对着四川盆地的地图，心迹从东而去，从绵阳，过阆中，历广元，拥汉中，穿秦岭……

那年盛夏，我组织了一支自驾游车队，自四川南充始，浩浩荡荡一路西行，过绵阳至北川，又经安县奔江油。我从蜀地西行。走过蜀道的艰难和险阻，走过八百里秦川的伟岸和雄魂，浸染十三朝古都西安的气质，触摸华夏深处的灵魂。我贪婪地吮吸着祖国每一片土地散发的芬芳，深恋着每一个迷人的地方……它们在我的车窗外闪过，如初恋的爱人让我心弦颤动，又像身上的细胞，我努力想要它们全部融进我的血液。我登上西行最高峰华山，看鹰在半空盘旋，红果在山间放彩，人在云间登攀……我在峰顶望长安，望蜀地，望中华，望东海……回望来时路，不禁吟诵李白的诗句：噫吁嚱，危乎高哉！蜀道之难，难于上青天！依稀中，又是谁在反复吟唱着“青泥岭上路，盘旋又盘旋，百步九折绕山峦”的歌？

我被这样缥缈的歌声禁锢着思想，仿佛回到远古；我的身体也坠落到谷底，孤独而凄惶。周围氤氲着白茫茫的山岚，袅袅上升，迷离了我的双眼；那层峦叠嶂的山峰又围困了我的思想和灵魂，间或传来猿的嘶鸣和子规的啼哭（不如归去，不如归去），闪现那狰狞的山峰巨石和疯吐火信的猛蛇……一个混沌的境地就这样阻挡了我的脚步，牵绊了我的身体，刺伤了我的眼眸，对着滚滚东逝的洪水和崖壁那一叶枯枝，对着峡外隐约出现的那一丝光亮，我不禁号啕大哭。

我必须要像鹰一样飞翔！那一丝光亮收敛了我的哭泣，之前的困顿和渺茫都散于天宇，飞向云霄之外了。只手拨开云雾，我小心地穿过荆棘林，攀上古栈道，踩过悬空的石壁，听，前面是什么声音？“嘚、嘚、嘚……”隐隐约约，我听见了马蹄的声响，之后陡然听见了马帮人激情奔放的吆喝、呐喊声。我转悲为喜，紧随着前面的声声马铃，追逐着渐渐光亮的天空和远方。

就这样一路西行。越过一道高高的门关后，但见洪水、荆棘、猛兽等渐渐远去，眼前赫然出现一片开阔地。空中飘逸出轻快悠扬的乐曲。我看见马车飞驰的身影。我看见高高的城门上，那大红的灯笼早已映红了整个天空和视野。此时，我已是汗湿满衣襟。

沿途那一幕幕在我脑海里挥之不去。我深深感念于继往开来的远山凿石人，也许他们臂膀上渗出了殷红的鲜血，焦渴的嘴唇也没有生机和颜色，但是希望的火苗就那样熊熊燃烧着他们的心房，助推着他们的理想，走出去、走出去……我听见了，这是我先民蜀人的呐喊声，是那样雄浑、豪迈和坚强。我看见了那被石壁悬崖剪影出的一双双不停挥舞的手臂，我听见了那一粒粒如晶似玉的汗水崩裂山石的声音、打钎者和打桩人粗重的喘息、深渊里伤者痛苦的呻吟和逝者亡魂的低吟，我凝望着那一项项瘦削的背脊与沉重的岁月一同被嵌入深深的陡壁。男人们的身后，是村妇们渐老的容颜，是老人们干枯的眼眸，但是孩子们却在成长中欢乐着……所有人的目光，都燃烧着熊熊的火苗，照亮了凄清冷峻的岩石，期待山崩石开的时刻。我还看见滚滚江水上拉纤的男人们，只一声雄浑的三峡号子，就响彻了渺远的山林，让那不可一世的猛虎和禽蛇胆战心惊。

困顿了许久，我终于想起，这是我先民蜀人的聚居地。我被围困的地方，有一个很生动的名字：四川盆地。她像一颗明珠闪耀在祖国的西南内陆，西有青藏高原相扼，东有三峡险峰重叠，北有巴山秦岭屏障，南有云贵高原拱卫。这里四季分明，物华丰茂——皑皑的雪山是她高贵的灵魂，奔腾的江水是她跳动的脉搏；川西平原温暖的阳光一年四季照耀着她丰腴的躯体，催生万物的生长和轮回；清水潺潺流淌而去，滋润着麦苗和稻禾，丰富了蜀人的想象和思想，也装满了他们的粮仓；这里丰厚的人文历史，像星星闪耀着夺目的光彩。当历史的车轮前进到二十一世纪，广汉三星堆遗址以震撼人心魄的魅力出现在世人面前时，当金字塔遗址出现蜀地的丝绸时，我们有理由相信：自古以来，从东到西，从南到北，世人渴慕走进这里，这里的人们也渴慕走向世界。中央电视台大型纪录片《蜀道》以翔实的手法再现了我的先民们是怎样沿着历代祖先从悬崖峭壁上开凿出的栈道，一步一回头，走过漫漫古蜀道，走过高高剑门关，走进古印度，走向西亚，走向欧洲，从而走进世界的。

剑门关和古蜀道的雄伟与神奇，像云一样在我的脑海里变幻，我梦想追寻着前人先圣的脚步，走进雄关的魂魄。我只感到一股不可知的力量托举着我，飞向了远山近水，去往那一片梦之北。

那么，以江油的窦团山为原点吧，因我醉心于李白那诗句“樵夫与耕者，出入画屏中”的美妙意境。伫立山之巅，放眼四望，碧绿的山野，歌者引吭，其乐也融融。游人怡然，只道是春光胜景无限好；我走过七曲山大庙的神奇和雄伟，几颗苍翠的松柏下，现代的人们正扮演着文昌帝出巡的场景。那华盖下的风景，是一片土地的安宁和温馨；我走过风水古城阆中的古粮仓栈道，《阆中之恋》隽永的歌声在脑海中久久萦绕着；我走过秀美巴山米仓古道的遗迹，光雾山的红叶就在梦境里灼灼地闪放着华彩。一路书来一路歌，我的辞章和魂萦就差那最动人最神奇也最雄伟的一关天下雄——剑门关的大气与豪迈来书写了。

一路翻山越岭到剑门。如果说，五百里蜀道宛如一部三国的断代史，那么剑门关就是撷取其中最精彩的华章之一。穿过时光的隧道，看三国的历史在此风卷云涌，弥漫出一股浓浓的硝烟味，刺激了我的耳鼻喉。我依稀看见五丁打开蜀门的印痕，仔细探寻着孔明建关设尉的遗址；李白大师的“蜀道难”让我震撼，陆游仙翁的销魂诗让我忘情，刘皇叔的开国志给我力量，唐明皇的逃亡泪使我长叹；我鄙薄因贪恋金牛而失蜀土的耻辱，我膜拜保汉室而成石胄的荣耀。如此惊心动魄的剑门雄关攫取了我全部的思想和灵魂。我且行且停，在谷底，远眺半空中悬挂的古栈道，行走着三三两两的游人，或凭栏拍照，或隔空引吭而歌，顿时感到眼前那幅沉重的历史剪影渐行渐远。至剑门山，看它东西横亘百余里，仗剑依崖，威武雄壮，峻岭凌空，危崖高耸，好一个一夫当关、万夫莫开。又见那主峰大剑山，峰如利剑，峭壁中断，两崖对峙，形如剑门。循道而行，至关楼，但见它雄踞关口，气势恢宏。虽历经风雨的侵蚀，屡建屡毁，却雄风依然。今天的关楼为三层木石结构的仿古建筑，底层以青石条错缝筑成，坚不可摧。伫立隘口，春风浩荡，仿佛烽火当年。登上关楼，楼阁间陈列的文人墨宝的芳香扑面而来。“谁携天外芙蓉锷，高挥层霄见太空。阁道摩空星斗近，仙风吹入玉屏行。”

凭窗远望，山隘重重，巍巍大秦岭却风姿绰约，走进梦来。是那阁楼上楹联所言：“蜀道关头险，剑门天下雄。”一如横额曰：眼底长安。我依稀忆起了我的梦境，这就是我突出层层重围后，看见的那亭台楼阁、车水马龙的欢腾景象吗？那就是大唐的长安了吗？

回望来时路，登攀者众，他们有着不同的肤色，说的语言不同，他们来自迥异的民族和地域，他们或乘飞机、或坐高铁、或驾车，从四面八方乘兴而来。“到四川来旅游方便吗？”我笑着问身边一位来自东北的大妈。“不难！”她爽朗地回答。攀上关楼最高处，目击谷岸狰狞的巨石，山林中猎猎作响的旌旗，山顶如刀削斧劈般的峰峦，让我闭眼感慨良久：蜀道的下篇文章该怎样开头、怎样结尾，才能表达此时无法用言语来形容的心情？

原来蜀道文章的开头应该是由翠云长廊来引吭的！沿着上山的曲径，穿过一片红艳艳的红豆树丛，于几株苍劲古朴的松柏下，在一块鹅卵巨石上，当“清康熙三年间”“翠云廊”的字样惊现眼眸时，当雄壮威严的张飞植柏青铜塑像撼人心魄时，当郭沫若笔走龙蛇般的“剑门蜀道”嵌入脑海时，我屏住了气息，思维也仿佛瞬间凝滞。

雄关之地应该是蜀道的一首雄壮序曲吧？“剑门路，崎岖凸凹石头路。两行古柏植何人，三百里程十万树。翠云廊，苍烟护，苔花荫雨湿衣裳。回柯垂叶凉风度。无石不可眠，处处堪留句……”从先秦至明清，由近万株古柏组成的绿色长廊生机盎然、缠山绕岭，它倾出磅礴的气势，如明珠般经千年沧桑而无瑕，以“蜀道灵魂”和“国之珍宝”之美誉，在远山之巅散放夺目的光彩。

古蜀道行有多难，古蜀道历史有多久？道旁的松柏在述说。你看那遒劲的根，一如饱经风霜的老者（不正是我那在悬崖峭壁上赤裸臂膀，劈斧开山凿路的先民吗？），历经自然和历史的风雨，却百折不挠，咬定青石不放松，守望着足下的土地，稳稳地承载着祖先的厚望和热情，兀自岿然不动。“三百余里官道，数十万株古柏”，在历史的长河中积淀出厚重的人文精神和璀璨文化，让每一个踏上这片土地的人沐浴其中。悠悠青石路，茫茫松柏林，遥想秦月汉关，吟诵唐风宋韵……抚今追昔，我走过张飞植柏的三国文化故事，走过荔枝柏树的瑰丽传奇，走进唐明皇在这里守望一骑红尘妃子笑的爱情故事！

曲径通幽。攀上翠云阁，遥望若隐若现的七十二峰峭立的身姿，循着巍峨的剑门关历史硝烟和烽火痕迹，我的思想宛如那玉带般飘绕而来的川陕公路，以关楼为故事的城堡，一头连着关外，一头系着天府之地，一边是远古的历史，一边是繁华的当代。在历史的分水岭上，剑门关依然坚守着它的千古雄风，见证和述说着历史的沧桑和厚重。而川陕路上奔驰的汽车早已碾碎了历史的沉重和蜀地的困苦艰险，彰显出关内关外无限的风情和繁华。古栈道上，且行且走的人怀着的是一丝古情，嗟叹的是往事风云。唯有那山、那树、那水、那石，见证着人类的繁衍生息，见证着漫漫蜀道的神秘和传奇。

那日午后，在华山北峰顶，金色的阳光耀亮了我的心房，我的目光越过山川与海洋，黄河与长江，一桥飞架南北，天堑变通途。真道是：雄关漫道真如铁，而今迈步从头越！

作者简介： 邹安音，“70后”作家，现就职于四川省南充市旅游局。鲁院西南第五届青年作家班学员，中国散文学会会员，中国报告文学学会会员，四川省作家协会会员。作品散见于《人民文学》《青海湖》《中国文化报》《中国旅游报》等报刊。曾获《人民文学》第三届“美丽中国”奖、《诗刊》第二届“美丽广东”奖、首届“邱心如女子散文”大奖、第九届全球“漂母杯”征文三等奖、第三届“四川散文奖”、第二届重庆晚报文学奖、全国“追寻仓央嘉措的诗和远方”征文二等奖等奖项三十多次。作品入选多种选本。出版旅游散文集《心上青居》。

缓缓穿过

刘照进

几乎整个夏天的傍晚，我都习惯于像今夜这样，一个人靠在防洪堤的石墙上，看河流静悄悄地从低矮处穿过县城。高高的防洪堤挺立在岸边，托举着灯红酒绿的生活。一条河似乎就这样离我们更加遥远了。我喜欢这种恰到好处的距离，若即若离，一种高格而理性的境界。不必为那些表面的喧哗而烦恼，那些浪花独自表演的影子，我也只能从宽泛的河面看到一丝亮色。它不动声色地流淌，宁静、飘逸、收敛，像血液默默地在我们的体内穿行。

很多时候，我所面对的天空落日已经消沉，只有河流还在哑默而静静地流淌。无法看清西边的地平线，县城密集的高楼已使我们过早地失去了对方向的判别，我甚至连太阳初升的方向也一无所知。久居城市，我们对时间的认识仅仅止于按部就班的闹钟，桌面上厚厚的一叠台历，也只是在理性地一天天减少，彰显不出日子的消逝。无休无止的废烟，从县城的角落汇聚、上升、悬浮，将城市的天空挤得越来越矮，像一张撒开的网，挂住我们的眼睛。

又一个日子逗号一般急不可耐地停留在夜晚的面前。空阔的防洪堤广场逐渐拥聚了喧嚣的人流，像一段冗长而空泛的文字，许多华丽的词汇在无病呻吟。音乐骤响，舞蹈开始了，无数双昏昏欲睡的眼睛此刻变得异常明亮，僵硬而懒散的手也活泛空灵起来，但我注定不能融进城市的节奏。缓缓穿过的河流，此时倒映了许多迷醉的灯光和人们期待已久的夜生活。一两只船正在小心而执着地夜航，归来或者远去。一群人工喂养的鸽子飞过低矮而扁长的天空，影子多么颓废！这些城市的宠儿，被喂养在精美的笼子里，飞翔的欲望和能力注定要逐渐退化。

在县城生活了整整四年，我只是偶尔发现鸽子们飞过低空，几乎看不见其他鸟儿。从什么时候开始，城市的上空就没有了鸟儿的飞翔呢？我上班的大院里，也有一些象征性的树，老气横秋的梧桐，叶子扁长的棕榈，修枝剪叶的矮丛植物，但我从来没有看见过鸟巢，甚至连我们在乡村十分瞧不起的乌鸦窝，都没有。

倾其所有地仰望，我依然无法看清县城以外哪怕稍稍远一点的世界。我的视野在霓虹灯影和迷醉的音乐里越来越窄，直至无奈地定格于眼前的浪漫。只有面对故乡的天空，我的目光才会更加高远。在故乡的山头上，我可以任意追寻红红的落日，把遐想涂抹成满天的云彩，直到最后一滴黄昏被不急不缓的牛蹄踩碎。

然后，一盏又一盏的煤油灯就把故乡的黑夜点亮了。幼苗似的光亮在村庄闪烁明灭，常青藤一般，缠绕着山村的夜晚。那时，我们的想象在静默中抵达了无边无际。山村的夜晚像一条静悄悄的小河，只有空灵的时间缓缓穿过。

我喜欢防洪堤上的那些石头，那些来自城市边缘或者乡村的石头，它们在异地依旧保持着传统的硬度和泥土的气息。一座城市有足够的理由拒绝乡村、鄙夷乡村，但不能拒绝土里土气的石头，不能轻贱石头。石头是城市的灵魂，是城市的肋骨，它们使高贵而又易脆的城市站立，并且保持着藐视的高度。在河边，我看见大大小小的石头团结起来，垒成高高的防洪墙。有的石头被填埋很深，作为这个城市的基础，隐身暗处，闪光的一面永被埋没。像雨后春笋，城市的高度被石头节节拔高。

我知道，在这座城市，我薄弱的意志要将这些石头双手捧起有多艰难。我只能用一双早已习惯了拭去灰尘的手摩挲石头的体表，以此表达我对它们的亲近，就像习惯了居住在六楼或者七楼，我只能通过一扇狭小的窗子，暗暗打量那些在烈日下挥汗如雨的民工，却无法将他们的苦难和哀愁双手捧起。

夜色逐渐地深下去，我的目光依然固执地穿过那些表层的黑暗，到达远处。彼岸已经模糊，似乎极其遥远，防洪堤上的舞韵远不能抵达；又似乎并不遥远，在一切凝望它的目光之内，隐隐约约，我看到了老街的影子。河边那条肮脏而狭长的老街，几乎占据了县城的整个底层。青瓦木檐的吊脚楼七零八落，逼仄的街巷曲里拐弯，只有被磨得溜光的青石板似乎还在陈述着旧时的繁华。

老街临河，许多建筑就临空架在水面，来来往往的船只将四面八方的道路引向这里，成就了它当初的繁华。但是，一条河终究不能承载整个城市的重量，嬗变中的城市逐渐逃离老街，抛弃老街，并且在更宽阔处构筑它的核心。凉湿的河风中，老街显得更加寂寥。我知道，居住在这里的人大都是一些生活并不如意的居民，他们靠拿低保金在低矮的住房里过着窘迫日子。因为曾经可能有过的辉煌，所以作为城市人的尊严还没有放下，我时常看见那些悬空的吊脚茶楼里满满地飘着他们一整天的悠闲。当然，也有不少乡下人在这里租了别人遗下的旧房，早出晚归，做着卑微的梦。在很深的夜晚，他们被城市喧嚣的爵士乐震荡得无法入眠。

也许，对于许多事，我们的确不能用回溯的目光去寻根问底。从什么时候开始，河流有了岸边的尘嚣呢？我曾无数次漫步河边，试图从那些浣衣女子的棒槌声中寻找答案，可我看见的只是她们渐渐慢下去的手臂淡出深蓝的水面。我也曾试图从那些斜斜向上生长、被时间磨去了边角而显得很滑溜的石阶小路，去探寻河流对这座城市的接纳，我看见的只是寂寥的河边那些所谓文明的人们抛弃的垃圾。

贫困与富有、高贵与低贱、繁华与落寞、喧嚣与沉寂，这一组组对立的词汇，使我无法判别我所面对的城市究竟是优秀还是平庸，就像一本书，一些章节浮华浪漫，一些章节平淡真实，紊乱的结构让我无法产生阅读的快感。

低处流淌的河，像民间的隐忍，穿过城市中心的繁华、富有、浮躁、喧嚷，也穿过城市边缘的落寞、贫穷、肮脏、沉静，从初春到冬末，只是缓缓穿行，那么平静、自然。

又一声尖啸喑哑下去，城市终于入睡。我看见一群戴着安全帽上夜班的民工正在河边修筑一段防洪堤，他们卑微的影子在异乡的河床上缓缓流动，像一条隐秘的河，默默穿过城市的夜晚。

作者简介：刘照进，土家族，1969 年出生于贵州省沿河土家族自治县，鲁迅文学院第十三届高研班学员，中国作家协会会员，现供职于贵州省铜仁市文联。作品散见于《散文》《民族文学》《青年文学》《山花》《中国散文评论》等期刊，多篇作品被《散文选刊》《中华活页文选》《美文精粹》等转载，入选《中国西部散文精选》《新时期中国少数民族文学作品选集》《中国精短美文精选》等 30 多部文集，以及中学生辅导读物、高考模拟试题等。曾获“贵州省政府文艺奖”、“中国西部散文奖”、郁达夫小说奖（责任编辑奖）等。

飞雪千年心依旧（外一篇）

梅雨墨

今夜，飘雪了。

我一直渴望的飞雪，在一个奇寒的夜晚，就这样悄无声息地来了。

在这样的夜，没有什么比一片雪花更加纯洁可爱。

在清冽的寒风中，雪的到来，让尘世的风变得更加干净和清香。

雪，一片一片地飘落，宁静而祥和。众多的雪花，慢慢地越来越密、越来越多，直到漫天飞舞。大地慢慢地白了，什么都变白了，雪让很多肮脏的东西暂时躲藏起来，雪让一切都变得很纯洁。

孤立在寂静的书房，我没有开灯，当然，也不需要开灯。我将手放在冰凉的玻璃窗上，手上的体温使窗户上的冰凌花慢慢融化，一条小溪似的慢慢流下来，就好像是一个人的泪水。

透过斑驳的玻璃，我望着窗外的雪。此刻，她们正缓缓地飘落，在路灯下，反射出一团团银白的光晕。是的，时光就是这样，它会在你最不在意的时候，突如其来地带来一些东西，比如，一段爱情，或者一场雪，不管你愿不愿意、渴不渴望。

尽管时光能够放旧爱情和思念，尽管时光就横在你我之间，但是穿身而过的时光，仍旧分离不出心中的痛。我现在才知道，时光真的是很可怕的东西，它可以带走你不喜欢的东西，可有的时候也带走你喜欢的东西，甚至是你觉得和生命一样重要的东西，它不随你的心意而定，有时候甚至来不及后悔，时光就带着你走在了老去的路上。

但是，只有在下着一场大雪的夜晚，时光才可以变得不那样尖锐，不那样匆匆。雪，虽然轻柔无比，但还是让前世的明月与今世的沧海有了某种说不清的牵绊。

如果不是那次偶然的相遇，你怎么会变成雪花一片，一直飘在我的天空，让我分不清四季的颜色，就像在大雪纷飞的夜晚，分不清东南西北，思念你的心一直游荡，无枝可依。

你曾经说过，你不管结局，不想永远，只想做我心中一片纯洁的雪花，只想做一个纯净如水、洁白如雪、不染尘俗的素洁女子，陪君笑看红尘走一程。多年以后，即便是孤独如藓，回首往事时，也不说情殇，不想那泪洒清霜雪无尘的冬夜，只为疏斜在闲词里的梅花，摇不动月下的身影，只为让爱我的心如白雪一样，轻落在指尖。等到你头发白了，眼睛花了，再也写不动字的时候，就会在有雪的月下升上一堆炉火，把那些文字铺展开来，让满脸皱纹、胡须发白的我提着那盏古老的风灯，穿过风雪弥漫的白桦林，深一脚、浅一脚地，颤颤巍巍地走向那里，走向等待的你，一如往昔。

我把泪藏进剑鞘放入深山，把思念雕刻在心底。那片有着精魂的雪花，总会在我的梦中复活。那片雪花一直飘飞在我的梦中、我的心中，好像永远都不会坠落。

第二天的清晨，天空依然落雪。

在雪中，我没有伸出手去，我怕自己敏感的心承受不住那份凉薄的问候。我更愿意让自己的身体低下去、低下去，一直低成天边的云幕，想象着可以把你的身影收拢。

天空依然落着雪，我迎着雪向前走，并且想象着这样一直走下去，走过今年，走过明年，走过今生，直到可以走成一片雪花，飘在你的天空。

在雪中，我想象着你——一个从亭阁里走出的女子，着一身翠绿的披风，在雪地里款款而行，走到一处红梅盛开的梅树旁，轻轻地、柔柔地折下一枝梅花，抬头，远眺，浓浓的深闺情思就游移在了万里长空，那是一种说不出的寂寞与美丽。

在雪中，我想象着自己——一个身着青衫、腰佩宝剑的书生，牵一匹俊朗的白马，驮着自己的书匣和行囊，在白茫茫的雪地中缓缓独行。有的时候，停下来，向远方凝视一会儿，呵一团白色的雾，又毫不迟疑地向前迈去。漫天的风雪，很快将身后的脚印掩埋起来。

这是前世今生无法忘却的记忆，这是我们的缘，这样的缘就是山中高士晶莹雪，就是世外仙姝寂寞林。我无法做到而今忘却来时路，也不能一笑寥寥空万古，在这个喧嚣迷乱的世界，我只能用心来守护属于你的那份孤独，承载你的落寞，让你做一片随风起舞的雪花，摇曳在万丈红尘之中。

飞雪千年，我心依旧。如果你依然迷恋尘世，谁拿这一瞬间，与我交换千年？

如果你是那飘荡千年的飞雪，我愿是大唐的月、宋时的风，以自己独有的方式来拥抱你的身躯、抚慰你的心灵，与你相爱相亲。

这样，你就可以把自己裹进一片雪花，以银装素裹的模样，装点我胸中的万里江山！

春天里的热爱

我爱你，这是多么温暖的词组，像三只美丽的蝴蝶，只有相爱的人才能感知。

我爱你，思念的手指划过你乌黑浓密的长发，日久天长的感动，如一朵花开，慢慢绽放出鲜艳的色彩。

桃花开了，这是一个春天。这个春天和往年一样，春花烂漫，春光灿烂。这个春天和往年又是那么不同，我的心里要时时背负一个思念。

你是一株水草，是微波里摇曳的水妖；你是我的可人儿，任何语言都不能完美地形容你。我只有从时光的背面去看你，看着你若隐若现的背影，把一个人的落寞和寂寥，放大，再放大。你无法相信，这来自一个梦境。而我，从此不得安宁，惊慌失措，狂喜又狂野。我的小贪心，在时光的掌心，辗转反侧，思念成疾，一心想着打开这梦，打开这孕育了千年的极致美丽的疼痛。

因为一个前世的身影，你坠落凡间，在忘情忘性淬火般的沦陷中，流下久违的泪水。如果我是那前世的书生，我该在月下，再次为你抚琴弄箫、低吟浅唱，倾听来自远方的呼唤，不知是否会把一根肋骨温柔地击痛。

从陌生到熟悉，像两片树上的叶子，沿着对方的脉络战栗地流淌。幸福写满温暖、洁白和弥漫双眼的潮湿。想着你依偎在我的怀里，身轻如夜色里绽放的花瓣，令人窒息的吻让人感到死亡的快乐。凝望中，望旧了今世红尘，我迷失在你滚烫的目光里，长久深陷，不愿醒来。

我想不出什么样的语言可以形容你似水的柔情，只有让你在我的怀里，倾听百年孤独的日子，在举世缠绵的耳语中破碎。当幸福沐浴着海水冲刷后的宁静，泊在尘缘的渡口，我相信，只有内心的温润，才能抵挡岁月的刀锋。

我不知道从什么时候开始，一想你，时光就开始变得安静起来。我不知道，是否该让你知道，安静的时光里，也会有落寞的心情。如果安静地想你，可以让感觉在时光里静静地穿梭，可以让呼吸传导空气里的颤音，那么，拿什么来打发这寂寞的时光？狭小的空间，难道真的成了一只蝶的囚笼？

惆怅里的忧伤是用来怀旧的幸福，美丽的东西转瞬即逝，正像流星滑过的璀璨和烟花凋零的瞬间，我更喜欢把自己想象成一杯酒，等思念的手指伸过来，就开始倾斜，无法收回地流淌，或者，默默地潜伏在你的内心，静坐在时间的深处，成为抚摸往事的一把钥匙。

拿什么来打发这寂寞的时光？我的爱，是生存还是死亡？好在此刻，我的心正被一种深情深刻地柔软着，所以现在，我可以安静地读书，安静地写作，安静地微笑和安静地想你。

给我一个啜饮露珠、融化春风的夜晚吧，我要把你带回家，拂去你身上的尘埃，用玫瑰花瓣铺满台阶、铺满床笫，温柔地为你洗脚、按摩，为你脱衣、捶背，等你做一次最完美的梳理，还会充满爱意地望着你的眼睛，再请你轻轻地喊我的名字，让亲吻成为第一句语言，让身体成为同谋，度过我们的初夜，度过我们的一生。

杯中的美酒红得诱人，青梅还未放入，人已浅醉。在那样的夜，在灯火深处寻觅身影，在花朵睡梦里捕捉味道，用寂寞来装点夜空的美丽，如果可以，这不是我的错。今夜，我是如此想你，这不是我的错，我的错，是思念成灾、相思泛滥。

我要守着你给我的远方，让下潜的寂寞，肢解浓烈的花开。我知道，时间里流淌的不仅仅是祝福，还有一个女子双手捂得发烫的心事。我一生的美好、荒芜都会为你，只为，今生有你陪伴左右。

今晚，月光会用思念做成花蕊，惦念做成花瓣，柔柔地绽放在梦的两端，让我在悲悯的感动中，唱响一曲雨季里一直无法确认的——春天里的热爱。

作者简介：梅雨墨，满族，中国少数民族作家学会会员，中国散文学会会员，中国民间文艺家协会会员，安徽省作家协会会员，淮南市作家协会副主席，中国西部散文学会副主席，《西部散文选刊（原创版）》执行总编。著有散文集《飞雪千年》《华美的爱情》。作品发表于《中国文化报》《教师报》《安徽文学》《山东文学》《奔流》《青海湖》《散文选刊》《西部散文选刊》等报刊，入选《2018 年中国散文排行榜》《中国散文大系》《中国散文精选三百篇》《中国最美散文》等书籍。荣获第八届冰心散文奖、中国散文学会当代最佳散文创作奖、安徽省作家协会首届散文大奖赛“淮河散文大奖”和淮南市人民政府首届“淮南子文学奖”。

散文优秀奖
（25篇）

与一块土地的对视

陈丹玲

我站在风里对着它观望。那是一块棱角分明的土地——父亲耕种的土地，葱绿、翠绿、碧绿、墨绿，深深浅浅，顺着汗流的姿势屈伸、铺展。庄稼们过分自由和幸福，因此过分繁荣，留住了风和时光，轻轻摇晃。

海椒成熟时，吹过的风也带着浓郁的辛辣味。我站在田坎上，看父亲弓着背隐没于苍翠的海椒丛内。绿叶中零星闪现着洁白、细碎的花朵，在晚来的风中有一种凄艳的美丽，如父亲恍惚的欣喜。

父亲说，摘海椒要摘老的，嫩的要再让它们长一段时间，摘了很可惜，卖不出价钱。我总以学不会的名义理直气壮地站在田坎上偷懒。我确实看不出老和嫩的区别，只看见绿的、红的或红绿相间的生命在地里蠢蠢欲动，亲耳听见它们脱离母体时“啪”的一声脆响，让我有些头晕。

外面正下着雨，空气中有一层薄薄的湿。坐在堂屋的门槛上，透过一条摇晃着的狗尾巴，我看见父亲把浸湿的被面轻轻盖在那堆海椒上，明早要运进城的。够不着的地方，父亲跪下双腿，探着身子，伸长手臂把它盖上。半夜的时候，门“吱呀”一声开启。父亲打好包，插上扁担，扛在肩膀上，挑到村子外面的公路上等进城的车，目光徘徊在车子远来的途中。他一直希望有一辆自己的三轮车。那些似醒非醒的半夜，父亲的心事如海椒肚内的籽粒，鼓胀着熟透在每场蒙蒙细雨中。

正午的时候，太阳直射进院落，白花花地乱颤。我为屋前屋后一些脱水的植物浇水。一只蜜蜂带着别人的花粉和自己的声音独自离开，而我在幻想阵阵蝉鸣滴落成片片雨声。树荫里，一只黑猫忍不住打了一个长长的哈欠，整个村子在正午时的懒懒睡意似乎就是从那个哈欠开始的。我甚至能听见更多人如歌如诉的鼾声，看见他们如丝如缕的梦口水，还有酣畅的睡姿。父亲在地里。太阳很毒，他没处乘凉，影子矮小而孤独，重重跌倒在庄稼的叶片上。终有一天，会有一口井能让父亲在草木和庄稼的根须下乘凉，我们摸着麦穗和豆秧在无助地痛泣，又是一个丰收年。也许父亲看见的与我们在地上看见的是同一场丰收。想着这些的时候，太阳正刺痛我的双眼，差一点儿滚出泪来。

天高气爽的日子，父亲在向阳的坡地里挖红苕，双臂一抡，锄头吃进土里，再使劲一掀，几块红苕裹在泥块里忽闪着面孔。父亲丢开锄头，弯腰，双手掰开泥块，取出红苕，像给大地接生，幸福得自己快要哭出来了，而风挟着鸟影在夕阳中归巢于身旁的那片树林。

我对红苕的美好记忆来源于由红苕提炼而成的硬实金黄却香甜无比的麻糖。每次去赶集，父亲都会带回来一块。避开弟妹，一个人到村口的田坎上手搭凉棚等父亲归来，是我儿时最得意的狡猾。由于卖乖而分得一块最大的麻糖，我会在那晚偷着乐得睡不着觉。

祖父的牙齿快掉光了，他把麻糖装进瓷碗里放到饭面上蒸成糖水，像饮酒一样有滋有味地抿。这种吃法着实让我在七八岁时羡慕了很久。麻糖多时，我会大块大块痛快地嚼咬。麻糖少时，我就舍不得地含着，让甜水流进咽喉，不咽，坚持到最后，再咕咚下去，就甜进心里。在同村伙伴面前，我让麻糖在牙齿间冲撞，左而右，右而左，声音震耳，咣当如擂响一面锣，炫耀得旁若无人。麻糖鼓在腮边时，少说话，嘴角漏风，会把糖水漏下去，赶快“嗞嗞”抽气就能收回。麻糖吃多了，我的龋齿在七八岁时被“甜”掉了。有一颗滑进肚里，嘴角淌出血来，我一整天都恐慌却假装沉默，不说出口。晚上，忍了一天的泪水才肆恣流淌在枕边。不知不觉我梦见一条菜花蛇在草丛中偷偷地笑，它在蜕皮，不出半点声音。我的泪水在梦中风干，而曾想复仇的目光在后来的成长岁月中被许多个温馨的月夜溶解。

村尾赖头叔家的二毛天生胆小、怯弱，从那次大伙拎毛虫的较量中我敢肯定是这样。他的这种性格注定了他会成为乡村游戏儿童鄙夷、贬弃的对象。二毛成天坐在门槛上啃红苕，一堆红苕皮像包装寂寞的外壳，而我们在他的寂寞之外昏天暗地地疯狂快乐。二毛不时被抢去饼干，头上还会被敲出一个包，我们照样高呼狂跳，直到赖头叔在二毛声嘶力竭的哭叫中操起菜刀冲出来，大伙才作鸟兽散。我偏偏在慌乱中失足滚下他家的院坝坎，手臂上至今还有一道明显的疤痕为那段天真稚气的童年岁月留下刻骨铭心的见证。“人的天性也许不善于同情，更多的时候，对自己幸福的肯定源于幸灾乐祸。”如果那时我能明白，也许会对二毛友好一些，让他啃出红苕的真正味儿。

父亲开始挖井存储红苕，白天黑夜地蹲在井底，我们吊土时顺便吊下去食物。父亲有事了从底下喊一句话，瓮声瓮气的回声从井口冒出来，却变了调。我们把头探进去回应一声，听见声音落到井底。此时骨子里天生的那份对亲情的顾惜和依恋使我对井产生了恐惧，我怕父亲不再上来。那种恐惧沿袭至今。

太阳落山后，田地里漫开一层淡淡的幽暗。慈悲的母亲用火柴点燃一堆堆风干的豆梗、玉米秆、海椒秆、红苕藤。它们魂归自然。周围弥散着草木的烟火味，干燥、清香，让我想起凤凰的涅槃，凄美、希冀、激动。青烟从地里扶摇而上，直抵云霄。我站在地里仰酸了颈脖，相信那烟是它们的魂，在轮回中能化成一季春雨，再回到这块地里找到它们的前生。晚风急急地在地里打着旋，想尽量多带走一些灰烬。我忽然莫名地想让自己也燃烧在一场风里。

火在灰里还没有熄尽。祖母说，用这种火灰最好烧洋芋。掏出的洋芋由于滚烫，就从这只手翻到那只手，翻来翻去的过程中，洋芋连皮带肉就被吞进肚里，只分把钟的时间。村东边的二叔公被一只洋芋哽死过去，亏得祖父铁锤大的拳头落在他背心，抖出了那只还冒着热气的洋芋。祖母说，那是饿极了日子，肚子是生死之途的唯一进口或出口。生命的脆弱在一只洋芋的大小或吃一只洋芋的快慢中演绎得淋漓尽致。小时候，我是多么不明白那是怎样的一种苦难，而对于我们，饥饿的恐惧不过是时常挂在祖母嘴边的一阵风，随时都会无声无息地消散。意识中那只洋芋的香味从上一秒持续到下一秒，只是无法抵达今天的鼻孔。

收割后的田地空旷、恬静、温馨，如一位生产后的母亲，来不及擦拭汗水，脸上就荡漾开微笑。在她面前站久了，有一些东西飘散出来，如花瓣随风，气息的芳香直抵我心深处。

作者简介：陈丹玲，贵州人，中国作家协会会员，鲁迅文学院第33届青年作家高研班学员。作品散见于《民族文学》《山花》《天涯》《散文》《美文》《雨花》等期刊。出版散文集《露水的表情》《村庄旁边的补白》。

香醋的记忆

王桂宏

到镇江工作之前，我就知道镇江有个恒顺醋厂。该厂生产的香醋扬名海内外。“恒顺醋厂”这个大名，我还是集邮时知道的。说来挺有趣。当年在苏州当兵，对集邮有一点小爱好。邮友在一起总不忘聊集邮家，大家比较推崇的一位是镇江的老者李友芳先生。李友芳先生不仅集邮名盛，而且邮德高尚，在集邮界享有很高的威望。他集的邮票种类繁多，有清朝邮票、民国邮票、解放区邮票、新中国邮票、外国邮票，共几万枚，这些邮票大部分在战争年代和“文革”中丢失或损毁。20 世纪 80 年代，他的妻子蒋侣云女士遵其遗嘱将尚存的 5149 枚珍贵邮票全部捐赠给了镇江博物馆。李友芳先生不仅在邮界出名，还是使恒顺香醋走向繁荣的杰出代表，是一个地地道道的恒顺人。想不到集邮闻到了醋香，更想不到的是几年之后我调到了镇江工作。在醋香飘逸的城市，一住就是三十年，醋的香气深深地印在脑海里。

到镇江听到醋的介绍后，第一感觉是香醋很有名。镇江有“三怪”的传说，这个传说古老而富有魅力。《三怪谣》中这样说：“香醋摆不坏、肴肉不当菜、面锅里面煮锅盖。”香醋摆不坏放在“三怪”之首，可见香醋的名气有多大。我问过不少有文化的同事，恒顺醋厂有名的创始人是谁，很多人竟然答不上来。看来镇江香醋的名气已经把主人的名气淹没了。这也不奇怪，恒顺醋厂毕竟有百年以上的历史了，谁还记得年代久远的事。但香醋天天吃，那味道留在味觉的记忆中一定很深刻。难怪镇江人说到镇江，总离不开恒顺香醋。

说心里话，我平时不爱吃醋。但到镇江后，经不住同事们的宣传，我到门口小店购了一瓶金梅牌香醋。那时我刚到镇江不久，应该是 1983 年的夏天。如果我没有记错的话，应该是四角五分钱一瓶。在当时还是很贵的，我咬咬牙买了一瓶。那是类似于洋河酒瓶的包装，上面的商标印制得很精致，一朵淡黄色的梅花，开放在醋瓶招牌的左上方。那似乎在盛开的梅花，让我有一种欣赏民国邮票的感觉。那精美的商标使我想起了李友芳先生，它一定来自恒顺创始人集邮名流李友芳先生的创意，至少也是受到李友芳珍藏的那些邮票的影响。还未尝到香醋的美味，就欣赏了恒顺香醋的包装，让我心情愉悦。

那天中午，天气特别闷热。太阳火球似的挂在空中，强烈的光线照在大院的水泥路面操场上，水泥路面上散发着炙人的热气。我拎着一瓶香醋，走过大操场，脚下有股热气往上蹿。花圃里，大树上藏着不少知了，叫声一声紧似一声。我穿过操场，拐进小巷时，已经满头大汗了。我抬起拿着香醋瓶的右手，举起来朝额头擦去，刚擦了两把汗，大概手上有汗水，醋瓶又重，一不小心，醋瓶子掉到了地上，“咣当”一声，摔得粉碎，满水泥地都是黑里透红的醋，发出微微的嗤嗤声。看来是水泥地上的温度太高了，不到几分钟，水泥地上的醋汁就干了，留下一摊醋渍印痕，也留下一堆碎玻璃碴儿，更留下满操场的醋香。我虽然心疼，但还是忍不住连嗅了几下，顿时感到心肺出奇地舒适，身上好像也凉快了许多，口中竟然渗出了口水。香醋的气味真是独特，难怪镇江人把香醋放在“三怪”之首。我的目光朝四周扫了一眼，已经下班了，这么炙人的太阳，谁还会在操场上逗留。没人看见，我灵机一动，再去买一瓶。毕竟爱人让我中午下班买醋，我总不能空手回家。好在那时小店就有金梅香醋。于是，我又买了一瓶，没事儿似的回到家。

我刚进家门，还未将门关上，爱人正在厨房做饭，听到门响，就走过来。她接过我手中的醋，还未开口就用鼻子在我身上嗅嗅，接着又把刚买回来的香醋瓶举到鼻尖上使劲地闻闻，有些激动地说：“乖乖！这镇江恒顺香醋真是名不虚传，还未开瓶就满屋醋香。”

只有我心里清楚，那是在操场上醋瓶打碎后溅到我身上的香醋味。当然，这香醋味也特别地浓醇，溅到身上久久地飘散不去。我不能告诉她刚才操场上“见不得人”的一幕，只好打断她的话说：“香醋不香还叫什么香醋！今天早上就让我去买香醋，是有什么好吃的吗？总不能喝醋吧！再香的醋也是调料。”爱人说话明显带有悬念：“今天让你两怪一齐吃！”

我一听顿时兴奋起来。我知道还有“一怪”是“肴肉不当菜”。肴肉蘸醋，这不是两怪吗？有肉吃就行，我这人爱吃肉，而且特别爱吃肥肉，所以听说有肴肉吃，心里特别高兴。就在我放下手里的公文包时，爱人把刚买来的香醋瓶递到我手里，给我布置了开醋瓶的工作。

我接过醋瓶，小心翼翼地撕开瓶盖的封装胶纸，顺时针方向一旋，盖子刚一打开，一股浓烈的醋香就飘逸出来，直往鼻孔里钻。我赶紧拿来一只小碟，往里面倒了小半碟醋，然后端到餐桌上。这一会儿工夫，厨房里已经是香醋飘香了。我仔细观察，恒顺香醋真的不一般，其色纯黑而透明，其质澄清而醇厚，其味香酸而不涩。这“色、香、酸、醇、浓”五大特点全体现在小碟中。刚刚蘸上香醋的肴肉在口中留下浓浓的回味。醋的香气伴随着我的镇江生活，留下了美好的回忆。

送亲朋好友用香醋是再得体不过了，毕竟香醋在镇江是“三怪”之一，是镇江的土特产。后来，随着经济发展，恒顺香醋的发展也进入了新的阶段，尤其是包装，改进了很多。那精美的包装再加上醋历史、醋文化的渲染，香醋名气越来越大。

讲到醋的历史，有记载的文字至少有2600多年。说醋的历史十分悠久，一点儿也不为过。古籍《礼记·檀弓》中记载：“宋襄公葬其夫人，醯醢百瓮。”醢是肉酱，醯就是醋。可见，镇江香醋很出名。这种香醋“酸而不涩，香而微甜，愈存愈醇，色浓而味鲜”，因而驰名中外。镇江酿醋一直流传着一个古老的传说：

醋是杜康儿子黑塔创造出来的。杜康发明了酿酒之后，发现长江中下游镇江的水质较好，利于酿酒，因此就全家来到了镇江的小鱼巷。杜康在小鱼巷开了个前店后作的小作坊，专门酿酒卖酒。黑塔长得壮壮实实，力大无比，而且为人憨厚勤劳，家里的重活粗活全是他扛，从来不叫苦叫累。那个时候，杜康酿酒还不知道酒糟的用处。黑塔把酒糟放进大缸里，倒进两担长江里的龙窝水。他累了，就捧起坛子喝上家酿的米酒七八斤，然后在酒精的作用下呼呼大睡。有一天，睡着后，他做了一个梦。梦中有一个白胡子老头轻声提醒他说：“黑塔，到二十一天，月落西时，你能造出调味浆。”醒来之后，他也没在意。二十多天后，满屋飘香，杜康父子都很纳闷，找来找去，原来是酒糟变成了香喷喷、酸溜溜、甜滋滋的调味浆。杜康说：叫什么名字呢？黑塔一想，既然酒糟泡了二十一日，到酉时浆水才这么好吃，这二十一日加酉时不就是“醋”字吗？

醋的历史、醋的文化让人对醋产生了浓厚兴趣。镇江的香醋随着改革开放的深入，也做出了大文章。当年，李友芳就是凭着“忠诚吃苦”的厂训、“和人开拓”的理念、“求真务实”的企业文化，打造出镇江的“三怪”之一恒顺香醋。现代恒顺人勇于改革、勇于创新，已经发展到一个新的台阶。恒顺酱醋厂已经整体挂牌上市，各种各样以醋为基因的醋产品陆续开发出来。香醋更是被当作一种保健品开发，赢得了国内外大市场。于是，就有了醋胶囊、苹果醋、蜂蜜醋等近百个新产品。这些产品都有醋的成分摆不坏，镇江“一怪”香醋的名声更大了。

镇江醋文化源远流长。900多年前，大文豪苏东坡便是镇江醋文化的“代言人”。苏东坡11次来镇江，留下著名的有醋味的名诗：“芽姜紫醋炙银鱼，雪碗擎来二尺余。尚有桃花春气在，此中风味胜莼鲈。”后人对醋还延伸出一个独特的文化现象。不知什么时候什么原因，人们把男女之间看不惯称为“吃醋”。当然还有一层意思，人们羡慕或嫉妒好东西时，也习惯用“吃醋”来比喻或形容。这镇江香醋还造就了镇江市的一句著名广告语：“镇江，一座美得让人吃醋的城市。”

我喜欢恒顺香醋，更喜欢镇江。

作者简介：王桂宏，笔名路石。中国作家协会会员，中国散文学会会员，镇江市写作学会会长。1978 年 3 月起，先后在《安徽文艺》等刊物发表小说、散文。先后在上海文艺出版社、作家出版社出版中短篇小说集《野桂花》《野梅花》。中篇小说《无墓坟》获中国小说学会颁发的中国当代小说奖。2015 年至 2017 年，分别在天津百花文艺出版社、江苏凤凰文艺出版社、上海文艺出版社出版系列散文集《泰州卷》《苏州卷》《镇江卷》三部。其中，《镇江卷》获第八届冰心散文奖。2018 年，在江苏人民出版社出版长篇小说《浮茶》。2019 年 1 月，在上海文艺出版社出版长篇小说《原点》。

长安不见使人愁
——历代文人与成都之李白

张中信

李白，字太白，其父李客，祖上避祸，举家外迁中亚碎叶城，今吉尔吉斯斯坦境内，自称汉代飞将军李广后人。李客迁居蜀中前夕，居碎叶城。碎叶城是丝绸古道上一个重要的中转站，由“城周六七里”的域外小城发展为大唐边陲著名的“安西四镇”之一。但李客做了一个重大决定：举家东迁；后到达绵州的昌隆县（今四川江油），在青莲乡的漫坡渡一带安顿下来。

李白（公元701年）的出生，有一个流传甚广的传说。其母夜梦太白金星，便有了李白。李白自幼饱读诗书，好云游，少年漫游成都，登上了成都名胜散花楼，吟诗《登锦城散花楼》：

日照锦城头，朝光散花楼。
金窗夹绣户，珠箔悬银钩。
飞梯绿云中，极目散我忧。
暮雨向三峡，春江绕双流。
今来一登望，如上九天游。

李白游历成都，凭吊先贤：琴台怀古、扬雄故居草玄堂以及诸葛亮的武侯祠，盘桓数月后，南下登临峨眉山。李白由衷地感叹“蜀国多仙山，峨眉邈难匹”（《登峨眉山》）。在峨眉山著名古刹白水寺（今万年寺），李白结识了年轻的僧人广濬。

二十多年后，李白自长安被玄宗“赐金还山”，在宣城与蜀僧广濬偶遇，写下了《听蜀僧濬弹琴》：

蜀僧抱绿绮，西下峨眉峰。
为我一挥手，如听万壑松。

客心洗流水，余响入霜钟。
不觉碧山暮，秋云暗几重。

游过峨眉山后，李白乘兴驾舟东下，奔赴渝州而去，沿途峡江湍急，舟船如飞，巴女沿江出没，渔歌此起彼伏，他挥笔写下了《巴女词》，记下了这方水土的奇异风情：

巴水急如箭，巴船去若飞。
十月三千里，郎行几岁归。

开元九年（公元 721 年）的春天，李白漫游渝州时，益州长史苏颋读了李白的《大猎赋》，忍不住大加称赞："此子天才英丽，下笔不休。虽风力未成，且见专车之骨。若广之以学，可与相如比肩也。"

李白的蜀中之游，遵从苏颋"广之以学"的教诲，更加发奋地读书，开始研读初唐以陈子昂为代表的诗人以及汉魏时代建安七子等人的作品。

后来，李白将自己绝大部分的旧作一把火烧了。这一烧，就烧出了一个风华绝代的大诗人。

这件事在唐朝段成式的《酉阳杂俎》中有记载："（李）白前后三拟《文选》，不如意，悉焚之。唯留《恨》《别》赋。"

李白在楚地漫游，从赤壁古战场到巴陵岳阳楼。两年后，李白游过会稽山，过乌江，抵达六朝古都金陵，未做更多逗留，飘然奔繁华都市扬州而去。在扬州，李白盘桓了很长时间，结交了许多江湖朋友，有游侠，有诗人，有道士，也有隐者。李白思念亲人，写下了我们耳熟能详的思乡名篇《静夜思》：

床前明月光，疑是地上霜。
举头望明月，低头思故乡。

28 岁那年，浪迹江南好几年的李白准备成家了，这是一个叫孟少府的朋友替他张罗的。女方姓许，安陆（今湖北）人，祖父曾做过朝廷的大官。关于李白的家庭生活，魏颢在《李翰林集序》中记载："白始娶于许，生一女，一男曰明月奴，女既嫁而卒。又合于刘，刘诀。次合于鲁一妇人，生子曰颇黎。终娶于宗。”

许氏夫人在李白心中的分量无人可以替代。出于身世方面的原因，诗人又陷入了难以言说的两难境地。李白离开安陆之后，对许氏夫人生育的一双儿女颇为牵挂。李白在《送杨燕之东鲁》中写道：“二子鲁门东，别来已经年。因君此中去，不觉泪如泉。”《寄东鲁二稚子》：“此树我所种，别来向三年。桃今与楼齐，我行尚未旋。娇女字平阳，折花倚桃边。折花不见我，泪下如流泉。小儿名伯禽，与姊亦并肩。双行桃树下，抚背复谁怜？”从“别来已经年”“别来向三年”判断，两首诗当作于天宝六载后。显然，许夫人此时已不在人间。

李白未被朝廷赏识，却结识了大诗人孟浩然。孟浩然在盛唐文坛知名度颇高，诗歌创作独树一帜，已是功成名就者。他的五言诗《宿建德江》极具灵性：“移舟泊烟渚，日暮客愁新。野旷天低树，江清月近人。”当李白到孟浩然居住的庄园中去拜访时，两人把酒相叙，相谈甚欢。

后来，当孟浩然辞别李白去扬州时，李白依依不舍，连夜写下了《黄鹤楼送孟浩然之广陵》：

故人西辞黄鹤楼，烟花三月下扬州。
孤帆远影碧空尽，唯见长江天际流。

辞亲远游已经好多年了，李白仍然没有受到朝廷的赏识。李白与裴长史相交，又无端遭受小人毁谤。开元十八年（公元 730 年），他专门给裴长史写了一封信，为自己申辩雪谤，这就是著名的《上安州裴长史书》。

盛唐文人中最具傲岸气质的李白，自然将“不屈己”表现得最为突出。他在《上安州裴长史书》的结尾突然狂态毕露，正是其不羁个性在不经意间的一种展现。裴长史这边没有音讯，李白又去求李长史。岂料他前边刚刚送了求荐信，后边便醉酒冲撞了李长史的车驾。李长史一怒之下将李白呈上的求荐信撕成碎片。

官场就是官场，自有它运作的规则。李白的狂放傲气，原本就是官场大忌。数百年后，蜀中大诗人苏轼温文尔雅、超凡脱俗，仍然成为北宋官场倾轧的牺牲品。放眼天下，又有几个文人学士能够真正成为官场的宠儿呢？

李白一直以来苦苦压抑着的郁怒之火，需要来一次大喷发，这就促成了他的第一次长安之行——“何王公大人之门，不可以弹长剑乎？”

李白继续漫游，直到他遇见一个名叫吴筠的道士，命运才发生了根本性的转变。吴筠既能写诗，又兼学道，与当时的玉真公主关系密切。在唐代道士诗人中，吴筠最负盛名。《新唐书》盛赞他“与李白相甲乙”，究其实乃“外道内儒”。李白与吴筠极其投缘，一见如故，便双双畅游江湖，做起寻仙论道的事情来。

此时，李白的诗已传至长安，受到了唐玄宗和杨贵妃的喜爱，这主要应归功于玉真公主。玉真公主风流而多情，是李白的超级“粉丝”。天宝元年（公元742年），唐玄宗连下三次诏令，急召李白进宫。李白兴奋得一跳三尺高，不由自主地发出振天长啸：“仰天大笑出门去，我辈岂是蓬蒿人。”

李白接到诏令后，即日起程，直奔京城长安而去。唐玄宗“降辇步迎”，不但让李白感激涕零，简直让天下文人学士也侧目相看了。李白当即被玄宗皇帝册封为供奉翰林。最令李白兴奋的，是他终于见到了朝思暮想的玉真公主……

长安虽好，却非久留之地。因为唐玄宗的“赐金还山”，一夜之间，长安已成为李白的伤心之地。

天宝三年，春暖花开的时节，李白离开长安，经过短暂的消沉，逐渐恢复了他寻仙悠游的本性，来到了洛阳。听说曾经在唐玄宗身边做过翰林的李白来了，一时间洛阳的文人学子心情激动。杜甫恭恭敬敬地称李白为先生。李白见多识广，又见过大世面，他在杜甫面前完全找到了导师的感觉。杜甫后来的那些描写李白的诗句，极大地巩固了李白作为大诗人的地位，因为杜甫那时已经名动全国。在杜甫与李白携手游学渐入高潮时，不期而遇迎来又一位重量级的大诗人高适。高适的名句“莫愁前路无知己，天下谁人不识君”，千百年来被后世人引用概率之高，简直可以载入吉尼斯世界纪录。

离开京城的十年，李白以山东和河南为中心，游踪遍及河北、河南、山东、山西与陕西等地。李白50岁以后，终于时来运转，娶到了一位前宰相家的孙女——第四任太太宗氏，她对李白还是颇为上心的。在李白流放夜郎时，宗氏四处奔走，为他疏通关系。当初永王邀李白下山，宗氏夫人是极力反对的，李白没有听进去，以至酿成了后来的大祸。他一生很少写言情诗，对这位宗氏夫人却颇为另眼相看。他在《南流夜郎寄内》中写道：

夜郎天外怨离居，明月楼中音信疏。
北雁春归看欲尽，南来不得豫章书。

但李白就是李白，他没有历史上的柳三变那样声色犬马，也没有唐伯虎那样风流快活。他的感情生活似乎与常人有异，他对女人的追逐，他对情爱的渴求，似乎都在虚无缥缈中。

天宝十四年（公元755年），“安史之乱”爆发，敲响了大唐王朝的丧钟。至此，大唐开始进入由盛转衰的历程。

次年六月，首都长安被叛军攻破。昔日八面威风的唐玄宗，带着宠妃杨贵妃自金牛道奔蜀中逃命而去。至马嵬驿，遇禁军哗变，奸相杨国忠被斩杀，贵妃亦被缢亡。

远在庐山深处的李白关注着玄宗“幸蜀”的情况，满怀情感地写下《上皇西巡南京歌》，其中三首写道：

九天开出一成都，万户千门入画图。
草树云山如锦绣，秦川得及此间无？

谁道君王行路难，六龙西幸万人欢。
地转锦江成渭水，天回玉垒作长安。

水绿天青不起尘，风光和暖胜三秦。
万国烟花随玉辇，西来添作锦江春。

李白的这一组花团锦簇的诗句，以天府成都为背景，将玄宗“幸蜀”这一偏安之事渲染得如临仙境，极尽对天府物华的礼赞。

一千多年过去了，李白笔下的天府成都正向世界文化名城挺进。品味李白的诗作，无论是“城内”还是“城外”的人们，都对这座九天之城充满遐想。

玄宗“幸蜀”不到两年，大将郭子仪收复长安。肃宗自蜀中迎回太上皇，玄宗平静地接受了肃宗即位的事实。他的第16个儿子永王李璘却不甘心，把持着长江流域的大片土地，公然举旗反对肃宗继位。

李白压根没有料到，自己刚刚为玄宗肃宗父子祷告完，就陷入肃宗和永王兄弟间的纷争。唐肃宗李亨自己做了皇帝，架空了父亲玄宗，却并未告知其弟永王李璘，而是让他继续在长江流域经营。后来为节制永王，唐肃宗派高适任淮南节度使，让高适和其他节度使对永王形成包围之势。

永王李璘对肃宗趁乱继承大统心有不满，因而对肃宗也显得不那么恭敬。他奉唐玄宗之命东巡时，久仰李白大名，为更好地笼络人心，做出邀请李白加入幕府的决定，并派出谋士韦子春三上庐山，恳请李白出山。李白成了永王李璘的幕僚后，终日剑不离身，俨然一个“佩剑将军”。他不断出入永王营帐，不断参加军事会议，不断陪同永王出巡。他在《永王东巡歌》中，热情礼赞永王的爱民之心和自己的远大抱负。

李白度过了一段快乐又充满激情的时光，尽管他已经56岁了。然而好景不长，肃宗李亨很快便出兵围剿永王李璘。永王在大庾岭被擒获。树倒猢狲散，李白在逃向浔阳的途中被官军捕获，关进浔阳大狱死牢。一代“诗仙”李白，在不知不觉中成了唐肃宗和永王兄弟间政治斗争的牺牲品。

公元762年，62岁的李白去安徽当涂投靠了他的族叔县令李阳冰。随后，心力交瘁的李白便一病不起，李阳冰四处为他寻医求药，而他早已病入膏肓，无药可救了。

李白并不屈服于命运的摆布，依然保持着洒脱、豪放的性格。一天夜里，他穿上当年在宫中穿的锦袍绣服，踏着月光，来到江边钓鱼小船，倒了两杯酒，痛饮一杯，神思飞扬，再饮一杯，热血奔涌。他朦胧地看到水中圆月对自己含笑点头，就俯身用手去捉，不料“扑通”一声翻进了江中，溺水而亡。

采石月下闻谪仙，夜披锦袍坐钓船。
醉中爱月江底悬，以手弄月身翻然。

恰如一生爱入名山游一般，李白最终为自己辛酸的人生悲壮地画上一个惊叹号。也许，冥冥中每个人的生死都是一种宿命。李白一生与酒相伴，与月相呼，每日酒不离身，写诗必咏明月，至死未从酒中醒来，临死亦追月而去。在他的诗中，与酒和月亮有关的占据了相当篇幅，而且绝大多数为名篇佳作。对他来说，酒中捉月，羽化升仙，未尝不是一种好的归宿！由此，我们也可以得出一个结论：大鹏意象和明月意象贯穿了李白创作的一生。从青少年时代，一直到他死去，明月跟他走了一生，大鹏在他脑海里飞了一世。李白心目中的明月和大鹏就是他与天地精神相往来的心灵感应，也是他的自由精神与浪漫性格的代表。

李白的一生堪称悲壮的一生：怀才不遇，纵有济世之才，却无从施展，但他留下的那些瑰丽奇特、想象绝伦的诗篇足以让他如所爱的大鹏一样，扶摇于万里之上，俯视文坛众生！

2013 年 9 月于雍容楼

作者简介：张中信，字峰源，四川通江人，经济学研究生。中国作家协会会员，成都市微型小说学会会长、成都市青羊区文联副主席、《琴台文艺》执行主编。曾荣获“四川省优秀青年”等称号，获四川文学奖和冰心散文奖等多种奖项。出版《风流板板桥》《匪妻》《失语的村庄》《哦，野茶灞那些事儿》《成都书》《通江书》等著作二十余部。作品入选多种选本。

沉醉喀纳斯

袁瑞珍

神说：给我留一块净土吧，喀纳斯便锁住了千年时光。

当我着一袭艳红的羽绒服站在禾木河宽大的木桥上时，我听见风儿在咏唱。

这是暮秋时节，瓦蓝的天空中，几朵白云正悠悠飘荡，禾木河静静地流着，穿过茂密的森林，向远方流淌。河水是幽幽的蓝、冷冷的清，看一眼便足以过滤掉浑浊的杂念和莫名的烦恼。河水是阿尔泰山的冰雪融化而成，沁骨地冷，即便是站在桥上，也能感觉到河水的寒意。河滩上裸露的鹅卵石或晶莹圆润，或棱角分明，在阳光下闪着褐色的光。河岸上，通体墨绿和金黄的树层次分明地站立着，挺拔而俊秀。墨绿的是塔松，苍劲而肃穆；金黄的是白桦，清新而明快。它们经年站在禾木河的两岸，宛若卫士默默地守护着母亲和心爱的姑娘。

桥的一端连接着一座村庄——禾木村。保持着最完整民族传统的图瓦人就居住在这里，是著名的图瓦人村庄之一，也是仅存的三个图瓦人村落中最远和最大的村庄。此刻，这座山谷中的村庄正沐浴着秋日的阳光，远远看去，依山而建的圆木尖顶的小木屋被镀上了一层灿灿的金黄，宛若梦中的村庄在向我微笑。

我信步向村庄走去，村庄散布在山地的草原上，一栋栋小木屋用喀纳斯山上的红杉树或白桦树原木建成，牧群与雪峰、森林、草地、蓝天、白云构成了图瓦人村落独特的自然与文化景观。小木屋有大半截埋在土里，以抵挡这里将近半年大雪封山期的严寒，房顶用木板钉成人字形棚子，房体由直径三四十厘米的原木堆成，古朴粗犷，也成为图瓦人建筑的独特标志。小屋旁边三三两两地矗立着巍峨的红杉树和白桦树，红杉树枝叶浓绿，白桦树却金黄一片，还有些我叫不出名字的灌木丛红艳着叶片，屋前的洼地上有水在泛白光。草地上散布着一堆一堆的牛羊粪，却闻不到异味，空气是那样清新，散发着一股淡淡的草香。周边是阿勒泰山脉，山顶上终年覆盖着厚厚的白雪。母亲般的阿勒泰山将这个村庄紧紧地呵护在它的怀里。根据史料考证，图瓦部落是成吉思汗西征时遗留下来的士兵繁衍而成，至今图瓦人家里还挂着成吉思汗的画像，保留着游牧民族的传统特征。每户人家的院落不算大，院落外面围着一圈木栅栏，站在栅栏外，院子便一览无余。我驻足在一座小木屋的木栅栏前，向院子里面张望，一扇木门“吱呀”一声开了，走出来一位头上系着红色头巾的中年妇女，我忙招呼她：“妹子，你好！”她对我笑笑，俊俏的脸上飞出两朵红云。“来旅游的？”她朗声问我。“嗯，这是你家呀？就你一人吗？”“是我家，娃娃上学去了，男人到远处放牧，也要回来了，你进来坐坐？”她边说边将木栅栏的一处围栏打开，我便走了进去。院子收拾得干净利落，有几只鸡在院子里撒欢，嘴不时地在地上啄一下，又扬起脖子咯咯咯地叫几声。她要进屋给我拿凳子，我忙说“不用，就在这儿坐，一样的”，便在小木屋的门槛上坐下，她也坐在门槛上和我聊了起来。她告诉我：村里现在村民不是很多，有的在夏季到来之前将木屋租给了旅行社，到遥远的额尔齐斯河流域放牧去了，直到十月下旬大雪封山后才返回村里，有的则将自家院子腾出些房间接待游客食宿。村里人现在日子都好过了，吃穿也都不愁了，一般都是放牧半年或旅游接待半年。冬天这里冷得很，零下三四十度，冰天雪地的，水泼出去就冻成冰，哪儿也去不了，就窝在家里，乡里乡亲的相互串串门，男人们喝酒打牌，女人们拉拉家常、做些针线活，日子过得简单，不像城里人，一年到头都忙。

图瓦女人的话淡淡的，透着一股满足，可这淡淡的话却让我跌入梦中。

梦中的村庄是什么样？当我直抵内心的渴望，抛弃外在的干扰，让整个身心在自然中徜徉时，那些曾经很在意、很努力地追求的生活便不断地变小、消退。其实，人原本要的就是这种生活，简单、知足，当这种生活在古朴原始的村庄中自然呈现时，我们的心就清纯得如婴孩那张无邪的笑脸，透明而澄澈。

当我与禾木河木桥另一端高耸的木门挥手作别，走向一片金色的白桦林时，我竟然分不清呈现在我眼前的是一幅画，还是我被框进了一幅画中，那撼人心魄的美惊得我久久没能眨一下眼。

山坡上，溪流边，一排排，一丛丛，一片片的白桦树一棵拉着一棵，一排扯着一排，一片连着一片，从我的眼前如海浪般铺天盖地地呼啸而至。那银白色的像长着千万双眼睛的树干在秋日的阳光下格外醒目，金灿灿的叶子像是把阳光都融了进去。地面铺着厚厚的一层落叶，落叶在林间缝隙洒落的阳光下闪着斑驳的光。一条小溪穿过白桦树林蜿蜒向前流淌，溪水上也飘着金黄色的落叶，四周一片静谧，只听见小溪潺潺的流水声。这时，一位身穿迷彩服、头戴牛仔帽、脸膛黑红、身材健硕的图瓦男子骑一匹马向溪边走来，潺潺的流水声和嘚嘚的马蹄声在这林深莽阔的地方，显出一种幽远深长的静，一种恍如隔世的远。林间的一块开阔地上，突兀地站着两棵距离很近的白桦树，一棵粗壮，一棵细小。粗壮的如苍龙，似壮士，坚硬如铁，稳如泰山，苍老的树干上，一片片爆裂的银色树皮在阳光下闪光，高大的树枝上金色的叶片熠熠生辉；细小的如顽皮的孩童，卷曲着身子往一边倾斜，好似要挣脱老树的庇护，去与灿烂的阳光拥抱。

我醉酒般看着这满眼的金色，感受着天地间这份旷世的静、绝色的美，突然想起了十九世纪俄罗斯著名画家列维坦的一幅油画《金色的秋天》，画中绚丽的金秋色彩，散发着浓浓诗意和秋的气息。湛蓝的天空透明、清澈，飘浮着灰白色的云朵，宛如宝石一般的溪水在阳光下闪着幽蓝色的光，大片金色的白桦树挺拔俊秀，溪边和坡上的小草、野花和田野里正在由绿变黄的细微变化，淋漓尽致地表达着画家心中涌动的激情，让我从此认为，油画更能表现秋天丰富的内涵和明快的色彩，更能让人摒弃秋的伤感。眼前的喀纳斯秋天的美，早已超越了列维坦笔下的色彩，真实地在我的眼前展现着大自然这支神奇画笔的无穷魅力，以及在人心里激起的对自然、对生命、对人与自然关系的联想和尊崇。

突然一阵风起，白桦树金色的叶子飞离枝头，如蝶一般在我的眼前飞舞，很快将地面上的落叶覆盖。簇新的落叶卧在地上，如孩子躺在母亲的怀中，甜蜜而安详。我默默地站在林间，听树的独语，听风与叶的对话，一份感动在心间弥漫。难道这仅仅是将要褪去金色的外衣，如千万支直刺蓝天的桅杆般的白桦树吗？那一片片曾经激昂地与阳光共舞的金色叶片只是岁月的匆匆过客吗？白桦树在四季轮回中，曾经伟岸挺拔，曾经亭亭玉立，那叶片曾经绿荫如云，曾经激情燃烧。虽然盛极而衰是世间万物的规律，但白桦树在严冬到来之前，褪掉华丽的外衣，用裸露的躯体去接受冰雪的洗礼，不正是为了新生、为了创造、为了生命的放歌吗？

走过图瓦人的部落，穿越宁静幽深的峡谷，一个美丽的湖泊映入眼帘。当喀纳斯湖羞涩而风情地在眼前呈现时，我再度跌入一个瑰丽多彩的梦。梦中是天堂，还是真实的人间？我抛下往日的矜持，如孩童般向喀纳斯湖飞奔而去。

此时是下午两点，阳光灿烂，湖水漪漪，静如处女，平如明镜，纤尘不染。天空是蔚蓝色的，湖水也是蔚蓝色的。究竟是蔚蓝色的天空把湖水浸染还是湖水把天空复制？我抬头看看天，又低头看看水，一时竟找不到答案。什么叫水天一色？这就是了！

湖岸的山坡上，依然是墨绿色的杉树和金色的白桦树，它们沉默不语又激情澎湃。一湖清澈的水中倒映着天上的云彩、湖岸的山峦和树丛，湖面仿佛凝固成一幅锦缎，奇异又迷人。坐船行至湖心，散落在湖岸上的游人的身影渐行渐远，湖上一片岑寂，万物消声，唯有生命的呼吸在寂静的空间里咏叹。喀纳斯湖带给我一个全新的世界，也带给我另一种时间和生活。现在，就在我的眼前，就在这片静谧的湖上，就在阿尔泰山群峰之间，神和人类生存的美妙景象完美绽放。

神居住的地方是净土，是天堂，因为神的要求很简单，所以能保住原始和生态，但当初夏娃和亚当创造人类的时候，人类居住的地球也是净土，是天堂。人类在这个美丽的星球上与其他生命和睦相处，繁衍生息。经过亿万年的进化和演变，人类日益强大，直到强大得可以在地球上肆意妄为，于是人类的贪婪攫取使地球千疮百孔、伤痕累累。人类引以为豪的科技的迅猛发展，在破解大自然的无穷奥秘，掌握大自然的许多内在规律，给人类提供丰盈、便捷、舒适生活的同时，也像一把锋利的双刃剑，刺伤大自然，也刺伤人类自己。其实，我们只要克制住强烈的欲望，每个人都自觉参与到保护地球母亲的行列，对大自然深怀敬畏之心，神的领地不就是我们人类的天堂吗？

今天，当我们深深怀恋和四处寻找那些曾经广布的人间天堂时，当喀纳斯人自豪又不无伤感地宣称“这是神留给自己的最后一块自留地”时，当我们沉醉在喀纳斯的湖光山色之中共享这锁住的千年时光时，有谁曾想过，如我这般蜂拥而入的游人，会不会扰乱了喀纳斯的宁静？山外那阴霾的天空，那些快速消失的村庄，那些荒芜的土地，那些已被污染的江河湖泊，会不会有朝一日也像瘟疫一样将喀纳斯传染？那时，神还会有自己的最后一片领地吗？神还会将这醇美的自然风光与人类分享吗？

一股浓浓的忧愁瞬间袭上心头。

我深情而忧郁地凝望着眼前的天空、雪山、森林、小溪和幽深平阔的喀纳斯湖，举起相机，将美景摄入镜头。

喀纳斯，难道你仅能用这种方式得到永恒……

作者简介：袁瑞珍，笔名媛漠、紫菊。四川省夹江县人。曾任中国核动力研究设计院党委工作部副部长、机关工会主席、院报总编等职，现为中国散文学会会员、四川省作家协会会员、四川省诗歌学会会员、成都市作家协会会员。

创作的通讯、报告文学、散文、诗歌等作品在各类报刊发表，多篇报告文学作品被收入《巴蜀剑魂》《中国核电从这里起步》《中国核潜艇之路》等报告文学集中，多篇散文和诗歌作品被选入《中国散文大系》之“抒情卷”“旅游卷”“女性卷”，以及《四川精短散文选》《川渝散文百家》《四川散文大观》《川鲁现代散文精选》《精短散文佳篇选粹2018》《华语诗歌》等选集。曾获第八届冰心散文奖，中国散文学会“当代最佳散文创作奖”，《中国核工业报》、四川国防科工办征文一等奖，四川省散文学会“十佳散文奖”，第二届“四川散文奖”，第八届“祖国好”华语文学艺术大赛金奖，“印象中国年”全国首届新春主题文学大赛金奖，中国文艺名家传世作品集特等奖。入编2017年中华文学艺术人物年鉴。

泰州三章

陈社

水的泰州

泰州这片土地，原本在海洋之中，能长成今天这个模样，先得感谢大海母亲的孕育。泰州人的祖先，是吃大海的饭长大的。泰州历史上的鼎盛，也是从大海、从盐业开始的。泰州的根在大海、魂系大海，泰州的血脉连着大海。请看唐代诗人王维对泰州的写意："浮于淮泗，浩然天波，海潮喷于乾坤，江城入于泱漭。"

不知是幸还是不幸，岁月沧桑，泰州逐渐远离了大海。大海的性格和胸怀是否也远离了泰州?

长江却始终把泰州拥在怀中。这条世界上屈指可数的长河，滋润了泰州的水土，养育了泰州的人民，它是泰州的生命之河。当然，长江的给予不是简单的恩赐，而是需要付出，需要勤劳、勇敢和智慧。千百年来，十年九涝的水患，让泰州人经受了无数风风雨雨，练就了坚韧、顽强的生命力。长江，又何尝不是泰州人的力量之源呢?

泰州与水结下了不解之缘。泰州的城池，名曰水城；泰州的乡村，人称水乡；泰州的世界，一派水的世界。泰州的河流湖泊多得数不清，整个一张湿漉漉的水网，说泰州人是在水中泡大的，一点儿也不过分。因此，泰州历代官员的政绩都与水有关，有筑海堰的，有修江堤的，有开运河的，宋代名相范仲淹为官泰州行色匆匆，仍因留下"范公堤"而流芳百世。延及当代，泰州更有百里硬质江堤和引江河等现代化水利工程为世瞩目。水，是泰州的根，也是泰州的旗!

泰州人得益于水，也受制于水。泰州人爱水，却又懂得"水不能当饭吃"的道理，得靠自己去干、去创造。泰州人也不蛮干，而是"靠山吃山、靠水吃水"，实干加巧干。世世代代下来，泰州人硬是把脚下的这方水土打造成了远近闻名的鱼米之乡。比上不足，比下有余，泰州人没有太大的志向，受乡贤王艮"百姓日用即道"思想的影响，平民意识很浓，加上天高皇帝远，出门就是水，交通不方便，不如知足常乐。于是乎，早上"皮包水"、晚上"水包皮"，悠然自得。敢冒大风险、成大事业的人为数不多。

泰州人又望子成龙，说自己这辈子只能这样了，把希望寄托在孩子身上。特别重视教育，从《诗》《书》《礼》《乐》到琴、棋、书、画，样样逼着孩子去学。他们常挂在嘴边的一句话是："不学出点名堂来，不要回来见我！"就这样，文风日盛，人才辈出。宋代建有安定书院，明代出了"泰州学派"，施耐庵、柳敬亭、郑板桥、梅兰芳……顶尖级的人物报出来就有一大串，弄得外地人听了还不肯相信。

泰州人的性格似乎也与水有很大关系。清淡平和、温文尔雅，不像北方人干柴烈火，一不小心就火冒万丈。泰州人一般不去惹是非，他们欣赏的是邑人郑板桥的"难得糊涂""吃亏是福"。即便有几个好斗的，也颇讲究章法，好听一点的叫"外柔内刚"，难听一点的叫"窝里斗"，因而被人讥讽，说泰州的干柴已经被水浸湿了。这话有点刻薄，听起来刺耳，却又有值得我们反思之处。尽管泰州也出过农民起义的首领张士诚，出过"风风火火闯九州"的《水浒传》，出过以一当十、打得敌人落花流水的黄桥决战，出过千舟竞发、把红旗插到国民党"总统府"的渡江大军，出过中国人民解放军的第一支海军部队，还出了春兰集团、扬子江药业集团等一批敢为天下先的市场经济弄潮儿……这大约是水的性格的另一面，瑕瑜互见，符合辩证法。

走过了几个千年，泰州及泰州人在扬弃之中不断变化、发展。坚韧、务实、创新、包容等中华民族的传统精神和优秀品质被泰州人张扬得有声有色、有波有澜。一个崭新的泰州已崛起在长江之滨，崛起在长江三角洲的城市群落之中！

今日泰州及泰州人的概念，已非五年前的了。它似乎回到了从前——包容了原泰州及周边更为广阔的天地。它又超越了从前——包容了天南海北来和我们一起建设新泰州的新泰州人。泰州的水，已不只是长江和运河，还有黄河、珠江、松花江，还有多瑙河、密西西比河、扎伊尔河……

问渠哪得清如许，为有源头活水来，泰州的未来有什么理由不更加波澜壮阔、绚丽多彩呢？（2001 年 7 月为"'泰州精神泰州人'大讨论"而作）

我所期望的百年泰中

十年前，母校九十华诞，我从扬州寄来一篇《母校的记忆》，写下了一个离别母校和家乡的游子对母校的无尽思念。今天，母校百年校庆在即，已回到家乡数载的我，目睹了母校这些年的建设和发展，心中的兴奋和自豪阵阵涌动，我愿意用最美好的语言来礼赞它——百年泰中，我的母校！

我更愿意借此机会写下我心中的一点期望，给就教于母校的领导和师长们。

期望之一：规划、保护、建设好老校区。百年泰中，今能追寻渊源者，莫过于老校区。母校历史之厚、人文之灿、才俊之粹，多出于此，那千年的银杏树便是见证。这些年，我多次陪同来宾参观泰中，客人们在对新校区的现代化倍加赞叹之余，每每都要寻其发祥地之所在，重返故地的校友，更是一定要去老校区流连再三，寻找自己昔日的踪迹，聆听那百年依然的琅琅读书声。因此，是否应该把我们的老校区作为百年泰中的一个重要组成部分，进行科学的规划和精心的保护、建设呢？譬如已成为百年泰中象征的千年银杏树，那枝枝叶叶之间，留下了多少或欢乐、或辛酸的动人故事？它是每一个在它身边成长起来的泰中人心中深深的情结。然而，人们都感到它眼下的生存状况未免太局狭、太糟糕了一点，以至于为它未来的命运而忧心忡忡。还有以前迎着校门的那座爬满青藤的亭榭和鱼逐蛙欢的池塘，承载过多少师长的期冀和学子的欢笑？若将它重建起来，当比而今这无甚特色的迎街门楼和密密匝匝的沿街店铺之类更像一处读书之地吧？

期望之二：让百年泰中厚重的文化氛围回归。百年泰中的文化为何？其渊源首推宋代教育大家胡公安定，斯人“致天下之治者在人才，成天下之才者在教化，教化之所本者在学校”之说根系海陵、风行天下。因此，当把胡公的文章做足一点。现安定书院犹存，然有“院”无“书”，不见多少文化。这方面可做的事很多，得有心人和有文化的人去做才行。长沙有座岳麓书院，其文化之厚重，恐非今安定书院所能至，但心向往之还是需要的。胡公之后，泰州代有传人，至泰中百年，犹见“教化之所本者”功德非凡。远的不说，侯德原、支秉彝、夏道行、童恺、项志麟、李德仁、李德义等中科院院士如日月星辰，照亮了泰州中学头上的一片天。回头再看偌大的母校，他们的踪迹何处可寻呢？我以为仅在平时锁着的校史陈列室里挂两张照片是不够的。譬如能否为这些国之栋梁、世之精英每人立一塑像，让他们融于一代又一代的泰中学人之中，随意地或立、或坐、或漫步于校园处处，安详地注视着他们的母校，欣慰地倾听着后人们欢快的笑声？如此推及其余，可为者何止尔尔？

期望之三：凸显百年泰中的传统优势。对此，学生有如许几处印象深刻：一是名师云集。仅中华人民共和国成立以来，便有景幼南、赵继武、高古凤、凌尹耕、姚昌学、李剑青、黄岐予、杨本义、叶凤梧……直到后来成名的洪宗礼等不下数十人，他们中有的本来就是学养深厚的大学教师，有的博古通今、著述过人，有的业有专攻、自成一家，皆大家风范。二是治校有方。素以管理谨严著称于世，时时处处上规上矩、秩序井然。尤其老校长于一平治下，业内有口皆碑，鸡鸣狗盗、左道旁门者避之唯恐不及。三是师道尊严。教师以为人师表为要，学子见贤思齐、由衷敬畏。学生对老师皆执弟子礼，以先生尊称之。其情其景，实比今之一年一度的“教师节”更富内涵。四是品学兼重。视“育人”为学校一切，在教导学生如何做人的基础上传授知识，在传授知识的过程中教导学生如何做人，是为传道授业解惑也。师生们明白这样一个道理：所谓人才，先得是品行端正的好人，还得是学业优良的能人。如此等等，期望母校今之治校者大力弘扬泰中积百年之功的传统优势，与时俱进、创新发展，使之在新世纪绽放光彩。

母校百年大庆，学生遵命作文，却写下了这许多与喜庆气氛不相协调的话，谢罪了！

向平凡致敬

这些年来，拜读过不少师长、朋友的作品，受益甚多，感想甚多。断断续续，已写下数十篇评介文字。

所评对象，绝大部分为本地的作者、作品。

这类文字非我所擅，之所以费时费力地来做这件事，一是由于欣赏。泰州人文荟萃，写书、出书者比比皆是。我常收到友人赠书，深感各有各的精彩，而其中不少同志的为人为文为艺更是令我景仰。二是出于感情。读本地作者的作品，熟悉的水土气息如期而至，读书也是读人，容易被感染、打动。三是基于职责。我在宣传文化部门工作多年，知道泰州的创作队伍基础厚重，所谓“高手在民间”，也知道业余写作的不易，自觉有责任、有义务效力。

改革开放以来的这些年，泰州的文艺创作硕果累累，名人、名作迭出，吸引了众多目光，尤其近年来影响不断扩大，堪称前所未有。我所选择或应约评论的作者、作品，鲜有当时位重名显、浓墨重彩的。这些作者，或为正默默耕耘头角未露者，或为已去职退隐归于沉寂者，或为自甘寂寞不事张扬者……当然，其中并不乏泰州文坛的宿将、新秀，他们有的已在某些范围内影响深广，引人瞩目，但相对而言，多数尚在“平凡”的范畴之内，属于“沉默的大多数”。我以为，他们及他们的作品，也需要有人、有载体来关注和评介，也需要向他们表达一份敬意。

马春阳先生是从兴化农村走出去的一位老干部、老作家，由于家乡的人们对他的关注、了解并不多，我先后写了《马老之美》《又逢马老》等文章，在泰州多家媒体予以介绍。潘浩泉先生是我市在文学乃至文艺创作领域取得突出成就和声望的一位作家，曾创造过泰州文艺史上的数个第一，可知道这些情况的泰州人并不多。我早就想把他的这些情况以及我读他作品的感受写下来，与读者分享，但未动笔。因为当时他既是市政协的领导，又是市作家协会的领导，不太适合。直到他去职退休后，我才写了《低处着眼　小处落笔——我读浩泉》，先后在《泰州日报》和《文艺报》发表。吴骏圣先生是位著名画家，他不属“炒作”一族，基本上与作品研讨会、媒体见面会之类的活动无缘。我写下《沉寂的书画大家——漫说吴骏圣》，发表在《泰州晚报》和《江苏文艺研究与评论》等媒体上。他们和我的另几位师长、朋友都属于成就很大而比较“沉默”的大家，还有一些各有建树的师长、朋友则更是处于“低处”和“小处”，也更为“沉寂”和“平凡”。

2015 年，我将其中的部分文章汇编成一本文艺评论集，书名便是《向平凡致敬》。

这些作者、作品，对泰州的多数读者而言，少有所闻或未闻其详者居多，我的评介便根据他们各自的情况而有所侧重。譬如，我在评介作品的同时，兼顾了对作者的介绍，以方便读者了解。又如，我比较注重摘引所评作品的原文，供未读其作的读者直接感知，让作品自己说话。我一直认为，读者的阅读、感知与评者的评说、介绍是相辅相成的。与此同时，我还将这些作者、作品的照片及作者简介分别附在各篇文章的前后，目的也是方便读者了解。

一些师长、朋友对我的努力给予了肯定，著名作家、泰州市作家协会主席庞余亮先生在题为《应该致敬的是他的初心》一文中如是评说：“岛屿是苏中平原上特有的地理景色，亦是泰州作家在尘世淤泥中的那种坚持……依陈社先生的笔力，不去关注这些‘未露者’‘沉寂者’‘寂寞者’，而去关注那些炙手可热的‘角儿’，或许会有更大的影响、更多的回报。可他不，他关照的是岛屿周围的‘水土’和

‘本土植物’。如果陈社是一个农民的话，他绝对是那个做到颗粒归仓的优秀农民。”

余亮先生对我的期许过誉了，而他关于岛屿、关于农民的妙喻则是中肯、深刻的。

（写于2016年，选自作者获奖散文集《走过》）

作者简介：陈社，亦名肖放，生于1952年1月，江苏泰州人。中国作家协会会员，中国电视艺术家协会会员，一级作家，高级记者。作品载于《人民日报》《文艺报》《新华日报》《文学报》《中国作家》《雨花》《散文百家》《紫荆》等报刊，入选《江苏文学五十年》《中国新文学大系》等选本。著有散文集《坦然人生》、杂文集《不如简单》、小说集《井边》、新闻评论集《过犹不及》、文艺评论集《向平凡致敬》、长篇散文《留学，到德国去》（与陈丹丹合作）、长篇小说《五条巷》等。获《中国作家》散文奖、江苏省电视金凤凰奖、江苏省戈公振新闻奖、《雨花》小说奖等。散文集《走过》获第八届冰心散文奖优秀奖。

上寺头·祈雨·庙会

孙喜玲

题记：上寺头村民全部是赵氏家族，这个家族的远祖是谁，从何处迁来，已不得而知。从前，有两条清澈的河水绕村而过，一条叫长河，另一条叫大河，又叫西头河。两条河流经李寨九女湖汇入沁河，至今仍有“四十里长河五十里宽”的民谣存活在村民的口头。如今两条河皆因开矿挖煤断了水脉，早已了无踪影。

初春的一个周日，来到泽州县下村镇的上寺头村，得知在庙会这一天村里要举行古老的祈雨仪式。“祈雨”这个词，早已尘封在记忆中，乍一听说，让我着实感到新奇。

上寺头是一个美丽的自然村，建于明洪武年间，有一百来户人家，因位于悬泉寺之上，故而叫了“上寺头村”。正逢一年春好时，桃花初开，麦苗新绿，灿黄的连翘花于山间地头一丛一片的恣意绽放，在蓝天白云下绚烂夺目，间或有漂亮的锦鸡出没在麦田间。

祈雨，曾经是一项乡村常见的民间活动。历史上靠天吃饭的农民，在遭遇大旱时，要向上天祈祷，请求降甘霖于人间，属于农耕时代的民俗文化。因地域不同、风俗不同，祈雨的仪式也不同，但有一点是相同的，那就是对龙王的信奉。因此，许多乡村都有龙王庙，庙里除了龙王外，有风伯、雨师、雷公、电母等。没有龙王庙的穷村，也会用自己的方式表达对龙王的敬畏和崇拜。在吕梁山黄河边的农村，祈雨的方式是让未满十二周岁的小孩子们，手提瓦罐在水井里汲了水，到山圪梁上洗一座石狮子，一边洗，一边念叨：“大龙王下大雨，小龙王下小雨，夹沟夹梁下饱雨……”那是我童年时参与过的祈雨活动。

在和老人们的闲聊中，我得知上寺头村民全部是赵氏家族，全村没有一家外姓。这个家族的远祖是谁，从何处迁来，已不得而知。当年的村不叫村，叫社，村主任叫社首。这或许是“公社”“社会”称谓的基础语义。

乡绅曾是近代中国社会中一个不可忽视的重要阶层，具有广泛的民众基础，是乡村民众的代表。乡绅在官方与民间曾是承上启下的桥梁，起着造福乡里、教化民众的作用。他们不仅是儒家文化血脉的传承者、推广者和执行者，更是在当地民众中具有号召力的代表人物。社首就产生在乡绅阶层。被选举出的社首通常也是村民和宗族中最具威望、办事公正的人。类似祈雨这样大规模的祭祀仪式，都由各村的社首牵头组织，令行禁止，分毫不差。根据上寺头老人们的回忆，推算下来，1944年是该村历史上最后一次祈雨。那次祈雨由中村发起，参与者有上寺头等四十八村，可见声势浩大、人数众多。我在上寺头村见到一份毛笔抄写的民国时期的旧资料，其中记录了当年这一带祈雨的详情。资料的封皮上写着“中村大社 · 民国八年五月十五日 · 昌瑞堂段记”，漂亮的行楷散发着陈年旧事的气息。

祈雨的第一个步骤是发起村用鸡毛信事先通知各村，鸡毛信的内容大致如下：

晋沁一方，凡遇大旱，唯向云首社神龕祈祷雨泽，从无不应，今旱魃为虐，庶物颓枯，敝村谨按旧规，已择于某年某月奉擎龙神，肃斋会仪，前往神龕，求祈拜祷，按期行程，循途进步，凡所过各村贵处，理宜先为通启，谨此。上呈各村，社首公所诸君爷台，览毕转送前村，勿误是望！中村某某某拜具。

鸡毛信转手叫“转单”，转单时要焚香。香烟上转三圈后插在架上。鸡毛信一经发出，要求信不落地，一村读过之后立即送往下一村，头一天送信，第二天午后祈雨仪式开始。

此外，要张贴告示，题为“云首祈雨本街告白大报”，云：

旱魃为虐，庶物颓枯，旱既太甚，百谷枯槁，人心有诚，庶冋天意。今谨择于某月某日午后，鸣金斋集，东河行香，次日黎明，一律恭往云首，祈祷雨泽，凡我村中在会人等，各宜虔诚整肃，勿得参差不齐，如有渎事玩忽，定行按例重罚，绝不徇私，谨将条例开列与后……

祈雨有祈雨的条规，要开列具体村名和村与村之间的距离，每村每家去一人，哪个村贴人力多少，哪个村子出多少铳、多少牌，哪个村子出鸣枪几杆，哪个村子打五色步兵旗锣……诸如此类都有明确详尽的要求。此外，到哪个村放铳几声，到哪个村点名一次，到哪个地方落架，都有明文规定。不守时不服从调遣的人受什么处罚，罚钱多少，各村准备什么吃喝，诸如豇豆米汤、羹汤捞饭、柿圪连米汤等，都标注得一清二楚。

祈雨时抬的龙王雕像，必须是用龙王庙边上的柳树雕刻，祈雨的人要用柳枝编成柳帽戴在头上。祈雨队伍抬着龙王雕像从中村出发，一路锣鼓喧天，彩旗飘飞。有抬龙王的、抬大鼓的、抬小鼓的、担神物枪药的，浩浩荡荡，绕山过岭，向沁水的云首河出发。沿途路过下寺头、上寺头、塔里、庵头、玉溪、蒲池、固县等村，抵达沁水境内的云首村就到了目的地。

流经云首村的河流叫云首河。

云首河终年水量充沛，河中有一个深潭，就是资料中提到的神潭，也叫白龙潭。白龙潭上方曾有一座龙王庙，也称云首庙。祈雨队伍将龙王雕像请进云首庙内，摆放祭品，起香供奉，然后开始祭拜祈祷，宣读祷文。祷文称《祭龙王文》，曰：

> 民国某年，岁次某月，朔越祈祷，合社人等，谨以香烛油席之仪，敢昭告于龙王尊神位前，曰：上天亢旱，下民之忧，罔可空告，惟神是求，伏愿油然作云，施宏恩于庶物；沛然下雨，降甘霖于田畴。清荼明粢，是祝是酬，神其不远，来格悠悠！尚飨！

祷祝罢，将一块石头扔进潭中，此举也叫“打瀹”，之后在庙内用毕羹汤捞饭，放铳起驾，由另一条路返回，经由西湾、窑坡、姚庄、南河底、小南山、贾寨、车山、王坡、湾村、上村回到中村。沿途有龙王庙的村庄，皆要将龙王塑像抬入庙内起香供奉。整个祈雨仪式耗时三天。参与祈雨的村庄的人们，早早等在路边迎接祈雨队伍，各村均要在村口设案摆放香烛谢帖。祈祷雨泽时，不许喧哗，沿门插柳，禁止屠宰。每户人家散发黄表一张，每字号散发黄表一张，黄表要摆放在桌子上。有资料记载，祈雨之后，即日便有大雨沛然而下，十分灵验。如有冰雹一同降至或者祈雨不灵，会被认为是人心不够虔诚所致，如：

> ……早晨打瀹毕，回至云首庙上，用罢饭起驾时生云，至西湾村落架，下小雨一指，黑夜住南河底落架后用饭毕，雷雨大作，下至四指。初一日行至王坡发云响雷，至湾村下雨二指。冰雹打贾寨有半尺许，上

寺头半尺深……后闻言贾寨人心不诚，做饭不足，大米全无，只有芋头（？）半。上帝有眼，用冰雹打之，上寺头放铳换生手，使火药不实，冰雹打之……

有乾隆年间的《祭龙王文序》，出自中村乡间秀才手笔，骈体格式：

……圣德好生，普天降平康之赐，神龙赐福，率土沾雨露之休……

洋洋洒洒，文采飞扬，可见当年晋城乡绅的文化水准。

有关祈雨的讲究很多：举办祈雨仪式的邻村，如想借用上寺头的龙王雕像，不可以公然请走，按照规矩必须去“偷”，晚上悄悄进村将龙王雕像抬走，出村时放鞭一挂，以示知会。祈雨后，再悄悄送回，焚香供奉后离去。何故如此，已是知其然而不知其所以然了。

上寺头的龙王庙坐落在二松岭，二松岭因有两棵古松树而得名。二松岭也叫卧龙山，和一条青龙的传说有关，后因本村有秀才赴京赶考未中，自觉无颜面对父老乡亲，回乡后在卧龙山上吊自杀了，于是卧龙山又叫了秀才山。那两棵古松于20世纪60年代被砍掉了。龙王庙里原有一口天然的水井，深不见底，涝不溢，旱不枯。传说曾经有人想弄明白这口井到底有多深，就用一条长绳吊了一把斧头垂下去探查，结果绳子放完了还没有到底。拉起斧头来，却见斧刃上有血，说是不小心伤了龙鳞……这些传说和故事只有上年岁的人能讲出一些，而那口井只剩下一个遗址，遗址上新建了一口没有水的水泥井。

庙会，顾名思义，就是在寺庙附近举行的集会、祭神、娱乐和贸易活动，是民间的集市贸易形式之一。庙会是至今还活着的民俗，被一些学者称为“中国人自己的狂欢节”。

上寺头不久前修复了龙王庙，正在修复远近闻名的悬泉寺。据县志记载，悬泉寺建于唐代，庙内有五代十国时期后汉乾祐元年的经幢石刻，有北宋崇宁年间造像石碑以及元代至正四年重修该寺的碑文，石碑虽已残破，却见证了该寺的悠久历史。老人们回忆说，这座寺院兴盛的时候，有僧人一百零八名，庙产土地数百亩。上寺头有个地方叫碾圪垯，是因有过一米半高的巨大碾米石槽而得名，碾圪垯一带曾是寺院的庙产。

当年的悬泉寺，除了满足周边民众的宗教信仰、祈福禳灾、庙会集市，也承担着客栈的功能。在龙王庙的旁边，至今可见一条用青石板铺设的古道，这条古道正是当年供南来北往的行人驻足歇息的车马大道。老人们说，从上寺头到太原，走快点需要七天，走慢点需要八天，悠然自在一点儿需要九天，因此留下一句“七紧八慢九消停”的老话。寺院附近曾有一座古佛池，池水由山里渗出的泉水汇集而成，水源如今还在。这股泉水烧开后不含水垢，经化验为达标的矿泉水。

上寺头的村民，祖祖辈辈赖以为生的手段不只是种地。赵买红的爷爷就曾经是一位多才多艺的老人，会油漆、接骨，还是一名兽医。此外，锁匠和圪炉锅匠人也不在少数。

这样一个美丽的村子，前几年差一点也成了空壳村。撤乡并镇并校后，女人们跟着孩子去上学了，男人们跟着女人出去打工了，许多村庄因此成了空壳，颓废破败，人迹罕见。不见了炊烟袅袅、鸡鸣狗吠，不见了村童嬉戏、河水旖旎，到处是撂荒的土地。腾讯网曾围绕这个全国普遍的现象发起过一个话题，叫“谁的家园在沦陷”，参与者们字里行间对家园的败落充满惋惜和伤痛，读来令人扼腕，但在上寺头，我们看到的却是另外一番光景。

村支书赵买红没有多少文化，不善言谈，笑容中带着一种与生俱来的宽厚善良和木讷质朴，做人却很有些远见卓识。他说：“我修起小学，请来老师，我就留住了孩子。留住了孩子，就留住了孩子的娘。办起了企业，有钱可挣，就留住了村里的男人。留住了男人就留住了一个家庭。留住所有的家庭，我就留住了这个村子，不然上寺头也早成空壳村了。”

为了让我们多了解一点祈雨的细节，赵买红派他的小儿子带着我们沿着当年祈雨的道路走了一遍。

穿过漫山遍野的迎春花，沿着高低起伏蜿蜒曲折的山道，驱车来到云首村。在汩汩流淌的云首河边，我们果真看到了文字里记载的白龙潭，捡起一块石子投进潭中，沉闷的“咕咚”声表明潭水的确深不可测。《云首白龙潭创修龙王庙碑记》一文中说：

……沁东偏北，有聚落曰云首。云首溪水，自西北来，去村二里余，飞瀑直泻，激而成潭。潭方以长，而深则莫能测焉。父老相传，谓为龙潭。旧无庙，吾村亦无祀，岁遇旱魃，邻郡中村之民辄来祷，投石于潭，雨即随应……

碑记一文为其时云首村一名叫邢如人的秀才执笔。

白龙潭龙王庙创修于清乾隆元年，于乾隆四十九年九月初五日重修，之后的命运不甚了了，最终毁于20世纪60年代，如今只剩下一堆废墟。

我们沿山道而上，来到龙王庙遗址，尚有残垣断壁矗立在萋萋榛莽中。褐红色的石块垒砌而成的残墙，孤零零地伫立在正午的天光下，勾勒出苍凉萧索的剪影。遗址上长满了荒草，四周是散落的破砖碎瓦，捡起一块，放在手中摩挲着，仿佛触摸到了当年的明月清风。这里的一草一石，见证过政权的更迭和社会的变迁，经历过云首河奔放的热情和瘦细的凄寂，也镌刻着农业文明由盛而衰的历史轨迹。那一刻，我似乎读懂了什么叫沧海桑田，心底泛起一丝“无可奈何花落去”的悲凉……

远处，有几位农人赶着牲口在耕种，下有三支溪流在此处交汇，一条平坦的公路沿河伸向远方……

上寺头定于2010年四月初二的祈雨活动，距1944年最后一次祈雨，隔了67年之久。有了半个多世纪的间断，已经不大可能完全按照原来的程序一丝不苟地进行了，但想来大体上应该不离其宗，目的在于恢复一种行将消失的民俗文化，而非雨水本身。

希望古老的祈雨民俗能传承下去，成为丰富农村文化的一种方式，成为村民生活中的怀旧味道，成为上寺头儿童心中丰富多彩的美好记忆。这个仪式会告诉后人，我们的先辈曾经这样生活……

作者简介：孙喜玲，山西襄垣人，中国作家协会会员，中国散文家协会会员，山西省作家协会会员，山西戏剧家协会会员。1983年开始文学创作，作品有散文集《心湖云影》《此情可待成追忆》《静思集》《荒村拾遗》《风中的瓦楞草》，长篇小说《尘缘梦断》《岸》《芙蓉山庄》，诗歌集《不死的梦》，音乐剧《三边旧事》等。散文集《静思集》获2009年山西省赵树理文学奖，散文集《风中的瓦楞草》获2018年冰心散文奖。

一人，一城，一生

徐玲芬

一

杭州天生丽质，自古受人青睐。艺术家尤其钟爱，留下无数诗文、故事，更为杭州增添了美感和底蕴。唐有白居易，宋有苏东坡，明有张岱……到了近现代，与杭州结缘的文人墨客就更多了，所谓“一半勾留是此湖”，道出了人们对杭州的无限眷恋。丰子恺更是在杭州租屋，乐做“寓公”，前后居住近十年，缘分可谓深矣。

丰子恺在杭州时写过许多文章，画过许多画，他每每写到杭州，总是一往情深：

“杭州山水秀美如昔，我走遍中国，觉得杭州居家最好……”（1947年1月15日丰子恺致函夏宗禹）

“上海分明已经受着这种改造（把向来的和平可亲的市街改造为危险可怕的高楼大厦），杭州还不会。因此我觉得杭州可爱……”（1934年《市街形式》）

“我的老家在离开杭州约一百里的地方，然而我少年时代就到杭州读书，中年时代又在杭州作‘寓公’，因此杭州可说是我的第二故乡。”（1959年《杭州写生》）

…………

杭州是幸运的，能够赢得艺术家丰子恺先生这么多的赞美之词：“杭州居家最好”，“我觉得杭州可爱”，“杭州可说是我的第二故乡”。是的，再没有另一座城市，能让丰子恺这样倾心，这样一心一意地爱着、念着、牵挂着。

阅读丰子恺的作品，时常会跟着他那些可爱的漫画和随笔到了杭州，坐着画舫，游了西湖，看了湖光山色，读了江南四季，淡妆浓抹总相宜，横看成岭侧成峰。

丰子恺认为杭州居家最好，于是便暂离了故乡石门湾，把红了樱桃、绿了芭蕉之缘缘堂暂且放在一边，借送考、伴读之名，一门心思到杭州做了“寓公”，日与西湖为伴，会友，游湖，写生，作文，度过一段快乐悠闲的好时光。

丰子恺觉得杭州是可爱的，于是，在上海劳作了十天半月，一旦工作告一小段落，便偷闲乘车到杭州来轻松一下。在城站下车，坐黄包车到达新市场时，望见杭州城里一片平广的夜景，心里感到十分地快适。

丰子恺把杭州当作第二故乡，于是，当战火毁了家园，毁了他亲手建造的缘缘堂，无家可归的时候，他第一个想到另觅新巢的地方，就是杭州。

情缘深深深几许？丰子恺与杭州的缘分，很深，很真，很纯且恒久，伴随了他的一生。

二

丰子恺在杭州的十年，有三个相对集中的时期：

第一个时期，少年时，在杭州求学，前后五年。

丰子恺出生在桐乡石门湾，在家乡高等小学毕业后，到杭州投考中学。1914年夏，他考入浙江省立第一师范学校，从此便与杭州结下了一生的缘分。杭州西湖成为他最初的自然崇拜；五年的学习，为他打下了良好的文艺底子。最重要的是李叔同、夏丏尊这两位恩师为丰子恺以后的艺术人生指明了方向。李叔同是他艺术上的启蒙者，夏丏尊又是他文学上的启蒙者。可以讲，丰子恺走上文学艺术的道路，正是从杭州起步，杭州是他一生事业的诞生地，与他始终有着难以割舍的牵扯。

第二个时期，不惑之年，在杭州做“寓公”，前后四年多。

从浙江省立第一师范学校毕业后，丰子恺开始在上海创业，后在故乡石门湾建缘缘堂定居。无论是在上海，还是在石门湾时，他都常来杭州，求师访友，亲近西湖。1933年，缘缘堂落成后，丰子恺春秋客居杭州，冬夏回到石门湾，过了一段陶渊明式的逍遥日子。这样的快乐日子，随着抗日战争的爆发而中断。

丰子恺在杭州做“寓公”，先后租住过三个地方：一是皇亲巷6号，二是马市街156号，三是田家园3号。各处都留下了他赋闲写作的印记。这几年是他人生中最无忧无虑的时期，也是他创作上的第一个高峰期，他创作了大量的散文小品、文艺论著和漫画，先后出版了漫画集、随笔集和文艺论集二十余部。杭州西湖，在丰子恺眼里是一部百读不厌的好书，春夏秋冬，西湖四季，丰子恺都一一领略，赞美之词洋溢在字里行间。

如果说，丰子恺第一阶段到杭州时，是被动地接受，是知识能量的吸收，那么，他第二阶段到杭州，则完全是主动的亲近，更多的是情感的释放。

第三个阶段，历尽劫难后，居杭州“湖畔小屋”，历时一年多。

抗日战争胜利后，丰子恺返回故乡，但家园被毁，他带着无限落寞的愁绪，来到省城杭州寻觅新巢。1947 年 3 月，丰子恺全家迁入杭州静江路（今北山路）85 号的“湖畔小屋”。“居临葛岭招贤寺，门对孤山放鹤亭。”这里环境幽静，门外隔湖正对孤山放鹤亭。丰子恺再一次做起“寓公”，过起了赋闲生活。在此期间，他创作了大量随笔散文和绘画作品。可以说，这是他的又一个创作丰收期。

当然，与前阶段做“寓公”时不同，这时正是国民党腐败统治最黑暗的时期，丰子恺的赋闲，有太多的不得已、不得意。他靠卖画为生，日子过得很艰难。1948 年 9 月，丰子恺携女到台湾旅行，又与广洽法师会于厦门，后经香港，在隆隆炮火声中回到上海，迎接解放。此后，直到 1975 年 9 月去世，丰子恺长住上海达 26 年。

三

新中国成立后，丰子恺虽然一直定居上海，仍时常会到杭州，因为杭州还有许多的牵挂。单单为一件事和见一个人，他就经常赴杭州。这件事就是为弘一大师建墓塔和纪念馆，这个人就是马一浮先生。

20 世纪五六十年代，丰子恺为给弘一大师修建墓塔和纪念馆，多次与在新加坡的广洽法师通信，请广洽法师在南洋募集资金；多次与在杭州的马一浮、黄鸣祥等人商议，劳心费力周全此事。1954 年 1 月，舍利塔落成，但纪念馆最终没有建成。许多年后，在杭州虎跑李叔同弘一法师纪念馆建成的时候，马一浮、丰子恺等人也都早已作古，他们地下有知，也足可慰。

于丰子恺而言，马一浮与弘一大师是他平生最崇敬的两个人，他也深受他们的影响。丰子恺与马一浮最初相识是由弘一大师引见的。当时丰子恺在浙一师读书，尚未出家的李叔同带了丰子恺去陋巷拜访马一浮，之后便一生追随。新中国成立后，马一浮移居于花港公园边上之蒋庄。那时，丰子恺已定居上海，但每到杭州总要去拜访马一浮。在“文革”期间，丰子恺和马一浮都未能幸免。不得自由的丰子恺十年未到杭州，而“一代儒宗”马一浮遭迫害，于 1967 年在杭州逝世。“文革”后期，丰子恺被“解放”后，在学生胡治均陪同下，于 1973 年 3 月，有了一次杭州之行，这也是丰子恺生前最后一次去杭州。

四

丰子恺走了，杭州西湖依然故我，但雁过留声、人过留名，杭州、西湖皆因他的存在而不同。丰子恺与杭州的情缘还在继续。

丰子恺留给杭州的、最让人津津乐道的当然是他独一无二的文与画。他的文与画为美丽的西湖增添了无上的风采，是最宝贵的精神遗产。尤其值得一提的是《护生画集》回归杭州。1985 年 9 月 17 日，丰子恺逝世十周年时，新加坡广洽法师专程来到杭州，郑重地将丰子恺作画、弘一大师等题字的六册《护生画集》原稿共 450 幅无偿捐献给浙江省博物馆。从此，《护生画集》回归杭州，成为浙江省博物馆的“镇馆之宝”。

1998 年 12 月 28 日，弘一大师丰子恺研究中心在杭州师范大学成立，同时举行纪念丰子恺诞辰一百周年学术座谈会，为在杭州弘扬与研究丰子恺的艺术精神搭建了一个新的平台。由弘一大师丰子恺研究中心主持设立的“丰子恺文艺奖”，目前已举办了十六届。

2003 年 11 月 9 日，丰子恺诞辰一百零五周年纪念日，杭州“丰子恺艺术碑”揭幕仪式暨《丰子恺漫画全集》电子版首发式在杭州举行。该艺术碑位于杭州庆春路旁的皇亲苑，丰子恺曾在此租屋居住三年。在此建艺术碑，足见杭州对这位艺术家的重视，丰子恺的艺术精神将在这座城市永久传承。

晓风书屋的丰子恺情结。杭州晓风书屋开办于 1996 年 6 月，至今已在杭城拥有 20 多家分店。该书店经营者酷爱弘一大师、丰子恺，自 2006 年 11 月起特设弘一法师、丰子恺图书与艺术品销售专区，此举得到杭城“丰迷”的积极响应，丰子恺女儿丰一吟曾多次在晓风书屋与书友座谈。该书店的经营理念是：“开有风景的书店，做有思想的书商。”丰子恺的作品也成为书店的一道亮丽风景。

丰子恺与杭州，一个人，一座城，一生情，确实值得大书特书，值得再三品读。

（节选自徐玲芬散文集《门对孤山》）

作者简介：徐玲芬，笔名唐吟，中国作家协会会员，中国散文学会会员，中华诗词学会会员，桐乡市女作家协会主席，凤鸣女子诗社社长，太虚研究会副会长，诗词楹联学会副会长。著有散文集《江南物事》《小镇模样》《桐乡史话》《行走江南》《乌镇人物》《江南情调》《百年太虚》《太虚画传》《门对孤山》《品说楼外楼》等，主编《丰一吟序跋集》《我与丰一吟》《桐乡味道》《桐乡百景》《桐乡市井》《江南女子》《青桐素描》《凤鸣》等散文集、诗集、刊物五十多种。其中，《门对孤山》获得第八届冰心散文奖（优秀奖），《民国廿三年》获得全国首届伯鸿书香阅读奖，《桐乡史话》《小镇模样》获得嘉兴市“五个一工程”优秀作品奖，《江南物事》《太虚画传》两书均获得桐乡市人民政府颁发的文学艺术最高奖“金凤凰提名奖”。

眼前飘来一道鞭影（节选）

丁利

那个春天，雨一场接一场地下，淋湿了大地，也淋湿了母亲的眼睛。

二弟那年彻底放下书包，拎起了马缰绳。春耕的大地上，矮小的他一蹿一蹿走在犁杖前，牵着枣红马，垄沟、垄台上留下他和马不规则的脚印。由于枣红马没上过套，很难驾驭，扶犁的人也很难扶稳蹚直，一鞭子下去，枣红马不但降不住，反倒猛一低头，后腿一个高高的蹶子，二弟咬牙切齿也拽不住发疯的马，常常被甩出老远摔在地里，马儿带着套包脱缰而逃。被抓回的马，被拴在院里的木杆上，倔强的二弟一鞭鞭打下去，枣红马咴儿咴儿大吼，通身是汗，血痕遍布全身。母亲抢过孩子手里的皮鞭，远远撇在地上：别打了！二弟满头大汗，呼呼喘着粗气，望着母亲一言不发。站了好一会儿，再看看被打得遍体鳞伤的枣红马，他伏在马脖子上失声痛哭。

那天，晚饭还是高粱米粥，二弟给马添了料才蔫头耷脑回屋吃饭。他端起一碗粥，没在桌上吃，转身出了屋，蹲在马圈门口，一边喝粥，一边看枣红马吃草。马抬头看看他，眼里有泪在打旋，二弟站起来用手轻轻拂去马的眼泪，把半碗高粱米粥倒在马槽子里，他放回碗，不再吃饭。母亲心疼二弟，又盛了一碗高粱米粥，叫他坐下再吃一碗，二弟摇摇头：吃饱了！转身又去了马圈。

月亮藏在大杨树背后不出来，马儿睡了，二弟也睡了，母亲却没有睡。她又一根连一根地吸烟，咳嗽几声，更显村夜的宁静，再咳嗽几声，月亮旁的云彩渐渐淡去，一束月光打在母亲亮晶晶的脸上。

这一年从春至秋，烈性的枣红马，在一次次撕心裂肺的阵痛中，逐渐脱胎换骨，终于能耕地了，会拉车了，身上的鞭伤一茬又一茬。鞭子打在它身上，疼在二弟心里。它拉犁耕地曾踢飞犁杖，蹚下的田垄弯曲如蛇；它上套拉车，曾踢碎了车耳板，弄得人仰马翻……倔强的二弟每次都皮鞭教训，马流血他流泪，一次次伤痛，枣红马终于稳定下来，它的狂野、傲慢逐渐收敛，也逐渐适应、理解、融入了我们这个贫困的家庭。准确地说，枣红马已经成为我们家忠实的一员。每天见不到它，就像见不到母亲一样，或兄弟姐妹少了一个，心里空空荡荡的。

那年夏天，枣红马在家北的草原丢失了，我们家急忙兵分几路寻找。我也请假离开学校，一路奔东找马。走过杏树川屯，又去我外婆家居住的西艾里屯，也没见到马的踪迹。我到外婆家喝碗水，吃了一个外婆留给我的半红半绿的西红柿，继续往东走，路过靠山屯，再往前走，就是我没去过的地方了，只能边走边打听，也不知走过了多少屯，大概有二三十里地了，时近晌午，走得我口干舌燥。前面有一条河，两岸绿油油的，一朵朵无名的野花点缀其间。草丛里的蝈蝈，天越热叫得越欢，有几匹马在河边喝水，有一匹枣红马就在其中。我像发现新大陆一样跑了过去，到近前一看，很是失望，这倒是一匹小枣红马，可他有颗白头芯，四蹄雪白，我家的马没有这些杂色。我蹲在河边洗洗脸，又躺在草地上听百灵鸟歌唱，心想：百灵鸟啊，别叫了，你快告诉我，我家的枣红马在哪里。百灵不回答，还是不厌其烦地鸣叫。一只刀螂顺着一片草叶爬上我的手臂，我捏住它长长的脖子：告诉我，我家的枣红马在哪里，我知道你不会说话，你用佩戴的指挥刀指指马的方向即可。可它惊恐地从我手里逃脱了！一只赖毛子嘎嘎叫着，在我头顶盘旋。当时正是晌午，烈日当头，只有几匹马在河边的草地上安静睡觉。几十里不见人影，面对如此空旷的草原，我本来有些害怕，加之赖毛子鬼一样地嚎叫，我立即起身，赶往下一个不知名的小屯。大约走了一个时辰，到了一个叫胡家的屯子，记忆最深的是屯西头有一棵老柳树，树上叽叽喳喳住着一群鸟，走到跟前，它们也不飞，还是啼鸣。我口渴至极，无心观鸟，就走向屯西头一户人家。一个瘦瘦的小女孩，手举一棵香蒿秆，在捕捉两只在菜地里翩翩起舞的花蝴蝶，追着追着，随蝴蝶跑出了小菜园，在野花遍地的草丛里嬉戏。她一抬头，一双大眼睛和我相遇。她眨眨眼睛说：叔叔，帮我捉住蝴蝶好吗？我说：蝴蝶飞了，蜻蜓可以吗？她说她爱红蜻蜓，我说那叔叔帮你捉只红蜻蜓。这时，一只红蜻蜓落在一棵大叶高挺的蒿草上，这棵细挺的蒿草比女孩高一头，细细长长的，微风一吹柔柔摆动，怎么摇摆红蜻蜓就是不飞。我蹑手蹑脚地走过去，伸手一下捏住了红蜻蜓的尾巴，它一振翅，头勾回来，想反咬我一口，没有成功，便乖乖就擒了。小女孩一手拿着红蜻蜓，一手搂住我脖子，在我的脸上亲了一下：叔叔，你真棒！我说：叔叔不棒，叔叔渴呀！小女孩拉着我的手，越过篱笆墙，到了她家的井沿。看到那口老井的辘轳把和木质饮牲口的马槽子，我的嗓子更是冒烟。这时，小女孩的母亲睡眼惺忪地走出了屋，问我干什么的，我说大段屯的，马丢了，找马的，口渴了，想喝瓢水。大嫂子一听，二话不说，在井台摇起辘轳把，一柳罐水就上来了，清清亮亮的，映出小女孩和红蜻蜓的身影。大嫂进屋一手拎个脸盆，一手端个葫芦瓢水舀子。我喝了一瓢井拔凉水，又用凉水洗了脸，一下子精神了许多。小女孩对妈妈说：叔叔饿了吧？大嫂又进屋搬出一个小板凳给我，把一个玉米面大饼子还有两棵大葱递给我，我一个劲儿地表示感谢。临别，我抱起小女孩，掐了掐她红扑扑的小脸蛋，她眨了一下大眼睛：叔叔，你家再丢马，还来给我捉蜻蜓吗？

会的，不丢马，也来给你捉红蜻蜓！

在这个屯没找到丢失的马，我却遇到了那个天真的小女孩，还有朴素的大嫂。那以后，我再没去过那个叫胡家的屯子，屯西头的那户人家不知搬走没有，香蒿一样颀长身材的小女孩也早该出嫁、生儿育女了吧。

丢失的枣红马被二弟找到了。其实，它也没走远，就在大段河南边一座山丘下坡和邻村的马群混在一起，过起桃园般的逍遥生活。一开始，它被一群陌生的马追杀、撕咬和踢打，最后它以柔中带刚的谦和、急中生智的敏锐赢得了这群马的认可，还赢得一匹黑色公马的爱情，不但与大家和平相处，还其乐融融过起有爱有情的甜蜜生活。

我们找马，就是盲目地走村串屯，二弟不是这样，他先分析马走失的原因。春天，正是情感萌发的季节，枣红马不爱吃草，情绪波动，总是四蹄不停扒地，无名的咴儿咴儿怪叫，在野外见到公马，它更是异常兴奋，跑来跑去，发出咴儿咴儿的呼唤。这些只有二弟知道，但他没说。马行走的足迹、马的粪便、马的气味、马的声音，他都能辨别。枣红马丢失以后，我们像无头的苍蝇一样四处乱窜，二弟却不是这样，他先到家北马儿常去的草场，去河边，通过它的伙伴，甚至通过风向，探寻马的去向。

他从家北顺着流淌在草原上的一条河寻找，走到家西，再绕向家南。马很少独行，没有马群的地方不会有枣红马的踪迹。二弟挽起裤腿，蹚过一条浅水河，在山北坡，听到了南坡群马的嘶鸣，闻到了马粪混合草芽的味道，他断定丢失的马可能在南坡。于是，他抹了一把脸上的汗珠，撩起河水洗洗脸，脚下一只青蛙扑通跳进河里，一个猛子，没了影。二弟不理它，大步流星走向山南坡。在南坡，果然有十几匹马在一处低洼浓密的草丛里静静吃草。二弟远远地看见枣红马正和那匹黑马卿卿我我、耳鬓厮磨。他咴儿咴儿吆喝几声，其他马儿无动于衷，只有枣红马抬起头，竖起耳朵，颠颠地向二弟跑过来，二弟也向它跑了几步，之后就站在一块盐碱地上静静等候。枣红马围着二弟转了一圈，扬扬脖子，甩甩尾巴，就用嘴巴拱他的身子，一下又一下亲昵着，像久别的亲人一样。二弟给枣红马戴上龙套，从南山坡把它牵回家。一人一马在夕阳中的倒影印在飘香的大草原上。那匹黑马恋恋不舍，跟在后面，跟出去很远，才仰天嘶鸣，返回马群。

枣红马是不让骑的，可以拉车拉犁，就是不让骑。驯马的当初，村里不少有名的骑手也曾骑上它，但都被它低头扬蹄甩了出去，后来村里再无人敢动驾驭它的念头。

屯里有狗叫，不少家亮起了灯。二弟牵马进了院，马背上驮一捆青草，父母亲脸上的愁云即刻散去了。那天晚上，我们家饭桌上是高粱米粥，还有咸葱叶炖土豆，我们吃得可香了，有过节一样愉悦的气氛。

二弟还是端着碗出了屋，在马圈外一边看马咯吱咯吱吃草，一边哧溜哧溜喝粥，老弟小庆、老妹小梅也端碗出去看马吃青草。门口老杨树上落了一群麻雀，叽叽喳喳，打打闹闹的，就像我们肩挨肩长大的兄弟姊妹一样，屋里屋外你追我赶，这才是个家，一个有滋有味的家。父母那时候一个个把我们养大，愁吃愁穿愁住，如果没有这群孩子，那贫困的日子怎么能熬得下去呢？那个年代，孩子多是负担，也是父母生活的信心和信念。枣红马也是一样，它不仅是我们的家底、靠山，更是我们不可分割的家庭一员。

紫云染透了黄昏，喜鹊飞落到窝里。淘气的邻居伙伴二坤子，把一个土块投到大杨树上，喜鹊没动，一群栖息的麻雀呼地弹片一样四散飞去。

几片树叶飘落到马槽里，枣红马抬头看了看大树，埋下头，继续吃草。

作者简介：丁利，中国作家协会会员，吉林省作家协会全委会委员，中国散文学会会员，鲁迅文学院第十四届中青年作家高研班学员，吉林省白城市作家协会主席，《绿野》文学季刊主编。作品多次在《人民文学》《中国作家》《作家》《文艺报》等报刊发表。其中，散文专著《远去的村庄》获吉林省委、省政府第十一届长白山文艺奖；散文随笔录《鲁院日记》，开创了鲁院建院60周年学员创作之先河，被省作家协会推荐参加第六届鲁迅文学奖评选。散文《我的村庄　我的母亲》获孙犁散文奖，散文《鸟知道》获《人民文学》美丽中国征文佳作奖。

寻找二弟

无为

一

我有个二弟，这是确信无疑的。不能确定的是，二弟现在是否还在这个世界上。

二弟给我最清晰的印象，是他那张婴儿的面孔。脸蛋白白嫩嫩，额头布满胎毛，眼珠子又黑又大，几乎装满眼眶。我从小就认为二弟是长这个模样的。后来，当我看到别人家的婴儿也是长这个样儿时，我总会说，这娃长得太像我二弟了。再后来，我渐渐长大，才意识到婴儿其实都长这样子。我为此很失望，也恨自己没记住二弟后来的模样。

记住他那张白嫩的婴儿脸，是在小时候一个天气暖和、阳光明媚的秋日里，我抱着他坐在大门口的涝坝边上的时候。记忆中，身边是打谷场，堆有沉甸甸黄澄澄的谷穗，涝坝里装着很满的雨水，涝坝边上有棵绿茵茵的杏树。我属龙，一九六四年农历十一月生，二弟属鸡，当时大约是四十天的婴儿。这么推算，那时候应该是一九六九年的秋天，我的年龄大约是四岁九个月。我曾经读过一位易经专家的文章，说人只能记住五岁以后的事情，能记住五岁之前事情的都是天生才俊，看来这位易经专家失算了。

不足五岁的我，抱着刚出满月不久的二弟，在我的故乡陇东地区，这叫作虱子抱卵蛋，有些勉强和硬撑着的意思。那时候，二弟之上已经有了我和大妹大弟，母亲刚出月子，拖着一堆连爬带滚的儿女，没法参加生产队劳动，就在家里侍弄半亩自留地里的庄稼，我的虱子抱卵蛋，能腾出她的一双手来。模糊的记忆里，我怀中的二弟，多是闭着眼睛睡觉，睁开眼睛哭闹或拉屎尿的时候，母亲才会走过来伸手揽走他。那年的秋末，雨水很少，阳光灿烂，天气温暖如春。

一天午后，天空有大雁南飞。我又一次蹲坐在涝坝边上的杏树下，怀里抱着二弟乘凉。那天父亲似乎也在家，我隐隐约约记得他和母亲的身影在谷场上晃动。二弟在我怀里突然就不安分了，咧着嘴巴哭叫，一只小手冲涝坝里摇晃。我可能以为是二弟想要涝坝里水面上跳动的一只水蚂蚱，就要给他去抓。手刚一松，二弟就从我怀里滑落出去，滚进了涝坝。记忆中残存的是以下这样几个碎片：父亲的两条长腿飞似的从我的眼前晃过，一只大手像抓一只落水的鸡，从涝坝里把二弟提了出来，之后我的屁股就感受到了重重的巴掌，我的哭声就淹没了那个阳光明媚的秋日午后。听到我家又哭又喊的，不远处的山坡上给生产队收割粮食的几个女人都很惊恐地跑过来。其中一个抱着我的二弟说："这娃左眼下有个滴泪痣的，男左女右，命不太好啊，怪不得这么小就遭这么大的祸。"我母亲听了立刻就又哭起来。还是我二伯母会说话，她斜倚在我家门框上，一遍又一遍地安慰说："滴泪痣只要不往大里长就没事儿。这娃大难过去了，必有后福的。"我母亲就不哭了。究竟会有啥后福，我也想不出来。

不久，二弟就被陌生人抱走了。

当时天气似乎很冷，我穿着单薄的衣衫，身子在明媚的阳光里不停地哆嗦。二弟好像还不能走路，算起来应该是他溺水涝坝后翻过年的初春。

我家在陇东山区一个山湾里，周边就两三户人家十来口人，日子过得缺吃少穿，狗都难得有叫声，平日里总是静悄悄的。一天，家里突然来了好多人，有的戴着口罩，有的把口罩塞进衣领里，外面露个白细绳子，后来我才知道，他们都是干部和工人家的人。家里吃了长面，菜盘里有粉条和肉，二弟的黑顶子地主帽被换成了虎头帽，衣服上也有老虎的斑纹，屁股上还有根长长的老虎尾巴，似乎二弟被这些人给弄成了一只小老虎。一群人出门时好像还放了一串鞭炮，震得沟里的崖娃娃（回音）叫唤了好长的时间。二弟被一个戴白帽子的女人抱在怀里，脸还是那张婴儿脸，笑呵呵地吃着手指头。人群走下我家门前的山坡时，送行的就剩我和父亲两人了。母亲站在门前涝坝边上，抱住杏树哇哇大哭。我意识到母亲舍不得二弟，就抓住抱我二弟的那个女人的手不放，父亲不知为何，也扯住我的另一只手不放。我开始哭闹着说我不让二弟走，父亲就把他的铁钳子一样的手指猛地一捏，我的抓着白帽子女人的那只手就松开了。

之后听大人们说，二弟给到了北面镇原县姓李的人家。

二

接下来好几年的日子里，我时常听到父母嘴里念叨说："把碎娃给到了一个工人家。"他们说的碎娃就是我的二弟。"碎"在我们陇东方言里是小的意思，碎娃意思就是最小的娃娃，是对刚生下来的婴儿的爱称，也是还没确定正式的乳名前普遍采用的临时称呼。二弟在父母没来得及起好乳名时给了人家，碎娃这个称呼就成了我们一家人心里他的正式名字了。说起把二弟给了一户工人家，母亲总是眼泪汪汪的。父亲却有些不以为意，甚至还有些自豪。父亲的自豪大概有两层意思：一是工人能挣工资，自己的一个儿子可以过上好日子了；二是工人是公家的人，从此以后在公家的人家里有了自己人，就跟朝廷里有人差不了多少。

有一年过年，我们家里突然来了个不认识的亲戚，工人打扮的四十多岁的男人，父亲说是碎娃他爸。这对于我们山沟里这样一户穷人家来说，无疑是贵客临门。父母激动得一遍遍地让我们喊“表父”，我们也没白叫，都拿到了几粒糖果和花生。这位表父是下午骑着一辆崭新的飞鸽自行车来的，听他说是翻山越岭没少受累。住了一夜，第二天中午离开了我家。其间聊天我们才知道，他叫李为学，在青海西宁市当建筑工人，也是过年才能回到镇原县李家庄的家里和老婆娃娃团聚十来天。至于二弟碎娃的近况，他拿了一张黑白照片给我们看，上面是一个骑在木马背上的小娃娃，脸蛋又白又胖，看着跟棉花团子似的。母亲端详完照片，偷偷地跟父亲说：“那颗痣没有往大里长。”听这位表父说，自从二弟进了他家门，牛奶和饭里边的肉臊子就没断过，白面馍馍放开吃，他老婆不下地劳动挣工分，专带碎娃的，家里养了只奶羊供二弟奶水。听得我们把口水都快咽满了肚子。他带来一帆布提包油饼，估计有十多个，是准备给我父亲三兄弟家的礼物。按我们陇东乡下规矩，客人走时才能打开包放下礼物，这可把我们兄妹几个给馋坏了，都有意无意地往那个帆布包跟前溜达，没少让父亲警告和吓唬。我大弟胆了大，老想对那个包下手，被母亲单锁在一个窑洞里一夜，屎尿都没送出门来。表父离开的时候，是我推着自行车送他上的塬。分开时，他伸手摸了摸我的头，往我衣兜里塞了两块水果糖。

他走后我家就热闹了。弟妹们都长大了些，能七嘴八舌和争争吵吵了。我们经常谈论的话题是，二弟碎娃现在吃的什么喝的什么用的什么。我们用所有能联想到的，包括在生产队大场里看过的两场电影里国民党特务家里的生活画面，去丰富二弟现在所享受的生活。

“为什么不把我送人？”

我们兄妹都争相问父母这个问题。

母亲说：“人家没儿才抱养别人家的娃，哪能轮到你们？”

我的几个妹妹就不吭声了。

“为啥不把我给人？”我觉得好事情轮也得先轮到我的头上。

“我们赵家能把大儿子给人？”父亲说得理直气壮，意思我这个长子是将来要顶门立户的。

我虽说有些遗憾，可听到这话也算是一种安慰。

“那总该轮到我吧？”大弟脑子发育得早，上嘴唇上还掉着鼻涕，就已经知道维护自己的利益了。

“一个儿不算儿，两个儿才是儿。”父亲说得洋洋自得，意思是他有两个儿子在手上才是双保险。

这样我们兄妹们都泄气了，都学着大人们的口气，哀叹自己命不好，没有运气生在二弟那个位置。

夜里，我时常能听到父母谈论二弟的彩礼钱的事情。大约是说，二弟碎娃给人时，李家给了八十多块钱的彩礼，脖子上还拴了块银圆。钱由父亲掌管着，银圆归了母亲。他们说，这八十多块钱顶城里一个老工人两个月的工资，经常悄悄算计这钱怎么开支，有时候还为这事儿吵闹和哭泣。一次，父亲执意要让母亲拿出那块银圆卖了零用，母亲不肯，说那是她十月怀胎换来的，是她的一个念想，为此俩人打了一场恶架，母亲的脸上开了口子流了不少血，头发被揪下来好几绺子。

三

最艰难的一九七四年来了，那是我这辈子唯一饿过肚子的一段日子。年过后，我家装粮食的木柜里就快见底了，二三月份只能吃米糠，吃定量红薯片，吃得大弟尿不下，妹妹们走不动路。我吃红薯片还莫名地呕吐，能呕出肠子。这个时候，一家人不约而同地有了一个想法：去一下二弟家，看能不能带回来些油水。

母亲说，说好的十五岁前不能见面，不然娃就认了亲爹妈，现在去了怎么好意思进人家门。父亲就骂母亲死脑筋，说去了不认咱娃这个儿子，就说是远亲上门不就行了，一家人命都保不住了，还顾啥脸面。最后商定由母亲去。家里硬撑着给母亲做了件新上衣，说千万不能让人家看出来是日子过不下去才上的门。还打算带一筐苜蓿菜，去了就说知道你们日子好，送这个来为取肚子里油腻的。父亲还交代：能多待一天就多待一天，磨蹭到收上新麦了回来更好；回来时一定要带回几个油饼来，就说不是家里没有，而是你们手艺好，做得实在太香了，我们赵家几辈子人，闻都没闻到过这么香的味道。兄妹们听着这事儿了，都争着要跟母亲去，最后父亲决定我和最小的妹妹跟着去，理由是小妹还在吃奶离不开母亲，我人大些有力气，可帮着提一篮子苜蓿，回来时可以背油饼和其他好东西，还能帮母亲在路上打狼打狗。我当时就高兴了，偷偷地拿出自己心爱的红缨枪练刺杀，准备带在路上当武器。红缨枪是在学校里当红小兵演习抓特务用的，由一根木棍雕刻成，枪头刷着银粉，脖子上绑着一绺染成了红色的麻线。我练习时用力过大，一使劲儿枪头戳在土墙上折断了，气得我不吃不喝只是哭泣。父亲看我可怜，就从生产队里弄来一个木把铁尖的真梭镖让我扛在了肩上。怕弟妹们闹着要跟去，我们天没亮就偷偷地出门了。路上没遇着狼狗当道，倒是提一筐苜蓿菜累得我头晕眼花。午后翻过一道深沟时，我实在累，就坐在地上不动了。母亲吓唬说有狼，我说我不怕，我有梭镖。母亲抱着小妹先走了。他们刚走一会儿，一群老鹰突然飞过来在天空盘旋，把我吓得当场就夹不住尿了。我听村里人说过，老鹰盘旋的地方，都会有死了的小娃娃被野狗从土里刨出来。我赶紧站起来提着苜蓿扛着梭镖追赶母亲。我还向空中张牙舞爪了几下，让鹰们知道我是活着的。天黑时分，我们到了二弟家。

我们最先见到的是二弟的养母，那个以前戴着白帽子来我家抱走二弟的女人。她认出我母亲后，脸一下子由白变红。她伸手接住我手上的苜蓿菜筐子，没提进屋里，而是直接搁到了大门旁边拴着的一只奶羊跟前。我吓得没敢吭声，母亲嘴里唠叨说，那筐苜蓿有多好，二弟的养母没说话，伸手指了下奶羊身后长得黑油油的一大片苜蓿，母亲就再不吭声了。二弟已经是一个满院子活蹦乱跳的小男孩了，穿得衣帽很整齐，不像我那么大时还光着屁股。脸蛋还是白得跟面团似的，眼珠子也黑，就是面相变了，我母亲悄悄跟我说，他长得跟我小时候一模一样。他的脖子上挂着银项圈和银锁，名字也由碎娃改成了拴存，大约寄托着他父母的宠爱和不舍。母亲没敢去抱二弟，老远瞅着说："这娃长得俊，一看就像李家的人。"这是出门时父亲再三叮嘱的一句话，说他们家人听了会很高兴。他的那个叫李为学的养父不在家，有个姐姐名字叫红香，印象中背个书包上初中，比我高出一头，从来不跟我们说话。家里是新窑新房，洗脸的脸盆搁在一个铁架子上，擦脸的毛巾雪白，不像我们兄妹围着一个瓦罐洗半罐子黑水，抢着拿我母亲的头巾擦脸。刚去我就惹了祸，我误用了红香姐姐的毛巾，她放学回家发现后又哭又闹。第二天，我没再错用她的毛巾，她回来后也死活说我用过了，整得她母亲连着给她换了三条新的。母亲也惹了麻烦，她趁给三妹喂奶的机会，哄着给二弟喂了一口奶，还借机细看了一下他左眼下的那颗痣，兴奋地跟我说痣没往大里长，可吃奶的事情让二弟的养母知道了。这还了得，亲娘的奶能接上血脉的，二弟的养母当场就暴跳如雷。我母亲哭着求饶，差点儿下了跪，她的怒气都消不下去。我觉得第二天她肯定得让我们滚蛋了。第二天却没见动静，二弟养母的脸上也没了怒气，还变得笑嘻嘻的。原来是二弟看到我擦屁股用土坷垃，夜里在被窝里能闻到屎臭味儿，闹着不和我在一个炕上睡觉了。这让他的养母觉得自家的条件很优越，足以吸引住儿子，一口奶并没影响到她们母子的亲情。我母亲知道了却很生气，背过人了叹着气给我说："天生就是人家的儿啊，一口奶哪能认回来。"

我想不出什么招数能吸引二弟亲近我，听他养母嘴里唠叨说，家里男人长年不在，尽受人欺负，就悄悄问二弟，村里有没有娃娃欺负过他。二弟说他去生产队里的麦场，路过几家门口，老有娃娃朝他扔土块，有些还追着他屁股后面扔，追到大门口往院里扔，还有人家的狗也扯着绳索冲他汪汪。一听这话，我就不由得愤怒起来，提起我的木把铁尖的梭镖，拉着弟弟就往门外走。十岁的我已经是个小大人了，虽说身子瘦如麻秆，破裤子短得裤口都快遮不住膝盖了，可走在幼小的二弟前边，还是雄赳赳气昂昂的。我拉着二弟经过那几个门口，娃娃们老远就跑进门里，藏在门扇后面。胆大的伸出半颗脑袋，傻傻地瞅着我们。狗们都夹起了尾巴，大气都没敢出一声。二弟自始至终都抱着我的一条胳膊，显得又紧张又兴奋。回来后，二弟悄悄递水果糖给我吃，夜里还拉我跟他一起睡觉。

一天，我提着梭镖，带二弟去看生产队里打井，路上突然发现路边草丛里有一支圆珠笔。天哪！那个时候，对于我这样一个爱学习的山里穷娃子而言，这无疑是天降宝贝。我没有任何思考，冲过去拾起来就揣进了衣兜里。走了几步，觉得危险，后面有人追来问怎么办，于是很聪明地弯下腰，把圆珠笔塞在了右脚的鞋帮里。因为兴奋，我忘了瞅二弟的表情。走了没有几步，一个人气喘吁吁地追了上来，问看见他的圆珠笔没有，我说没看见。那人不信，说他在这地方蹲着系过鞋带，我红着脸，还是说没看见。这时候，我二弟出声了，圆乎乎的小手指头往我右脚一指，说："在鞋里头塞着。"那人一把推倒我，从鞋里找出那支圆珠笔，用我的鞋冲我屁股打了十多鞋底子，然后扬长而去。

我偷圆珠笔的消息在他们村里传开了，我们再也没法待下去了。回家时带没带油饼我已经忘记，印象中我们回来后的好长一段时间里，家里再也没人提起二弟。

四

我的故乡草峰塬上，在一九七九年底完成了土地联产承包，农民的日子开始好转，都能吃饱肚子了。这时候，家里又开始有意无意地提起二弟。话题主要是，现在土地包到了自家，二弟的养母再不能像以前那样享清福了，种起地来肯定很狼狈。农民也能进城搞建筑盖高楼了，二弟他爹李为学那样的建筑工人，其实也没啥了不起。我不停地给父亲提建议，家里盖新房时，一定要盖成砖的，要弄得比二弟家的土坯房子更阔气。其实这时候只是多收了点粮食，也就刚能糊口，人们就已经高兴得忘乎所以了。为了经营好分到手的几十亩田地，三个妹妹都辍学回了家。我初中毕业考上了城里的中学，可没钱买被褥，母亲无奈，舍出了她私藏的二弟离家时挂在脖子上的那块银圆。我拿着去卖给了公社的一个什么部门，而不是银行。银圆上的老头儿，肥头大耳，一脸的伪善。收银圆的干部用两根手指捏着银圆，放在嘴边一遍遍地吹，吹得银圆转起来后，伸到耳朵跟前听，听得觉得没问题了，就递给了我八元钱。

那年暑假期间，有一天刚吃完午饭，山后边相邻庄里的田婶来了我家。田婶的娘家在我二弟的村子上，她每次都能带来些消息。

“你们碎娃他爹死了。”田嫂说。

正在盛饭的母亲听清后，手上的一碗面条连碗落在了锅台上。田婶继续说，李家门口放着好多的大花圈，她老远就能看到，唢呐吹得呜呜咽咽的，她在她娘家的院里听得清清楚楚。看热闹回来的娃娃说，碎娃他爹是不知被什么东西给砸死的，下葬时，他女人哭得裤腰带都快从胯骨上滑下来了。

“弄不好你们的碎娃得送回来。”

田婶说完，叹着气回了家。

那天晚上，我们一家人几乎一夜未合眼，因为都对挨饿心有余悸，两个还不懂人事的小妹，一听说家里要增加一张吃饭的嘴，就露出害怕甚至恐惧的神情，仿佛有饿狼很快会冲进家里来。夜里，父母一直在说话，旁边窗台上的煤油灯火舌一吐一吐的。他们说，孤儿寡母的肯定过不下去，再嫁人肯定不缺儿子的，咱们的碎娃一定会送回来，没人养活别人家的种的。说刚分完承包地，回来就是个黑户，跟别人家比又得吃少分四五亩田地的亏。弟妹们都辍了学，二弟回来后怎么办呢？母亲叹息说：“享惯福了，细皮嫩肉的，回来了肯定受不了这份儿罪，还是去学堂里先躲几年吧。”父亲说：“把他想得美，在我跟前受了一茬老罪的都在地里抡锄头的。”母亲就不吭声了。其实，这时候我的心里很紧张，我怕父亲说我的身材已经长得够高大，回来干农活正好，让二弟去学校再混几年。父亲没这么说，我的心里轻松了不少。再后来，我就听到父亲白天夜里常常叹息，为二弟回来后，家里今后的日子怎么过而犯难。我们家七口人守着的两孔窑洞，还是在爷爷手上修的。屋里能值几个钱的家当，就是两个窑里靠墙放着的两条木柜，一长一短两件皮袄，再就是锅台上残缺不全的一些锅碗瓢盆，土炕上几床破烂不堪的被褥，蹲在院墙根上的那几只东倒西歪的水桶、粪筐和几条扁担。父亲经常说，我和大弟将来一人一个窑洞、一个木柜、一件皮袄，他自己有能力再挖两孔新窑洞和我母亲居住。至于娶媳妇的彩礼，父亲更是胸有成竹。三个妹妹一定要嫁到地形平坦的塬上，彩礼自然要低点的。我们家在山里，娶媳妇彩礼肯定高，可不管它彩礼再怎么涨，嫁出三个总能娶回两个来的。二弟将要回来，一下子打乱了父亲的治家计划，他变得垂头丧气的，整天无名火发个不停。最小的两个妹妹不懂事，都觉得二弟要回来是一件有趣的事情，狗一汪汪，她们就争着往门外跑，没见门前的山坡上有人拖着小娃娃上来，就都显得很失望。有时候，她们还会故意大喊着吓唬父母说已经到门口了，母亲常常惊慌失措。父亲则沉着冷静，说人刚死，怎么也得过了三七（二十一天）才会把娃送回来。母亲说，都长成大小伙子了，可能是有些舍不得，毕竟擦屎倒尿地喂了十年了。父亲驳斥说，寡妇拖两张嘴嫁谁去，她亲生的那个闺女，人家养不养都难说，还能养别人家的闲种？

又过了两天，一家人正在院子里打碾谷穗。母亲忽然跟父亲说：“这把儿子送回来，又要讨回那八十多元的彩礼钱怎么办？”父亲听了，当时就愣在了那里。我的心也开始突突乱跳，心想，人家会不会要回那块银圆？母亲继续说，养了近十年，米面没少吃，还穿了好衣裳，活成了人上人，不要抚养钱已经烧高香了，送来的彩礼哪能不要回去。说现在家里的日子好了些，多吃点菜省几袋子粮食卖了，也差不多能还上那八十多元。一旁的父亲早已听得额头上的青筋暴起了。他扯着嗓子红着脸说：“给人当儿不要钱吗——他想得美！”父亲连说了几遍，脸也变成了“猪肝”，还伸手抓起一把镢头执在手里，冲门口乱晃，意思是送二弟回来的人，谁胆敢讨要彩礼，他就会让那个人从这个门站着进来，躺着回去。

三七过了好几天了，没等到二弟碎娃被送回来，却等来了田婶。田婶进门就讨饶，说是她老眼昏花看错了，又听了娃娃们的胡说，不是我二弟碎娃他养父李为学死了，是李为学的哥哥在公家煤矿上出事死了。又说，前一阵子来了新政策，二弟一家母子三口全转了城市户口，都搬到西宁市住楼房当城里人去了。

“别说了——”父亲厉声呵斥她闭嘴。

田婶每次来，我家都会好吃好喝招呼款待她的，这次没理她。

五

一九八五年，我二十一岁，在部队提了干，这对于我们家来说，是天大的喜事。

这年七月，我回家探望父母，赶在了夏收时节，乡里学校放假，政府关门，到处都在心急火燎地割麦碾麦，村里显得人多又热闹。我们家已经从深山湾里搬迁到了平坦的塬上，一家人都住上了新窑洞新瓦房。听说我提干当了军官，村里老老小小的都跑到我家来看稀奇。他们抚摸我的军官服，试戴我的大盖帽，我也很自豪地给他们发着带回来的糖果香烟。记忆中，那是我们家最热闹的时候。

来的客人中有一个是我的远房爷爷，我二弟送人家是他做的媒。他看到我有了出息，我们家的光景好了，就很有感慨，指着我父亲说：“你家的碎娃如果在的话，肯定也能当官儿，那可是个好苗子。”说得一屋子的人都愣了，都问我父亲是怎么一回事情。父亲低头沉默不语，母亲和我也无言以对。客人走后，父亲悄悄问我：“你估计咱们送人的那个碎娃现在弄啥事情？”我想了想，说：“不到十七岁吧，大概高中刚毕业，没考上大学的话，有可能接他爹的班，当了工人。”问完话没过两天，村里就有传言，说我们家原来穷得很，把儿子都卖给了别人家，现在竟然也上了大学。我回去责备父亲不该乱说，他把眉头一皱，说：“肯定是八九不离十，你辍了学都能提干当军官，他家那么有钱，怎么上不了大学？”父亲还鼓动大弟说：“你也是初中毕业，抓紧弄个民办老师当当，以后找个机会转了正，把我们家的穷根拔完算了。”我母亲听不惯我父亲的那些大话，就跟我说：“一家人就你在外边，你去找一下咱们的碎娃，看他到底在干啥，别再叫你爹到处胡谄了。”我很爽快地答应了。

为此，我提前离开家几天，计划从平凉返回张掖部队，经过兰州时转车先去西宁。路上思来想去，却顾虑重重，到兰州时竟没下车。我一个小排长，拿着可怜巴巴的一百来元工资，守在张掖这么个小县城里，住着集体宿舍，吃着大食堂，能跟人家西宁市里住楼房的省城人家比吗？去了肯定还是得看人家白眼。说不定二弟的确考上了大学，见了面也会小看我这个哥哥，还是过几年等自己进步了再去吧。接下来的几年里，我努力往兰州调动工作，努力在大城市找对象，终于在一九九〇年调进了省城，过上了有妻有女有房有家的省城人家的幸福生活。这年的秋天，我穿着佩戴有少校军衔的军装，很自信地带着一家人去西宁市找寻二弟碎娃。为了显得风光些，我们特意在市区租了一辆当时来说很上档次的桑塔纳轿车。我们按二弟的养父——那个我们叫表父的李为学口头说给我们的单位“西宁市建筑公司”找寻，吃惊的是竟然找不到。一路问寻，得到的答复是：“西宁市有好几个建筑公司，你找哪个？”原来用这名字的有国营私营股份几个不同单位，最早国营的那一家早倒闭没了影儿，地盘都搞开发盖了高楼，老员工都各奔东西了。无奈返回，我只能电告老家的大弟，让他去镇原李家庄找寻线索。大弟去了，找寻回来一张二弟碎娃的五寸黑白全身照片，还有一条惊人的消息：二弟前些年已在西宁市溺水身亡。

这张黑白照片邮递到兰州我家时，我一个人关起卧室门，长时间地细细地做了端详，没有眼泪，只有叹息。二弟的五官和我的太像了，也是黑粗眉毛，国字脸，眼神似乎也是冷中带些忧郁。我从他的眼中看到了一种无法抗拒的亲情，我觉得我与照片上的这个人的心是相通的，我相信他就是我的二弟碎娃。与照片同时邮来的是大弟的一封信，大意是说二弟命不好，有安慰我的意思。夜里又细看照片，隐约能看出他左眼下的痣，有些变大。我不相信这些，可又觉得他的死，与小时候从我的怀里落入涝坝中存在着某种神秘联系。之后好多个失眠的夜晚，我都在深深地自责。如果早几年去找寻二弟，一家人续上骨肉亲情，或许能影响或改变他的生命轨迹，使他逃脱厄运也不是没有可能。我为自己的自私和虚荣深深地忏悔。

六

二〇〇三年，我从部队转业，回故乡探了一次亲。

回家后，看到才六十岁的母亲已经发如霜打，头脑开始变得迟钝，肢体动作也迟缓起来，我意识到她老了。一天，她无意中给我讲了一件事情，说是有个小伙子很像以前给了人家的那个碎娃，这几年常从家门前经过，每次都进门歇脚，她都好吃好喝地招待。

“咱们的碎娃左眼下有颗痣的。”我轻声细语地说了这么一句，意在提醒母亲，二弟已经不在人世了，别胡思乱想。

“现在电视上天天广告激光取痣，他家那么有钱，还能留着那个没福气的东西？”

我听后吃了一惊，原来在母亲的心里，还是没有完全接受二弟已经溺水身亡这个事实。我不好跟她争辩，或者用道理说服她，怕惹得她更加痛苦和伤感。

春节前夕，家里来电说父亲有病住院了，我又一次急匆匆地回了老家。说来也巧，进家门正好遇上母亲正在招呼那个像二弟的小伙子一家人吃喝。看着还真有些像，只是脸上多了些油滑之气。吃的是臊子面，汤里的辣子油厚得一口吹不透，一群人吃得过瘾，嘴里吸溜个不停。母亲侍候他们很专注，都没意识到我已经进门好半天。我问这小伙子籍贯姓名，家住何处，他支支吾吾，说不出个所以然来。

“骗傻老太太混白饭是不是——”

我肚子里一下子升腾起一股无名之火，拉起脸就呵斥他马上滚。他没辩解一句，就灰溜溜地带着老小出了门。立在锅台边上的母亲没吭声，发了半天的呆，眼眶里滚出一串泪珠。我想安慰她，却不知从何开口。随后对我的长时间冷漠，无疑表明了她对我的怨恨和不满。看来这二弟的事情并没有因为“溺水”而尘埃落定，还得继续寻找下去，不然母亲这辈子是死不了这条心的。

我转业后选择了自主择业，年年要去青海省军转办报到，去西宁找寻二弟的机遇有如天降神赐。翻过年后，就横下心来继续做这件事情。这次我做好了打持久战的准备，打算在西宁市里转悠几个月，挨门挨户地找，地毯式搜寻一遍也未尝不可。西宁地处高原，春天阴冷异常，又遇着了雨夹雪的天气。办完报到手续的第二天，一大早我就撑着伞出了门，眼前高楼林立的城市，在漫天的雨雪中变成了一个亦真亦幻的世界。去了五个西宁市建筑公司，出入了好多家破平房和几十层高的拆迁安置大厦，走访了不少拆迁户住的出租房，见过许多镇原县的老职工，没得到李家庄老工人李为学或青年工人李拴存以及他家人的半点儿消息。几天以后，我开始有些绝望，瞅着雨雪中穿城而过的湟水河发起了呆。西宁城里能让人溺水死亡的地方，大概只有这条河了。我问路人：“以前有没有见过有个小伙子溺水？”他们多摇头说不知道，眼神中能看出怀疑我神经有些问题。在那些雨雪霏霏的日子里，我去了当地的殡仪馆，看了许多贴有年轻小伙子照片的骨灰盒，细细地找寻他们中谁的左眼框下长有黑痣。遗憾的是，一无所获。每次回到旅馆时，我都是顶着一头雨雪，脸上的雨水泪水时常浸入嘴里，满口都是淡淡的苦涩。

后来，我遇上一位老太太，她说认识好些个镇原籍的工人家属，如果能提供姓名，可以帮着打问一下。我只记得二弟的养母戴个白帽子，于是打电话问母亲是否记得。母亲知道我在西宁寻找她的碎娃，电话里就开始哭泣，说她从来就不知道二弟养母的名字。还说，她前不久夜里做了一个奇怪的梦，梦中看到一个五六岁的胖男孩儿在她的眼前跑，模样非常像六岁时的碎娃，脖子上戴着好看的项圈和一只银圆。这胖男孩儿边跑边回头向她招手微笑，跑了一段路后，大声跟她说：“妈，你们别找我了，我早已经托生到这家里了！”说完就跑进了旁边的一扇大门。她走过去看，那门是大红色，上面有一大片钉头，伸出两只虎头，嘴里咬着个很大的铁环，门口还蹲着两只闪着金光的狮子。她没去敲门，而是老远冲它抱拳作揖，嘴里说：“这就好了，这就好了！”说完就笑呵呵地转身往回走。后来梦就醒了。母亲说完后，泣不成声，交代我去找那个大红门和那个光屁股的男孩儿，说是找到了，她要亲自去西宁看他一次。

于是我见人就问：

“西宁市里有大红门的人家吗？”

“门上要有铆钉门环。”

“门前要蹲有发光的石狮子。”

得到的回答都是：

“现在城里哪还有这样的大门。”

“走路都放不下脚，哪还能有地方蹲石狮子。”

“虎台一带可能有，都是新修的四合院，不是省级老干部，就是大老板。”

我于是急忙赶往虎台一带。转悠了近一天，的确找到几户有这样的大门，可没见门前蹲有石狮子，更没看到母亲梦中那样的光屁股小男孩儿出入。一天晚上，我老远看见一扇门前有发光的金狮子，我的心就抑制不住地在胸腔里颤抖。走近一看，狮子是用磷粉画在瓷砖上的，贴在门口的墙脚处，夜里闪闪发光。我在那里呆立了很久。

后来，我每年去西宁报到，都会不由自主地去虎台一带转悠，至今已十年有余了。我曾经想告诉母亲，那只是个荒唐的梦而已，没必要当真，无奈我实在是开不了口。

唉——

看来在父母的有生之年，我寻找二弟的脚步是停不下来了，尽管我明白，那只是追逐一个梦而已。母亲是永远无法放弃她心中残存的那一丝希望的，尽管那希望早已经随西宁城里穿城而过的湟水漂到了黄河，漂到了大海，漂到了天地的尽头。

我要寻找的，是那曾经沁入自己生命记忆中的岁月，那缥缈悠远的、我们兄弟共同的生命来路。

作者简介：无为，本名赵亮，甘肃平凉人，中国作家协会会员。从军队转业后定居广西北海。1993 年开始发表文学作品，有 90 多万字的小说、散文发表于《人民文学》《中国作家》《作品》《美文》《飞天》《广西文学》《西北军事文学》等刊物。出版中短篇小说集《周家情事》，获《飞天》十年文学奖，入选“2015 年中国散文排行榜”。

白蒸馍

尹武平

我爱白蒸馍。

我爱白蒸馍刚出笼时那圆润的姿态，我爱白蒸馍掰开时散发出来的那淡淡的麦香，我爱吃白蒸馍时上下牙齿之间那富有弹性的感觉，我更爱白蒸馍夹上两片条子肉，抹上一层油泼辣子，咬上一口，那满嘴的香哟！

我清晰地记得小时候经常唱的一首儿歌："过年好，过年好，吃白馍，砸核桃……"在物质匮乏生活窘迫的年代，我们家和大多数村民一样，只有到过年时才能吃上几顿白蒸馍。盼过年能吃上白蒸馍成为我儿时的一种奢望。家里平时日子过得再拮据，也要攒下点儿白面，到过年时蒸几笼白蒸馍的。我家孩子多，粮食少，父母亲总是把蒸年馍的时间尽量往后推，放在腊月二十九或大年三十，怕的是早蒸好早吃完了呗！每到蒸年馍那一天，父母早早起来开始忙乎，和面呀，发面呀，揉面呀，我们几个也是早早起来跟着瞎忙乎。第一锅馍是过年时走亲访友用的。要蒸几十个油角角馍和花卷馍，那是送给长辈拜年的，还有那些眼镶红豆口含辣椒的碱娃馍，那是回送给小字辈用的。最后要蒸些白蒸馍自家过年吃。我记得，如果年景好麦子收得多，蒸的白蒸馍能吃到正月十五呢。但多数情况下，我们家的白蒸馍过完初五就吃完了。要想再吃到白蒸馍，只能是一年光景的耐心等待。让我记忆犹新倍感兴奋的是，每到蒸年馍时，母亲都会给我们几个一人一块面团，让孩子们自己做一条鲤鱼馍，以求来年吉庆有余。我每次都会从案板上的大面团上再拽上一块面，总想着把属于我的那条鲤鱼馍做得又长又胖，为的是能多吃上几口白馍呀！鱼眼睛本来镶上两颗黑豆就挺合适，我却非要母亲给我两颗大红枣做鱼眼睛，可不，又多占了两个枣的便宜。此后几天，随着笼里白蒸馍的不断减少，我们家的年味也越来越淡。待到家里最后一个白蒸馍消失了，我们家的新年就算过完了。但在我心中，年还没有过完呢！因为我还有一条白蒸馍般的大鲤鱼呢！我今天开始吃它一块尾巴，明天再吃它一块肚皮……

过年那几天，老父亲总会给全家每个人另外拿出两个白蒸馍，用刀一切两半，夹上两片薄如蝉翼的大肉，撒上一点儿食盐和花椒粉，那便是我记忆中吃过的最香的肉夹馍了！

我还喜欢吃放冷了的白蒸馍，冷馍吃到嘴里是酥酥的感觉，而且要一层一层剥着慢慢吃，真是舍不得很快把一个白蒸馍吃完啊！这也使我养成了一种吃馍的习惯，以至于现在吃白蒸馍都喜欢一层一层剥着吃。

父母为了让我们好好读书将来有出息，时常在我们耳边唠叨："书中自有白蒸馍！"可我高中毕业了，不要说吃白蒸馍，连黑蒸馍也吃不上，苞谷馍有时还断顿呢！1972 年 12 月，当部队的同志来到镇上接兵时，我义无反顾地报名参军了。我参军的最直接最大的动因就是能吃到白蒸馍。报效祖国献身国防的信念是到部队后通过教育才逐步确立起来的。入伍前，我对部队生活的想象是顿顿白蒸馍、天天吃大肉。谁知道穿上军装步入部队所经历的并不是那么回事儿。部队吃饭也是有定量的，每人每天一斤半粮食，粗粮细粮按比例搭配，每天四毛五分钱的伙食费。经常一日三餐早上吃发糕或高粱米饭，两盘咸菜，午餐是白蒸馍或大米饭，一个荤菜一个青菜，晚餐一般是两个面馍二两米饭，菜是豆腐粉条或土豆片之类，偶尔蒸包子或花卷作为调剂。最要命的是白蒸馍按人头发，每人三个，若吃不饱就只能喝苞米糊糊了，我们当时把这戏称为"吃完蒸馍灌缝子"。这一灌，感觉肚子就饱了。

有一天，连队要突击完成一项任务，炊事班破例多蒸了一锅白馍，让大家放开肚子往饱吃。有位叫林栓栓的新战士，还是我们富平老乡呢，一顿竟吃了十三个白蒸馍。要知道十三个二两重的白蒸馍放在案板上是一堆，盛在饭盆里是满满的一盆哪！我至今都弄不明白他的肚子里一次怎么能装下那么多白蒸馍。就连见多识广的老班长当时也惊得目瞪口呆。连队晚上点名时，只听指导员王维起宣布：经连队党支部研究，从明天起，每顿给林栓栓同志发六个馒头！天哪！大家都是每人三个，他比大家多吃一倍呀！仔细一想，六个馒头才是他饭量的一半啊！

1976 年 10 月，部队拉练到了六盘山下，住在一个叫牛营子的村子里。"六盘山上高峰，红旗漫卷西风，今日长缨在手，何时缚住苍龙"，六盘山在伟人笔下如诗如画，那时候，剥削人民的苍龙早被缚住了，但饥饿似条毒蛇死死地缠住了当地群众，村民生活在极度贫困之中。我们班住在房东王大爷家的一间茅草屋里，王大爷六十多岁了，家有老伴和一个二十多岁的姑娘，一家三口人，白天在生产队组织下修"大寨田"，等到晚上收工回来，我们才能与大爷聊会儿天。有一天做晚饭时，我帮大娘烧火，才发现她做的晚饭是在锅里放一层土豆，撒一层玉米面，再放一层土豆，然后再撒一层玉米面，浇点水，水烧干了，饭就熟了。用锅铲把土豆与玉米面搅匀，盛到碗里便是晚餐。他们家常年吃的菜只有两种：咸菜和酸菜。我问大娘："天天都吃这个吗？"大娘叹了一口气说："一天两顿都是这，唉！就这能吃饱就很好了。"听了这话，我只感觉鼻子发酸！多纯朴的老乡，多艰难的生活啊！有一天，王大爷突然病倒了。晚上连队开饭时，我示意副班长小何吃完饭后悄悄地揣两个白蒸馍拿给王大爷吃，当王大爷伸着颤抖的手捧着两个白蒸馍时，两行热泪涌出了他那双浑浊的眼睛。他跟我们说：他活了六十一岁了，这是第二次吃到白蒸馍。第一次是1965年下陇洲当麦客时，在陇县吃了几天白蒸馍。此情此景，使我们受到莫大的震撼和教育，大约从那天起，我当兵的目的就不再是为了能吃上白蒸馍了。

2001年，组织上委派我赴俄罗斯伏龙芝军事学院留学，该学院与马林诺夫斯基装甲兵学院重组，新命名为俄罗斯联邦武装力量合成学院。提起俄罗斯，苏联是一个绕不过去的话题，中国近一个世纪发生的许许多多的重大事件，都与"苏联"这个已成为历史的名字纠缠在一起，无论是春光明媚还是暴风骤雨。曾高高飘扬在克里姆林宫上的镶嵌镰刀斧头的旗帜和耀眼的红星，在我们这一代人心灵最深处，留下了无法抹去的红色记忆。带着这样的红色情结，身处那样的国度，我对脚下那片土地既有激情和厚爱，也有失落和郁闷。克里姆林宫依然是那样庄严雄伟，但社会制度已面目全非，人们的生活每况愈下。我在域外，尽管每天住着舒适的公寓，看着美丽的风景，学着先进的军事知识，吃着洋面包夹肉肠，味蕾却经常唤起我对白蒸馍的回忆。洋面包吃三天挺新鲜，一个礼拜还可以，两个礼拜下来，我对白蒸馍就馋得不得了了，索性上街买点面粉自己蒸呗。谁料想，偌大的莫斯科，街道上的超市里，只有面包粉。叽里呱啦与售货员比画一通，总算又买到一包发酵粉。于是，我自己发面做起白蒸馍来。经过一番忙碌，蒸熟后揭开锅一看，模样挺像白蒸馍，吃起来却有点儿面包味，介于白蒸馍与洋面包之间的那种味道吧！也算是一个中外结合的产物，不管怎么说，它多少满足了我吃白蒸馍的欲望。有一天晚上，我正在收拾蒸好的馍，一起留学的黄副师长走到我身旁欲言又止，我看了他一眼，问道：有事吗，老黄？他有点儿不好意思地说：能不能把你蒸的白蒸馍给我吃一个？可以啊！我很爽快地回答，顺手送给他一个。他连说"谢谢"，当即便吃起来。我立刻意识到，我们一同留学的七位师旅长，来到俄罗斯两个月了，两个月没吃到白蒸馍，这南方人也馋呢。于是，我给大家一人送了一个。我还半开玩笑地说：让你们解个馋可以，供你们吃饱我可做不到啊！

近几年，每当我看见或吃白蒸馍时，总会想起我逝去的父亲。他老人家真是有饭量时却没馍吃，有馍吃了却没了饭量。他一米七五的个头，是村里有名的大力士。当了二十多年的生产队副队长，在生产队里率领大家干农活，每天总是第一个到田间，收工时却是最后一个离开。父亲几乎每顿饭都背靠着前门板蹲在那里吃，肚皮上那三道深深的皱褶从来就没舒展过。我长大后才体会到，父亲前半世一直处在半饱状态，他怕饿着我们，不敢吃饱啊！待到以后家里有粮食了，能吃上白蒸馍了，他却胃上有了毛病。待把病看好了，人却老了，吃饱了消化不了。这就是我那苦命的父亲，一生都没有吃饱过白蒸馍的父亲。

现在生活条件好了，天天都能尽饱地吃上白蒸馍。近几年，我几乎尝遍了古城里几家食品店里的白蒸馍，却再也体味不到当年吃白蒸馍时那种淡淡的麦香，咬在口里那富有弹性的感觉了……

我还能吃到儿时那纯正的白蒸馍吗?

作者简介：尹武平，1954 年生于陕西省富平县，共和国少将，现为中国散文学会会员、陕西省作家协会会员。曾任原兰州军区特种大队大队长，61 师副师长、师长，青海省军区参谋长、副司令员，陕西省军区副司令员。《写给岳母》一文荣获“2015 年中国散文排行榜”第 13 名（全国共有 30 名作家上榜），《人生记忆》散文集荣获 2016 年度中国散文“精锐奖”，《父子》一文荣获 2017 年中国散文年会“十佳散文奖”，《找一个安放灵魂的地方》一文荣获“2017 年度《延河》杂志最受读者欢迎奖”，《白蒸馍》一文荣获第八届冰心散文奖。撰写的 70 余篇散文随笔先后在《文艺报》《读者》《延河》《美文》《海外文摘》《散文选刊》《西北军事文学》《光明日报》《解放军报》《陕西日报》《深圳特区报》《西安日报》《西安晚报》《深圳晚报》等 10 余家报刊登载。著有《人生记忆》《归途拾光》两部散文集。

半升葫芦

徐庶

中年，像个躬身的逗号，一如母亲赐我的这只葫芦，回首记不得自己呱呱坠地的起点，也看不见飞鸟无痕的终点。

5月中旬，我给母亲说，最近心情不佳，想去看看西湖，最好带上葫芦，把半生积压的苦楚都倒干净，回来好有个新……我的话还没说完，71岁的母亲立刻心领神会，点头应允。

8岁那年，父亲开着那辆六轮拖拉机，从老家的悬崖上，直接开进了血染的夕阳。当时，我正在打谷场上与一群小伙伴滚铁环。等我跌跌撞撞爬到崖上，母亲已哭成一个泪人。母亲把她半生的热血哭成了一片汪洋，那时，我开始惊惧水，惊惧带有体温的水，眼前仿佛有一片湖，淹没了我的父亲，又想拽走我的母亲。

关于水的黑色记忆，一直刺痛着我，以至于母亲怕老家到处分布的堰塘夺走我，便在葫芦成熟时节，专门给我做了一个祈福的葫芦，掏心、晒干后，一葫芦水刚好有母亲盛米的米斗半升，于是，这个葫芦就叫"半升葫芦"。

还好，有葫芦庇护，我中考那年，以超云阳师范录取分数线30多分的成绩顺利考上，成为老家蛤蟆洞方圆十里第一个跳出农门的人。中师时，我开始了文学梦，名字不断变成铅字，以至于后来当中小学教师，当机关秘书、文书、宣传干事，我都心不在焉。

重庆一个老诗人说过，得了这个病（文学），只有用这个药（文学）来医。我想，我是彻头彻尾地感染了这个病。

有段时间，工作上的烦心事让我一度绝望。我去看母亲，我们下楼去买菜，走在小区林荫下，母亲在前，我在后，看着母亲日渐佝偻的身子，我不禁鼻头有些发酸。母亲坚持不让我扶，她分明已看出。每当我有心事时，就是这样默默地走在她身后。母亲只说了一句话：出去走走，带上葫芦！

说走就走，到西湖已是傍晚。走在湖边，有灯光或明或暗，名声在外的西湖的夜景并没有重庆朝天门的夜景那么迷人。一对对情侣走在长桥上，曲曲折折，一步一回头。这就是传说中梁山伯送别祝英台的那个长桥吗？难怪当地人说，长桥不长，爱情更长。

听说很多爱情戏都是在西湖长桥拍摄的。一个多么纯情的爱情故事啊，一旦被生活导演，又有几分可信？是啊，爱情、友情，我们何尝不是被生活刻意入戏？夜幕中，我听到两个年轻女子嘻嘻哈哈地边走边说：走了长桥，以后就不会被男友抛弃了。

夜色有一点点凝重，似乎一不小心，便要把每一个人的心事都拧出水来。

次日一早，我再次来到湖边，这次，西湖像娇艳欲滴的西子一样，彻底解开了衣裳，以她的肌体诱惑我的视觉。

荷花正当时，五月的微风正当时。碧绿的荷叶，一片一片，仿佛无数个西子正在早朝的皇宫舞蹈。在这样一湖浩荡自足的荷花面前，我的那点委屈和酸楚实在有些小气。

蜻蜓是多余的，相机是多余的，嘴巴是多余的，人间一切虚情假意的赞美都是多余的！

这一刻，西湖只要安静。不要拿相机绑架她，不要用大嘴虚构她，人间的浮躁、狂热、功利，西湖似乎都不为所动。

我低下头，从断桥上过去，5 月，我把残雪化在心中。冬天，只要有雪，断桥都可以化，数年如此，宿命如此。而我们，遇上冰冷的风霜又如何？再覆盖几层冷冷的残雪又如何？

上了孤山，我在湖边坐了良久。我用葫芦取了水，尝尝，西湖水淡淡的，与重庆的嘉陵江水并无明显区别。

记得有个圣人说过：心有块垒的人，心中的郁结一旦成疾，江水是冲刷不掉的，因为江水太急。唯有静如处子的湖水，不急、不燥、不温、不火，仿佛世间许多事，都需要这样的良医。

孤山因何得名？我想，就让那些心有孤寂的人来此一游，或许抬眼，便可望见印月的三潭正笑意绽开。

在三潭印月，我是一路哼着小曲的。日暮，我坐船回岸，又去了雷峰塔，还去了西湖龙井采茶基地。看着茶农的手指娴熟地在茶尖上舞蹈，我不禁心生怜惜，活色生香的嫩芽，一冒头就面临被掐尖。掐尖，本不是一门手艺，比的不是谁比谁更熟练，而是谁比谁更眼尖心狠吧！随行的导游师傅怂恿我也去试试，我拒绝了，不忍用这样残忍的举动破坏了游西湖的心情。

夜色像心有灵犀的母亲一样看穿了我的心事，她毅然抱住了人间那些不忍示人的残忍。

遗憾的是，回程在萧山机场过安检时，我只能把葫芦里的西湖水给倒了个精光。

唉，人到中年，就如这逗号般的“半升葫芦”，虽永远无法成为一个完满的句号，但在适当时候躬下身子，彻底清空自己，何尝不是一件美事呢？

作者简介：徐庶，诗人、散文家。中国作家协会会员、中国硬笔书协会员、中国诗歌网重庆站站长、重庆文学院签约作家。曾参加鲁迅文学院第29届高研班、第2届中国网络诗人高研班、第16届全国散文诗笔会。曾任报刊副总编。

中国新诗百年百名城市影响力诗人、中国十佳先锋诗人、中诗网签约作家、中国诗歌春晚签约诗人、《中华文学》“年度诗人”。曾获曹植诗歌奖、中华文学奖、“秋浦河杯”李白诗歌奖、“诗兴开封”国际诗赛奖、上海诗歌节一等奖、第八届冰心散文奖。

著有诗集《骨箫》《红愁》《梦落花》。诗歌、散文发表于《人民日报》《人民文学》《民族文学》《诗刊》《星星》《诗潮》《诗林》《绿风》《作品》《延河》《雨花》《芒种》《岁月》《鹿鸣》《大观》《诗选刊》《散文诗》《诗歌月刊》《青年作家》《北方文学》《广西文学》《黄河文学》《散文选刊》《散文百家》等报刊。作品入选《中国诗歌排行榜》《中国新诗排行榜》等选集。

外婆对我的文学影响

黄长江

我还算不上是一个真正意义上的作家、编辑、出版家，但我是一个长期以来一直跋涉在文学编辑和出版道路上的人。就是说，我早已开始了文学人生。

说起我的文学人生，外婆对我是有影响的。在我很小的时候，外婆就鼓励我读书和学写作了。

记得在我读一二年级的时候，一次外婆在我家与母亲一起做着针线活，我在一边调皮捣蛋，母亲一再警告我我却不听，就吃了母亲的两块“耳块粑”（这里指的是巴掌，即挨了母亲两个耳光），之后我才面红耳赤地去拿书来读，在一边朗诵小白兔和小灰兔的故事。母亲听后，说我是读“白眼书”，只见读，却不认得书上的字。其实，我基本上是认得的，只是已经读熟了，故意在外婆和母亲面前赌气炫耀、高声朗诵。外婆却不计较。她说：孙仔，你读这个故事很好玩，你能不能编一个和这个故事一样好玩的故事给我们听呢？

我一时来了劲，即刻掩卷思考，也不知是哪里来的灵思，一会儿的工夫就编出了个“外婆和妈妈的故事”讲了出来，让外婆和妈妈都笑得前仰后合，甚至俩人都笑出了眼泪，我却狡黠地站着看她们，发了一会儿呆，然后操起一根拐棍长的小竹竿，去找小朋友打仗玩去了。

“外婆和妈妈的故事”具体怎么讲的我已记不起来了，现在回想起来，那才是我的第一篇作文，只是没有写成文字罢了。内容大概是妈妈小时候也是个调皮的孩子，她如何不听外婆的话、如何被外婆打，然后如何逃走，路上遇到个小豺狗，小豺狗问她：我和你妈妈哪个厉害？妈妈没回答，返身就往家跑，一边跑一边摔跟头，每摔一个跟头就啃一嘴地上的稀泥，啃着啃着却啃到了一嘴蜂蜜一样甜的东西，吐出一些像树叶一样咽不下去的东西来一看，才知道原来自己是吃到了不知是谁掉到路上的一颗水果糖。

如今我已过不惑之年，仍时常想起那一幕：母亲和外婆都笑得前仰后合，以至母亲的手还被针扎了一下，她忙把手指放到嘴里吸，吐出血来，还把丝丝的甜意挂到笑颜上继续手中的活儿。

上三年级时，有一次，我和三弟去看外婆。我们到达外婆家时，她正要上楼，见我们来了，听我们兄弟俩异口同声地叫“外婆”，高兴得一跃，差点从木板楼梯上摔下来。

她一边给我们做饭，一边问我们的学习情况，并要求我们好好读书，说好好读书将来可以多见一些世面。她现身说法地说：你大姨爹上过大学，去过好多地方，什么都晓得，你大姨妈读过师范，当过知青，也去过一些地方，回来讲起我们听到都觉得新鲜，你妈和你舅舅小时候没有好好读书，天天就在家里面和苞谷、豆豆打交道，出门上坡跟泥巴、石头交感情，到现在连汽车都没坐过……

我一直以为外婆是个文盲，因为我从来没有看到她写过一个字，也从来没有看到她读过一篇文章，甚至识认一两个字词，但她那时教导我的这段话至今已 30 多年了，仍鲜活地存储在我的大脑里。

要回家的时候，外婆听我和三弟说，我们这段时间放晚学回家后，就去树林和山上爬树摘冻青子卖，就说：你舅舅去年摘的都还没有卖呢，你们拿去卖了吧。说着就去楼上把半口袋干冻青子提下来，见长绵虫了，便择拣了择拣，又用簸箕和筛子除去了杂枝和虫屎，把干净的冻青子装回口袋，放到我们的背篓里让我背着，同时给了我三角钱，说是给我们买本子用的。

外婆送我们，我们不要她送，她却执意要送，后来干脆回身背了一个背篼，说去看她路边那块地。外婆边走边问我开始学写作文了没有，我说开始学了，老师教我们写爬树、游泳、跳大海（一种儿童游戏）和帮助父母干活什么的。外婆听后说：现在马场也有班车了，从城头（兴仁县城）到百屯的班车（公共汽车）三天一趟从马场过，从马场到百屯三角钱一个人，过了马场如果碰到了，你们就转身招手，把那三角钱给驾驶员让他帮忙带一下。我说：那三角钱留着买本子用吧，我们走路回去。外婆说：本子可以回去卖了冻青子再买，只要遇到了班车，人家愿意拉，就用那三角钱坐车，回去还可以写一篇坐车的作文。

果然，也不知几天一次的机遇，让我们赶上了。刚过了马场街走到马场到百屯的马路上，就听后面有车的声音，回头一看，班车来了，我们忙招手，车就停到了身边，门开了，一个人从车窗伸出头来，问：“到哪点？”我说：“百屯。”“快上车。”我和三弟上了车，紧紧地握着前座靠背上方的铁扶手，开始颠簸起来。

“好多钱喔？”我问驾驶员。

坐我身边刚才探出头问我们到哪点的那人说：“三角钱一个。”

“我们两个人只有三角钱可以不？”我一边说一边摸出钱来。

“可以。干脆不要你们钱喽，小娃娃们。”那人又说。

我坚持要把钱递给他，他还是不收，一手扶住我那装着半口袋冻青子的背篼，一边说：“算喽，你们好好扶好，别摔倒。”车颠簸了半个小时左右，到百屯了，下了车，三弟说头有点儿昏，我头不昏，但感觉地上哪都在转、晃动，在街边定定地蹲了一会儿才恢复了正常感觉。

后来，我真写了一篇第一次坐车的作文，还被老师在课堂上念给同学们听。

记得是我上四五年级的时候，大表哥和二表哥先后从高中和初中考到了湖南长沙的一所大学和省城的一所中专，据说都是当时的重点学校，更是成了外婆教育我们的活教材。她说：像你老表哥们那样好好读书，考个学校，将来有了工作，就不用像我们和你家爸爸妈妈这样，靠种地缴了公粮自己就吃不饱饭了。另外，像你王启龙老表那样大学毕业了在兴仁教书拿工资，还写文章发表拿稿费……

印象当中，那是我生平第一次听到“写文章发表拿稿费”，当时心中就生起景仰之情。

如今想来，外婆在当时就是一位裹足的农村老太太，而且是一个文盲，可她却对我步入文学路途有着深刻的影响。如今，她已离我们而去了。每每想起她，我都会觉得她不是文盲，而且应该是一位非凡的知识女性，一位教育家。因为在那个年代，在没有了外公的情况下，大姨妈能去读师范、当知青，能去教书，下一代的表哥表姐（姨妈家）、我们兄弟（我们家）和表弟（舅舅家）都先后不同程度地考上了大学或中专，都与她的言传身教有着一定的关系。

外婆究竟是不是文盲？我很想问母亲，可至今没有问，母亲已是花甲之人，况且，她也未必知道吧。走在文学这条路上，我时时会想起外婆来。

2015 年 10 月 13 日于涿州

作者简介：黄长江，1975 年生，贵州兴仁人，现居北京。曾就读于北京师范大学中文系、北京老舍文学院第二届中青年作家（诗歌）高研班。中国作家协会会员，以及中国散文学会、中国报告文学学会、中国诗歌学会、中国音乐文学学会、贵州省作家协会等会员。北京儒博文化艺术院院长，中外名流出版社社长兼总编辑。创办《今日文艺报》《中外名流》杂志。主编 21 世纪今选文丛、21 世纪今选文库、今日文艺丛书等。

1990年开始文学创作，迄今已发表、出版文学作品约300万字。作品发表于《诗象》(美国)，以及《青年文艺家》《青年文学家》《驼铃》《南叶》《星火》《春风文艺》《山花》《福建文学》《四川文学》《中国报告文学》《青海湖》《人民文学》《地火》《语言文字报》《中国建材报》《中国旅游报》《中国财经报》《新华书目报》《中国国门时报》等百余家报刊，并有作品选入《中国当代散文大观》《中国最佳微型小说》《中国散文家代表作集》《中国散文排行榜》《中国诗萃》《中国当代诗人诗作大系》《2018年中国诗歌排行榜》《中国诗选2016》《国际汉语诗歌》等数十种集子。著有散文集《故乡扫描》《凉拌散文》，诗集《觅纯》《小炒诗歌》，评论集《抒写真正有意义的诗》《山野的星汉》，自传体小说《我和我的妻》，小说集《乱炖小说》，报告文学集《星座》等。2014年3月，召开了柳萌、周明、石英、王宗仁、石祥、张同吾、凸凹、黄国光等参加的“从兴仁到北京·黄长江《凉拌散文》研讨会”，近50家媒体报道。获第八届冰心散文奖、2017年“文荟北京”一等奖、2018年阅读北京原创美文作品奖等奖项。

山谷里的花

于振坤

早晨醒来，鸟啼树间。我洗漱完，走出山村，直奔山谷。

山谷距离山村五里路，但要翻过一个山头，再走上一段弯弯的小路。

正是春末，晴朗的天。从山里吹过来的风，带着青草和野花的气味，轻轻地吹拂着我的面颊和胸襟，我心生惬意，脚底生风，一会儿工夫就到了山谷。

站在山谷的边缘，看到山谷不深，虽有裸露的岩石，却没有悬崖峭壁奇石异峰，也没有雪浪翻卷飞瀑轰鸣。从谷底到谷顶，从眼前向纵深，绿茵茵是山谷的主旋律。那浓浓的绿、淡淡的绿，是树，是草，是野花的茎和叶。它们高低起伏，随着山谷而绵延。绿色的中间开着许多异样的花，有白色的老鸦瓣、照山白，黄色的龙牙草、刺五加，红或紫色的马兰花、益母草、锦地罗……

这些花，五颜六色，千姿百态，散落在山谷里，阳光一照，仿佛千万颗星星在眼前灼灼闪耀。微风一吹，她们像在跳舞，又像千万张稚嫩的小脸儿在向我微笑……

我陶醉于山谷里，欣赏着这里的每一朵花。

当我走到山谷的底部，谷底的涓涓细流淙淙作响，浸湿了我的鞋子，我竟全然不知——我被小溪边上的一棵蒲公英吸引住了。它开了许多朵金黄色的花，绿油油的叶子，直挺挺的花茎，显得坚韧而苍劲。它的根像藤蔓，深埋在小溪边的岩缝里。

这是一朵最为普通、最为常见的花。但是，这朵花和我以前见过的都不同，以前见过的是趴在地上的，可这朵花是向上的。也许是因为它长在小溪边，能吸取足够的营养，还没有人来践踏。它那张开的小花瓣微微颤动，好像在和我说话：欢迎你，老朋友！它生长在路边、荒野、房前、屋后。那白白的小绒球，是它的种子。记得小时候，我常将那小绒球放在嘴边，使劲地吹，那小绒球就会四处分散，像天空中的降落伞。

如今，在城里已经很难再见到它了——到处是柏油马路、水泥地面、高楼大厦……一想到这些，遗憾便油然而生……

我更爱这山谷里的花了。

也许，你会觉得这山谷里的花没有河南洛阳的牡丹花花大色艳雍容华贵，也没有福建漳州的水仙花叶姿秀美花香浓郁，更没有浙江金华的山茶花花姿绰约端庄高雅。

是的，我不否认你的感觉。它们是名花，具有很高的观赏价值。

但是，这山谷里的花却是纯天然、纯野生的啊！它们不羡慕名花，不卑贱自己，按照自己的天性活得非常自然；它们远离城区、远离人群，习惯于无人欣赏，活得自在且清闲。

我赞赏它们。

人，有许多种活法。

如何选择？

也许，你选择像这山谷里的“花”一样，会生活得不累，且富有情趣。

“智慧的人，永远不会活在别人的嘴里，或者眼里。”

我站在山谷里，久久不愿离去。忽然觉得这山谷之大、野花之多，而我之渺小。我被花包围，仿佛是花中的一员，融入了大自然……

作者简介：于振坤，辽宁省作家协会会员、中国散文学会会员、鞍山市作家协会会员。作品散见于国家级和省级报刊及相关网站，作品多次入选人教部编版中学语文期末考试资料等。获第三届中外诗歌散文邀请赛最佳散文奖。

淮北大地上的一棵麦子

王法艇

为父亲写篇文章是我长久以来的心愿。

我的父亲王明达是位农民，事实上他并不是纯粹的农民。父亲20岁就高中毕业了，在20世纪五六十年代，一个高中毕业生意味着诸多机会和进步。但是，作为木匠的爷爷非常保守，阻止父亲当兵和到外地工厂工作。在完全依靠推荐读大学的年代，毫无势力的王氏宗族，无情地断了父亲的前途。一年后，母亲顾凤英下嫁王家，父亲的知识分子形象在烦琐的家庭生活中渐渐失去了光泽。母亲先后生下六个儿子（其中一子在四岁时出麻疹夭折）。1978年分田到户的时候，家里需要劳动力，那时我和哥哥读小学，弟弟们刚刚学会走路或牙牙学语。父亲不想让大量的责任田荒废，于是和母亲没日没夜地在地里劳作。哥哥和我离家到十里之外的镇上读中学时，弟弟们也在本村小学读书了，尽管当时学费非常低，但要为五个孩子交学费也是我们家一年中最为沉重而庞大的开支。为了补贴我们读书，父亲在母亲的劝说下到淮南姑母家学习生豆芽。那一年，父亲四十六岁。这么大的年纪重新学习一门在农村最为艰苦的行当，需要比别人加倍吃苦耐劳才行。父亲年轻时身体不是很好，因过度劳累落下了胃气疼的病。每年收获时节，作为家庭的主要劳力，父亲要卖豆芽又要割麦种地，总是热一顿冷一顿、饥一顿饱一顿，病情不断加重。可怜的父亲在发病时，瘦小的身体疼得缩成一团，吓得我和兄弟只会放声大哭。

我知道父亲拼命劳作的动力在哪里，那就是让孩子们摆脱当农民的命运，成为体面而有尊严的人。为了让孩子们有前途，他和母亲竭尽全力供我们上学。我初中毕业时，大哥已经在临泉师范读书，弟弟小学即将毕业，对于供五个孩子读书的父亲来说，压力可想而知了。当时我想辍学去打工，可父母说什么也不同意。父亲坚持认为，只有把书读到肚里才会有出息，在农村才不会被人轻视。第二天晚上，父亲在给豆芽泼过水后，坐在院里对我说，你要打工的想法我知道，只是现在不是时候，人生最重要的时候就在这几年，只要我们一家人相互鼓励，我相信，不久一定会有转机的；听说过咱庄有地主卖地卖房的，谁听说过卖肚子墨水的？听说过有丢钱丢物的，还没听说过有丢字（知识）的，也就是说，把知识学到心里学会运用，就像做生意有了本钱。

父亲那一晚对我说的话，我永远也不会忘记。

很小的时候，我记得父亲在大生产队当记工员，生产队分粮食时，父亲就在粮堆前写上户主的名字。父亲读书时很刻苦，文章写得好，毛笔字也写得不错。那时，乡村异常闭塞，对外交流只能依靠书信。由于父亲为人和善且乐于助人，村民的信件书写基本上都由父亲代笔，有时来家里要求代写书信的人很多，父亲就让我和哥哥为他分担，不仅可以检验我们的学习能力和写作水平，更重要的是培养我们从小乐善为人，还可以让我们感受到被尊重。每年临近春节时，父亲还要为邻居或邻村人写春联，大都写到深夜。记忆中最为清晰的是，每次父亲在黯淡的油灯下写信、写春联，他的脸上总会泛起一些光泽，他一边写，一边告诉我们如何运笔、压题等基本知识，为我们以后写字和写作打下扎实的基础。

父亲是一个乐毅容达的人。在生活的重压下，我很少看到他愁眉不展。1986年，我参加中考，由于当时我的数学成绩很不好，没有考入重点高中。父亲打听到在河南淮滨的一位长辈在教育局供职后，便一大早骑车去探问我读书的事。父亲回来时天已大亮，结果也不明朗。那天早上，父亲脸色沉郁，我记忆中几乎从没看到父亲如此消沉过。下午，我和父亲下地给芝麻浇水，父亲还是一句话也没有说。日头快要落下的时候，父亲说：天无绝人之路，就是再难，挺一挺都会过去的，人人头上都有露水珠，“光棍收心饿死狗”，只要不灰心，哪有走不出的黑夜？！父亲的话给了我很大的鼓舞，就是那次，我自觉继承了父亲“天无绝人之路”的思想和“人人头上都有露水珠”的说法。

哥哥师范学校毕业后在本镇的乡下中学教书，对于从小就有远大志向的他来说，做梦都想着有机会继续深造，可是因为带着弟弟们在身边读书，那么一点儿工资总是入不敷出，根本无法向外发展。我读高中时，哥哥希望我能为他报名参加高考，父亲知道后，很认真地对哥哥说：好好读书是大事，对你（们）来说，只有通过学习才能有更好的发展，你是兄弟中最大的，带好头就行了，就是砸锅卖铁，我也会供你读书。这件事使我很震惊，我没有想到，父亲对一个已经捧上“铁饭碗”的儿子，还有这样的栽培意识和付出心态。1990年，我参加高考时也为哥哥报了名，哥哥没有高中学习的背景，参加千人挤“独木桥”的心理明显脆弱。7月6日，大雨滂沱，父亲担心哥哥心理压力大，应考不好，就和哥哥赤脚步行50公里，到县城陪考。当时，我看见父亲疲惫的样子时，放声大哭。哥哥当年没有考上大学，但是父亲的行动让他和弟弟们更加卖力地读书了。2002 年 6 月，阜阳电视台和《阜阳日报》为我们一家做了节目。当时，已从武汉大学研究生毕业并供职于国家安全监管总局的哥哥对记者说："作为农民的孩子，我们很幸运有这样开明的父亲，在多舛的命途中，他朴素的思想支撑我们一家不断努力。在父亲的带领下，我们忍受卑微、黯淡的生活折磨和灵魂锻造。我不知道该如何准确表述父亲对我们的影响，但父亲的牺牲精神让我在艰难的环境里不惮孤独和落伍，让我更加从容面对！"

1994 年，我从武汉大学毕业后到广州工作，当时哥哥在阜阳教育学院进修，供弟弟们读书的担子自然有一部分落在我的肩上。那时，父亲五十多岁了。当时，农村都是土路，生产的豆芽在雨雪天无法运出村子，而母亲筛豆子也把眼睛看坏了。于是，父亲便改行收起破烂。乡下很穷，为数不多的破烂也不值钱，父亲每天的收入也就十元八元，很难支撑弟弟们读书的费用，我对家庭的支持让父母有些过意不去。春节回去，我买了礼物给父亲，他总是跟母亲一样，再三再四地叫我下次一定不要买了。有一次，我从青海回来给父亲买了一点儿"冬虫夏草"，父亲泡水喝后，满脸露出苦涩的样子。父亲说，冬虫夏草好是好，就是对他不太适合。我以为真的不适合父亲，此后就没有再买过类似的东西给他。几年前，弟弟们都大学毕业了，我们家的经济状况也好了许多。有一段时间，父亲吃了弟弟们买来的保健品，身体有了明显的好转。母亲对弟弟说，你二哥（我排行老二）买来的冬虫夏草，你父亲每天都泡茶喝，还是有效果的，当时你父亲说不适合他，是怕你二哥以后再给他买。

父亲已过古稀之年，他像淮北大地上的小麦一样平凡无奇，似乎碌碌无为，可是他用卖豆芽收破烂的钱抚育了我们，并给每个孩子提供尽可能多的受教育机会。我们兄弟五个如今都做着体面的工作，活得比父亲体面得多。前几年弟弟结婚，接父母到北京看看。父母住了十天就坚决回去了。父亲说，城里容易迷路，没有人可以叙话，也不想耽误大家的工作。临走那晚，父亲说，现在大家过得好了，要学会珍惜，不能浪费时光，有空多看看书。也许正是这种朴素的观念激发了他和母亲对孙子们学习的极度关心。父亲以他大半生的牺牲、奋斗和挣扎，为自己造就了顽强吃苦、不屈从命运摆布的高贵灵魂。

我一直为我的父母骄傲，我的孩子也为他的爷爷奶奶骄傲。可是，我却很难有能力好好回报他们的养育之恩。我唯一的希望就是做一个像父亲一样内心从容、品格高贵、勇于牺牲、无怨无悔的人，也让我的孩子为我骄傲。这一点，我能办到，也一定能办好。我想，这是父亲的希望，更是父亲渴望得到的最好回报。我相信，父亲会看到的，正像会看到这篇他的儿子为他写的文章一样——一定！

作者简介：王法艇，武汉大学中文系毕业，鲁迅文学院第32届中青年作家高研班学员，鲁迅文学院首届新时代诗歌高研班学员，中国作家协会会员，新华网评论员，国务院国资委评论员，国务院国资委中央企业文学专委会委员。2014年、2015年连续两次荣膺国务院国资委“十佳评论员”荣誉称号。获第八届冰心散文奖、首届中国昭明文学大奖、曹植诗歌奖等各类大奖二十余次。作品入选中共中央宣传部和中国作家协会重点扶持项目。在《人民文学》《收获》《诗刊》《人民日报》《光明日报》《解放军报》等报刊发表数十万字。

女曰鸡鸣

韩修龙

女曰鸡鸣，士曰昧旦。子兴视夜，明星有烂。将翱将翔，弋凫与雁。

弋言加之，与子宜之。宜言饮酒，与子偕老。琴瑟在御，莫不静好。

知子之来之，杂佩以赠之。知子之顺之，杂佩以问之。知子之好之，杂佩以报之。

这是一首有关家庭幸福美满的诗歌，也是一首接地气的诗歌。

女的说："鸡叫了，你该起来了。"男的答："天还没有亮起来。"女的说："你起来吧，去看看天色。"男的后来说："外面星光灿烂，那颗启明星还亮得很呢。"女的说："别起晚了，晚了水鸟就要飞起来了，要争取时间，去射那还没有飞起的野鸭和大雁。"

静静地想来，在那远古，夫妇二人依水而居，是野水，是河还是苇荡？这是首卫地的诗歌，也就是黄河以北地区民间的唱咏。作为古卫地上的后人，我在想，这对夫妻住着草屋，离野水一定很近很近，他们也许并没有院墙的家，四周弥漫着腥腥的水气，也许还有木筏靠泊在水边。即使有院墙，也一定是土墙，院间，顶多有几只陶盆，还应该有一两棵树，什么树呢？在那个时候，国槐？乡俗是"后不栽杨，前不栽柳"的，一定是国槐。这槐树枝叶繁茂，启明星还在北方的天空灿烂闪烁时，想必还是一团墨黑，被晓风轻抚。究竟是什么季节？露水下来了吗？如果正浓时，那黎明前也会像《野有蔓草》里，"零露漙兮""零露瀼瀼"了。

多年不能很好地回到乡间接接地气了，读着这样的诗，在半空的水泥盒子一样的房间里，也算是接了一回地气。

"琴瑟在御，莫不静好"，自然是说夫妻和谐，双双安好。"莫不静好"这一句，令我再一次想起胡兰成与张爱玲。他们结婚没有仪式，只写有婚书："胡兰成张爱玲签订终身，结为夫妇，愿使岁月静好，现世安稳。""岁月静好，现世安稳"，从《今生今世》里知道，此二句是胡兰成所撰，前两句是张爱玲所撰。我感到胡言想必用典就是这《女曰鸡鸣》里的"莫不静好"。引一段胡兰成所著《今生今世》为证："中国文明就是直见性命，所以无隔。我与爱玲两人并坐着看《诗经》，这里也是‘既见君子’，那里也是‘邂逅相遇’，她很高兴，说：‘怎么这样容易就见着了！’”

我以为，胡兰成之看《红楼梦》，是受张爱玲影响，张爱玲读《诗经》，是胡兰成影响了她。

“知子之来之，杂佩以赠之”。对于这两句，专栏女作家沈文婷这样解读：“我知你性勤勉，我把我的玉佩赠送给你。”我同意这样的译文。“来”，解释为做、劳、勤勉。我们现在就有“要不要你也来来？”这样的口语。男人的勤勉，赢得了女人将身上玉佩取下相赠，或许是商代的产物，以示嘉许。诗，是周朝的诗；玉，也是周朝的玉。也许这诗和玉，是更早一些，或许是商代的。

说到商周的古玉，著名作家王祥夫先生的“家大人”就是玩高古玉的大行家，曾在北京琉璃厂开过一家“成久堂”，专事玩商周古玉，说是连战汉古玉都不入老爷子法眼的。老爷子给后辈留下两百多块古玉，这一下子让王祥夫先生得机会练就了一双火眼金睛。是不是一块古商周玉，王先生一上手，就可以立见分晓。王先生说：“一块真正的高古玉放在那里是会说话的，真正懂玉的人，只便看一眼，而未必非要又是手电又是放大镜地左看右看。这就像我们看一幅上品的国画作品，你若拿一个放大镜在那里把画看来看去，看到后来，你会什么也看不到。好玉，只要一眼，一眼就准，是看它的神气和综合在一起的那种气息。”王祥夫先生给一本叫《天工》的杂志写过一篇文章，叫作《珊瑚堂谈玉》，专谈商周古玉。他还说，商周古玉看线，主要是看它的线条，是那种双阴挤阳到勾撤法，再到大斜刀。先生还说，看古玉，关键还是看那个“沁”，真正的古沁，是做不出来的。他对古玉上的“沁”的经验是：“其皮壳的包浆一是厚，二是皮壳的折光无一不是松松的，其光色几近珍珠，是散漫的，松松的，是迷人的。”

“松松的”，这是王先生对古沁的光泽所独有的感受。

《女曰鸡鸣》里，女人给男人的那块玉佩，经过几千年，是否遗落到王祥夫先生之手呢？他的那些遗传里，说不准哪一枚就是。谁说得清楚呢？

作者简介：韩修龙，字海隐。先后拜于王曰叟、吴悦石、王明明先生门下。曾为北京二月书坊《藏画导刊》执行主编，现为《中国书画》艺苑弥珍·艺术生活版杂志执行主编。邯郸市邱县文联副主席。中国作家协会会员，中国书法家协会会员，中华诗词学会会员，中国楹联学会会员。河北省诗词协会理事，河北省楹联学会理事，河北省书法家协会草书委员会委员。邯郸市书法家协会副秘书长、草书委员会副主任。荣获第八届冰心散文奖（优秀奖）。出版散文集两部。在《文艺报》《作家文摘》《文汇报》《读者》《长城》《美文》《散文》等国家级专业报刊发表散文作品100多篇30余万字。作品入编全国中小学生语文课外读物、北京市语文高考试题等。连续三次获河北省散文学会散文名作奖一等奖。

大哥

李喜林

大哥，我在心里轻轻呼唤你，随之我的身心就充盈着一股暖流。多少年来，每当我在内心叫着这个称呼，就会立即被来自天地间和四面八方的幸福感所笼罩。“大哥”这个称呼对我来说太圣洁了，已经像血液一样进入了我的生命，成为我在尘世间最珍贵的拥有。

窗外的月亮光洁妩媚，春天的夜晚万籁俱寂，飘来油菜花、桃花、苹果花浓郁的芳馨。在这样的夜晚，大哥，我对你的思念像家乡的西凤醇酒一样悠远绵长。书房的电脑桌面闪着柔和的光亮，网络歌曲是甘萍演唱的《大哥大哥你好吗》，每当我想念你，总喜欢一遍又一遍地听这首歌，那优美动听的旋律让我深深感动，并将我带进那些刻骨铭心的深情岁月。

遥远的记忆里，我是在老屋的土炕上，腰里绑着布带，另一端系连在木格窗框上，我爬在土窗台上，贪婪地望着院中的那棵椿树，鸟儿在树冠的枝叶间飞来飞去，同我说话。我在春天的阳光里发出稚嫩的声音，那是我的渴望和呼唤。鸟儿能听懂我的话，知道我在一遍又一遍地叫“大哥”。啊，大哥，你是我那时最热切的等待，我能从天地间所有的声息中辨别出你的脚步、你的呼吸、你衣角的窸窣声，我能从尘世间所有的气味中辨别出你的味道。那是一种甜丝丝的味道，能调动起我的一切感觉。每当太阳正中，从椿树的叶隙投下一束束光，甜丝丝的味道就从远到近、由淡渐浓，伴随着你的脚步声，将我围裹。大哥，你收工回来了，你总是比爹娘早回家，兜里装着给我买的豆豆糖，一次又一次用甜蜜的诱惑让我叫大哥。现在想起来，我最初的巧嘴乖舌，以及我后来的能说会道，乃至现在的话语力量，完全得益于你的启蒙，也是受了你的影响，我才愿用毕生的精力为这个世界奉献甜蜜的语言和甜蜜的情感。

大哥，你还记得吗？多少个夜晚，我是从娘的怀里钻出，躺到你的怀抱里睡觉的，我是在同月亮说了好久的话，寻不见白天的鸟儿，用手抓娘的脸，被娘拧疼屁股后去找你的。只有你对我的心事洞若明火。我抓你，揪你，你从来没有发过火。我拉着你指着天上的星星、月亮，你就耐心地给我讲月亮里的桂树、嫦娥。我要去外面，你就抱着我在院子里转，让我在你的摇晃中睡去。

你还记得你当上铁路工人离开家里的那天早晨吗？娘在灶房给你烙锅盔，你扯着风箱烧火，你的同伴坐在木墩上等着你。娘很高兴，但掩饰不住难过，不时地用布遮腰擦眼泪，只有我，将自己卷在被窝里偷偷地哭。我那时已谙世事，知道你要去很远的地方，知道再也不能用过去的哭闹、打滚、嚎叫等示威的方式留住你了。大哥，你当这个工人太不容易了，一次又一次的当兵、招工的名额被别人顶替。为此，娘扯开嗓子在村巷大哭，惹得咱们一家人流眼泪。这一次，你终于如愿以偿，我还敢再闹吗？

从你招工到离开家，那段时间，我天天跟着你，如你的影子。你带我去邻村的同伴家，带我去镇上，给我买糖，买八分钱一碗的素面，我还吃过一碗一毛二分钱的肉面。我多次问你，你要去的地方远不远，比你去修水库的地方远吗？你每次都说不远。只有在一个夜里，我从梦中醒来，听娘对你说，出远门要照顾好自己，我才知道你去的地方很远。

大哥，那天早晨，你要走的时候，进屋来和我告别，我紧紧裹住被子不放手，我在哭着，用脚蹬。你说给我买了不少好吃的，我都不为所动，后来娘送你和同伴一起走出了屋子，我急忙蹬上鞋，远远地跟着你，为你送行。

从此，我的生活就充满了等待。我多次问娘，你什么时候回来，娘总是哄我说快了快了。我问爹，爹说你过年就回来了，但那年春节你没有回来。你来信说工程任务紧，看秋天能不能回家。那时候，我已经上小学一年级了，每天放学回家，都会想起你，我用我学会的有限的字写着：大哥在秋天回家。后来，我每天在纸上写下这样的话。秋天，你终于回家了。那天下午，我是在村外与伙伴玩耍时得知这个消息的，我记得当时自己的心猛然一热，就向家里飞奔，感觉身子仿佛飞起来一般。

你比过去高大了、洋气了，从头到脚被铁路制服衬托得格外英俊。我气喘吁吁地跑到你面前，竟然激动得叫不出大哥了。你惊喜地走过来，抚摸我的头，又蹲下来将我抱起，问我咋不说话。我哭了，眼泪像小溪流一样顺脸颊流淌。你给我买了不少东西，糖和饼干，还有小人书，但我对这些东西并不关心，我关心的是你有多少天假日。在得知你有 20 天在家休息的时间后，我的一切行动都围绕着你。可是，相聚的时间像长了翅膀，20 天一晃就过去了，到你临走的那天早晨，我早早地去学校，躲在没人的地方，悄悄地流眼泪。

你回单位去了，我清楚地记得你单位的名称，后来才知道你们处在渭南，你总是随工程队在流动。你回单位半年后，我第一次用尽我当时的文字水平给你写了一封信，尽管老师还没有教我们写信，我写的信可能很不像样子，但很快就收到了你的回信，看得出你很惊喜，对我的鼓励也跃然纸上。也就是从那时开始，我的语文成绩一跃成为班上最好的，我的文字组合能力提高很快。到三年级时，我已经能站在全村和全校师生面前念自己写的发言稿了。同样地，因为我不停地给你写信，不断地得到你的鼓励，到 17 岁那年，我已经写出了 12 万字的长篇手稿，到 18 岁那年，我写出了 30 万字的长篇习作。

大哥，在我整个少年时代，你是我的楷模，你的稳重和从不言苦，你的豁达和温情，像涓涓细流，浸润着我的全部身心。那时，娘一直患有气管炎，爹和你以及二哥的所有努力都不能使我们家的生活状况有所改观。你最辛苦，在铁路工地上不但要承受高强度的体力工作，还要操心咱们全家的生计，可我从来没见过你脸上有愁容，没有听过你一声叹息，就是后来你结了婚，我有了大侄儿、大侄女，你也总是那样温和自信，对我倾注了一个大哥真切的爱。记得我上小学三年级的那年暑假，我腿上长了一个肉疙瘩，需动手术割掉，你知道后，特意请假从单位回家，领着我去卫生院，怕我害怕，一路上你对我说打上麻醉针一点儿都不疼，又跟外科医生不断叮咛。我做手术时，你特意说服医生，守在我身边，用手绢擦我脸上不断流出的汗水，你是那样镇定，鼓励着我，使我从动手术开始到结束，没有喊一声疼，更没有流一滴眼泪。多年以后，我和你说起那次手术，你告诉我，当时医院根本没有麻药，你其实心里一直很紧张，担心我会疼得受不了。你说这话时，眼里闪着泪光，你说从那时起，你就知道我是个很有毅力的孩子。

多少年过去了，你从河北到山西，从山西到山东，从山东到新疆，从新疆到湖南，从湖南到广西……几乎踏遍了祖国的大江南北，我们总是相聚又分离，分离又相聚，你对我的关爱却从来没有间断过，永远像小时候那样，让我感到温暖而甜蜜。我的求学、婚姻家庭、事业，都充满了你的支持和关怀。

大哥，你是最优秀的，你过早地承担起我们家的重担。从你对爹娘的孝心中，我学会了做人的根本，从你博爱的情怀中，我学会了在事业和生活上怎么去处世，怎样以平和的心态去对待自己的人生。我常常想，拥有你这个大哥，是我今生最快乐的事，也是上天对我的恩宠，也是因为这个，大哥这个称呼让我觉得无比神圣。

夜已很深了，春天的夜晚温情恬静，花草的芳香悄悄袭来，仿佛大哥的温情。这不由使我想起几十年前你抱着我在院中看月亮、数星星的情景。你甜丝丝的气息，充盈在我此刻的书房。我深深地吸了几口烟，悄悄关上阳台窗户，在电脑上打开QQ，在给你的留言中留下我深情的文字。这时候，我的内心就像小时候给你写完信那样，充满幸福感和甜蜜的期待。

作者简介：李喜林，中国散文学会会员，鲁迅文学院陕西中青年作家高研班学员，陕西省作家协会第二届、第三届签约作家，陕西文学研究所重点研究作家，陕西省委宣传部、陕西省作家协会评选的“百优人才”入选者，被宝鸡市委、市政府评为“宝鸡市有突出贡献的拔尖人才”。

在《文艺报》《中国作家》《星星》《绿风》《诗神》《延河》《福建文学》《散文选刊》《延安文学》《安徽文学》《厦门文学》《六盘山》等100多家报刊发表散文、小说、诗歌、评论等文学作品200余万字。出版小说集《映山红》、散文集《岁月深情》等文学专著。中短篇小说三次入围鲁迅文学奖，散文作品两次登上中国散文排行榜，曾获《中国作家》杂志社举办的“金秋之旅”小说征文二等奖、陕西省柳青文学奖、第八届冰心散文奖等30余项奖项。

爱上冬小麦

陈木红

在这南国的冬日，满目葱绿，鲜花竞开，我却忽然思念起北方的冬小麦。

这种思念，细腻而悠长，越过山，越过水，越过那些知名的、不知名的城市和村落，越过那些长叶子的、不长叶子的树木的枝条，越过那些无法逆转的逝去的旧时光，以及充满柔情的琐碎的小片段，甚至越过自身设定的对这种思念的种种抗拒。

当思念与抗拒狭路相逢之时，总是抗拒表现得那么力不从心，最终溃不成军，甚至一败涂地，而那颗思念的心，就如同大海一般，潮涨潮落，总也无法停息下来。

这多像思念一个人。

在这样的季节，北方的田野应该是荒凉的，呼呼的北风应该是刺骨的，仅有的鸟儿应该是麻雀，而麻雀的歌声应该是给了树。冬日，北方的树木也没了生机，但有麻雀在它的枝头欢跳、鸣叫，甚至做窝，所以依然显得伟岸且傲慢。可冬小麦呢，卑微而寂寥，干枯弱小的身躯匍匐在大地上，在寒风中颤抖着、瑟缩着，无力与寒风抗衡，但又不得不抗衡，无以去抵御寒风，但又必须去抵御。我不禁想：冬小麦，你冷吗？你孤独吗？想着这些问题的时候，一种不可名状的怜惜之情便在内心深处升腾着，仿佛北方那隔山隔水的遥远的寒风也打在我的身上，如刀一般，要把我的心剜出来，我的眼睛不自觉地湿了。

我想我是爱上了冬小麦。

不久就有了雪的消息。雪是造化馈赠给北方的冬日最为圣洁的礼物，是一种小惊喜，是一种大庄严，是一种灿烂着的愉悦。“瑞雪兆丰年”，其实这句话应该是说给冬小麦听的。雪是舞动着的精灵，每一朵雪花都是独一无二的，每一朵雪花都是晶莹剔透的。她们在风中激荡着，曼妙着，带着天使的风姿，带着天籁的音韵，铺天盖地而来，洋洋洒洒而来。她们热烈而风情万种，扑向北方的田野，扑向北方田野里的冬小麦。每当我想到天上的雪花与地上的小麦温暖相拥的一刹那，我自己也多么想变成一朵从天而降的洁白的雪花啊，但清高的我马上制止了自己这一想法，我也深知自己是断断变不成一朵雪花的，于是，一种妒意油然而生。就这样，既担心冬小麦寒冷，又不希望谁来给它温暖，既忧心冬小麦孤独，又不希望谁来给它热闹。所谓贴心贴肺的牵挂和关爱，分明暗藏着排他的敌意和杀机。

这真的就像是爱上了一个人。

其实，冬小麦也是与众不同的，单从它的播种时间，你就可以看出它的特立独行。“白露早，寒露迟，秋分种麦正当时。”在秋收的一片欢乐中，冬小麦没有去争秋色，而是在秋日的一派祥和中屏气凝神地播种下自己的想法。一场秋雨一场寒，墨守成规地遵循着春种秋收的植物们也都休息了，因为谁都知道接下来的是严霜的侵袭，寒冬的考验。在这个世上，人们已经习惯了随波逐流，习惯了对强势的屈从、讨好与谄媚。只有冬小麦，如此逆天地选择了冬日的田野，除了它，还有谁敢向大自然发出这样的挑战呢？玉米可以吗？大豆可以吗？它们都不可以，所有的庄稼中唯有冬小麦，完全颠覆了自然赋予生命的基本规律，毅然而果敢，这不能不说是一种大气魄，让人钦佩的是，它是最后的赢家。

冬天，是冬小麦最为困难的成长历程，没有适宜的环境，没有和暖的温度，也没有精心的呵护。冬小麦放弃了生的活力，甘愿在这冬日的旷野里固守着死一样的沉寂。我想这全然不是退缩，更不是屈服，而是在严酷的现实面前一种明智的选择，或者说是渡过难关的一种技巧，甚至可以说是一种生存的大智慧。是道家的“无为而治”吗？如果是，那么冬小麦无疑是中国传统文化的伟大践行者。即使不是，它能在恶劣环境中以守为攻、以退为进，用最小的代价保存有生力量，忍辱负重，又能表现得如此坦然和安然，这也绝对算得上是一种胸怀和气度。

春天到来的时候，一切事物都展露生机，冬小麦也开始返青了。返青，我真心喜欢这个词，因为它准确地表达了横空出世的那份欣喜，更表达了劫后余生的那份壮美。也只有春天的冬小麦才配得上这么形象生动、这么滴着水带着露、蕴蓄着丰富内涵和摇曳着无限风情的词语。返青之后的冬小麦依然努力生长着，它理应得到更多的关爱，哪怕只是肯定，然而，又有多少从来不事农桑的人把它误认为韭菜呢？又有多少来到乡下踏青的城里人把它看成了野草？于是，关于韭菜与野草的流言开始在尘世中蔓延。冬小麦没有去辩白，事实上它也没有能力去辩白，或者根本没有必要去辩白，因为证明自己的唯一方式就是生长，不懈地生长。有人说：流言止于智者。可这世上除了不多的智者之外，更多的是凡夫俗子，有多少东西还需要通过自身努力去印证的。不仅如此，马儿、牛儿也从马厩、牛栏里溜出来，跑到麦田偷偷啃食着刚刚返青的鲜嫩的小苗，吃得高兴了，那些马儿便会仰起脖子朝着天空大声嘶吼，然后奔跑在麦田里一路撒欢儿，那无情的蹄儿便一蹄子一蹄子像烙印一样灼伤着这春天里最为独特的风景。记得小时候，我就无数次看到这番情景的上演。

所有的忍耐和煎熬都不是徒劳的，冬小麦终于迎来了夏天蒸蒸日上的好时节，也迎来了生命中的步步高，它努力地生长，拼命地拔节，奋力地抽穗，终于越来越像心目中想要成为的那个自己了，所谓的流言也不攻自破。这个时候，似乎一切都是一发不可收的，一切都是势不可当的，是一日一变，甚至是瞬息万变。有一句古文这样说："夜来南风起，小麦覆陇黄。"几乎是一阵南风吹过，小麦就呈现出成熟的迹象，一株株小麦昂首挺胸，傲然站立，颗颗芒刺直指青天，那汹涌的流金的色彩，终于成为夏日里最为夺目、最为壮观的辉煌。

这多像我们人类中普通草根的成才历程啊！

优秀的人，他们的成果是经得住时间的考验和耐心细致的回味的，冬小麦也是如此。

不必说那饱满圆润的麦粒磨成的雪白的面粉做成的各式各样的主食都深受北方人的喜爱，单是那金灿灿的麦秸，就可以编成各种各样的工艺品。可那时候，我不会编复杂的东西，只会编小小的指环，那指环虽小，可戴在指上非常有色泽，有质感，还散发着成熟的麦香，以至于晚上睡觉我都不舍得摘下来，有时睡到半夜，还迷迷糊糊地摸一摸那手上的小指环究竟还在不在。白天，我不光手上戴着小指环，头上还戴着一顶小草帽，而这草帽多半都是从集市上买回来的，漂亮的帽子戴在头上，那晶莹的麦秸在阳光的照射下，想必会闪动着月亮一样柔和的光晕，而手上的小指环，却散发着太阳的温暖，心中不禁有几分惬意，又有几分得意。诗人顾城说："用金黄的麦秸，织成摇篮，把我的灵感和心，放在里边。"真的呢，这麦秸还可以编成摇篮，承载着的是我们的灵感，还有我们永远纯真而温软的心啊！

仲夏之夜，打麦场是农村人最喜欢的好去处。忙碌了一天的大人，喜欢在这里吹着晚风，聊一聊农事，谈一谈古今。铺陈在场院里的麦秆经过碌轴的碾压，光滑而又柔和，像一张温暖的大床，而那些精心堆砌的麦秸垛，下面是圆柱形，上面呈圆锥形，非常几何而又艺术地散落在场院的边边角角，在星星的闪耀之下，就像一座座神秘的小城堡，孩子们则穿行在这些"小城堡"之间东奔西跑地捉迷藏。我却不同，总是悄悄地到一个僻静的麦秸垛下去练属于自己的"功夫"。我是个要强的孩子，但又很怕丢面子，这夜晚的场院刚好给我提供了一个隐蔽而又安全的训练场地，在这里，我学会了下腰、翻跟斗，还有打墙贴儿。当然，这要经过一遍遍的重复，经历一次次的失败，不过我不怕，因为在这里，既不用担心被别人笑话，也不必担心会摔痛哪里。多少年过去了，回想起来，也许从那时开始，就注定了我对那些枯燥的重复性的工作不会厌倦。

“练功”累了，我会倚着麦秸垛望着天上的星星想一些莫名其妙的事情。比如，我会想：为什么每年过春节都是冰天雪地的冬天呢？哪一年能在这样的夏天过春节呢？那样我就可以穿着花裙子，在这轻轻的晚风中飘飘荡荡地走来走去了。印象中，我每年的新衣服都毫无例外地是一件红色的灯芯绒上衣，只不过今年这件会比去年那件大一码，明年那件又会比今年这件大一码，年年如此。于是，我总盼着哪一年的春节不是在冬天而是在夏天，是在能穿着花裙子过春节的夏天。后来，我长大了才知道，无论哪一年过春节，都是在冬天，是永远不可能穿着花裙子过春节的，而我童年的企盼也只能成为一个无法实现的梦。再后来，我到了广州，广州这座花城冬天也很暖，有些年份春节的时候就有了初夏的迹象，终于可以穿着花裙子过春节了，我的梦想也就实现了。原来这金黄的麦秸编成的摇篮，不仅承载着我们的灵感和心，还有我们的梦啊！

一晃，生活中已有很多年没有生长着冬小麦的田野了，但每结识一位新朋友，总会在恰当的时候、恰当的场合不自觉地询问对方一个问题：“请问您是吃米还是吃面啊？”如果对方是吃米的，我会在心中升腾起一种新奇感，如果得到的答案是吃面，一种一脉相承的感觉便会油然而生。原来，冬小麦作为一种符号，早就融进我的血液，渗入我的骨髓，让我此生无法摆脱。

作者简介：陈木红，中国散文学会会员，中国诗歌学会会员，广东省作家协会会员，广州市作家协会会员。现为广州科技贸易职业学院图书馆副研究馆员。中学时即有文学作品发表，诗歌、散文作品多次发表于《北京文学》《中国文化报》等国家及省级报刊，诗歌作品被多部诗集收录。《爱上冬小麦》《癌就一个字，没有说一次》《在书一方》《广州的冬天》等散文作品及《陈木红诗三首》《图书馆诗三首》《走在广州的北京路上（外一首）》《春来碧水湾（外二首）》等诗作被中国作家网转载。散文《癌就一个字，没有说一次》获第七届“漂母杯”散文奖。散文《爱上冬小麦》获第八届冰心散文奖，被多家纸媒及网站转载，并被中华书局出版的《中华活页文选·高一版》2018 年第 11 期收录。出版个人诗集《有风的荷塘》。

山路马帮

简云斌

近来在乡镇工作，每天上下班要坐四十分钟的车，一般早上八点出发，晚上六点回家，在蜿蜒曲折的山路上来回奔波。坐车时，我喜欢打量窗外风物。本地属于采煤区，公路沿线多是光瘠、裸露的石灰岩山壁，间或有些茶山、竹林、庄稼地，由于灰尘重，色调并不清绿，路旁的农舍显得灰扑扑的。这样的感觉自然不太爽。只有马帮在公路上出现时，才令人眼睛一亮。

早上看见的那些马，同人一样，是出门干活的。晨光中，几匹矮小、结实的马，在公路边排成一队，驮着沉重的货物，摇着尾巴，低着头，悄然地走着。每匹马左右两侧各挂着一个大竹筐，装的多是水泥、石灰、片石等建筑材料，两个竹筐用木棍架起，紧紧压在马背上。行进中，它们的身上洒满了阳光，黄色、褐色或黑色的毛发沾着尘土，稀疏而脏乱，散发出热腾腾的汗水，马蹄在坚硬的路面"嗒嗒"作响。

赶马的是些普通村民，有时甚至是老人、妇女，他们拿着树枝类的马鞭，并不吆喝，也不鞭挞，只是牵着缰绳，那些马就老老实实地跟着他们走。主人不说话，马儿也不吭一声，像一队默默移动的石头。偶尔，一匹马因不堪重荷，会抬头喷一个响鼻，顺便打量一下我们的汽车。它的嘴是咧着的，似在憨厚地向我们笑，它的眼神特别温驯、纯朴，像山里那些孩子。

这儿的马匹，是典型的南方矮种马，个子不高，身体也不骠壮，但筋骨结实，腿短而有力，善于爬山。一匹马能驮三四百斤重物，在坎坷嶙峋的山路上如履平地。据说，新中国成立前，本地也有马帮，但都是跑长途驮运，到贵州、重庆等地贩盐、山货，当年，一些古道上，马帮成群结队，络绎不绝。后来，马帮一度绝迹。近年来，随着农村发展，马帮又逐步出现了。不过，现在村民们饲养马匹，一般不跑长途，主要是就近搞些零星驮运，将砖、石头、水泥等重货，运送到不通公路的大山之中。

有一次下乡，碰见一位正在运料的老乡，顺便向他打听了一下马的行情。据他讲，一匹马身价大概两千元，每天吃十几斤饲料，主要是豌豆、玉米、小麦和草料，成本二十多元，而马干一天活，可以挣七十八元！那位老乡说着，很自豪地拍了拍身边一匹正喘着粗气的黄马。那马已干了一整天活，此时，身上仍驮着两大袋水泥，背部早已勒出几道深深的血痕。我摸了摸它的背，它也向我甩了甩尾巴，不知是不是表示感激。

每当看着这些低眉顺眼、老实巴交的矮种马，我总在心底发出一声感叹：这就是命运啊！同样是马，北方的马可以在草原、大漠上扬鬃奋蹄、驰骋如风，大地是它们的舞台，自由是它们的性格，奔跑是它们的形象。南方这些马，生来就要负重，套着缰绳，驮着比自己还重的货物，在山路上无休无止地跋涉，直到衰疲、老死，终其一生，除了行走在这些坑坑洼洼的山道，身体被荆棘、乱石擦出层层血痂外，不曾梦见过辽阔的草原、浩瀚的沙漠和坦荡的阳关大道，也不曾拥抱过奔驰的梦想。但是，这些矮种马表现出来的坚韧品格，着实令人敬重。人们常把干沉重的体力活叫作“当牛做马”。相对来说，马比牛更忠实、更勤恳。牛一般不会累死，如果它实在不能负重，会消极怠工，赖在地上不肯动。所以，牛虽然勤劳，但有时也博得一个不雅之称：懒牛。马则不一样，虽有“良马”“劣马”之分，但从未有“懒马”之说。它们宁愿累死，也不会停下跋涉的步子。面对这些朴素的马，我想起曾经读过的几句诗：“我是一匹埋头于千年耕作的老马 / 忘记了奔腾 / 挣不脱鞭子和故乡。”我想，当这些马驮着重物，艰难地行走在大山深处时，一定有一种内在的力量在支撑着它们。不然，它们如何爬得上那么高的山口，跨得过那么深的沟壑？

我还听说过一件事：本地有一个叫“奥陶纪公园”的景区，在开发之初，业主请了一些马帮驮运材料。因工期紧，运输量大，那些马匹没日没夜地奔劳，先后有四匹马累死在了工地上。这个故事令人伤心。我觉得，公园业主应该为那四匹马修一座纪念碑，让人们在游玩时，记住这些为人类幸福献出了生命的牲灵。虽然，它们在大地上活着时，是那样卑微、无声，但谁又能说，在仁慈的神明面前，它们的灵魂不比我们人类更为圣洁高尚呢？

下班路上，碰见马帮时，则是另一番情景。夕阳落山，暮霭四合，马儿们完成了一天的劳作，迈着轻快的步子，从陡峭的山上一路溜达下来，是那样轻松、自在。树林漏出的夕晖中，晃动着它们矫健的身子。沿路是青草、野花，一些马忍不住停下来，惬意地啃上一两嘴，主人也不急着催促它们。有些马儿身上的竹筐里，还盛着一大堆青草，那是主人顺路扯的。马儿和它们的主人一起，沿着公路，悄无声息地走上一阵子，就回到那些亮着橘红灯光的农舍，那是他们歇息的地方。

我们的车走远了。回头看时，马帮早已不见，薄雾冥冥，宛若缰绳般纤细的一条条山路也隐进了夜色之中。我不知道，在那样的夜晚，当那些马立在厩旁、默默嚼食时，会不会忘掉白天的辛劳，偶尔揣想一些与奔跑有关的事情。

作者简介：简云斌，1969年12月生，四川省武胜县人，现供职于重庆市万盛经开区党工委宣传部，曾担任万盛经开区文联主席、作家协会主席，中国散文学会会员，重庆市作家协会会员。在《人民日报》《诗刊》《星星》《散文百家》《杂文选刊》《重庆日报》《重庆文学》等报刊发表过作品。获中国报纸副刊作品铜奖、重庆市报纸副刊作品一等奖、《重庆晚报》文学奖等奖项20余次。著有散文集《旧年的灯》，诗集《时光侧影》《手心的山水》，主编《万盛文丛》《人文万盛》《万盛史苑》等书刊30余种。

老柳树

赵日超

我的家乡坐落在全国历史文化名城——淮安，渔滨河北侧。电线架进农村之前，农户家家一盏煤油灯。母亲十分珍惜煤油，直至天黑得什么都看不见时，才会把煤油灯从锅台墙窝里取出来点上，那灯苗宛如一粒闪着光晕的黄豆。

说不清老柳树栽种于何时，只知那是祖父继承下来的。祖父出生于 1908 年，如此推测，老屋与那棵老柳树至少也有 120 多年的历史。待我渐渐长大后，常常与小伙伴兆马、秀芳、玉花打得火热：春天，在老柳树周围捉迷藏，玩老鹰捉小鸡的游戏；夏天，拿着粘有蜘蛛网的木杈捕蜻蜓；秋天，爬到树上去摘相邻树梢上的果子；冬天，父亲在老屋的窗上钉上塑料布，风一吹便呼啦呼啦地响，可泥墙被我们抠出一个个小洞洞。30 多年前曾经玩过的游戏，我至今仍记着名字，有的甚至还记着规则。也就是在这棵老柳树下，祖父教导我们做人要讲诚信，同时教会了我写信，使我在简短的书信中掌握了与人沟通的技巧，并受益终身。

老屋后有一条很宽、很长也很弯的河，其中有一段“肚子大脖子细”，形状犹如一只仙鹤，老柳树就扎根在“鹤背”上。听说当年日本鬼子进村时，我的祖父急中生智，从院后门逃出去，躲在汪塘中间，愣是没让日本鬼子搜查到，幸运地捡了一条命。

我 12 岁那年，学校让我们同学集中晚自习。因为家离学校较远，我们远望那棵老柳树，那就是家之所在。那时，我们找来一个空的墨水瓶，在瓶盖上钻一个小孔，再找一小片铁皮卷成管状塞进去，然后在铁皮管里塞上一根用棉花搓成的灯捻，这就是一盏煤油灯了。几盏煤油灯聚集在一起，一个晚上下来，鼻子里全是黑黑的。

“文革”期间，枝繁叶茂能罩下半个院落的柳树下成了“斗私批修”的阵地，唇枪舌剑的乡邻爬到树上，砍下粗长的树枝用来打斗“坏人”。老树被斗争的风雨和阶级的憎恨包围着。“文革”以后，老树在家人的呵护和关心下愉快而悄然生长，在不知不觉中汲取大地母亲的营养，萌发出自己的枝条，健壮着自己的躯干，昂扬着自己的生命，越发挺拔高大和青枝绿叶，当然也收获了不少人们的赞美。树下又传颂着苏秦说六国的故事，韩信忍辱胯下的趣闻，做人要学会感恩的教诲，团结出力量的启迪，当然也有老屋中一代又一代人道不完的酸甜苦辣。1984年春天，这棵高大无比的老柳树在折腾中生命枯萎，也就是在这一年的农历八月二十，我的祖父也不幸离开了人世。

每一天的开始都是母亲的灯火照亮黎明，她走进厨房，伴着吱呀呀的门声。她总是出出进进从早到晚不停地劳作。有一年夏天，奶奶、母亲和我的姑姑坐在大柳树下乘凉，恰好来了一个风水先生，端详着老屋，感慨地说：这老屋真是风水宝地啊！这户人家能出读书人和官员。母亲听了自然很高兴，尽管家里贫穷，可是一想起算命先生的话，看着我们心里总是暖烘烘的，就有使不完的力气。母亲说，不论男女，只要认真读书，就有希望，做父母的再苦再累也心甘情愿。母亲一生都在信守她的这句诺言。由于村里好多家庭经济困难，学校离家很远，道路泥泞，不少同学都辍学了。一个大雪天的早晨，我真的不想上学了。母亲坐在我旁边耐心地说："那个算命的都说我家风水好，能出读书人。不好好读书，就只能永远在家种地，围着锅台转了。"我慢慢爬起来，掂量着母亲的话，向老树做了个"拜拜"的姿势，毅然冲进了雪中。多年来，母亲就是这样强撑着身体，紧咬牙根，劳作不辍，激励我寒窗苦读。现在，我常为我当年的自私和无知而自责。

院后门那棵驼着背的老柳树，就像我的祖辈、父辈，经历了风吹雨打，仍然不屈。一代人为了下代人的幸福，肩负着什么？母亲承担的是上有老人、下有子女的大家庭的重担啊！如今在我老家，像我这样，没有任何社会关系，凭借读书离开家乡，最后吃上文字饭的，屈指可数。

1984年，我告别了老柳树，到离家较远的一所中学上了初中。我开始用上了玻璃罩子灯。点着油灯上晚自习，如果灯捻短了，就往上拧一拧，如果有灯花了，就用圆规尖或铅笔尖挑一下，我们怀着对知识的渴望，倍加珍惜这些照亮我们一个又一个夜晚的煤油灯。等我初中毕业，在车桥中学高中晚自习后，班级统一熄了日光灯，我们又点起了玻璃罩子灯。直至1990年，我参加工作后，我的油灯岁月才永远结束。然而，在我的心目中，老屋油灯的光芒尽管是微弱的，却穿透了我的童年记忆，点亮了我的每一个或明或暗的日子。

转眼，我们已长大成人，陆续离开了老屋，可我时常想念那棵高大挺拔的老柳树，也很怀念和老屋在一起的日子。2002年初，我到报社做记者，陪领导下乡慰问，又一次见到乡村的老屋与大柳树。在领导眼里，不老松是风景，梧桐也是风景，可老柳树与老屋却没有一丁点儿地位，没有一丁点儿尊严。它们像被时光淘汰的航船，可我觉得老柳树与老屋始终是和风雨雷电在一起的，和勤劳耕作的祖辈们在一起的，和薪火相传的灯火联系在一起的。没有老柳树，乡村的自然风光是何其单调，没有老屋，那高楼大厦又何从谈起？！

老屋那一窝窝燕子，羽翼渐丰，飞出了老巢，子女们也在城里就业安家。母亲方才答应来城里和我们小住。离开老屋住进瓦房里的母亲在告别煤油灯，迎来明亮的灯火时，总觉得乡下有让她更为熟知和亲近的老柳树与乡邻，她叹息自己天生就出不了远门，依然回到了她生活多年的老屋。母亲说，她住进土屋里才会觉得有依靠，她的靠山就是老屋周边的田地，就是与老屋多年惺惺相惜的老柳树，老屋留给她的是挥之不去的温情。

本以为等日子长了，母亲就会慢慢淡化对乡下老屋的牵念。谁知后来我们提议将老屋卖掉时，母亲立马一万个不答应，当时我们兄妹都不理解母亲的想法，还以为她是“老封建”。此后，我们生活富裕了，扒掉了老屋，原地盖起了高大明亮的瓦房，感觉希望就在眼前。又过了几年，我们的生活条件发生了变化，母亲拗不过儿女的劝说，才勉强答应丢掉一些责任田，答应农忙过后，就来城里居住。我们万万没有想到的是，母亲这时已生了一场大病，这让我们兄妹为之悔恨不已。母亲说：人终有一死！你们要安心做你们的事情，不要为了我而放弃你们该做的事情，也不可为了我而把这个家搞得四分五裂的，你们一定要把老屋的灯火精神传承下去，成为不倒树。

2011 年 11 月 11 日，母亲因病医治无效去世。失去老柳树的老屋搁下父亲一人。父亲忍受不了这种打击，也病倒了。我回到家，看到明亮的灯火，憔悴的父亲，感觉整个家都是空的。那天晚上，北风怒吼，寒气刺骨，狂风就要把房盖掀起来一般。家里那头母猪恰好那晚产崽，猪圈上的塑料布被风吹得“哗啦哗啦”地响，破碎的塑料布被风高高扬起，如同灰白的旌旗。我守着母猪。母猪一共产下 13 个猪崽，我学着母亲，把产下的小猪崽一个个放在筐里送回家。老屋似乎就是我们的保护神，那一年，猪价暴涨，一头小猪崽卖出五六百元。

岁月似流水，月明大如盘，老屋灯火依旧。如今，老屋已空，孩子们各奔东西，去追寻自己的梦想。每当我想起扎根在“鹤背”上的那棵老柳树，心中便不胜眷恋。那夜夜明亮的灯火，不就是前辈们寄托了对晚辈们一个个亮亮堂堂、最完美的愿望吗？有时，我很想再回老屋多住几日，说不清为什么。再回老屋，心里总有一种道不出的滋味，也许是因母亲的去世。母亲在时，老屋的灯火旺而不灭，犹如母亲的信念，那是母亲在用心照亮我们，让我们看清脚下的道路。

我们的幸福是前辈们吃苦换来的。每次回家，我都想把父亲接走。可父亲说，金窝银窝不如自己家的灰窝，到哪里都不如在老屋住着自由轻松。70多岁的父亲依旧不辍劳作，守护着老屋，照料着老屋。虽然我并不相信迷信一类的东西，但我深知，老柳树已给我带来了宛如生命一样的东西，像惠泽我的家人一样，带给主人一片绿荫，一种骨气。这不能不说是一向要强的母亲茹苦含辛几十年的功劳。在人生长河中那并不短暂的几十年的历程里，印遍母亲足迹、浸透母亲汗水的老屋，最是见证了只有小学三年级文化的母亲的智慧与意志、操劳与坚强、胸怀与大爱。

柳树下老屋的灯火，照亮了窗外的世界，让我穿透门帘坐看窗外的晴空，评说窗外的风景。

作者简介：赵日超，江苏淮安人。中国散文学会会员，中国旅游文学委员会委员，中国散文家协会副秘书长、常务理事，江苏省作家协会会员，东方旅游文化网主编。曾获中国散文学会随笔一等奖、美文天下·首届全国旅游散文一等奖、首届华夏散文一等奖、中国散文佳作奖一等奖、中华文学奖、第八届冰心散文奖等。散文集《窗外风景》被《大连晚报》连续15期转载。

秋伤

胡毅萍

秋风吹彻坞，叶落秋满路，时光一恍惚，年月的脚步踩在了四季的金缎子上，秋又姗姗而至。

我一直喜爱秋，尽管这一季的秋风，没有夏的火热，没有冬的刺骨，没有春的料峭，悄然而至的是凉爽。尽管这一季的秋雨，没有夏的缠绵，没有春的喜悦，悄然而至的是深沉。尽管这一季的秋花，没有冬的晶莹如玉，没有春的万紫千红，悄然而至的是幽幽秋的香。然而，我最爱的，却是这秋的气息，一种带着忧伤、带着迷惑，却也带着丰满的气息，总能让我为人生心动、为前路心向，也让我为回忆心伤。这就是我爱的秋，一碗丰收藏着苍凉，一怀暖阳韵着秋殇……

前一阵子，几场秋雨冲刷了城市难耐的燥热，晴空万里时，便也觉秋高气爽。这一日，我独自去寻秋。

远处，满山遍野的野草，在秋风中渐渐枯萎、变黄、风干，原本翠绿柔软的叶茎，在秋风中萧索着，全没有了那种俯仰有致，如碧波翠浪般的韵致。路两侧，由夏转入秋的那些翠绿的植物，逐渐呈现老态，那些高大的树木，浓郁着绿的色彩，扯着夏的衣襟，苦苦地，不肯投入秋的怀抱。在秋风阵阵袭来的时候，高大的树冠色彩越发浓郁了，那种翠绿变成了暗黄、深黄，显得有些庄严、沉重，积淀了一个夏季的绿色，全都在此刻喷薄成了庄严的金黄！

走着，就被定住了眼睛一般，周围已经被秋霜点化过了的树木，像一个个饱经风霜的老人，在秋日的阳光下，用酝酿了一个夏天的情怀，陶醉在这个深秋的季节里。我静静地望着这秋色，任无边的思绪在空中飞扬。那些快要被遗忘的人，那些尘封的往事，又一幕幕地浮现在眼前。随着时间的流逝和环境的变迁，一个又一个身边人离我而去，有的人已经慢慢地被遗忘，可有的人却深深留在我的心底，正如那亘古不变的血缘关系一样，永远都不会忘记。总是在某一时刻，无边无际的沉思让我感到一丝心疼，生命中最冲动最难以抑制的感觉，总是在秋天淡淡的寒意中徘徊，来自心灵最深处一个神秘的声音，常常让我产生想要做点什么的欲望，有时，真的让人迷惑。你看，从一开始的出生，到最后的死亡，是每个生命体固有的生存周期。在这个周期内，有很多已经延续了很久很久的规则，在这些规则的指引下，人沿一条看不见的轨道，无奈地走完了一生。身后太多尘世的顾虑笼罩在意志上，并且潜移默化地影响着我的意识，是我来生都不会谅解自己的悲哀。我总是希望，把每个默默的祈祷，化作不顾一切的能力和勇气。

此时，静静坐在长椅上，听老树们在阳光下絮絮私语，我感觉到一种从容与洒脱，看那一缕一缕明媚的阳光被树叶过滤，像是有了一种别样的辉光，照射下来，照在身上，竟然感到一种有别于夏天的温暖。再抬头望上去，那几枚秋叶，不时由枝头旋转而下，在空中带着姿势，悠然地滑翔，像是来自天外的思想碎片，带着成熟的哲思，带着一种难以言说的醇厚的情感。

我伸出手，接住一枚飘然而至的落叶。它安静地躺在我的掌心，是如此恬静、安然，仿佛完成了一段艰辛的旅程，停下了匆匆的脚步，可以安静地休息了，这就是成熟的色彩！凝视着那枚躺在我掌心的落叶，在阳光底下，叶脉清晰可见，像一个岁月的标本。那种由红而黄，在叶的边缘处又有些微绿的色彩，是如此自然、安闲，让人心生宁静；那种飘然坠落、随遇而安的坦然，又有了些许的禅意。我没有见过佛家的菩提，但我掌中的这枚落叶，相信定是来自菩提，否则，不会如此安详、坦然。

又一阵微风刮起，似乎再次听到有秋的手掌拂过，叶片在掌心微微颤动，像是有了生命的气息，掌心明显感觉到了生命的律动。这枚如心一般形状，如心一般颜色的落叶，即便离开了母体，也会把生命的气息注入泥土，让生命生生不息！

在我的生活中，秋天是引发我解读岁月定律的最初动机，在自己最喜欢的季节里，回忆过去，沉淀现在，憧憬明天，简直是一种莫大的享受，不管收获的是失望还是自得，不管追求的是飘逸还是沧桑，也不管阳光明媚还是月黑风高，我只要自由——精神的自由、人性的自由。在这个季节，拥有冷静而沉实的思索，拥有这个季节独有的感悟，我就会很知足了。

往前走，我竟遇到了一个荷塘。

渐至黄昏，夕阳余晖染红了池塘，塘中那凝翠欲滴的荷已渐渐变暗，悄悄地收敛起自己硕大的圆叶。只有那茎，依然亭亭玉立，却已瘦骨嶙峋。“红藕香残玉簟秋”，凄凉幽婉的秋愁跃入眼帘，不禁让人触物伤情，想起“自古逢秋悲寂寥”。昨天已经过去，今天就在眼前，明天不知道有多远，人就像一片在风中飘舞的落叶，从生命之株上轻轻地凋落，凋落在那未知的时光隧道中，一个不愿苦苦挣扎的平凡生命的故事，又有谁会为之流泪。

四季更替，这秋，其实就是一个生命周期的残酷结局，每个生命都是一片叶子，凋零的不是一种悲哀，也不是一种失落，结束和开始，其实都是零，有缘无缘，冥冥之中，你已经给生命涂上了绚丽的色彩。

天渐渐暗了下来，虽有眷恋，却不得不返程归家，我回首再望，正如青春易老，时空悠悠，问神归何处，那似水流年，载不走一河幽梦，满秋苍茫，抹不掉那一片清泓。

这季节的更迭，如梵语低吟。

天际浮云，伴着秋山、荷塘……

作者简介：胡毅萍，“80后”，作家、编剧、画家，民盟盟员，新浪微博读书博主。中国作家协会会员，中国网络作家村签约作家，浙江省文化产业学会副秘书长。浙江省青年英才，浙江省“新荷十家”，金华市“五个一批”人才，金华市政协委员。出版长篇小说《守艺》《龙井》《南方姑娘》、畅销散文集《你不慌，世界不荒》等。

作品致力传播正能量，曾获全国散文集类一等奖、冰心散文奖、浙江省“五个一工程”奖等多种文学奖项。红色题材网络小说《木莲花开》全网覆盖累计点击破亿，选题《冲吧，丹娘》入选中国作家协会重点扶持项目和浙江省2019年度红色芳华网络文学扶持计划。多部文学作品影视开发中。

俄罗斯阅兵中的中国“不朽军团”

张伊

二〇一七年五月九日上午，北京时间七点，一支黄皮肤、黑头发、手举父辈当年身穿苏联红军军装抗战老兵照片的八十八特别旅中国“不朽军团”列队走向阅兵的符拉迪沃斯托克胜利广场。这一路，引来无数敬仰的赞誉和惊奇的眼神，俄罗斯阅兵竟然会有中国抗战老兵的后代？

一

一九三一年九一八事变以后，揭竿而起的数十万抗日义勇军在没有外援、没有根据地、没有后方补给的情况下整整打了十四年。

一九三六年一月，东北抗日联军成立时有十一个军编制，人数接近四万，活动区域七十二个县，然而到了一九四〇年，东北抗联部队没有物资、没有人员补充，人越打越少。许多高级指挥员阵亡，师一级干部牺牲达一百二十人。在这些将领牺牲的背后，有更多的普通战士倒在了东北的土地上。

一九三八年，当时东北抗联领导人周保中、赵尚志、张寿篯（李兆麟）等在无法取得中共中央指示的前提下，越境去与苏方商定，同意在保持中国共产党对抗联部队独立领导的前提下，接受苏方的帮助，带领残存的抗联部队，越境到苏联远东地区休整和整编。

从一九四〇年初开始，撤退到苏联境内的东北抗联部队，在远东的乌苏里斯克（旧双城子）和哈巴罗夫斯克（伯力）附近建立了两个营地，史称南野营、北野营。北野营就位于哈巴罗夫斯克东北七十五公里黑龙江东岸的维·亚斯克村。南野营位于符拉迪沃斯托克（海参崴）和乌苏里斯克之间的一座火车站附近，金日成就是当年南野营的临时负责人。

东北抗联撤退到苏联远东境内休整，并由苏方提供给养和武器装备。抗联教导旅的战友们擦掉身上的鲜血，掩埋好战友的遗体，给枪膛装满子弹，又义无反顾地跨过黑龙江，开始了一次又一次的抗战之路。这是一条血写的路。

一九三九年六月，赵尚志率领一支一百零五人的小部队潜回东北，开展敌后侦查、破袭、建立根据地和简易飞机场的任务，丰满水电站成为他们预定的破坏目标。到了九月，黑龙江飘下第一场雪的时候，赵尚志身边就剩十几个人了。他在一九四二年二月执行侦察任务时，落入日伪特务的埋伏圈，宁死不屈。

一九四一年四月五日，初春时节，金日成率领朴德山、董崇彬、金铁宇等二十九名队员，伪装成日军小部队潜回南满地区，寻找坚持在敌后的抗日联军第一路军政委魏拯民。

德国入侵苏联后，苏联为避免两线作战，以方便武器与军需补给的名义，将抗联教导旅纳入苏军战斗序列，正式授予“苏联远东红旗军步兵独立第 88 特别旅”的番号，代号：8461 部队。他们对日军情报搜集、侦察的任务一刻也没有停止，特别是搞清了关东军修建的长达一千七百公里的号称“东方马其诺防线”的筑垒防线。

部队成立之初，八十八特别旅下辖四个步兵营、一个无线电营、一个直属迫击炮连、一个直属教导大队。每营分两个连，每连分三个排，全旅指战员一千余人。旅长周保中少校，政治副旅长李兆麟少校，刘亚楼化名王松担任政治教官，后来的朝鲜民主主义人民共和国领袖金日成是一营营长、大尉军衔，崔庸健大尉任旅参谋长兼政治部宣传科长、旅党委书记，冯仲云上尉任旅政治部新闻情报科长。由苏联军官指挥的无线电营，除了培训报务员，主要是接收和发送情报与指示。

八十八特别旅的正式番号中之所以有“独立”和“特别”字样，是有特定含义的。这是当时苏联红军编制序列中唯一由苏方授予正式番号，而由中共东北党组织直接领导、主要由东北抗联战士组成的部队。这是一支执行侦察、潜伏、捕俘、破袭、无线电侦听等特种作战的部队。从历史记载看，这是迄今为止中共最早的一支成建制的特种部队和伞兵部队。

据不完全统计，从一九四一年到一九四五年，八十八特别旅派遣的侦察部队二十六支，约计一千二百六十人次，牺牲、失踪的人员超过二百人（不含远东边防军特遣支队派遣的人数）。

一九四五年八月九日，远东战役开始前，八十八特别旅派出三百四十名指战员，编组到远东战役苏军各个方面军的先头突击部队中：远东第一方面军一百六十名，远东第二方面军八十名，外贝加尔方面军一百名。他们的任务是担任向导、翻译和突击队员。

临战前，八十八特别旅又派遣了二十多支、二百八十多人的特遣队，分别以陆路、水路和空投的方式，在牡丹江、佳木斯、哈尔滨、长春及各个预定进攻方向上的要塞、交通枢纽、桥梁等战略要地抵近侦察，接近或潜入日军数百个营区、工事、弹药库、军事谍报指挥机关等要害设施，再次确认日军的实力与动向，实时传回远东军华西列夫斯基元帅的指挥部，并伺机在桥梁、隧道、水电站、发电厂进行破袭行动。

最具传奇色彩的是，八十八特别旅小部队战士以生命为代价炸毁虎头要塞的“亚洲第一炮”，紧接着，苏军的大批轰炸机临空，重磅航弹和一百五十二毫米、二百零三毫米的炮弹像飞蝗一样，落进了要塞。这个英勇的、抗联教导旅二百八十多人的特遣队绝大部分战士，牺牲在了对侵华日军的最后一战中。

东北战事结束后，华西列夫斯基元帅向抗联教导旅暨八十八特别旅发来热情洋溢的贺电：“第 88 旅英勇的中国战士们，感谢你们用生命和鲜血换来的情报。”

这支特遣队存在的历史很短，从一九四二年八月正式成立，到一九四五年底撤销番号，仅仅三年时间。

二

俄罗斯联邦政府对此次来俄罗斯参加阅兵的中国人有严格要求，只有苏联红军的后代和与苏联红军合作过的中国军队的后代能够应邀来俄罗斯参加阅兵。当年八路军一一五师曾经下辖的部队段苏权部，在解放张家口的战役中与苏军有过合作。因此，应俄罗斯联邦政府邀请并批准：原东北抗联教导旅暨苏联远东红旗军第八十八独立步兵特别旅部分后代及八路军一一五师部分后代一行三十七人参加在俄罗斯远东符拉迪沃斯托克（原名海参崴）举行的纪念苏联卫国战争胜利七十二周年的阅兵式。

海参崴曾经是中国的领土，在那里是否还能寻找到中国的印记？带着这个想法，我和三十多位朋友一起来到了俄罗斯。

参加此次阅兵的中国“不朽军团”的成员分别来自北京市，天津市，湖北省宜昌市，河北省石家庄市、唐山市、承德市，内蒙古赤峰市，黑龙江省哈尔滨市，辽宁省沈阳市、鞍山市，宁夏回族自治区银川市。其中，有部队正师级（退休）干部两人，正厅级干部一人（巡视员），预备役军官大校一名、中校一名、少校一名。退休正处级干部一名、副处级干部三名、正副科级（退休）干部十六人。原八路军一一五师参谋长陈士榘之子陈华，代表八路军后代七人参加此次阅兵。宁夏回族自治区银川市民政厅正厅级巡视员、预备役大校、“兵要地志”研究专家沈克尼也应邀参加了此次阅兵。

我们阅兵团十三名超过六十岁的人员被安排在主观礼台，与那些参加过“二战”的老兵坐在一起。其他二十四人被安排在另一处观礼台上。

五月九日上午，激动人心的时刻到了，在俄罗斯联邦滨海边疆区符拉迪沃斯托克胜利广场上，阅兵司令庄严地宣布：阅兵开始！伴随着洪亮的钟声的敲响以及人们熟悉的歌曲《神圣的战争》，符拉迪沃斯托克胜利广场上的“胜利日”拉开序幕！二〇一七年是苏联伟大卫国战争胜利七十二周年，广场上万名官兵接受检阅，各式各样的军事装备虎虎生威！观礼台上，耄耋老人们胸前挂满勋章，所有人佩戴着“乔治”丝带，整个俄罗斯沉浸在胜利日这个隆重的节日里！一队队迈着正步、高昂着头的军人方队整齐地从我们眼前走过，一辆辆崭新的武器装备车缓缓驶来，向人们宣示国家的强大必须有高精尖的武器。

遗憾的是，阅兵场附近的无线电信号全部被屏蔽，我们与《北京时间》栏目组定好的现场直播只能终止，好在中央电视台、莫斯科电视台、当地电视台都在直播，很多台摄像机都对着我们这些手持父辈照片的中国军人的后代。

三

一个小时庄严的阅兵式结束后，声势浩大的“不朽军团”大游行开始了。“不朽军团”游行是俄罗斯阅兵的特殊环节，“二战”老兵后代高举着先辈的肖像和市民一起参加游行，纪念苏联卫国战争胜利七十二周年。此活动成为一年一度的全国性游行。二〇一七年，莫斯科、圣彼得堡、伏尔加格勒、摩尔曼斯克、符拉迪沃斯托克、叶卡捷琳堡、加里宁格勒等俄罗斯二十八个城市举行胜利日阅兵式、“不朽军团”游行等隆重的庆祝活动，共同缅怀先烈。人民的自觉参与形成了一个巨大的洪流，向世界宣示了俄罗斯人民的力量。

中国“不朽军团”的总领队安然举手敬礼，带领我们这支队伍打着八十八特别旅的军旗，手举“我们的父辈也曾是苏联红军”的醒目条幅，高呼“乌拉”。当我们出现在符拉迪沃斯托克阅兵场上，立刻成为一道亮丽的风景。

大街两侧的数十万群众感到意外，我们也成为各大媒体争相追逐和拍摄的对象。

当一声声“乌拉”汇成一波波汹涌澎湃的洪流时，我们真正地融入了“英雄人民”的队伍，真实体验到“英雄民族”带给我们心灵的震撼。我手举八十八特别旅父辈的照片，行走在浩浩荡荡的游行队伍中，乌拉！万岁！欢呼声一浪高于一浪。两岸的群众眼含热泪向我们挥手、呐喊。这激动人心的场面让我们也热泪盈眶。

俄罗斯莫斯科电视台、滨海边疆区电视台直播了我们参加“不朽军团”的游行，滨海边疆区报纸在头版头条刊登了我们参加阅兵式的照片。

俄罗斯内务部网站报道，在莫斯科参加“不朽军团”游行的人数达八十五万人，比二〇一六年多十五万人，而在整个俄罗斯，有七百八十万人参与了“不朽军团”的游行活动，比二〇一六年增加了二百五十万人。“不朽军团”已经成为俄罗斯一场伟大的洪流。

八十八特别旅健在的老战士张正恩之子这次参加了中国“不朽军团”的阅兵，他激动地说：“这次我们八十八特别旅后代参加俄罗斯阅兵活动，深受教育和鼓舞。我们今天的和平幸福，是老一辈用鲜血和生命换来的。勿忘历史，珍爱和平。我们回国后，一定要积极宣传爱国主义和革命英雄主义，让革命传统代代相传。”和我同行的朋友们也用图片和美文记录了此次阅兵，不同的视角、不同的感慨，让此次活动更加精彩。

与我住在一起的郭玲大姐在《印象俄罗斯民族》一文中写道：

> 此行，是我第二次走进俄罗斯。第一次是二〇一四年春夏相交的季节，我随旅行社游走北欧四国和俄罗斯的莫斯科和圣彼得堡时，开始走近俄罗斯这个民族，那时我把眼光投向的只是风景胜地。而这次通过参加这样一个盛大的阅兵庆典活动，我更清晰地感受到了俄罗斯这个民族的整体文明素养。
>
> 今年五月九日，是苏联卫国战争胜利七十二周年纪念日。纪念日前一天入住酒店后，我在街头游走时，深深感觉到，这个纪念日在俄罗斯是整个民族的节日，关乎每个国民的情怀与快乐。无论襁褓里的婴儿、牙牙学语的孩童、正值青春的少男少女，还是风姿绰约的女士、英气十足的男子及耄耋之年的老者，从他们身上，你都能强烈地感受到一种浓浓的民族情结，一种浓厚的民族自豪感和荣誉感。
>
> 整个阅兵式，从入场到游行结束，持续了三四个小时。不管是有组

织的参与，还是个人出行，不见拥挤，不见喧嚣，所到之处，一切都是那么有序，那么祥和，渗透在骨子里、散发于行为中的，是给人非常舒服、非常愉悦、非常自在的感觉。这样的民族，怎么会没有凝聚力？这样的民族，怎么会没有自信心？这样的民族，怎么会没有生机与活力？

俄罗斯阅兵式既让我看到了一个国家的强盛与威严，也让我感受到了俄罗斯民众的爱国情怀与文明素养。那些洋溢在每个人脸上的笑容，那些自发走上街头有序行进在游行队伍里的民众，那些异口同声发出的“乌拉”“乌拉”的口号声，以及游行结束后不见一点儿垃圾痕迹的一条条街道，都是民族精髓、民族信仰、民族力量最真实的印证。

在游行队伍里，那些高举为国捐躯的父辈或祖辈照片的人们，脸上写满了敬意，写满了自豪与骄傲！他们或许在懵懂无知的年纪，就失去了父母之爱，或者，他们根本就不曾见过自己的祖辈。但是，高举在他们手中的一张张照片，就是这个民族的精神，就是这个民族的灵魂，就是这个民族的信仰与力量。从那些小孩子的眼睛里流露出来的东西让人相信，这是一个有希望的民族！我向这样的民族，致以诚挚的敬意！

“兵要地志”专家沈克尼在他的微信中写道：

五月九日，我们应邀在观礼台观看了俄罗斯符拉迪沃斯托克的胜利日阅兵。市民倾城出动观看，并参与游行。老兵们再次穿起年轻时的军装，胸前勋章闪闪。军衔是军人终身的荣誉，这一刻得以充分体现。阅兵开始前的两个小时，受阅的俄罗斯海军陆战队和空降兵方队队员立正肃立，岿然如山，他们下巴向上扬起，似乎傲视一切。当阅兵首长经过时，一波波的“乌拉”（万岁）声，气势如海涛一般。这“乌拉”声使我想起，他们的父辈们曾高呼着“乌拉”，在库尔斯克击败德国的坦克集群，高呼着“乌拉”强渡维斯瓦河、奥德尼斯河，高呼着“乌拉”攻克柏林！广场军乐队吹奏着《神圣的战争》，当年卫国战争中，苏军歌舞团在莫斯科的演唱通过野战电话，从方面军司令部、集团军、师、团层层转接到最前线。还有熟悉的歌曲《喀秋莎》，当年在前沿阵地，苏军听到德国阵地中有手摇唱机在一遍遍播放缴获的《喀秋莎》唱片，一群苏军士兵乘暗夜爬过去，击毙德军，将唱机和唱片抢了回来。还有纪念战殁者英魂的《鹤群》。战后文工团演唱《鹤群》时，曾指挥部队攻克柏林的科·夫元帅强忍住泪水。一曲终了，科·夫元帅站起来紧紧拥抱演唱者，泪流满面……这就是俄罗斯人！

陈士榘上将之子陈华手中高举东北抗联八十八特别旅一名中尉的照片，行走在中国“不朽军团”队伍中。一名抗战后代在留言中写道：

一个共和国开国上将之子，
一个正师级退休的老兵，
在卫国战争七十二周年胜利的日子，
他高举着东北抗联
八十八特别旅一个中尉的照片，
走在俄罗斯阅兵式的“不朽军团”中。
有人问：这照片里的人是您的亲人？
他骄傲地说：他不是我的亲人，
但他是中华民族的英雄！

四

在苏联卫国战争中，当祖国需要的时候，那些苏联青少年勇敢地挺身而出，担负起保卫祖国的神圣使命。青年团员们自动地组织起“青年近卫军”，同德国侵略军展开了英勇顽强的斗争。他们为红军和游击队做出了很多贡献，受到苏联人民的高度赞扬。

阅兵中的少年儿童，或是母亲怀中的婴儿，或是牙牙学语的孩童，或坐在父母的肩头高举为国捐躯父辈或祖辈的照片，行走在数十万人的“不朽军团”中，一声声稚嫩的“乌拉”，随着一浪一浪呼喊，将大气凛然的英雄印刻在纯真的心中。他们的脸上写满了敬意、自豪与骄傲！他们随着他们的父辈、祖辈驻足、凝视，在烈士碑前，向这些战斗英雄敬礼。他们幼小的心，就在感受这个民族的精神、这个民族的灵魂、这个民族的信仰与力量。这是一个有希望的民族！这种爱国主义教育无须语言，那一支一年三百六十五天昼夜不熄、熊熊燃烧的长明火，象征着俄罗斯民族之火永不熄灭。

与我们一起参加中国“不朽军团”阅兵的朱振林在微信中写道：

教育无须语言，榜样的力量是无穷的。在孩子成长阶段，许多人都把追星或成名当作一种追求，而我则是通过这样的方式，引领女儿崇尚爱国英雄。

我还沉浸在阅兵仪式激动人心的气氛中，却得到明天六点半返程的通知，心难以平静，感恩安然老师给我和十岁的女儿爱国、爱英雄的机会。

我的父辈不是英雄，安然老师给了我一个为心中的英雄——抗战老兵服务的机会，让我与英雄的后代相聚。

从沈阳出发开始，我就感觉到英雄后代的热血情怀。敬礼，英雄的后代们！

我让女儿放弃一周的学业和大家一起来到海参崴参加阅兵活动，是想要孩子感受英雄的故事，感受一个崇拜英雄的民族，能近距离接触到英雄的后代，感受英雄的气息，把英雄的精神传递下去。

在阅兵仪式上，我看到还有比我女儿小的俄罗斯小朋友在游行队伍里，我很感动，英雄的民族，一定要让孩子崇拜英雄。

当明天太阳升起的时候，我会永远记住英雄的抗战老兵，记住英雄的后代，带着女儿，永远为老兵服务！关爱抗战老兵，是我和女儿人生永远的追求。

在阅兵开始前，中国驻俄罗斯符拉迪沃斯托克总领事馆闫文滨总领事走过来和我们这些抗战老兵的后代亲切地聊了起来。

一位朋友对我说：我经常出国，在国外没有一次见到总领事主动过来打招呼并亲切交谈。

他是一位精通历史、精通俄语、对东北抗联历史有较深研究的博学型的总领事。我们聊到了东北抗联、聊到了中共六大、聊到了绥芬河红色秘密通道。

在交谈中，我们得知五月十日晚要与俄罗斯“二战”老战士联欢，他谦逊地问：

可以邀请我参加吗？

五月十日，下午五点三十分，闫文滨总领事来到我们聚会的地方：宾馆西餐厅。大家对总领事的到来感到发自内心的高兴。

八十八特别旅老兵后代白伟柱说："从昨天参加阅兵，中国驻海参崴总领事过来看望我们，到今天来参加我们非官方的活动，让我有种祖国就在身边的感觉。"

八路军一一五师参谋长、开国上将陈士榘之子陈华大哥说："祖国对我们这些抗战老兵的后代这么关注，让我非常感动。虽然我们在国外，但是有一种家的感觉。"

宴会上，俄罗斯的民族歌舞表演让大家近距离地欣赏了异国的艺术风情。俄罗斯老战士激动地站起来与歌手翩翩起舞，在座的每一位都自发地用掌声跟随音乐节拍伴奏。

团队里的几位音乐爱好者也主动上台用俄语演唱《神圣的战争》《喀秋莎》，俄罗斯老战士同声歌唱《我的祖国》，把宴会气氛推向高潮。

宴会结束，大家合影时提出让总领事坐在中间的椅子上，可闫总领事谦逊地让俄罗斯老战士坐在中间，并让陈华大哥坐在椅子上，自己则站在他们身后，与我们这些抗战老兵的后代合影。

此时此刻，我的心愿就是：愿我们伟大的祖国更加强大！

作者简介：张伊，中国散文学会会员，中央电视台军事频道特约编导，历任河北省散文学会办公室副主任，河北省民俗文化协会理事，中旗网主编。先后在报纸、网络等刊发报道、文章数十篇。2017 年 5 月，撰写《俄罗斯阅兵中的中国"不朽军团"》一文，刊登在《中国文化报》上。2018 年 5 月，荣获第八届冰心散文奖。2017 年 9 月，荣获由俄罗斯联邦老战士委员会和俄中友好协会授予的"积极宣传俄中友谊、宣传 88 旅贡献奖"。2019 年 10 月，荣获由俄罗斯联邦老战士委员会授予的俄中建交 70 周年功勋纪念章。

永远的童话——无花果

楚林

如果说童年是有味道的，那我的童年就是甘甜、清香、绵软的无花果的味道。

记忆中，我是和无花果一起长大的。进了我家院子，右边就是一棵无花果树。树不高，但长势茂盛，绿叶婆娑，团团如伞，占满了农家小院的一角。

我出生的时候，无花果树已整整四十二岁。之所以记得这么清楚，是因为奶奶经常念叨。这棵树是她出嫁的那年爷爷亲手种下的。奶奶命苦，结婚刚满六年，爷爷便因肺病去世。奶奶再未改嫁，独自把唯一的孩子我的父亲拉扯大。奶奶那时经常念叨无花果树种下多少年了，一定是在想念爷爷。她是把无花果树当成了爷爷的化身，伴她度过大半辈子孤单寂寞的人生。

童年的我哪里明白这些，只知道无忧无虑地玩耍。有太阳的日子，奶奶会坐在树荫下，做着她永远也做不完的针线活。而我呢，就在她的身边看蚂蚁上树，用小石片盖房子，把下蛋的母鸡撵得咯咯叫，有时还会拿起小竹竿去敲打树上青青的无花果。常常在我打得正起劲儿时，奶奶一把夺过我的小竹竿，然后大声说："别打，别打，傻丫头，那可是你的'奶妈妈'呀！"

奶奶说无花果是"奶妈妈"，是因为无花果有下奶通乳的功用，我们那里都叫无花果为"乳包"，基本上没有人叫无花果。村子里谁家的媳妇坐月子，都会来我们家寻几个熟透的拿回家，拍碎，炖猪蹄，炖母鸡，炖野鲫鱼。拍碎的无花果里面全是小籽儿，细细密密，成千上万，溶入沸腾的浓汤里，产妇喝下，就会化作白色的乳汁。所以，无花果就成了村子里每个孩子的"奶妈妈"。

我出生在秋天，正值无花果成熟的时节。无花果树碧绿宽阔的叶子间，挂满了浆果，紫红色的，奶黄色的，一个个都如乳房般饱满、丰腴，有的快要胀破，有的已经裂开，渗出甜美的果汁。奶奶兴奋地踮着小脚，跑进跑出摘了去给母亲熬汤。幸运的我也许真是因为它的滋养，在母亲生育的几个孩子里长得最白最胖，特别可爱。多年以后，我看到拉斐尔的油画中圣母玛利亚丰腴的身体时，突然间眼前就呈现出那个秋天金色的余晖里，躺在床上的母亲，襁褓中的自己，跑来跑去的奶奶，挂满了果实的无花果树，不也正是一幅闪耀着圣洁光芒的油画吗？

我最喜欢的其实还是五六月间的无花果树。三月，别的花儿都在招蜂引蝶时，无花果树却不声不响地从枝丫处钻出一粒粒豌豆般的小青果。小青果越长越大，到了五六月，翠绿翠绿的，挂满一树。皎洁的月光下，它们显得有点羞涩，有点调皮，还带着一点莫名的神秘。我常常觉得，每个悬挂的小青果里，都藏着一个童话、一个故事、一个小秘密。

曾经有一次，我以为我已经发现了无花果的秘密。因为，我发现在无花果底部，有一个幽深的小孔。我还看到一只小蜂从那个小孔里钻了进去，就再也没有出来。我赶紧把这个发现告诉了奶奶，奶奶却一点也不惊讶地笑着说，傻丫头，小蜂进去是让它开花啊。

很久以后，当教师的二哥才帮我解开了谜底。无花果不开花却能结果，原来都是小蜂的功劳，无花果的花真的是开在了心里。那个钻进去的小蜂，原来是一只怀孕的雌蜂，它们是专门找到正怀春的无花果，从小孔钻进去，穿过层层迷宫，在一朵朵的小花中产卵、授粉，让自己的生命完结在那里。然后，授过粉的花儿会结出一粒粒成熟的种子。蜂儿产下的卵几周后变成了小小的雌蜂和雄蜂，它们在果内交配，之后雄蜂帮配偶打开一条通向外面世界的通道，双双从无花果里钻出来。可怜的雄蜂一钻出果皮就会死去，而雌蜂，还来不及伤心就会飞来飞去，寻找另一只没有成熟的无花果，忙着开始新的生命轮回。

无花果为什么会那么甘甜可口，原来这蜜浆是一对对小蜂用爱恋和生命酿就的。

后来的发现更让我瞠目结舌。无花果竟然就是《圣经》中亚当夏娃偷吃的智慧果，而无花果美丽宽大的叶片，毫无疑问就是亚当夏娃最简陋也最美丽的衣裳。无花果树原产于阿拉伯，在唐朝时才沿着丝绸之路走进中国。它是人类最早培育的植物之一，在阿拉伯人的心中是圣果，是太阳果，有着至高无上的地位。

原来，传说中的“禁果”就是这样子的啊！从那以后，很多个夜晚，我都会在无花果树下发呆，看着那些叶子、枝柯、果实，思考它们与人类千丝万缕的联系。青春萌动的眼睛看树已经不再是树，每一片叶子，每一根树枝，每一个青果，好像都带着某种隐秘的暗示，在月光下变得神秘莫测，常常使我油然而生顶礼膜拜的冲动。我懵懂的心似乎从那时起开了窍：人生、爱情、渴望、追求、生与死……这些看不见摸不着的命题，像蛛网一样在心里缠绕、联结，构成了一幅朦胧的青春梦想图。

无花果真的有这么多秘密啊！它的秘密也许藏在它每一片宽大美丽的叶子里，

藏在它小小的青果里，藏在《圣经》的故事里，藏在亚当夏娃的爱情里，藏在我们每个人的心里。

就这样，无花果在我心里定格成神话，变成了一个隐秘的符号。带着这个神秘的符号，我离开家乡，离开奶奶，离开母亲和家人，踏上属于自己的漫漫人生路。

直到学医后，我在《本草纲目》里与它重逢，才终于明白，这一生，我都不可能再离开它，它注定是陪伴我一生的童话。李时珍这样记载："无花果，味甘、平、无毒，开胃，止泄痢，治五痔、咽喉痛。"原来，除了下乳以外，它还可以制成丸剂治疗胃肠炎，磨成粉吹入咽喉，治咽喉炎，煎水坐浴，治疗各种痔疮。

中药柜里的无花果，尖尖的，早已风干，坚硬，紧缩成一团，带着黄褐色的斑点。使用时，必须要放在金属的杵筒里，砸开，里面细小的紫红的籽儿如火花四溅，溅开的小籽儿像是无数双眼睛望着我。我们像老朋友一样，点头、微笑、絮语。此时，我仿佛看到它们忽而变成一束细细的花蕊，忽而变成一群嗡嗡的小蜜蜂，忽而变成一只只小鸟，忽而变成我儿时的玩伴，正在向我招手，飞向遥远的天空。砸开坚硬的壳，到处都是绽放的花蕾。不追求美丽的绽放，只追求圆满的结果。有多少人的人生能够如此呢?

偶然在新疆的干果专卖店里，邂逅了无花果。精选后的无花果大小整齐地包装在色彩缤纷的袋子里。我专门拿起来认真地看了看，广告词这样写着：要幸福，就吃新疆的无花果，它是二十一世纪人类健康的保护神，绿色，无污染，含有大量的氨基酸、微量元素等营养物质。看完后不禁哑然失笑，这段广告词和医院妇产科里的母乳喂养宣传单简直如出一辙。无花果和妈妈的乳汁原本是一脉相通的啊！

曾经以为，院子里那棵越长越大的无花果树会一直陪伴我成长，就像小时候天真地认为奶奶、母亲都会陪伴我一生，永远不会离开一样。可惜的是，天下没有不散的筵席。最早，是八十四岁的奶奶走了。紧跟着，母亲因为心脏病也走了。最后，就是拆迁。房，院，树，都没了。巧合的是，拆迁的那一年，无花果树的树龄也是八十四年。这对于一生孤独的奶奶，也许算是一种安慰。

一年一年，一代一代，生命，就是这样薪尽火传，永无止息。

奶奶走了，母亲走了，无花果树也走了。她们真的都变成了童话，变成了一只只鸟儿，栖息在我记忆的枝头。无数个夜晚，我在梦中回到那个郁郁葱葱、挂满神秘果的树下寻找，寻找我的童年，寻找曾经的梦想，寻找生命的足迹，寻找我的亲人们。这些早已成为我生命中的一部分，永远也无法分离。冥冥之中，我相信，总有一天，我也会变成一粒青果，悬挂在无花果树上，丰满着另一个孩子的童年。

作者简介：楚林，本名周世菊，湖北襄阳人。毕业于武汉医学院，现为主治医师，襄阳市作家协会副主席。湖北省作家协会文学院第十二届签约作家。在报刊发表文学作品近百万字。出版散文集《遇见最美的本草——一位临床医生的中药札记》，入选第三届全国悦读中医活动“十大中医药好书”和原国家新闻出版广电总局“第二届向全国推荐中华优秀传统文化普及图书”。曾获第十二届文津图书奖、第八届冰心散文奖（优秀奖）、第七届湖北文学奖、第八届孟浩然文艺奖等奖项。

贵儿与贵婿

王馨

曾祖父的大哥名经纬，他娶了邻县一户张姓官宦人家的小女儿。后来张家官迁广东，但每月都按时供给女儿五十两银子，由专人送来，说是给女儿梳头用。这位张氏熟读诗书，深居简出，见过的人都说她是少见的美人。

他们膝下只得一女，因此十分珍惜，取名“子规”，乳名就取谐音，叫“贵儿”。

子规是我的长姑奶奶，是高祖父的长孙女，很是受宠。只是张氏因与娘家人天各一方，便守着唯一的女儿不许家人提婚嫁的事。外面的人都在议论，说有钱人家养着老姑娘不出阁。张氏不闻不顾，照样以各种理由回绝了一个个上门说亲的人。

大老爷也并不着急，他认定贵儿自有贵婿。

县城东街有个姓惠的小商人，人很正派，他有个儿子在宣统年间考取了陕西省立师范学堂，在县城里名气很大，这个儿子名师温，字又光，早年是娶过妻的，前两年得病死了。大老爷便相中他做女婿，还断言他的前程不可估量。此时，贵儿已经二十岁了。

追溯起来，惠姓是从江浙一带迁到清涧的，后来也有一些分散到周边几个县，但人数很少。惠氏在清涧是个大姓，人口众多，而且同出一宗，两个惠姓人不管住得多远，几句话就能论清辈分。

贵儿风风光光地嫁了过去，以后就很少回来。其实，两家人不过一袋烟工夫的距离，但那个时候，女儿回家一趟，娘家要有人来接，婆家要有人去送，麻烦着呢。况且在婆家日子过得好好的，没事常回娘家是会被人说道的。

虽说娇贵，但贵儿自幼跟着母亲读书，梁鸿孟光的故事是早已烂熟于心的，丈夫是个什么样的人，过门前她就听说了几分，先已存了敬意，婚后留着心细细观察，果然不是庸常之辈，便事事遵循他的意见。又光也是个特别谦和文雅的人，两个人相敬如宾，琴瑟和谐，本应是美满夫妻。

然而他们生逢乱世，又光身居陋巷而胸怀天下，不是甘心过小日子的人，贵儿明白，任什么样的女人，也拴不住这样一个青年的心。

又光离开家乡继续求学，不久就加入了同盟会，参加了推翻清王朝的辛亥革命和“二次革命”。革命失败后，他辗转上海，东渡日本，进入早稻田大学学习政治和社会学。在日本，又光与孙中山相识，结交了一批有识之士，成为首批中华革命党人。回国后，他受中山先生的委托，在北京进行反袁活动，并策兵响应蔡锷将军的独立起义。

在北京期间，陕北学子杜斌丞等人慕名拜见又光，就国家和民族的前途以及求学中的困惑请教于又光，又光鼓励杜斌丞回家乡振兴教育，以期在革命成功之后国家有可用之才。

然而革命一次次失败了，又光一次次死里逃生，但他追求真理、置生死于不顾的执着信念和精神，使他在陕西乃至全国声名大振。这期间，又光除了在革命失败、被人追捕时潜回家乡小住，几乎是长年客居在外。贵儿守在家乡，提心吊胆地留意着来自外面的任何一个与又光有关的消息，等待着不知归期的丈夫。

家乡虽是个小县，却是三秦门户，处在要塞通道，来来往往的人很多。又光在家的日子，家里宾客如云。邓宝珊、傅作义、李子洲、杜斌丞、谢子长等人都曾在他家小住。正所谓“谈笑有鸿儒，往来无白丁”，贵儿是忙碌而快乐的，虽然家中没有用人，而且因为又光时常散财接济同仁，他们的生活过得相当节俭。但只要有朋友来，她总是竭尽所有以尽地主之谊。

见过贵儿的人，无不夸赞她的勤俭、谦恭和美丽。

1916 年，西北护国军副司令郭坚率部攻克清涧，这是全国讨袁反复辟战争的一个局部。不幸的是，县城有百余百姓被流弹误击致死，这其中就有贵儿的公公、小姑和一位堂兄。战争结束了，灾难却接踵而来，郭坚部队又发生了骚乱，整个县城陷入恐慌。又光当时正在家中，他脱下孝服，更衣换帽，请人雇了一顶轿子亲自前往军中阻拦。郭坚闻知惠先生也在清涧，颇为惊恐，急忙赶到又光家中请罪，同时急令属下严明军纪，两人中途错开。与此同时，逃亡的百姓听说郭坚是又光故人，都跑到他家躲藏。贵儿正在安抚大家，忽听人喊：当兵的来了！她急忙拔起铁锅，抹了一把锅灰擦在脸上。郭坚进门后，问哪位是嫂夫人，众人指给他看，反把他吓了一跳。郭坚后来到西安对人讲，惠先生那么有本事的人，娶的夫人一张黑脸像锅底。

为了把军阀余孽清除出陕北，又光舍弃个人恩怨，在重孝期间，只身前往杀红了眼的兵营中制止骚乱，帮郭坚安抚军心，鼓励他继续征战，他的胸怀和品格，令郭坚感动不已。

在军阀混战时期，兵哗变为匪、匪收编为兵的事时时发生。对普通百姓而言，兵祸匪祸已经没有本质的区别。就是在这种特殊情况下，又光的政治军事才能、社会活动家的禀赋以及绅士的品格和个人的魅力，使他一次次成功地救百姓于水火。

我在一部一百多年前英国传教士史密斯在陕北传教的实录中，又一次看到了关于又光的记录。

1915 年的冬天，土匪樊钟秀聚集千余人先后攻破宜川、宜君县城，势力范围北至绥德南至洛川，所到之处一路烧杀掳掠，延安城军民昼夜筑城，兵力薄弱的守军随时准备弃城逃亡，在这个关键时刻，又光从西安赶来，不带一兵一卒，只身前往匪窝进行游说，终至成功，收编一千余土匪，并将掳掠的财物归还主人。收编后的樊钟秀部成为北伐的前驱，南下广东为孙中山击溃了陈炯明叛军，樊钟秀被中山先生亲任为“建国豫军总司令”，后参加国民党第一次代表大会，当选为国民党九位军委委员之一。孙中山曾复电与樊称“吾兄孤军转战，所向无前，三月之内，由粤而豫，同时诸军，望尘莫及，奇功伟绩，嘉慰何似”，并告之左右：“各军将领若能皆如樊钟秀，何想革命不胜成功？”

一代名将的功成名就正是因为又光的开导和指引。樊钟秀此后终生与又光以师生相称。

从这些散见于史籍的记录来看，又光不是一个尚武的人，虽然他曾多次策划并参与起义和兵变，并曾在护国军和北伐军中担当重要职务。

在传教士史密斯的眼中，又光是一位“贵族”，他在传记中写道：“镇压土匪有两种方式，或是消灭他们，或是收编他们，这位贵族选择了后一种方式。”

我想，这位与延安民众一起不分昼夜守护城池的传教士应该不曾与又光谋面，他坚定地认为，延安城免于匪灾是有一位贵族在危急时刻发挥了巨大的作用，这是基于欧洲人对贵族的认识，在他们看来，一位勇敢、自信、有担当而又具有强大号召力的人，必定是一位真正的贵族。

在中国，我们会称这样一位品格高尚的人为“名士”。

又光在家时，曾有军阀为拉拢他，用马车拉着银圆送给他，他拒不接见。国民政府也曾派人给他送钱送物，他分文不取。他说：钱财是世上的，谁也带不走。

他们的生活相当清贫。贵儿很少出门，已经习惯了布衣荆钗，而回到家里的又光也时常穿一件布袍，腰间系一根草绳，甚至会提着筐、拎着铲到外面拾粪。街上的行人没有不认识他的，一路都有人跟他打招呼：“惠先生，拾粪啊？”他弯着腰一边铲粪一边还点着头客客气气地应着。

他担任过国民政府和军队的各种职务，却从没有同僚或部下以职务相称，所有的人都称他为“惠先生”。

常年在家守望夫婿的贵儿，也曾出过一回远门，跟着又光到省城西安。第一次到西安，杨虎城将军为又光夫妇设宴接风，贵儿便翻出自己珍藏的最漂亮的一件缎袍穿上。到了地方一看，来的全是当时在西安居住的各界名流，女客的装饰打扮很时新，衣服的款式和质地是贵儿从没见过的，没有一个人穿绸缎。贵儿一身明艳的彩缎十分惹眼，顿时觉得自己就像一个乡下亲戚。回到住所，她十分羞愧地对又光说：“我常年不出门，都成了古董了，今天给你丢面子了。”又光拍手笑道：“人家看你是我的夫人，又不是看你穿哪里买的衣裳。”

年复一年的奔波，一次又一次的失败，又光终于忧劳成疾。这期间，贵儿曾带着女儿陪又光在好友史可轩三原的家中调养将近一年的时间。

1927 年，国内政治形势发生变化，又光偕同好友于右任，先后从西安至武汉、上海避难，同年在上海去世。

各种资料都说他是“目睹大革命失败，忧愤交加，一病不起，溘然长逝”，但在我们家，却传下来另一个说法。又光因在申报发表言论揭露当时的大屠杀，被人视为眼中钉，在一次宴会后突然病倒，第三天辞世。他那年四十三岁，正值壮年。他的死非常蹊跷，家里人都认为是在外面用餐时中了毒，但因时局动荡，路途迢迢，又光死时，身边没有亲人，疑惑也只是疑惑。他的妻弟，也就是我的一位叔祖父曾亲自去上海接他的灵柩回来，这些事并非凭空猜测，是扶灵回来的又光的一位卫兵所说。

史密斯在他的记录中曾预言“这位贵族的前程将非常远大”，但事实是真正的理想主义者从来都享受不到成功的果实。

又光的葬仪是非常隆重的。当时的很多名人名将题了词，其中于右任的题词是“邦家之光”。

他存世的资料很少，这可能与他过早去世有关，与陕北历史向来不被重视有关，也与他不曾与共产党发生交集有关。我曾与他的外孙女、一位有成就的法学家联系，她也仅仅保存了又光在日本期间与友人的一幅合影。我一直想寻找到他的手迹，几经周折终于被告知，经过“文革”之后，一切均已灰飞烟灭。

在我们多方寻找考证得到的仅有的几幅照片中，我们看到的都是一个文弱到稍显病态的书生形象，嘴角有着略略笑意，细长的眼睛异常明亮。

曾经被人预言嫁得贵婿的大姑奶奶，只生了一个女儿，取名“同苏”，我想这是又光曾经受到俄罗斯革命影响的一个佐证。他们收养了同门侄子为继子。又光死后，大姑奶奶被接到西安，由国民政府每月支出三百元供她衣食，贵儿便把大祖父昆堂一家接到西安，用这笔钱资助侄儿侄女在西安上学。

寓居西安的日子里，她偶然在一家典当行看到一件家中祖传的宝物，立即不惜巨资赎了回来，并托专人带回家里。曾祖父苦于无法提防败家的儿子，就把它砌在锅台里，但是，宝贝不久又出现在典当行，是贵儿又一次赎回并交给娘家人。后来这件东西再没有出现过，谁也不知它去了哪里。

贵儿此后也再没有回过家乡。

作者简介：王馨，陕西清涧县人，榆林市政协文化文史和学习委员会主任。曾在《中国作家》《延河》《延安文学》等刊物发表数万字散文作品。2010 年，出版散文集《秋在室杂记》。2016 年，由陕西师范大学出版总社策划出版散文集《故城故人》，引起较大社会反响，被认为是“填补了陕北城市文学的空白”，该书获第八届冰心散文奖、第二届丝路散文奖、榆林市文化精品工程项目奖。

您养我长大，我陪您赏花

文雪梅

天使也孤独，需要有人陪

父母，在儿女眼中，是依靠，是寄托，是榜样，是天使……然而，即使是天使，生活也不全是无忧无虑、快乐无比，也有孤独的时候。

白萍萍遇见那位老人是在下乡检查安全的时候。他满头银发，背弯成了一张弓，古铜色的脸上爬满了沟壑似的皱纹，但是，目光淡定而深邃。

让白萍萍她们更为诧异的是老人的住所，那个老屋位于一个偏僻的小巷子里，斑驳的门楣，脱落的墙面，覆满岁月的烟尘，透露着尘世的几多沧桑。空旷的院子里长满了野草，高的，低的，密密匝匝的野草随风轻轻摇摆，沙沙作响。房檐下盘着蜘蛛网，人走过，落在人手臂上和脸上，黏糊、阴冷。白萍萍望着空落的院子，不由深深叹了口气。

她们中间，有心急的同事终于按捺不住，迫不及待地问老人："为什么这么大的院子里只有你一个人？老伴和孩子呢？"

就这样，白萍萍一行站在院子中央一块可以落脚的地方和老人闲聊起来。谈话中，白萍萍知道，老人今年85岁，老伴早已过世，唯一至亲的儿子还在南方一座城市打工，多次让他过去住，可是，老人还是没去成。这个老宅子曾是单位的福利房，因为没有统一供暖、没有物业管理、没有现代小区里所有的配套设施，住户们都陆续搬离了，就剩下他一个人了。对一所房子的依恋就像对一个人一样，相处久了，闻惯了他身上的味道，熟悉了他的喜怒哀乐，想要离开，何尝容易？其实，儿子早就给他在小城最好的地段购买了新房子，可是，他还是没去，房子也一直闲置着。他说，这里有他和老伴最幸福的一段时光，开心的瞬间，艰难的岁月，往昔的一幕幕像放电影一样在眼前浮现，他舍不得离开。

听着老人的倾诉，白萍萍柔软的内心有些触动，不由自主掀开了那扇门。白萍萍看到屋内布满灰尘，那些老旧的饭桌、木椅、灶台和橱柜，倒着、歪着、腐烂着，在厚厚的一层尘埃中被定格在寂静的时空里，让人陷入某种深不见底的往事回忆中。

最引人注目的还是茶几上放着的一碗做好的饭，没有一丝油星、一根青菜，除了白，还是白，其实就是一碗白开水煮面。深深地凝望着这一切，白萍萍和所有人都惊呆了，不敢想象一位80多岁的老人，孤独一人，是如何在这里生活的。

出于工作习惯，白萍萍问起老人有没有电话，怎么才能保证自己的人身安全。老人摇摇头，表示一无所有。白萍萍的心里出现了很多假如：有一天，他悄悄地闭上了眼睛，再也不能醒来，有谁能知道呢？假如发生了火灾，他怎么逃离？假如地震了、洪水来了……

在大家喋喋不休的追问下，终于，老人说出了埋藏在内心已久的肺腑之言："我是怕打扰儿子的生活。哎，人老了可怜呀，整天里连个说话的人都没有……"我看见，他说话的时候眼里泛着晶莹的泪花。

不知在哪里，白萍萍看到这么一句话，说每位父母都是孩子们的天使，都想把世界上最美最好的留给儿女。可是，又有谁知道，天使也有孤独的时候，也需要人来陪。

临走时，看着老人恋恋不舍的表情，一位同事拉着他树皮一样的手说："老爸爸，相信我们吧，我们会来看望您的！"同事说出了大家的心里话。

白萍萍也默默念着，我会抽出时间来陪他，让细微的温暖直抵他的心灵，让爱驻进老人的心底，让天使不再孤独和寂寞。

您养我长大，我陪您赏花

陪伴才是最好的爱。您养我长大，我陪您赏花。抽时间多陪陪父母，让父母快乐地安度晚年。

刚开春，地里的农活还没开始，王淼淼接父母来城里小住几日。

平时，王淼淼上班，女儿上学，家里只剩下两位老人。他们除过做饭外，再也没有什么正当的事情了，甚至连个说话的人都没有。每次回家吃饭，父母亲总是为了一句不经意的话而争论不休，而王淼淼却只顾着埋头吃饭，不吭一声。女儿的眼睛也只盯住电视屏幕哈哈大笑。这样一来，父母亲说着说着就停止了。然后，母亲去洗碗，父亲则戴着老花镜看昨晚没看完的小说。父亲的眼镜戴得很低，说是看书，其实早就睡着了。终于，王淼淼忍不住了，大声说："爸，你如果想休息的话，就去床上吧，小心感冒了！"

这时，父亲忽然惊醒，他看看王淼淼，睁大眼睛辩解道：“什么？没有呀，我在看书。”看着父亲一本正经的样子，王淼淼哭笑不得，无语了。

有一次，王淼淼和女儿晚上回家迟，远远地，能看见家里的灯黑着，王淼淼以为父母外出散步了。可是，当王淼淼打开门，开灯的时候，却看见他们端端正正地坐在沙发上发呆。王淼淼惊讶地看着他们，有些不解，急忙问：“都这么黑了，为什么不开灯呢？”父亲看了看母亲，笑着说：“这不是浪费电吗？”原来，父母是为了节省呀！这时，王淼淼仔细看了看母亲，她身材矮小，这些年发福了不少，原来苗条的身材早就走样了，脸上也横七竖八地爬满了树皮一样的皱纹。父亲的背也弯了，曾经犀利的目光也不知何时变得无力了。

记忆中，母亲是个爱说爱笑，尤其喜欢打扮的女人。见人总是一脸笑，就像三月里的桃花，绽放一脸的灿烂，美得让人沉醉。母亲是村里的一枝花，走到哪里，都受人喜爱。父亲也很精干，他总是风风火火，张三感冒了李四头痛了，不管谁有病了都来找他治疗。当了一辈子医生的他直到退休，也没闲下来，只要乡亲们上门来，他没有一个推辞的，就像父亲说的：“我不只为了挣钱，做点事才是重要的！”

母亲是条河，奔流不息，母爱默默无闻地流进子女的心田；父亲是座山，他站着是峰，躺下是岭，是子女的依靠。而今，看着步履蹒跚的父母，王淼淼心里酸酸的。王淼淼知道，她的河流马上枯竭，她的大山也即将失去伟岸。

想起一位朋友，他说，自己在市里有房子，可是，每周他要留在老家，只为了陪伴年迈的母亲。他说母亲生病在床三年间，他几乎每天都不离左右，只要自己有时间就待在家里，未曾远离过。只要母亲看到他的身影，听到他简单的问候，脸上总会露出淡淡的笑容。

陪伴才是最好的爱。可是，于王淼淼，有多少时光已成蹉跎。王淼淼打算，每天也听听父母喋喋不休的唠叨，不再让他们在黑灯瞎火中独坐，陪他们走出家门，看陌上花开，听枝丫拔节，闻百鸟争鸣，一起感悟春天的光景……

看着母亲慢慢变老

“老去”是一个漫长的过程，悄然无声而来。不知不觉间，母亲就老了，不得不把我们当成依靠。那么，我会稳稳当当做好母亲忠实的依靠。

刘媛媛和母亲乘火车去异地的家，车还没停稳，母亲就拎着沉重的行李包跟着坐车的人流一窝蜂似的朝车门奔去。

母亲个子矮小，略微发福的身子看起来很笨重。为了能赶上母亲，原来还数脚步走的刘媛媛开始加快步子，一路小跑着追上母亲。在车门口，透过拥挤的人群，母亲站在火车上向刘媛媛喊："快点，包给我！"刘媛媛最终被一个又一个人挤掉了，费了很大力气，才把手中的包递给母亲。

坐在车上，母亲大口地喘着粗气，甚至可以看见她脸上渗出点点晶莹的汗珠，刘媛媛对母亲说："你慢慢走嘛，看你累的。"母亲回答道："坐火车不比汽车，人家有时间性的，很准时的，时间一到就坐不上了！"这时，刘媛媛看看车厢里稀稀拉拉的人，心想，今天坐车的客人并不多，根本没必要那么吃力呀。母亲依旧气喘吁吁，嘴里还不时说着："哎！把我累的！"身边的一位客人望了母亲很久，笑着对刘媛媛说："你母亲老了，我们老人小跑两步就是这样。"刘媛媛内心一阵惊异，她从没想过母亲已经开始老去。即使她真的老了，刘媛媛也不想接受这个残酷的现实，在刘媛媛的心里，母亲是个风风火火的女能人，为了操持家务，晚睡早起，像台永远不知疲倦的机器。

生命轮回，时光荏苒。母亲目睹刘媛媛长大，而刘媛媛眼睁睁地看着母亲慢慢变老，竟然无能为力。这个过程曾让刘媛媛辛酸，更让她愧疚。

刘媛媛 10 岁时，喜欢她。那时，母亲就是刘媛媛的一把大伞，依靠的港湾，母亲的怀抱是多么温暖。她们每天早上做早操时，看见母亲扛着铁锨、锄头从眼前的小山路上经过，母亲的身影是那样的熟悉而美丽，刘媛媛曾自豪地告诉同学们："那是我妈，漂亮吧！"

20 岁时，刘媛媛开始"讨厌"她。青春期叛逆的性格使刘媛媛变得不可捉摸。每周，母亲走很长的路程，背着一布袋子锅盔来学校给刘媛媛送吃的。那时，她的母亲穿着鲜艳的大红大绿的衣服，看起来和城里那些打扮时髦的女人格格不入，而且是那样老土，土得掉渣。母亲站在校园里，面朝教学楼，头仰得老高，大声喊着："妞妞！妈来看你了！"刘媛媛听见了，心里满是怒气，箭一样冲下楼，恶狠狠地夺过那个"破"袋子，板着脸说："让你别来，回去，以后别找我！"

30 岁时，刘媛媛懂得感激她。那时，刘媛媛已经成了孩子的母亲，经过了人生些许的颠簸不平，开始变得成熟。当看到炎热的三伏天，母亲抱着孩子，在他乡闷热的屋子里团团转圈时，刘媛媛的泪水止不住地往下流，忍不住说："妈，谢谢您！"

当刘媛媛从母亲那儿学会了生活，学会了怎样做人时，母亲已经满头白发，老去在纷尘的岁月里。

看着母亲慢慢变老，刘媛媛发觉自己越来越睿智，也学会了母亲当年身上的那些长处，学会了摔倒了自己爬起来，拍拍身上的尘土继续上路，且是那样淡定从容、坚强无比。

作者简介：文雪梅，中国散文家协会会员，陕西省作家协会会员，红旗出版社签约作家。曾在《读者》《散文选刊》等报刊发表散文千余篇，获奖三十余次。出版个人专著《留下一树的幸福》《遇见》《一路花开》等。其中，散文集《一路花开》被选为第六届全国“书香三八”读书活动用书。曾获首届宝鸡作家协会文学奖，第八届冰心散文奖。

青果巷的前世今生

周良林

青果巷是一条古巷，更是一条名巷，它是常州文化的根和魂，是常州文化的容颜和符号。通常一个城市的记忆与生命脉动不是在标志性建筑和高高的脚手架上，而是蕴藏在那些幽静而落寞的街巷之中。

第一次与青果巷亲密接触，是二十多年前的事了。大学毕业来常州，周末总爱骑个自行车去青果巷转悠。青果巷的房子临河而建，一色的青砖黑瓦，一派江南水乡风韵。流连在小巷、弄堂、巷道，残存的城墙门洞、雕花的窗格门沿、气派威严的老宅民居，我乐此不疲。

一条青果巷，半部文化史。千米的小巷，在浩瀚的历史长河，先后走出了100多位进士和状元，孕育出一批又一批诗人、画家、医学家、文学家、法学家、政治家、商界精英。随便点点，明代文武全才唐荆川、画家汤贻汾、四大谴责小说家之一李伯元、文史学者吕景端、大书法家汪洵，还有中国“实业之父”盛宣怀、语言大师赵元任、“拼音之父”周有光、从一个乡童成长为国内著名实业家的刘国钧、中国共产党的创始人之一张太雷、中国共产党早期领导人瞿秋白、中国第一任司法部部长史良……这在全国各城市历史文化街区中并不多见。福州有个三坊七巷，出了严复、冰心等，号称中华名士第一街。青果巷完全可与三坊七巷媲美，甚至有过之而无不及，说中华名人第一巷实不为过，名副其实。

龚自珍赞曰，天下名士有部落，东南无与常匹俦。

神奇吧。穿街走巷，我也百思不解，一处江南繁华市井，又是藏龙卧虎。何也？循着历史的印迹，我追寻和探索，漕运之时，因河而居，因居成市，往往多富足。富足之地常读书，书能开智，书能传世。白天，船帆来往，川流不息；夜间，挑灯读书，星落运河。于是文人骚客、政客商贾络绎不绝，灿若星河。不是吗？贫瘠之地多武将，被逼的呀！

有一天再去的时候，突然眼前一亮。青果巷的西边是西瀛里，也是一条老街，而今面目全非，民房、老井、城墙仿佛一夜消失，魔术般成了一块绿地。仿古的石栏石桥，华美绚烂却全失历史的沧桑沉着；一段明城墙不伦不类，江南的古色古香和秀气精巧丧失殆尽。而从《红楼梦》走出的“篦箕巷”，空有一堆仿古建筑，婀娜不在，温婉不在，诱惑不在。青果巷的巷西也旧貌换新颜，成了气势恢宏的步行街，几栋拔地而起的高楼如刀剑般。

我还是向东，去追寻我的青果巷，可青果巷已不是原来的青果巷了。一条破落不堪的巷子，坑坑洼洼的窄小路面；数十间残砖破瓦，在风中摇晃，在雨中流泪，在雪中弯腰。这就是眼前的青果巷，几百年风霜不老，几十年却儒气不再。这个有着500多年历史的小巷，隐没于林立的高楼下，与外界显得那么格格不入，相形见绌。文明现代的脚步挤得它气喘吁吁，老态龙钟，无处藏身。一些墙壁偏偏倒倒，屋瓦残破的房子随处可见。随意隔断搭建的阳光棚、玻璃房、铝合金窗，让青果巷杂乱无章、千疮百孔，像一幅恣意破坏后的水墨，惨不忍睹。边上的这条看上去并不宽阔的南市河，据说开凿于春秋吴王夫差时期，比邗沟还早的运河，污水横流，垃圾飘荡，早不见游鱼嬉戏，秋波荡漾。风过处，有恶臭扑鼻。

我抚摸着斑驳的老墙、泛着青苔的砖瓦，还有黯淡的石板，心有戚戚，这残存的书卷气息还能撑多久，不由黯然神伤。

前几年，因为一个同学来，又去转了一圈。整个青果巷，更加陷入了现代的包围之中，高楼如雨后春笋，小巷节节败退，成了年长色衰的弃妇。

那临河的粉墙黛瓦马头墙和雕花长窗、麻条石码头、古纤道、系舟石，以及巷道两旁分布着的一座座石库门和门楼呢？

那幽深的院落，拥挤着或空洞着，明亮着或阴暗着，鲜艳着或黑白着，充满历史沧桑的门窗，斑驳苔痕深深的墙门呢？

这些点缀其间高高矮矮、大大小小的古建筑，就像一堆碎片，闪烁着古老的痕迹，在岁月的刀霜中气喘吁吁、力不从心、苟延残喘，让人不忍细看。

于是，直奔八桂堂，唯这是青果巷仅存的灵魂和象征。八桂堂因八棵桂花树得名，是唐荆川高中状元后建造大宅的一处。一个青果巷，半处唐荆川。鼎盛之时，唐氏一门，八处大宅，何等兴旺。无奈风云变幻，历史尽在尘埃烟雨中。若大唐宅，唯有八桂堂保存基本完好，也算不幸中的万幸了。我们感受着唐先生当年的豪情万丈，也沐浴着蟾宫折桂的幸运庇护。风水轮流转，在此住过的钱维城、钱维乔两兄弟，张赞辰、瞿秋白、张太雷、刘国钧等许多名流雅士都成了风云人物。八桂堂的灵气一下呵护常州文化几百年，实在令人称奇呀！

繁华之后，终归平淡。如今除了八桂堂，其他故居多破败不堪，门前冷落，就像风雨中的一片落叶。

同学是个文人，临走丢下两个字：可惜！

因为青果巷拍成电视剧，不知怎的触及心中某个角落，在一个周末，又去走了一回。沿着河边信步，岸边的房屋墙壁摇摇晃晃，随意搭建改造的比比皆是，更多的房子有了水泥墙、塑钢窗。河水比前几年好些，有小鱼游荡，岸边杨柳偎依。一路向东慢行，黑瓦白墙的古旧气息迎面扑来，有点亲切，有点心酸，有点潮湿，有点失落。站在中新桥，这是难得的石桥了，古朴，简单。一棵粗大的梧桐无忧无虑地遮挡青果巷的每一个日子，也许它是快乐的，快乐的还有那屋前的丝瓜藤，绿意盎然。前面都是高楼大厦，黑云压摧，身后依稀一片低矮黑瓦白墙，在高楼的四面楚歌中，就像影子一般，不知什么时候一阵风就吹没了。不远处，三四间明清瓦房孤零零地夹在高楼间，能透得过气来吗？几个瓦匠正在翻检屋顶，不知还能支持多久。

走进青果巷深处，到处是拆迁的伤痕，许多沿街店铺、住宅楼都搬迁一空。刘国钧故居、唐荆川的礼和堂、松健堂都在修缮中，大门和屋顶的沿角显出当年的气质，不时有工人忙忙碌碌，透过大门看到整修一新的模样，不知该不该高兴。我随意穿行在雪洞巷、天井巷，还有不知名的巷子，这些巷子幽深、黯淡、狭窄、寂寥，估计很少有人光顾。到处残垣断壁、到处垃圾横流、到处铁门紧锁。无意间穿过一条弯弯曲曲的小巷，很幽深的弄堂，潮湿、阴冷，有点毛骨悚然。偶尔透些阳光，让人胆子大些，七拐八拐，看到一家有天井的住宅，早已破败不堪，墙面裂缝随处可见，房子是那么不堪一击。泥灰砌筑的墙体灰缝四处裂开，砖缝里的青苔写满记忆；纸筋灰粉刷层到处斑驳，有的大面积脱落；墙体青砖长期暴露在日晒雨淋之下，早已风化，捡一块砖碎块，一捻即成粉状；部分木结构已腐朽，随时都有折断的危险……唯那青砖砌就的拱形窗户，透着雍容与婉约，一张黑黑的门板就像老人饱经沧桑的脸，二楼雕花的窗格，依旧漂浮着雍容华贵的气质，可以遥想当年的富贵与繁华。

在一处办公地，我看到了青果巷保护的平面图，以青果巷、天井巷为骨干，疏通街巷、重建乌衣桥，恢复沿河码头、纤道，再现古街、古巷、古桥、古河、古树、古井风貌，还要建古运河博物馆、名人博物馆、周有光图书馆、常州名品馆等。

这事来得晚了一点，但亡羊补牢总比放任自流好。

但愿几年后，交给市民的是旧时风物，还一个桨声灯影、原汁原味的青果巷，而不是人去楼空、毫无生气的鲜亮黑瓦白墙。

作者简介：周良林，笔名修林，1969 年 2 月出生，汉族。江苏省作家协会会员，中国散文学会会员，第八届冰心散文奖获得者，在各类报刊发表散文近 30 万字。出版散文集《远在他乡》。